暮光之城 twilight

破曉 breaking dawn

史蒂芬妮・梅爾
Stephenie Meyer

To my Chinese readers,

I never imagined that my books would reach such an international audience. I want to thank everybody for their support and hope they enjoy *The Twilight Saga!*

Steph

致中文版讀者，

我未曾想過我的書能夠遠渡重洋到大家手上，誠摯的感謝大家的支持，同時也希望大家能夠藉由閱讀《暮光之城》系列得到樂趣！

史蒂芬妮

本書獻給我的忍者經紀人：茱蒂．李默，感謝妳維持我的理性。

同時也感謝我最喜愛的樂團——恰巧也名為繆思，提供我啟發一整個系列傳說的靈感。

第一部 貝拉

第一部・目錄

童年不是從出生到某個特定年紀，而是到了某個特定年紀，孩子成長，並拋開孩子氣的事。
童年是個無人死亡的王國。

愛德娜・聖文森・米蕾
（Edna St. Vincent Millay）

preface

我已經有過太多的瀕死經驗；那實在不是什麼你會學著習慣的事。

但，怪的是，再次面對死亡似乎是無法避免的，彷彿我真的專門吸引災難。我已經一次又一次逃開，它卻不斷繼續回來找我。

然而，這次跟過去完全不一樣。

你可以逃開你所怕的人，你可以嘗試與你所憎恨的人搏鬥。我所有的反應都朝那類殺手——怪物、敵人——發動。

當你愛的那個人正在扼殺你的生命，你其實毫無選擇。你要怎麼逃？怎麼反抗？因為你這麼做，將會傷害你所愛的那一位。如果你所能給的只有你的命，你怎麼能不給？

如果那人真是你的摯愛？

chapter 1

訂婚

我沒有不尊敬你的意思，
但既然貝拉已經說好，
而我也不願輕看她在這件事情上的選擇，
因此，我沒來請你同意把她嫁給我，
而是來請你祝福我們。
查理，我們要結婚了。

沒人盯著妳，我向自己保證說，**沒人盯著妳，沒人盯著妳**。

但我得察看一下，因為這謊話連我自己都難以相信。

我正在駕駛座上，等著鎮上僅有的三個紅綠燈之一的紅燈轉綠，我往右偷看——韋柏太太在她那輛休旅車中整個身子轉過來面對我的方向，她兩眼直盯著我的雙眼，我忍不住退縮，納悶著她怎麼沒轉開視線或感到不好意思。直盯著人家看還是被認為是不禮貌的事，對吧？難道這對我已經不適用了嗎？

然後我想起來，車窗的顏色非常深，說不定她根本不知道車子裡的人是我，更別說我逮到她在打量了。我試著要從這項事實得點安慰——她不是真的盯著我，她是在看這輛車。

我的車。唉！

我瞥了左邊一眼，忍不住呻吟。兩個行人僵在人行道上瞪著我，錯過了他們過馬路的綠燈。在他們背後，馬歇爾先生正透過他的小紀念品商店的厚玻璃窗，呆呆看著我。不過至少他沒把鼻子貼在玻璃上。還沒。

交通號誌轉為綠燈了，我急著逃走，想也沒想就用力踩下油門——這是我開原本那輛古董卡車時一貫的正常反應。

引擎像出獵的美洲豹般怒吼一聲，整輛車猛衝向前，速度之快，讓我整個身體猛地向後撞進黑色皮椅裡，我的胃緊貼到了脊椎上。

「啊！」我驚叫一聲，笨拙地去找煞車，車子突然立刻完全靜止下來。我提醒自己，只要輕輕踩一下就好。

我不敢去看周遭人的反應。如果之前還有人懷疑開車的是誰，現在肯定沒有了。我用鞋尖溫柔地把油門踏板踩下半毫米，車子立刻又如箭般射出。

破曉

我設法抵達了目的地，加油站。如果不是我的車子快要只剩油氣可用，我不會進鎮裡來的。這些日子我過著很簡樸的生活，就算是沒了微波餡餅或是鞋帶也不出門，避免花時間在公共場所。

我的動作快得好像在參加什麼比賽似的，拉開油箱門板，扭開蓋子，刷卡，迅速把噴嘴塞進油箱裡。當然，對計算加油量的那串數字跑的速度，我無計可施。它們遲緩地一格一格慢慢轉，彷彿這麼做是故意要氣我。

天色並不亮——標準的華盛頓州福克斯鎮的毛毛雨天氣——但我仍覺得像有探照燈跟著我走，把注意力全拉到我左手上戴著的精美戒指。像這種覺得自己受到眾所矚目的時候，感覺起來就像那戒指是盞霓虹燈，不停閃爍著要人：**看著我，看著我**。

我很清楚，這麼害羞或神經過敏，實在是件愚蠢的事。除了我爸、我媽以外，別人對我的訂婚、我的新車、我神祕地被接受進入長春藤盟校，以及現在後褲袋中讓我覺得燙手的全新黑色信用卡說些什麼，真的有關係嗎？

「沒錯，誰在乎他們怎麼想。」我喃喃低語。

「嗯，小姐？」一個男生的聲音響起。

我轉頭，接著希望自己沒這麼做。

有兩個男人站在一輛很高檔的越野休旅車旁，車頂上綁著兩艘全新的獨木舟。他們都沒在看我，而是緊盯著車子。

說實在的，我真的不懂。我對車子的瞭解僅止於認得出車子的標誌就很了不起，像是豐田、福特、雪佛蘭。這輛車黑而光亮，線條流暢，非常美麗，但對我來講，車就是車，如此而已。

「很抱歉打擾妳，不過，妳能告訴我妳開的是什麼車嗎？」那個高個子問。

「喔，是賓士，對嗎？」

「對。」那人客氣的說，不過他旁邊那個矮個子的朋友卻對我的回答翻了翻白眼。那人用一種尊敬的口氣說：「我知道這是賓士。我只是好奇，這……妳開的是賓士 Guardian 嗎？」

我有種感覺，這人一定可以跟愛德華．庫倫，我的……我的未婚夫（反正婚禮就快到了，我沒辦法再閃避這項事實）處得很好。

「這種車在歐洲應該還沒上市，」那人繼續說：「更別說這裡了。」

他的目光梭巡著我這部車的輪廓——對我來說，這車看起來跟其他的賓士沒什麼差別，但我懂什麼呢？——我短暫地想了一下我對未婚夫、婚禮、丈夫等等字眼的疑慮。

我就是沒辦法把它們在我腦海裡湊在一起。

一方面，我成長的背景讓我想到白紗蓬蓬裙跟捧花就忍不住畏縮。不僅如此，我最沒辦法的，是把古板、正派、乏味的像丈夫這樣的概念，跟我對愛德華的概念調和在一起。那就像把天使長派去扮演會計師一樣，我沒辦法把他想像成任何平庸的角色。

一如過往，我一開始想愛德華，就陷入令人昏頭的夢幻漩渦中。旁邊的陌生人必須清清喉嚨，才能引起我的注意。他仍在等我回答有關車子的製造與車款。

「我不知道。」我誠實地告訴他。

「妳介意我給車子照張相嗎？」

我花了兩秒才反應過來。「真的嗎？你要給車子照張相？」

「當然，如果我不提出證明，沒有人會相信我的話。」

「喔，好。沒問題。」

我迅速地拔出油槍放好，然後爬進前座藏好自己，同時那位熱心的人士已經從他背包中掏出一臺巨大、外型專業的照相機來。他跟他的朋友輪流站在車旁照了相，然後又去照了車尾。

「我想念我的卡車。」我嗚咽著說。

就在我跟愛德華談好不平等的妥協方案——其中有一條是允許他在我的卡車掛了以後買輛新車給我——之後，不到兩個禮拜，我的卡車便呼出了它最後一口氣。這真是太巧了，巧合得可疑。愛德華發誓這本來就是可預期的；我的卡車活了相當漫長的一生，然後因自然原因壽終正寢——這是他的說法。當然，我沒辦法證實他講的故事，也沒辦法靠自己讓車子死而復生。而我最愛的技師——

我冷冷地停下這思緒，拒絕讓它獲致結論。相反的，我開始聽車外那兩個人在講什麼，隔著車子，他們的聲音變得很小。

「……我在線上影片裡看到用火焰噴射器噴它，車子的烤漆連起一點皺紋都沒有。」

「當然不會有。你可以用坦克壓過它都沒事。這種車的市場根本不在這裡。它設計來給中東那些外交說客、軍火商，尤其是毒梟頭子用的。」

「你想她是大人物嗎？」那個矮個子輕聲問。我猛低下頭，兩頰紅如火燒。

「嗯，」高個子說：「說不定喔。想不出來為什麼在這種地方會需要防飛彈玻璃以及四千磅的裝甲車體。大概是要去某個很危險的地方吧。」

裝甲車體。**四千磅重**的裝甲車體，而且還有防**飛彈**玻璃？好極了。過去好用的防彈玻璃已經落伍了嗎？

好吧，如果你具有某種扭曲的**幽默感**的話，這至少有點道理。

我又不是沒預料到愛德華會在我們談定的事上占便宜，設法將情勢轉為依照他的喜好，好讓他付出的比他能獲得的多更多。我同意他在我的卡車需要換就換的時候，當然沒料到那一刻會來得這麼快。當我被迫承認那輛卡車除了成為停在我家車道上經典雪佛蘭的最高禮讚展覽品之外別無他途，我知道他想換的車大概會令我很尷尬。會讓我變成眾所矚目跟竊竊私語的對象。這點我猜對了。但即使是在我最隱晦的想像中，我也沒料到他會給我**兩輛**車。

他在我抓狂時解釋那是一輛「之前」的車和一輛「之後」的車。

這輛是「之前」的車。他告訴我這輛車是借來的，並向我保證婚禮之後他就會歸還。那時他的一番話對我而言完全沒有道理。直到此刻，我才懂了。

哈哈。因為我是脆弱無比的人類，太容易出意外，太容易成為我那危險的厄運的受害者，所以顯然需要一輛連坦克都能防的車來保護我安全。太荒謬可笑了。我很肯定他跟他哥哥們一定在我背後享受這個大笑話。

或者，也許，只是也許，我腦中有個小小的聲音說，**這不是個笑話，傻瓜。也許他是真的很擔心妳，這又不是他第一次在試著要保護妳時做過了頭。**

我嘆了口氣。

我還沒看到「之後」的車。它停放在庫倫家車庫的最裡面，上頭蓋著車套。我知道大部分的人到這時候一定會忍不住去偷看一下，但我真的不想知道。

那輛車大概沒有裝甲車體──因為在蜜月之後，我就不需要了。事實上，堅不可摧只是我所期待的許多項福利之一。成為庫倫家的一員，最棒的部分不是昂貴的車子跟令人另眼相看的信用卡。

「嘿，」那個高個子喊我，同時把他的雙手罩在玻璃上努力想看清車內。「我們拍好了。非常感謝！」

「不客氣。」我喊回去，然後當我發動引擎時不自覺繃緊了身子，非常、非常輕地踏下油門……

無論多少次我開在熟悉的回家路上，都無法讓那些在雨中褪了色的傳單變成是背景的一部分。它們每一張釘在電線桿上或貼在街道的標誌上，都像一巴掌打在我臉上。我完全該挨的一巴掌。我的思緒落入我之前被驟然打斷的想法裡。在這條路上我沒辦法避免它，無法避免我最喜愛的技師的照片規律地每隔一段距離便從我眼前閃過。

我最好的朋友。我的雅各。

貼出「你看過這個男孩嗎？」的傳單海報不是雅各父親的主意。它是我爸查理的主意，他印了一堆傳單在全鎮到處分發。而且，不只在福克斯，還散發到安吉拉斯港、西昆姆、荷奎安、亞伯丁，以及每一個奧林匹克半島的鎮上去。他還確保華盛頓州所有的警察局也都在牆上貼了這張傳單。他自己的警局有一整面布告板是要用來專貼尋找雅各的事，但那塊布告板幾乎是空的，那令他非常失望跟沮喪。

我爸的失望不僅是缺乏回應而已，他最大的失望是來自他最好的朋友，也就是雅各的父親比利。

他很失望比利沒有更多參與搜尋他那「逃家」的十六歲兒子。他很失望比利拒絕在沿海的保留區，也就是雅各的家鄉拉布席張貼傳單。他很失望比利似乎就這樣任憑雅各失蹤，彷彿他對這件事完全無能為力。他很失望比利說：「雅各現在已經長大了。他願意的話就會回來的。」

還有，他對我站在比利那一邊也感到很沮喪。

我也不肯張貼海報。因為，大致來講，比利跟我都知道雅各哪裡去了，而且我們都知道，沒有人見過這個**男孩**。

那些傳單照常讓我的喉嚨又哽住，眼睛裡充滿刺目的淚水。我很高興愛德華這個週六出門去打獵。如果愛德華看見我的反應，也會讓他感覺糟糕透頂。

當然，今天是星期六也有缺點。隨著我緩慢小心地轉進我家那條街，我可以看到我爸的巡邏車停在車道上。他還在生婚禮的悶氣，所以今天又略過釣魚了。

這表示，我不能用家裡的電話。可是，我必須打給……

我把車停在那輛老雪佛蘭卡車雕像後方，從置物櫃裡拿出愛德華給我應急用的手機。我撥號，鈴響之後，我把手指放在「結束」鍵上，以防萬一。

「哈囉？」賽斯．克利爾沃特接了電話，我放心地鬆了口氣。我太膽小，不敢跟他姊姊利雅講話。每當碰到利雅時，「牙尖嘴利」一詞絕不是個表面上的形容詞而已。

「嗨，賽斯，我是貝拉。」

「噢，妳好，貝拉！妳還好嗎？」

我一時語塞，迫切需要保證安慰。「還好。」

「打來問最新情況嗎？」

「你真是未卜先知。」

「不難猜啊。我雖然不是艾利絲——但妳很容易預測的。」他開玩笑說。在拉布席的奎魯特狼群中，只有賽斯是輕鬆到甚至能直說庫倫家人的名字，更別說還能拿我那幾乎是無所不知的未來小姑開玩笑了。

「我知道我很容易猜。」我遲疑了一下。「他怎麼樣了？」

賽斯嘆了口氣。「跟往常一樣。他不肯說話，雖然我們知道他聽得見我們。他試著不去像人類那樣思考，妳知道，就是完全憑他的直覺而行。」

「你知道他現在在哪裡嗎？」

「在加拿大北邊某處。我沒辦法告訴妳是哪一省，他沒去注意州界這類的事。」

「有沒有任何跡象他會……」

「他不會回來的，貝拉。對不起。」

我嘸了嘸，「沒關係，賽斯。我還沒問之前就知道了，但我沒辦法不抱著一絲期望。」

「是啊，我們的感覺其實也都一樣。」

「謝謝你忍受我，賽斯。我知道其他人一定讓你不好過。」

「他們不是妳的超級粉絲，」他爽朗地同意說：「但我想這麼說也沒什麼說服力。雅各做了他的選擇，妳做了妳的選擇。小各不喜歡他們對於此事的態度。當然，他對妳不時來打聽他狀況這件事也不是很高興。」

我吃了一驚，「我以為他沒跟你說話。」

「雖然他非常努力，但他無法事事都瞞住我們。」

所以雅各知道我很擔心。我不確定自己知道這點之後有何感覺。不過，起碼他知道我沒有偷偷溜走去過永遠幸福快樂的日子，並將他忘得一乾二淨。他或許想像我能辦得到。

「我猜，我能在……婚禮上見到你。」我從齒縫中逼出那幾個字。

「對，我跟我媽會去。妳真酷，竟然邀請我們。」

我對他聲音中的熱切忍不住露出微笑。邀請克利爾沃特家是愛德華的主意，而我很高興他想到這麼做。有賽斯在會很好——表示跟我那失蹤了的男儐相仍有一絲連繫，不管那連繫是何等薄弱。「若沒有你，整個就不同了。」

「幫我跟愛德華打個招呼，好嗎？」

「當然好。」

我搖搖頭。愛德華跟賽斯之間發展出來的友誼，至今仍令我感到非常吃驚。不過，這也證明了事情不必因循既往。如果吸血鬼跟狼人願意的話，多謝關心，他們可以好好相處的。

可惜不是每個人都喜歡這主意。

「啊，」賽斯的聲音高了八度：「呃，利雅回來了。」

「噢！再見！」

電話掛掉了。我把它留在位子上，在心裡做足準備，然後才能踏進家門，因為查理正等在屋子裡。

我可憐的老爸現在有好多事得處理。逃家的雅各只是他負擔過重的背上的稻草之一。他也同樣擔心我，他那才剛剛成年的女兒，再過幾天就要變成人家的太太了。

我在小雨中慢慢走著，想起我們告訴他的那天晚上……

＊　＊　＊

當查理的巡邏車的聲音宣告他回到家了，我手指上的戒指突然間變得像有上百磅重。我想把左手塞進口袋裡，或坐在身下，但愛德華冰冷的手緊緊把它握在身前，在正中央。

「別這麼坐立不安，貝拉。請試著記住，妳不是來承認自己犯了謀殺案。」

「你說的倒簡單。」

我傾聽著我爸的靴子重重踏上走道的不祥之聲。鑰匙轉動著已經開了的門，傳出喀啦聲響。聲音讓我想到恐怖電影中總會出現的一幕——受害者驚駭地發覺自己忘了把門鎖上。

聽到我越來越急的心跳，愛德華低聲說：「冷靜點，貝拉。」

門碰地大開撞在牆上，我猛地往後一縮，像是遭到電擊般不能動彈。

「嗨，查理。」愛德華喊道，整個人一派輕鬆。

「閉嘴！」我低聲抗議。

「怎麼？」愛德華悄聲回問。

「等他把槍掛好再說！」

愛德華悶聲笑了，用他另一隻手順了順蓬亂的紅褐色頭髮。

查理轉過角落進來，身上仍穿著他的制服，配戴著槍，當他看見我們倆一起坐在情人座上，勉強忍住不皺眉頭。近來，他費了不少力去稍微喜歡愛德華一點。當然，向他講明這件事後，肯定會立刻終止他所有的努力。

「嗨，孩子們。什麼事啊？」

「我們想跟你談談。」愛德華整個人非常平和。「我們有些好消息要告訴你。」

查理的表情瞬間從勉強的友善轉為陰沉的懷疑。

「好消息？」查理咆哮道，不太友善地看著我。

「請坐，爸。」

他抬起一邊眉毛，瞪著我五秒，然後踏著重重的步伐走到躺椅前，在邊緣坐下，整個背部還是僵直著。

「別激動，爸，」我在一陣沉寂之後說：「一切都好。」

愛德華皺起眉頭，我知道那是反對我用好這個字。換成他，大概會用這樣的字眼：**太棒了**，**太完美了**，或是**太令人快樂了**。

「當然，貝拉，當然。如果一切都好，妳為什麼滿頭大汗？」

「我沒有滿頭大汗。」我撒謊。

我避開查理滿臉的怒容，退縮進愛德華的懷抱，直覺的用右手背抹過額頭，想要抹去證據。

「妳懷孕了！」查理爆發開來。「妳懷孕了，對不對？」

雖然這問題很清楚是對著我問的，但他此刻卻怒視著愛德華，而且，我敢發誓，我看見他的手顫動著想去拔槍。

「不！我當然沒有！」我很想用手肘去撞愛德華的肋骨，但我知道這麼做只會讓自己多一塊淤青。我告訴過愛德華，大家一定會立刻跳到這個結論！還有什麼理由，會讓頭腦健全的人在十八歲就結婚？（他給我的回答讓我翻了翻白眼。**愛情**。最好是。）

查理憤怒的表情明顯緩和不少。通常我的臉會清楚顯示我說的是真話，此刻他相信我。「噢，對不起。」

「我接受你的道歉。」

又是好長一段暫停。好一會兒，我才明白，原來他們都在等我說話。我驚慌失措地仰起臉來看著愛德華。要叫我宣布這件事，絕不可能。

他對我微笑了一下，然後挺起肩膀，轉過去面對我父親。

「查理，我明白自己沒有按順序來做這件事。按照傳統，我應該要先來請求你的同意。我沒有不尊敬你的意思，但既然貝拉已經說好，而我也不願輕看她在這件事情上的選擇，因此，我沒來請你同意把她嫁給我，而是來請你祝福我們。查理，我們要結婚了。我愛她超過世上的一切，遠勝過我自己的性命，並且——藉由某種奇蹟——她也是如此愛我。你願意祝福我們嗎？」

他說得如此肯定，聽起來如此冷靜。在那一瞬間，聽到他聲音中那絕對的信心，我經歷了少有的、片刻的體認。像一串火速飛逝的畫面，我看見他眼中的世界。剎那間，這件事對他的意義完全有道理了。

然後我看見查理臉上的表情，他的眼睛現在鎖定了我手上的戒指。

我屏住呼吸，看著他的臉變化顏色——由正常變紅，由紅變紫，再由紫變藍。我正要起身——我不確定自己打算做什麼；也許該用哈姆立克急救法從背後抱住他，擠壓他的腹部，以確保他沒噎住什麼的——但愛德華捏了捏我的手，低語道：「給他一點時間。」他聲音低到只有我聽得見。

這次沉寂了更久的時間。然後，漸漸地，查理的臉色一層層恢復了正常。他的唇緊閉著，眉頭皺成一團；我認得他這種「深思」的神情。他研究著我們兩個好長一會兒，然後我感到愛德華在我旁邊放鬆下來。

「我猜我不該驚訝，」查理咕噥道：「早就知道我很快就得面對這類的事。」

我吐出一口氣。

「妳確定要這麼做？」查理瞪著我盤問道。

我毫不遲疑地回答他：「對愛德華，我是百分之百確定。」

「可是，結婚？有必要這麼急嗎？」他再次滿心懷疑地看著我。

之所以要急，是由於這項事實：每過討厭的一天，我就越接近十九歲一天，而愛德華卻停留在他完美的十七歲裡不會改變，過去九十幾年來都是如此。但在我的認知裡，這項事實不等於需要結婚，但由於愛德華跟我之間微妙又複雜的妥協方案，也就是我從凡人轉變成不朽的這個關鍵，最後導致要舉行婚禮這一點。

這些是我沒有辦法向查理解釋的事。

「查理，今年秋天我們就要一起去達特茅斯了。」愛德華提醒他：「我想要，嗯，按照對的方式來做這件事。我是這樣被教養長大的。」他聳聳肩說。

他一點也沒誇張；在第一次世界大戰期間，他們是很重視舊式道德觀的。

查理的嘴歪向一邊，正在想要從哪個角度去反駁。但他能說什麼？**我寧願你們先同居犯罪？**他身為人父；他無計可施。

「就知道這事遲早會來。」他皺著眉對自己喃喃說。然後，突然間，他的臉變得完全平靜無事了。

「爸？」我焦慮地問。我瞥了愛德華一眼，他正看著查理，但我也不明白他的神情。

「哈！」查理突然爆笑。我在椅子上不禁抖了一下。「哈，哈，哈！」

我難以置信地瞪著他，查理繼續笑個不停，整個人笑得前俯後仰。

我看著愛德華等他解釋，但是愛德華緊閉著唇，彷彿他也努力忍住別讓自己跟著笑出來。

「好，很好。」查理說，聲音有點嗆著。「結婚。」接著又是一陣難以停止的大笑。「不過……」

「不過什麼？」我立刻追問。

「妳得自己去告訴妳媽！我對芮妮一個字都不會提！那完全是妳的事！」他又爆發一陣哄堂大笑。

* * *

我把手放在門的把手上，笑了。當然，當時查理的話是嚇壞了我，告訴芮妮——簡直是死路一條。在她的黑名單上，早婚比活烹小狗更加罪大惡極。

誰能事先料想到她的反應呢？不是我，肯定也不是查理，或許艾利絲能，但我沒想到去問她。

在我結結巴巴擠出簡直無法說出口的：**媽，我要跟愛德華結婚了**。之後，芮妮說：「嗯，貝拉……我有點惱火，妳怎麼等這麼久才告訴我？飛機票越來越貴了。噢，」她焦躁地說：「妳想到時候費爾的石膏拆了嗎？如果他沒穿西裝，那真是破壞了相片畫面——」

「等等，等等，媽。」我驚喘口氣。「妳說等太久是什麼意思？我才剛訂——訂……」我實在無法強迫自己說出訂婚一詞。「排定好許多事，妳知道，今天才排定。」

「今天？真的嗎？那真令人驚訝。我還以為……」

「妳還以為什麼？妳什麼時候以為的？」

「嗯，你們在四月來看我的時候，看起來像是事情都差不多安排好了，妳懂我的意思吧。親愛的，妳很容易讓人一眼看穿啊。但我什麼也沒說，因為我知道那一點幫助也沒有。妳跟查理簡直是一個模子刻出來的。」她先嘆了口氣，又一口氣。「一旦妳下了決定，再怎麼勸妳也沒用。當然啦，就和查理一模一樣，妳也會對自己的決定堅持到底。」

然後她說了打死我也不會想到我媽會說的話。

「妳不會犯我犯的錯誤，貝拉。妳聽起來像是嚇壞了，我猜那是因為妳怕我。」她咯咯笑了起來。「怕我會怎麼想。我知道我說了很多有關結婚以及愚蠢的事——我也不後悔自己所講的——但妳得明白，那些事情只能明確地適用於我身上。妳跟我是完全不同的人。妳會犯屬於妳那種人的錯誤，我也相信妳在妳的人生中也會有悔恨。但是，親愛的，許下終生承諾從來不是妳的問題。妳比我所認識大部分四十歲的人，更能經營好婚姻這件事。」芮妮又笑了。「我的中年小孩。真幸運，妳似乎找到另一個老靈魂了。」

「妳沒……生氣？妳不認為我犯了個十惡不赦的大錯？」

「嗯，當然啦，我會希望妳再等個幾年。我是說，妳覺得我老到足夠當人家的岳母了嗎？不用回答我。主角不是我，而是妳。妳快樂嗎？」

「我不知道。我現在感覺好不真實喔。」

芮妮輕聲笑了起來。「貝拉，他讓妳感到快樂嗎？」

「快樂，可是——」

「妳有沒有想要過別的人？」

「沒有，可是——」

「可是什麼？」

「可是，妳難道不打算說，我跟打從開天闢地以來所有的青少年一樣，是被熱情沖昏了頭？」

「妳從來就不是個青少年，親愛的。妳知道什麼對妳最好。」

過去幾個禮拜，芮妮出人意料主動參與婚禮的計畫。她每天花好幾小時的時間跟愛德華的媽媽艾思蜜打電話——我一點都不必擔心兩位親家相處的問題。芮妮**崇拜**艾思蜜，想也知道，我懷疑會有誰能不用這種方式回應我那超討人喜歡的未來婆婆。

這讓我免除了刑責。愛德華的家人跟我家人一起處理了婚禮的大小事，讓我不需要費心去做、或知道、或想任何的事。

當然，查理火大的要命，不過美妙的是，他不是對我火大，芮妮才是那個背叛者。他本來想她會站在他那邊並扮黑臉的。現在，當他的撒手鐧——告訴妳媽——的結果變成完全落空之後，他還能怎麼辦？他手裡什麼牌都沒有了，而他知道這點。因此，他在屋裡沒精打采地閒蕩，碎碎念著在這世界上什麼人都不能相信……

「爸？」我推開前門時說：「我回來了。」

「等下，貝拉，在門口等一下。」

「嗄？」我問，立刻停住腳步。

「給我一分鐘。噢，妳戳到我了，艾利絲。」

艾利絲？

「對不起，查理。」艾利絲甜膩的聲音回答說：「這樣如何？」

「我的血流到上面了。」

「你沒事。相信我——連皮都沒破。」

「怎麼回事啊？」我問道，在門口遲疑著是進去還是不進去。

「三十秒，拜託，貝拉，」艾利絲回答我：「妳的耐心會得到回報的。」

「嗯哼。」查理補充道。

我用腳拍打著地板，數著每一拍。在我數到三十之前，艾利絲說：「好了，貝拉，進來吧！」

我小心地走進去，轉過那個小角落，進到我們的客廳。

「噢，」我深呼吸。「哇，爸。你看起來真是——」

「蠢？」查理打岔。

「我想的詞比較像是溫文儒雅。」

查理臉紅了。艾利絲握住他的手肘，拉他慢慢轉了一圈，展示他身上那件淺灰色的晚禮服。

「現在就放棄吧，艾利絲。我看起來像個白痴。」

「藉由我的手打扮過的，從來沒有一個人會看起來像白痴。」

「她說的沒錯，爸。你看起來真是帥斃了！是要去參加什麼盛宴嗎？」

艾利絲翻了翻白眼。「我是來為你們兩個做最後的試穿。」

我這會兒才把視線移開表現出罕見高雅的查理，看見那個小心橫擺在沙發上，令人心生畏懼的白色禮服防塵袋。

「啊哈。」

「去妳的快樂小天地吧，貝拉。不會花太多時間的。」

我深吸一口氣，閉上眼睛，就這樣跌跌撞撞地爬上樓梯進到我房間。我脫到只剩內衣，然後把雙臂直直伸出。

「妳以為我是要把細竹籤插到妳指甲裡去是吧？」艾利絲邊喃喃自語地抱怨著，邊跟著我走進房間。

我不理她。我是在自己快樂的小天地裡。

在我快樂的小天地裡，婚禮這場大混仗已經打完而且結束了。被拋在我身後了，已經遭到壓抑跟遺忘。只剩愛德華跟我，我們兩個人。背景模糊不清，且一直在變——從多霧的森林變到烏雲遮蔽的城市又變到北極的夜晚——因為愛德華把我們度蜜月的地點保密，要給我一個驚喜。但我沒特別在意地點的部分。

愛德華跟我在一起，在我們的妥協中，我已經完美地實踐了我的部分。我嫁給他了，這才是重要的。我同時也接受了他那些太過誇張的禮物，並且無論那是多沒意義，我都登記了要在今年秋天去上達特茅斯大學。現在，輪到他實踐他那部分了。

在他把我變成吸血鬼之前——他的大妥協——他還有另一項約定得要履行。

愛德華對於我必須捨棄的人類事物有著很強烈的執著，他不要我錯失一些經歷。但這些事——譬如畢業舞會——大部分在我看來都很蠢。在所有人類的經歷中，我只擔心錯失一種。當然，那正是他希望我會完全忘記的一種。

不過，問題的癥結就在這兒。對於我不再是人類之後，會是什麼樣子，我幾乎一無所知。我親眼見過新手吸血鬼，我也聽過了所有我未來家人的每一個早期狂野日子的故事。會有好幾年時間，我最大的個性特徵將是**飢渴**。要等相當一段時間之後，我才會再度是**我**。即使當我能夠控制自己了，我感覺的方式也永遠不會再跟現在完全相同了。

人類……而且完全沉浸在愛的激情中。

在我把我溫暖、脆弱、流竄著費洛蒙的身體，交換成美麗、強壯……與未知之前，我要徹底經歷完整的人類經驗。我要跟愛德華度個真正的蜜月。儘管他很怕這會使我落入險境，他還是答應嘗試。

我只模糊地意識到艾利絲，以及綢緞滑過我肌膚的感覺。有那麼片刻，我不在乎全鎮的人都在談論我。我也不去想自己很快便將扮演眾人的笑柄。我不擔心在走紅毯時被裙襬絆倒，或在不對的時刻發笑，或我當新娘太年輕，或觀眾的瞪視，或我最好的朋友的座位是空的。

在我快樂的小天地裡，我跟愛德華在一起。

chapter 2
長夜

我放任自己的思緒遊蕩了片刻，期待著睡眠降臨。

但是，幾分鐘後，我發現自己更清醒，

焦慮又悄悄爬回了我的胃，把它扭到了不舒服的狀態。

沒有愛德華在，床似乎變得太軟又太熱。

「我已經開始想念你了。」

「我不需要走。我可以留下來……」

「嗯。」

在長長的沉靜中，只聽到我心跳的怦怦聲，彼此上氣不接下氣的呼吸聲，以及我們的唇同時移動時所發出的窸窣聲。

有時候，我很容易就忘記自己吻的是個吸血鬼。不是因為他似乎很平凡或像人類——我沒有片刻或忘，我手臂中抱著的人比較像天使而非人類——而是因為當他把唇貼著我的唇、我的臉、我的咽喉時，顯得好像完全不費力。他宣稱自己早已通過了我的血液會對他造成的試探，失去我的概念，已經解決了他對我血液的任何渴望。但我知道，我血液的氣味，仍令他感到痛苦——就像是吸入火焰一般，不斷地燃燒著他的喉嚨。

我睜開眼睛，看見他也雙眼睜開正瞪著我的臉。他這樣看我實在沒道理，好像我是個大獎，而非我才是那個超級幸運的贏家。

我們凝視彼此好長一陣子，他金色的眼眸好深邃，讓我想像自己可以一路往內看見他的靈魂。這似乎有點傻，他的靈魂是否存在的事實，仍是個疑問，即使他是個吸血鬼。他有最美麗的靈魂，比他超級聰明的頭腦、無可比擬的容貌，或他壯麗悅人的身體都更美麗。

他回望著我，彷彿他也能看見我的靈魂，而且他似乎非常喜歡他所見到的。

不過，他無法得知我的想法，不像他能得知所有其他人的。天知道為什麼——我腦子某個部分出的小差錯，讓我免疫於某些吸血鬼所具有的非比尋常或嚇人的本事。（只有我的頭腦免疫；我的身體仍會服從那些具有跟愛德華不同的超能力的吸血鬼。）但無論那個小差錯是什麼，對於它能保持我的思想成為祕密，我真的非常感激。否則，我的念頭簡直羞得不能見人。

我再次把他的臉拉向自己。

稍後，他喃喃道：「肯定要留下來。」

「不，不。這是你的單身派對。你一定得去。」

我嘴上這麼說，但我右手的手指卻探入握緊他紅褐色的頭髮，左手緊貼著他的背凹處。他冰涼的手撫摸著我的臉。

「單身派對是設計給那些對單身日子即將過去而感到悲傷的人，我是迫不及待要把它拋在背後的人。所以，沒道理要去。」

「說的甚是。」我貼著他寒冬般冰冷的咽喉肌膚喘息著。

這非常靠近我的快樂小天地了。查理在他房裡睡得不醒人事，讓我感覺幾乎像獨處一樣好。我們蜷縮在我的小床上，雖然我裹在厚厚的毛毯中像個蛹似的，我們仍盡可能地交纏在一起。我討厭裹著毛毯，但我的牙齒若因為冷而格格作響，會毀了浪漫的感覺，更不用說如果我在八月的時候開暖氣，查理會注意到的……

如果我必須包得緊緊的，至少，愛德華的襯衫是在地板上。我永遠不會停止震驚於他的身體是何等完美——白皙、冰冷、像大理石般光滑。現在，我把手滑下他岩石般的胸膛，撫過他平坦的腹部，令人驚嘆。一陣輕微的戰慄竄過他的身體，他的嘴再度找到我的。我小心謹慎地讓我的舌尖抵住他玻璃般光滑的唇，他嘆了口氣。他甜美的氣息——冰冷又可口宜人——吹拂過我的臉。

他開始退開——那是他的立即反應，任何時候，當他覺得情況超過界線了，任何時候，當他極渴望繼續時，他的反射動作是退開。愛德華幾乎花了一輩子的時間在抗拒任何一種生理上的吸引力。我知道，如今要他嘗試改變這些習慣，對他而言是很可怕的事。

「等一下。」我抓住他的肩膀，讓自己貼近他。我踢開毛毯伸出一條腿纏上他的腰。「熟能生巧啊。」

他輕聲笑了。「嗯，到了這個節骨眼上，我們應該相當接近巧了，不是嗎？難道妳上個月都在昏睡不成？」

「但這是預先彩排，」我提醒他：「況且我們都只練習特定的幾個情景。是該冒險的時候了。」

我以為他會笑，但他沒回答，他的身體突然繃緊，沒了反應，眼中流金般的眼瞳突然僵硬起來。

我想了一遍我說的話，明白他聽出了什麼弦外之音。

「貝拉……」他低語。

「別又舊事重提。」我說：「說好的事就是說好了。」

「我不知道。妳跟我這樣在一起的時候，我真的很難專心。我——我無法清楚思考，我會沒辦法控制住自己，妳會受傷的。」

「我會沒事的。」

「貝拉……」

「噓！」我用唇貼緊他的唇，止住他的恐慌。那些話我之前已經聽過了。他這回可別想毀約，尤其是在堅持我非得先嫁給他之後。

他回吻了我好一會兒，但我能感覺到，他不像之前那麼投入了。擔心，總是擔心。當他不必再擔心我之後，情況將會何等不同。那些空出來的時間他要做什麼呢？他得培養個新嗜好才行。

「妳的腳怎麼樣了？」他問。

我知道他問的不是表面的意思，所以我回答：「熱得要命。」

「真的嗎？不重新考慮？要改變主意還不遲喔。」

「你打算擺脫我嗎？」

他輕笑說：「只是確定一下。我不想要妳做出任何妳不確定的事。」

「對你，我很確定。其他的，我能忍耐度過。」

他遲疑了一下，我懷疑自己是不是又大嘴巴說錯話了。

「妳能嗎？」他靜靜地問：「我不是指婚禮──儘管妳很不安，但我確信妳可以活過這件事──而是之後……對芮妮，還有查理，妳怎麼打算？」

我嘆了口氣。「我會想念他們。」更糟的是，他們會想念我，但我不想給他火上加油。

「還有安琪拉、班、潔西卡跟麥克。」

「我也會想念我的朋友。」我在黑暗中微笑。「尤其是麥克。噢，麥克！我要怎麼活下去？」

他發出低沉的咆哮。

我笑了，然後正經地說：「愛德華，這些我們討論過了一遍又一遍。我知道這會很難，但這是我要的。我要你，我要你直到永永遠遠。一輩子對我而言是不夠的。」

「永遠凍結在十八歲。」他低語。

「所有女人的夢想這下成真了。」我取笑道。

「永不會改變……永遠不會朝前邁進。」

「那是什麼意思？」

他緩慢地答道：「妳記得，當我們告訴查理我們要結婚時，他以為妳……懷孕了？」

「而且他心裡想著要一槍斃了你。」我笑著猜測說：「承認吧──有那麼一刻，他心裡確實這麼想。」

他沒回答。

「怎麼啦，愛德華？」

「我只是希望……嗯，我只是希望他說的是對的。」

「天！」我驚喘一聲。

「真希望有什麼辦法讓他所言成真。希望我們有那樣的潛力。我也痛恨剝奪妳這項權利。」

好一會兒我才說：「我知道自己在做什麼。」

「貝拉，妳怎麼可能知道？看看我母親，看看我姊妹。那不是一件像妳想像的那麼容易犧牲的事。」

「艾思蜜跟羅絲莉調適得不錯。如果後來這件事成了個問題，我們可以像艾思蜜所做的——我們可以領養啊。」

他嘆了口氣，然後聲音激烈起來：「這根本就不對！我不要妳為我做任何犧牲。我要給妳一切，不是從妳那裡奪走任何東西。我不要偷走妳的未來。如果我是人類——」

我伸手按住他的口。「你才是我的未來。現在，給我閉嘴。不准悶悶不樂，要不然我打電話給你哥，請他來把你帶走。也許你的確需要一個單身派對。」

「對不起，我是在悶悶不樂，對嗎？一定是緊張的緣故。」

「現在換你的腳冷了嗎（註1）？」

「我不是那個意思。史旺小姐，為了要娶妳，我已經等了一個世紀了。婚禮是一件令我迫不及待的事——」他說到一半停下來。「噢，上天垂憐！」

註1　英文cold feet意指臨陣畏縮、膽怯，此指「婚前恐懼症」，所以在之前愛德華故意問起貝拉「妳的腳怎麼樣了」，而在此換貝拉嘲弄他。

「怎麼啦?有什麼不對嗎?」

他咬緊牙。「妳不需要打電話叫我兩個哥哥來了。很顯然艾密特跟賈斯柏今晚不會輕易放過我。」

我擁緊他一會兒，然後放開他。要和艾密特玩拔河比賽，我完全沒有勝算。「祝你玩得愉快。」

此時窗戶上傳來一陣尖銳的響聲——有人直接用堅硬的指甲刮過玻璃，弄出一種可怕的、讓你得摀住耳朵、會起一身雞皮疙瘩的聲音。我打了個冷顫。

「如果妳不放愛德華出來，」艾密特——在黑夜中依然看不見他的身影——惡狠狠地威脅：「我們就破門而入！」

「快去，」我笑著說：「免得他們拆了我家的房子。」

愛德華翻了翻白眼，但他還是一個流暢的動作瞬間起身，一眨眼穿好了衣服。他彎下身來在我額上印下一吻。

「好好睡一覺吧。明天是妳的大日子。」

「謝了！這還真容易幫助我入睡。」

「我會在教堂的聖壇前跟妳碰面。」

「我會是穿白紗的那位。」我對自己聽起來完美又世故的模樣，不禁露出微笑。

他輕笑說：「非常具有說服力。」然後他突然蹲伏下身，全身的肌肉收縮如彈簧。他消失了——從我的窗戶竄出去，快到我的肉眼無法跟上。

窗外傳來低沉的碰的一聲，我聽到艾密特喃喃咒罵。

「你們最好別讓他遲到。」我喃喃道，曉得他們可以聽見我的聲音。

接著，賈斯柏的臉出現在我窗口，他蜂蜜色的頭髮被從雲中透出的淡淡月光染上一層銀光。

「別擔心，貝拉。我們絕對會讓他提早到家的。」

我突然變得非常平靜，我的不安似乎變得完全不重要了。就像艾利絲具有神祕又準確的預知能力一樣，賈斯柏擁有自己的天分。賈斯柏的能力不是預知未來，而是操縱情緒，你無法抗拒他要你感覺到的感覺。

我笨拙地坐起來，還跟毯子糾纏在一起。「賈斯柏！吸血鬼在單身派對上都做些什麼？你們不會帶他去脫衣舞俱樂部，對吧？」

「別告訴她任何事！」艾密特在底下吼道。然後又是碰的一聲，接著傳來愛德華低低的笑聲。

「放輕鬆。」賈斯柏告訴我——我也隨之輕鬆下來。「我們庫倫家有自己的版本。不過是幾隻山獅、幾隻大灰熊。非常平凡的一次夜晚出獵。」

無論現在或將來，我懷疑自己能夠如此滿不在乎地談論「吃素」的吸血鬼飲食。

「謝啦，賈斯柏。」

他眨一下眼，然後跳下消失了。

外面完全安靜下來。查理悶住的打呼聲單調地透過牆傳來。

我躺回枕頭上，現在覺得睏了。我從沉重的眼皮底下瞪著我這個小房間的牆，被月光漂得一片蒼白。

我在自己房間的最後一個晚上。我身為伊莎貝拉．史旺的最後一個晚上。明天晚上，我將成為貝拉．庫倫。雖然這整個婚姻的考驗，於我猶如芒刺在背，我還是得承認，我喜歡自己換了夫姓。

我放任自己的思緒遊蕩了片刻，期待著睡眠降臨。但是，幾分鐘後，我發現自己更清醒，焦慮又悄悄爬回了我的胃，把它扭到了不舒服的狀態。沒有愛德華在，床似乎變得太軟又太熱。賈斯柏已經走遠了，所有平靜、放鬆的感覺也隨他一起去了。

明天將會是非常漫長的一天。

我也意識到，我大部分的恐懼都是杞人憂天——我只要克服自己就行了。引人注目是人生的一部分，無法避免的。我不可能永遠與背景混成一片。然而，我還是有幾項特定擔心的事，是完全合邏輯的。

首先，是婚紗背後長長的裙襬。在這件事上，艾利絲顯然讓她的藝術感凌駕了實用性。穿高跟鞋靈活地走下庫倫家的樓梯，還拖著一個長裙襬，聽起來根本是個不可能的任務。我應該要事先練習的。

再來，是賓客的名單。

譚雅一家，德納利家族，會在婚禮前到達。

讓譚雅的家族跟我們來自奎魯特保留區的客人，雅各的父親與克利爾沃特一家同處一室，將是件敏感的事。德納利家族可一點也不是狼人的粉絲。事實上，譚雅的妹妹艾琳娜根本不會來參加婚禮。她仍然記恨著狼人殺害了她的朋友羅倫特（就在他要殺我的時候）。感謝這股舊仇，讓德納利家族在愛德華家最需要幫忙的時刻，拒絕伸出援手。結果是意料之外的奎魯特狼人與他們聯手，在一大群吸血鬼新手前來攻擊時，救了我們大家一命……

愛德華已經向我保證，德納利家族接近奎魯特客人，是不會造成危險的。譚雅跟她整個家族——除了艾琳娜之外——都對臨陣背叛一事愧疚萬分。跟狼人之間休戰不過是個小代價，她們已經做好了心理準備。

那是屬於大問題，另外還有小問題：我脆弱的自尊心。

我從未見過譚雅，但我很確定，跟她碰面，對我的自尊絕不是什麼愉快的經驗。很久以前，也許是在我出生之前，她曾經追求過愛德華——我絕不怪她或任何人渴望他。但她肯定是美麗絕俗，豔光照人。雖然愛德華一再聲明——真不可思議——他比較喜歡我，我卻一定沒辦法克制自己不去比較。

我對此曾發過一些牢騷，直到清楚我弱點的愛德華讓我感到內疚為止。

「對她們而言，我們是最像家人的人，貝拉。」他提醒我：「雖然經過了這麼多年，妳知道，她們依舊感覺自己像孤兒一樣。」

因此，我認可，藏起我的不悅。

譚雅現在有了個大家族，幾乎跟庫倫家一樣大。她們現在有五個人：譚雅、凱特、以及艾琳娜，另外還有卡門和以利沙加入她們，就像艾利絲與賈斯柏加入庫倫家族一樣，她們全都因為渴望能比一般吸血鬼更具有憐憫之心而聚在一起。

不過，在這群人中，只有譚雅跟她妹妹，就某方面而言，仍舊孤單。她們仍在悲痛中。因為，在很久以前，她們也曾經有過母親。

我可以想像喪失親人留下了怎樣的傷口，即使時間已經過了千年。我試著想像庫倫家族沒有了他們的創造者，他們的中心，他們的嚮導——他們的父親卡萊爾。我無法想像。

在我待在庫倫家直到深夜，盡可能學習，盡可能為我所選擇的將來做準備的那些夜晚裡，有一次卡萊爾說明了譚雅家的歷史。譚雅母親的故事，是許多警戒的故事之一，闡述了一則當我加入不朽的世界後，必須要注意的規則之一。事實上，只有一項規則——一條法則分散成上千個不同的層面：**保密**。

保密意味著許多的事——要像庫倫家一樣不引人注意地過生活，在人類懷疑他們沒有隨著歲月變老之前搬家。或者完全不跟人類往來——除了獵食以外——像詹姆斯跟維多利亞的流浪生活方式一樣；賈斯柏的朋友，彼得和夏洛特仍以這種方式生活。也意味著，要控制好任何你新創造出來的吸血鬼，就像賈斯柏跟瑪麗雅住在一起時所做的。維多利亞在這一點上就失敗了，她沒能控制住她創造的新手。

這意思是，打從一開始就別創造某種新東西，因為某些創造物可能是無法控制的。

「我不知道譚雅母親的名字。」卡萊爾承認，他金色的眼眸幾乎跟他金色的頭髮一樣閃亮，此時因想起譚雅的痛苦而浮現悲傷。「若能避免，她們向來不會談到她，從來不願意想到她。那個創造了譚雅、凱特跟艾琳娜的女人——我相信她很愛她們——在我誕生之前，在我們的世界發生災難的那段期間，一場不朽孩童的災難，就已經存在許多年了。

我們這族的那些祖先到底是怎麼想的，我實在不能明白。他們選了一些剛剛脫離嬰兒時期的人類，將他們改造成吸血鬼。」

當我想像出他所描述的事，我得忍著吞下從喉嚨冒上來的苦澀膽汁。

「他們非常漂亮。」看到我的反應，卡萊爾飛快地解釋：「非常討人喜歡，極為迷人，妳無法想像。妳一靠近他們就會愛上他們；這是很自然發生的事。

可惜的是，他們無法被教導。他們凍結在被咬的那一刻，無論那時他們的發展達到什麼程度。一個可愛、有著酒窩與粉嫩嘴唇的兩歲孩童，可以在某次突然發怒時，毀掉半個村子。如果他們餓了，他們當然要吃，沒有任何警告的言語能夠約束他們。人類看見他們，各種故事四處流傳，恐懼像乾柴碰上烈火般迅速傳開……

譚雅的母親創造了一個這種孩童。跟其他的先人一樣，我無法理解她這麼做的理由在哪裡。」他深深吸了口氣，穩定自己的呼吸。「當然，佛杜里出面干涉了。」

正如我每次聽到這名字一樣，我忍不住退縮，不過，那群聲勢浩大的義大利吸血鬼——他們自認為是貴族——當然是這個故事的中心。如果沒有懲罰，就不會有法律；如果沒有執法者，就不會有懲罰。古老的厄洛、凱撒和馬庫斯，統治著佛杜里強大的勢力；我才跟他們碰過一次面，但在那短暫的會晤中，在我看來，具有強又有力的讀心術天賦的厄洛——他只要碰一下，就能知道一個人曾經擁有的所有思緒——才是真正的領導人。

「佛杜里在自己家鄉沃爾苔拉以及世界各地研究了那些不朽孩童。凱撒斷定那些孩子沒有能力保護我們的祕密。因此，他們必須被摧毀。

我跟妳說過，他們非常可愛。許多家族為了保護他們，寧可戰至最後一人，到全族滅亡為止，死傷相當慘重。那次大屠殺，不像南方戰爭在這塊大陸上散布得那麼廣，但它本身所造成的毀滅性卻更深遠。長久奠定的家族、古老的傳統、朋友……許多就此消失了。到了最後，這項習俗完全被制止。不朽孩童變成一件不可提的事，成了一項禁忌。

當我跟佛杜里在一起的時候，我碰過兩個不朽孩童，因此我親身體驗到他們有多討人喜歡。在不朽孩童造成的災難結束之後，厄洛研究這兩個孩子許多年。妳知道他的天性有多麼好奇；他非常盼望這些孩子能被馴服。但是到了最後，結論是一致的：不朽孩童是不容許存在的。」

然後故事回到德納利姊妹的母親，我已經把她全給忘了。

「譚雅的母親到底發生了什麼事，無法確切得知。」卡萊爾繼續說：「譚雅、凱特和艾琳娜完全不知道這件事，直到佛杜里找上門的那一天，她們的母親與她非法的創造已經成了佛杜里的階下囚。是無知救了譚雅跟她妹妹們一命。厄洛接觸她們，看見她們是完全無辜的，因此，她們沒跟著母親一起受罰。

她們之前從未見過那個小男孩，作夢也沒想過他的存在，直到那天，她們看著他在她們母親懷中一起被活活燒死。我只能猜，她們的母親保持這個祕密，是為了要保護她們不遭受同樣的結果。但是她為什麼在一開始時要創造他呢？他是誰？他對她具有什麼意義，導致她會跨越這條最不可跨越的界線？對於這些問題，譚雅跟她妹妹們永遠得不到答案。但是她們無法懷疑她們母親所犯的罪，我也不認為她們有真正原諒她的一天。

雖然厄洛保證譚雅、凱特與艾琳娜完全是無辜的，凱撒卻想燒死她們。因為母女關係的牽連而有罪。

她們很幸運，那天厄洛覺得應該要大發慈悲。譚雅跟她妹妹們獲得了原諒，但留給她們的是受創的心，以及對法律無比的尊敬……」

我不確定記憶在什麼時候轉成了夢境。前一刻，我還在聆聽記憶中卡萊爾的敘述，看著他的臉，片刻之後，我卻看著一片灰色、不毛的原野，同時嗅到空氣中濃濃的焚燒氣味。我不是單獨一個人在那裡。

有一群人聚集在原野中央，身上全都罩著灰暗的斗篷，這應當會嚇壞我——他們只可能是佛杜里，而我仍是人類，這違反了我們上次碰面時，他們下達的命令。但是我知道，正如我有時在夢裡經歷的一樣，他們看不見我。

在我四周散布著一些冒煙的堆砌物。我認得空氣中的那種甜味，因此不願太靠近去看那些堆砌物。我絲毫不想去看他們所處決的吸血鬼的臉孔，有一半是怕自己會在悶燒的屍堆中認出某個人。

佛杜里的戰士站成一圈，圍住某個東西或某個人，我聽見他們的低語在激動中音量逐漸升高。我緩緩移動靠近那些斗篷，被夢境所強迫，要看清他們如此專注察看的東西或人。我小心地從兩個高高的、竊竊私語的斗篷戰士之間往內瞄，終於看見了他們所辯論的目標，坐在一座高於他們的小丘上。

正如卡萊爾描述的，他非常美麗，非常可愛。那男孩還非常小，頂多只有兩歲。淡褐色的鬈髮框出他天真無邪的臉孔，圓圓的臉頰，嘟嘟的小嘴。他在發抖，眼睛閉著，彷彿太害怕而不敢觀看隨著分秒流逝而逼近的死亡。

一股強烈要拯救這可愛、被嚇壞了的孩子的需要擊中我，儘管佛杜里充滿了毀滅性的危險，對我卻無關緊要了。我猛地推擠過他們，不在乎他們是否意識到我的存在。突破了他們的包圍，我朝那男孩衝過去。

在看清他所坐著的那座小丘時，我震驚地停下來。那不是土堆或岩石，而是一堆人類的屍體，乾枯，毫無生命氣息。要不看見那些臉孔已經太遲了。我認識他們所有的人——安琪拉、班、潔西卡、麥克……

而就在這可愛的男孩的正下方，是我父親跟母親的屍體。

那孩子睜開了他明亮、血紅的眼睛。

chapter 3

大喜之日

「這是一件古老與藍色的東西。」

艾利絲想了想，後退幾步欣賞我。

「而妳的婚紗禮服是新的……來，把這戴上。」

她把某件東西彈向我。

我自動伸出手，一條薄薄的吊襪帶落在我掌心上。

「那是我的，妳得還給我。」艾利絲告訴我。

我的雙眼猛然睜開。

躺在溫暖的床上顫抖與喘息了好幾分鐘，試著從夢境中醒來。在我等著心跳緩和下來的時間裡，窗外的天空逐漸轉灰，再慢慢轉成淡粉紅。

當我完全回到我混亂、熟悉的現實房間後，我對自己有點惱怒。在我婚禮的前一晚作這夢，可真吉祥啊！那就是我半夜沉迷在擾人的故事裡的後果。

我急於擺脫這惡夢，快快穿了衣服，比我需要的更早之前下樓到廚房去。首先，我把已經很整潔的房間再清潔了一遍，等查理起床後，我幫他做了鬆餅。我太過緊張，一點也吃不下早餐——他吃早餐的時候，我坐在自己的位子上不停動來動去。

「你要在下午三點去接韋柏先生。」我提醒他。

「貝拉，今天我除了去接牧師之外，沒有其他什麼事要做。我不會忘記我唯一的工作的。」查理為了婚禮請了一整天的假，他肯定還在散漫狀態。他的眼睛不時偷瞄著樓梯底下的櫥櫃，那裡面放著他釣魚的器具。

「那不是你唯一的工作。你還要穿著正式，可以見人。」

他滿臉不悅地吃著早餐玉米片，口裡低聲抱怨著「耍猴戲裝」之類的話。

前門傳來一陣清脆的敲門聲。

「你以為你的情況很壞，」我說，同時扮個鬼臉起身。「艾利絲會在我身上忙一整天。」

查理若有所思地點點頭，承認他將要遭受到的是比較不嚴峻的考驗。我經過他時，俯下身在他的頭頂印下一吻——他漲紅了臉並哼了哼——然後繼續朝門口走去，為我最好的女性朋友，也是即將成為我小姑的人開門。

破曉

艾利絲的黑色短髮不是平常的亂翹模樣——它們變得平滑緊貼，烘托出她那精靈般的臉孔，但臉上卻相對的一副公事公辦的表情。她拽著我離開屋子，頭也不回地只拋下一句：「嗨，查理。」

當我坐進艾利絲的保時捷，她上上下下地打量我。

「噢，要命，看看妳的眼睛！」她嘖嘖有聲地責備。「妳幹了什麼好事？整夜沒睡嗎？」

「幾乎。」

她怒視著我。「貝拉，我花了那麼多時間要讓妳美得驚人，而妳，起碼也照顧一下我尚未加工之前的材料嘛。」

「沒有人期望我美得驚人。我想最大的問題是，我可能會在典禮進行中睡著，而沒辦法適時說出『我願意』，然後愛德華會趕快逃走。」

她大笑。「這種狀況快發生前，我會把捧花砸到妳身上。」

「謝啦。」

「至少明天在飛機上，妳有充裕的時間可以睡。」

我抬起一邊眉毛。**明天**，我沉思著。如果在今晚的宴客之後我們就立即出發，到了明天我們卻還在飛機上……那麼，我們就不是去愛達荷州的首府波伊斯。愛德華連一點提示都沒給我。對這項祕密我並沒有很沮喪，但是不知道自己明天晚上會睡在哪裡，感覺真的滿奇怪的。或者，希望最好是**不要**睡啦……

艾利絲察覺到自己洩漏了什麼，不禁皺起眉頭。

「妳都已經打包準備好了。」她說這話來使我分心。

果然有效。「艾利絲，我真希望妳讓我打包自己的東西！」

「那會洩漏太多祕密。」

「同時阻撓了妳血拚的機會。」

「在十小時之內，妳就正式成為我的姊妹了……是時候該克服這種對新衣服的反感。」

我無力地怒瞪著擋風玻璃外，直到我們快到她家。

「他回來了嗎？」我問。

「別擔心，在結婚進行曲響起來之前，他會在那裡的。但不管他幾時回來，妳都不能見他。我們要按照傳統來辦這件事。」

我不耐地哼道：「傳統！」

「好吧，除了新郎和新娘本身就不傳統這一點之外……」

「妳知道他已經偷窺過了。」

「噢，沒有，當他在場時，我都非常小心地不要想到這件事——那是為什麼我是唯一看見妳試婚紗的人。」

「喔。」我說，我們正開上車道，「我看見妳又用了畢業典禮的裝飾了。」三哩長的車道，再度纏繞裝上成千上萬的閃爍小燈泡。這次，她還綁上了白色絲緞蝴蝶結。

「不浪費，不奢求。享受它吧，因為在時間到之前，妳也不能看到內部的裝飾。」她把車停入主屋北邊又大又深的車庫裡；艾密特的吉普車仍舊還沒回來。

「是從什麼時候開始，不准新娘看裝飾的？」我抗議說。

「自從這新娘交代我處理事情以後。我要妳從樓梯上下來時，充滿震撼。」

她伸手蒙住我的眼睛，然後才領我走進廚房。我立刻被室內的氣味包圍。

「那是什麼？」她領我進屋時，我好奇的問。

「味道太強烈了嗎？」艾利絲的聲音突然變得有點擔憂。「妳是第一個來到這裡的人類；我希望自己沒做錯。」

「這味道聞起來棒極了！」我跟她保證——這味道幾乎令人迷醉，但卻不會令人受不了，不同的香味平衡得十分隱約又完美無瑕。「橙花……丁香……還有別的——我說的對嗎？」

「對極了，貝拉。妳只沒猜到小蒼蘭和玫瑰。」

直到我們抵達她巨大的浴室，她才放開我的眼睛。我瞪著那長長的、擺滿了所有美容院用品的化妝檯，開始感覺到夜晚失眠的威力。

「真的有必要這樣嗎？不管怎麼化妝打扮，只要站在他旁邊，我看起來都將平凡無奇。」

她推我到一張粉紅色的矮椅子上坐下。「等我把妳從頭到腳打扮好，沒有人敢說妳平凡無奇。」

「那只因為他們怕妳會吸乾他們的血。」我喃喃抱怨，然後靠向椅背，閉上眼睛，希望自己可以全程都打瞌睡。在她幫我敷臉、上保養品，並幫我全身去角質的過程中，我不時睡睡醒醒。

午餐時間過後，羅絲莉悄悄走過浴室門口，身上穿著一襲銀光閃閃的長禮服，她金色的頭髮在頭頂盤成柔和的一圈。她是如此美麗，令我忍不住想哭。有羅絲莉在場，費心打扮有什麼意義？

「他們回來了。」羅絲莉說，立刻，我孩子氣的絕望消失了。愛德華回來了。

「不准他到這裡來！」

「他今天不會跟妳唱反調的。」羅絲莉對艾利絲保證。「他把自己的命看得太重要了。艾思蜜要他們立刻把該做的都做好。妳需要幫忙嗎？我可以打理她的頭髮。」

我的下巴掉下來。我掙扎著轉過頭去，還記得要把嘴閉上。

在這世界上，我從來不是最討羅絲莉喜歡的人。然後，因為我現在所做的選擇冒犯了她私人的理由，而使我們之間的關係更加緊張。雖然，她擁有無雙美貌，可愛的家庭，以及靈魂伴侶艾密特，但她寧可把這一切拿來換取重新做人類。而我在這裡，毫不留情地把她想要的人生的每一件東西，像垃圾一樣拋棄。那讓她對我實在熱情不起來。

「好啊。」艾利絲輕鬆地說：「妳可以開始編辮子，我要它看起來複雜卻精細。頭紗會在這裡，在這底下。」她的手開始梳我的頭髮，把它挽起來，扭轉它，詳細地描述她要的是什麼樣子。當她說完，羅絲莉的手取代她的，用輕如羽毛的手勢編弄我的頭髮。艾利絲則轉回來弄我的臉。

當羅絲莉接受艾利絲對我頭髮的稱讚後，她被派去拿我的婚紗，並找到賈斯柏，他被分派去我媽跟她丈夫費爾所住的旅館接他們。至於樓下，我可以隱約地聽見門開了又關，關了又開。聲音開始朝上向我們飄來。

艾利絲要我站起來，好讓她能輕易地把禮服從我頭上套下去，不弄亂我的頭髮跟臉上的妝。當她在扣我背上一長排的珍珠鈕釦時，我的膝蓋拚命發抖，使綢緞震動出小波浪，一路延伸到地板上。

「貝拉，深呼吸。」艾利絲說：「並且試著降低妳心跳的速度。妳要是再流汗就要把臉上的妝融花了。」我給了她我所能設法擠出來諷刺的表情。「我會盡量辦到的。」

「我現在得去換衣服了。妳可以控制住自己兩分鐘嗎？」

「嗯……大概……」

她翻了翻白眼，衝出門去。

我把注意力集中在我的呼吸上，數著我肺部的每次起伏，並且瞪著浴室燈光在我閃亮的裙子布料上形成的圖案。我不敢看鏡子——害怕穿著白紗的樣子會把自己嚇到，讓恐慌症完全爆發。

在我呼吸還不到兩百下，艾利絲就回來了，身上的禮服順著她窈窕的身材垂下來，像一襲銀色的瀑布。

「哇——艾利絲。」

「沒什麼。今天不會有人看我的，只要妳在場就不會。」

「哈哈。」

「現在，妳能控制好妳自己，還是我得叫賈斯柏上來一趟？」

「他們回來了？我媽來了嗎？」

「她剛走進門，現在正往樓上來。」

芮妮在兩天前便飛來福克斯，而我，把所能撥出的每一分鐘都拿來陪她——換句話說，就是我能夠從艾思蜜身旁以及裝飾場地等事情將她拖開的每一分鐘。就我所知，她對這些事的興致比把個小孩關在迪士尼樂園過夜還要高。就某方面來說，我覺得自己像查理一樣受到背叛，浪費那麼多時間害怕、擔心她的反應……

「噢，貝拉！」這會兒她尖叫道，還沒完全走進門就滔滔不絕。「噢，蜜糖，妳真是太美了！噢，我要哭了！艾利絲，妳真是太神奇了！妳跟艾思蜜應該要經營婚禮籌備的生意。妳在哪裡找到這件禮服的？真是美到不行！優雅，高貴動人。貝拉，妳看起來就像剛從珍．奧斯汀的電影裡走出來的一樣。」我媽的聲音聽起來有點遙遠，房間裡的每樣東西都變得有點模糊。「這點子真有創意，繞著貝拉的戒指為主題作設計。真是太浪漫了！想想看，那戒指從十九世紀就在愛德華家了。」

艾利絲跟我交換了心知肚明的一瞥。我媽被婚紗的款式超過百年沖昏了頭。實際上婚禮的中心不是繞著戒指，而是繞著愛德華自己。

門口傳來一陣大聲、粗啞的清喉嚨聲音。

「芮妮，艾思蜜說時間到了，妳該去樓下坐好。」查理說。

「嗯，查理，你看起來真是英俊！」芮妮用一種震驚的聲調說。或許那也解釋了查理答話時聲音中的尖銳。

「艾利絲替我打理的。」

「時間真的到了嗎？」芮妮對自己說，聽起來幾乎跟我一樣緊張。「整件事進行得太快了。我覺得頭暈。」

這話對我倆都適用。

「在我下樓前給我個擁抱。」芮妮堅持說：「現在開始要小心點，別扯破任何東西。」

我媽輕捏了下我的腰，接著往門口去，只是半途又猛轉回來再次面對我。

「噢，老天，我差點忘了！查理，盒子在哪兒？」

我爸搜尋了一會兒他的口袋，然後拿出一個白色小盒子，遞給芮妮。芮妮掀開盒蓋，然後遞過來給我。

「一點藍色。」她說。

「也是一件古老的東西。這是妳史旺奶奶的。」查理補充道：「我們請珠寶師傅用藍寶石換掉了原來的仿寶石。」

盒子裡是一對純銀的髮梳。深藍色的藍寶石點綴在梳齒上方錯綜複雜的花紋中。

我的喉嚨整個哽咽住。「媽，爸……你們不該這麼破費。」

「艾利絲不肯讓我們插手幫忙任何事。」芮妮說：「每次我們試著想做點什麼，她簡直就要咬穿我們的喉嚨。」

我歇斯底里地爆笑出聲。

艾利絲走上前來迅速把兩支髮梳插上我的頭髮，就在一堆辮子下方邊緣。「這是一件古老與藍色的東西

（註2）。」艾利絲想了想，後退幾步欣賞我。「而妳的婚紗禮服是新的……來，把這戴上。」

她把某件東西彈向我。我自動伸出手，一條薄薄的吊襪帶落在我掌心上。

「那是我的，妳得還給我。」艾利絲告訴我。

我的臉漲紅了。

「這樣好，」艾利絲心滿意足地說：「總算有點血色——那正是妳需要的。妳正式達到完美了。」帶著一點洋洋自得的笑容，她轉向我父母。「芮妮，妳得下樓去了。」

「是的，女士。」芮妮給了我一個飛吻，匆匆走出門去。

「查理，可以請你去拿捧花嗎？」

查理一離開房間，艾利絲便一把拿走我手上的吊襪帶，然後鑽到我裙下。她冰冷的手抓住我腳踝時，我倒抽了口氣差點站不穩；她把吊襪帶猛拉到該在的位置。

在查理拿著兩捧白色花束回來之前，她已經起身站好了。玫瑰、橙花和小蒼蘭的香氣將我包圍在一種柔和的迷濛中。

羅絲莉——家中除了愛德華之外最好的音樂家——開始彈奏樓下的鋼琴。帕切貝爾的卡農。我開始拚命用力呼吸。

「放輕鬆，小貝。」查理說。他緊張地轉向艾利絲。「她看起來有點快昏倒了。妳想她辦得到嗎？」

他的聲音聽起來好遙遠。我的腳毫無感覺。

「她會漸入佳境的。」

註2 Something old, something new, something borrowed, and something blue，按照西洋的婚禮習俗，新娘必須穿戴四樣物品——一樣舊，一樣新，一樣借來的，一樣藍色的。這裡是在討論這個習俗。

艾利絲站在我面前，踮起腳尖好直視我的雙眼，並用她強壯的手抓緊我的手腕。

「專注點，貝拉。愛德華正在底下等妳。」

我深吸一口氣，強迫自己鎮靜下來。

音樂變慢，轉換成一首新曲子。查理用手肘輕推我，「小貝，該我們上場了。」

「貝拉？」艾利絲問，雙眼仍盯著我看。

「是，」我擠出的聲音又尖又短促。「愛德華。好。」我讓她拉著我出了房間，查理緊跟在我身旁。

來到大廳，音樂大聲多了。音樂隨著濃郁花香從樓梯飄送上來。我專注在愛德華在樓下等我這個念頭上，拖著我的腳往前走。

音樂很熟悉，被一連串的裝飾音包圍著的華格納的傳統結婚進行曲。

「該我走了。」艾利絲配合音樂聲說：「數到五，然後跟著我。」她開始緩慢、優雅地步下樓梯。我早該知道的，邀請艾利絲做我的伴娘是個錯誤。我在她後面跟著出去，看起來真是太不協調了。

一個突然的顫音穿出高昂的樂曲，我知道那暗示該我出場。

「爸，別讓我跌倒。」我低聲說。查理拉我的手穿過他臂彎，然後抓緊。

當我們開始隨著慢下來的曲調走下樓時，我告訴自己一**次走一步就好**。直到我雙腳踏上平坦的地面，我才抬起雙眼來；不過我可以聽見當我一出現，從觀眾席傳來的騷動與喃喃低語。隨著聲音，血液湧上我雙頰；當然，我會是大家所期待的臉紅的新娘子。

我的雙腳一離開那充滿陷阱的樓梯，我就開始找他。有那麼瞬間，我被房間裡每個角落都掛滿白色花圈的一片花海給分了心，那些花圈綴滿了白色細絲般的絲帶。但我把視線拉離開那鋪天蓋地的花朵，越過一行行掛著絲綢的椅子搜尋著——看到眾人的視線都盯著我，我的臉更紅了——直到自己終於找到他，站

破曉

在花朵滿溢、垂滿細絲帶的拱門前。

我勉強意識到卡萊爾站在他旁邊，安琪拉的父親站在他們兩人身後。我沒看見我媽，她一定是坐在第一排，也沒看見我的新家人，或其他賓客——他們得等晚一點才會被我注意到。

我真正看見的，只有愛德華的臉；我眼中全是他，我腦中也全是他。他的雙眼是鮮明、燃燒的金色；他完美的臉幾乎跟他深切的情感一樣嚴肅。接著，當他對上我敬畏的注視，臉上立刻露出令人屏息、歡欣得意的笑容。

突然間，只剩查理抓著我的手的壓力，才讓我沒有一頭往前衝刺奔過走道。

這進行曲實在太慢了，我掙扎著讓自己的腳步配上它的節拍。老天幫忙，走道非常短，然後，終於、終於，我走到了。愛德華伸出他的手。查理拉起我的手，以一個像世界一樣古老的象徵，把我的手放在愛德華手中。我接觸到他冷得驚人的肌膚，覺得自己回到家了。

我們的誓言很簡單，是已經被說過幾百萬遍的傳統誓言，雖然，過去從未有一對夫妻像我們一樣。我們只請韋柏先生做了一點小改變。他很親切地把「直到死亡將我倆分開」換成更恰當的「與我們的生命一樣長久」。

在那一刻，當牧師說完他的部分，我長久以來整個顛倒的世界，似乎都回到它恰當的位置。我終於發現自己對結婚的懼怕有多傻——彷彿那是個多餘、不受歡迎的生日禮物，或令人尷尬的展覽，像畢業舞會一樣。我望進愛德華閃亮、歡欣鼓舞的眼睛，知道自己也是個贏家。因為，我能跟他在一起，其他一切都不重要了。

直到要說誓詞時，我才發現自己哭了。

我設法擠出小到幾乎聽不見的聲音：「我願意。」同時拚命眨眼睛，好清楚看見他的臉。

當輪到他說時，那句話既清楚響亮又充滿勝利的意味。

「我願意。」他立下誓言。

韋柏先生宣布我們結成夫妻，然後愛德華的手抬起來，小心地捧住我的臉，彷彿它跟在我們頭上飄搖的白色花瓣一樣嬌弱。透過眼前那道淚水化成、令我看不清楚的薄霧，我試著明白，這如夢似幻的事實，這個不可思議的人是我的了。他金色的眼睛看起來好似也含著淚一般，彷彿那樣的事不是不可能。他低下頭來靠近我，我朝他踮起腳尖，伸出雙臂——以及手上花束等等——抱住他的頸項。

他溫柔又愛憐地親吻我；我忘了觀眾、地點、時間、理由……只記得他愛我，他要我，而我屬於他了。

他開始這個吻，他也得結束它；我緊攀著他，不顧觀眾的竊笑跟清喉嚨的咳嗽。最後，他的手制住我的臉，他退開——太快了——看著我。他表面的神情像是突然被逗得微笑，幾乎是得意的笑。但在他因為我的公開展示而自娛了片刻的神情底下，是和我互相呼應著的深深喜樂。

觀眾席上突然爆發出掌聲，他轉過我們倆的身子，面對我們的家人與朋友。我卻無法將視線移開他的臉去看他們。

我媽是第一個衝過來抱我的人，當我的雙眼終於不情願地離開愛德華時，第一個看到的是她淚水縱橫的臉。然後我就被交給眾人了，從一個懷抱被轉往另一個懷抱，只模糊地意識到擁抱我的是誰，我的注意力全集中在愛德華緊握著我的手。不過我確實認得出來我的人類朋友柔軟溫暖的擁抱，以及我新家人溫柔冰涼的擁抱之間的差別。

有個火熱的擁抱從所有其他擁抱中突顯出來——賽斯．克利爾沃特擠在成群的吸血鬼中，代表我失去的狼人朋友出席。

chapter 4

表態

「以防我今晚控制不住之類的，

以防我大鬧、破壞派對。」

他臉上迅速閃過一個微笑，彷彿有什麼似乎很吸引他。

「不過我不是來這裡毀掉妳的婚禮的，貝拉。

我是來這裡……」他的聲音變小。

「讓一切變得完美。」

婚禮順利地進入接下來的婚宴——證明了艾利絲毫無瑕疵的計畫。此刻，暮光正照在河面上；婚禮儀式所費的時間剛剛好，讓太陽正好落到樹林後方。當愛德華領著我穿過玻璃後門時，光線在林間閃爍，使得白花都散發著光輝。外面兩棵古老雪松底下的草坪上，是鋪了地板的舞池，有成千上萬的花朵布置成涼亭，散放著芬芳。

我們在芳醇的八月夜晚的包圍下，諸事的步調都放緩了。賓客三五成群，分散在柔和閃爍的燈光底下，剛才擁抱我們的朋友，再次來祝福我們。現在，有時間談話、歡笑。

賽斯．克利爾沃特低頭閃過一個花環，對我們說：「恭喜啊，兩位。」他母親蘇，緊緊靠在他身邊，雙眼審慎地看著賓客。她有一張單薄又兇惡的臉，一頭極短的頭髮更強調了她的神情；她的頭髮跟女兒利雅一樣短——我好奇她剪這樣，是否為了表示與女兒團結一致。在賽斯另一邊的是比利．佈雷克，他不像蘇那麼緊張。

當我看著雅各的父親，我總覺得自己看到的是兩個而非一個人。一個是坐在輪椅上的老人，臉上有皺紋，笑起來有一口人人可見的白牙；另一個是源自古代，具有強大神奇力量的酋長的直系後裔，包裹在他與生俱來的權力地位裡。雖然魔法在缺乏催化劑之下，跳過了他那一代，比利依舊是那力量與傳奇的一部分。魔法傳承到他身上，再傳給他兒子，那個選擇背棄天職的繼承人身上。這使得山姆．烏利現在擔負起了傳奇和魔法的領導者的角色……

想想這樣的場合與在場的人，比利似乎出奇的輕鬆安逸——他黑色的雙眼光彩閃亮，彷彿剛得到什麼好消息似的。他的鎮定真令我印象深刻。在比利的眼中，這婚禮恐怕會被視為是發生在他好朋友女兒身上最壞、最糟糕的事。

想想看，這件事預警著庫倫與奎魯特人之間所立的古老協定將受到挑戰——永遠禁止庫倫家把任何人變成吸血鬼，我知道要他約束自己的感覺是不容易的。狼人知道違背盟約的一刻即將來臨，但庫倫家卻對他們要如何反應毫無概念。如果事情發生在聯盟消滅新手之前，就意味著立即的攻擊、開戰。但現在他們對彼此有了更多的認識，寬恕會取代開戰嗎？

彷彿要回答我的想法似的，賽斯朝愛德華傾過身，張開雙臂。愛德華用他空著的手與賽斯擁抱。

我看見蘇微妙地顫抖了一下。

「老哥，真開心看見事情進行的這麼順利，」賽斯說：「我真為你高興。」

「謝謝你，賽斯。這對我具有深刻的意義。」愛德華放開賽斯退後，看著蘇跟比利說：「也非常謝謝你們，願意讓賽斯來，願意今天來祝福貝拉。」

「不客氣。」比利用他低沉、粗啞的聲音說，我對他聲音中的樂觀大吃一驚。也許，一個更有力的休戰協定指日可待。

有人開始在排隊等候，因此賽斯揮揮手表示道別，推著比利朝食物走去。蘇一直把手放在他們兩人身上。

安琪拉和班是下一個占據我們的人，再來是安琪拉的父母，然後是麥克與潔西卡——我很驚訝的看見他們手牽手。我沒聽說他們復合了，不過這樣真好。

在我的人類朋友之後，走上前來的是我的新表親，德納利吸血鬼家族。我意識到當那位吸血鬼來到面前時，自己屏住了呼吸。她伸出手來擁抱愛德華——從她那頭帶著草莓光澤的金色鬈髮，我猜她是譚雅。在她旁邊，另外三位有著金色眼睛的吸血鬼，公開好奇地盯著我看。一位女性有長長的淡金色直髮，像玉米鬚一樣。她旁邊的一男一女都是黑髮，他們粉筆白的臉部皮膚帶有一點黃褐色。

他們四個都長得極為漂亮，讓我忍不住胃痛。

譚雅還抱著愛德華。

「啊，愛德華，」她說：「我真想念你。」

愛德華低聲笑了，並靈巧地脫離她的擁抱，將手輕搭在她肩上，後退一步，彷彿要把她看得更清楚似的。「好久不見了，譚雅。妳看起來氣色很好。」

「你也是。」

「容我向妳介紹我的妻子。」這是自合法化以來愛德華第一次說出這個頭銜；現在能這樣說，讓他看起來像是滿足得要爆炸了一樣。德納利家全都輕笑回應。「譚雅，這是我的貝拉。」

譚雅就跟我惡夢裡預測的一樣，惹人憐愛到不行。她看我的神情充滿深思超過順從接受，然後，她伸手拉起我的手。

「貝拉，歡迎妳加入家族。」她微笑說，帶著點悔意。「我們認為自己是卡萊爾的親戚。關於，呃，最近那次意外，我們的行為不太應該這點，我真的非常抱歉。我們應該早點認識妳。妳願意原諒我們嗎？」

「當然，」我喘著氣說：「真高興認識妳。」

「庫倫家現在都成雙成對了。或許，呃，凱特，再來就輪到我們了。」她對另一個金髮女子說。

「別放棄夢想。」凱特轉了轉她金色的眼睛。她從譚雅手中拉過我的手，輕捏了一下說：「貝拉，歡迎妳。」

那黑髮女子伸手放在凱特手上。「我叫卡門，這是以利沙。我們真高興終於見到妳了。」

「我——也是。」我結結巴巴地說。

譚雅瞥了一眼等在她後面的人——是查理的副手馬克以及他的妻子。他們看著德納利家族，眼睛瞪得超大。

「待會再慢慢聊。我們有無盡的時間可以用來認識彼此！」譚雅笑著說，然後跟她的家人一起退開。所有標準的傳統規矩都遵守了。當我們一起握著刀，舉在壯觀的蛋糕上方時，我簡直快被閃光燈閃瞎了眼——相較於我們親友團的人數，這蛋糕實在太宏偉了。我們輪流把蛋糕丟到彼此臉上；我難以置信地看著愛德華很男子氣概地吞下他那塊蛋糕。我用不合規矩的技巧將花束丟進安琪拉驚訝的手中。當愛德華**非常**小心地用牙齒挪下我借來的吊襪帶——我已經把它蹭到接近我的腳踝處——令我面紅耳赤時，艾密特跟賈斯柏大聲地又吼又笑。愛德華對我眨了下眼，然後直接把它彈射到麥克．紐頓的臉上。

當音樂響起，愛德華將我拉進懷中，符合習俗地開舞；儘管我懼怕跳舞——尤其是在眾人面前——我還是心甘情願地跟著他，樂於讓他擁著我。他包辦所有的事，我在燈光組成的華蓋以及許多相機的閃光燈下毫不費力的跳著。

「庫倫太太，享受這派對嗎？」他在我耳邊低語。

我笑了。「恐怕要過好一段時間，我才會適應這稱呼。」

「我們有的是時間。」他提醒我。他的聲音極為高興，當我們還在跳舞時，他低下頭來親吻我。許多相機的快門急切地響個不停。

音樂換了，查理過來拍拍愛德華的肩膀。

跟查理跳舞真不是件容易的事。他跟我一樣不會跳，因此，我們只在一小塊地方安全地向左、向右移動腳步。愛德華與艾思蜜在我們四周旋轉不停，像佛雷．亞斯坦和金潔．羅傑斯（註3）。

「我會想念有妳在家的日子，貝拉。我已經開始覺得寂寞。」

註3 佛雷．亞斯坦（Fred Astaire），美國電影演員、舞者、舞臺劇演員、編舞家與歌手；金潔．羅傑斯（Ginger Rogers），同為美國電影演員、舞臺劇演員、舞蹈家與歌手。兩人常共同搭檔演出。

我喉嚨縮緊，卻仍勉強說話，試著要製造個笑話：「留下你為自己煮飯，我覺得好糟——這簡直是犯了疏於照顧的大罪。你可以逮捕我。」

他笑了。「我猜吃飯的事難不倒我啦。無論妳幾時有空，記得打電話來。」

「我保證會。」

我似乎跟所有的人都跳了舞。能看到所有的老朋友真好，但我真的想跟愛德華在一起，遠超過一切。當他終於在一曲新舞開始半分鐘後切進來時，我真的很快樂。

「還是不那麼喜歡麥克嗎？」愛德華帶著我轉離開他時，我批評道。

「當我必須聽著他在想什麼時，是不喜歡。我沒把他踢出去，或做更糟的事，他就已經夠幸運了。」

「是啊，沒錯。」

「妳有機會看看自己的模樣嗎？」

「呃，我猜沒有。為什麼要看？」

「那麼，我想妳不明白自己今天晚上多麼美麗絕倫，令人心碎。我不驚訝麥克會難以克制對一位已經結婚的女人產生非分之想。我很失望艾利絲沒強迫妳好好看一下鏡子。」

「你充滿了偏見，你知道吧。」

他嘆了口氣，然後停下來，將我轉過身面對房子。那道玻璃牆像面長鏡子，反映出整個派對現場。愛德華指著正對著我們的那對新人。

「我有偏見嗎？」

我只瞥見愛德華的影像——一個他完美臉孔的完美複製品——身邊站著一位暗髮色的美人。她的膚色如奶油般滑白，玫瑰般粉嫩，濃密睫毛中大大的雙眼裡充滿興奮。身上那件閃爍的白禮服，上窄下寬，微妙細緻地逐漸敞開到後拖的裙襬，像一朵倒過來的海芋一般，巧妙的剪裁讓她的身材看起來雍容華貴又高雅——至少，當她站著不動時是這樣。

在我能眨眼並想到那個美人是我之前，愛德華突然一僵，並立刻自動轉往另一個方向，彷彿有人叫他的名字。

「噢！」他說，眉頭剎那間皺起來，又同樣迅速的鬆開。

「什麼事？」我問。

突然間，他露出一個燦爛的微笑。

「一個令人驚喜的結婚禮物。」

「啊？」

他沒回答，只是開始繼續跳舞，朝與我們先前方向相反的地方舞去，遠離燈光，進到包圍著明亮舞池的深沉夜色中。

直到我們抵達一棵巨大雪松的陰暗面時才停下來。然後，愛德華直視著最漆黑的陰影。

「謝謝你。」愛德華對著黑暗說：「這真是……你真的非常體貼。」

「體貼是我的第二個名字。」從漆黑的夜幕中，一個熟悉沙啞的聲音回答。「我可以插進來嗎？」

我的手舉起來按住喉嚨，如果不是愛德華攬著我，我大概會癱倒在地。

「雅各！」我一能呼吸，立刻擠出聲音：「雅各！」

「妳好啊，貝拉。」

我跌跌撞撞地朝他的聲音走去。愛德華緊抓著我的手肘，直到在黑暗中另一雙強壯的大手抓住我為止。雅各肌膚的熱力在他拉我入懷時，直接透過薄薄的絲綢灼燙著我。他根本不打算跳舞；他只是擁抱著我，而我把臉埋在他的胸口。他低下頭把臉頰貼在我頭頂上。

「如果我不正式邀請羅絲莉跳支舞的話，她一定不會饒過我的。」愛德華喃喃說，然後我知道他離開我們，送我一個他自己給我的禮物——與雅各的獨處。

「噢，雅各。」我開始哭了；我無法清楚說話。「謝謝你。」

「別哭哭啼啼的，貝拉，妳會毀了妳這身衣服的。不過只是我嘛。」

「只是？噢，雅各！現在每件事都達到完美了。」

他哼了哼。「是啊——派對可以開始了，男儐相終於趕到了。」

「現在，**每一個**我愛的人都到了。」

我感覺到他的唇拂過我頭髮。「對不起，親愛的，我來遲了。」

「你來了，我真是太快樂了！」

「目的就在此啊。」

我往回瞄了賓客們一眼，但我的視線無法穿越跳舞的人群去看我之前看見雅各父親的地方。我不知道他有沒有留下來。「比利知道你來了嗎？」我一開口問，就知道比利一定曉得——這是他先前興致高昂的唯一解釋。

「我相信山姆告訴他了。我會去見他，等……等派對結束以後。」

「他一定會非常高興你回家。」

雅各後退了一點，挺起身來。他的一隻手仍留在我的腰後，另一隻手抓著我的右手。他將我們的手貼在他胸口；我可以感覺他的心在我掌下跳動，我猜他是有意把我的手放在那裡。

「我不知道自己是否能獲得比這支舞更多一點。」他說，然後他開始拉著我慢慢繞著圈，步伐一點也不符合我們背後傳來的音樂節拍。「所以我最好盡可能地善用它。」

我們按照我掌中他心跳的韻律移動腳步。

片刻之後，雅各很快地說：「我很高興我來了。我本來以為自己不會來的。但是，能再見妳一次……真好。這沒有我想像的那麼悲傷。」

「我不要你感到悲傷。」

「我知道。我今晚不是來讓妳有罪惡感的。」

「不——你能來，讓我感到快樂極了。這是你所能給我最好的禮物。」

他笑了。「好極了，因為我沒時間停下來去買個真正的禮物。」

我的眼睛適應了光線，現在能看到他的臉了，比我預期的還高。他還在長，這有可能嗎？他現在已經接近七呎而非六呎了吧。在經過這麼多時日後，能再看見他的模樣——粗黑眉毛的陰影下深深的眼睛，高高的顴骨，配合他聲調的諷刺笑容下露出來的一口白牙——真令人安慰。他的眼角周圍緊繃——小心翼翼；我可以看出他今晚非常小心。他在盡力使我快樂，不願一不留神顯露出這讓他付出多大的代價。

我從未做過任何事，好到足以讓我獲得像雅各這樣的朋友。

「你是什麼時候決定回來的？」

「有意識地還是無意識地？」在他回答自己的問題之前，他先深吸一口氣。「我真的不知道。我猜我朝回來的方向遊蕩了一陣子，也或許是因為我正是朝這裡來。但一直到了今天早上，我才開始真正奔跑。我不知道是否趕得及。」他笑了。「妳不會相信，再度用兩隻腳走路的感覺有多奇怪。還有衣服！而會對這一切感到奇怪則是更怪的事。我沒想到會這樣。我對整個人類的事已經開始生疏了。」

我們穩定地、周而復始地轉著。

「不過，若錯過看見妳這模樣，就太可惜了。這讓整趟奔波都值得了。貝拉，妳看起來真不可思議，好美好美。」

「艾利絲今天花了許多時間在我身上。這裡的黑暗也幫了忙。」

「妳知道，對我來講，一點也不黑。」

「對喔。」狼人的感官。實在很容易忘記所有他能做到的，他是如此的像人類，尤其是在此刻。

「你把頭髮剪短了。」我注意到。

「是啊，比較方便，妳知道的。想說我最好多利用一下雙手。」

「滿好看的。」我說謊。

他又哼了一聲。「是啊，我用廚房生鏽的剪刀剪的。」他露出大大的笑容好一會兒，然後，他的笑容消失了，臉上表情轉為嚴肅。「貝拉，妳快樂嗎？」

「是的。」

「好。」我感覺他聳了下肩。「我猜，這是最主要的。」

「你好嗎？雅各，說真的。」

「我還好，貝拉，真的。妳不用再擔心我，也可以停止騷擾賽斯了。」

「我不是因為你才去騷擾他。我喜歡賽斯。」

「他是個好孩子。是比其他一些人更好的同伴。我跟妳說，若我能甩掉腦海裡的聲音，身為狼可說是件接近完美的事。」

聽到這話，我忍不住笑了。「是啊，我也沒辦法讓我的閉嘴。」

「在妳的例子裡，那表示妳瘋了。當然，我早就知道妳瘋了。」他取笑說。

「多謝你。」

「發瘋恐怕比分享一群狼的思想要容易得多。瘋子的聲音不會派保姆去看著他們。」

「啥？」

「山姆就在那邊，還有其他幾個。妳知道，以防萬一。」

「以防什麼萬一？」

「以防我今晚控制不住之類的，以防我大鬧、破壞派對。」他臉上迅速閃過一個微笑，彷彿有什麼似乎很吸引他。「不過我不是來這裡毀掉妳的婚禮的，貝拉。我是來這裡……」他的聲音變小。

「讓一切變得完美。」

「那是個遠遠高出標準的要求。」

「還好你夠高，能做到。（註4）」

對我的爛笑話，他呻吟一聲，然後嘆口氣。「我只是來這裡做妳的朋友。最後一次做妳最好的朋友。」

「山姆應該要更信任你。」

「嗯，也許是我過度敏感。也許他們無論如何都會在這裡注意賽斯的安全。這裡有一大堆吸血鬼啊。賽斯把這事情看得不夠認真，他該認真一點的。」

「賽斯知道他一點也不危險。他比山姆更認識庫倫一家。」

「是啊，是啊。」雅各說，在事情轉變成爭論之前先弭平事端。

看他變得善於使用外交手腕，感覺真奇怪。

「對那些聲音，我真遺憾。」我說：「我真希望能讓它好轉一些。」我希望在各方面都能。

註4　原文tall order為「離譜的要求」之意，此處貝拉拿tall（高）來講冷笑話。

「也沒那麼糟。我只是有點在抱怨。」

「你……快樂嗎？」

「算是吧。但別管我了，今天妳才是明星。」他低聲笑著說：「我敢賭，妳愛死了成為眾人注目的焦點。」

「是啊，我還嫌不夠呢。」

他大笑，然後瞪著我頭後方，噘起嘴，研究著宴會中閃爍的燈光，優雅起舞旋轉的人，飄動的花瓣從花環上落下來；我跟著他一起看。從這黑暗寧靜之處望去，一切似乎都非常遙遠，幾乎像是在看水晶球體中片片飛旋飄落的雪花。

「我得承認這點，」他說：「他們真曉得怎麼辦宴會。」

「艾利絲是股無法阻止的自然力量。」

他嘆口氣。「歌曲結束了。妳想我還有下一曲嗎？還是這樣會要求太多？」

我握緊他的手。「你要跳多少支舞都行。」

他笑了。「那恐怕會很有趣。不過，我想最好跳兩支就好了。不想惹人非議。」

我們繞了另一圈。

「妳會以為我已經習於跟妳說再見了。」他喃喃說。

我試圖吞下哽在喉嚨的硬塊，但我沒辦法。

雅各看著我，皺起了眉頭。他的手指抹過我的臉，擦去頰上的淚水。

「貝拉，妳不該是那個哭的人。」

「大家在婚禮都會哭的。」我鼻音很濃。

「這是妳要的，不是嗎？」

「是。」

「那就微笑吧。」

我試了。他看著我扭曲的臉笑了起來。

「我會試著記住妳這個樣子。假裝……」

「假裝什麼？我已經死了嗎？」

他咬緊了牙。他在跟自己掙扎著——要他的決定前來出席是件禮物，而不是批判。我可以猜到他剛才要說什麼。

「不，」他最後終於說：「我會在我腦海中這樣記得妳——粉色的臉頰、心跳、有兩隻左腳（註5）。所有這一切。」

我故意踩他的腳，用我最大的力氣。

他笑了。「這才是我認識的女孩。」

他開口打算要說什麼，卻又一下子緊閉上嘴，再度掙扎，緊咬著牙抗拒著他不想說出來的話。

我跟雅各的關係過去一直很容易，就跟呼吸一樣自然。但自從愛德華回到我生命中，我跟雅各之間就持續不斷出現緊張。因為在雅各的眼裡，藉由選擇愛德華，我等於選擇了一個比死還糟，或者至少與死同等的命運。

「你要說什麼，小各？告訴我。你可以跟我說任何事。」

「我——我……我沒有任何事可以告訴妳。」

註5　此指貝拉不會跳舞。

「噢，拜託，有話快說吧。」

「那倒是。它不是……它是——它是個問題。它是某件我要**妳**告訴**我**的事。」

「問我啊。」

他又掙扎了一分鐘，然後吐出口氣，說：「我不該問，反正沒關係，我只是病態的好奇而已。」

因為我是如此瞭解他，我明白他要問什麼。

「不是今晚，雅各。」我低語。

雅各甚至比愛德華更加在意我的人性。他珍惜我的每一個心跳，知道它們來日無多了。

「噢。」他試著抑制自己鬆了一口氣的感覺。「噢。」

又開始播放一首新歌，但他這次沒注意到換曲子了。

「什麼時候？」他低聲說。

「我也不確定。也許是一、兩個禮拜後吧。」

他的聲音變了，有一種防衛、嘲弄的口氣：「為什麼要耽擱？」

「我不想讓自己的蜜月在痛苦、翻滾、哀號中度過。」

「那妳想怎麼度過它？玩西洋棋嗎？哈哈。」

「非常好笑。」

「開玩笑的，貝拉。不過，坦白說，我不懂耽擱的目的。妳不可能跟妳的吸血鬼一起度真正的蜜月，所以，幹麼要這麼麻煩？有話直說就是。這不是妳第一次閃避這件事。雖然這是件好事。」他說，突然認真起來。「不要對這種事感到害羞。」

「我沒有閃避任何事。」我厲聲說：「而且，是的，我可以有個真正的蜜月！我可以做任何我想做的事！別管閒事！」

他突然停下我們緩慢的轉動。有那麼片刻，我以為他終於注意到音樂變了，我在腦子裡拚命想要怎樣在他跟我道別之前，找個方式彌補我們的吵嘴。

我們不該在這種情緒下道別。

然後他的眼睛因某種奇怪的混亂恐懼而睜大突出。

「什麼？」他倒抽口氣說：「妳說什麼？」

「什麼說什麼？小各？怎麼了？」

「妳那話是什麼意思？有個真正的蜜月？在妳還是人類的時候？妳是開玩笑吧？這是個爛玩笑，貝拉！」

我憤怒的瞪著他。「我說別多管閒事，小各。這不關你的事。我不該……我們甚至不該談這樣的事。這是很私密的——」

他巨大的手抓住我的上臂，把我手臂整個圈住，手指還能重疊。

「噢，小各！放手！」

他搖晃我。

「貝拉！妳昏頭了妳？妳不可能那麼蠢！告訴我妳是在開玩笑！」

他再次搖著我。緊抓著我像止血帶般的手顫抖著，一波波的震顫深深傳進我骨子裡。

「小各——住手！」

黑暗空間突然變得擁擠起來。

「立刻放開她！」愛德華的聲音冷如冰，銳利如刀。

在雅各背後，漆黑的夜裡傳來一聲低沉的咆哮，接著是另一聲，跟第一聲重疊。

「小各，老哥，退後。」我聽到賽斯．克利爾沃特督促著。「你失控了。」

雅各似乎嚇呆了，他驚駭的雙眼瞪大直視著。

「你弄痛她了。」賽斯低語道：「放開她吧。」

「立刻！」愛德華咆哮。

雅各的手垂到身側，我被勒住的血管突然順暢流通，激流的血液帶來一陣刺痛。在我還來不及注意到其他的，一雙冰冷的手取代了原本的熱燙，一股氣流突然從我身邊掠過。

我眨眨眼，發現自己已經離原來站的地方有六、七呎遠了，愛德華全身戒備的站在我身前。有兩隻巨大的狼擋在他與雅各之間作防衛，但他們似乎沒有攻擊他的意思。他們比較像是要防止雙方打起來。

而賽斯——瘦高、年紀才十五歲的賽斯——長長的雙臂抱著雅各顫抖的身體，正在拖著他離開。如果雅各變身而賽斯靠得這麼近……

「算了，小各。我們走吧。」

「我會宰了你。」雅各說，他氣到簡直出不了聲，因此這句話低沉如耳語。他雙眼緊盯著愛德華，燃燒著狂怒。「我會親手殺了你！我現在就動手！」他痙攣般地顫抖著。

最大的一隻狼，黑色那隻，尖聲咆哮。

「賽斯，快讓開。」愛德華嘶聲喊道。

賽斯再次猛拖雅各後退。雅各是如此氣到昏頭，賽斯居然能把他又往後拖了幾呎。「別這樣，小各。走吧，算了。」

山姆——那隻最大的黑色的狼——加入了賽斯。他把他那巨大的頭頂住雅各胸口，開始猛推。

他們三個——賽斯拖著、小各顫抖著、山姆猛推著——迅速消失在黑暗中。

另一隻狼盯著他們的背影。在昏暗的光線中，我無法確定他的毛色——也許是巧克力色？那麼，是奎爾嗎？

「我很抱歉。」我對那隻狼低聲說。

「現在沒事了，貝拉。」愛德華喃喃說。

那隻狼看著愛德華，他的目光並不友善。愛德華對他冷淡地點了下頭。狼噴了下鼻息，轉身跟隨其他同伴，跟他們一樣消失了。

「沒事了。」愛德華對自己說，然後他看著我：「我們回去吧。」

「可是小各——」

「山姆掌握住他了。他已經走了。」

「愛德華，對不起，我真笨——」

「妳沒做錯任何事——」

「我有張大嘴巴！我幹麼要……我不該讓他知道我這麼多的。我在想什麼啊？」

「別擔心。」他摸了下我的臉。「我們得在有人發現我們不見之前回到派對去。」

我甩了甩頭，試著讓自己搞清楚。在別人發現之前？會有人**錯過**剛才那場面嗎？

接著，當我仔細想，我明白剛才在我看來似乎是災難般的衝突，事實上非常安靜與短暫，而且是在這陰影裡。

「給我一點時間。」我懇求說。

我心裡因為驚慌與悲傷而一片混亂，但那沒關係——現在只有外表才重要。上演一場絕佳的表演，我知道我一定得做到。

「我的禮服？」

「妳看起來很好，連一絲頭髮都沒亂。」

我做了兩次深呼吸。「好了，我們走。」

他用手臂環住我，領我回到燈光下。當我們從閃爍的燈泡下經過，他溫柔地帶我旋轉，回到舞池。我們融入其他跳舞的人，彷彿我們的舞從未被打斷過。

我環視周圍的賓客，似乎沒有人感到震驚或恐懼。只有那些最蒼白的臉顯示一些緊張的跡象，他們也隱藏得很好。賈斯柏和艾密特在舞池的邊緣，靠近在一起，我猜在衝突過程中，他們就在附近。

「妳還——」

「我沒事。」我保證說。「真不敢相信自己那麼做。我到底有什麼毛病？」

「妳什麼毛病也沒有。」

我本來非常高興看到雅各來了。我知道這對他是多大的犧牲。然後我毀了它，把他的禮物變成一場災難。我應該要被隔離檢疫。

但我的極度愚蠢不會再毀了今晚任何事。我會拋開這件事，把它扔進某個抽屜裡，鎖起來，稍後再處理。現在我做什麼都不會有幫助的，稍後會有大把時間讓我為此鞭打自己。

「都過去了。」我說：「我們今晚別再想這件事吧。」

我期待愛德華會迅速同意我，但他沒說話。

「愛德華？」

他閉上眼睛，額頭貼上我的。「雅各是對的。」他低聲說：「我在想什麼？」

「他不是對的。」為了旁邊觀看的親友，我試著保持神情平靜。「雅各成見太深，根本無法清楚看事情。」

他含糊地低聲說著，聽起來類似：「應該讓他殺了我，居然想要……」

「住口。」我氣急敗壞地說，用雙手捧住他的臉，直到他睜開眼睛。「你跟我，這才是唯一重要的事。也是現在你唯一准許想的事。聽到了嗎？」

「是。」他嘆口氣。

「忘記雅各來過。」我能辦到。我會辦到。「為了我，答應你會讓這事過去。」

在回答之前，他盯住我雙眼好一會兒。「我答應妳。」

「謝謝你。愛德華，我並不害怕。」

「但我怕。」他低語。

「別怕。」我深吸口氣，露出微笑。「順帶一提，我愛你。」

他回我微微一笑。「那是為什麼我們會在這裡。」

「你獨占了新娘。」艾密特走上前來，從愛德華的肩後說：「讓我跟我的小姊妹跳支舞，這可能是我讓她臉紅的最後機會了。」

他大笑，像過往一樣不受任何嚴肅氣氛的影響。

結果，事實上還有許多人我還沒跟他們跳舞，那也給了我機會，真正鎮定與收拾自己。當愛德華再度擁我在懷，我發現那個雅各抽屜已經嚴密地關好了。隨著他將手臂環繞在我身上，我又能挖出先前所感受到的快樂，以及我生命中的每件事在今晚都在正確位置的確定感。我微笑著將頭靠在他胸前。他的手臂收緊。

「我會習慣這樣的事了。」我說。

「別告訴我，妳克服了跳舞的問題？」

「跳舞沒那麼糟啊——跟你啦。但我想的不止是跳舞，」我把自己更貼緊他，「是永遠不讓你離開。」

「永遠不會。」他承諾道，然後低下頭來吻我。

這是個認真型的吻——充滿張力，緩慢但漸強……

當艾利絲喊道：「貝拉！時間到了！」我幾乎忘了自己身在何處。

對我的新小姑這樣打斷我們，我感到短暫的惱怒閃過。

愛德華沒理她，他的唇緊抵著我的，比先前更迫切。我的心開始狂跳，我的手掌毫不費力地貼著他大理石般的頸項。

「你們想錯過班機嗎？」艾利絲問，這會兒已經來到我身邊。「我敢保證你們會有個美好的蜜月，就是在機場露營等候另一班飛機。」

愛德華微微轉過臉喃喃說：「走開，艾利絲。」然後又吻住我的唇。

「貝拉，妳要穿著這身衣服上飛機嗎？」她又問。

我沒真正理會她說什麼。這一刻，我什麼都不在乎。

艾利絲低聲咆哮：「我會告訴她你要帶她去哪裡，愛德華。我發誓，我會說的。」

他不動了。然後他從我的臉上抬起臉來，怒視著他最喜愛的姊姊。「妳雖然嬌小，卻意外的令人大大不滿。」

「我花了好一番功夫挑出完美的度蜜月服裝，豈能浪費。」她反駁說，然後牽起我的手。「跟我來，貝拉。」

我跟她拉扯著，踮起我的腳尖，再親愛德華一次。她不耐煩地猛拉我的手臂，用力拖著我離開他。幾名旁觀的賓客忍不住低聲笑起來。我放棄，讓她帶著我走進空無一人的大屋裡。

她看起來很惱怒。

「對不起，艾利絲。」我向她道歉。

「我不怪妳，貝拉。」她嘆氣。「顯然妳拿自己一點辦法也沒有。」

我對她烈士般的神情忍不住咯咯傻笑，她又氣得皺起眉頭。

「謝謝妳，艾利絲。這是史上最美的婚禮。」我誠摯地告訴她：「每樣東西都分毫不差。妳是這世界上最棒、最聰明、最具天賦的姊姊。」

這讓她軟化了，臉上露出大大的笑容。「我很高興妳喜歡它。」

芮妮和艾思蜜在樓上等著。她們三人迅速地幫我脫下身上的禮服，再穿上艾利絲準備的深藍色度蜜月專用套裝。當有人拔下我頭上一堆髮夾，讓因綁辮子而稍有捲起波浪的頭髮直接垂在我背後，省得我稍後因為髮夾而頭痛時，我真是感激不已。我媽的眼淚從頭到尾一直流個不停。

「當我知道我是去哪裡之後，我會打電話給妳的。」我跟她擁抱道別時說。我知道，度蜜月地點的祕密大概快令她抓狂了；我媽討厭祕密，除非她也知道祕密是什麼。

「等她一安全離開，我就會告訴妳的。」艾利絲搶過我的話，對我受傷的表情露出得意的笑。真不公平，讓我變成最後一個知道的人。

「妳一定要很快就來看我跟費爾。輪到妳到南方來了——來看一次太陽。」芮妮說。

「今天沒下雨啊。」我提醒她，避開她的要求。

「真是奇蹟。」

「每樣東西都準備好了。」艾利絲說：「妳的行李在車上——賈斯柏拿下去了。」她拉著我朝樓梯走去，芮妮緊跟著，仍然半抱著我。

「我愛妳，媽。」我們下樓時我低聲說：「真高興妳有了費爾，彼此能好好照顧對方。」

「貝拉，親愛的，我也愛妳。」

「再見，媽，我愛妳。」我再說一次，喉嚨哽咽了。

愛德華在樓梯底下等著。我握住他伸出來的手，然後傾身到一旁，掃視聚集等著看我們離開的一小群人。

「爸？」我叫，雙眼搜索著。

「在這邊。」愛德華低語。他拉著我穿過賓客；他們讓出一條路給我們。我們發現查理笨拙地靠著牆，在所有人後面，看起來有點像是他在躲。他紅紅的眼眶說明了原因。

「噢，爸！」

我抱住他的腰，眼淚再次流下來——我今晚哭太多次了。他拍拍我的背。

「好了，別哭。妳不想錯過飛機吧。」

要對查理說愛很困難——我們太像了，總是把話轉到瑣事上，避免尷尬的感情流露等等。但現在沒時間讓我難為情。

「我永遠愛你，爸。」我告訴他：「別忘記這點。」

「妳也是，貝拉。永遠都是，也永遠都會。」

我親他臉頰的同時，他也親親我的。

「打電話給我。」他說。

「很快就會打的。」我保證，知道這是我唯一能保證的。只打電話。我爸跟我媽不能再見到我了；我將會變得很不一樣，而且變得太危險。

「去吧。」他粗聲說：「別等到來不及了。」

賓客再讓開另一條路給我們。當我們開始往外走時，愛德華把我拉到身邊。

「妳準備好了嗎？」他問。

「準備好了。」我說，而且知道這話是真心的。

當愛德華在門口吻我時，大家熱烈鼓掌。然後他趕我上車，因為大把大把的米開始朝我們撒來。大部分都是亂撒，但有人，也許是艾密特，以異常的精準度丟過來，那些從愛德華背上彈開的流彈有不少擊中我。

車子裝飾著更多花，沿著車身，還垂著彩帶，長長的蛛絲般的絲帶綁了十幾雙鞋——看來是全新的設計師品牌——吊在保險桿後頭晃蕩著。

當我爬上車時，愛德華幫我擋住下雨般的米粒，然後他也上車，隨著我把手伸出車窗，對門廊上的人揮手說「我愛你們」，我的家人也對我揮手時，我們加速離開。

我最後記住的影像是我父母之一。費爾雙臂緊抱著芮妮，她一隻手臂緊抱著他的腰，但另一隻空的手伸出去緊握住查理的。有那麼多種的愛，在這一刻和諧共存。那對我似乎是一個充滿希望的畫面。

愛德華捏了捏我的手。

「我愛妳。」他說。

我把頭靠在他手臂上。「那是為什麼我們會在這裡。」我引用他說過的話。

他吻了吻我的頭髮。

當我們轉上漆黑的高速公路，愛德華踩下油門，我聽到一陣從我們背後森林傳來的噪音蓋過了引擎聲。如果我可以聽見，愛德華肯定也行。他什麼也沒說，那聲音隨著距離拉開而慢慢消失。我也什麼都沒說。

尖銳、令人心碎的呼號漸遠漸淡，然後完全消失了。

chapter 5

艾思蜜島

在我們前方，突出水面的是一座小島，

島上棕櫚樹搖曳，沙灘在月光中散發著淡淡的光芒。

「我們在哪裡？」

我驚奇地喃喃道，而他調整航道，朝小島的北端前進。

雖然引擎很吵，他仍聽見我說的，

臉上露出大大的笑容，在月光中閃耀。

「這是艾思蜜島。」

當我們抵達西雅圖，在登機門前，我揚起眉毛問：「休士頓？」

「只是我們路上經過的一個站。」愛德華笑著向我保證。

當他搖醒我時，我感覺自己好像才剛睡著一樣。當他拉著我穿過機場通道時，我步履不穩，掙扎著在每次眨眼之後記得要把眼睛睜開。當我們停在國際櫃檯登記我們要搭的下一班飛機時，我花了好幾分鐘才搞清楚狀況。

「里約熱內盧？」我聲音有點發抖地問。

「另一個中途停靠站。」他告訴我。

到南美的飛行時間很長，但頭等艙的寬敞座位很舒適，還有愛德華的手臂環繞著我。我睡得天昏地暗，醒來時卻異常警覺，我們正盤旋著朝機場降落，落日的光芒斜斜地透過飛機窗戶照進來。

我們不像我預期的在機場等候下一班飛機。相反的，我們搭計程車經過里約黑暗、豐富又充滿生機的街道。愛德華用葡萄牙語指示司機怎麼開，我一句也聽不懂，我猜我們是在接續下一段行程前先找間旅館落腳。當我想到這點，心窩突然一扭，冒起某種近於怯場的刺痛。計程車繼續穿越洶湧的人潮，直到人群逐漸稀少，我們顯然已經接近城市的最西邊，朝大海前進。

我們在碼頭停下來。

愛德華領我走下一長列停泊在漆黑水上的遊艇。他停下來面對的那條船，比其他的都小、更流線型，建造的目的顯然是速度而非空間寬敞。不過，還是很豪華，並且比其他的都更優雅。他雖拿著沉重的行李，卻輕巧地跳上船。他把那些行李放在甲板上，回頭幫我小心地跨過邊緣上船。

當他做啟航準備時，我安靜地看著，驚訝於他的熟練與自在，因為過去他從未提過對航海有興趣。但，再次，他對每件事都很拿手。

隨著我們朝東邊敞開的海域出發，我在腦中重溫基本地理。就我所記得的，在巴西的東邊除了海沒什麼別的……直到你抵達非洲。

但愛德華加速前進，里約的燈光逐漸褪淡，最後終於在我們背後完全消失。在他臉上，掛著一個熟悉、興奮的笑容，一種任何形式的速度所帶來的笑容。遊艇劃過起伏的波浪，我被濺了一身海水。

最後，我壓抑許久的好奇心終於戰勝。

「我們還要走多遠呢？」我問。

他顯然不會忘記我是人類，但我懷疑他會不會計畫讓我們在這小遊艇住上一段時間。

「大約再半小時。」他的眼睛看見我緊抓著椅子的雙手，不由得笑了。

唉，好吧，我對自己說。畢竟，他是個吸血鬼。說不定我們是去亞特蘭提斯。

二十分鐘後，他在轟隆的引擎聲中喊我的名字。

「貝拉，看那邊。」他直指前方。

起先，我只看到一片漆黑，以及月亮灑下的一道白光橫過水面。但我搜尋著他所指的地方，直到我發現有一團低矮的黑色形體，突破在月亮映射的波浪之上。我瞇著眼望入黑暗，那輪廓變得更仔細了。它的形狀逐漸變成蹲踞著的不規則三角形，一邊比另一邊長，一路延伸進浪潮之中。我們更接近了，我可以看見它的形狀像羽毛，在微風中搖晃著。

然後，我的雙眼重新聚焦，所有的片段這下全有道理了：在我們前方，突出水面的是一座小島，島上棕櫚樹搖曳，沙灘在月光中散發著淡淡的光芒。

「我們在哪裡？」我驚奇地喃喃道，而他調整航道，朝小島的北端前進。

雖然引擎很吵，他仍聽見我說的，臉上露出大大的笑容，在月光中閃耀。

「這是艾思蜜島。」

遊艇很戲劇化地慢下來，以精確的角度滑進木板建造的短碼頭停靠，碼頭被月光染成一片白。引擎熄了火，接著而來的是無邊的寂靜。除了輕輕拍打船身的海浪，以及吹得棕櫚樹梢沙沙響的微風，半點其他聲音也無。空氣很暖、很潮濕，也很香——像是洗過一個熱水澡後留在身後的蒸汽的氣味。

「**艾思蜜**島？」我的聲音很緩慢，但在這寂靜的夜裡聽起來還是很大聲。

「卡萊爾送她的禮物——艾思蜜主動說借給我們用。」

一份禮物。誰會送座島當禮物？我皺起眉頭。我竟然沒想到，愛德華極度慷慨的行為是學來的。

他把行李箱放在碼頭上，然後轉回來，臉上露出他那完美的笑容，朝我走過來並伸出手。

他沒牽起我的手，相反的，他把我一把抱起來。

「你不是應該要等到了門檻才抱嗎？」我喘不過氣來問，他輕巧地跳下了船。

他笑了，說：「我是思慮極為周密的人。」

他一手抓住兩個巨大的行李箱，一手抱著我，就這樣帶我走上碼頭，走上穿過漆黑樹林的白色沙灘上的小路。

有那麼片刻，在叢林般的植物當中黑得伸手不見五指，然後，我看到前方有溫暖的燈光。當我明白那燈光是一棟房子——那兩扇明亮、正方形的大窗戶勾勒出了前門——就在那一刻，怯場的感覺再度襲來，比之前更猛烈，比之前我以為我們是在朝旅館去的時候還糟糕。

我的心頂住肋骨跳得聲聲可聞，我的呼吸似乎被卡在喉嚨。我感覺愛德華的眼睛盯住我的臉，但我拒絕看他。我雙眼直視前方，什麼也看不見。

他沒問我在想什麼，這實在不符他的個性。我猜，那意思是，他也跟我一樣，突然緊張起來。

破曉

他將行李箱放在門廊上，伸手開門——門竟然沒鎖。

愛德華低下頭看我，直到我回望他的凝視，他這才跨過門檻。

他抱著我穿過屋子，我們倆都沒說話，他一路走一路開燈。我對這屋子的模糊印象是：對一座小島來說，這屋子相當大，且意外地讓人感到熟悉。我已經習慣庫倫家偏好的淡色配淡色的設計，這屋子感覺像家。不過，我無法專注於任何細節。我耳後狂跳的脈搏，讓每樣東西看起來都有點模糊。

然後，愛德華停下來，開了最後一盞燈。

這房間很大，白色的，遠端那面牆幾乎全是玻璃的——我的吸血鬼的標準裝潢。外面，明亮的月光照在沙灘上，離屋子幾碼遠處，是波光粼粼的海浪。但我幾乎沒注意到那些。我的注意力幾乎都在房間中央那張巨大的白床，垂掛著如雲朵般的紗帳。

愛德華放我下來站好。

「我……去拿行李。」

這房間太暖，比外面熱帶的夜還悶。汗珠從我頸背冒出來。我慢慢朝前走，直到自己可以摸到那輕飄飄的紗帳。為了某種理由，我覺得需要確認一下每樣東西都是真的。

我沒聽見愛德華回來的聲音。突然間，他冰涼的手指撫過我的頸背，擦去流出來的汗水。

「這裡有點熱。」他語帶抱歉地說：「我認為……這樣比較好。」

「真周到。」我屏著氣喃喃說，他輕聲笑笑。那聲音聽來很緊張，對愛德華而言是很少見的。

「我試著想了所有能讓這……容易一點的事。」他承認。

我大聲地嚥了嚥，仍不看他。從前有過像這樣的蜜月嗎？

我知道答案。沒有。過去從來沒有。

「我在想，」愛德華說得很慢：「如果……首先……也許妳會喜歡跟我在半夜裡先游個泳？」他深吸一口氣，當他再度開口，他的聲音聽起來比較自在了。「水會很溫暖。這是那種妳會喜歡的海灘。」

「聽起來不錯。」我的聲音很不穩。

「我想妳會想要有點時間處理些人類的需要……這是段很長的旅途。」

我木然地點點頭。我幾乎沒感覺到自己是人；或許，獨處幾分鐘會有幫助。

他的唇擦過我耳朵下方的咽喉部位。他又輕聲笑了一次，冰涼的呼吸令我過燙的肌膚一陣發癢。「別花太久時間，庫倫太太。」

新稱謂讓我驚跳了一下。

他的唇掃過我的頸項，來到我肩膀的頂端。「我會在水中等妳。」

他從我身邊走過，直走到正對著沙灘的落地窗前。途中，他脫了襯衫，把它扔在地板上，悄悄穿過落地窗，踏入布滿月光的夜裡。濕熱、充滿鹹味的空氣從他背後捲入房間裡。

我的皮膚起火了嗎？我得低頭檢查。沒有。沒有任何東西在燃燒，至少肉眼所見的沒有。

我提醒自己要呼吸，跌跌撞撞地朝愛德華打開放在白色梳妝檯上的巨大行李箱走去。那應該是我的，因為我熟悉的化妝包就放在最上面，裡面有一大堆粉紅色的東西，不過我認不出一件像樣的衣服。我在整齊疊好的衣堆中翻找，要找個熟悉又舒服的，也許是一套舊睡衣——然後我注意到，我手上有一大堆可怕的、全是蕾絲的和非常暴露的絲綢貼身內衣。非常貼身的貼身內衣，上面還掛著法文標籤。

我不知道何時或該怎麼做，但有一天，艾利絲一定得為此付出代價。

我放棄了，起身走到浴室，從長窗往外瞄著與落地窗同方向的同一片沙灘。我看不到他；我猜他在水裡面，不必麻煩要浮上來換氣。頭頂的天空，月亮還有點缺，幾乎快要圓了，沙灘在明亮的月光下閃閃生輝。有個什麼在動的東西抓住了我的視線——環繞沙灘的棕櫚樹，有棵樹的彎曲樹幹披掛著他身上其餘的衣服，在微風中飄搖。

又一波熱潮竄過我的肌膚。

我深呼吸了好幾口氣，走到長長的洗臉臺上方的鏡子前。我看起來就像坐了一整天飛機的樣子。我找到我的梳子，然後用力猛梳我頸後糾結的頭髮，直到它們光滑地下垂，刷毛上全都是頭髮。我一絲不苟地刷了我的牙，兩次。然後我洗了臉，把水潑在我感覺像發燒的頸背上。那感覺真好，於是我也照樣洗了手臂，最後我決定放棄，乾脆洗個澡算了。我知道在游泳前洗澡很荒謬，但我需要冷靜一下，而熱水很有幫助。

還有，把我的腿毛再刮一刮，似乎是個很好的主意。

當我都弄好了，我從洗臉臺上抓了條大浴巾，把自己從腋下裹起來。

接著，我面對一個我沒想過的難題。我該穿什麼？顯然不該是泳衣。但再穿上原來的衣服似乎也很傻。我連想都不會想去穿那些艾利絲幫我打包的東西。

我的呼吸又開始加速，我的手也開始發抖——費力洗了半天澡要鎮定，還是沒用。我開始覺得有點頭昏，全面的恐慌襲擊顯然即將來臨。我裹著大浴巾在清涼的磁磚地板上坐下，把頭放在兩膝之間。我祈禱他不會在我收拾好自己、鎮定下來之前，決定想要回來找我。我可以想像，如果他看我驚慌到這種程度，他會想什麼。這會讓他一點也不難決定，我們是在犯一個錯誤。

我不是因為我認為我們是在犯錯而嚇壞了。一點也不是。我之所以害怕，是因為我不知道要怎麼做這件事，我害怕走出浴室後要面對未知。尤其是穿那些法國品牌貼身內衣。我知道自己還沒準備好穿**那種**東西。

這種感覺正像是走上舞臺前方，面對數千名觀眾，卻完全不知道自己的臺詞是什麼。

大家是怎麼辦到的——吞下他們所有的恐懼，如此親密的將自己的不完美與恐懼交給另一個人——且擁有的還少於愛德華所給我的絕對承諾？如果在那裡的不是愛德華，如果不是我身上每個細胞都知道他愛我正如我愛他一樣——是毫無條件、不需回報、完全不理性的愛，坦白說——我恐怕永遠無法從這磁磚地板站起來。

但在外面的確實是愛德華，因此我屏住氣低聲說「別當膽小鬼」，並掙扎著站起來。我拉緊腋下的浴巾，斷然走出浴室。經過裝滿蕾絲內衣的行李箱跟那張大床，完全都沒看一眼，踏出敞開的玻璃門，走上柔細如粉末般的沙灘。

每樣東西都被月亮濾掉了顏色，只剩白與黑。我緩慢地走過溫暖的細沙，在他留下衣服的彎曲棕櫚樹旁停下來。我把手放在粗糙的樹幹上，檢查自己的呼吸是不是平穩，或夠平穩。

我的視線橫過緩緩起伏、在黑暗裡的一片黑色波濤，搜尋他的蹤影。

他並不難找。他站在及腰的午夜海水中，背對著我，抬頭凝視著橢圓的月亮。蒼白的月光把他的肌膚轉變成完美的白色，像細沙，像月亮本身，也使他濕了的頭髮漆黑如海洋。他一動也不動，雙手手掌貼著水面；緩緩的波浪拍在他身上碎開，彷彿他是石頭一般。我盯著他線條光滑的後背，他的肩膀，他的手臂，他的頸項，他整個毫無瑕疵的形體……

那股熱火已經不再燒灼我的肌膚了——現在它燒得緩慢又深沉；它悶燒掉了我所有的笨拙、沒有把握的羞怯。我毫不遲疑地扯下浴巾，把它留在樹幹上跟他的衣服在一起，然後走進白色的月光中；它也使我變得跟雪白的沙一樣白。

當我朝水邊走去時，我聽不見自己的腳步聲，但我猜他可以。愛德華沒轉身。我讓溫柔的浪潮在我腳趾碎散開來，發現他有關水溫的說法是對的——水非常暖，像洗澡的熱水一樣。我踏進水中，小心地橫過看不見的海底，但我的擔心是不必要的，沙灘平整無比，緩緩地朝愛德華那裡傾斜。我跋涉過毫無重量的水流，直到他身邊，然後把我的手輕輕放在他冰涼、擺在水面的手上。

「好美。」我說，也抬起頭看著月亮。

「還好。」他平淡地答道。他慢慢轉過來面對我；他的移動帶開一些小浪花，拍打在我的肌膚上。他的雙眼在冰晶色澤的臉上看起來是銀色的。他把手翻上來，讓我們的手指在水面下交纏。溫度夠暖，因此他冰冷的肌膚沒有讓我起雞皮疙瘩。

「不過我不會用美麗一詞，」他繼續說：「有妳站在這裡做比較的時候不會。」

我微微一笑，舉起我另一隻自由的手——現在一點也不抖了——放在他的心上。白色配白色；終於有一次，我們彼此吻合。在我溫暖的撫觸下，他極輕微的打了個顫。現在，他的呼吸不穩起來。

「我答應我們會試，」他低語，突然緊張起來。「如果……如果我做錯什麼，如果我傷害了妳，妳一定要馬上告訴我。」

我嚴肅地點頭，雙眼始終凝視著他的。我又往前跨一步穿過海浪，把頭靠在他胸前。

「別怕。」我喃喃低語道：「我們屬於彼此。」

陡然間，我被自己話語中的真相所震懾。這一刻是如此完美、如此正確，絲毫無法懷疑。

他伸開雙臂將我抱在懷中，緊貼著他，夏日與寒冬。感覺像是我身體裡的每一條神經都活了起來。

「直到永遠。」他同意道，溫柔地拉著我一起進入更深的水中。

早晨，熱燙的太陽照在我光裸的背上，把我熱醒。快中午了，也許已經下午了，我不確定。不過，除了時間以外，其餘每件事都好清楚；我確切知道自己在哪裡——明亮的房間與白色的大床，燦爛的陽光從敞開的門照進來。如雲的紗帳讓光線柔和許多。

我沒張開眼睛。我太快樂了，不想改變任何事，不管多小的事。唯一的響聲是外面的海浪，我們的呼吸，我的心跳……

即使有烘烤人的太陽，我還是覺得很舒服。他冰涼的肌膚完美地解除了暑熱。趴在他冰涼的胸前，他的手臂環抱著我，感覺非常舒適與自然。我散漫地想著自己昨晚恐慌的事。現在看來，我的恐懼似乎傻的可以。

他的手指輕柔地沿著我的脊椎畫著，我知道他曉得我已經醒了。我繼續閉著眼睛，雙臂更抱緊他的脖子，讓自己更貼近他。

他沒說話；他的手指在我背上似有似無地移動著，輕輕追蹤著我肌膚的模樣。

我可以快樂地永遠躺在這裡，絕不打斷這一刻，但我的身體有別的想法。我對自己毫無耐性等候的肚子笑起來。在經過昨晚那一切之後，肚子餓似乎是件平淡無聊的事。彷彿從高高的雲端落到地面上。

「什麼事好笑？」他喃喃道，仍舊撫摸著我的背。他的聲音聽起來嚴肅而嘶啞，伴隨著聲音而來的是昨夜淹沒人的記憶，我感覺自己從臉紅到脖子。

我的肚子一陣咕嚕咕嚕響，回答了他的問題。我又笑了。「你就是無法避免不作人類太久。」

我等著，但他沒跟我一起笑。慢慢地，在我自己強烈的幸福感之外，現實中有另一種不同的氣氛，逐步沉進我被層層狂喜籠罩的頭腦。

我睜開眼睛；第一個落入眼裡的是他蒼白幾乎如銀色般的咽喉肌膚，在我臉部上方他下巴的弧度。他的下顎繃緊。我用手肘撐起自己，好看到他的臉。

他瞪著我們上方的薄紗罩，當我研究他凝重的臉時，他並沒有看我。他的表情令我震驚——它讓我的身體真的竄過一陣震動。

「愛德華，」我說，喉嚨裡有個奇怪的東西哽住，「怎麼回事？出了什麼事？」

「這妳還要問？」他的聲音嚴厲又諷刺。

我第一個直覺反應，這輩子一直欠缺安全感的產物，是懷疑自己又做錯了什麼事。我想了一遍昨晚發生的每件事，卻在記憶裡找不到任何不好的事。所有一切比我期待的更簡單；我們配合的剛剛好，像兩片互相吻合的拼圖，生來就為了配上對方。這給了我一種祕密的滿足感——我們在生理上，就像在其他方面一樣，是相容、協調的。火與冰，不知怎地可以一起共存卻不會毀滅彼此。更證明了我是屬於他的。

我無法想出有哪個部分會讓他看起來像這樣——嚴厲而冰冷。我錯失了什麼嗎？

他的手指撫平我因擔憂而皺起的額頭。

「妳在想什麼？」他低語。

「你的苦惱。我不懂。難道我……」我說不下去。

他的眼神一緊。「妳傷得有多厲害，貝拉？說實話——別淡化它。」

「受傷？」我重複道；脫口而出的聲音比平常高，因為這話完全出乎我的意料。

他挑起一邊眉毛，雙唇抿成一線。

我迅速做了個確定，自動地伸展身體，繃緊跟放鬆我的肌肉。有一些僵硬，還有好些地方很酸痛，這是事實，但最主要是個奇異的感觸，好似我的骨頭不再存在，我好像正在漸漸變成無骨水母一般。但這不是一個不舒服的感覺。

接著，我有點生氣，因為他讓自己悲觀的假設使這個完美的早晨蒙上了陰影。

「你為什麼會跳到那個結論？我從來沒像現在這麼好過。」

他閉上眼睛。「別再那樣。」

「別再哪樣？」

「別再表現得我不是個禽獸，居然同意跟妳這麼做。」

「愛德華！」我低聲說，現在真的苦惱起來。他把我明亮的記憶拖進黑暗中，把它汙染了。「別再說這種話。」

他沒睜開眼睛；彷彿他不願意看見我似的。

「看看妳自己，貝拉。然後告訴我，我不是個禽獸。」

受傷、震驚，我想也沒想，隨著他說的低頭看自己，然後倒抽了一口氣。

我身上發生了什麼事？我完全無法理解自己身上怎麼黏了一堆毛絨絨的雪白物體。我搖了搖頭，有一堆白色東西從我頭髮上像瀑布般灑下來。

我用兩根手指捏起一點軟白的東西來看，是一片羽絨。

「為什麼我身上覆滿了羽毛？」我困惑地問。

他不耐煩地吐出口氣。「我咬了一個枕頭，或兩個。我叫妳看的不是那個。」

「你……咬了個枕頭？為什麼？」

「看著，貝拉！」他幾乎是用吼的。他拿起我的手——非常的戰戰兢兢——拉開我的手臂。「看看那裡。」

這次，我看到他說的是什麼意思了。

在羽毛覆蓋的表面下，我白皙的手臂上有大塊大塊的淤青正在開始盛放。我的眼睛沿著它們的蹤跡來到我的肩膀，然後往下到我的肋骨。我抽回我的手，輕輕戳了戳左前臂的淤痕，看它在我觸碰下褪淡，然後重新浮現。它是有點抽痛。

愛德華拿手比對我手臂上的淤青，他的手是那麼輕，幾乎沒碰到我，一次比對一個，拿他修長的手指去配那些淤痕的模樣。

「噢。」我說。

我試著去記住這點——去記住疼痛——但我記不得。我想不起來有哪一刻他把我抓得太緊，或他的手貼在我身上太用力。我只記得我要他把我擁得更緊一點，當他這麼做時，我很滿意歡喜……

「我真……抱歉，貝拉。」當我瞪著那些淤青時，他低聲說：「我早該知道的。我實在不該——」他從喉底發出一聲低沉、厭惡的聲音。「我對妳的歉意，言語難以形容。」

他抬起一隻手臂遮住臉，整個人變得全然靜止不動。

我坐了好長一會兒，太過驚訝，試著要跟他的悲慘妥協——現在我總算懂了。這跟我的感覺差了十萬八千里遠，以致於要理清楚還頗有困難。

震驚慢慢退去，卻沒有東西可以填補它的空缺。空虛。我的腦筋一片空白。我想不出來該說什麼。我要如何用正確的方式來解釋給他聽？我要如何讓他像我一樣快樂——或像我片刻之前，**本來有的**那樣快樂？

我碰碰他的手臂，他沒有反應。我張開手握住他的手腕，試著要把他的手臂從他臉上拉開，但我若去拉個雕像，說不定還更有希望一點。

「愛德華。」

他動也不動。

「愛德華？」

沒反應。所以，這將變成獨白囉。

「我很抱歉，愛德華。我是……我甚至沒辦法告訴你。我有多麼快樂，甚至快樂還不足以形容。別生氣，千萬別氣。我真的沒——」

「別說**沒事**那兩個字。」他的聲音冷如冰。「如果妳還想維護我的心智正常，就別說妳沒事。」

「但我**的確是**。」我低聲說。

「貝拉，」他幾乎是呻吟著說：「別說了。」

「不，你才別說了，愛德華。」

他挪動手臂，金色的雙眼警惕地看著我。

「別破壞這點，」我告訴他：「我．很．快樂。」

「我已經破壞了這一切。」他低語。

「閉嘴。」我怒道。

我聽見他的牙緊咬在一起。

「呃！」我忍不住發牢騷。「你為什麼還是不能得知我的想法？我的頭腦不會出聲真是太不方便了！」

他的雙眼稍微睜大，儘管他原本心煩意亂。

「這倒是新說法。妳向來喜歡我不知道妳在想什麼。」

「今天不算。」

他瞪著我：「為什麼？」

我挫折地舉高雙手，忽略肩膀傳來的一陣疼痛。我的雙掌落下猛地打在他胸口。「因為如果你可以看到我現在的感覺，或我五分鐘之前的感覺，所有這些痛苦就全是不必要的！那時候我全然快樂。完完全全像在極樂世界。現在——嗯，老實說，我氣得要命。」

「妳應該要氣我的。」

「嗯，我是。這樣讓你覺得好過一點嗎？」

他嘆了口氣。「沒有。我想現在沒有任何事能讓我覺得好過。」

「又來了。」我怒道：「那就是讓我生氣的原因。愛德華，你**謀殺了我的快樂**。」

他翻了翻眼，搖搖頭。

我深吸一口氣。現在我感覺到比較多的酸痛了，但也沒那麼糟。有點像舉重舉了一天。在芮妮某次對健身很著迷時，我曾跟她一起做過這種事。每隻手十磅，舉六十五下。隔天我沒辦法走路。現在還不到當時一半的痛。

我嚥下怒火，試著讓聲音帶著撫慰。「我們知道這件事有點複雜。我原本就假設過會這樣。然後——嗯，這比我原本預期的還要容易多了。這真的沒什麼。」我用手指撫過我的手臂。「我想，對於第一次，在不知道要期待什麼的情況下，我們令人驚奇。只要再多練習幾次——」

他的神情突然大怒，令我說到一半停了下來。

「假設過？貝拉，妳期望過會這樣？妳期待我會傷害妳？妳有想過會更糟嗎？妳覺得實驗成功了，因為妳可以安然脫身？沒斷一根骨頭——這等同於一次勝利？」

我沒說話，讓他把怒氣一次發完。然後我再等了一會兒，等他的呼吸恢復正常。當他的眼神平靜之後，我開口回答，用緩慢精確的言詞說話。

「我不知道要期待什麼——但我絕對沒有期待它會是如此……如此……這樣的美妙與完美。」我的聲音跌成低語，我的雙眼從他臉上滑落到自己手上。「我是說，我不知道它給你怎樣的感覺，但它給我的感覺是這樣。」

一隻冰涼的手指抬起我的下巴。

「這是妳擔心的嗎？」他咬著牙說：「妳擔心我沒**享受**到？」

我垂著眼。「我知道那一定不一樣。你不是人類。我只是試著要解釋，對人類來說，嗯，我無法想像人生還能有任何比這更好的事物。」

他沉默了好長一段時間，最後，我不得不抬起眼來。他的神情現在柔和許多，滿是深思。

「似乎我有更多該道歉的。」他皺著眉說：「我對妳所做的事，給我帶來的感覺，我作夢都沒想到妳會把它的意思解釋成，昨晚不……好，那是我有生以來最棒的一個夜晚。但我不要用這樣的方式想它，不要在妳一身……」

我的嘴角微微翹了起來。「真的？有史以來最棒的？」我小小聲的問。

他把我的臉捧在雙手中，仍舊一臉自省。「在我們講好條件之後，我跟卡萊爾談過，希望他能幫助我。當然，他警告過我，這對妳來說會非常危險。」他的神情閃過一道陰影。「他對我有信心，不過——我不配得到那樣的信心。」

我正要抗議，但他在我開口前，把兩根手指放在我唇上。

「我也問了他，我該期待什麼。我不知道它對我會是什麼樣子……對我作為吸血鬼會是什麼樣子。」他不認真地笑了笑。「卡萊爾告訴我，它是件充滿威力的事，沒有別的事可以比擬。他告訴我，肉體的愛是某種我不該隨便看待的事。由於我們的感情不易受波動，強烈的情感可以徹底永遠地改變我們。但他說我不需要擔心那部分——妳已經徹底改變我了。」這次，他的笑容真心許多。

「我也跟我兩個哥哥談過。他們告訴我它是極其愉悅之事。只次於吸飲人血。」他又皺起了眉。「但我已經嘗過妳的血了，不可能有別的血比那更有威力了……我不認為他們錯了，真的。只不過對我們而言，它是不同的。有更深的含意。」

「它是有更深的含意。它是一切。」

「那還是沒改變它是錯誤的事實。即使妳有那樣的感覺是可能的。」

「這話是什麼意思？你以為這是我捏造出來的？我為什麼要捏造？」

「為了要減輕我的罪惡感。貝拉，我無法忽視這些證據，或忽視過去當我犯錯時，妳總是試圖讓我擺脫困境的歷史。」

我抓住他的下巴，傾身向前，因此我們的臉只差幾吋距離。「愛德華．庫倫，你給我聽好。我沒有為了你的緣故假裝任何事，好嗎？在你開始變得很悲慘以前，我甚至不知道有理由要讓你好過一點。我這輩子從來沒有這麼快樂過——當你決定你愛我超過你想殺我，或第一次當我在早晨醒來看見你在等著我時，我都沒有這麼快樂……甚至我在芭蕾舞教室裡聽到你的聲音時，」他對我差點喪命於獵殺我的吸血鬼的記憶，忍不住退縮了一下，但我繼續說：「或當你說『我願意』，而我明白過來，我竟然得以永遠擁有你時，都沒這麼快樂。那些都是我最快樂的記憶，而昨晚的記憶勝過它們任何一個。所以，你想辦法接受吧。」

他觸摸我雙眉之間皺緊的紋路。「現在我讓妳不快樂了。我不想這麼做。」

「那你就不要不快樂。那是此刻這裡唯一錯誤的事。」

他的雙眼繃緊，然後，他深吸口氣，點了點頭。「妳說的對。事情發生就是發生了，我做什麼都不會改變它。沒道理讓我的情緒破壞妳的這個時刻。現在，我會盡我一切能力讓妳快樂起來。」

我滿心懷疑地觀察他的臉，他給了我一個寧靜的微笑。

「任何能讓我快樂的事？」

我的肚子在我問的同時大叫起來。

「妳餓了。」他很快地說，迅速離開了床，激起漫天羽毛。那提醒了我。

「對了，你到底是為什麼決定要毀了艾思蜜的枕頭？」

他已經穿上一條寬鬆的卡其長褲，站在門邊，搔著一頭亂髮，從他頭上掉了幾根羽毛下來。

「我不知道自己昨晚決定了要做任何事，」他喃喃說：「我們很幸運，被咬的是枕頭而不是妳。」他深呼吸，然後搖搖頭，彷彿要甩掉某種黑暗的思緒。他臉上露出一個看來非常真心的微笑，但我猜那是費了很大的力氣才顯露出來的。

我小心地滑下高高的床，再次伸個大懶腰，這次，更意識到疼痛跟酸痛的地方。我聽到他驚喘一聲。他轉身背對我，手握成了拳頭，緊到指節都發白。

「我看起來有那麼駭人嗎？」我問，盡力讓自己的口氣輕鬆。他屏住呼吸，但沒轉身，也許是不想讓我看見他臉上的表情。我走到浴室去察看一下自己。

我瞪著門後那面全身鏡中自己赤裸的身體。

我肯定有過更糟的情況。我的顴骨上橫過一道淡淡的暗影，嘴唇有點腫，除此之外，我的臉都很好。我身體其餘部分則東一塊青西一塊紫。我的目光專注在那些恐怕是最難隱藏的淤青上——我的手臂與肩膀。它們其實沒那麼糟。我的皮膚很容易淤青。每當淤青顯現出來時，我通常都已經忘記它是怎麼來的。當然，這些都還在慢慢浮現當中。明天我看起來會更糟糕。那當然不會讓情況變容易一點。

我望向我的頭髮，接著，忍不住呻吟。

「貝拉？」我才一出聲，他已經來到我後方。

「我**永遠**都沒辦法把這些從頭髮裡弄乾淨了啦！」我指著我的頭，它看起來就像有雞在上面做過窩一樣。我開始挑出那些羽毛。

「妳**竟然**擔心妳的頭髮。」他咕噥著，但仍站在我背後，動作更快地幫我挑掉那些羽毛。

「我看起來好可笑，你怎麼能忍住不笑啊？」

他沒回答，只是繼續把羽毛挑出來。反正，我也知道答案——在他那種情緒裡，沒有什麼是可笑的。

「這樣弄不乾淨的，」一分鐘過後我說：「它們全都乾掉黏在上面了。我得試著把它們洗掉才行。」我轉身，伸出雙臂環住他冰涼的腰。「你要不要幫我洗？」

「我最好去找些東西給妳吃。」他用平靜的聲音說，溫柔地拉開我的手臂。他消失時，我嘆了口氣，閃得實在太快了。

看來，我的蜜月已經結束了。這想法讓我忍不住哽咽。

當我幾乎清掉所有羽毛，並穿上一件能遮住那些最糟糕的淤紫的陌生白色棉質洋裝後，我光著腳輕輕朝雞蛋、培根與切達起司的香味傳來的方向走去。

愛德華站在不鏽鋼爐子前，把一個蛋捲鏟進放在流理臺上的淺藍色盤子裡。食物的香味令我投降。我覺得自己連盤子跟鍋子也都吃得掉；我的肚子在怒吼。

「來吧。」他轉過身，臉上帶著微笑，把盤子放在一張嵌著小拼花磁磚的桌上。

我坐在兩張金屬椅的其中一張，開始狼吞虎嚥燙嘴的蛋。它們一直燙到我的喉嚨，但我不在乎。

他坐在我對面。「我餵妳的次數顯然不足。」

我吞下口中食物，提醒他：「我在睡覺。順帶一提，這真好吃。一個不吃東西的人能做到這樣，真令人印象深刻。」

「美食頻道。」他說，露出我最喜歡的壞壞笑容。

看見這笑容真令我快樂，樂於見到他似乎又恢復到他正常的自己。

「蛋是哪裡來的？」

「我請清潔人員在廚房裡儲備些食物，這是這房子有史以來第一次。我還得請他們清理那些羽毛……」

他聲音變小，目光盯在我頭上某處。我沒回應，避免說任何會再次讓他苦惱的話。

雖然他做的分量足夠兩個人吃，但我一個人就吃得精光。

「謝謝你。」我告訴他，傾身橫過桌面去親他。他立刻回吻我，然後突然僵住，退開。

我咬緊牙，打算問的問題脫口而出，聽起來像是指責。「我們在這裡的這段期間，你不打算再碰我了，對嗎？」

他遲疑了一下，半笑著抬起手來撫摸我的臉。他的手指輕輕地流連在我的肌膚上，我完全不由自主地把臉貼進他掌中。

「你知道我不是那個意思。」

他嘆口氣垂下手。「我知道。而且妳說的對。」他停下來，稍微抬起他的下巴。用堅定的語氣再次開口：「直到妳改變為止，我不會再跟妳做愛。我永遠再也不要傷害妳。」

chapter 6
分心

「妳為什麼要對我做這種事？」

他咬著牙說，語氣突然變得很憤怒。

「沒有這些就已經夠困難了不是嗎？」

他一把抓住我大腿上的蕾絲花邊。

有那麼片刻，我以為他會把它從接縫上扯下來。

接著，他鬆手。「沒關係。我不會跟妳達成任何協議的。」

在艾思蜜島上，我的娛樂變成了首要考量。我們浮潛（嗯，該說是我浮潛，而他則炫耀他可長久、無限不需氧氣的能力）。我們去探索了環繞島的岩頂的小森林。我們去看了住在島南端天棚般林子裡的鸚鵡。我們在西邊的岩灣觀看落日。我們跟在溫暖淺水中的鼠海豚一起游泳嬉戲。或者說，我跟牠們嬉戲；當愛德華下到水裡時，鼠海豚立刻消失無蹤，像是有鯊魚靠近一般。

我知道這究竟是怎麼回事。他想讓我保持忙碌、分心，讓我不會跟他糾纏不休爭吵有關性的事。無論何時，我試圖叫他放鬆，挑片ＤＶＤ來看，在巨大的電漿電視螢幕下方收有無數的ＤＶＤ，他就會用一些神奇的字眼，像是**珊瑚礁**、**淹沒在水中的洞穴**和**海龜**等，把我誘到戶外去。我們整天不是去這裡就是去那裡，因此，當太陽終於下山時，我總是餓得半死也累到精疲力竭。

每天晚上，吃過晚餐後我就趴倒在盤子旁；有一次我真的就趴在桌上睡著了，是他把我抱到床上去的。會有這種狀況，也有部分原因是，愛德華總是做了超過一人份的食物，但我在上山下海一整天之後實在太餓，幾乎總是把東西吃光。於是，吃太飽又太累，我幾乎沒辦法讓眼睛保持張開。毫無疑問，這整個都是計畫的一部分。

精疲力竭對我的企圖說服他，當然幫不了忙。但我並未放棄。我試過講道理、辯論、抱怨，都完全無用。通常，在能把事情更進一步講清楚前，我就已經不醒人事了。然後，我的夢境變得好真實——大部分都是惡夢，我猜，因著島嶼的各種鮮豔色彩，使這些夢變得越來越生動——以致於無論我睡多久，醒來時仍舊很疲憊。

在我們抵達這島大約一個禮拜後，我決定嘗試妥協。這方法在過去對我們是有效的。

現在，我睡在藍臥房裡。清潔人員要到明天才會來，所以白臥房仍然覆蓋著一層雪白的羽毛。藍臥房比較小一點，床的比例也比較恰當。牆的顏色深，是柚木鑲嵌，所有家具設備都是豪華的藍色絲綢。

晚上睡覺時，我也開始穿艾利絲選的那些貼身衣物——它們穿起來跟她幫我打包的那些布料少到不行的比基尼比起來，反而不算暴露。我好奇她是不是預先看到為什麼我會需要這類東西的情景，然後忍不住戰慄，被這想法弄得尷尬不已。

我先從無害的象牙白緞子開始，擔心著暴露出太多肌膚會招致反效果，不過我已準備好做任何嘗試。愛德華似乎一無所覺，彷彿我穿的是跟在家時一樣的破爛舊睡衣。

那些淤青現在好多了——有些地方已經變成黃色，有些地方已經全部消失——所以，今晚當我在裝潢優雅的浴室準備好時，我拿出最嚇人的一件。它是黑色的蕾絲，還沒穿上，光是看就讓人難為情。在踏進臥房前，我小心刻意不要去看鏡子。我不想害自己不知所措。

看見他雙眼在瞬間瞪大，即使只有兩秒他就控制住自己的神情，我還是感到心滿意足。

「你覺得如何？」我問，踮起腳尖轉個圈，好讓他每個角度都看得到。

他清了清喉嚨。「妳看起來很美，妳一直都很美。」

「謝謝。」我有點酸酸地說。

我實在太累，無法抗拒不快點爬上柔軟的床。他伸手環住我，拉我貼緊他的胸膛，但這是例行公事——天氣實在太熱，若不貼近他冰涼的身體，根本無法睡覺。

「我打算跟你訂個協議。」我睏倦地說。

「我不打算跟妳達成任何協議。」他答。

「你甚至還沒聽我要講什麼。」

「聽不聽都無所謂。」

我嘆了口氣。「該死。我真的想要……唉，算了吧。」

他翻了翻眼睛。

我閉上眼睛，故意賣關子。我打個哈欠。

才一分鐘而已——還不夠久到讓我睡死。

「好吧。妳要什麼？」

我咬緊牙片刻，竭力忍住不露出笑容。天底下若有哪件事是他無法抗拒的，那就是給我東西的機會。

「嗯，我是在想……我知道去達特茅斯讀書這整件事，應該只是個檯面上的說詞，但老實說，去過一個學期的大學生活，大概不會要了我的命。」我說，重提他很久以前說過的話，那時他一直試圖說服我延遲變成吸血鬼。「我敢打賭，查理一定會對在達特茅斯生活的事很興奮。當然啦，如果我沒辦法跟上所有課業，會是一件令人難為情的事。可是……十八，十九，其實差一歲也沒真的差多少。反正我又不會一下子在明年就變得雞皮鶴髮。」

他安靜了好長一段時間。然後，以很低很低的聲音說：「妳想要等。妳想要繼續當人類。」

我不說話，讓他去吸收理解我所提出的。

「妳為什麼要對我做這種事？」他咬著牙說，語氣突然變得很憤怒。「沒有這些就已經夠困難了不是嗎？」他一把抓住我大腿上的蕾絲花邊。有那麼片刻，我以為他會把它從接縫上扯下來。接著，他鬆手。

「沒關係。我不會跟妳達成任何協議的。」

「我要去上大學。」

「不，妳不去。沒有任何事情值得冒妳生命的危險，值得冒傷害妳的危險。」

「但我真的要去。好吧，我想去上大學的願望是不及我想要——我想要再做一陣子的人類。」

他閉上眼睛，從鼻孔裡噴氣。「貝拉，妳快把我弄瘋了。我們不是為這事爭辯過幾百萬次，妳不總是請求要快一點變成吸血鬼嗎？」

「對，可是……嗯，我想到一個以前沒想到的，要作人類的理由。」

「什麼理由？」

「你猜。」我說，然後我從枕頭上撐起自己來親他。

他回吻我，但不是那種讓我認為自己已經贏了的吻，而比較像是他很小心不要傷了我的感覺的吻；他徹底地、讓人十分火大地，控制著他自己。片刻之後，他溫柔地拉開我，將我抱在他懷裡。

「妳真是非常的人類，貝拉。受到妳的賀爾蒙的控制。」他輕笑著說。

「重點就在這裡，愛德華。我喜歡身為人類的這個部分。我還不想放棄它。我不想要經過好幾年嗜血新手的等待，然後這部分的我才能恢復一些。」

我打呵欠，他露出微笑。

「妳累了。睡吧，吾愛。」他開始哼那首我們初見面時，他為我做的搖籃曲。

「我真不明白自己為什麼那麼累。」我諷刺地喃喃道：「那該不是你的部分陰謀之類的吧。」

他輕笑一下，又繼續哼曲子。

「像我累到這樣，你一定認為我睡得比較好。」

樂曲中斷。「妳睡得像死人一樣，貝拉。自從我們來到這裡之後，妳一句夢話也沒說。如果不是因為打呼的聲音，我還真擔心妳是不是陷入昏迷了。」

我不理會說我打呼的嘲弄；我不打呼的。「我沒翻來翻去？那可怪了。通常我作惡夢的時候會滿床打滾，還會大叫。」

「妳作了惡夢？」

「活靈活現的。那些夢讓我好累。」我打哈欠。「我不敢相信自己竟然整夜都沒說夢話講到它們。」

「它們是什麼樣子的惡夢？」

「不同的事——但是都一樣，你知道，因為顏色的關係。」

「顏色？」

「整個都非常明亮真實。通常，當我在作夢時，我會知道自己是在作夢。但是這些夢，我卻不知道自己是在睡夢中。這讓它們變得更可怕。」

當他再度開口，聽起來相當困擾。「是什麼讓妳害怕？」

我微微打了個寒顫。「大部分是……」我遲疑著。

「大部分是？」他試探性地問。

我不確定是為什麼，但我不想告訴他關於那個重複的惡夢中的小孩；在那個特定的恐怖中，有某種很私密的東西。因此，我沒有告訴他整個夢，我只給他其中一種元素。肯定足以嚇死我或任何其他人。

「佛杜里。」我低聲說。

他把我抱得更緊。「他們再也不會來打擾我們了。妳很快就會變成不死的，他們沒理由來打擾。」

我讓他安慰我，對他的誤解覺得有點罪惡感。那些惡夢不全然是那樣。夢裡的我並不為自己感到害怕——我是為那小男孩感到害怕。

他不是頭一個夢裡的那個男孩——那個有血紅雙眼，坐在一堆我所愛之人屍骨上的吸血鬼孩童。這個我在過去一週中夢到四次的小男孩，肯定是個人類；他的雙頰紅通通的，大大的眼睛是柔和的綠色。但是，就跟其他小孩一樣，當佛杜里向我們迫近時，他因為恐懼與絕望而顫抖。

在這新舊元素都有的夢中，我就是得保護這個未知的孩子。沒有別的選擇。就在同時，我知道自己會失敗。

他看見我一臉寂寞無依。「我能幫什麼忙？」

我搖頭甩開它。「它們只是夢而已，愛德華。」

「妳要我唱歌給妳聽嗎？如果它能讓妳不作惡夢的話，我可以唱一整夜。」

「它們也不完全都是惡夢。有些很不錯。非常……多采多姿。在水底下，有魚跟珊瑚礁。整個似乎就像真的一樣——我不知道自己是在作夢。也許問題是在這個島。這裡真的很明亮。」

「妳想回家嗎？」

「不，不，還不想。我們不能再多住幾天嗎？」

「貝拉，妳想住多久我們就可以住多久。」他向我保證。

「學期什麼時候開始？我之前沒注意。」

他嘆氣。他也有可能開始繼續哼歌，但我還沒確定人就睡著了。

稍後，我在黑暗中醒來，整個人充滿震驚。夢境是如此真實……如此栩栩如生，如此有感覺……我大聲喘著氣，現在，因黑暗的房間而分不清方向。不過就在一秒鐘之前，我似乎是在燦爛的豔陽下。

「貝拉？」愛德華低語，他的手臂緊環著我，輕柔地搖著我。「親愛的，妳還好嗎？」

「噢！」我又喘了一聲。只是個夢。不是真的。眼淚突然毫無由來地溢出我雙眼，湧流下我的臉，連我自己都大吃一驚。

「貝拉！」他說——大聲了點，這回滿是擔心。「怎麼回事？」他驚慌、冰涼的手指抹掉我滾燙臉頰上的淚，但其他的緊接而下。

「只是個夢。」我無法抑制自己聲音裡低低的啜泣。愚蠢的眼淚令人煩擾，但我無法控制那緊抓住我的，難以置信的悲傷。我確切地希望那夢是真的。

「沒事了，吾愛，妳很好。我在這裡。」他輕搖著我，對安慰而言，有點太快太急了。「妳又作了另一個惡夢嗎？那不是真的，那不是真的。」

「不是惡夢。」我搖頭，用手臂用力抹我的眼睛。「是一個好夢。」我又泣不成聲了。

「那妳為什麼哭？」他迷惑地問。

「因為我醒了。」我哭道，雙手緊緊環住他的頸項，貼著他的喉嚨哭泣。

他對我的邏輯立刻笑起來，但笑聲因關切而繃緊。

「都沒事了，貝拉。來，深呼吸。」

「它好真實。」我哭說：「我要它是真的嘛。」

「跟我說說這個夢，」他鼓勵我。「說不定會有幫助。」

「我們在沙灘上……」我聲音變小，後退用模糊的淚眼看著他那焦慮的天使般的面孔，在黑暗中朦朦朧朧的。我沉思地望著他，那沒道理的悲傷開始消退。

「然後呢？」他終於試探地問。

我眨眼擠出淚水，內心撕扯著。「噢，愛德華……」

「跟我說，貝拉。」他請求說，因為我聲音中的痛苦，他睜大的雙眼中滿是憂慮。

但我沒辦法。於是，我再次把雙臂纏緊他的頸項，我的嘴火熱地吻住他。那完全不是慾望——是需要，對痛苦的劇烈程度的需要。他的反應是立刻的，但很快接著而來的是他粗魯的拒絕。

他在驚訝中盡可能溫柔地掙脫我，抓住我的肩膀把我推開。

「不，貝拉。」他看著我堅持說，彷彿他擔心我喪失神智似的。

我的手臂垂下來，被打敗了，那奇怪的眼淚重新奔流下我的臉，我喉中又升起新的啜泣。他是對的——我一定是瘋了。

他充滿困惑、痛苦的雙眼瞪著我。

「我對、對、對不起。」我含糊地說。

但他又拉我靠著他，把我抱緊在他堅硬的胸前。

「我沒有辦法，貝拉，我沒有辦法！」他的呻吟中充滿痛苦。

「求求你。」我說，我的請求因貼著他而壓抑不清楚。「拜託，愛德華？」

我不清楚他究竟是被我淚水顫抖的聲音所感動，或是他對我突然的進攻毫無準備，或是他的需要在那一刻跟我的一樣，已是完全無法忍受。但無論是什麼理由，他呻吟一聲投降了，將我的唇再度拉向他的。

於是，我們開始了我夢境所中斷的。

當我在早晨醒來時，我動也不敢動，試著保持自己的呼吸平穩。我甚至害怕張開我的眼睛。

我趴在愛德華的胸口上，但他完全靜止，他的雙臂也沒抱著我。這是個壞兆頭。我害怕承認我醒了，必須面對他的憤怒——無論這怒氣是針對誰的。

小心翼翼地，我從睫毛縫中往外瞄。愛德華瞪著頂上暗暗的天花板，雙臂枕在腦後。我用手肘撐起身子，好讓自己更清楚看見他的臉。很平靜，毫無表情。

「我有多大的麻煩了？」我小聲地問。

「罄竹難書。」他說，但轉過頭來，對我露出得意的一笑。

我大大鬆了口氣。「我真的很抱歉。」我說：「我不是故意……嗯，昨晚我真的不知道是怎麼回事。」我對昨晚記憶中那毫無理性的淚水、壓倒性的悲傷，忍不住搖頭。

「妳始終沒告訴我，妳到底夢到什麼。」

「我猜我沒說——不過，我差不多已經把它的內容**表現**給你看了。」我緊張地笑著說。

「噢。」他說。他雙眼睜大，然後眨了眨。「真有意思。」

「那是個很好的夢。」我喃喃說。他沒接話，因此，幾秒鐘後我問：「我被原諒了嗎？」

「我正在想這件事。」

我坐起來，打算察看自己——至少，目前沒看到任何羽毛。但是當我移動，一陣奇怪的暈眩襲來。我晃了一下，跌回枕頭上。

「哇歐……頭昏。」

接著他的雙臂便環住了我。「妳睡了好久。十二個小時。」

「十二個小時？」太奇怪了。

我說話時快速看了一遍自己，試著別讓動作太顯眼。我看起來還好。手臂上的淤青仍是一個禮拜前留下的，發黃的那種。我伸個懶腰測試一下，也覺得不錯。事實上，比不錯還好。

「盤點都完整嗎？」

我怯懦地點點頭。「所有枕頭看來都逃過一劫了。」

「不幸的是，對妳的……呃，睡衣，我卻沒辦法說同樣的話。」他對床腳點了點頭，在那裡，絲質的床單上橫散著好幾塊黑色蕾絲碎片。

「真糟糕，」我說：「我還滿喜歡那件的。」

「我也是。」

「還有其他傷亡嗎？」我膽小地問。

「我得買個新床架還給艾思蜜。」他承認說，朝他肩上瞄了一眼。我隨著他的視線望去，震驚地看到有好幾大塊木頭顯然是從左側的床頭板被挖下來的。

「嗯。」我皺眉頭。「你以為我會聽見聲音。」

「當妳的注意力集中在別的地方時，妳似乎沒注意到。」

「我是有點太全神貫注了啦。」我承認，臉漲得通紅。

他輕觸我燒紅的臉頰，嘆口氣。「我真的會很懷念這個。」

我盯著他的臉，搜尋任何我所害怕的生氣或自責的跡象。他平穩地回視我，表情平靜，但其他方面卻難以看穿。

「你覺得怎麼樣？」

他放聲大笑。

「什麼嘛？」我盤問。

「妳看起來充滿罪惡感——就好像犯了什麼罪似的。」

「我是感覺到罪惡感。」我小聲抱怨。

「所以，妳勾引了妳這位太心甘情願的丈夫。那不是重罪。」

他似乎是在嘲弄我。

我的雙頰又燙起來。「勾引一詞暗示了某種程度的預謀。」

「也許這詞用的不對。」他承認說。

「你不生氣嗎？」

他露出可憐的微笑。「我一點也不生氣。」

「為什麼不？」

「因為……」他停了停，「頭一件，我沒有傷害妳。在控制我自己方面，在轉移力量方面，這次比較容易了。」他的眼睛再次瞄向毀了的床架。「也許是因為我比較知道該期待什麼了。」

一個充滿希望的微笑開始在我臉上擴散。「我就告訴過你，這跟練習有關。」

他翻了翻眼睛。

此時我的肚子咕嚕大叫，逗得他大笑。「人類的早餐時間到了？」他問。

「拜託。」我說，跳下床。然而我移動得太快，結果必須蹣跚搖晃著去取得平衡。他在我撞上梳妝檯前抓住我。

「妳沒事吧？」

「如果我下輩子沒獲得一個較好的平衡感的話，我一定要求退貨還款。」

今天早上我下廚，煎了一些蛋——太餓了無心變花樣。才煎了幾分鐘，我便毫無耐心地把它們鏟到盤子裡。

「妳從何時開始吃只煎一面的蛋了？」他問。

「從現在開始。」

「妳知道過去一個禮拜，妳吃掉多少蛋嗎？」他拉出水槽底下的垃圾桶——裡面裝滿了空空的藍色蛋盒。

「真怪。」我在吞下一口極燙的蛋後說：「這地方把我的胃口都搞亂了。」還有我的夢，跟我已經夠不可靠的平衡感。「但我喜歡這裡。不過，我們說不定很快就要離開了，好準時抵達達特茅斯，對嗎？哇，我猜我們還需要找個地方住跟放東西之類的。」

他在我旁邊坐下。「妳現在可以放棄假裝要上大學了——妳已經得到妳想要的。而且，我們也沒達成協議，所以，沒有附帶條件。」

我哼了一聲。「愛德華，這才不是假裝。我才不會花我自由的時間，像有些人那樣，在那裡不停算計。**我們今天要怎樣讓貝拉精疲力竭呢？**」我滑稽地模仿他的聲音，不過學的不像。他大笑，毫不害臊。「我真的想要再有多一點當人類的時間。」我靠過去，手撫過他赤裸的胸膛。「我要的還不夠。」

他懷疑地看著我。「要**這個**？」他問，抓住我往下移到他腹部的手。「從始至終性才是關鍵嗎？」他翻了個白眼。「我怎麼沒想到這點？」他諷刺地嘀咕：「我可以給自己省下一大堆口舌力氣。」

我大笑。「對，說不定可以。」

「妳實在太人類了。」他又說。

「我知道。」

他的嘴角露出一絲微笑。「我們要去達特茅斯？真的嗎？」

「我說不定才一個學期就被當掉了。」

「我會教妳。」那笑容變大了。「妳一定會愛上大學的。」

「你想這時候我們還能找到一間公寓嗎？」

他做個鬼臉，看起來有罪惡感。「嗯，妳知道，我們算是有棟房子在那邊，以防萬一。」

「你買了一棟房子？」

「房地產是項好投資。」

我揚起一邊眉毛，算了，隨他去。「這麼說來，我們已經準備好了。」

「我得看看我們是不是能把妳『之前』的車子保留的久一點……」

「對喔，老天保佑，我不會在路上撞到坦克車。」

他咧嘴而笑。

「我們可以再繼續住多久？」

「在時間上我們沒問題。如果妳想要的話，還可以再住幾星期。然後我們可以去看看查理，再出發去新罕普夏。我們可以跟芮妮一起過聖誕節……」

他的話描繪出一副非常快樂的不久的將來，當中的每個人都不必受苦。那個已經全被忘記的雅各抽屜，發出了喀喀聲，於是我修正這想法——幾乎每個人都不必受苦。

這並沒有讓事情變得容易一點。現在，我確切知道了身為人類有多好之後，要讓我的計畫搖擺不定的念頭很誘人。十八或十九歲，十九或二十歲……真的有差嗎？我不可能在一年中變化很大啊。而身為人類跟愛德華在一起……這選擇隨著每一天過去變得更棘手。

「幾個禮拜。」我同意。然後，因為時間似乎永遠不夠，我加上一句：「所以我在想——你知道我之前說的練習的事？」

他大笑。「妳可以先暫緩這念頭片刻嗎？我聽到有船靠近，一定是清潔人員到了。」

他要我暫緩這念頭。所以意思是他對於有關練習的事，不會再給我任何囉嗦了嗎？我露出微笑。

「讓我去跟加斯塔沃解釋一下白臥房的混亂，然後我們可以出門去。在南邊森林裡有個地方——」

「我不想出去。我今天不要在島上健行走個不停。我要留在這裡看部電影。」

他噘起唇，試著不對我不滿的口氣笑出來。「好吧，隨便妳想做什麼。我去應門時，妳要不要先去挑個片子？」

「我沒聽到敲門聲啊？」

他把頭歪向一邊，聽著。半秒之後，大門響起膽怯的輕敲聲。他露出笑容，轉身朝玄關走去。

我慢慢晃到大電視底下的櫃子前，開始掃描那些片名。實在很難決定要從哪開始。他們收藏的DVD比出租店還多。

我聽見愛德華低沉、絲絨般的聲音回到大廳來，正以我猜是完美的葡萄牙語流利的與人對話。另一個比較粗啞的人類聲音以同樣的語言回答。

愛德華領他去房間，邊走邊朝廚房指了指。兩名走在他旁邊的巴西人，看起來不可思議地矮小黝黑。其中一位是胖胖的男人，另一個瘦一點的是女人，兩人的臉上都有好多皺紋。愛德華比了比我，臉上帶著驕傲的微笑，我聽到我的名字夾在一連串不熟悉的詞句裡。我想到白臥房中，他們很快就會碰到的那堆混亂的羽毛，不禁有點臉紅。那矮小的男人客氣地對我微笑。

但那嬌小的、咖啡膚色的女人沒有笑。她瞪著我，臉上混合震驚、擔憂，瞪大的雙眼中主要是**恐懼**。

當他再度出現，只有他一個人。他迅速走到我旁邊，伸出手臂環抱著我。

在我能有所反應之前，愛德華已經示意他們跟他朝那間雞舍去，他們跟著他走了。

「她怎麼了？」我急切地低聲問，還記得她驚慌的表情。

他聳肩，泰然自若地說：「考菈是半個提卡納印地安人。她的成長環境讓她比那些活在現代世界裡的人更迷信——或者妳可以說是更有意識。她猜到我是什麼人，或猜得夠近。」他聽起來仍不擔心。「他們在此有自己的語言。**洛比蘇曼**（註6）——一種喝血的魔鬼，極愛獵捕美麗的女人。」他對我拋來挑逗的眼神。

註6　洛比蘇曼（Libishomen）是南美洲，尤其以巴西地區為主的吸血鬼，謠傳只以女性為獵物。

只有美麗的女人嗎？嗯，那還真諂媚。

「她看起來嚇壞了。」我說。

「她是嚇壞了——但她主要是擔心妳。」

「我？」

「她很害怕為什麼我只把妳單獨留在這裡。」他不懷好意地低笑，然後看向那整牆壁的電影。「噢，好吧，妳何不挑部我們可以一起看的片子？那是件可令人接受的人類活動。」

「是啊，我相信看電影可以說服她你是個人類。」我大笑說，將雙臂緊抱住他脖子，踮起腳來。他低下頭來好讓我吻他，雙臂緊抱住我，將我從地板上抱起來，這樣他就不必彎著腰接吻。

「別管什麼電影了。」我咕噥著，他的唇下滑到我的咽喉，我的手指抓緊他紅褐色的頭髮。

然後我聽到一聲驚喘，他突兀地把我放下來。考菈僵立在門廊上，黑色的頭髮沾著羽毛，雙臂抱著的大麻袋裡有更多的羽毛，她臉上有種驚恐至極的神情。她瞪著我，雙眼圓睜，我臉紅低下了頭。她恢復了正常，喃喃說著些什麼，雖然是我聽不懂的語言，但很明顯是在道歉。愛德華微笑著，用友善的口氣回應她。她轉開了黑色的雙眼，繼續朝走廊往下走。

「她在想我想她在想的事，對嗎？」我低聲抱怨。

他對我彎來繞去的句子大笑。「對。」

「這個，」我說，伸出手隨便摸，抓出一部片子。「放這部，然後我們可以假裝在看電影。」

它是部老音樂片，有許多笑臉，盒蓋上還有許多蓬蓬裙。

「非常具蜜月風格。」愛德華贊同說。

當演員們在螢幕上自信地跳著開場曲子時，我懶洋洋地在沙發上躺下，舒服地窩進愛德華的懷裡。

「現在我們要搬回白臥房住了嗎？」我隨口懶懶地問。

「我不知道……我已經把另一個房間的床頭板毀得一塌糊塗了——如果我們把破壞限制在這屋子的某個區域，或許艾思蜜哪天會再邀請我們來。」

我露出大大的笑容。「所以，還會有更多破壞？」

他對我的表情大笑。「我想如果我先策畫好會比較安全，比我讓妳再度主動攻擊我安全。」

「那只是時間的問題。」我若無其事地同意，但我的脈搏加速跳動。

「妳的心臟有什麼問題嗎？」

「沒啊，壯得像匹馬一樣。」我停了停，「你現在想去勘查一下損毀的區域嗎？」

「也許等到只剩下我們兩個人時，會比較不失禮。也許妳不會注意到我拆家具，但那大概會嚇死他們。」

老實說，我已經忘記還有別人在另外的房間裡。「對喔。討厭。」

加斯塔沃跟考菈靜靜地在屋中來去，我不耐煩地等著他們做完，試著注意螢幕上那從此永遠快樂地在一起的戲碼。不過，我正開始覺得愛睏——照愛德華的說法，我已經睡掉半天了——一個粗啞的聲音把我驚醒。愛德華坐起來，仍抱著我貼在他懷中，用流利的葡萄牙語回答加斯塔沃。加斯塔沃點點頭，安靜地朝前門走去。

「他們做完了。」愛德華告訴我。

「所以，意思是說，又只剩我們兩個人了？」

「先吃午餐怎麼樣？」他建議。

我咬著唇，真是左右為難。我是真的很餓。

他微笑著牽起我的手，領我到廚房。他太瞭解我臉上的神情了，無法得知我的思想根本不要緊。

當我終於吃飽時，我抱怨：「這實在有點失控了。」

「這個下午妳想跟海豚一起游泳嗎？消耗掉一些卡路里？」他問。

「也許晚一點。對消耗卡路里，我有別的點子。」

「什麼點子？」

「嗯，這屋子裡還有很多的床頭板。」

我還沒說完，他已經把我一把抱起來，他的唇堵住我的口，同時抱著我以非人的速度衝向藍臥房。

chapter 7
意料之外

「有什麼不對嗎？」

「從婚禮到現在，總共過了幾天了？」我低聲問。

「十七天，」他立刻回答。「貝拉，出了什麼事？」

我又數了一遍。我舉起一根手指，警告他等一等，然後對自己數數。

我之前把日子算錯了。

我們來到這裡的時間比我想的還久。

那一排黑衣人穿過裹屍布般的迷霧朝我逼近。我可以看見他們深紅色的雙眼閃爍著慾望，渴望著殺戮。他們的唇向兩旁咧開，露出尖銳、濕潤的牙齒——有些在咆哮，有些在微笑。

我聽見背後小孩的啜泣，但我不能回頭看他。雖然我拚命地想要確定他的安全，我卻擔不起這時在專注力上出任何一點小差錯。

他們鬼魅般又近了點，黑色的袍子隨著移動微微揚起。我看見他們的手曲起變成白骨般的爪子。他們飄散開來，調整角度要從四面八方攻擊我們。我們被包圍了，必死無疑。

接著，彷彿閃電的光芒劃破黑暗，整個景象完全不同了。但事情並未改變——佛杜里仍朝我們昂首闊步而來，神情泰然地準備好殺戮。整個情況真正改變的是，我看這幅景象的態度。突然間，我渴望這一戰。我要他們進攻。隨著我伏身傾向前，恐慌變成嗜血，我臉上露出微笑，一聲咆哮從我裸露出來的利齒間衝出。

我猛坐起身，從夢中驚醒過來。

房間很黑，熱得像蒸汽房似的。汗水使我太陽穴旁的頭髮纏成一團，直流下我的頸項。

我摸索著熱燙的床單，發現旁邊是空的。

「愛德華？」

就在這時，我的手指摸到某個平滑硬硬的東西。一張紙，對折著。我拿起那張紙，摸索著走過房間去打開電燈的開關。

紙條的外面註明著給庫倫太太。

我希望妳不會醒來然後注意到我不在；不過，若妳醒了，我會很快回來的。我只是到陸地上去狩獵。

回去再睡一會兒吧，當妳醒來，我已經回來了。我愛妳。

我嘆了口氣。我們已經在這裡待了大約兩週了，所以我該預期到他要離開，但我一點都沒想到時間的事。我們在這裡似乎存在於時間之外，是單獨飄浮在一個完美的境地中。

我抹掉額頭上的汗。雖然梳妝檯上的鐘指著半夜一點多，我卻覺得十分清醒。我知道像現在感覺這麼熱又黏，我一定睡不著。更別提若我關燈閉上眼睛，肯定會在我腦中看見那些徘徊的黑色身影的事實。

我起床，漫無目的地在黑暗的屋子裡遊走，打開所有的燈。愛德華不在，這屋子變得大又空曠。不一樣。我終於在廚房停下來，決定也許安定心神的食物正是我需要的。

我打開冰箱在裡面四處翻看，直到我找到所有炸雞所需的材料。雞肉在鍋中滋滋爆響的聲音真好聽，一種家的聲音；我對充滿周圍的寂靜感覺比較不那麼緊張了。

它聞起來實在香極了，我一起鍋就直接吃，過程中燙得舌頭發疼。不過在吃到第十五或十六口時，它終於涼到讓我可以品嘗它的味道。我的咀嚼慢下來。這味道是有哪裡不對嗎？我察看所吃的肉，內外都透白了，但我懷疑它是否真的熟透。我嘗試再咬了另一口；嚼了兩次。噁——肯定是壞了。我跳起來衝過去把它吐在水槽裡。突然間，雞跟油的味道嗅起來一整個令人厭惡。我端起整盤肉把它倒進垃圾桶，然後開窗把那氣味趕出去。外頭有一股微涼的風吹來，讓我皮膚舒服許多。

我突然覺得累極了，但我不想回去那熱得要命的房間。因此，我去電視間，打開更多窗戶，躺在窗下的沙發上。我打開我們那天看的同一部電影，在生氣勃勃的開場歌曲中很快就睡著了。

當我再次睜開眼睛，太陽已經爬上半天高，但讓我醒過來的不是陽光。冰涼的手臂環繞著我，抱著我貼緊他。與此同時，我肚子突然一陣抽痛，幾乎像是肚子突然挨了一拳之後的餘震。

「真對不起。」愛德華邊用冰涼的手抹過我濕黏的額頭，邊喃喃說：「還提什麼設想周到，我沒想到我不在的話這對妳會有多熱。在我必須再次離開之前，我會讓人安裝好一臺冷氣。」

我無法集中精神聽他說什麼。「對不起！」我喘了一聲，掙扎著脫開他的雙臂。

他立刻鬆手。「貝拉？」

我一手摀著嘴朝浴室飛奔而去。我感覺糟透了，以致於一開始我根本不在意他在我旁邊，而我跪蹲在馬桶前吐得死去活來。

「貝拉？怎麼回事？」

我還無法回答。他焦急地扶著我，拉著我的頭髮讓它別垂在我臉上，直到我再度能夠呼吸。

「該死的爛雞肉。」我呻吟道。

「妳沒事吧？」他的聲音很緊張。

「沒事。」我喘著氣說：「只是食物中毒。你不必看這些，走開。」

「才不呢，貝拉。」

「走開。」我又呻吟說，掙扎著站起來，想去漱漱口。他溫柔地扶著我，不理會我無力地推拒他。

在我的口腔清乾淨之後，他抱我回床上，小心地把我放下，用手臂支撐我。

「食物中毒？」

「是啊，」我粗啞著聲音說：「我昨晚弄了些雞肉。味道很糟糕，所以我把它都扔了。但我一開始還是吃了幾口下去。」

他將一隻冰涼的手放到我額上。感覺好舒服。「妳現在覺得怎麼樣？」

對此我想了片刻。噁心反胃的感覺消失得跟它來時一樣突然，我現在感覺跟其他早晨感覺到的一樣。

「相當正常。事實上，有點餓了。」

他要我等一個小時，又要我喝了一大杯水，才炒了一些蛋給我吃。我感覺完全正常，只有因為半夜起床過而有點累。他打開CNN電視臺——我們跟外面脫節太久，第三次世界大戰有可能已經開打了而我們卻一無所知——我昏昏欲睡地橫躺在他腿上。

新聞讓我覺得無聊，於是扭過身去吻他。就像今天早上一樣，當我移動的時候，一股尖銳的刺痛擊中我的胃。我蹣跚的離開他，手緊摀著嘴。我知道這次一定趕不及衝到浴室，因此我衝向廚房的水槽。

他再次幫我撥開頭髮。

事後，當我在漱口時，他焦慮地提議：「也許我們該回里約，去看個醫生。」

我搖頭，朝走廊的方向慢慢移動。看醫生的意思是要打針。「等我刷完牙就會沒事的。」

等我的口腔嘗起來好多了之後，我翻找我的行李箱，找尋艾利絲幫我打包的小急救箱，裡面有一堆人類的用品，像是繃帶和止痛藥和——我現在的目標——助消化的腸胃藥 Pepto-Bismol。也許我可以先止吐，再讓愛德華鎮定下來。

但就在我找到腸胃藥之前，我恰巧翻到艾利絲幫我打包的某個東西。我拿起那個藍色小盒子，盯著手中的它看了好久，忘了所有其他的事。

我開始在腦海裡計算。一遍、兩遍。再來一次。

敲門聲嚇了我一跳；藍色小盒子落進行李箱內。

「妳還好嗎？」愛德華透過門問：「妳又不舒服了嗎？」

「是也不是。」我說，聲音聽起來像被扼住似的。

「貝拉？可以讓我進去嗎？」這回充滿了憂慮。

「嗯……好。」

他進來，打量了一下我的姿勢，盤腿坐在行李箱前，我的表情一片空白、目不轉睛。他在我旁邊坐下，立刻伸手摸摸我額頭。

「有什麼不對嗎？」

「從婚禮到現在，總共過了幾天了？」我低聲問。

「十七天，」他立刻回答。「貝拉，出了什麼事？」

我又數了一遍。我舉起一根手指，警告他等一等，然後對自己數數。我之前把日子算錯了。我們來到這裡的時間比我想的還久。我再數了一遍。

「貝拉！」他急切地低語：「我快要瘋了。」

我試著要吞嚥，但沒用。因此，我把手伸進行李箱裡翻找，直到找到那個裝衛生棉條的藍色小盒子。我默默地舉起它。

他困惑地瞪著我。「什麼？妳打算用經前症候群來解釋這場病？」

「不，」我設法擠出聲音：「不，愛德華。我試著要告訴你，我的經期已經遲了五天了。」

他臉上的表情未變，好像我沒說過話一樣。

「我想我不是食物中毒。」我加上一句。

他沒反應，變成了一座雕像。

「那些夢。」我用含糊平板的聲音對自己說：「睡太久、那次哭泣、吃那麼多東西。噢，噢，噢。」

愛德華的眼神似乎整個呆滯，彷彿他再也看不見我一般。

反射性地，幾乎是不知不覺地，我的手落到了我的肚子上。

「噢！」我又尖叫了一聲。

我蹣跚著站起來，離開愛德華動也不動的手。我一直沒換掉我穿上床睡覺的絲質短褲跟背心。我猛地拉起那藍色的布料，瞪著我的腹部。

「不可能的。」我低聲說。

我對懷孕或小嬰孩或那個世界的任何一部分都毫無經驗，但我不是白痴。我看過夠多的電影和電視劇，足以知道事情不該是這樣子。我才遲了五天而已。如果我**真的**懷孕了的話，我的身體不可能顯出任何事實跡象的。我還不會在早晨有孕吐，我還不會改變我的飲食與睡眠習慣。

同時絕對不可能在我小腹中央有塊小但輪廓分明的隆起物。

我來回轉動我的軀體，從每個角度檢查它，彷彿只要光線對了，它就會消失一樣。我用手指撫過那隱隱浮現的突起，很驚訝它在我肌膚底下感覺硬得像石頭一樣。

「不可能的。」我又說了一遍，因為，不管有突起或沒突起，有月經或沒月經（沒月經這點倒是肯定的，雖然這輩子我的經期從來沒遲過一天），我根本不可能**懷孕**。我唯一曾經發生過性關係的人是個吸血鬼，真是豈有此理。

那個吸血鬼還驚呆在地板上，絲毫沒有要移動的跡象。

那麼，一定得有別的解釋。我一定出了什麼問題。某種奇怪的南美疾病，所有的病徵都像是懷孕，只不過速度加快……

然後，我想起來某件事——有天早上在網路上的搜尋，現在來看那似乎是上輩子的事了。在查理的家中，我坐在我房間的舊書桌前，灰白的晨光模糊地從窗戶透進來。我瞪著我那臺古老、轟轟作響的電腦，熱切地讀著透過網路找到所謂「吸血鬼從A到Z」。那時距離雅各・佈雷克試圖用他還不相信的奎魯特傳說來娛樂我，告訴我愛德華是個吸血鬼還不到二十四小時。我焦慮地掃描過網路上第一頁的條目，那是全世界各地獻給吸血鬼神話的網站。菲律賓話叫**丹拿**，希伯來文叫**艾斯提瑞**，羅馬尼亞話叫**維拉可拉西**，義大利文叫**史特拉勾尼．班尼佛西**（事實上，這則傳說是根據我的新公公早年與佛杜里的相處而來，不過那時候我當然還不知道這些事）……隨著那些故事越來越不可信，我也越來越不留意。列在比較後面的條目，我只有一點模糊的印象。它們似乎大部分都是想像出來的藉口，用來解釋像是嬰兒死亡率——以及不忠實。**不，親愛的，我沒有外遇！那個妳看見的從屋裡偷偷摸摸跑出去的性感女人是個邪惡的女淫妖。我很慶幸自己逃過一死！**（當然，現在我知道關於譚雅跟她妹妹的事了，我懷疑那些藉口恐怕根本就是事實。）其中也有給女士的藉口。**你怎麼可以指控我欺騙你——就因為你航海兩年回來，發現我懷孕了？那是個夢魘**（註7）**。他用神祕的吸血鬼力量把我催眠了……**

那也是夢魘一詞的部分定義——有能力使他不幸的獵物懷他的孩子。

我搖搖頭，覺得頭昏眼花。但是……

我想到艾思蜜跟羅絲莉，尤其是羅絲莉。吸血鬼不能有孩子。如果有可能，羅絲莉肯定早就找到辦法了。夢魘的神話除了是傳說，不可能還有其他。

除非……嗯，這當中是有差異。當然，羅絲莉不可能懷孕，因為她在從人類變成非人類後，已經整個凍結在那狀態裡了。完全不會改變。人類女性的身體在孕育孩子時必須**改變**。持續每個月週期的變化是一回事，然後最大的改變是需要調適容許一個逐漸長大的孩子。羅絲莉的身體無法改變。

但我的可以。我的也的確改變了。我撫摸著昨天還不存在的，在我腹部的隆起。

註7　原文 Incubus 指的是一種專以男性姿態出現，在女性睡夢中和其性交的惡魔。女性姿態出現的稱之為 Succubus，正是前幾行所提到的「女淫妖」。這一詞源自於拉丁文中的 incubus，意指「夢魘」。

人類的男性——他們從青春期以後直到死亡，大概都差不多一樣。我記得一件無意間看到的瑣事，天曉得是誰在哪裡找到的：查理・卓別林在他七十幾歲的時候，還生下了他最小的孩子。男人沒有所謂的懷孕年限或生育週期之類的限制。

當然，誰會知道男吸血鬼在他們的伴侶都不能生的時候，是能夠讓人懷孩子的？天底下有哪個吸血鬼會有克制自己跟人類女性測試這理論的需要？或是克制這種傾向的需要？

我只能想到一個。

我的腦子有一半在整理搜索事實、記憶和推測，而另一半——控制移動最細微肌肉的能力的那一半——震驚到遠超過做出正常舉止的能力。我無法張嘴說話，雖然我想問愛德華，**拜託**他跟我解釋到底發生了什麼事。我需要回到他坐下的地方，觸摸他，但我的身體不願聽從指示。我只能瞪著鏡中自己震驚的雙眼，我的手指小心翼翼地按著身體上隆起的那一塊。

然後，就像我昨晚栩栩如生的惡夢，整個景象突然變了。我在鏡中看見的每樣東西都完全不同了，雖然，實際上並沒有不同。

讓所有事物發生改變的是，從我身體裡面，有個小東西對我腹上的手輕輕一撞。

與此同時，愛德華的手機響了，聲音尖銳，充滿要人立刻接聽的氣勢。我們倆都沒動。它一直響一直響，我試著不理會它，同時把我的手指輕壓著腹部，等著。鏡中，我的神情不再迷惑——現在是充滿好奇。當莫名其妙、安靜的淚水開始淌下我臉頰時，我幾乎沒注意到。

手機繼續響著。我希望愛德華會把它接起來——我正在享受這一刻，或許是我生命中最重大的一刻。

鈴！鈴！鈴！

最後，那討厭的聲音穿破了一切。我在愛德華身邊跪下來——我發現自己移動時小心謹慎多了，比之前多幾千倍意識到每個移動的感覺——並摸索他的口袋，直到我找到手機。我半期待著他會解凍，然後自己回答，但他完全靜止不動。

我認得那號碼，也能輕易猜到她為什麼會打來。

「嗨，艾利絲。」我說，聲音沒有比之前好多少。我清了清喉嚨。

「貝拉？貝拉，妳還好嗎？」

「還好。呃，卡萊爾在嗎？」

「他在。出了什麼事？」

「我不……敢百分之百……確定……」

「愛德華還好嗎？」她小心地問。她轉離開手機叫喚卡萊爾的名字，然後在我還沒回答她第一個問題就接著盤問：「為什麼他沒接電話？」

「我不太確定。」

「貝拉，到底發生什麼事？我剛看見——」

「妳看見什麼？」

對方傳來一片寂靜。「卡萊爾來了。」她終於說。

那感覺像我的血管裡被注射了冰水。如果艾利絲看見的景象是我的懷裡抱著個綠眼睛、臉孔如天使的小孩，她應該會告訴我的，不是嗎？

在我等候卡萊爾接過電話說話的那一兩秒，我想像中艾利絲看見的景象在我眼底深處舞動著。一個小小的、美麗的嬰孩，比我夢中的小男孩還更美麗——一個小愛德華躺臥在我的懷中。一股溫暖竄過我的血管，驅走了寒冰。

「貝拉，我是卡萊爾。發生了什麼事？」

「我——」我不確定自己要怎麼回答。他會取笑我的結論，說我瘋了嗎？是我又作了個多采多姿的夢嗎？「我有點擔心愛德華……吸血鬼會震驚到失神嗎？」

「他受傷了嗎？」卡萊爾的聲音突然急切起來。

「沒有，沒有。」我跟他保證：「只是……突然大吃一驚而已。」

「我不明白，貝拉。」

「我想……嗯，我認為……也許……我也許……」我深吸了一口氣。「懷孕了。」

彷彿要支持我似的，我的腹部又傳來另一個小小的一撞。我的手立刻貼住我的肚子。

停頓了好一會兒，卡萊爾的醫學訓練回過神來。

「妳上次生理期開始的第一天是什麼時候？」

「婚禮前十六天。」我在心裡已經數過夠多遍，因此我能肯定的回答。

「妳感覺怎麼樣？」

「很怪。」我告訴他，然後我又泣不成聲了。另一串眼淚滑下我的臉頰。「這聽起來實在很瘋狂——你看，我知道要講這些有點太早。也許我是瘋了。但是我一直作奇怪的夢，一直吃個不停，然後愛哭，又吐，還有……還有……我發誓現在有個什麼東西在我身體裡面**動來動去**。」

愛德華的頭突然抬起來。

我大鬆一口氣。

愛德華伸出手要手機，他的臉慘白冷硬。

「嗯，我想愛德華想要跟你講話。」

「讓他接。」卡萊爾說，聲音很不自然。

我把手機放進愛德華伸出的手中，不完全確定他能講話。

他把手機貼到耳朵上。「這有可能嗎？」他低語。

他聽了好久，雙眼視而不見地瞪著。

「那貝拉呢？」他問。說話的同時，他伸手環住我，拉我靠近他身側。

他聽著，彷彿又過了很長一段時間，然後他說：「是。是，我會。」

他把手機從耳邊拿開，按了「結束」的按鈕後，立刻，他又按了一個新號碼。

「卡萊爾說了什麼？」我焦急地問。

愛德華用死氣沉沉的聲音說：「他認為妳懷孕了。」

這話將一股暖流送下我的背脊，那個小東西在我身體裡面激動著。

「你現在是打給誰？」我問，看著他把手機放回耳邊。

「機場。我們要回家去。」

愛德華講手機講了超過一小時，中間都沒停。我猜他在安排我們回家的機位，但我不敢確定，因為他不是說英語。那口氣聽起來像他在爭論；他經常咬牙切齒地講著。

當他在爭論時，他也一邊打包。他在整個房間飛快地移動，像一股憤怒的龍捲風，但經過的地方留下的是條理而非破壞。他把我的一套衣服扔在床上，看也沒看一眼，所以我假設是我該換衣服的時間到了。當我更衣時，他繼續爭論，不時突然出現手勢，或很激動地移動。

當我再也受不了他劇烈四射的能量，我靜靜地離開了房間。他狂躁的專注讓我難受到了肚子裡——不像晨間的孕吐，只是不舒服。我會到別的地方去等他的情緒過去。我無法跟這個冰冷、專注的愛德華說話，老實說，他有點嚇到我。

再一次，我又走到廚房。櫥櫃裡有一袋鹹麻花餅。我開始無意識地嚼食它們，瞪視窗外的沙灘、岩石、樹木和海洋，所有一切都在陽光下閃爍。

有人推了推我。

「我知道，」我說：「我也不想走。」

我瞪著窗外好一會兒，但那愛推擠的小人兒沒有回答。

「我不懂，」我低聲說：「這件事有什麼**不對**？」

驚訝，絕對是，甚至可說是震驚。但**不對**？

才不。

所以，愛德華幹麼**暴怒**？事實上他才是那個熱切期盼要閃電結婚的人。

我試著想出個道理來。

也許愛德華要我們立刻回家去，並不那麼令人困惑。他會要卡萊爾仔細檢查我，確定我的假設是正確的——雖然到了這個地步，我腦中已經毫無疑問。也許他們會想弄明白為什麼我已經懷了這麼大的孩子，腹部隆起又會推我撞我什麼的。那一點也不正常。

一旦想到這點，我想我終於明白了。他一定是非常擔心胎兒。我還沒回神到足以嚇壞。我的腦子轉得比他的慢——它還停留在先前幻想出來的、對那幅圖畫的驚奇裡：那個有著愛德華的眼睛的小寶寶——綠色的眼睛，像他還是人類的時候一樣——美麗又動人的躺在我的懷裡。我希望他會有跟愛德華一模一樣的臉，沒有遺傳我的模樣。

好笑的是，這幅想像的畫面突然間變得全然必要。從最初那小小的一觸，整個世界都改變了。在那之前，這世上我活著唯一不可缺少的只有一樣，現在開始，有兩樣。這當中沒有區分——我的愛沒有在他們之間分成兩半；不是那樣的。反而像是我的心變大了，在那一刻膨脹成它原有的兩倍大。多出來的空間，已經填滿了。那擴增幾乎令人昏亂。

在這之前，我從未真正瞭解羅絲莉的痛苦和怨恨。我從未想像過自己當媽媽，也從來不想要當。對愛德華承諾說我不在乎為了他放棄小孩，是件輕而易舉的事，因為我真的不在乎。在抽象的概念裡，小孩從來都不吸引我。他們似乎是很吵的生物，常常到處滴一堆黏黏的東西。我從來都跟他們沒什麼關係。當我夢想芮妮會給我生個兄弟時，我總是想像自己有的是**哥哥**。某個會照顧我的人，而不是反過來的情況。

但這小孩，愛德華的小孩，是件完全不同的事。

我需要他正如我需要空氣才能呼吸。不是一項選擇——是必需品。

也許我的想像力真的很差。也許那是為什麼我無法想像自己會**喜歡**結婚，直到我結婚之後——無法想像自己會要一個小孩，直到自己已經懷孕……

我把手放在肚子上，等候下一個輕推，眼淚又滑下我的臉頰。

「貝拉？」

我轉身，因他聲音中太冰冷、太小心的語調而提高警覺。他的臉吻合他的聲音，空白而冷酷。

接著，他看到我哭了。

「貝拉！」他一個箭步橫過房間靠上前來，把手放在我臉上。「妳覺得痛嗎？」

「不，不是——」

他一把抱住我貼緊他胸口。「別怕。十六個小時後我們就到家了。妳會沒事的。我們到家時，卡萊爾會都準備好的。我們會處理這件事，然後妳會沒事，妳會沒事的。」

「處理這件事？你這話是什麼意思？」

他往後退開一點，直視我雙眼。「我們會在那個東西能傷害妳的任何地方之前，把它拿掉。別怕。我不會讓它傷害妳的。」

「那個東西？」我驚喘一聲。

他的視線猛地轉離開我，望向前門。「該死！我忘了加斯塔沃今天要來。我會打發他走，馬上回來。」他衝出門去。

我緊緊抓住流理臺支撐自己，我的膝蓋發抖。

愛德華稱呼我那愛推擠的小人兒叫**東西**。他說卡萊爾會把它拿掉。

「不。」我低聲說。

我之前全搞錯了。他根本不要這個小孩。他要**傷害**他。我腦海中那美麗的圖畫突然變了，轉變成某種黑暗的事物。我美麗的小嬰孩在哭泣，我脆弱的臂膀不足以保護他……

我該怎麼辦？我有辦法跟他們講道理嗎？萬一我不能呢？這解釋了艾利絲在電話中奇怪的沉默嗎？那是她看見的情景嗎？愛德華跟卡萊爾在那白皙、完美的小孩生下來之前，就殺了他？

「不。」我再次低聲說，聲音有力了一點。這不成，我絕不允許這樣的事。

我又聽到愛德華在說葡萄牙語。又在爭論。他的聲音比較近了，我聽見他惱怒地哼著聲音說話。然後我聽見另一個聲音，低而膽怯，一個女人的聲音。

他在她之前進到廚房來，直接走向我。他抹去我臉頰上的淚水，透過他抿成冷酷一線的唇，喃喃在我耳邊說話。

「她堅持要留下她所帶來的食物——她幫我們做了晚餐。」如果他不是這麼緊繃、這麼憤怒的話，我知道他會翻翻白眼。「那是個藉口——她是想確定我還沒殺了妳。」他的聲音在結尾時變得冰冷至極。

考菈緊張地慢慢轉過角落進來，手上端著一盤蓋著的食物。我但願自己能說葡萄牙語，或我的西班牙話不是那麼粗淺，所以我可以試著感謝這個為了察看我好不好，而膽敢惹怒一名吸血鬼的婦女。

她的雙眼在我們之間閃來閃去。我看見她打量我臉上的顏色，我眼中的淚濕。咕噥著我聽不懂的什麼，她把盤子放在流理臺上。

愛德華對她發怒，說了些什麼；我從未見過他這麼沒禮貌過。她轉身離開，而她的長裙在轉身時捲起的風，將食物的氣味吹送到我面前。味道很重——是洋蔥跟魚。我一陣作嘔，立刻轉向水槽。我感覺到愛德華的手貼著我額頭，聽見他安慰的喃喃低語傳入我隆隆作響的耳朵。他的手消失了片刻，然後我聽見冰箱碰地一聲關上。感謝老天，那股味道隨著關門聲消失，愛德華的手再度幫我濕黏的臉冷卻下來。這次結束得很快。

我接水龍頭的水漱口，同時他一直不停輕撫著我的臉。

我的子宮傳來試探的輕推。

沒事。我們會沒事的。我對那小隆起想著。

愛德華把我轉過來，將我拉進他懷中。我把臉靠在他肩上。我的雙手卻本能地覆蓋在我的肚子上。

我聽見小小一聲驚喘，不禁抬起頭來。

那女人還在，站在門口遲疑著，雙手半伸出來，彷彿想找什麼辦法幫忙。她圓睜的雙眼盯著我的手，充滿震驚，連嘴巴都嚇得半張闔不攏。

接著，愛德華也倒抽一口氣，他突然轉身面對那女人，將我稍微推到他背後。他的手臂橫擋住我整個身軀，彷彿要阻止我上前一般。

突然間，考菈對他大吼——又大聲又憤怒，她那難懂的話句句橫過房間飛來，像刀子似的。她往前踏了兩步，伸出手握著她的小拳頭對他揮舞。儘管她看起來兇得不得了，她眼中的恐懼還是輕易可見。

愛德華朝她走過去，我抓緊了他的手臂，為這女人感到害怕。但是當他打斷她激動的長篇大論時，他的聲音讓我大吃一驚，尤其是想到剛才她**還沒**對他高聲叫囂時，他對她有多不客氣。那是個低沉、懇求的聲音。不只這樣，音調聽起來也不同，更多喉音，十分抑揚頓挫。我想他講的不是葡萄牙語了。

有那麼片刻，那女人難以置信地瞪著他，然後，她瞇起眼睛，用同樣陌生的語言對他喊出一串長長的問題。

我看著他的臉轉為悲傷與嚴肅，同時點了下頭。她迅速地後退一步，雙臂在胸前交叉。

他對她伸出手，比了比我，把他的手貼住我臉頰。她再次很生氣的回答，朝他滿是責備地揮著手，然後比著他。當她說完，他再次用同樣低沉、催促的聲音懇求她。

她的表情變了——她瞪著他，在他說話時，她臉上清楚顯示著懷疑，雙眼視線不斷地閃過我困惑的臉。他停止說話，她似乎在沉思著什麼。她來來回回看著我們兩個，然後，似乎不自覺地朝前跨了一步。

她用手比了個動作，像是她的肚子突出個氣球來。我吃驚極了——難道她的掠食飲血鬼怪的傳說，也包含**這個**？她有可能知道在我裡面成長的是什麼嗎？

這次她刻意朝前走了幾步，問了幾個簡短的問題，他緊張地回答了。他開始問問題——一個很快的詢問。她遲疑了一下，緩緩地搖了搖頭。當他再度說話，他的聲音是如此痛苦，我抬起頭看他，十分震驚。他滿臉痛苦的神色。

她的回應是，慢慢的走上前來，直到近到能把她小小的手放在我覆蓋在肚子的雙手上面。她用葡萄牙語說了一個字。

「**死亡**。」她靜靜地嘆了一聲，轉身離開廚房——她的肩膀下垂，彷彿這場對話讓她老了許多。

我的西班牙文夠我聽懂那個字。

愛德華又結凍了，兩眼望著她離去，飽受折磨的神情凝固在他臉上。過了一陣子之後，我聽見船的引擎聲響起來，漸漸遠去。

愛德華沒動，直到我開始往浴室走。他伸手抓住我的肩膀。

「妳去哪裡？」他的聲音是痛苦的低語。

「再去刷刷牙。」

「別擔心她講的話。不過就是傳說而已，為了娛樂的緣故流傳下來的古老謊言。」

「我什麼都聽不懂。」我告訴他，雖然這話不完全是真的。彷彿只因為它是傳說，我就可以打個折扣什麼的。我人生的每一面都被傳說圍繞。它們全是真的。

「我已經把妳的牙刷打包了。我去拿給妳。」

他走在我前面朝臥室去。

「我們很快就要離開了嗎？」我在他背後問。

「妳一弄好我們就走。」

他靜靜地在臥室裡踱步，等我用完牙刷好重新打包。我用好後把牙刷遞給他。

「我會把行李拿到船上去。」

「愛德華——」

他轉過身來。「什麼事？」

我遲疑著，試著想辦法爭取獨處幾分鐘。「你能不能……打包一點食物？你知道，以防萬一我又肚子餓。」

「當然。」他說。他的眼神突然柔和下來。「別擔心任何事。真的，再過幾個小時，我們就跟卡萊爾碰面了。這一切很快就會結束的。」

我點點頭，不敢出聲，怕露出破綻。

他轉身離開房間，兩手各提一個大箱子。

我迅速轉身，抓起他留在梳妝檯的手機。這真不像他，竟會忘記東西——忘記加斯塔沃要來，忘記把手機留在這裡。他緊張到幾乎不是他自己了。

我把手機掀開，飛快找著已經輸入的號碼。我很高興電話已經切換到靜音，很怕他會逮到我。他現在到船上了嗎？還是已經回來了？如果我低聲說話，他在廚房聽得見我嗎？

我找到我要的號碼，這輩子我還沒打過這個號碼。我按下「通話」按鈕，交叉手指祈求好運。

「哈囉？」一個黃金風鈴般的聲音答道。

「羅絲莉嗎？」我低語：「我是貝拉。拜託。妳一定要幫幫我。」

第二部 雅各

第二部・目錄

不過，說老實話，現今世界上理性可真難得跟愛情互相為伴。

威廉．莎士比亞
《仲夏夜之夢》
第三幕第一場

preface

人生真是糟透了，然後你就死了。

是啊，我真夠幸運的。

chapter 8

等候那該死的爭鬥趕快開戰

我胡亂想著為什麼只有我還站著。

我肩上的毛全豎著，因為焦急難耐而怒髮衝冠。

好，我們在等什麼？我問。

沒人說話，但我聽見他們遲疑的感覺。

噢，拜託！協議已經被破壞了！

我們沒有證據——也許她只是生病了……

「天啊，保羅，你他媽的沒**自己**的家嗎？」

保羅整個人懶洋洋的躺在**我的**沙發上，正在觀看**我**那臺爛電視播出的某場蠢棒球賽，他對我咧嘴笑了笑，然後——非常緩慢地——從腿上那包多力多滋中拿出一片，再整片塞進嘴裡。

「那包最好是你帶過來的。」

喀啦喀啦。「才不是。」他邊嚼邊說：「你老姊說隨便我待，要什麼都隨我自己來。」

我盡量讓自己的聲音聽起來不像要給他一拳。「瑞秋現在在家嗎？」

一點用也沒有。他聽出我的意圖，立刻把那包零食塞到背後。包裝袋在他猛跌回沙發時壓扁，那袋多力多滋全壓碎了。保羅的雙手舉起來，緊握成拳，像拳擊手那樣靠近自己的臉。

「來啊，小子。我不需要瑞秋保護我。」

我哼了一聲。「對啊，聽起來就像你不會在第一時間去跟她哭訴一樣。」

他大笑，放鬆躺回沙發，垂下雙手。「我才不會去跟個女生多嘴。如果你運氣好打到我，那也是你我二人之間的事。反之亦然，對嗎？」

他真好，先送給我一張邀請卡。我砰地一聲坐下，假裝我放棄了一般。「對。」

他的眼睛轉回去看電視。

我猛撲過去。

他的鼻子在我的拳頭下發出令我非常滿意的脆響。他試圖抓住我，但我在他能抓住之前閃開了，那袋毀了的多力多滋在我左手中。

「你打斷我的鼻子了，白痴。」

「這是我倆之間的事，對吧，保羅？」

我走開去把零食收到一邊。當我轉過身來時，保羅已經把他的鼻子扶正，免得痊癒過程太迅速而長歪了。血已經止住；淌到他嘴唇跟下巴上的血看起來像是不知哪來的。他扶正鼻梁軟骨時痛得畏縮，嘴裡咒罵著。

「你真是惹人厭，雅各。我發誓，我寧可跟利雅待在一起。」

「唉呀。哇，我敢打賭，利雅一定很高興聽到你願意花時間跟她培養感情。那一定會令她內心深處感到很溫暖。」

「你會忘掉我說過這話吧。」

「當然。一個字都不會走漏。」

「嗯。」他哼道，又躺回沙發，拉起T恤領子擦掉臉上剩餘的血。「你動作真快，小子。這點我輸你。」他把注意力轉回那場**爛**比賽。

我在那裡站了片刻，然後大步走回我房間去，小聲抱怨外星人的誘拐事件。

想當初，你可以保證保羅不管何時都可以跟你大幹一架。你甚至不用打他——任何輕微的冒犯都能討打。不需要費什麼勁就能讓他失控發狂。現在，當然，當我真正想要來一場旗鼓相當的咆哮怒吼、劈山裂地、把樹連根拔起的痛快打鬥時，他卻整個人變得軟綿綿的。

難道狼群中有另一個成員又「命定」了還不夠糟糕嗎？因為，這讓現在十個人裡有四個死會了！這什麼時候才會停止？愚蠢的神話應該要很**稀少**才對，真是豈有此理！所有這些強制性的一見鍾情，真是完全令人噁心想吐！

有必要是**我姊**嗎？有必要是**保羅**嗎？

當瑞秋在夏季學期結束——提早畢業，這個書呆子——從華盛頓州回來時，我最大的擔心是她在家時要怎麼保持這祕密。我不習慣在自己家裡還要遮遮掩掩的。那讓我真的很同情像安柏瑞跟柯林這兩個傢伙，他們的父母不曉得他們是狼人。安柏瑞的媽媽以為他正經歷某種反抗期。他因為持續偷溜出家門而遭到永遠禁足，但是，當然，他對此一點辦法也沒有。她每天晚上都會去查他房間，然後每天晚上都是空的。她會吼叫，他會默默的聽，然後隔天又重來一次。我們試著跟山姆談要讓安柏瑞輪休個幾晚，並讓他媽媽知道怎麼回事，但安柏瑞說他不介意挨罵。這祕密太重要了。

所以，我已經做好一切保守祕密的準備。然後，在瑞秋回家兩天之後，保羅在沙灘上碰到她。天雷勾動地火——真愛誕生！當你找到另一半時，沒必要守密，以及所有那堆狼人命定的廢話。

瑞秋得知了整個故事。而有一天保羅會成為我的姊夫。我知道比利對此也不怎麼樂意，但他處理的比我好。因為他這些日子比往常更常逃到克利爾沃特家去。我不認為去那裡是個更好的選擇——看不到保羅，但有利雅讓你看個夠。

我很好奇——若有顆子彈穿過我的太陽穴，那會真的殺了我，還是留下一個真正巨大的爛攤子給我收拾？

我把自己扔上床。我很疲累——從我上一趟巡邏開始到現在都還沒睡覺——但我知道自己睡不著。我的腦子太瘋狂。各種念頭在我腦袋裡衝來撞去，像一群搞不清楚方向的蜜蜂。好吵。三不五時螫一下。一定是大黃蜂，不是小蜜蜂。小蜜蜂螫一次就死了。然而有些同樣的念頭螫了我一次又一次。

這等待快把我逼瘋了。幾乎過了快要四個禮拜。我本來期待，不管怎樣，現在至少消息該傳來了。我曾徹夜坐著想像那會是個什麼樣子。

查理在電話中哽咽著說——貝拉跟她丈夫在意外中失聯。飛機失事？那很難造假。除非那些血蛭不在意濫殺一堆旁觀者來證明那是事實，他們幹麼要在意？也許是架小飛機。他們說不定有多餘的飛機可用來幹這種事。

還是，那個殺人犯會獨自返家，在他企圖把她變成他們其中之一時失敗了？或甚至還沒走到那個地步。也許他在過程中已經把她像一袋脆片般壓碎了？因為她的性命沒有他自己的慾望滿足來得重要……

故事將會十分悲劇性——貝拉在可怕的意外中喪生。是一件行兇搶案出差錯時的受害者。在吃晚餐時哽死。出車禍，像我媽一樣。太普遍了。隨時隨地都在發生。

他會把她帶回來嗎？為了查理，把她葬在這裡？當然，喪禮上棺材是蓋上的。我媽的棺材是整個釘死了……

我只希望他回到這裡來，在我伸手可及的範圍內。

也許，什麼故事都沒有。也許查理會打電話問我爸，他有沒有聽到任何庫倫醫生的消息，因為醫生某天起突然沒去上班。那大房子被遺棄了，庫倫家的每支電話都沒人接。某個二流的新聞臺報導了這個神祕事件，詐欺的猜測……

也許那棟白色大房子會燒成平地，所有人都被困在裡面。當然，他們會需要屍體來掩飾。八名體型差不多大小的人類。燒到無法辨識——連查牙齒記錄都沒辦法。

上述無論哪一項，對我來說都很棘手。如果他們不想讓人找到，那麼要找到他們就會很困難。當然，我有永恆無盡的時間可以一直找下去。如果你有永恆，你可以察看乾草堆中的每一根草桿子，一根一根的查，看它是不是針。

現在，我不介意去分解一堆乾草堆。至少，那會**有事可做**。我討厭得知自己會喪失機會，給那個吸血蟲時間逃脫，如果他們有這種打算的話。

我們可以今晚去。我們可以宰了我們找到的每一個人。

我喜歡這計畫，因為我夠瞭解愛德華，如果我殺了他家族的任何一個人，我也就有了機會跟他對決。他會前來復仇，我會給他單挑的機會——我不會讓我的兄弟群起圍攻將他擊倒。只有我跟他。讓強者得勝吧。

但山姆一定不會聽從這計畫。**我們不會破壞協定，讓他們先犯規**。只因為我們沒有證據能證明庫倫家做了任何錯事。還沒。你得加上還沒。因為我們都知道那是不可避免的。貝拉要不是回來時變成他們其中之一，就是不會回來了。無論哪一個，都有一名人類喪命。意思是，開戰。

在另一個房間裡，保羅粗聲粗氣地笑得像隻騾子。也許他轉到了喜劇臺。也許是廣告很好笑。管他是什麼。那聲音激怒我的神經。

我想到再去打斷他的鼻子。但我真正想打的不是保羅。不真的是他。

我試著去聽其他的聲音，樹林間的風聲，若不用人類的耳朵去聽，是不一樣的。有幾百萬種聲音，是我用這個人類身體聽不到的。

不過這對耳朵的敏銳度也夠。我可以聽見在樹林過去之後，馬路上汽車的聲音來到最後一個轉彎處，從那裡你終於可以看到海灘——呈長條狀的島嶼和岩石，以及湛藍的大海延伸到地平線的盡頭。拉布席灣彷彿從那裡延伸出去。遊客從來不會注意到馬路另一邊的減速標誌。

我能聽見海灘上紀念品店外頭許多人講話的聲音。我能聽見店門開開關關時門上牛鈴的叮噹聲。我能聽見安柏瑞的媽媽在收銀機旁，印出收據的聲音。

我能聽見潮水沖刷過海灘的岩石。我能聽見小孩們的尖叫，因為冰冷的海水太快衝過來，他們來不及躲開。我能聽見媽媽們抱怨弄濕的衣服。我能聽見一個熟悉的聲音……

我聆聽得如此專注，以致於保羅突然爆發出來的驢笑聲嚇得我差點跌下床。

「滾出我家。」我發牢騷。知道他才不會理會我，我順從自己的建議，猛拉開窗戶，從後面爬出去，省得再看到保羅。打人的誘惑力太大。我知道自己會再度揍他，而瑞秋已經對我夠火大的了。她會看到保羅T恤上的血跡，不用等證實就直接責怪我。當然，她是對的，但還是令人不爽。

我朝海邊走去，握成拳頭的雙手塞在口袋裡。當我經過一號灘旁的沙地時，沒有人多看我一眼。夏天就有這個好處——沒人在乎你只穿一條短褲。

我跟隨著那熟悉的聲音，很容易就找到奎爾。他在這月牙灣的南端，避開觀光客最多的部分。他不斷地發出一連串警告。

「不要進到水裡，克萊兒。過來。不，不行。噢！**好極了**，ㄚ頭。說真的，妳要艾蜜莉罵我嗎？我再也不帶妳來海邊了，如果妳不——噢，是嗎？別——噁。妳覺得這樣很好玩，對不對？哈！現在是誰在笑了，哈？」

當我快走到他旁邊時，他正抓著那咯咯笑的小娃娃的腳踝。她一手提著個小水桶，牛仔褲都濕透了。他的T恤正前方有一大塊濕印子。

「賭五塊錢是這女娃娃幹的。」我說。

「嗨，小各。」

克萊兒尖叫著把她的水桶扔到奎爾膝蓋上。「下去，下去！」

他小心地把她放下來，她立刻朝我奔來，張開雙臂抱住我的腿。

「小各叔！」

「克萊兒，妳好嗎？」

她咯咯笑，口齒還不夠清晰地說：「維（奎）爾都濕了。」

「我看見了。妳媽媽呢？」

「走，走，走。」克萊兒唱道：「克維（萊）兒陪維（奎）爾一天，克維（萊）兒不要為（回）家。」

她放開我，奔向奎爾。他一把將她抱起來，扛上自己肩膀。

「聽起來像有人碰到兩個可怕的傢伙。」

「事實上是三個。」奎爾糾正說：「你錯過了好戲。公主戲。她讓我戴了皇冠，然後艾蜜莉建議他們都在我身上試她的新戲妝。」

「哇，真抱歉我不在，沒能看到。」

「別擔心，艾蜜莉拍了照片。老實說，我看起來可真惹火呢。」

「你真是個可憐蟲。」

奎爾聳聳肩。「重點是，克萊兒玩得很開心。」

我翻了個白眼。要待在這些被命定的人身邊，真令人吃不消。無論他們是到了什麼地步——像山姆那樣即將婚娶，或只是像奎爾這樣當個受虐的奶媽——他們始終散發出來的那種平靜與確定，徹底地令人想吐。

克萊兒在他肩膀上尖叫，指著地面。「漂漂石頭，維（奎）爾！給我，給我！」

「哪一個，丫頭？紅的嗎？」

「不是紅的！」

奎爾跪下來——克萊兒尖叫著扯他的頭髮，像拉著馬的轡繩。

「藍色的嗎？」

「不是，不是，不是……」小女孩唱起來，對她的新遊戲興奮的不得了。

最怪的部分是，奎爾跟她一樣樂在其中。他臉上沒有許多觀光客父母具有的表情——一副「午睡時間到了沒？」的臉。你不會看到有哪個父母這麼活潑地跟小孩玩他們想出來的不管多蠢的遊戲。我見過奎爾跟她玩躲貓貓玩上一小時，一點也不覺得無聊。

我甚至無法拿這點開他玩笑——我對他嫉妒得要死。

雖然我認為他得再像個和尚等上十四年，等到克萊兒到他現在這年紀這件事實在有夠難挨——還好，對奎爾來講，至少狼人不會變老。但就連這麼長的時間似乎也不困擾他。

「奎爾，你有沒有想過約會？」我問。

「啥？」

「不，不是黃色！」克萊兒哇哇叫。

「你知道，找個真正的女孩。我是說，打發這段時間，對吧？在你不需要當保姆的夜晚。」

奎爾瞪著我，下巴掉下來。

「漂漂石頭！漂漂石頭！」當他沒有提供她另一個選擇時，克萊兒尖叫，同時用小拳頭捶他的腦袋。

「對不起，克萊兒小熊。那這個漂亮的紫色的好不好？」

「不好。」她咯咯笑。「不好不好。」

「那給我個暗示。我求求妳，小ㄚ頭。」

克萊兒想了想，最後終於說：「綠色。」

奎爾盯著石頭，研究它們。最後他撿了四個不同程度的綠色的石頭，遞給她選。「我挑的對嗎？」

「耶～～！」

「哪一個？」

「每一個。」

她雙手合攏，他把四顆小石頭放進她手中。她高興地笑著，立刻握著那些石頭敲他的頭。他戲劇化地縮著頭，然後站起來，開始朝停車場走。大概是擔心她穿著濕衣服會越來越冷。他比任何有妄想症跟保護過度的媽媽還糟糕。

「對不起，兄弟，如果我之前對女生的事太強迫的話。」我說。

「不，沒關係。」奎爾說：「只是完全出乎我意料之外。我從來沒想過。」

「我敢打賭，她一定能瞭解的。你知道，就是她長大以後。她不會對自己還在包尿布時，你有段正常生活感到生氣的。」

「不會的，我知道。我很確定她會瞭解。」

他沒再說什麼。

「但是你不會那麼做的，對嗎？」我猜。

「我無法想像。」他聲音低沉地說：「我就是無法想像。我沒辦法……看出那樣的事行得通。你知道，我再也不會注意到別的女孩子了。我看不見她們的臉。」

「把皇冠跟化妝湊在一起，或許克萊兒可以擔心有另一個不同類型的競爭者。」

奎爾大笑，對我發出一些親嘴的聲音。「你這禮拜五晚上有空嗎？雅各。」

「你想得美。」我說，然後做個鬼臉：「嗯，我猜大概有空吧。」

他遲疑了一下，然後說：「你曾想過去約個會嗎？」

我嘆了口氣，我猜這是我自找的。

「你知道，小各，或許你該想想讓自己過點好日子吧。」

他不是用說笑的態度講這句話。他的聲音充滿同情。這讓我感覺更糟。

「我也看不見她們，奎爾。我看不見她們的臉。」

奎爾也長嘆了口氣。

很遠的地方，那聲音在波濤聲中低到只有我們兩人聽見，一聲從森林深處傳來的呼號。

「該死，是山姆。」奎爾說。他的手立刻伸上去摸克萊兒，彷彿要確定她還在那裡。「我不知道她媽媽在哪裡！」

「我去看是怎麼回事。如果我們需要你，我會讓你知道。」我邊跑邊說，話說出來時都糊成了一團。「嘿，你要不要把她送去克利爾沃特家？必要的話，蘇跟比利可以幫忙看著她。反正他們說不定知道是怎麼回事。」

「好吧——快去，小各！」

我全速疾奔，不是走穿過矮樹籬的泥土路，而是走朝向森林的最短的一條路。我跳過第一排浮木，在荊棘叢中衝出一條路，繼續奔跑。我感覺到荊棘的刺劃破我皮膚的刺痛，但我不管它們。那些刺傷在我抵達樹林前就會痊癒了。

我穿過商店後方，衝過高速公路。有人對我大聲按喇叭。一旦進入樹林的掩護，我跑得更快，步伐跨得更大。如果我是在公開場所，人們一定會瞪大眼睛看我，正常人跑步不會像這樣。有時候我會想，去參加比賽一定很有趣——你知道，像是去參加奧運比賽之類的。當我像一陣風般捲過那些運動明星身邊時，觀看他們的表情一定是件很酷的事。只不過，我敢確定，他們要檢測、確定你沒吃類固醇時，大概會在我的血液裡驗出某種嚇得人屁滾尿流的東西。

一旦我進入真正的森林，不受道路或住家的限制，我滑停下來，踢掉我的短褲。隨著一個快速熟練的動作，我把褲子捲起來，用一條皮繩把它綁在腳踝上。當我綁上最後的結的同時，我開始變身。一陣戰慄竄過我的背脊，拋出強烈的痙攣直透我的雙臂雙腿。這只花了一秒鐘。一股熱流湧進我全身，我感覺到那寂靜的閃光把我變成了另一種東西。我沉重的爪掌猛踏上陰暗的土地，伸展背脊拉個大大的懶腰。

當我像這樣集中精神時，變身非常容易。我不再有任何脾氣的問題。除非事情突然冒出來。有那麼半秒，我想起那糟透了的片刻，在婚禮上那個令人無法置信的笑話。我氣得發狂，以致於無法讓自己的身體正確運作。我被困住，劇烈發抖又如同火燒，卻無法變身並殺了那個就在離我幾步之外的怪物。當時真是混亂困惑極了。迫切地想要宰了他，又害怕會傷害到她。我的朋友擋在中間。然後，當我終於能夠隨心所欲變身的時候，我的頭頭卻發出命令，來自狼族首領的命令。如果那天晚上在那裡的只有安柏瑞跟奎爾，沒有山姆……那麼，我有辦法殺掉那個殺人犯嗎？

我痛恨山姆像那樣下達命令。我痛恨毫無選擇，必須順服。

然後，我意識到有聽眾在。我在思緒中並不是獨處的。

總是沉浸在自己的想法裡。利雅想。

對，這裡頭沒有偽善，利雅。我想著頂回去。

閉上嘴，你們這些傢伙。山姆對我們說。

我們全靜下來，我感覺到利雅對**傢伙**一詞瑟縮了一下。她總是敏感過度。

山姆假裝沒注意到。**奎爾跟賈德在哪裡？**

奎爾在照顧克萊兒。他正把她送去克利爾沃特家。

很好。蘇會照顧她。

賈德去了金家，安柏瑞想。**他很可能沒聽到你的召喚**。

狼群發出一陣低沉的牢騷。我跟著他們一起呻吟抱怨。當賈德最後終於出現時，毫無疑問，他一定還在想著金。而我們並不想看他們剛才在做什麼的重播。

山姆一屁股坐下，發出另一聲號叫。那是一聲融合了訊號與命令的呼叫。

狼群聚集在離我東邊數哩處。我跑跳著穿過濃密的森林朝他們而去。利雅、安柏瑞和保羅，也都正朝他們跑去。利雅很近了——要不了多久，我就能聽到她在森林中不遠處的足聲。我們繼續平行前進，選擇不要碰上彼此。

嗯，我們不能等他一整天。他稍後得想辦法趕上我們。

啥事啊，老大？保羅想知道。

我們得談談。有件事情發生了。

我感覺到山姆的思緒閃向我——而且不只山姆的，還有賽斯的、柯林的以及柏瑞帝的。柯林和柏瑞帝——新加入的小子——今天跟山姆一起巡邏，因此他們會知道他知道的事。我不懂為什麼賽斯已經在那裡，而且就我所知，不該輪他當班啊。

賽斯，告訴他們你所聽見的。

我加速，想要置身他們當中。我聽見利雅也加快速度了。她討厭被別人超過，跑得最快是她唯一可以自豪之事。

你等著看吧，白痴。她怒哼，然後真的撒腿飛奔起來。我把利爪插進泥土中，借力讓自己向前直射出去。

山姆似乎情緒不佳，無法忍受我們的吵嘴。**小各、利雅，給我住口。**

但我們誰也沒慢下來。

山姆低聲咆哮，但沒再說我們。**賽斯？**

查理知道比利在我家後，打電話過來。

對，我告訴他的。保羅補充。

賽斯想到查理的名字時，我感覺到全身一震。終於來了。等待結束了。我跑得更快，強迫自己呼吸，雖然我的肺好像突然間僵硬了。

會是哪個故事？

他整個人都抓狂了。我猜是因為愛德華跟貝拉上禮拜就回來了，而且……

我繃緊的胸口鬆開來。

她還活著。或者，至少她不是真的**死翹翹**了。

我之前竟沒明白這會讓我感到多大的不同。這整段時間以來，我一直想著她死了，直到現在我才明白。我明白自己從不相信他會帶她活著回來。但那應該沒關係，因為我知道接下來會發生什麼事。

對，老哥，再來是壞消息。查理跟她談過話，說她聽起來很糟糕。她告訴他自己生病了。卡萊爾接過電話告訴查理說，貝拉在南美洲染上了罕見疾病，說她正在隔離期間。查理都快瘋了，因為連他都不被允許去看她。他說他不在乎自己被傳染，但卡萊爾不肯妥協。不得有訪客。他告訴查理情況真的很嚴重，但他會盡力而為。查理焦慮了很多天，但他到現在才打電話給比利。他說她今天聽起來更糟了。

當賽斯講完時，大家腦海中的寂靜極其深遠。我們全都明白。

所以，查理最後會知道，她將死於這疾病。他們會讓他瞻仰遺容嗎？蒼白、完全靜止、不再呼吸的屍體？他們不會讓他摸那冰冷的皮膚——他可能會發現它太堅硬了。他們得等到她能控制自己安靜不動，能控制不殺查理和其他前來哀悼的人。那得等多久？

他們會埋葬她嗎？她會自己挖開墳墓出來，還是那個吸血蟲會去把她挖出來？

其他人默默地聆聽著我的推測。對這件事，我比他們任何人想得都多次。

利雅跟我幾乎同時進入那片林間空地，但她確定自己以一鼻之差領先抵達。她在她弟弟旁邊坐下，而我繼續小跑步往前，站在山姆右邊。保羅起身繞了一下，空出位置給我。

我胡亂想著為什麼只有我還站著。我肩上的毛全豎著，因為焦急難耐而怒髮衝冠。

又擊敗你了。利雅想，但我幾乎沒聽見她的思緒。

沒人說話，但我聽見他們遲疑的感覺。

好，我們在等什麼？我問。

噢，拜託！協議已經被破壞了！

我們沒有證據——也許她只是生病了……

噢，拜託！

好吧，間接證據非常明顯。但還是……雅各，山姆的思緒變慢，猶豫不定。**你確定這是你要的嗎？這麼做是對的嗎？我們都知道她要什麼。**

山姆，協議裡沒提到任何有關受害者的偏好！

她真的是受害者嗎？你要給她貼上這樣的標籤嗎？

對！

小各，賽斯想，**他們不是我們的敵人。**

閉嘴，小子！就因為你對那個吸血蟲懷有病態的英雄崇拜情感，也不能改變法律規定。他們是我們的敵人，他們在我們的領地上，我們去除掉他們。我不在乎你從前跟愛德華並肩作戰，打得過癮。

那當貝拉跟他們一起並肩作戰時，你要怎麼辦，雅各？說啊？賽斯逼問。

她已經不是貝拉了。

你要做那個打倒她的人？

我忍不住退縮了一下。

好，你不幹。那要怎麼辦？你要我們其中一人去幹掉她嗎？然後永遠記恨那個幹掉她的人？

我不會……

你當然不會。你根本還沒準備好要打這一仗，雅各。

直覺接管了我的反應，我朝前伏低身子，對著圓圈對面那頭瘦高、沙土色毛的狼咆哮。

雅各！山姆發出警告。**賽斯，閉嘴一下。**

賽斯的大頭點了一下。

該死，我錯過了什麼？奎爾想。他正全速朝集合的地方奔來。**聽說了查理打來的電話……**

我們已經準備好要行動了。我告訴他。**你何不經過金的家，用牙齒把賈德拖出來？我們會需要所有的人。**

直接過來，奎爾。山姆下令。**我們什麼都還沒決定。**

我咆哮。

雅各，我得思考什麼對這狼群最好。我必須選擇那條能保護你們最周全的路。在我們祖先訂下那項協議後，時代已經改變了。我……嗯，老實說，我不相信庫倫家對我們有危險。我們也知道他們不會在這裡待很久了。一旦他們說完他們的故事，他們肯定會消失的。我們的生活將回歸正常。

正常？

如果我們挑戰他們，雅各，他們會慎重防衛自己的。

你怕了嗎？

你已經準備好要失去某個兄弟了嗎？他停了停，想了一下後又補上一句，**或姊妹？**

我不怕死。

這我知道，雅各。這也是我質疑你對這事的判斷的原因之一。

我瞪視著他黑色的雙眼。**你到底打不打算尊重我們先人的協議？**

我尊重我的狼群。什麼對他們最好，我就去做。

懦夫。

他的口鼻繃緊，向後拉開露出他的牙齒。

夠了，雅各。你逾矩了。山姆腦海中的聲音改變了，是一種陌生的雙重音質，是我們不能違背的。那是狼族首領的聲音。他一一凝視著圓圈中的每一匹狼。

狼群在沒有遭受挑釁的情況下，不得攻擊庫倫家。協議的精神仍然存在。他們對我們的子民沒有危險，對福克斯的人民也不具危險性。貝拉．史旺事前就知會了她的選擇，我們不會因為她的選擇而懲罰我們之前的盟友。

贊成，贊成。賽斯熱心地回應。

我記得我跟你說過閉嘴，賽斯。

噢，對不起，山姆。

雅各，你想上哪去？

我離開了圓圈，朝西走，所以我可以背對著他。**我去跟我爸告別。顯然我沒必要留在這裡待那麼久。**

噢，小各——別又來了！

閉嘴，賽斯。好幾個聲音同時思想。

我們不想要你走。山姆告訴我，他的思緒比之前溫柔許多。

那就強迫我留下來，山姆。奪走我的意志，讓我變成奴隸。

你知道我不會那麼做。

那就沒什麼話好說了。

我奔離他們，努力嘗試著不要去想接下來要怎麼樣。相反的，我集中精神在我當了很久的狼的那幾個月裡，讓人性從我身上流出去，直到我像動物遠超過像人。活在當下，餓了就吃，累了就睡，渴了就喝，以及奔跑——為奔跑而奔跑。單純的慾望，單純地回應那些慾望。痛苦以容易處理的方式來到。飢餓的痛苦。我的四隻爪掌底下踏踩冰寒的痛苦。當晚餐發怒掙扎時被爪子所傷的痛苦。每個痛苦都有個簡單的答案，有個簡單的動作可結束該痛苦。

不像作為人類。

然而，一旦我慢跑到接近我家時，我還是變回了人類的身體。我需要能夠具有隱私地思考。

我解開我的短褲，穿回身上，準備好跑回家。

我這麼做過。我隱藏過我的想法，現在，山姆要阻止我已經太晚了。他聽不見我的想法了。

山姆已經下了個非常清楚的裁決。狼群不得攻擊庫倫家。好。

他沒提到個人單獨採取行動。

沒錯，狼群今天不會攻擊任何人。

但我會。

chapter 9

真他媽的沒想到有這一招

「只要能讓她活命，我什麼都不在乎。」

他說，這時突然集中起精神來了。

「如果她要的是孩子，她可以有孩子。

她要生半打小孩都行。任何她想要的都行。」

他停下片刻。

「真有必要的話，她也可以生小狗。」

我沒真的打算去跟我爸道別。

畢竟，迅速打通電話給山姆，這遊戲就玩完了。他們會半路攔截我，逼迫我回去。說不定企圖讓我生氣，或甚至傷害我——反正就是強迫我變身，因此山姆可以再立一條新法。

但比利在等我，知道我一定處在某種狀態。他在院子裡，就坐在他的輪椅上，雙眼直視著我穿出樹林的地方。我看見他判斷著我的方向——會經過房子直奔我自己搭的車庫。

「小各，有一分鐘時間嗎？」

我猛停下來，看看他，然後望向車庫。

「來吧，小子。至少幫我進屋去。」

我咬緊牙但決定幫他，若我不哄騙他個幾分鐘，他更有可能會找山姆給我麻煩。

「你幾時開始需要人幫忙啦，老頭？」

他聲音低沉轟隆隆地大笑。「我手很酸啊。我一路從蘇那裡把自己推回來。」

「那是下坡。你一路都不用費力。」

我推著他的輪椅上了我幫他做的斜坡，進到客廳裡。

「被你識破啦。想我速度大概每小時有三十哩吧。感覺好極了。」

「你會把輪椅折騰垮的，你知道。然後你就得用手肘到處爬著前進。」

「才不會咧。到時候背著我走就是你的事了。」

「那你就沒多少地方可去了。」

比利把手放在輪子上，把自己推到冰箱前。「家裡還有東西吃嗎？」

「你問倒我了。不過保羅整天待在這兒，所以大概沒有了。」

比利嘆了口氣。「如果我們要避免餓死，就得開始把食物藏起來了。」

「告訴瑞秋去住他家。」

比利開玩笑的語氣消失，他的眼神柔和下來。「她只會在家幾個禮拜而已。這是長久以來她第一次在家。這真的很難——當你媽過世時，女孩們年紀都比你大，要她們待在這屋子裡是很不容易的事。」

「我知道。」

麗貝卡結婚之後，從來沒回來過，雖然她確實有好藉口——從夏威夷來到這裡的機票很貴。華盛頓州離家裡夠近，瑞秋沒辦法用同樣的說詞。但她過去在暑假會直接繼續修課，在校園裡的咖啡店打工時，也會接兩個時段的班。若不是因為保羅，她大概早就快快離開了。也許那是為什麼比利沒把保羅踢出去。

「好，我要去弄些東西……」我開始朝後門走。

「等一下，小各。你不告訴我發生了什麼事嗎？難道我得打電話請山姆告訴我最新消息？」

我停下腳步，背對著他，隱藏我的神情。

「沒發生什麼事。山姆正在跟他們說再見。我猜我們現在都變成一群血蛭愛護者了。」

「小各……」

「我不想談這件事。」

「兒子，你又要離開了嗎？」

整個房間安靜了好長一陣子，而我在打算著要怎麼說才好。

「瑞秋可以要回她的房間。我知道她討厭那個氣墊床。」

「她寧可睡地上也不願意失去你。我也是。」

我噴鼻息發出怪聲。

「雅各，拜託。如果你需要……休息一陣子，那就去吧。但別再去那麼久，要回來。」

「也許吧。也許我安排回來的時段是婚禮。在山姆的婚禮上扮個小角色，再來是瑞秋的。不過，第一個婚禮大概會是賈德跟金的。說不定得穿套西裝或什麼。」

「小各，看著我。」

我慢慢轉身。「幹麼？」

他盯著我雙眼好一會兒。「你要上哪去？」

「我還沒想到一個特定的地方。」

他的頭往旁邊一歪，眼睛瞇起來。「你沒想到嗎？」

我們彼此互瞪著對方。時間一秒一秒的過。

「雅各，」他說，聲音緊繃、很勉強。「雅各，別去。不值得的。」

「我不知道你在講什麼。」

「讓貝拉跟庫倫家去過他們的日子吧。山姆是對的。」

我瞪著他片刻，然後兩大步跨過房間，一把抓過電話把通話線從話盒跟插座上扯下來。我把灰色的電話線纏在手掌上。

「再見，爸。」

「小各，等一下——」他在我背後喊道，但我已經出了門，開始跑。

摩托車的速度沒有奔跑來得快，但是用它比較謹慎。我很好奇比利要花多久時間才能把自己往下推到商店，找到一個可以把消息傳給山姆的人來聽電話。我敢賭山姆還在狼形裡。不過，若保羅很快就回到我們家，那就會有麻煩了。他可以立刻變身，讓山姆知道我正打算去做什麼……

我不打算擔心這些事。我會盡我所能全速前進，如果他們逮到我，那就等我必須面對時再來處理。

我發動摩托車，接著就衝下泥濘小路。當我經過屋子時，沒有回頭看。

高速公路上很多遊客的車輛；我在車陣中穿梭前進，招來一堆喇叭聲跟一些伸出的中指。我看也不看就以時速七十哩的速度轉彎騎上一〇一公路。我騎在邊線上好一陣子，避免跟一輛小貨車擦撞。不是怕它會撞死我，而是它會害我減慢速度。骨折——至少那些大的骨頭——得花**好幾天**才會完全痊癒，我之前已經充分領教過了。

高速公路車流少了一些，我把摩托車的速度逼到八十。直到我接近窄車道，我才開始減速；我估計我已經沒有障礙了。山姆不會跑這麼遠來阻止我的。已經太遲了。

直到這一刻——當我確定我辦到了——我才開始想現在我到底打算怎麼做。我把速度減到二十，經過樹叢要轉開時比我需要的還更小心。

我知道無論有沒有摩托車，他們都會聽到我來了，所以突擊沒用。我的意圖也無法掩飾，只要距離夠近，愛德華會馬上得知我在想什麼。也許他已經知道了。但我認為這仍然行得通，因為他的自大對我有利。他會要跟我單挑。

所以我就直接走進去，親眼看看山姆要的寶貴證據，然後挑戰愛德華，要他跟我決鬥。

我哼了哼。那個寄生蟲說不定會很戲劇化地跟我拚上一命。

當我解決掉他之後，我會在他們取我性命之前，盡可能多幹掉他們幾個。哈——我好奇想著，山姆會把我的死視為**挑釁**嗎？說不定會認為我是咎由自取，不想冒犯他那些永遠的、最好的朋友們。

車道敞開到了屋前的草坪，那股臭味對我迎面襲來，像爛蕃茄那麼臭。噁，臭氣沖天的吸血鬼。我的胃開始翻攪。要忍受這股惡臭一定很難——現在不像上次我來的時候，那時這股惡臭被人類的氣味沖淡了不少——不過若用我狼的鼻子來聞會更可怕。

我不確定該期待什麼，但那棟白色的地窖毫無生命的跡象。當然，他們知道我來了。

我熄了引擎，聆聽這片寂靜。現在，我可以聽見那兩扇寬闊的白色大門另一邊，傳來緊張、憤怒的喃喃低語。有人在家。我聽見自己的名字，不禁露出微笑，很高興得知我造成他們一些緊張。

我大吸了一口氣——屋子裡的味道一定更糟——一步躍過那些階梯到門廊。

我的拳頭還沒敲到門，門就開了，那名醫生站在門前，眼神肅穆。

「哈囉，雅各，」他說，比我預期的還要冷靜。「你好嗎？」

我用口深吸了一口氣。從打開的門湧出來的惡臭簡直讓人昏倒。

我很失望來應門的是卡萊爾。我寧可來開門的是露出利牙的愛德華。卡萊爾委實太……像個**人類**之類的。也許是春天我受重傷時，他好幾次都到家裡看診。但這樣跟他面對面，又知道自己正計畫可能的話要殺了他，實在讓我很不舒服。

「我聽說貝拉活著回來了。」我說。

「呃，雅各，現在真的不是談這事的好時機。」醫生似乎也很不自在，但不是我期待的那樣。「我們可以稍後再談這件事嗎？」

我瞪著他，呆住。他是在要求我把決一死戰延後到更方便一點的時候嗎？

接著，我聽見了貝拉的聲音，粗糙嘶啞，於是我什麼都不能想了。

「為什麼不行？」她在問某人。「難道我們連雅各都要瞞著嗎？有什麼意義？」

她的聲音也不是我期待的樣子。我試著回想今年春天我們對付的那批吸血鬼新手的聲音，但所有我記得的都是咆哮。也許那些新手也沒有老手具有的像鈴聲般刺耳的聲音。也許所有新手吸血鬼的聲音都是嘶啞的。

「雅各，請進。」貝拉用嘶啞的聲音更大聲一點說。

卡萊爾的眼神繃緊了。

我很好奇貝拉是不是很渴。我的眼睛也瞇起來了。

「借過。」我邊對醫生說，邊繞過他。這真的很難——它違反了我所有的本能，讓自己背對他們其中之一。不過，也不是不可能。如果天底下有所謂的安全的吸血鬼，那恐怕就是這溫和到奇怪的地步的家長了。

打鬥開始之後，我會遠離卡萊爾。要殺的已經夠多了，不必包括他在內。

我橫跨一步走進屋裡，保持自己背對著牆。我的雙眼掃視整個房間——現在每樣東西都白皙明亮。包括那六個聚在一起站在白色沙發旁邊的吸血鬼。

他們全在這裡，全聚在一起，但那不是讓我僵在當場，下巴掉到地板的原因。

是愛德華，是他臉上的神情。

我見過他發怒，見過他傲慢，也曾見過一次他深受痛苦的樣子。但這——這已經遠超過了痛苦一詞。他的眼神半瘋狂。他並未抬起眼睛怒視我。他雙眼朝下瞪著身旁的沙發，臉上的神情像是有人點火在燒他。他的雙手垂在身側，僵硬如爪。

我甚至無法享受他的痛苦。我只能想到一件事，會讓他變成這個樣子。我的雙眼跟隨他的。

我在看見她的同時嗅到她的氣味。

她溫暖、清新，人類的氣味。

貝拉半隱藏在沙發的扶手後面，蜷曲著像個胎兒的姿勢，雙臂抱著她的膝蓋。有好一會兒，我除了看見她還是我所愛的貝拉，她的皮膚依舊柔軟、像白皙的蜜桃，她的雙眼依舊是巧克力色之外，什麼也看不見。我的心怪異、急遽的跳動，我懷疑這會不會只是個欺人的夢，不久後我就會醒來。

然後，我真看見她了，黑眼圈明顯，因為她整張臉十分憔悴。她瘦了嗎？她的皮膚似乎繃緊——好像她的顴骨會穿破皮膚突出來似的。她深色的頭髮大部分撥到腦後，胡亂打了個結，但有幾縷頭髮癱塌在她額頭與脖子上，黏在她皮膚上覆著的那層光澤的汗水上。她的手指與手腕似乎有什麼不對，看起來脆弱到令人害怕的地步。

她**確實**病了，病得非常嚴重。

不是騙人的謊言。查理告訴比利的事不是揑造的故事。就在我瞪大眼睛看著她時，她的皮膚轉變成了淺綠色。

那個金髮吸血鬼——愛引人注目的羅絲莉——朝她彎下身子，擋住我的視線，她俯身擺出的是個奇怪的、保護的姿勢。

這真不對頭。我幾乎知道貝拉對每件事的感覺——她的想法很容易就讓人一眼看穿；它們有時候就像印在她額頭上一樣。因此她不需要告訴我一個情況的每樣細節，我就能明白。我知道貝拉不喜歡羅絲莉。當她談到羅絲莉時，我能從她扁嘴的樣子看出來，那不光是不喜歡她，是**很怕**羅絲莉。或她曾經很怕。

但現在，當貝拉抬頭看她時，並無恐懼。她的表情像是……抱歉之類的。接著羅絲莉從地板上抓起一個盆子，及時放到貝拉的下巴前，讓她嘔吐進去，聲音很響。

愛德華在貝拉旁邊跪了下來——他的雙眼充滿了痛苦折磨的神情——而羅絲莉伸出手，警告他退後。

這全沒道理，我實在不懂。

當貝拉可以抬起頭來，她對我虛弱地笑了笑，有些窘迫。「真對不起讓你看到。」她對我低聲說。

愛德華無聲地呻吟，他的頭猛落在貝拉的膝蓋上。她把一隻手貼在他臉頰，好像她在安慰他似的。

我沒察覺到雙腳已經帶自己朝前走，直到羅絲莉對我發出嘶聲，突然擋在我跟沙發中間。她像個電視上的人，我不在乎她擋在那裡，她根本不像真的。

「羅絲，別這樣，」貝拉低聲說：「沒事的。」

金髮妖女退開不再擋我的路，不過我敢說她痛恨自己這麼做。她蹲伏在貝拉的頭旁邊，怒視著我，繃緊了隨時準備撲過來。我連作夢都沒想到她這麼容易被我忽略。

「貝拉，怎麼了？」我低語。想也沒想，我也跪下來了，趴在沙發椅背上，就在她……丈夫對面。他似乎沒注意到我，我也幾乎沒看他一眼。我伸出手去拉貝拉空著的手，把它捧在我雙手中。她的皮膚冷得像冰。「妳還好嗎？」

這真是個蠢問題。她沒回答。

「雅各，我真高興你今天來看我。」

即使我知道愛德華聽不見她的想法，他似乎還是聽見了我不知道的意思。他埋在蓋著她的毯子裡又呻吟了一聲，她則輕撫著他的臉。

「貝拉，怎麼回事？」我追問，用我的雙手包緊了她冰冷、脆弱的手指。

她沒回答我，相反的，她環視了房間一圈，像在搜尋什麼，神情既是請求又是警告。六雙黃色的眼睛回瞪著她。最後，她轉向羅絲莉。

「羅絲，幫我起身好嗎？」她問。

羅絲莉的唇向後拉開，露出她的利牙，她仰頭怒瞪著我，好像她想撕裂我的咽喉。我很肯定她心裡確實這麼想。

「拜託，羅絲。」

金髮妖女做了個鬼臉，但再次向貝拉靠過去，就在愛德華旁邊，他卻動也沒動。她小心翼翼地把手臂伸到貝拉的肩膀後頭。

「不，」我低語：「別起來……」她看起來太虛弱了。

「我在回答你的問題。」她打斷我的話，聽起來有點像她過去平常跟我說話的樣子了。

羅絲莉拉著貝拉從沙發上起身。愛德華還是待在原處，傾身往前趴，直到把臉埋進坐墊裡。貝拉身上的毯子落下來跌到她腳邊。

貝拉的身體是腫的，她的軀幹以一種怪異、病態的方式向外膨脹，繃緊了身上那件從她肩膀跟手臂來看都太大的褪色的灰運動衫。她其餘的部分似乎都瘦了，彷彿那個大大的鼓起是吸收了她這個人在長大。我花了幾秒鐘才明白那個醜陋的鼓起是什麼——直到她把雙手一上一下溫柔地圍抱住她隆起的肚子，彷彿是在撫育它，我才一下子明白過來。

我知道了，但我還是無法相信。我一個月前才見過她。她不可能大肚子。不可能大到**這樣**。

偏偏她就是。

我不想看見這情形，不想去想這件事。我不想去想像他在她裡面。我不想知道某種我痛恨至極的東西，如今在我所愛的身體裡著床生長。我立刻反胃想吐，然後得把冒上來的東西吞回去。

但情況比這還糟，糟得多。她變形的身體，她臉上的骨頭突出頂著皮膚。我只能猜她看起來這副樣子——肚子這麼大，病得這麼重——是因為在她裡面那個管他是什麼的東西，正在拿她的命來餵養自己……

因為它是個妖怪。就跟它爸爸一樣。

我始終知道他會害死她。

他聽到我心裡想的話，頭猛地抬起來。前一秒鐘我們都還跪在地上，下一秒他已經站起來，俯視著我。他的雙眼漆黑、毫無生氣，底下的眼圈是深紫色。

「到外頭去，雅各。」他咆哮。

我也站起來，這下輪到我俯視他。這正是我來的目的。

「讓我們解決這件事吧。」我同意說。

那個大塊頭，艾密特，擠上前來站在愛德華旁邊，那個一臉餓相的賈斯柏緊跟著他。我一點也不在乎。也許在他們把我解決了之後，我的狼群會來收拾殘屍。也許不會來。無所謂。

有那麼極短一瞬間，我的眼睛瞄到兩個站在後面的。艾思蜜與艾利絲。嬌小又極女性化。反正，我很確定在我能對她們怎麼樣之前，其他人就已經把我宰了。我不想殺女孩子，即使是吸血鬼女孩子。

不過，對那金髮妖女我說不定會破例。

「不！」貝拉喘著氣說，她有點失去平衡往前絆了一下，伸手去抓愛德華的手臂。羅絲莉跟著她一起動，彷彿有條鍊子把她們鎖在一起似的。

「我只是想跟他談談，貝拉。」愛德華的聲音很低沉，只對著她說。他伸出手觸摸她的臉，輕輕撫著。這讓整個房間通紅起來，讓我看見怒火——在他對她做了這樣的事後，他竟然還被允許這樣碰她。「別累壞妳自己，」他繼續懇求：「求妳多休息。我們兩個很快就會回來的。」

她盯著他的臉，慎重仔細地察看。她點點頭，朝沙發跌坐下去。羅絲莉扶她躺回椅墊。貝拉瞪著我，試著抓住我的視線。

「乖一點，」她要求說：「回來這裡。」

我沒回答。今天我不打算做任何承諾。我轉開視線，然後跟著愛德華走出前門。

我腦子裡有個隨意、不連貫的聲音記錄著，把他跟整個家族分開並非難事，不是嗎？

他一直往前走，從未回頭察看我是不是準備撲上他毫無防備的後背。我猜他不用察看。當我要進攻時他會知道。意思是說，我下決定時動作得非常快。

「雅各．佈雷克，我還沒準備好讓你殺了我。」他邊低聲說，邊快步走離那房子。「你得多有一點耐心才行。」

說得好像我在意他的時間表似的。我咬著牙咆哮：「耐心不是我的專長。」

他繼續走，走到離房子好幾百碼遠的車道上，我緊跟在後。我全身發熱，手指發抖，就在爆發的邊緣，已經準備好了正在等待。

他毫無預警停下來轉身面對我，臉上的表情再次令我僵住。

有那麼片刻，我只是個毛頭小子——一個一輩子都住在同一個小鎮上的毛頭小子。只是個孩子。因為，我知道我得再活得久一點，受苦受得多一點，才有可能瞭解愛德華眼中灼人的痛苦。

他抬起一隻手，彷彿要拭去額上的汗水，但他的手指抹過臉時，卻好像要把他花崗岩般的臉皮撕扯下來似的。他漆黑的雙眼在眼窩中燃燒著，沒有聚焦，或正盯著實際上並不存在的東西似的。他的嘴張著像要尖叫，卻沒有聲音發出。

這是一張被綁在柱子上正在被活活燒死的人的臉。

有那麼片刻，我說不出話來。這張臉太真實了——我在那大屋裡見過它的陰影，在她跟他的眼中看見它，但他這時的神情做了最後的確定。這是她棺材上的最後一根釘子。

「它正在摧殘她，對嗎？她快死了。」我知道當我這麼說時，我的臉就像他臉的水中倒影。更軟弱，但不同，因為我仍在震驚之中。我還沒讓自己的腦子完整吸收這件事——事情發生的太快了。但他有足夠的時間走到這個地步。不同的是，我已經在我腦中想像過太多次、太多種失去她的方式了。差別只在於，她從來都不曾真正屬於我，讓我可以失去。

還有一個不同，因為這不是我的錯。

「我的錯。」愛德華低語，他腿一軟跪倒在地，癱倒在我面前，脆弱至極，是你所能想像到最容易得手的對象。

但我覺得冰冷如雪——我身體裡的怒火已經消失無蹤。

「是的，」他對著泥巴呻吟，彷彿正對著土地懺悔，「是的，它正在謀殺她。」

他的崩潰無助激怒了我。我要的是打鬥，不是處決。他那沾沾自喜的優越感現在到哪去了？

「那為什麼卡萊爾不做點事情？」我怒吼：「他是個醫生，不是嗎？把它從她身上拿掉啊。」

於是他抬起頭看我，聲音很疲倦，彷彿是向個幼稚園的孩子解釋第十次了一樣。「她不讓我們動手。」

我花了一分鐘才搞懂這句話。老天，她真是死性子。當然，為這妖怪的孽種賠上一命。這真是有夠**貝拉**。

「你真瞭解她。」他低聲說：「你這麼快就看穿了……我卻沒看見，沒及時發現。回家的路上她都不肯跟我說話，不肯跟我談。我以為她是嚇壞了——那很自然。我以為她很氣我害她要經歷這樣的事，再次危及她的性命。我從來沒想到她真正在想的是什麼，以及她下了什麼**決心**。直到我的家人在機場接我們，而她直接奔進羅絲莉的懷裡。羅絲莉的！然後我聽見羅絲莉的想法。直到我聽見了，我才明白過來。而**你**卻馬上就懂了……」他半是嘆息半是呻吟。

「等等，退回去一下。她不讓你動手。」我口氣裡的諷刺十分尖銳。「你從來沒注意過她壯得就像個正常的一百一十磅重的人類女孩一樣嗎？你們吸血鬼怎麼這麼蠢？抓住她用藥迷昏不就得了。」

「我是這麼想。」他低語：「卡萊爾也不……」

什麼？他們太高尚了嗎？

「不，不是高尚。她的貼身保鏢讓事情變得麻煩起來。」

噢。他講的話之前一直沒什麼道理，但現在都拼湊起來了。所以，這是那金髮妖女在忙的事。不過，這對她有什麼好處？難道那個選美皇后巴不得貝拉早點死？

「也許，」他說：「羅絲莉不太是這樣看待這件事情。」

「那就先把那金髮妖女除掉啊。你們這個族類不是事後還可以拼湊回去嗎？就先把她拆成一塊塊拼圖，並處理貝拉的問題啊。」

「艾密特和艾思蜜支持她。艾密特絕不會讓我們……而當艾思蜜反對時，卡萊爾是不會幫我的……」他的聲音變小，消失了。

「你應該讓貝拉跟我在一起的。」

「對。」

不過，現在講這話有點太遲了。也許他應該在害她懷了這個吸食人命的妖孽之前，就想到所有這些事的。

他仰頭從他個人內心深處的地獄中望著我，我可以看見他贊同我的想法。

「我們不知道。」他說，語句輕得像呼吸。「我作夢都沒想到。過去從來沒有任何像貝拉跟我的例子。我們怎麼會知道人類竟然能懷我們這種族的孩子——」

「因為在進行過程中，人類應該都會被撕成碎片嗎？」

「是的。」他繃緊的聲音低聲同意。「他們都出現過，被稱為殘酷的妖魔、夢魇、女淫妖，他們是存在的。但引誘只是盛大宴席的序曲。沒有人**倖存**。」

「我不知道你們這族類還各有特定的名稱。」我不齒地說。

他仰頭看著我，那張臉好像老了一千歲。

「即便是你，雅各．佈雷克，也沒辦法像我恨自己這樣的恨我。」

大錯特錯！我想，憤怒到說不出話來。

「現在殺了我也救不了她。」他靜靜地說。

「那什麼才能？」

「雅各，你要幫我一個忙。」

「我他媽的會幫才怪，寄生蟲！」

他繼續用那半瘋狂半疲累的眼睛盯著我。「那麼幫她？」

我用力咬緊了牙關。「我盡了一切努力來讓她遠離你。每一分努力。現在太遲了。」

「你瞭解她，雅各。你跟她之間的那種連繫，我甚至要理解都沒辦法。你是她的一部分，她也是你的一部分。她不會聽我的，因為她認為我低估了她。她認為她強壯到足以應付這……」他嗆住了，然後他嚥了嚥，說：「她說不定會聽你的。」

「她幹麼要聽？」

他蹣跚起身，雙眼燃燒得比之前更亮，更狂野。我懷疑他是不是真的瘋了。吸血鬼會發瘋嗎？

「也許。」他回答我所想的。「我不知道，但感覺起來很像。」他甩甩頭。「在她面前我得試著藏起這一面，因為壓力會讓她的情況更壞。她已經一吃就吐，身體留不住任何東西。我必須鎮定；不能讓情況變得更艱難。但現在都不要緊了。她一定得聽你的！」

「我不可能告訴她任何你沒講過的事。你要我怎麼做？告訴她說她很蠢？她恐怕早就知道了。告訴她說她會死掉？我敢賭這點她也早就知道了。」

「你可以提供她想要的。」

他這話一點道理也沒有。這是瘋狂的一部分？

「只要能讓她活命，我什麼都不在乎。」他說，這時突然集中起精神來了。「如果她要的是孩子，她可以有孩子。她要生半打小孩都行。任何她想要的都行。」他停下片刻。「真有必要的話，她也可以生小狗。」

他瞪著我片刻，在那一層薄薄的控制底下，他臉上的神情是狂亂的。當我仔細想過他的話，我的憤怒開始崩解，我感覺自己的嘴巴因震驚而張開。

「但不是這種方式！」他在我回過神來之前低聲怒道：「不是這個吸取她的生命來存活的東西，同時我只能無助地旁觀著！看著她病重，白白浪費掉自己的性命。看著它**傷害**她！」他猛吸一口氣，像是有人用力打了他肚子一拳似的。「你一**定要**讓她明白這點，雅各。她已經不再聽我說任何話了。羅絲莉總是在旁邊，灌輸她瘋狂的念頭——鼓勵她、保護她。不，是保護**它**。貝拉的性命對她根本不值一文。」

我喉嚨發出的聲音，聽起來像是我要窒息了一般。

他在說什麼？貝拉該有什麼？有孩子？跟**我**？什麼啊？要怎麼做？他要放棄她嗎？還是他認為她不會在乎自己被分享？

「無所謂，只要能保持她活命就好。」

「這是你所說過最瘋狂的話。」我嘀咕。

「她愛你。」

「還不夠愛。」

「她已經寧死也要有個孩子。也許她會接受某種比較不那麼極端的事。」

「你難道一點都不瞭解她嗎？」

「我知道，我知道。這要花很多力氣去說服。那是為什麼我需要你。你知道她是怎麼想事情的。想辦法讓她講講道理。」

我無法去想他提議的事。這實在太過頭了，根本不可能。大錯特錯、病態。週末的時候把貝拉借來，週一再還回去，像部出租電影一樣？真是亂七八糟。

真是誘人。

我不想考慮，不想想像，但那情景還是進到我腦子裡了。我曾那樣幻想過貝拉無數次，之前當**我們**還有可能的時候，並在情況都清楚了之後，而所有的幻想只會留下惡化的傷痛，因為毫無可能，一點機會也沒有。我曾經拿自己一點辦法都沒有。現在我也無法阻止自己。貝拉在**我的**懷中，貝拉喘息著喊**我的**名字……

更糟的是，這新景象是我過去從來沒想過的，我沒有權力奢望它存在。還不該存在。一幅我知道要不是他這時把它塞進我腦海裡，我將永不會痛苦經年的景象。但它已經黏在我腦海裡了，像一叢雜草蜿蜒蔓生在我的腦海裡——有毒，又無法除滅。健康又容光煥發的貝拉，跟現在完全不同，卻又有某件事是一樣的：她的身體，不是變形，而是以更自然的方式改變。因懷著**我的**孩子而圓潤。

我試圖逃避腦海中那有毒的雜草。「讓貝拉講道理？你是活在哪個宇宙裡啊？」

「至少試試看。」

我快速地搖搖頭。他等著，不理會否定的回答，因為他可以聽見我思緒中的矛盾衝突。

「這種發神經的屁事是打哪來的？你是邊講邊掰出來的嗎？」

「自從我明白她打算怎麼做，打算賠上自己一命都要做之後，我就一直想著要如何救她一命。但我不知道要怎麼聯絡你。我知道如果我打電話告訴你，你一定不會聽。如果你今天沒來，我很快就會去找你。但是要離開她很難，即使只是離開幾分鐘。她的情況……變化的非常快。那東西……一直長，長得非常快。現在我已經不能離開她了。」

「那究竟是個什麼東西？」

「我們都不知道。但它已經比她強壯了。」

突然間，我可以看見它了──在我腦海中看見那膨脹的妖怪，從她裡面破腹而出。

「請幫我阻止它。」他低聲說：「幫我阻止這樣的事情發生。」

「**怎麼幫？**藉由我提供種馬的服務嗎？」當我這樣講時，他甚至沒退縮，不過我卻退縮了。「你真是有夠病態，她絕不會聽從這種事的。」

「試試看吧。反正又沒有損失。這還能傷害誰？」

這會傷害我。我被貝拉拒絕的還不夠多，還要再添這一項嗎？

「受一點苦卻能救她一命，這樣的代價會很高嗎？」

「問題是這不會有用的。」

「也許不會。不過，也許這會令她糊塗一下。也許她的決心會動搖。所有我所需要的，只是片刻懷疑、不確定。」

「然後你就從底下抽回之前提出的？『只是開個玩笑，貝拉』？」

「如果她要的是個孩子，她會得到孩子。我絕不食言。」

我不敢相信自己竟然在想這件事。貝拉一定會揍我──雖然對我來說不痛不癢，但那說不定又會弄斷她的骨頭。我不該讓他跟我談的，害我滿腦子混亂。我應該現在就宰了他。

「不是現在。」他低聲說：「還不到時候。對或錯，那東西都會毀了她，你也知道。不必急在一時。如果她不肯聽你說的，你會得到你的機會。當貝拉的心臟停止跳動的那一刻，我會懇求你毀了我的。」

「你不用求太久。」

他的嘴角露出疲憊的一笑。「我正在等你這麼說。」

「那麼，我們就這樣講定了。」

他點頭，伸出他冰冷、堅硬如石的手。

我嚥下嫌惡作嘔的感覺，伸手握住他的。我的手指包圍住那岩石，搖了一下。

「我們就這樣講定。」他同意說。

chapter 10

我幹麼不一走了之？噢，對，因為我是白痴。

「他叫你來罵我嗎？」

「差不多。不過我不懂他為什麼認為妳會聽我的。妳過去從來沒聽我的。」

她嘆氣。

「我告訴過妳——」我開始說。

她打斷我的話：「雅各，你知道『我告訴過你』有個兄弟嗎？他的名字叫『閉上你的鳥嘴』。」

我覺得像是——像不知道怎麼回事。像這不是真的。像我是掉到某種歌德風版本的爛喜劇片裡。只不過我扮演的不是打算去邀請啦啦隊長參加畢業舞會的怪咖蠢蛋，而是個沒指望的候補狼人，打算去問吸血鬼的老婆肯不肯跟我一起上床生孩子。好極了。

不，我不幹。這事既扭曲又錯誤。我要忘掉所有他講的話。

但我會跟她談談。我會試著叫她聽我的話。

而她不會聽的。就跟過去一樣。

愛德華並沒有回應或批評我的想法，只是領頭走回屋子去。我很好奇他選擇停下來說話的地方。那裡離房子夠遠到其他人無法聽見他低語嗎？重點是不讓他們聽見嗎？

也許。當我們走進大門，庫倫家其他人的眼神充滿了疑慮與困惑。沒有人顯出嫌惡或憤怒的神情。所以他們一定沒聽見愛德華要求我幫忙的兩件事中的任何一件。

我在敞開的門口遲疑了一下，不知道現在該怎麼做。其實最好是在這個位置，有從外面吹進來的一點可呼吸的空氣。

愛德華走進聚集了眾人的大廳中，肩膀僵硬。貝拉焦慮地望著他，然後雙眼掃向我片刻。之後，又再看著他。

她的臉色變得灰白，而我也明白了他所謂的壓力會使她感到更糟的意思。

「我們要讓雅各跟貝拉私下談談。」愛德華說。他的聲調完全沒有變化，像個機器人。

「等我燒成灰燼再說。」羅絲莉對他嘶吼。她仍舊傾身護在貝拉的頭部上方，一隻冰冷的手充滿占有性地放在貝拉灰黃的臉頰上。

愛德華沒看她。「貝拉，」他用同樣空洞的聲音說：「雅各想跟妳談談。妳害怕單獨跟他相處嗎？」

貝拉看著我，一臉困惑。然後她看看羅絲莉。

「羅絲，沒事的。小各不會傷害我們。跟愛德華去吧。」

「這說不定是個詭計。」金髮妖女警告說。

「我看不出來能有什麼問題。」貝拉說。

「卡萊爾跟我絕不會離開妳的視線，羅絲莉。」愛德華說。那毫無情感的聲音爆裂，透露其中的怒氣。「我們才是她害怕的對象。」

「不，」貝拉低語。她的雙眼閃爍，睫毛也濕了。「不，愛德華，我不是——」

他搖搖頭，露出一點微笑。那笑容真讓人不忍心看。「我不是那個意思，貝拉。我沒事，不用擔心我。」

太病態了。他說的對——傷害到他的感覺時她會懲罰自己。這女孩是個典型的殉道者。她完全生錯了時代，她應該活在古時候，能讓她有個好理由把自己送去餵獅子。

「大家都出去。」愛德華說，他的手僵硬地朝門口一揮。「請。」

他為了貝拉試圖保持的鎮定快撐不住了。我看得出來他有多接近剛才在外面時那個正被烈火焚燒的人。其他人也看見了，他們沉默地朝屋外走，我連忙讓出路來。他們走得很快；我的心才跳了兩下，房間裡只剩下羅絲莉，走到一半還遲疑著，而愛德華還等在門口。

「羅絲，」貝拉靜靜地說：「我要妳也走。」

金髮妖女怒視著愛德華，手一擺要他先走。他走出門消失了，她給了我警告性的長長一瞪，然後也消失了。

一旦只剩下我們兩人，我立刻走過去，在貝拉旁邊的地板坐下。我把她冰冷的雙手握到我手中，小心地搓暖。

「謝謝，小各。這感覺真好。」

「我不打算騙妳，貝拉。妳難看死了。」

「我知道。」她嘆口氣。「我看起來很嚇人。」

「像恐怖電影裡的沼澤怪一樣嚇人。」我同意說。

她笑起來。「有你在這裡真好，能笑笑真好，我不曉得自己還受得了多少戲劇化的情況。」

我翻翻白眼。

「好吧，好吧，」她同意說：「我是自找的。」

「沒錯，妳是。說真的，貝拉，妳到底在想什麼？」

「他叫你來罵我嗎？」

「差不多。不過我不懂他為什麼認為妳會聽我的。妳過去從來沒聽我的。」

她嘆氣。

「我告訴過妳——」我開始說。

她打斷我的話：「雅各，你知道『我告訴過你』有個兄弟嗎？他的名字叫『閉上你的鳥嘴』。」

「好名字。」

她對我露出大大的笑容。她的皮膚緊繃在骨頭上。「這話不是我講的——我在重播的《辛普森家庭》裡看來的。」

「沒看到這集。」

「非常好笑。」

有好一會兒，我們都沒講話。她的手開始有點暖起來了。

「他真的叫你來跟我談談嗎？」

我點頭。「跟妳講點道理，叫妳聽進去。這仗還沒打就輸了。」

「那你幹麼同意？」

我沒回答。我不確定自己曉得答案。

但我知道這點——我跟她在一起的每一分鐘，都將增加我日後會感受到的痛苦。就像個手頭存貨有限的吸毒者，最後審判的日子即將降臨。我現在吸的越多，等我的存貨用完時就會越慘。

在安靜了一分鐘之後，她說：「船到橋頭自然直，你知道。我相信這話。」

那讓我又冒火了。「痴呆是妳的症狀之一嗎？」我怒道。

她大笑，但我的怒氣是如此真實，以致於我握著她的手都在抖。

「也許。」她說：「我沒說事情會**很容易**解決，小各。但在我人生中經歷過這麼多事情之後，到如今這地步，我怎能不相信魔法？」

「魔法？」

「尤其是對你。」她說，臉上帶著微笑。她從我手中抽回一隻手，貼住我的臉頰。比之前暖了，但對我的皮膚而言仍覺得冰涼，跟我碰到大部分的東西一樣。「比對任何人還強，將會有種魔法等待著幫你把一切事情都變好。」

「妳在胡說些什麼？」

仍是微笑。「愛德華跟我說過一次——你們那神奇的命定——像什麼模樣。他說那像《仲夏夜之夢》，像魔法。雅各，你會找到真正你要找的人，然後所有這一切就都有道理了。」

如果她不是看起來如此脆弱，我一定會大聲尖叫。

事實上，我是對她咆哮了幾聲。

「如果妳認為命定可以把現在這瘋狂變成有理……」我努力想著字眼。「難道妳真的認為，因為我可能有一天會對某個陌生人一見鍾情，然後所有問題都得到解決？」我伸出手指著她膨脹的身體。「告訴我，貝拉，這麼做的目的何在？我愛妳的目的何在？妳愛他的目的何在？當妳喪命，」──那句話是吼出來的──「這能解決什麼問題？我的、妳的、他的！所有這些痛苦的目的何在？雖然我根本不在乎他的死活，但妳也正在謀殺他。」她退縮了一下，但我繼續說：「所以，到了最後，妳這扭曲之愛的故事的目的何在？如果這裡面有**任何**道理存在，拜託妳，貝拉，請告訴我，因為我搞不懂。」

她長嘆一聲。「我還不知道，小各。但我就是……覺得……雖然現在真的很難看見，但這到最後一定是件好事。我猜你可以把它稱為信念。」

「妳會**白白送命**，貝拉！白白送命！」

她的手從我臉上垂下，落到隆起的腹部，愛撫著它。她不用說出來讓我知道她在想什麼──她會為它而死。

「我不會死的。」她咬著牙說，我看得出來，她正在重複她之前說過的話：「我會讓我的心臟保持跳動。我強壯得足以做到這點。」

「這全是屁話，貝拉。妳陷入這團超自然的混亂太久了。這件事沒有正常人能辦到的。妳**不夠**強壯。」

我把她的臉捧到手中。我不需要提醒自己溫柔一點，她整個人看來似乎一碰就碎。

「我辦得到，我辦得到。」她輕聲低語，聽起來很像童書中那個小火車頭在講話。

「我看不太可能。好，妳的計畫是什麼？我希望妳有計畫。」

她點頭，卻沒看我。「你知道艾思蜜跳崖自殺的事嗎？我是說，當她還是人類的時候。」

「那又怎樣？」

「她當時幾乎兩隻腳都進了鬼門關，救難人員甚至沒費事把她送去急診室——他們直接把她送去太平間。不過，當卡萊爾發現她時，她的心臟還在跳……」

原來這是她前面那句話——保持她的心臟跳動的意思。

「妳不打算保持妳的人身存活。」我遲鈍地陳述。

「不，我沒笨到那個地步。」她與我四目相對。「但我猜關於這一點，你有你的看法。」

「吸血鬼化急救。」我咕噥著說。

「這對艾思蜜有效。還有艾密特、羅絲莉，甚至愛德華也是。他們沒有一個人的情況是好的。卡萊爾之所以改變他們，是除非改變，否則只有死路一條。他不是終結生命，他是救了他們。」

就像之前一樣，當我想到那個好吸血鬼醫生時，一陣罪惡感猛地襲來。我甩掉那思緒，開始懇求。

「聽好，貝拉。求妳別這麼做。」就跟之前一樣，當查理的電話打來時，我看見那對我造成了何等大的不同。我明白了自己需要她活著，以某種形體活著。以任何形體活著。我深吸了口氣。「貝拉，別等到一切都太遲了。別這樣，要活著，好嗎？只要活著就好。別對我做這樣的事，別對他做這樣的事。」我的聲音變得更堅硬、大聲。「妳明知道妳死了的話他會怎麼樣。妳之前已經見識過了。妳要他再回去面對那些義大利殺手嗎？」她退縮進沙發裡。

我沒說這次不必費事跑那麼遠了。

我掙扎著讓自己的聲音柔和下來，問：「當我被那些新手打成重傷時，妳記得妳對我說了什麼嗎？」

我等著，但她不肯回答。她把雙唇緊抿在一起。

「妳叫我要乖，要聽卡萊爾的話。」我提醒她。「而我怎麼做？為了妳，我聽從那個吸血鬼的話。」

「你會聽，是因為那麼做是對的。」

「好——任選一個理由吧。」

她深吸口氣。「現在，聽從他是不對的。」她的視線落到她圓圓的大肚子上，屏息低語說：「我不會殺害他的。」

我的手又發抖了。「噢，我倒沒聽見這大消息。一個活蹦亂跳的男嬰嗎？應該要帶些藍色氣球來的。」

她臉浮現一層淡淡的粉紅。那顏色真是美極了——我的胃絞痛，像被刺了一刀。一把有鋸齒的，生鏽且凹凸不平的刀。

我的遊說將再度失敗。

「我不知道他是不是男孩。」她承認，有點羞怯。「超音波照不出來。包裹胎兒的那層羊水太堅硬了——像他們的皮膚一樣，所以他還是個祕密。但在我腦海裡，我總是看見個小男孩。」

「貝拉，在那裡面的不是什麼美麗的寶寶。」

「我們到時候看了就知道。」她幾乎是沾沾自喜地說。

「妳見不到的。」我咆哮。

「你真的很悲觀，雅各。我明明有機會、有可能順利度過一劫的。」

我無法回答。我低下頭，深而緩地呼吸，試圖控制住我的憤怒。

「小各，」她拍拍我的頭，撫摸我的臉。「會沒事的。噓～～真的會沒事的。」

我沒抬頭。「不，不會沒事的。」

她抹掉我臉上某種濕濕的東西。「噓～～」

「貝拉，到底是怎麼回事？」我盯著白色的地毯說。我的光腳很髒，在地毯上留下汙漬。「我以為整個目的是妳要跟妳的吸血鬼長相廝守勝過一切，而妳現在卻要放棄他？這一點道理都沒有。妳打從什麼時候開始這麼渴望當媽媽？如果妳那麼想當媽媽，妳又幹麼要嫁給吸血鬼？」

我已經危險地接近他要我提的提議了。我可以看見這些話把我導往那條路，但我卻無法改變它們的方向。

她嘆了口氣。「事情不是那樣的。我其實不在乎有沒有孩子，我甚至連想都沒想過。事情不是要有孩子，而是……嗯……要**這個**孩子。」

「那是個殺人精，貝拉。看看妳自己。」

「他才不是呢。問題在我，我是人類，又太軟弱。但我可以為這件事堅強起來，小各，我可以——」

「啊，**拜託！**閉嘴，貝拉。妳可以去跟妳那個吸血蟲鬼話連篇，但別來愚弄我。妳明知道這件事妳辦不到的。」

她憤怒地瞪著我。「對這一點我可不知道。但我確實擔心這件事。」

「擔心這件事。」我咬著牙重複。

她驚喘一聲，然後抓住自己的肚子。我的憤怒像電燈開關被關上，一下全消失了。

「我沒事，」她喘著氣說：「沒什麼。」

但我沒聽見；她的手把那件運動衫拉向一邊，我對那暴露出來的肌膚瞪大了眼睛，嚇壞了。她的腹部像是染了一大塊又一大塊的紫黑色墨水。

她看見我的瞪視，立刻把衣服拉回原位。

「他很強壯，只是這樣而已。」她防衛地說。

那些墨漬是淤傷。

我幾乎被哽住，快要窒息了，我明白了他那句話的意思，看見它傷害她。突然間，我覺得自己也有點瘋了。

「貝拉。」我說。

她聽見我聲音中的變化，抬起頭來，呼吸依舊沉重，眼中帶著困惑。

「貝拉，別這麼做。」

「小各——」

「請聽我說，先別抗拒，好嗎？先聽就好。如果這不是……」

「如果不是什麼？」

「如果這不是只有一次機會呢？如果這不是僅此一次或再不可能的事呢？如果妳像個乖女孩，聽卡萊爾的話，並保住自己的性命？」

「我不——」

「我還沒說完。所以妳還活著，妳可以重新再來一次。這次行不通，就再試一次。」

她皺起眉頭，抬起一隻手放在我眉頭糾結之處。她的手指撫摸我的前額好一會兒，試著想要弄懂我說的話。

「我不明白……你說再試一次，是什麼意思？你不會以為愛德華會讓我……而且那會有什麼不同？我很確定任何小孩——」

「對！」我火了。「任何從**他**而來的小孩都會一樣。」

她疲倦的臉更顯困惑了。「你到底想說什麼？」

但我無法再說更多了。沒必要。我永遠也無法救她脫離她自己。我從來就辦不到。

接著，她眨了眨眼，我可以看出她聽懂了。

「噢，呃。**拜託**，雅各。你認為我該謀殺我的胎兒，然後用某種平常的方式來取代？人工授精？」現在輪到她氣壞了。「我幹麼要個陌生人的小孩？我猜這當中其實沒什麼差別？任何小孩都行？」

「我不是那個意思。」我低聲抱怨：「不是陌生人的。」

她往前傾。「那不然你是在說什麼鬼？」

「沒有。我什麼都沒說。跟過去一樣。」

「這鬼主意是打哪兒來的？」

「算了吧，貝拉。」

她懷疑地皺起眉頭。「是**他**叫你這麼說的嗎？」

我遲疑了一下，很驚訝她這麼快就跳到這答案。「不是。」

「就是他，對不對？」

「不，真的沒有。他沒說任何有關人工之類的鬼話。」

於是，她的神情緩和下來，又靠回那堆墊子上，看起來精疲力竭。當她開口說話時，眼睛望向一旁，完全不是在跟我講話。「他會為我做任何事。而我卻傷他傷得這麼深……但他到底在想什麼？我會把這個……」她的手撫摸著肚子「拿去換某個陌生人的……」她咕噥著最後一句，聲音變小、消失。她的眼眶濕了。

「妳不需要傷害他。」我低聲說。為他求情的話，像毒藥般燒灼著我的口，但我知道這個角度大概是保住她性命的最好辦法，不過也仍只有千分之一的機會。「妳可以令他再度快樂起來，貝拉。我真的認為他已經失去快樂了。坦白說，我真的這麼認為。」

她似乎沒在聽；她的手在那傷痕累累的肚子上畫著小圈圈，同時一邊咬著自己的唇。安靜了好長一段時間。我好奇庫倫一家是不是走很遠，他們會聽見我可憐的、毫無希望地試圖跟她講道理嗎？

「不是陌生人？」她對自己喃喃自語。我退縮了一下。「到底愛德華跟你說了什麼？」她用低沉的聲音問。

「沒什麼。他只是認為妳會聽我的。」

「不是這件事，是有關再試一次那點。」

她雙眼鎖住我的，我看得出來，我已經說太多了。

「什麼都沒有。」

她的下巴有點掉下來。「哇！」

寂靜了幾拍心跳的時間。我又低下頭看我的腳，無法面對她的凝視。

「他真的**什麼都肯**，對嗎？」她低聲說。

「我告訴妳他發瘋了。千真萬確，貝拉。」

「我很驚訝你沒立刻告發他，讓他惹上麻煩。」

當我抬起頭來，她正咧嘴笑著。

「我有想過。」我試著對她笑回去，但我感覺到那笑容在我臉上變了形。

她知道我在提供什麼，而她連考慮都不考慮。我早知道她不會。但還是感覺滿傷的。

「你也一樣，為了我幾乎什麼都肯做，對嗎？」她低聲說：「我真不懂你幹麼這麼費事。我不值得你們倆對我這麼好。」

「可是結果都一樣，不是嗎？」

「這次不同。」她嘆氣。「我真希望自己能對你清楚的解釋，好讓你因此可以明白。我不能傷害他，」她指指自己的肚子，「正如我不能拿把槍轟你一樣。我愛他。」

「貝拉，妳為什麼總是愛上錯誤的東西？」

「我不認為我愛錯了。」

我清掉哽在喉嚨的硬塊，好讓自己的聲音像我要的那樣硬。「相信我。」

我站起身來。

「你要去哪裡？」

「我在這裡毫無益處。」

她伸出細瘦的手，懇求說：「別走。」

我可以感覺到那股毒癮要把我吸過去，試圖把我保持在她身邊。

「我不屬於這裡，我必須回去。」

「你今天為什麼會來？」她問，手仍毫無力氣地伸著。

「只是來看看妳是否真的還活著。我不相信查理所說的妳生病了之類的話。」

從她臉上我看不出來她是否相信我的話。

「你會再回來嗎？在……之前。」

「貝拉，我不會在這裡閒晃，看著妳死亡。」

她退縮了一下。「你說的對，你說的對。你應該走。」

我朝門口走去。

「再見，」她在我背後說：「愛你，小各。」

我差點就回去了。我差點就轉過身，跪下來，再一次開始懇求。但我知道我得戒掉貝拉，在她害死我之前，就像她正在害死他一樣，戒掉她這個使人上癮的毒品。

「是啊，是啊。」我邊走邊含糊地說。

我沒看見任何一個吸血鬼。我不理我那獨自停在草坪中間的摩托車，現在它對我而言不夠快了。我爸一定嚇死了——山姆也是。沒聽到我變身，狼群會怎麼去解讀這件事？他們會認為在我有機會變身之前，庫倫家就摺倒我了嗎？我脫下短褲，不在乎有誰會看，開步奔跑。在跨出半步時我已變為狼形。

他們都在等待。他們當然在等。

雅各！小各！八個聲音異口同聲，都鬆了口氣。

現在給我回來。狼族首領的聲音命令著。山姆氣死了。

我感覺保羅離開，於是我知道比利跟瑞秋都在等著要聽我發生了什麼事。保羅急著要去告訴他們，我沒被吸血鬼生吞活剝的好消息，所以沒聽完我整個故事就變身了。

我不需要告訴狼群我上路了——當我往回家的路上全速奔跑時，他們可以看見森林在我身旁模糊閃過。我也不需要告訴他們我還處在半瘋狂的狀態。我腦中想吐的感覺十分明顯。

他們看見了所有的恐怖——貝拉斑駁的腹部；她刺耳的聲音：**他很強壯，如此而已**；愛德華臉上那如同被火焚燒的人：**看著她越來越虛弱並白白浪費掉自己的性命……看著它傷害她**，羅絲莉彎身籠罩著貝拉毫無生氣的身體：**貝拉的性命對她根本一文不值**——就這一次，所有人都無話可說。

他們的震驚在我腦中是個沉默的呼喊。無言的呼喊。

——！

在他們任何人恢復過來之前，我已經離家只剩一半路程了。然後，他們全都開始朝我奔來要跟我會面。天幾乎都黑了——雲層把落日完全遮蔽。我冒險飛奔橫過高速公路，讓自己不被人看見。

我們在離拉布席大約十哩處，一處伐木工人留下來的空地上碰面。它遠離道路，夾在兩座突起的山峰之間，在這裡沒有人會看見我們。當我抵達時，保羅已經找到他們，所以整個狼群全到齊了。

大家同時放聲大吼，我腦中亂哄哄的說話聲簡直是場大混亂。

山姆頸背的毛全都直豎起來，他邊發出一連串毫無中斷的號叫，邊在這圈子的頂端來回踱步。保羅跟賈德像影子般跟在他後面，他們的耳朵緊貼在頭的兩側，整個圈子都激動不安，大家全都站著，爆出一聲一聲低沉的咆哮。

起初，他們的怒氣並不明確，我以為我是他們發怒的對象，而我因為感覺太混亂而根本不在乎。我違抗了命令，他們可以想對我幹什麼就幹什麼。

然後，各人沒有焦點的困惑開始聚集在一起。

怎麼可能會這樣？這是什麼意思？它會變成什麼樣子？

不安全。不對，太危險了。

不自然。怪胎。一個受到天譴的東西。

我們不能允許它存在。

狼群現在同步踱步，同步思考，所有的人，只除了我跟另一位。我坐在不管是誰的旁邊，腦筋太混亂而沒用我的眼睛或頭腦去看我旁邊是誰，整個狼群就繞著我們打轉。

協議不包括這個。

這讓所有人都陷在危險中。

我試著要瞭解那些盤旋加劇的聲音，試著要跟上那些思緒造成的盤繞的路徑，要看出它們導往哪個方向，但我看不出個道理來。在他們思緒中心的那些圖像，是來自**我**思緒中的圖像——最糟糕的兩幅。貝拉的淤青，以及愛德華那痛苦如火焚的臉。

他們也怕它。

但他們不會對它採取任何行動。

保護貝拉．史旺。

我們不能讓這事影響我們。

我們家人與在這裡的每一個人的安全，比一名人類更重要。

如果他們不殺它，我們會。

保護我們的部落。

保護我們的家人。

我們一定要殺了它，免得太遲了。

我又想起另一點，這次是愛德華講的話：**那東西長得非常快。**

我掙扎著集中精神，要辨認出個別的聲音。

沒時間浪費了，賈德想。

這意味著開戰。安柏瑞提醒。**會很糟糕。**

我們已經準備好了。保羅堅決宣稱。

我方需要出其不意。山姆想。

如果我們個別逮到他們，我們可以將他們各個擊破。這會增加我們獲勝的機會。賈德想，開始策畫。

我甩甩頭，慢慢地站起來。這時我感到站不穩——彷彿繞著圈圈的狼群使得我頭昏。我旁邊的狼也站了起來。他的肩膀頂住我的，支持住我。

等等。我想。

繞動的圈子停了一下，然後他們又繼續繞起來。

沒時間了！山姆說。

但是——你在想什麼？今天下午你還因為不願破壞協議而不肯攻擊他們。現在當協議還完整無缺，你卻計畫要偷襲？

這不是我們的協議預期到的東西。山姆說。**這對這區域的每個人類都是個危險。我們不知道庫倫家會生出什麼樣的怪物來，但我們知道它既強壯又生長快速。並且因為年紀太小而不會遵守任何協議。還記得我們交手過的吸血鬼新手嗎？狂野、殘暴，毫無理性與節制。想像有個這樣的東西，但受到庫倫家的保護。**

我們不知道——我試圖打斷他。

我們是不知道，他同意。**但在這一次，我們不能冒險容忍這未知數。我們只在絕對確定庫倫家能被信任、不會造成傷害的情況下，允許他們存在。這個……東西是不能信任的。**

他們跟我們一樣不喜歡它。

山姆從我的腦海中拉出羅絲莉的臉，和她保護性的彎著身子的模樣，將這圖像展現給每一個人看。

已經有人預備好要為它而戰，無論它是什麼。

它不過是個小寶寶，真是豈有此理。

很快就不小了。利雅低聲說。

小各，老哥，這是個大麻煩！奎爾說。**我們不能只是不理會它。**

你們是在誇大其詞，捏造子虛烏有的事，我辯論說。**這裡面唯一有危險的是貝拉。**

這次也是她自己的選擇，山姆說。**但這次她的選擇影響到我們所有的人。**

我不這麼認為。

我們不能冒險。我們不容許有個吸血鬼在我們的土地上獵殺。

那麼就叫他們離開。那頭仍支持著我的狼說。當然，那是賽斯。

把這危險加諸到他人身上？當吸血鬼穿過我們的土地，我們摧毀他們，無論他們是打算去哪裡進行獵殺。我們要盡可能保護所有人。

這真是瘋了，我說。**今天下午你還害怕讓整個狼群去涉險。**

今天下午我不知道我們的家人有危險。

我真不敢相信！你要怎麼殺害那個怪物卻不傷害到貝拉？

沒有回答，但這沉默充滿了含意。

我號叫。**她也是人類！難道我們的保護在她身上不適用嗎？**

她反正就要死了，利雅想。**我們只是縮短那過程而已。**

這話讓我失控了。我躍離賽斯，撲向他姊姊，露出我的利牙。就在我快咬到她後腿時，我感覺山姆的牙齒切入我側腹，把我拖向後。

我痛苦的號叫，氣極了，立刻轉向他。

住手！他用狼族首領的雙倍音色命令。

我的腿似乎屈服了。我猛地停下來，只設法靠著一絲意志力保持我的腳站著。

他轉開凝視我的目光。**利雅，妳不得對他殘忍。**他命令她。**貝拉的犧牲是很沉重的代價，並且我們都**

要知道，奪取一名人類的性命，違反我們所有的信念。違反了這項原則，是件殘酷的事。我們全體將悼念今晚所做的事。

今晚？賽斯震驚地重複。**山姆——我認為對這件事我們該再討論與考慮，至少跟族中的長老們諮商一下。你不會真的叫我們——**

現在我們無法承擔你對庫倫家的容忍。沒有時間辯論。賽斯，你得照著命令去做。

賽斯的前膝跪倒，他的頭在狼族首領命令的壓制下往前伏低。

山姆緊繞著我們兩個小圈踱步。

我們需要全體動員對付這事。雅各，你是我們最強的戰士，今晚你得跟我們一起作戰。我明白這對你非常困難，因此你將專注對付他們的戰士——艾密特和賈斯柏。你不必涉入……其他的部分。奎爾和安柏瑞將與你一起作戰。

我的膝蓋發抖；在狼族首領猛烈攻擊我的意志時，我努力地站直不要跪倒。

保羅、賈德和我會負責攻擊愛德華跟羅絲莉。我想，從雅各給我們帶來的訊息看來，他們會是守護貝拉的兩位。卡萊爾跟艾利絲也會在旁邊，可能還有艾思蜜。柏瑞帝、柯林、賽斯跟利雅會專心對付他們。無論是誰，只要一有空檔對付——我們都聽到他腦子裡結結巴巴跳過貝拉的名字——**那怪物，就立刻出手。我們的第一優先是毀滅那怪物。**

狼群發出緊張同意的隆隆聲。緊張使得每個人身上的毛全都豎起來。踱步變快了，掌爪落在有鹽味的地面的聲音變得更尖銳，爪子插入泥土裡。

只有賽斯跟我不動，是裸露利牙與貼平耳朵之風暴中心的暴風眼。在山姆的命令下低頭的賽斯，鼻子幾乎碰到了地。我感覺到他對即將來臨的不忠的痛苦。對他而言，這是背叛——在狼人與吸血鬼同盟的那一天，與愛德華．庫倫並肩作戰，結果，讓賽斯成為那位吸血鬼的真正朋友。

不過，他並沒有反抗。無論這有多麼傷害他，他都會順從。他沒別的選擇。

那我又有什麼選擇？當狼族首領下令，狼群就跟從。

山姆過去從來沒把自己的權力推展到這個地步；我知道他真心討厭看到賽斯跪在他面前，像個奴隸跪在主人面前一樣。若不是他相信沒有別的選擇，他不會這樣強迫我們。當我們像這樣思想全都連繫在一起時，他無法欺騙我們。他真的相信摧毀貝拉跟她所懷的怪物是我們的責任。他真的相信他沒有時間可以浪費。他深信他必須為此信念付出生命。

我看見他會自己面對愛德華；在山姆的腦中，愛德華能閱讀我們的思想這點，使他成為我們最大的威脅。山姆不會讓別人去冒這樣的險。

他視賈斯柏為第二厲害的對手，這是為什麼他把賈斯柏留給我對付。他知道在狼群中我是最有機會打贏他的一位。他把最容易的目標留給年輕的狼群跟利雅。嬌小的艾利絲在對我們沒有預見能力的情況下，對我們是不危險的，而從上次的聯盟中我們也得知艾思蜜不是戰士。卡萊爾比較會是個挑戰，但是他痛恨暴力的天性將會阻礙他。

當我看著山姆計畫這一切，試著要從不同的角度給予狼群中每個人最好的生存機會，讓我比賽斯感覺更不舒服。

所有的事都顛倒了。今天下午，我對攻擊他們一事緊咬著不放。但賽斯卻說對了——那不是一個我已經準備好了的戰鬥。我被那股仇恨蒙蔽了。我沒有讓自己小心地審視它，因為我一定知道自己若留心觀看的話，會看到什麼。

卡萊爾．庫倫。沒有那股仇恨來遮蔽我雙眼之後，看著他，我無法否認殺害他是種謀殺。他是良善的，跟我們所保護的任何人類一樣好。說不定更好。我猜想其他人也是，但我對他們的感覺比較不強烈，我也不那麼瞭解他們。卡萊爾會痛恨反擊，即使那是為了救自己的命。那是為什麼我們能夠殺了他——因為他不想要**我們**這些身為他敵人的人死亡。

這是錯的。

這不單是因為殺害貝拉感覺像殺了**我**，像是自殺。

集中注意力，雅各。山姆命令。**把部族擺在第一位。**

山姆，今天稍早我錯了。

你的理由是錯的，但現在我們有責任要去實踐。

我鼓起勇氣撐住自己。**不。**

山姆咆哮，在我面前停下腳步。他瞪著我的雙眼，從齒縫間發出深沉的隆隆哮聲。

是！狼族首領下令，他的雙重聲音充滿憤怒，夾帶著狼族首領權力的激動。**今晚不得再有任何藉口。你，雅各，將和我們一同對庫倫家作戰。你，跟奎爾及安柏瑞一組，將負責攻擊賈斯柏和艾密特。你有義務保護我們部族，那是你之所以存在的原因。你得履行這項義務。**

當這項法令頒布，我的肩膀被壓得往下垂。我的四肢一軟，整個身子趴倒在他面前。

狼群中沒有人能拒絕狼族首領。

chapter 11

列在「我最不想做的事」清單中的頭兩件事

那麼，這才是關鍵了，雅各．佈雷克？

他頸背的毛全豎起來，口鼻向後拉開露出他的利牙。

保羅和賈德在他兩側咆哮，同樣怒髮衝冠。

即使你能擊敗我，狼群也永遠不會跟從你！

這下輪到**我**往後跳開，一聲驚訝的低吼竄出我喉嚨。

擊敗你？我沒有要跟你打架，山姆。

山姆開始把其他人編隊，而我還趴在地上。安柏瑞跟奎爾在我身邊，等候我恢復並起來領頭。

我能感覺到那股驅力、需要，站起來並領導他們。那股慾望在增強，我無效地抗拒，畏縮在我趴伏的地上。

安柏瑞小聲地在我耳邊發出哀鳴。他不想要思想出語句，怕自己會讓山姆把注意力又轉到我身上。我感覺到他無言的請求，要我站起來，把這令人不愉快的事一勞永逸地解決掉。

狼群中存在著恐懼，不太是為自己，而是為全體。我們無法奢望今晚所有人都能夠存活下來。我們會失去哪個兄弟？誰的心思會永遠離開我們？到了早晨，有哪個悲悼的家庭要去慰問？

當我們要應付這些恐懼時，我的頭腦開始與他們的一起運作，和諧地思考。立刻，我從地上爬起來，抖動全身的毛髮。

安柏瑞跟奎爾噴著氣放鬆下來，奎爾用他的鼻子碰了碰我身側。

他們的腦海中充滿了我們的挑戰，我們分配到的工作。我們一起回想觀看庫倫家練習如何跟新手打鬥的那些夜晚。艾密特．庫倫是最強壯的一個，但賈斯柏會是更大的麻煩。他移動迅速像閃電——力量、速度和死亡全合而為一。他到底擁有幾個世紀的經驗？足以讓所有庫倫家的人都聽從他的指導。

如果你想當側翼的話，我可以當前鋒。奎爾提議。在他腦海中的興奮之情比其他大多數人更盛。在那些夜裡，當奎爾觀看賈斯柏的指導時，他就極其渴望找那名吸血鬼較量一下自己的身手。對他而言，這會是一場競賽。即使知道這是冒他生命的危險，他仍看它是競賽。保羅也是這樣想，還有那兩個從未參加過戰鬥的孩子，柯林和柏瑞帝。如果對手不是他的朋友的話，賽斯大概也會有同樣的念頭。

小各？奎爾輕推著我。**你打算怎麼安排？**

我只搖搖頭，無法集中注意力——強迫要遵循命令的感覺，像是操縱木偶的線繩鉤拉著我全身的肌肉。先一隻腳向前，再換另一隻。

賽斯在柯林與柏瑞帝的身後拖著自己慢吞吞前進——那一隊由利雅領頭。她不理會賽斯，邊和他人訂著計畫，我可以看出來，她寧可讓他置身於這場戰鬥之外。她對自己的小弟懷有一種母性的保護感，她希望山姆會派他回家。賽斯沒注意到利雅的疑慮，他也在調適那股像木偶被線繩控制的感覺。

說不定如果你停止抗拒……安柏瑞低語。

只要集中注意力在你的部分，對付那個大塊頭。我們可以擊敗他們。我們贏過他們！奎爾在激勵他自己——像在一場大戰之前講激勵士氣的話。

我可以看見那會有多麼簡單——不管其他，只想到自己的部分就好。想像攻擊賈斯柏跟艾密特並不難。我們之前曾經幾乎打起來。我把他們視為敵人很長一段時間。現在我可以再做一次。

我只需要忘記，他們正保護著我也會保護的東西。我必須忘記自己可能會希望他們贏的理由……

小各，安柏瑞警告。**把你的頭腦專注在戰鬥上。**

我的腳慢吞吞地移動著，抗拒著那些線繩的拉扯。

沒道理要抗拒它啊！安柏瑞又低聲說。

他說的對。我最後還是會照著山姆的話做，如果他要強迫我的話。而他已經強迫了。顯而易見。

狼族首領有很好的理由具有權威。即使像我們這麼強大的一個群體，若沒有領導者也就沒什麼力量。

我們必須一起行動，一起思考，為了要有實際的力量。而一個身體需要有個頭。

所以，如果山姆現在錯了呢？沒有人能做任何事。沒有人能對他的決定提出質疑。

除非。

這一點——一個我從來、從來都不想要有的念頭。但如今在我的四肢都被線繩綁著時，我為這一個例外而鬆了口氣——事實上，讓我遠不只是鬆口氣，而是充滿熱烈的歡喜。

沒有人能對狼族首領的決定提出質疑——除了**我**以外。

我沒有爭取任何事物。但有些東西是我與生俱來的，只是我放棄沒有要求。

我從來不想領導狼群。我現在也不想。我不想要把我們所有人的命運都擔在自己肩上的責任。山姆向來比我更能勝任這件事。

但今晚他錯了。

而我生來就不是要向他下跪的。

當我擁抱我與生俱來的權力時，那些束縛就從我身上脫落了。

我可以感覺到自由以及一種奇怪的空洞的力量，在我身上聚集。空洞，是因為狼族首領的權力是來自於他的狼群，而我沒有狼群。有那麼片刻，孤寂壓倒了我。

現在，我沒有狼群了。

但當我朝山姆與保羅及賈德做計畫的地方走去時，我既強壯又抬頭挺胸了。他聽見我前進的聲音而回過頭來，漆黑的雙眼瞇了起來。

不！我再次告訴他。

他立刻聽見它，從我思緒中那狼族首領的聲音裡聽見我做的決定。

他往後跳了半步，同時發出一聲震驚的吠叫。

雅各？你做了什麼事？

我不會遵從你，山姆。去做錯得如此離譜的事。

他瞪著我，充滿震驚。**你會……你會選擇你的敵人超過你自己的家人？**

他們不是……我甩甩頭，澄清思緒，**他們不是我們的敵人。他們從來就不是。直到我真正思考要摧毀他們，徹底的思考這件事，我才看清楚了。**

這跟他們無關，他對我咆哮。**這跟貝拉有關。她從來不屬於你，她從來沒有選擇你，但你持續不斷為了她而毀掉自己的人生！**

這些話很嚴厲，但也很真實。我深吸一大口氣，把這些話吞下去。

也許你是對的，但你將為了她而毀掉整個狼群。無論今晚狼群中有多少存活下來，他們手中永遠沾滿了謀殺的鮮血。

我們必須保護我們的家人！

我知道你所下的決定，山姆。但你不能再為我下決定了，永遠不能。

雅各——你不能背棄你的部族。

我聽見他狼族首領命令中的雙重回音，但這次卻毫無力量。它對我已經不再適用了。他咬緊牙關，試圖**強迫**我回應他的話。

我瞪著他狂怒的雙眼。**埃夫萊姆．佈雷克的子孫不是生來跟從李唯．烏利的子孫的。**

那麼，這才是關鍵了，雅各．佈雷克？他頸背的毛全豎起來，口鼻向後拉開露出他的利牙。保羅和賈德在他兩側咆哮，同樣怒髮衝冠。**即使你能擊敗我，狼群也永遠不會跟從你！**

這下輪到**我**往後跳開，一聲驚訝的低吼竄出我喉嚨。

擊敗你？我沒有要跟你打架，山姆。

那麼你的計畫是什麼？我不打算退讓，讓你可以保護那個吸血鬼怪胎，令部族付上代價。

我沒叫你退讓。

如果你命令他們跟隨你——

我絕不會剝奪任何人的意志。

當我言詞中的批判令他退縮時，他的尾巴來回掃動。接著，他上前一步，於是我們腳趾對著腳趾，他裸露的利牙離我的只有幾吋。直到這一刻，我才驚覺自己已經長得比他高了。

一族不能有超過一隻的首領。狼群選擇了我，你要在今晚撕裂我們嗎？你要轉過來對付你的兄弟嗎？還是你要停止這個瘋狂念頭，再次加入我們？每個字都層疊著命令，但它卻碰不了我。我的血管裡流動著絲毫未被稀釋的狼族首領血液。

我可以理解為什麼一群狼從來都只有一隻狼族首領。我的身體對這挑戰立即有反應。我可以感覺到防禦我權力的本能在我裡面升起。我那狼形自我的原始核心繃緊，要為主權奮戰。

我集中全部精力去控制那反應。我不會落入跟山姆打一場毫無要領又極具破壞性的架。即使我拒絕了他，他仍是我的兄弟。

這個狼群只有一位狼族首領。我不想爭奪那個位置，我只是選擇走我自己的路。

現在你屬於一個吸血鬼家族了嗎？雅各。

我畏縮了一下。

我不知道，山姆。但我知道這點——

當他感覺到我聲調中狼族首領的重量時，他往後縮。這對他的影響，強過他對我的碰觸。因為我生來**就該**領導他的。

我會站在你跟庫倫家之間。我不會袖手旁觀讓狼群殺害無辜——要把這詞應用到吸血鬼身上還真難，但這是真的——**之人。這狼群能做比那更好的事。山姆，帶領他們走往正確的方向吧。**

我轉身背對他，以及在我四周異口同聲劃破夜空的號叫。

我將爪子掘入泥地，奔離那由我造成的騷動。我沒有太多時間。起碼，利雅是唯一一個在老天保佑下能跑贏我的，而我比她先開跑。

呼號聲隨著距離退去，隨著聲音持續劃破寂靜的夜空，我感到一點安慰。他們還沒來追我。

我必須在狼群集合起來並前來阻止我之前，警告庫倫家。如果庫倫家有所準備，或許能在事情變得太遲以前，給山姆一個重新思考的理由。我疾奔向那我仍然痛恨的白色屋子，將我的家拋在身後。那不再是我的家了，我已經轉身背離它。

今天像往常任何一天一樣開始。在濛濛細雨的日出時刻從巡邏中返家，跟比利和瑞秋一起吃早餐，看爛電視，跟保羅爭吵……事情怎麼會整個全變了，變得完全超現實？怎麼每件事都混亂又扭曲，以致於我現在在這裡，完全孤獨，一隻完全不情願的狼族首領，跟我的兄弟們斷絕了關係，選擇吸血鬼勝過選他們？

有個我所害怕的聲音打斷了我茫然的思緒——那是大腳掌觸及地面的輕柔撞擊聲，正在追我。我猛力往前衝刺，疾衝過黑暗的森林。我必須夠接近，好讓愛德華能聽到我腦海中的警告。利雅無法獨自阻止我的。

接著，我捕捉到在我身後的思緒的情緒。不是發怒，而是急切。不是追捕……而是跟隨。

我的大步伐中斷。我蹣跚晃了兩步才再度取得平衡。

等一下！我的腿沒你的那麼長啊。

賽斯！你以為你在幹麼？回家去！

他沒回答，但從他保持在我後方加緊跟上，我可以感覺到他的興奮。我可以透過他雙眼看見景物，正如他可透過我的看見一樣。這整個夜景對我是一片淒涼——充滿了絕望。對他，卻充滿了希望。

我沒察覺到自己慢了下來，但突然之間，他已來到我的側翼，跑在我身旁副手的位置。

我不是開玩笑的，賽斯！這不是你該來的地方。滾離開這裡。

這隻瘦高、黃沙色的狼噴著鼻息哼了哼。**我會防禦你的後背，雅各。我認為你是對的。我不打算去站在山姆背後，當——**

噢，是啊，你該死的會去站在山姆背後！帶著你那個毛屁股回拉布席去，然後照山姆告訴你的乖乖去做。

不。

快去，賽斯！

這是個命令嗎？雅各。

他的問題令我一愣。我腳打滑停了下來，趾甲在泥地上刨出幾道溝槽。

我沒命令任何人去做任何事。我只是告訴你那些你已經知道的事。

他在我旁邊一屁股坐下。**我告訴你我知道什麼——我知道這片安靜好驚人。你難道沒注意到？**

我眨眨眼。當我明白他在這句話背後所想的，我的尾巴緊張地甩起來。就某方面來說，並不安靜。呼號聲仍然充滿在夜空中，在西邊遠處。

他們還沒變身回去。賽斯說。

我知道。狼群現在會處在高度警戒狀態。他們會運用頭腦的連繫清楚地觀看四面八方。但我聽不見他們在想什麼。我只能聽見賽斯，沒別的人了。

在我看，分隔的狼群好像不互連。哈。猜在這之前，我們的祖先也沒理由知道這一點。因為之前也沒

有理由令狼群分裂。狼群從來沒夠多到分為兩群。哇，真的很安靜，簡直是可怕。不過這似乎也很棒，你覺得咧？我敢賭，對埃夫萊姆、奎爾和李唯來說，這樣可容易多了。只有三個人，不會鬧烘烘的。或只有兩個也不會。

閉嘴，賽斯。

是，老大。

叫你閉嘴！沒有兩個狼群。只有那個狼群，另外就是我。就這樣。所以，現在你可以回家了。

如果沒有兩個狼群，那為什麼我們可以聽見彼此，卻聽不見其他人？我想當你背離山姆時，那是一步非常重要、重大的進展。一項改變。當我跟隨你離開時，我想那也是重要的一步。

算你有理，我承認說。**但既然能變過來，就能變回去。**

他站起來，開始小跑步朝東而去。**現在沒時間爭論這事。我們應該要一直趕路，趕在山姆之前……**

這點他說的對。現在沒時間爭論這件事。我再次撒腿奔跑，不過沒像之前那麼拚命。賽斯緊跟在我身後，保持傳統副手的位置，在我右邊身側。

我可以跑在別的位置，他想著，鼻子往下低了低。**我不是為了要升官才來跟隨你的。**

隨你跑你想要的位置，對我來說都一樣。

沒有追趕的聲音，但我們同時都加快速度。現在我開始擔心了。如果我無法竊聽狼群的思緒，那會使這件事變得更困難。我會跟庫倫家一樣，無法事先獲得攻擊的警告。

我們可以巡邏。賽斯提議。

如果碰上狼群挑戰我們，我們要怎麼辦？我的雙眼繃緊。**攻擊我們的兄弟？你的姊姊？**

不——我們可以發出警訊，然後退回去。

答得好。然後呢？我不認為……

我知道，他同意。現在比較不那麼自信了。**我也不認為我可以跟他們對打。但是他們對於攻擊我們的想法，一定跟我們不樂於攻擊他們一樣。那也許就足以讓他們停下來。再說，現在他們只有八個了。**

別再那麼……我花了一分鐘決定正確的字眼。**樂觀。這讓我很煩。**

沒問題。你是要我整個悲觀絕望，還是只要我閉嘴。

只要閉嘴就好。

照辦。

真的嗎？看來不像。

他終於安靜下來了。

我們穿越了高速公路，在環繞著庫倫家房子的森林中前進。愛德華能聽見我了嗎？

也許我們該想些像是，「我們前來並無惡意。」

就這麼辦。

愛德華？他試驗性地叫著他名字。**愛德華，你在嗎？好吧，這下我覺得自己還滿蠢的。**

你聽起來也滿蠢的。

你覺得他聽得見我們嗎？

現在我們距離不到一哩了。**我想是。嗨，愛德華。如果你聽得見我——嚴陣以待，吸血鬼，你們有麻煩了。**

我們有麻煩了。賽斯更正。

接著我們穿過樹林，進到大草坪。屋子是漆黑的，但不是空的。愛德華站在門廊前，在艾密特和賈斯柏中間。他們在淡淡的光線中像雪一樣白。

「雅各？賽斯？發生什麼事？」

我慢下來，往回走了幾步。那股味道對這個鼻子實在太強烈了，那感覺像它真的在燒灼著我。賽斯小聲地哀鳴，遲疑了一下，然後落到我身後。

為要回答愛德華的問題，我讓自己的思緒跑過一遍跟山姆的對峙，由後往前倒推回去。賽斯跟著我一起想，填補一些空缺，從另一個角度顯示整個場景。我們在「令人憎惡的怪胎」這部分停下來，因為愛德華氣得發出低低的怒吼，從門廊躍下來。

「他們想要殺了貝拉？」他壓抑地咆哮。

沒聽到前面對話的艾密特和賈斯柏，把他聲音平板的問句聽成了聲明。他們閃電般立刻來到他身邊，露著牙齒朝我們走過來。

嘿，幹麼。賽斯想著，**退回去**。

「艾，賈斯——不是**他們！**是其他人。狼群來了。」

艾密特和賈斯柏用後腳跟剎住；艾密特轉向愛德華，賈斯柏繼續用雙眼鎖定我們。

「他們的問題是什麼？」艾密特質問。

「跟我們的一樣，」愛德華嘶聲說，「不過他們有他們處理的計畫。去叫其他人。打電話給卡萊爾！他跟艾思蜜得立刻回家來。」

我不安地低鳴。他們**竟然**分開了。

「他們走的不遠。」愛德華用跟之前一樣死氣沉沉的聲音說。

我會出去巡一巡。賽斯說。**跑跑西邊的沿線**。

「你會有危險嗎？賽斯。」愛德華問。

賽斯跟我交換了一瞥。

不這麼認為。我們一起想，然後我加上一句，**不過也許我該去，以防萬一……**

他們不太可能挑戰我，賽斯指出。**在他們看來，我只是個孩子。**

在我看你也只是個孩子。小鬼。

我離開這兒，你需要跟庫倫家互相配合。

他轉身，飛奔進黑暗中。我不打算命令賽斯如何如何，所以我讓他去。

愛德華跟我在黑暗的草地上面對彼此，我能聽見艾密特正對著他的電話輕聲低語。賈斯柏盯著賽斯沒入森林的地方。艾利絲出現在門廊上，在焦急地瞪著我好長一陣子後，她輕快地掠到賈斯柏身邊。我猜羅絲莉在屋裡陪著貝拉，仍然守衛著她——這會兒卻防錯了對象。

「這不是我第一次欠你我的感激，雅各。」愛德華低聲說。「我永遠不會要求你這麼做。」

我想了想他今天稍早跟我求了什麼。當事情碰到貝拉時，沒有什麼界線是他不會跨過的。**是啊，你會的。**

他對此想了想，然後點頭。「我想你說得對。」

我沉重地嘆了口氣。**好吧，這麼做並不是為了你，這也不是第一次了。**

「對。」他喃喃道。

抱歉我今天沒幫上什麼忙，跟你說過她不會聽我的。

「我知道。我從來都沒真的認為她會，但是……」

你還是得試試。我懂。她有比較好一點嗎？

他的聲音跟雙眼都變得空洞。「更糟了。」聲音低不可聞。

我不想讓這話落入腦袋裡。因此當艾利絲開口時，我充滿了感激。

「雅各，你介意變個身嗎？」艾利絲問：「我想知道到底發生什麼事。」

我搖頭的同時，愛德華開口回答。

「他必須跟賽斯保持連繫。」

「喔，那可以請你大發慈悲告訴我，到底發生什麼事嗎？」

他用簡明扼要、毫無感情的句子說：「狼群認為貝拉成了個麻煩。他們預見那個……那個她懷的胎具有潛在的危險。他們覺得去除那危險是他們的責任。雅各跟賽斯脫離了狼群來警告我們。其餘的正計畫著今晚要進行攻擊。」

艾利絲發出嘶吼，朝後退開我。艾密特和賈斯柏交換了一瞥，他們的眼睛橫過樹林望去。

這邊沒人。賽斯報告。**西邊前線整個靜悄悄的**。

他們也許會從別的方向繞。

我會繞一圈看看。

「卡萊爾和艾思蜜在回來的路上。」艾密特說：「最慢二十分鐘就到了。」

「我們應該擺好防禦的陣勢。」賈斯柏說。

愛德華點頭。「我們進屋去吧。」

我會跟賽斯一起巡邏。如果我跑太遠讓你聽不見我的想法，就聽我的呼號好了。

「我會的。」

他們回到屋裡，眼睛瞟著四處。在他們進屋之前，我已經轉身朝西奔去。

我還是沒發現什麼。賽斯告訴我。

我會繞半圈。要跑快一點——我們不能讓他們有機會偷偷溜過我們的防線。

賽斯向前一傾，突地往前高速衝刺。

我們安靜地跑著，時間飛逝。我傾聽他周遭的雜音，重複確認他的判斷。

嘿——有某個東西在快速接近當中！在安靜了十五分鐘後，他警告我。

我來了！

你留在原地——我不認為是狼群。聽起來不一樣。

賽斯——

但他嗅到了微風中飄來的氣味，我在他腦中分辨著。

吸血鬼。我猜是卡萊爾。

賽斯，退後。說不定是別人。

不，是他們沒錯。我認得這個味道。等等，我要變身好跟他們解釋。

賽斯，我不認為——

但他已經消失了。

我焦急地沿西方邊界疾奔。如果連這該死的一晚都照顧不了賽斯，豈不是丟臉丟到家了？如果在我的守護下他出了事怎麼辦？利雅會把我碎屍萬段的。

至少這小鬼速戰速決。不到兩分鐘，我就感覺到他又在我腦海裡了。

是卡萊爾跟艾思蜜。老天，他們看到我還真嚇了一跳！他們現在大概已經進屋裡了。卡萊爾說謝謝。

他是個好人。

是啊。這是為什麼我們在這裡的原因之一。

但願如此。

你情緒為什麼這麼低落，小各？我敢賭山姆今晚不會帶狼群來了。他不會發動一個自殺式任務的。

我嘆氣。看來不管怎樣，似乎都沒太大關係了。

噢。這跟山姆不太有關，是嗎？

我轉個彎，結束我的巡邏。我在賽斯最後一次轉彎的地方嗅到他的氣味。我們沒留下任何漏洞。

你認為貝拉反正逃不了一死。賽斯低語。

對，她是。

可憐的愛德華，他一定快瘋了。

他是瘋了。

愛德華的名字把其他一些記憶翻攪到了表層。賽斯目瞪口呆地讀著它們。

然後他呼號起來。**噢，老天！絕不！你沒答應！那真是荒唐透頂，雅各！而你也知道！我真不敢相信你說你要殺了他。這算什麼？你一定要回絕他。**

閉嘴，閉嘴，你這白痴！他們會以為是狼群來了！

唉呀！他叫到一半停下來。

我轉身並開始大步慢跑向庫倫家。**別管這件事了，賽斯。現在開始跑整圈。**

賽斯怨聲載道，但我不理他。

假警報，假警報，我邊跑近邊想。**抱歉，賽斯還小。他忘記了。沒有人進攻。假警報。**

當我來到屋前草地，我看見愛德華從黑暗的窗戶中瞪視著外頭。我跑上前，要確定他獲得我的訊息了。

那邊什麼事也沒有——你懂了嗎？

他點了一下頭。

如果溝通不是單向的，事情會容易的多。還有，我有點高興我不是處在他的位置。

他轉頭朝肩後望，回到屋裡去，我看見他全身竄過一陣戰慄。他揮揮手要我走開，沒再看我的方向，然後走出我的視線。

發生什麼事？

好像我這麼問會得到回答似的。

我動也不動地坐在草地上。有這對耳朵，我幾乎可以聽見幾哩外森林中賽斯輕柔的腳步聲。要聽到那黑暗大屋中的每個聲音，是輕而易舉的事。

「是個假警報。」愛德華用死氣沉沉的聲音解釋，重複我告訴他的。「賽斯對別的什麼事感到喪氣，他忘記我們正在聆聽警訊。他年紀還很小。」

「好極了，有個學步的娃娃在幫我們防守前線。」一個低沉的聲音抱怨。我猜是艾密特。

「他們今晚為我們做了重大的服務，艾密特，」卡萊爾說：「了不起的個人犧牲。」

「是，我知道。我只是嫉妒，希望我能在那裡。」

「賽斯認為現在山姆不會攻擊了。」愛德華機械式地說：「不會在我們已經預先獲得警告，以及狼群缺少兩名成員的情況下進行攻擊。」

「雅各怎麼想？」卡萊爾問。

「他沒那麼樂觀。」

沒有人說話。屋裡有個滴水的聲音讓我難以確定位置。我聽見他們低低的呼吸聲——我可以從所有人當中分辨出貝拉的。它比較粗糙刺耳，喘不過氣。它會受阻和中斷，有個奇怪的韻律。我可以聽見她的心跳。它似乎……太快了。我按自己的心跳來算她跳動的速度，但我不確定這樣能測量出什麼。因為我也不是正常人。

「別碰她！你會把她弄醒的。」羅絲莉小聲說。

有人嘆了口氣。

「羅絲莉。」卡萊爾喃喃道。

「別又找我碴，卡萊爾。我們稍早已經讓你照你的方式來了，但我們也只允許到這個地步。」

看來羅絲莉跟貝拉都用複數在說話了，彷彿她們自組了一個小群體。

我在屋前靜靜地踱步，每經過一次便讓我接近一點。那漆黑的窗戶像某種晦暗的等候室中正在播放的電視螢幕——我實在沒辦法把眼睛轉離它太久。

又過了幾分鐘，又經過屋前幾次，當我踱步時，我身上的毛已經擦刷著門廊的邊緣。

我可以透過窗戶看見——看見牆壁的頂端和天花板，以及吊在上面沒點亮的樹枝型吊燈。我夠高，所有我需要做的，只是把脖子伸長一點……或許再把一隻手掌搭在門廊邊緣……

我往那大而開闊的前廳偷看，預期看見某種很類似今天下午所見的景象。但整個屋裡改變太大，以致我一開始完全搞不清楚。有那麼一下下，我以為我弄錯房間了。

那片玻璃牆不見了——它現在看起來像金屬的。所有家具都被拉開了，在開闊空間的中央，只見貝拉難看地蜷縮在一張窄床上。不是普通的床——是像醫院那種有欄杆的床。同時跟在醫院一樣，有各種監測器綁在她身上，有管子刺進她皮膚裡。那些監測器上的燈閃爍著，但是沒有聲音。那滴水的聲音是插在她手臂上的點滴——裡面的液體不是清澈的，是濃稠、白色的東西。

她在不安穩的睡眠中嗆了一下，愛德華跟羅絲莉馬上靠過去彎身看她。她的身體猛地抽搐，她不自覺地嗚咽。羅絲莉平滑地撫過貝拉的額頭。愛德華的身體一僵——他背對著我，但他的表情一定很有看頭，因為艾密特在眨眼間便擠身於他們之間。他對愛德華伸出手。

「不是今晚，愛德華。我們還有別的事要擔心。」

愛德華轉身離開他們，他又是那個被火焚燒的人了。他的雙眼接觸到我的，一下子而已，接著我便四肢落地。

我往後跑回黑暗的森林，跑去加入賽斯，跑離那在我背後的景象。

更糟了。是的，她的情況更糟了。

chapter 12

有些人就是不懂「不受歡迎」的概念

妳以為妳在幹麼，利雅？

她重重嘆了一聲。這不是很明顯嗎？

我加入你這差勁叛徒的小幫派，來當吸血鬼的看門狗。

她低吠了聲諷刺的笑。

不，妳沒加入。在我把妳的腿筋咬斷之前給我轉回去。

我在快要睡著的邊緣。

太陽已經在一小時前從雲後升起了——森林現在不是黑的，而是灰濛濛的。賽斯在大約半夜一點時蜷起身子睡著了，我在黎明時叫醒他換班。即使奔跑了一整晚，我還是很難把自己的腦子關閉到久得足以睡著，但賽斯有韻律的奔跑十分催眠。一、二——三、四，一、二——三、四——**砰**、**砰**——**砰**、**咚**——鈍重的腳掌砰然落在潮濕泥地上的聲音，隨著他繞著庫倫家土地的大圈子跑，一遍又一遍傳來。我們已經在地面上跑出一道蹤跡。賽斯的思緒空空的，只有森林從他身旁飛逝時呈現模糊的綠和灰，整個景象很寧靜。讓他所見的來填滿我的腦子，而不是放任我自己的想像力占據舞臺中心，是頗有幫助的事。

然後，賽斯尖銳的呼號打破了清晨的寧靜。

我搖晃著從地上爬起來，後腳還沒離地，前腳朝前躍出。我疾奔向賽斯僵愣住的地方，跟他一起聽著朝我們方向跑來的足音。

早安，男孩們。

一聲震驚的哀鳴衝出賽斯的牙關。接下來，隨著我們深入閱讀新來的思緒，我們都咆哮起來。

噢，拜託！走開，利雅。賽斯呻吟道。

當我找到賽斯時，我停下來，他頭向後仰，準備要再次號叫——這次是抱怨。

別吵，賽斯。

是。**嗚！嗚！嗚！**他一邊嗚嗚叫一邊用腳掌刨著地面，在地上刨出深深的溝來。

利雅小跑著進入了視線，她嬌小的灰色身軀穿過灌木叢而來。

別再唉唉叫了，賽斯。**你真是個小娃娃**。

我對她咆哮，耳朵平貼在腦袋上。她立刻往後躍了一步。

妳以為妳在幹麼，利雅？

她重重嘆了一聲。**這不是很明顯嗎？我加入你這差勁叛徒的小幫派，來當吸血鬼的看門狗。**她低吠了聲諷刺的笑。

不，妳沒加入。在我把妳的腿筋咬斷之前給我轉回去。

說得好像你追得上我似的。她露齒而笑，蜷起身體作勢要彈射出去。**噢，無懼的領袖，要賽跑嗎？**

我深吸口氣，充滿我的肺，直到我身體兩側鼓起。然後，當我確定自己不會尖叫，再猛地一下全呼出來。

賽斯，去讓庫倫家知道只是你那蠢到家的姊姊而已——我盡可能不客氣地想。**我會處理這裡的事。**

這就去！賽斯很高興能脫身。他朝大房子的方向消失了。

利雅哀鳴，她朝他的方向靠過去，肩膀上的毛全豎起來了。**你竟然讓他單獨跑去面對那些吸血鬼？**

我很確定他寧可讓他們宰了他，也不願多花一分鐘跟妳在一起。

閉嘴，雅各。喔喔，對不起——我是說，閉嘴，偉大的領袖。

妳該死的為什麼在這裡？

你以為我會回家坐著，眼睜睜看我小弟自願送上門去讓吸血鬼嚼著好玩是嗎？

賽斯不想要也不需要妳的保護。事實上，沒有人想要妳在這裡。

噢～～唉呀，你以為這傷得了我嗎？哈，她吠道。**告訴我，有誰希望我在身邊，我馬上滾離這裡。**

所以這跟賽斯一點關係也沒有，是嗎？

當然跟賽斯有關。我只不過是指出，我不是第一次碰到沒有人要。那不是激發動機的因素，如果你明白我的意思的話。

我咬緊牙關，試著讓自己思緒清晰直接。

是山姆派妳來的嗎？

如果我是山姆派來的，你就沒辦法聽見我。我已經不再對他效忠了。

我小心聆聽著跟這些混在一起的思緒。如果這是聲東擊西或某種陰謀，我必須夠警覺到足以看穿它。

但我什麼也沒發現。她宣布的除了真話，沒有別的。是很不情願，幾乎是絕望的真話。

妳現在對我效忠了？我帶著濃濃的諷刺問。**啊哈。最好是。**

我沒多少選擇，只能從我有的二者當中擇一。相信我，對此我一點也不比你樂意。

這句不是真心話，她腦海中有某種興奮的躁動。她並不高興這麼做，但她處在某種奇怪的亢奮中。我搜尋她的腦海，試著要瞭解。

她毛髮豎立，痛恨這樣的侵擾。我過去總試著不理會利雅——從來不打算去理解她。

我們被賽斯打斷，他以思緒在向愛德華解釋。利雅焦慮地嗚嗚低鳴。如同昨夜，愛德華的臉出現在那扇窗戶中，對這消息毫無反應。一張空白的臉，徹底麻木了。

哇，他看起來糟透了。賽斯自顧自的想。那個吸血鬼對這想法也沒反應。他消失進屋裡。賽斯轉身，朝我們跑回來。利雅放鬆了一些。

怎麼回事？利雅問。**趕快說給我聽吧。**

沒必要。妳不用留下來。

事實上，領袖先生，我是要留下來。因為既然我明顯得屬於某人——別以為我沒試過脫離大家獨立自主，你自己很明白那是白費力氣——我選擇了你。

利雅，妳不喜歡我。我不喜歡妳。

謝謝你，說廢話專家。對此我無所謂，我會跟賽斯待在一起。

妳不喜歡吸血鬼。妳不認為這當中有點利益衝突嗎？

你也不喜歡吸血鬼。

但我承諾了要與他們結盟。妳可沒有。

我會跟他們保持距離。我可以跟賽斯一樣，只在外圍奔跑巡邏。

而我應該要信任妳？

她伸直了脖子，踮起腳尖，試圖在瞪著我雙眼時顯得跟我一樣高。**我不會背叛我的狼群。**

我想要把頭往後一仰放聲呼號，像之前賽斯那樣。**這不是妳的狼群！這從來不是個狼群。這只是我，獨自離群索居！你們克利爾沃特家是哪裡有問題？為什麼不能讓我一個人靜一靜？**

這時正好來到我們背後的賽斯嘀咕地抱怨：他把我也算上了，真是好極了。

我一直很有用啊，小各，不是嗎？

你是沒做什麼讓自己變得太討人厭，小子，但如果你跟利雅是一夥的——如果擺脫她的唯一辦法是你得回家……嗯，你能怪我希望你快走嗎？

噢，利雅，妳破壞了所有的事！

對，我知道。她告訴他，這思緒中承載她沉重、鬱悶的絕望。

我感覺出這三個字裡所包含的痛楚，那比我之前猜測的都來得沉痛。我不想感受這些，我不想為她難過。沒錯，狼群是對她惡劣了些，但是那都是她自找的；是她不停地用晦澀又憤憤不平的心情來感染她的每一個思緒，這讓聽見她的思緒變成惡夢。

賽斯也滿懷罪惡感。**小各……你不是真的要把我送走，對嗎？利雅沒那麼糟啦。真的。我是說，有她**

在這裡，我們可以把巡邏的圈子擴張得更遠一點。而且這也讓山姆少到只有七人，他絕不可能發動一個人數比我們少的攻擊。這說不定是件好事……

賽斯，你知道我不想領導一個狼群。

那就別領導我們啊。利雅提議。

我噴鼻息哼聲，**聽起來真是太完美了。現在就給我回家去。**

小各，賽斯想著，**我屬於這裡。我確實喜歡吸血鬼，就庫倫家啦。對我來說他們是人類，我要保護他們，因為那是我們應該做的。**

也許你是屬於這裡，小子，但你姊姊不是。而她打算你走到哪她都要跟——

我突然停下來，因為當我說這話的時候，看見了某件事，某件利雅一直努力不要去想的事。

利雅不打算去任何地方。

我以為這跟賽斯有關。我酸酸地想。

她退縮了一下。**我當然是為了賽斯才在這裡。**

還有為了脫離山姆。

她咬緊牙關。**我不需要跟你說明我的事，我只需要做好被告知的事。我屬於你的狼群，雅各。討論結束。**

我踱著步子離開她，低聲咆哮。

該死。我永遠也擺脫不了她了。雖然她很討厭我，雖然她很憎惡庫倫一家，雖然她很樂於現在就去把他們全都宰了，雖然相反的她得保護他們令她很火大——但這跟她脫離山姆得到自由的感覺比起來，都不算什麼。

利雅不喜歡我，所以我期望她消失對她而言可說是無關痛癢。

她愛山姆。仍然愛。因此他期望她消失，對她而言，痛苦的程度遠超過她願意承受的。現在，她有了選擇。她會選任何其他的選擇，即使那意味著加入，做庫倫家供他們玩賞的小狗。

我不知道自己能不能做到那個地步。她想。她試圖讓語句聽起來強硬、充滿侵略性，但她的表演有一大堆破綻。**我敢保證我一定會先試著自殺個幾次再說**。

聽著，利雅……

不，雅各，你才要聽著。別再跟我辯了，因為那一點用都沒有。我不會擋你的路，可以了嗎？除了回去山姆的狼群當他可憐卻又無法擺脫的前女友之外，我會對你言聽計從。如果你要我離開——她一屁股坐下，直視我雙眼——**那你就得逼迫我才行**。

我憤怒地咆哮了很長一分鐘。我開始對山姆感到某種同情，即使他對我、對賽斯做了這樣的事。難怪他總是命令狼群這樣那樣。要不然，你怎麼可能把每件事做好？

賽斯，如果我宰了你姊姊，你會對我發火嗎？

他假裝思考了一分鐘。**嗯……大概會吧**。

我長嘆一口氣。

好吧，那麼，言聽計從小姐，妳何不讓自己有用一點，告訴我們妳所知道的，昨晚我們離開後發生了什麼事？

一大堆咆哮呼號。不過這部分你大概聽到了。聲音實在太大，以致於過了好一會兒我們才明白，我們再也聽不見你們兩個的想法了。山姆很……她想不出話形容，不過我們都可以在她腦海中看見。賽斯跟我都忍不住畏縮了一下。**之後，情況很快就明朗了，就是我們得重新打算每件事。山姆計畫今天早上頭一件**

事就是去跟其他長老們談談，我們應該要再聚集並想出個作戰計畫。不過，我可以確定他不會馬上發動另一個攻擊。在這個節骨眼上，在你跟賽斯蹺班，而那些吸血蟲又獲得事先警告之下，進攻無異於自殺。我不確定他們會怎麼做，不過如果我是隻血蛭的話，我不會獨自在森林裡遊蕩。現在是開放狩獵吸血鬼的季節。

妳決定蹺掉今天早上的集合？我問。

昨晚當我們分開巡邏時，我請求許可回家去，告訴我媽發生了什麼事——

該死！妳告訴了老媽？賽斯咆哮說。

賽斯，等一下再跟你姊吵架。繼續說，利雅。

所以，我一旦變回人類，便花了一分鐘把事情前後想了一遍。嗯，事實上，我花了一個晚上。我敢說其他人以為我睡著了。但是整個兩隊分開的狼群，兩群分開的思緒，這件事讓我審視了許多事情。到最後，我考慮賽斯的安全以及，呃，其他的好處，拿來跟變成背叛者這主意及不知道要聞多久吸血鬼的臭味做比較。你知道我怎麼決定了。我留了一張紙條給我媽。我猜當山姆發現時，我們會聽見……

利雅朝西邊豎起一隻耳朵。

是啊，我預期我們會。我同意說。

這就是所有的事了。現在我們要幹麼？她問。

她跟賽斯充滿期待地望著我。

這正是我一點也不想做的那種事情。

我猜我們現在就是留心一點。我們只能做到這樣。妳該去睡一下，利雅。

你睡的跟我一樣多。

我以為妳打算對我言聽計從？

對。越聽越陳腔濫調了。她抱怨，打了個大呵欠。**好吧，隨便。我不在乎。**

我會去巡邏邊界，小各。我一點也不累。賽斯很高興我沒有強迫他們回去，他幾乎是充滿興奮雀躍著。

是啊，是啊。我會去看看庫倫家怎麼樣了。

賽斯沿著在潮濕土地上跑出來的新路徑跑走了。利雅望著他的背影沉思著。

也許在我累倒之前還可以跑個一兩圈……嗨，賽斯，要不要看我可以超過你幾次啊？

不要！

利雅低低吠笑了一聲，衝進森林去追他了。

我無用地發發牢騷。這真是平靜無聲啊。

利雅嘗試——為自己。她在繞著圓圈奔跑時，讓自己的嘲弄減到最小，但要不去注意到她洋洋自得的情緒是不可能的。我想到那句「兩人成伴」（註8）的俗語。在此並不太適用，因為一**個**對我的頭腦已經很夠了。但如果一**定要**是三個人，我很難想出來有誰是我不會拿她去換的。

保羅？她提議。

也許。我承認。

她對自己大笑，太過緊張跟亢奮而不覺得被冒犯了，我好奇終於能躲避山姆的同情的餘韻會存留多久。

那麼，那會是我的目標——別像保羅那樣惹人厭。

是啊，朝那方面努力。

註8　英文成語裡有「Two's company, three's a crowd」的說法，意指「兩人成伴，三人不歡」；通常是用來指戀愛中的兩人不希望有第三者來打擾。

當我離屋前草地還有幾碼遠時，我變回另一個模樣。我沒打算花太多時間在這裡當人類，但我也不打算讓利雅留在我腦子裡。我穿上皺巴巴的短褲，開始橫過草坪。

我還沒踏上階梯，門就開了，我很驚訝看見是卡萊爾而非愛德華出來跟我碰面——他看起來一臉的精疲力竭與挫敗。有一剎那，我的心臟凍結。我蹣跚止步，說不出話來。

「雅各，你還好嗎？」卡萊爾問。

「貝拉？」我擠出話。

「她……跟昨晚的情況差不多。我嚇到你了嗎？真抱歉。愛德華說你是以人的樣子前來，所以我出來跟你打招呼，因為他不想離開她。她醒了。」

而愛德華不想失去跟她相處的每一分鐘，因為他所剩餘能跟她在一起的時間不多了。卡萊爾沒說出這些話，但他等於已經說了。

我有好一陣子沒睡覺了——從我上一趟巡邏之後就沒睡。我現在感到累了。我往前跨一步，在門廊前的階梯上坐下，往後靠在欄杆上。

只有吸血鬼可以如此悄無聲息地移動，卡萊爾在同一個階梯上坐下，靠著另一邊欄杆。

「昨晚我沒機會謝謝你，雅各。你不知道我有多麼感激你的……憐憫。我知道你的目標是保護貝拉，但我欠你讓我們全家其餘的人得保安全。愛德華告訴我你必須做出的決定——」

「不值得一提。」我喃喃低語。

「如果你不想就不提吧。」

我們沉默地坐著。我可以聽見屋裡其他人的聲音。艾密特、艾利絲和賈斯柏在樓上低聲嚴肅地說著話，艾思蜜在另一個房間哼著不成調的樂曲。羅絲莉跟愛德華的呼吸很靠近——我分不出來哪個是哪個，但我可以聽出有差別的是貝拉吃力的喘息。我也能聽見她的心跳，那似乎……不太平穩。

在這二十四個小時之內，我好像就在命運的逼迫下，做了每一件我曾經發誓不會做的事。我在這裡，閒晃蕩，等候她的死訊。

我一點也不想再聽了。談話比聆聽好得多。

「她對你算是家人嗎？」我問卡萊爾。之前當他說我也幫了他其餘的家人時，我注意到這一點。

「當然。貝拉已經是我的女兒了。我鍾愛的女兒。」

「但你卻打算讓她死。」

他沉默了許久，久到讓我抬起頭來。他的臉非常、非常的疲倦。我知道他的感覺。

「我可以想像你為什麼這樣看我。」他最後終於說：「但我不能不理會她的意願。為她做那樣的決定、強迫她，是不對的。」

我想要對他生氣，但他讓這事變得很難。情況就像他把我說的話丟回來給我，只是打亂了。這話之前聽起來對，但現在不可能對。貝拉快死了，這話怎麼會對。可是……我還記得在山姆面前被強制壓倒在地是什麼感覺——沒有選擇，只能參與謀殺我所愛的人。儘管這不一樣。山姆錯了。而貝拉是愛錯了她不該愛的。

「你認為她有任何成功的機會嗎？我是說，成為吸血鬼諸如此類的。她跟我說過有關……有關艾思蜜的事。」

「到了這地步，我會說有一半一半的機會。」他靜靜地回答。「我見過吸血鬼的毒液有神奇的功效，但有一些情況是連毒液都無法勝過的。她的心臟現在負荷太重；如果她的心跳停了……我將完全束手無策。」

貝拉的心跳時強時弱，為他這些話做了痛苦的強調。

也許行星開始逆轉了。也許那能解釋何以每件事跟昨天比都反過來——對那似乎曾經是全世界最糟糕的事，我怎麼還能抱持希望。

「那東西到底對她做了什麼？」我低聲問。「她昨晚比之前糟太多了。透過窗戶，我看見……各種管子之類的東西。」

「胎兒跟她的身體不相容。首先是，太強壯，但她對此也許能忍受一陣子。比較大的問題是，它不讓她補充她需要的食物，她的身體抗拒任何形式的營養。我嘗試通過靜脈替她補充養分，但她一點也不吸收。她所有的情況都在加速。我看著她——而且不只是她，還包括胎兒也是——隨著時間過去正逐步餓死。我無法阻止，也無法使這情況緩慢下來。我搞不懂它**要**什麼。」他疲憊的聲音到最後破不成聲。

我感覺跟昨天看到她腹部那些淤黑的斑塊時一樣——極為憤怒，有點失去理智。

我把手緊握成拳來控制顫抖。我痛恨那正在傷害她的東西。那個怪物從裡面痛打她還不夠，它竟然還想餓死她。也許正在找什麼東西能讓它用力咬——有個咽喉可以讓它吸到乾。由於它還不夠大到足以殺害任何其他的人，它便滿足於從貝拉那裡吸取她的生命。

我可以告訴他們它確切想要的是什麼：死亡和鮮血，鮮血和死亡。

我的皮膚發熱，汗毛豎起如刺蝟。我緩慢地呼和吸，集中精神讓自己冷靜下來。

「我希望可以比較清楚它究竟是個什麼。」卡萊爾喃喃道：「胎兒被保護得很好。我沒辦法用超音波照出它的影像。我懷疑會有任何針頭有辦法刺穿做羊膜穿刺檢測，不過，無論如何，羅絲莉都不會同意讓我試的。」

「針頭？」我咕噥：「那能有什麼幫助？」

「我越知道胎兒，就越能判斷它能做出什麼事。但我連一點羊膜液體都得不到。甚至如果我知道染色體有幾對……」

「你把我搞糊塗了，醫生。你可以用白話講嗎？」

他輕笑了一下——就連他的笑聲聽起來都精疲力竭。「好吧，你上過多少生物學的課？你讀過染色體有幾對嗎？」

「上過。我們有二十三對，對嗎？」

「人類是這樣。」

我眨了眨眼。「那你有幾對？」

「二十五。」

我瞪著我的拳頭片刻。「那是什麼意思？」

「我想，那意思是我們是個完全不同的物種。比獅子跟家貓與人類的關連更少。但是這個新生命——嗯，從它來看，我們在基因的遺傳上比我所認為的更相容。」他悲傷地嘆了口氣。「我不知道要提醒他們。」

我也嘆氣。要恨愛德華犯了同樣的無知是很容易的事，我仍舊為此恨他。但是要對卡萊爾的無知感覺同樣懷恨卻很難。也許因為我對卡萊爾沒有嫉妒得要死吧。

「知道有幾對染色體可能會有幫助——無論胎兒是比較接近我們，還是接近她。可以知道該期待什麼。」然後他聳了聳肩。「但也許也毫無幫助。我猜我只是希望有個東西可以研究，有任何事可做。」

「不曉得我的染色體是什麼樣子。」我隨口咕噥著。我又想到那些奧林匹克運動會的類固醇測試。他們會檢測掃描DNA嗎？

卡萊爾不自然地咳了一下。「你有二十四對，雅各。」

我慢慢轉過來瞪著他，挑起我的眉毛。

他看起來很不好意思。「我是……好奇。六月我治療你的時候，趁便採了樣。」

我想了想這件事。「我猜我應該要大為光火，不過我其實無所謂。」

「我很抱歉。我該先問過你的。」

「沒關係的，醫生。你沒有惡意。」

「沒有，我跟你保證，我對你絕無惡意。那只是……我發現你們這個物種好迷人。我猜，經過了幾個世紀，吸血鬼的本質元素對我已經變得很平常了。你的家族從人類分歧出來這點，更是有趣。簡直是魔法。」

「天靈靈地靈靈，變。」我嘀咕說。他就跟貝拉一樣，滿口魔法的廢話。

卡萊爾笑了，另一次疲累的笑。

然後，我們聽到愛德華在屋裡的聲音，我們都停下來聆聽。「我馬上回來，貝拉。我要跟卡萊爾講幾句話。事實上，羅絲莉，妳介意陪我一起去嗎？」愛德華聽起來有些不一樣。他那死氣沉沉的聲音裡有了一點活力。某種火花。不全然是希望，或許是**渴望**要有希望。

「怎麼回事，愛德華？」貝拉嘶啞著聲音問。

「妳不需要擔心的，吾愛。只要一下下就好。拜託，羅絲？」

「艾思蜜？」羅絲莉喊道：「妳可以幫我照顧一下貝拉嗎？」

我聽見一陣清柔的風聲，是艾思蜜從樓梯上掠下來。

「當然。」她說。

卡萊爾挪了挪，扭過身子期待地看著大門。愛德華先出來，羅絲莉緊跟在後。他的臉跟他的聲音一樣，不再死氣沉沉，他似乎熱切地集中精神。羅絲莉則充滿猜疑。

愛德華把她身後的門關上。

「卡萊爾。」他喃喃說。

「什麼事，愛德華？」

「也許這件事我們弄錯了方向。我剛才聽了你跟雅各的談話，當你們談到那……胎兒想要什麼時，雅各有個很有意思的想法。」

我？那時候我想了什麼？除了我對那東西明顯的痛恨之外？至少在痛恨上不是只有我一人而已。我敢說，愛德華顯然對用**胎兒**這麼柔和的詞來講覺得很困難。

「事實上我們一直沒從**那個**角度看事情。」愛德華繼續說：「我們一直嘗試給貝拉她所需要的。而她身體對食物的接受度就跟我們任何人一樣。也許，也許，我們該先從照顧……胎兒的需要開始。如果我們能滿足它，或許我們就能更有效地幫助她。」

「我不懂你的意思，愛德華。」卡萊爾說。

「這樣想吧，卡萊爾。如果那生物比較像吸血鬼而不是人類，你能猜到它渴望什麼——它沒獲得什麼？雅各想到了。」

我想到了？我迅速回想一遍我們的對話，試著憶起哪些念頭是我保留著沒說出來的。我想起來的同時，卡萊爾也明白了。

「噢，」他以驚訝的聲調說：「你認為它是……飢渴？」

羅絲莉倒抽了口氣，她不再猜疑了。她那令人討厭的完美的臉整個亮起來，雙眼圓睜充滿了興奮。「當然。」她喃喃低語。「卡萊爾，我們有一堆為貝拉保留的O型陰性血液。真是個好主意。」她加上一句，卻不看我。

「嗯。」卡萊爾用手托著下巴，陷入沉思。「我懷疑……再說，最好給予的方式會是……」

羅絲莉搖搖頭。「我們沒時間去想方法。我會說，我們從傳統的方式開始。」

「等一下，」我低聲說：「等一等。難道——難道你們是在談要讓貝拉喝**鮮血**嗎？」

「那是你的主意，小狗。」羅絲莉說，一臉怒容卻甚至沒正視我。

我不理她，看著卡萊爾。如同幻影般出現在愛德華臉上的希望，現在同樣出現在醫生的眼裡。他噘起雙唇，思索著。

「那實在是……」我無法找到正確的字眼。

「太邪惡了？」愛德華說：「太可憎了？」

「差不多。」

「但是，如果這能幫助她呢？」他低聲說。

我憤怒地搖搖頭。「你打算怎麼辦？拿條管子猛插進她喉嚨？」

「我打算先問她的意見，只是在那之前要先徵詢卡萊爾的看法。」

羅絲莉點頭。「如果你告訴她那可能對小寶寶有幫助，她會什麼都願意。即使我們真的得為她跟寶寶插管進食。」

我這才明白過來——當我聽到她的聲音說到**寶寶**一詞時是多麼充滿疼愛之情——為什麼這金髮妖女會如此不顧一切幫助那個吸食人命的小妖怪。那個使他們倆連結在一起的神祕因素，是這麼回事嗎？是羅絲莉想要個小孩？

從我的眼角，我看到愛德華心不在焉地點了下頭，沒看我的方向。但我知道他在回答我的問題。

哈。我怎麼想不到那個冰冷的芭比娃娃竟然有母性的一面。那麼的保護貝拉——羅絲莉說不定會自己動手把管子塞進貝拉的咽喉。

愛德華的嘴緊緊抿成一線，我知道我又猜對了。

「嗯，我們沒時間坐在這裡討論這件事。」羅絲莉不耐煩地說。「你覺得呢？卡萊爾，我們可以試試看嗎？」

卡萊爾深吸口氣，接著站起來。「我們去問問貝拉吧。」

金髮妖女露出洋洋自得的笑容——當然，如果事情由貝拉決定，她一定能得逞。

我把自己從階梯上拉起來，當他們消失進屋時，跟在他們背後進去。我不確定為什麼要跟。也許是病態的好奇吧。這就像恐怖電影一樣，到處都是鮮血跟怪物。

也許我只是不能抗拒再吸食一次我存量逐漸減少的毒品。

貝拉平躺在跟醫院裡相同的病床上，她的肚子在床單下像座小山。她看起來像蠟——毫無血色，幾乎可以看穿似的。你會以為她已經死了，只除了她的胸口還在微微起伏，有淺短的呼吸。然後是她的雙眼，帶著精疲力竭的猜疑跟著我們四人移動。

其他人已經以瞬間的移動掠過房間來到她旁邊。這景象實在有點令人毛骨悚然。只有我緩緩走著。

「怎麼回事？」貝拉用刺耳的低語問。她蠟白的手抽動抬起——彷彿試圖保護她那氣球般的大肚子。

「雅各有個想法，說不定能幫助妳。」卡萊爾說。我真希望他沒扯上我。我沒提議任何事，把這歸功到她那吸血鬼丈夫頭上去吧，這該是他的。「它恐怕不太……愉快，不過——」

「不過能幫助小寶寶，」羅絲莉熱切地插進來：「我們想到了一個比較好的餵他的方式。也許啦。」

貝拉的眼皮顫動了一下。然後她咳出一聲虛弱的笑。「不愉快？」她低聲說：「老天，那改變還真大啊。」她瞄了一眼插進手臂的管子，再次咳起來。

金髮妖女跟著她一起笑。

這女孩看起來就剩最後幾口氣了，她一定十分痛苦，但她還有心說笑話。真是有夠貝拉。企圖緩解這股緊張，要讓屋裡每個人都好過一點。

愛德華上前一步繞過羅絲莉，他緬緊的表情絲毫沒有任何幽默。對此我很高興。他受的苦比我更大，這有點幫助，只有一點。他握住她的手，不是那隻仍保護著鼓起的肚子的。

「貝拉，吾愛，我們要請求妳做一件邪惡的事，」他說，用的是他給我的同樣字眼。「很可憎的。」嗯，起碼他沒對她拐彎抹角，而是有話直說。

她淺淺、顫顫地吸了口氣：「有多糟？」

卡萊爾回答說：「我們認為胎兒的胃口可能比較接近我們的，而不是妳的。我們認為它很飢渴。」

她眨眨眼。「噢。**噢**。」

「妳的情況——你們倆的情況——正在逐步惡化。我們沒有時間浪費，去想個更合意的執行方式。測試這理論的最快方法——」

「我必須用喝的。」她低聲說。她微點了下頭——只剩讓頭輕點這麼一下的力氣。「我做的到。為將來做練習，對吧？」她望向愛德華，毫無血色的雙唇向兩旁拉出淡淡的笑。他沒有對她微笑。

羅絲莉開始不耐煩地用腳拍打地面。那聲音真使人憤怒。我好奇如果我現在把她甩出牆去，她會怎麼做。

「所以，誰要去幫我抓一隻大灰熊？」貝拉低聲問。

卡萊爾跟愛德華迅速交換了一瞥。羅絲莉停止打拍子。

「怎麼？」貝拉問。

「貝拉，如果我們不迂迴前進，會是比較有效的測試。」卡萊爾說。

「**如果**這胎兒渴望血液，」愛德華解釋：「它渴望的不是動物的血。」

「對妳來說沒有不同，貝拉。別去想就是了。」羅絲莉鼓勵說。

貝拉的眼睛睜大。「那用誰的？」她吸口氣，目光瞟向我。

「貝拉，我不是來這裡捐血的。」我發牢騷。「再說，那東西要的是人類的血，我不認為我的適用——」

「我們手邊上有血。」羅絲莉搶在我講完之前開口告訴她，好像我不存在似的。「為妳準備的——以防萬一。妳一點也不用擔心，事情一定會好的。我有很好的感覺，貝拉。我想這對小寶寶更好。」

貝拉的手撫過她的肚子。

「好吧，」她粗啞地說，聲音幾乎聽不見。「我餓死了，所以我敢說他也是。」試著講另一個笑話。「讓我們這麼做吧。我做吸血鬼的第一次表演。」

chapter 13

我有個強壯的胃真是好事

「貝拉，吾愛——」

「我沒事。」她低聲說，睜開眼睛抬眼望著他。

她的神情是……抱歉、懇求、懼怕。

「它**嘗起來**也很好。」

我胃裡的胃酸一陣翻攪，威脅著要冒出來。

我用力咬緊牙關。

卡萊爾和羅絲莉一個閃身便離開到樓上去了。我可以聽見他們在爭辯要不要為她把東西加熱。噁。我好奇他們把所有那些恐怖的家庭用品存放在哪裡。冰箱裡塞滿了血漿，得查一下。還有什麼？拷問房？棺材室？

愛德華留下來，握著貝拉的手。他的臉又是死人臉了。他似乎沒有精力保持甚至是剛才浮現的那一點點希望。他們凝視著彼此的雙眼，但並不是畫滿愛心那一類的。那就像他們正在交談，有點讓我想到山姆跟艾蜜莉在一起的樣子。

不，一點也不充滿愛意，但卻讓人更難注視。

我知道對利雅而言，必須無時無刻看見，必須在山姆腦海中聽見它，是什麼感覺。當然我們都為她感到難過，我們不是怪物──就這方面來說。但我猜我們都怪罪她處理的方式。牽連我們每一個人，試圖讓我們全體都跟她一樣悲慘。

我再也不會怪罪她了。任何人都沒有辦法不在四周散布這樣的悲慘吧？怎麼可能會有人不藉由把一點這樣的悲慘推到別人身上，來試著減輕自己的部分重擔呢？

如果我一定得有個狼群，我怎麼能怪她拿走我的自由？我也會這麼做。如果有辦法逃離這痛苦，我也會抓住機會。

片刻之後，羅絲莉飛奔下樓，像陣疾風掃過房間，激起那股燒灼的氣味。她在廚房裡停下來，我聽見櫥櫃門打開的聲音。

「不要**透明的**，羅絲莉。」愛德華喃喃說，翻了翻白眼。

貝拉好奇地看著他，但愛德華只是對她搖了搖頭。

羅絲莉又颳過房間然後消失。

「這是你的主意？」貝拉低聲說，她的聲音很粗啞，因為她勉強要說得夠大聲好讓我聽見。忘記我可以聽得很清楚。很多時候，我還滿喜歡她似乎忘記我不是完全的人類。我走得近一點，因此她可以不必那麼費力。

「別拿這件事怪我。妳的吸血鬼很卑鄙的從我腦子裡截取意見。」

她微微笑了笑。「我沒期望會再見到你。」

「是啊，我也是。」我說。

光站在那裡感覺很怪，但這群吸血鬼已經為了醫療設備把所有家具都挪走了。我想這並不困擾他們——當你是塊石頭時，站或坐對你來說沒太大差別。對我也沒太大困擾，差別只在我累極了。

「愛德華告訴我你必須採取的行動。我很抱歉。」

「沒關係。這恐怕只是時間早晚的問題，我遲早會抗拒某件山姆要我做的事的。」我謊稱道。

「還有賽斯。」她低聲說。

「實際上他很高興能幫忙。」

「我討厭給你們惹來麻煩。」

我大笑一聲——比較像吠而不是笑。

她微弱地嘆了一聲。「我猜這一點都不新鮮了，是吧？」

「是，是不新鮮了。」

「你不需要留下來看。」她勉強用嘴型說。

我可以走。這說不定是個好主意。但如果我走了，以她目前的樣子來看，我可能會錯失她生命的最後十五分鐘。

「我沒有要趕去哪裡。」我告訴她，試著讓聲音不顯露出情緒。「自從利雅加入後，當一匹狼已經沒那麼吸引人了。」

「利雅？」她吃了一驚。

「你沒告訴她？」我問愛德華。

他聳了下肩，雙眼沒有離開她的臉。我看得出來這對他不是什麼令人興奮的消息，在有更嚴重的事情發生時，這不是什麼值得分享的事。

貝拉卻沒輕看這件事。看來這對她似乎是個壞消息。

「為什麼？」她的聲音虛弱。

我不想長篇大論鉅細靡遺。「來照管賽斯。」

「但利雅痛恨我們。」她低語。

我們。好極了。不過我看得出來她在害怕。

「利雅不會再去煩任何人了。」除了我以外。「她在我的狼群裡，」——這句話讓我不禁苦著臉——「所以她會聽從我的領導。」噁。

貝拉看起來沒被說服。

「妳被利雅嚇得要命，但卻跟那個罹患了精神病的金髮妖女做好姊妹？」

二樓傳來一聲低低嘶吼。酷啊，她聽見我說的話了。

貝拉對我皺眉頭。「別這樣。羅絲……很瞭解。」

「是啊，」我哼聲說：「她很瞭解妳將會一命嗚呼而她一點也不在乎，只要她能從這當中得到她的異種怪胎就好。」

「別再當混蛋了，雅各。」她低語。

她看起來虛弱到連生氣都沒辦法。我聽了反而露出微笑。「妳說得好像有可能似的。」

貝拉試著不想笑幾秒鐘，但最後還是忍不住；她灰白雙唇的唇角還是翹了起來。

然後，卡萊爾跟問題中那個精神病患就出現了。卡萊爾手裡拿了個白色塑膠杯——那種上頭有個蓋子還插根吸管的。噢——**不要透明的**，現在我懂了。愛德華不要貝拉去想除了她必須這麼做之外的其他任何事。你完全看不見杯子裡是什麼。但我可以聞到它。

卡萊爾遲疑著，拿杯子的手伸了一半。貝拉看它一眼，神情看起來很害怕。

「我們可以試別的方式。」卡萊爾靜靜地說。

「不，」貝拉低聲說：「不，我會先試這樣。我們沒時間了……」

起先，我還以為她終於有點想通並開始為自己擔心了，但接著她的手無力地拍撫著她的肚子。

貝拉伸出手從他手中拿過杯子。她的手抖了一下，我可以聽見杯內液體晃動的聲音。她試圖用一邊手肘把自己撐起來，但她幾乎連抬起頭的力氣都沒有。一股激動竄過我的背脊，不到一天的時間，她已衰弱到這種地步。

羅絲莉把手臂伸到貝拉的肩膀下，同時也托住她的頭，像抱新生兒那樣。金髮妖女念茲在茲的全是嬰兒。

「謝了。」貝拉低聲說。她的眼睛閃過我們眾人。意識仍然足以感覺到害羞。如果她不是消耗到這種程度，我敢說她一定會臉紅。

「別管他們。」羅絲莉喃喃說。

這讓我感覺很尷尬。我應該在貝拉給我機會時離開的。我不屬於這裡，和這一切無關。我想過要巧妙的離開，突然又明白這麼一走會使這情況對貝拉更糟——讓她更難以下嚥。她會認為我是因為太過反感而不願留下來。老實說，也差不多是這樣。

雖然我不打算要求對這主意負責，然而，我也不打算搞砸它。

貝拉把杯子舉到面前，嗅了嗅吸管的頂端。她退縮了一下，扮個鬼臉。

「貝拉，親愛的，我們可以找個比較容易的辦法。」愛德華說，伸出手要去接過杯子。

「捏住妳的鼻子。」羅絲莉建議。她瞪著愛德華的手，彷彿她會咬下去似的。我希望她會這麼做。我敢說愛德華不會忍受這種事，而我會很樂意看見金髮妖女斷手斷腳。

「不，不是那樣。而是它——」貝拉深吸一口氣，用很小聲的聲音承認說：「它聞起來好極了。」

我很困難地忍住，抗拒著別讓自己臉上顯露出厭惡。

「這真是好事。」羅絲莉急切地告訴貝拉說：「這意思是我們走對路了。試試看吧。」

從金髮妖女臉上的神情來看，我很驚訝她沒當場手舞足蹈起來。

貝拉把吸管含進嘴裡，緊緊閉上眼睛，皺起鼻子。隨著她的手顫抖，我可以聽見杯中血液潑喇晃動的聲音。她吸了一小口，忍不住低聲呻吟，雙眼仍緊閉著。

愛德華跟我同時上前一步。他伸手觸摸她的臉。我放在背後的雙手緊緊握起。

「貝拉，吾愛——」

「我沒事。」她低聲說，睜開眼睛抬眼望著他。她的神情是……抱歉、懇求、懼怕。「它**嘗起來**也很好。」

我胃裡的胃酸一陣翻攪，威脅著要冒出來。我用力咬緊牙關。

「那好極了。」金髮妖女重複說，依舊興奮非常。「是個好現象。」

愛德華只是將手貼緊了她的臉，手指描摹著她脆弱的骨骼輪廓。

貝拉嘆口氣，再次用唇含住吸管。這次她真的吸了一大口。這動作不像她其他舉動那麼衰弱，就像某種直覺取代了她的意識。

「妳的胃感覺如何？妳會感覺噁心想吐嗎？」卡萊爾問。

貝拉搖搖頭。「不會，我不覺得噁心，」她低聲說：「這倒是第一次，嗯？」

羅絲莉眉開眼笑。「太棒了。」

「我想這麼說還太早了，羅絲。」卡萊爾喃喃道。

貝拉又嚥下一大口血，然後她飛快瞄了愛德華一眼。「這破壞了我完整的記錄嗎？」她低聲說：「還是我們等我變成吸血鬼**之後**才開始計算。」

「沒有人在記錄，貝拉。嚴格說來，沒有人因此而死。」他死氣沉沉地笑了笑。「妳的記錄還是完美的。」

我完全聽不懂他們在講什麼。

「我稍後會解釋。」愛德華說，聲音低到彷彿只吹了一口氣。

「什麼？」貝拉低聲問。

「我只是自言自語。」他流暢地說謊。

如果他這方法成功，如果貝拉活下來了，當她的感官跟他一樣敏銳後，愛德華將不可能那麼容易騙過她。他得學習誠實這件事。

愛德華的嘴唇抽動了一下，抗拒著不要笑。

貝拉又窸窣有聲地喝了幾盎司，雙眼越過我們瞪著窗戶。說不定是假裝我們不在場，或也許只有我不在場。這一群人裡面除了我，沒有人會對她正在做的事感到厭惡。正相反——他們說不定正竭力克制著自己不要從她手裡搶過杯子。

愛德華翻了翻白眼。

老天，大家怎麼受得了跟他一起生活？他聽不見貝拉的想法這點，實在太壞了。否則他一定會把她也惹得火冒三丈，然後她會再也受不了他了。

愛德華笑了一聲。貝拉的雙眼立刻掃向他，對他臉上的幽默神情半露出微笑。我猜，那是她好一陣子沒看過的神情了。

「有什麼好笑的事嗎？」她輕聲問。

「雅各。」他說。

她望過來，給了我另一個疲憊的笑容，同意說：「小各很會搞笑。」

好極了，這下我成了宮廷裡的弄臣了。「天靈靈。」我咕噥著，毫無說服力地扮了個丑角的表情。

她又笑了，從杯子裡吸了一大口。當吸管傳來吸空的聲音時，我退縮了一下。

「我辦到了。」她說，聽起來很愉快。她的聲音比較清楚了——仍然刺耳，卻是今天頭一次不是有氣無力地低語。「如果我能保持不吐出來，卡萊爾，你會把我身上這些針頭都拔下來嗎？」

「我會盡快，」他保證。「坦白說，它們沒達到安置它們該有的功效。」

羅絲莉輕輕拍撫著貝拉的額頭，她們交換了充滿希望的一瞥。

大家都看得出來——那一滿杯的人類血液造成了立即的不同。她的血色恢復了——她那蠟白的臉頰有了一點點粉紅的蹤影。她似乎已經不再那麼需要羅絲莉的扶持了。她的呼吸也容易了些，我也敢發誓，她的心跳比較有力也更平穩了。

一切都在快速恢復。

愛德華眼中那虛渺的希望轉變成真實的了。

「妳還要再來一些嗎？」羅絲莉追問。

貝拉的肩膀一沉。

愛德華飛快地怒瞪了羅絲莉一眼，接著對貝拉說：「妳不需要馬上再喝。」

「是啊，我知道。不過……我**想要**喝。」她悶悶不樂地承認。

羅絲莉用她細又尖的手指梳過貝拉長而柔軟的頭髮，說：「妳不需要感到不好意思，貝拉。妳的身體有需求，我們都能理解的。」她的口氣一開始很安撫人，然後她又很嚴厲地加上一句：「任何不能理解的人都不該在場。」

顯然是在指我，但我才不會讓這金髮妖女對我得逞。我很高興貝拉感覺好多了。所以就算這方法令我吃不消又怎樣？又不是說我會大聲講出來。

卡萊爾從貝拉手上拿過杯子。「我馬上回來。」

當他走掉時，貝拉瞪著我。

「小各，你看起來糟透了。」她啞著聲音說。

「看看這是誰在講話。」

「我說真的——你上次睡覺是什麼時候的事了？」

我想了一會兒。「哈，我也不太確定。」

「噢，小各。現在我連你的健康也打亂了。別傻了你。」

我咬緊牙關。她容許自己被個怪胎給害死，但我卻不許漏掉幾晚沒睡來看著她死？

「去休息一會兒吧，拜託。」她繼續說：「樓上有幾張床——你想睡哪一張都很歡迎。」

羅絲莉的表情很清楚顯示，任何一張床都不歡迎我去睡。這讓我好奇起來，不睡覺的睡美人到底要床做什麼啊。她對她的道具有那麼強的占有欲嗎？

「謝啦，貝拉，但我寧可去睡地上。妳知道，離這些臭味遠一點。」

她扮個鬼臉。「對喔。」

這時卡萊爾回來了，貝拉心不在焉地伸手去拿那杯血，彷彿她在想著別的事。帶著同樣分心的表情，她開始把它吸進去。

她真的看起來好多了。她挪動自己往前傾，很小心那些插在她身上的管子，快速挪成坐姿。羅絲莉彎著身，雙手已經準備好萬一貝拉搖晃時可以接住她。但貝拉不需要她。貝拉在一口跟一口之間深呼吸，很快就又喝完第二杯。

「現在妳覺得怎麼樣？」卡萊爾問。

「不覺得噁心。有點餓了……只是我不確定我到底是餓了還是**渴了**，你懂吧？」

「卡萊爾，你看看她。」羅絲莉喃喃說，沾沾自喜的樣子活像隻偷吃金絲雀的貓，內心的意圖完全敗露。「這很顯然是她身體想要的。她應該再多喝一點。」

「她還是人類，羅絲莉。她也需要食物。讓我們給她一點時間，看這對她有何影響，然後我們也許可以再試著吃一點東西。有什麼是妳覺得特別想吃的嗎？貝拉。」

「蛋。」她馬上說，然後她跟愛德華交換了一眼跟微笑。他的笑容還很虛弱，但臉上的神情比之前有生氣多了。

我眨了下眼睛，差點忘記怎麼張開眼睛。

「雅各，」愛德華喃喃說：「你真的該去睡一下。誠如貝拉所言，真的很歡迎你暫時住在這裡，不過你大概會覺得外面比較舒服。別擔心任何事——我答應你，有需要的話我會找你的。」

「是啊，是啊。」我含糊地說。現在情況顯示貝拉還可再多活幾小時，我是該走了。去某處找棵樹，在底下蜷身大睡……只要遠到這些臭味不會薰到我就行。若有什麼事發生，這吸血鬼會叫醒我的。這是他欠我的。

「我會。」愛德華同意說。

我點點頭，把我的手放在貝拉手上。她的手冷得像冰。

「感覺起來好多了。」我說。

「謝謝，雅各。」她把手翻過來捏捏我的。我感覺到她那圈細細的婚戒鬆鬆掛在細瘦的手指上。

「給她找條毯子或什麼的蓋吧。」我邊轉身走向門邊嘀咕。

我還沒走到門前，兩聲狼嗥劃破了寧靜的早晨。聲音中的急切絕不會讓人弄錯。這次不是誤會。

「該死。」我咆哮著，直衝出門去。我猛躍出門廊，讓那股熱火在半空中把我撕扯開來。一聲尖銳的撕裂聲響起，我的短褲裂成碎片。媽的！這是我僅有的一件衣服。不過現在沒關係了。我四肢掌爪落地，立刻朝西疾奔。

什麼事？我在腦中大喊。

敵人來襲！賽斯回答。**至少三個。**

他們有分散開來嗎？

我正以閃電的速度沿線跑回賽斯那裡。利雅保證說。我可以聽見當她逼自己快到不可思議的速度時，空氣穿過她肺裡呼吸的聲音。森林從她身旁疾掠而過。**到目前為止，沒有其他攻擊點。**

賽斯，別挑戰他們。等我到再說。

他們慢下來了。呃——無法聽見他們的感覺真怪。我認為……

什麼？

我想他們停下來了。

等候整個狼群？

噓。感覺到了嗎？

我吸收著他的印象。空氣中有股微弱、無聲的閃動。

有人變身了？

感覺像是。賽斯同意。

利雅飛進賽斯等候的那一小塊開闊空地。她把爪子刨入土裡，像一輛賽車般打了個轉。

小弟，守住你後防了。

他們來了。賽斯緊張的說。**很慢，步行。**

就快到了。我告訴他們。我試著像利雅那般飛快。當潛在的危險比較接近利雅與賽斯而不是我，跟他們分開的感覺真是糟透了。這是錯的，我該跟他們在一起，擋在他們與即將來臨的不管什麼狀況之間。

看看這是誰當起爸爸來了。利雅挖苦地想。

注意力擺在眼前的情況上，利雅。

四個。賽斯下定論。這孩子有雙好耳朵。**三匹狼，一名人類。**

這時我到達了小空地，立刻走到最前端。賽斯鬆了一大口氣，挺身站好，已經來到我右肩旁的位置。

利雅比較不那麼熱切地走到我左邊。

這下我的位階還低於賽斯了。利雅喃喃抱怨著。

先到先贏。賽斯得意洋洋地想。**再說，妳過去也從來不是狼族首領的第三副手。還是算升官啦。**

位階低於我的小弟才不是升官。

噓！我抱怨。**我不在乎你們站在哪裡。給我閉嘴跟準備好。**

片刻之後他們進入視線中，正如賽斯所想，步行。賈德走在前面，是人，雙手舉起。保羅、奎爾和柯林則是狼，跟在他身後。他們的姿態並無侵略性。他們在賈德身後躊躇，耳朵豎著，警覺但冷靜。

但是……山姆派柯林而不是安柏瑞來，這實在很怪。如果是我要派個小隊深入敵營去做外交談判，我不會這麼做。我不會派個孩子跟去，我會派有經驗的戰士。

是聲東擊西嗎？利雅想。

山姆、安柏瑞跟柏瑞帝會另外採取行動？感覺不太可能。

要我去察看一下嗎？我可以沿線跑一圈，兩分鐘就回來了。

我該去警告庫倫家嗎？賽斯疑惑地想。

如果目的是把我們分開呢？我問。**庫倫家知道有事發生了，他們會有所防備的。**

山姆不會那麼笨……利雅低語，恐懼在她心中拉鋸著，她正想像山姆在攻擊庫倫家，只有另外兩人在他身邊。

不，他不會的。我跟她保證，雖然她腦海中的影像也讓我不舒服。

這整段期間，賈德跟三匹狼都瞪著我們，等待著。聽不見奎爾、保羅跟柯林他們彼此間的交談，真是怪異莫名。他們的表情空白——難以得知他們在想什麼。

賈德清了清喉嚨，對我點點頭。「休戰白旗，小各。我們是來這裡談談的。」

你想是真的嗎？賽斯問。

是有道理，但是……

對，利雅同意。**但是**。

我們沒放鬆下來。

賈德皺眉頭。「如果我也可以聽見你們，會比較容易談。」

我瞪視著他，直到他不敢與我對視。在我對這情勢感覺好一點之前，我才不打算變身。要等到看出點道理來再說。為什麼是柯林？這是讓我最憂慮的地方。

「好吧。我猜那就由我來唱獨腳戲。」賈德說：「小各，我們要你回來。」

奎爾在他背後發出柔和的嗚嗚聲。為這項陳述背書。

「你已經將我們的家庭撕裂了。事情不該是這個樣子的。」

我沒有完全不同意這點，但問題根本不在這裡。此刻我跟山姆之間還有幾個看法上的差異有待解決。

「我們知道你對庫倫家的情況有強烈的……感覺。我們知道這是個問題。但現在這樣是反應過度了。」

賽斯咆哮。**反應過度？沒事先警告就出兵攻擊我們的同盟者卻不是？**

賽斯，你聽過擺撲克臉這回事嗎？冷靜點。

對不起。

賈德的雙眼閃向賽斯，再回到我。「山姆願意把這事的步調放緩，雅各。他已經冷靜下來，跟其他長老談過了。他們決定在這個節骨眼上，立即的行動對任何人都無益。」

翻譯：他們已經喪失突襲的機會了。利雅想。

我們連結的思考如此截然分開真是怪。狼群已經是山姆的狼群，對我們而言已經是「他們」了。是某種外人和他者。最怪的是利雅會這麼想——把自己作為「我們」的堅固分子之一。

「比利和蘇都同意你，雅各，就是我們可以等貝拉……跟麻煩分開之後再說。殺害她不是一件我們會覺得舒服的事。」

雖然我才罵過賽斯要冷靜，我自己這時也忍不住發出小聲的咆哮。所以，他們也對謀殺感到**不舒服**，哼？

賈德再次抬起頭來。「放輕鬆，小各。你懂我的意思。重點是，我們打算等候，並重新評估情勢。稍後再決定那個……東西是不是會有麻煩。」

哈，利雅想。一**派胡言**。

妳不相信？

我知道他們在想什麼，小各，山姆在想什麼。他們在賭反正貝拉快死了，然後估計到時候你會為之發狂……

然後我會自己帶頭攻擊。我的耳朵往後貼緊腦袋。利雅的猜測聽起來十分合理，也非常有可能。當……如果那東西害死貝拉，我此刻對卡萊爾家人的感覺將很容易忘記。他們對我說不定會再度看起來完全就像敵人一樣——百分之百的吸血蟲、血蛭。

我會提醒你的。賽斯低語。

我知道你會，小子。問題在於，我是不是會聽你的。

「小各？」賈德問。

我哼了一聲。

利雅，去繞一圈——一定要確定。我打算跟他談談，而我要百分之百確定在我變身時，沒別的詭計在進行。去繞圈。

少來這一套，雅各。你可以在我面前變身。就算我再怎麼努力，也見過你一絲不掛，還是沒法讓我對

你有興趣，所以你沒啥好擔心的。

我不是試圖保護妳那天真無邪的眼睛，我是試圖保護我們的後背。給我離開這裡。

利雅哼了一聲，縱身躍入森林中。我可以聽見她的爪子切入泥土中，推動她更快地飛奔。

對狼群來說，裸體是種不方便但又無法避免的一環。在利雅加入我們之前，我們對此從未多想。然後這事就變得很尷尬了。利雅對脾氣的控制算是中等——她花了慣常該有的時間長度，才停止了每次在火大時變身弄爆自己的衣服。我們都瞥過幾眼。她不是不值得看，而是事後當她逮到你在回味她的身材時，你那一瞥可就非常**不**值得了。

賈德和其他人帶著審慎的神情，瞪著她消失進入灌木叢的地方。

「她去哪裡？」賈德問。

我不理他，閉上我的眼睛並再次專心集中精神。我感覺到自己周圍的空氣彷彿在震動，如小波浪般以我為中心向外震動出去。我用後腿站起來，掌握準確的一刻，以便我閃身變成人形時是整個抬頭挺胸站好的。

「噢，」賈德說：「嗨，小各。」

「嗨，賈德。」

「謝謝你願意跟我交談。」

「是啊。」

「我們要你回來，兄弟。」

奎爾又哀鳴了一次。

「我不知道事情有沒有這麼容易，賈德。」

「回家來吧。」他說，身體往前傾，懇求的姿態。「這事我們能解決的。你不屬於這裡，讓賽斯跟利雅也回家來吧。」

我大笑。「對。好像我沒從第一時間就開始求他們這麼做似的。」

賽斯在我背後噴鼻息表示不耐。

賈德評估了情勢，他的眼神又謹慎起來。「好吧，那現在要怎麼辦？」

我想了一分鐘，而他就等著。

「我不知道。但我不確定事情還能回到過去的常態，賈德。我不知道它是怎麼產生效果的——我好像無法看心情好壞而打開或關閉狼族首領的身分。它感覺起來像永久性的，是固定的了。」

「你仍舊屬於跟我們在一起。」

我抬起眉毛。「賈德，一個地方不能同時有兩隻狼族首領。你還記得昨晚幾乎一觸即發吧？競爭的直覺太強烈了。」

「所以你們打算這輩子全跟那群寄生蟲住在一起了？」他盤問：「你在這裡沒有家。你已經沒有衣服穿了。」他指出。「你打算一直以狼形出現？你知道利雅不喜歡以那種方式進食。」

「利雅肚子餓時，可以隨她的意思吃她想吃的。她在這裡是她自己選擇的。**我**不打算告訴任何人該怎麼做。」

賈德嘆氣。「山姆為他對你所做的事感到很抱歉。」

我點頭。「我已經不生氣了。」

「但是？」

「但是我也不回去，至少現在。我們也在等著看事情會怎麼發展。我們也打算幫庫倫家留心外界情勢，需要多久就待多久。因為，不管你怎麼想，這件事不只是有關貝拉。我們在保護那些應該被保護的，而這也適用於庫倫家。」反正，至少他們當中有好幾個是該被保護的。

賽斯輕吠一聲表示同意。

賈德皺眉。「那麼，我猜我對你就沒話說了。」

「至少現在是。我們會看情況如何發展再說。」

賈德轉身面對賽斯，現在專心對他，把我隔離在外。「蘇請我告訴你——不，是懇求你——回家。賽斯，她心都碎了，難過的要死。我不知道你跟利雅怎麼能對她做出這種事。以這種方式拋棄她，想想你父親才過世不久——」

賽斯嗚咽。

「別逼他，賈德。」我警告。

「我只是讓他知道情況是怎樣。」

我哼了一聲。「是啊。」蘇比我認識的任何人都堅強。比我老爸，比我，都更堅強。強到足以利用她兒女的同情心，如果這辦法能讓他們回家的話。但這樣對待賽斯並不公平。「蘇知道這件事已經過了多久了？而這當中大部分時間又都跟比利、老奎爾和山姆在一起？是啊，我相信她寂寞得快死了。當然，賽斯，如果你要，你隨時都可以走。這點你是知道的。」

賽斯嗤之以鼻。

接著，一秒之後，他朝北方豎起一隻耳朵。利雅一定靠近了。老天，她真是快。心跳兩拍的時間，利雅在幾碼外的灌木叢邊剎住腳步。她小跑步過來，到賽斯前方站著。她保持鼻尖上揚，明顯地不朝我的方向看。

對此我很感激。

「利雅？」賈德問。

她看著他，她的口鼻向後拉開一些，露出她的牙齒。

賈德對她的敵意似乎並不驚訝。「利雅，妳**明知道**妳不想要在這裡。」

她對他咆哮。我給了她警告的一瞥，她沒看見。賽斯嗚嗚低鳴，並用肩膀推她。

「對不起，」賈德說：「我不該自以為是。但妳跟那群吸血鬼沒什麼牽連。」

利雅十分刻意地看看她弟弟，再看看我。

「所以，妳是想留意賽斯，我懂了。」賈德說。他掃了我一眼，又轉回去看她。大概很好奇利雅那第二眼——正如我也是。「但小各不會讓他發生任何事的，他也不害怕待在這裡。」賈德扮個鬼臉。「好吧。拜託妳，利雅。我們要妳回來。山姆要妳回來。」

利雅的尾巴抽搐。

「山姆告訴我用求的，他告訴我必要的話就真的跪下來求。他要妳回家，利利，回到妳所屬的地方。」

當賈德用山姆過去喚她的小名叫她時，我看見利雅退縮了一下。然而，當他加上最後那小半句，她頸背的毛全豎起來了，並從她咬緊的牙齒間發出一長串咆哮怒吼。我不需要在她腦中就能聽見她對他的咒罵，他也是。你幾乎可以聽見她所用的每一個字。

我等到她罵完。「我打算跟你作對到底，並且說，利雅屬於任何她想去的地方。」

利雅低聲咆哮，但是，由於她是怒視著賈德，我估計她是同意了我的話。

「聽著，賈德，我們還是一家人，好嗎？我們會度過這種失和狀況，但是，在我們度過之前，你或許該留在你的土地上，如此一來才不會發生誤會。沒有人會想跟家人吵架，對嗎？山姆也不想要爭吵，是吧？」

「當然不想。」賈德怒說。「我們會留在我們的土地上。但**你們的**土地在哪裡，雅各？是在吸血鬼的土地上嗎？」

「不，賈德。這時候是無家可歸，但不必擔心——這情況不會持續到永遠。」我得深呼吸一口氣。「剩下的時間……不多了。好嗎？接著庫倫家大概會離開，賽斯跟利雅會回家去。」

利雅跟賽斯一起哀鳴，他們的鼻子同時轉往我的方向。

「那你呢？小各。」

「回到森林裡去，我想。我沒辦法真的待在拉布席。兩個狼族首領意味著太多危機。再說，在發生這場混亂之前，我正打算朝那條路走。」

「萬一我們需要談話呢？」賈德問。

「號叫——但注意別越線，好嗎？我們會去找你們。還有山姆不必派這麼多人來，我們不期望打架。」

賈德生氣地皺著眉，但點點頭。他不喜歡我給山姆設下條件。「那隨時見或不見了，小各。」他無趣地揮揮手。

「等一下，賈德。安柏瑞還好嗎？」

他臉上閃過驚訝。「安柏瑞？當然，他很好。為什麼問？」

「只是奇怪山姆為什麼派柯林來。」

我看著他的反應，仍舊懷疑這當中有什麼陰謀。我看見他眼中閃著明白的神色，但卻不是我期待的那一種。

「那已經跟你無關了，小各。」

「我想是。只是好奇而已。」

我從眼角瞥見一下扭動，但是我不動聲色，因為我不想洩露出奎爾。他對剛才的話題有所反應。

「我會讓山姆知道你的……指示。再見，雅各。」

我嘆氣。「是啊。再見，賈德。嘿，跟我爸說我沒事，你能幫這忙嗎？還有我很抱歉，以及我愛他。」

「我會把話帶到的。」

「謝了。」

「走吧，大家。」賈德說。他轉身離開我們，率先脫離我們的視線去變身，因為利雅在這裡。保羅和柯林緊跟著他，但奎爾遲疑著。他輕聲吠著，我朝他跨了一步。

「是的，我也想念你，兄弟。」

奎爾朝我小跑過來，愁眉苦臉地垂下頭。我拍了拍他的肩膀。

「情況會好轉的。」

他嗚嗚哀鳴。

「告訴安柏瑞，我很想念有你們兩個在我左右。」

他點點頭，用他的鼻子頂住我額頭。利雅嗤鼻哼了一聲。奎爾抬起頭來，但不是看她。他回頭望向肩後其他人離去的地方。

「是啊，回家去吧。」我告訴他。

奎爾又輕吠了一聲，隨其他人走了。我敢說賈德不是超有耐心的等候者。他一走，我立刻從身體中心拉出那股熱力，並讓它貫穿我的四肢。

一股熱氣閃過，我又是四腳著地了。

我還以為你打算跟他親熱呢。利雅竊笑。

我不理她。

這樣可以嗎？我問他們。當我無法確切聽見他們想什麼時，這樣為他們講話，令我憂心。我不想假設任何事，我不想像賈德那樣。**我說了任何你們不想要我說的話嗎？我有沒有說了我不該說的話？**

你做得很好，小各！賽斯鼓勵說。

你可以揍賈德的。利雅想。**我一點也不會介意。**

我猜我們知道為什麼安柏瑞不被允許前來。賽斯想。

我不明白。不被允許？

小各，你沒看到奎爾嗎？他非常為難，對不對？我敢用十比一打賭，安柏瑞一定更心煩意亂，而安柏瑞可沒有一個克萊兒。奎爾絕不可能收拾家當然後起身離開拉布席，但安柏瑞有可能。所以山姆絕不會冒任何險，讓他被說服跳船，加入我們這邊。他不想讓我們的狼群變得比現在更大。

真的嗎？你這樣認為？我懷疑安柏瑞會介意撕碎幾個庫倫家的人。

但他是你最好的朋友，小各。在戰鬥中，他和奎爾寧可站在你後面，也不願意面對你吧。

嗯，那我很高興山姆把他留在家裡。這個狼群是夠大了。我嘆氣。**那麼，好吧。所以這一時三刻我們都沒事。賽斯，你能不能留心注意情勢一陣子？利雅跟我都需要睡一覺。這情勢彷彿保持了平衡，但誰曉得？說不定這是分散我們的注意力。**

我向來不是這麼多疑的人，但我記得山姆的執著。那種完全偏狹地專注在摧毀他所見的危險。在這時他會利用能對我們說謊的優勢嗎？

沒問題！賽斯急於去做任何他能做的事。**你要我去向庫倫家解釋一下嗎？他們說不定還在緊張防備著。**

我會去。反正我打算去弄清楚一些事。

他們從我激動的腦海中捕捉到一連串影像。

賽斯驚訝地低吠。**哇。**

利雅把頭前後甩著，彷彿嘗試要把那些影像從她腦海甩掉。**這很可能是我這輩子聽到最畸形又噁心的事了。真噁心。如果我胃裡有東西，現在統統都要吐出來了。**

我猜，他們是吸血鬼嘛，賽斯一分鐘後承認，抵消掉利雅的反應。**我是說，這有道理啊。而且如果這對貝拉有幫助，那就是好事，對吧？**

利雅跟我都瞪著他。

怎麼？

他還是嬰孩的時候，被我媽掉在地上很多次。利雅告訴我。

很顯然摔到了頭。

他也常常咬嬰兒床的欄杆。

塗了鉛的那種？

看來大概是。她想。

賽斯嗤之以鼻。**真好笑。你們兩個幹麼不閉嘴去睡覺？**

chapter 14

當你因對吸血鬼不禮貌而產生罪惡感時，你知道大事不好了

「我在門廊上留了一籃衣服，是要給利雅的，都是剛洗乾淨的——我盡可能少摸到那些衣服。」

她皺起眉頭：「可以麻煩你把它們拿去給她嗎？」

「這就去。」我含糊地說，然後在任何人能更加深我的罪惡感，讓我因而做任何事之前，頭也不回地衝出門去。

當我回到大屋，沒有人在外頭等候我的報告。還在警戒嗎？

什麼事都沒有。我疲倦地想。

我的雙眼迅速捕捉到如今熟悉的景象中，有一點不同。在門廊階梯的最底一階上，有一疊淺色的布料。我大步走上前察看，屏住呼吸，因為附著在那些布料上的吸血鬼臭味令你難以相信，我用鼻子推開那疊東西。

有人把衣服放在外面。哈。我衝出門時，愛德華一定捕捉到我那片刻的懊惱。嗯，這真是……體貼。以及很怪。

我小心翼翼地用牙齒把衣服叼起來——噁——帶著它們回到樹林裡。以防萬一這是那個神經病金髮妖女故意整我的笑話，給我一疊女孩子的衣物。當我全身赤裸站在那裡，手上拿件背心裙時，她會很樂見我人臉上的表情。

在樹林的掩護中，我鬆口放掉那疊臭衣服，變身回人類。我抖開衣服，拿著它們對樹幹甩打起來，想打掉一些氣味。它們肯定是男生的衣服——黃褐色的長褲和白色直排釦襯衫。兩者都不夠長，不過看起來都還滿合我的身的。一定是艾密特的。我把襯衫的袖子捲起來，不過長褲我就沒辦法調整了。唉，算了。

我得承認，身上穿了衣服以後感覺好很多，即使是有臭味又不完全合身的衣服。當我需要衣服時，不能衝回家撈一件舊運動褲穿，感覺實在艱難。又是無家可歸這件事——沒有任何一個地方可以**回去**，也沒有財產、擁有物，這點現在不會令我太困擾，但恐怕很快就會很惱人了。

精疲力竭的我，緩慢走上庫倫家的門廊，身上穿著昂貴的二手衣，來到門口時我卻遲疑了。我要敲門嗎？當他們都知道我在這裡，這麼做很蠢吧？我好奇為什麼沒有人回應——告訴我**請進**或**滾遠一點**之類的。我聳聳肩，開門進去。

更多改變。這大廳在過去二十分鐘內，已經變回幾乎是正常的模樣。大螢幕電視開著，音量很小，正播放某部浪漫愛情片，但似乎沒有人在看。卡萊爾和艾思蜜站在後窗旁邊，朝向河流的後窗又再次打開了。艾利絲、賈斯柏和艾密特不見人影，但我聽見他們在樓上喃喃低語。貝拉像昨天一樣，躺在沙發上，只剩下一條管子插在她身上，一瓶點滴掛在沙發的後方。她身上裹了兩三條棉被像個墨西哥捲似的，所以，至少他們聽了我之前的話。羅絲莉盤坐在她頭部方向旁邊的地上，愛德華坐在沙發的另一端，貝拉裹成墨西哥捲的腳放在他腿上。我進門時他抬起頭來，並對我微笑——只是嘴角抽動一下——像是有什麼令他很高興。

貝拉沒聽見我進來。她只在他抬起頭來時才跟著抬眼，然後她也露出了微笑。帶著真正的活力，她整個臉都亮了起來。我不記得她上回這麼高興看見我是什麼時候的事了。

她到底是哪裡**不對**？真是豈有此理，她是個**有夫之婦**耶！還是個快樂的有夫之婦——毫無疑問她愛她的吸血鬼到了超過常理的地步。更何況，再加上她還挺著那麼大個肚子。

所以，她為什麼見到我會那麼該死的高興？彷彿我藉由走進門，給她帶來嶄新又美好的一天。

如果她只是不在乎……或甚至——真的不要我在場。那麼遠離她會容易得多。

愛德華似乎同意我的想法——最近我們都在同一個波長上，這真是瘋了。現在他皺起眉頭，在她對我眉開眼笑時觀察她的臉。

「他們只是想談談。」我含糊地說，聲音拖著疲憊。「眼前沒有攻擊。」

「是，」愛德華回答：「我大部分都聽到了。」

那讓我稍微醒過來了一點。我們在差不多三哩之外。「怎麼辦到的？」

「我能更清楚地聽見你了——這跟熟悉度及專注力有關。還有，你的思緒在你是人的樣子時，比較容易捕捉到。所以我得知絕大部分在那邊發生的事。」

「噢。」這有點困擾我，但沒有好理由發作，所以我把它拋開。「很好。我討厭重複說過的話。」

「我想跟你說去睡個覺，」貝拉說：「不過我猜，再過六秒你就會昏倒在地，所以大概沒必要說。」

這真是神奇，她聽起來好多了，看起來也強壯多了。我聞到新鮮血液的味道，並看見她手裡又拿著杯子。要喝多少鮮血才能保住她繼續存活？會不會到了一個地步，他們開始在鄰居間來回奔波？

我朝門口走去，邊走邊幫她數秒數：「一密西西比……二密西西比……（註9）」

「哪裡淹水啊，小狗？」羅絲莉喃喃低語。

「羅絲莉，妳知道要怎麼淹死金髮女嗎？」我沒停下來也沒回頭看她。「把一面鏡子黏在池塘底就行。」

我關上門時聽見愛德華輕聲笑著。他的情緒似乎好得多，完全跟貝拉的健康狀況互相關連。

「這我已經聽過了。」羅絲莉在我背後喊道。

蹣跚地走下階梯，我唯一的目標是把自己拖進樹林裡夠遠的地方，那裡空氣會清新一點。我打算把衣服拋在離屋子一段方便的距離之外待將來使用，而不是把它們綁在我腿上，如此一來我就不必聞到他們的味道。當我笨拙地解著新襯衫的鈕釦時，我隨意想著鈕釦永遠不適合狼人的品味。

當我步履艱難地走過草坪時，我聽到說話的聲音。

「你要去哪裡？」貝拉問。

註9　美國人要數幾秒鐘的時候，有時會說：「One Mississippi, two Mississippi, three Mississippi . . .（一密西西比，二密西西比，三密西西比……）」代替「one second, two second, three second . . .（一秒鐘，兩秒鐘，三秒鐘……）」，Mississippi 是美國的一條河，也是一個州，你說完 Mississippi 的時間會剛剛好是一秒鐘，用來計時很準確。

「我有件事忘了跟他說。」

「讓雅各睡覺吧——事情可以等。」

對，**拜託**，讓雅各睡覺。

「只要一兩分鐘就好了。」

我慢慢轉身。愛德華已經來到門外。他朝我走過來時，臉上帶著抱歉的神情。

「老天，**現在**又是什麼事？」

「我很抱歉。」他說，然後他遲疑了一下，好像他不知道該怎麼說出他正在想的。

讀心者，你心裡在想什麼？

「當你稍早在跟山姆的代表談話時，」他喃喃道：「我當場一句接一句講給卡萊爾、艾思蜜跟其餘的人聽。他們很擔心——」

「聽著，我們不會放鬆我們的警戒。你不需要像我們一樣相信山姆。不管怎樣，我們都會保持我們的眼睛張開著。」

「不，不，雅各。不是那件事。我們信任你的判斷。相反的，艾思蜜煩惱的是，這件事讓你的狼群遭遇到艱難的狀況。她要求我私底下跟你談談這件事。」

我沒防到有此一問。「艱難？」

「尤其是無家可歸的部分。她非常不安跟難過，你們都……失去家人。」

我嗤之以鼻。吸血鬼母雞——真怪異。「我們很堅強。告訴她不用擔心。」

「她仍然會想盡力做點什麼。我依稀記得，利雅不喜歡以狼的身分吃狼的飲食。」

「所以呢？」我詰問。

「嗯，雅各，我們這裡確實有正常人的食物。偽裝人類生活用的，還有，當然是為了貝拉。歡迎利雅來吃任何她想吃的。你們都是。」

「我會轉達你們的心意。」

「利雅憎惡我們。」

「那又怎樣？」

「所以，若你不介意的話，請用一種她會接受的方式轉達這件事。」

「我會盡力而為。」

「還有衣服的事。」

我低頭看一眼自己身上穿的。「噢，對，謝謝。」如果提說它們有多臭，大概不怎麼禮貌。

他微微笑了一下。「嗯，我們隨時都能幫助你們的任何需要。艾利絲很少允許我們同一件衣服穿兩次。我們有一大堆嶄新的衣服注定要捐給慈善機構，我想利雅的身材應該和艾思蜜差不多……」

「我不確定她對吸血蟲不要的東西會有什麼感覺。她不像我這麼實際。」

「我相信你可以用最好的方式表達這件事。另外任何其他你需要的實質物品也一樣，或是交通工具，或任何其他東西。還有，由於你偏好睡在戶外，若想洗澡也可以。請……不要認為你們缺少了家的一切好處。」

最後一句他說的很柔和——這次他沒試圖保持靜肅，而是帶著某種真正的感情。

我瞪著他片刻，眨眨睏倦的雙眼。「那真是，呃，很好心。告訴艾思蜜我們很感謝，呃，她的用心。不過我們巡邏的界線在好幾個地方都經過那條河，所以我們會保持身體清潔的，謝了。」

「無論如何，請你轉達我們的心意。」

「是啊，是啊。」

「謝謝你。」

我轉身離開他，卻在聽見屋裡傳來一聲低低的、痛苦的叫喊時，渾身發冷地停下來。當我回過頭來時，他已經不見人影了。

這下又怎麼了？

我跟在他後面，像個殭屍般拖著腳步，也用著同樣數目的腦細胞思考。看來我似乎沒得選擇。有事情出了差錯，我會去看看是什麼事，我會什麼忙也幫不上，然後我會感覺更差。

這似乎是無法避免的。

我讓自己又進了屋子。貝拉正喘得厲害，抱著她身體中央的大肚子縮成一團。羅絲莉抱著她，愛德華、卡萊爾和艾思蜜都俯身望著。我眼角瞄到有個東西在動；艾利絲站在樓梯頂端，瞪著下方大廳，雙手按著太陽穴。那情形真怪──彷彿不知怎地她被禁止進入似的。

「給我一分鐘，卡萊爾。」貝拉喘著氣說。

「貝拉，」卡萊爾焦急地說：「我聽到某種裂開的聲音。我需要檢查一下。」

「很可能，」──喘氣──「是肋骨。噢。啊。是這裡。」她指著自己左邊，很小心不去碰到。現在它開始弄斷她的**骨頭**了。

「我需要用X光照一下，說不定會有碎片。我們不想要它去刺穿任何東西。」

貝拉深吸口氣。「好。」

羅絲莉小心地抱起貝拉。愛德華似乎想要爭論什麼，但羅絲莉對他露出牙齒，咆哮說：「我已經抱著她了。」

所以，這會兒貝拉比較強壯了，那東西也跟著強壯。你不可能餓了這個不餓到那個，康復的過程也一樣。沒有贏的可能。

金髮妖女抱著貝拉飛快地上了樓梯，卡萊爾跟愛德華緊跟在後，沒有人注意到我目瞪口呆地站在門口。所以，他們家裡不但有個血庫，**還有**X光機？看來醫生把他的工作全搬回家裡來了。

我累到沒有跟著他們，累到動也不動。我往後背靠住牆，滑到地上。大門還開著，我把鼻子朝向門，感謝老天有新鮮的空氣吹進來。我把頭靠著門框，聆聽著。

我可以聽見樓上X光機的聲音，或者，可能我只是假設那聲音是X光機。然後，有個最輕微的腳步聲走下樓來。我沒去看是哪個吸血鬼。

「你要個枕頭嗎？」艾利絲問。

「不用。」我喃喃說。這是哪門子堅持己見的好客法？真是嚇死我了。

「這樣看起來滿不舒服的。」她觀察說。

「是不舒服。」

「那為什麼你不移動一下？」

「太累了。妳幹麼不在樓上跟其他人在一起？」我吼回去。

「頭痛。」她回答。

我轉過頭來看著她。

艾利絲非常嬌小。身子大概只有我手臂那麼粗。現在她看起來甚至更小，彎著腰駝著背，小小的臉縮在一起。

「吸血鬼也會頭痛？」

「正常的人不會。」

我嗤聲以對。正常的吸血鬼。

「妳怎麼都不跟貝拉在一起了？」我問，把問題變成指責。我之前沒想到這點，因為我腦子裡裝滿了其他垃圾，但自從我在這裡，就沒看到艾利絲在貝拉旁邊，這真是奇怪。也許如果艾利絲在她旁邊，羅絲莉就**不會**在了。「我以為妳們倆像這個樣子。」我把兩根手指交叉捲在一起。

「我說過了——」她在離我幾步遠的磁磚地上坐下來，用她細瘦的手環住她瘦巴巴的膝蓋。「頭痛。」

「貝拉讓妳頭痛？」

「對。」

我皺眉。很確定自己累到聽不懂謎語。我把頭轉回去面對新鮮的空氣，閉上眼睛。

「不真的是貝拉，」她修正：「是……胎兒。」

哈，有人跟我感覺一樣了。這還真容易認出來。她很勉強說出那個詞，跟愛德華一樣。

「我看不見它。」她告訴我，雖然她也有可能是在自言自語。在她看來，我已經睡著了。「任何有關它的事我都看不見，就跟看不見你一樣。」

我退縮了一下，然後咬緊牙。我不喜歡被拿來跟那個怪胎做比較。

「貝拉擋在中間。她整個人包裹著它，因此她……模糊不清。像電視機收訊不良一樣——像嘗試要把你的眼睛聚焦在那些在螢幕上晃動的人身上一樣。看著她讓我頭痛欲裂。反正，我也只能看到眼前未來幾分鐘而已。那個……胎兒占據了她未來的大部分。當她頭一次決定……當她知道她要留下它，她立刻在我眼前變得一片模糊。簡直把我當場嚇死。」

她安靜了一會兒，然後她又加上：「我得承認，有你在旁邊真是讓人鬆一口氣——雖然有淋濕的狗臭味，但所有東西都消失了。就像我把眼睛閉起來一樣。它減輕了我的頭痛。」

「很高興能為妳服務，女士。」我含糊地說。

「我很好奇它跟你有什麼相同之處……為什麼你們在這方面是一樣的。」

突然間我骨子裡竄過一陣熱氣。我雙手緊握成拳來控制那股震顫。

「我跟那個吸食生命的怪物沒有共同之處。」我咬著牙說。

「嗯，可是這當中確實**有什麼**在那裡啊。」

我沒回答。那股熱氣已經消散了。我已經累到沒辦法氣太久。

「如果我坐在這裡，在你旁邊，你不介意吧？」她問。

「我猜不會。反正已經很臭了。」

「謝了，」她說：「我猜，既然我沒辦法吃阿斯匹靈，這已經是最好的了。」

「妳可以不要講話嗎？我在睡覺耶。」

她沒回答，瞬間陷入沉靜當中。我幾乎立刻就睡著了。

我夢到我真的口很渴。而我眼前就有一大杯水——冰涼的，你可以看到凝結的水珠從外緣流下來。我抓起杯子大喝一口，卻立刻發現那不是水——而是漂白水。我把它嗆咳出來，噴得到處都是，有一串從我鼻子裡噴出來。它燒灼著，我的鼻子著火了……

我鼻子的疼痛令我醒來時足以記得我是在哪裡睡著的。那股臭味十分猛烈，想想看我的鼻子還不是真的在屋子裡面。噁。還有，周圍很吵。有人笑得太大聲。一個熟悉的笑聲，但那聲音不屬於這味道。兩者搭不起來。

我呻吟著張開眼睛。天空是鈍灰色——是白天了，但不知道是幾點。也許已經接近日落——天滿黑的。

「差不多是時候了。」金髮妖女從不遠處含糊地說：「這鍊鋸模仿秀讓人有點厭煩了。」

我翻身扭動自己坐起來。在這過程中，我搞清楚那股味道是哪來的。有人在我的臉底下塞了個寬大的羽毛枕頭。我猜，或許是**試圖**表示好意。除非，那是羅絲莉塞的。

我的臉一旦離開那臭死了的枕頭，立刻捕捉到其他味道。像是培根肉跟肉桂捲，全都跟吸血鬼的味道混在一起。

我眨眨眼，看清楚室內。

事情並沒有改變太多，只除了貝拉現在是坐在沙發中央，點滴已經拿掉了。金髮妖女坐在她腳前，頭靠著貝拉的膝蓋。他們這麼若無其事地觸碰她，仍讓我感到背脊一陣涼，雖然把所有事情都考慮進去的話，我猜這是很理所當然的。愛德華坐在她的一邊，握著她的手。艾利絲像羅絲莉一樣，也坐在地上。她的臉現在沒皺在一起了。很容易就看見原因何在——她找到另一個止痛藥。

「嗨，小各醒過來了！」賽斯歡呼。

他坐在貝拉的另一邊，他的手臂隨意地搭在她肩膀上，膝蓋上還擺了一大盤食物。

真他媽的見鬼了！

「他來找你，」愛德華在我站起來時說：「艾思蜜說服他留下來吃早餐。」

賽斯看見我的表情，他立刻匆忙解釋：「對，小各——我只是來察看你好不好，因為你一直沒變身回去，利雅開始擔心。我告訴她，你大概是在變成人類後睡著了，但你也知道她是什麼樣子。總之，他們有所有這些吃的東西，而且，真要命，」他轉向愛德華，「老兄，你真的很會**料理**。」

「謝謝你。」愛德華喃喃說。

我緩緩深吸一口氣，試著放鬆我咬緊的牙關。我無法讓自己的雙眼轉離賽斯的手臂。

「貝拉會冷。」愛德華靜靜地說。

對。反正不關我的事。她又不屬於我。

賽斯聽見了愛德華的評語，看著我的臉，突然間，他需要用雙手去拿東西吃。他從貝拉肩上收回手臂，開始大吃。我走上前，在離沙發幾步遠處站定，還在試著找回我的耐性。

「利雅在巡邏？」我問賽斯，聲音還帶著濃濃的睡意。

「對，」他邊嚼邊說。賽斯也穿著新的衣服。他身上穿的那些衣服，比我身上穿的合身。「她正在巡邏。別擔心，如果有什麼事，她會發出號叫。我們在半夜時交班。我跑了十二個小時。」從他的聲調顯示出，他對此感到很驕傲。

「半夜？等一下——現在是什麼時候？」

「大概是破曉吧。」他瞥向窗外，測度著。

嗯哼，該死。我睡掉了剩餘的白天跟整個晚上——怠忽職守。「該死。賽斯，真是對不起。真的。你應該把我踢醒的。」

「才不，老哥，你需要好好睡一覺。你從什麼時候開始就沒休息了？你幫山姆做最後一次巡邏的前一天晚上？大約有四十小時？五十小時？你不是機器，小各。再說，你沒錯過任何事。」

完全沒有嗎？我迅速瞥了貝拉一眼。她的臉色恢復到我記得的模樣了。白皙，底下有淡淡的玫瑰紅暈。她的嘴唇再度是粉紅色的。就連她的頭髮看起來都好多了——閃閃發亮。她看見我在打量，給了我一笑。

「肋骨怎麼樣了？」我問。

「用繃帶綁好綁緊了，我甚至感覺不到它了。」

我翻了翻白眼。我聽見愛德華咬緊了牙關，我估計她這種輕描淡寫的態度，激怒他的程度跟激怒我一樣多。

「早餐是什麼？」我問，帶一點諷刺的語氣。「O型陰性還是AB型陽性啊？」

她對我吐舌頭。完全又像她自己了。「蛋捲。」她說，但她的雙眼往下看，於是我看見夾在她的腿和愛德華的腿中間的，是她的血液杯。

「去拿些早餐吧，小各，」賽斯說：「廚房裡有一大堆。你一定很餓了。」

我察看一下他膝上的食物。看來像是有半個起司蛋捲以及最後四分之一個飛盤大小的肉桂捲。我的肚子轟隆作響，但我不予理會。

「利雅的早餐是什麼？」我苛刻地問賽斯。

「嘿，在我吃**任何一口**之前，我有先把食物拿去給她。」他為自己辯護：「她說她寧可吃在馬路上被撞死的動物，不過我敢賭她會屈服的。這些肉桂捲……」他似乎找不到詞彙形容。

「那麼我會跟她一起去打獵。」

賽斯在我轉身離去時嘆了口氣。

「等一下，雅各。」

喊我的是卡萊爾，因此當我又轉回來時，我臉上的神情比較沒那麼不尊敬，如果是其他任何人喊我停下來，我不會有好臉色的。

「是？」

卡萊爾朝我走過來，艾思蜜則閃往另一個房間。他在幾步之外停下來，比正常兩名人類交談時彼此間的距離再稍微遠一點。我很感激他給我一些空間。

「說到打獵，」他用一種悶悶不樂的語氣說：「這將會成為我家人的問題。我明白我們之前的休戰協定目前無效了，所以我需要你的建議。山姆會在你所建立的邊界之外獵殺我們嗎？我們不想冒險傷害你的任何家人——或喪失我們的任何一位。如果你站在我們的立場，你會怎麼做？」

當他以這樣的態度把問題丟給我，我往後傾，有些驚訝。我怎麼會知道處於吸血鬼那高不可攀的立場會是什麼模樣？不過，再一次，我確實瞭解山姆。

「是個冒險。」我說，試著不去理會其他人落在我身上的眼光，只跟他談。「山姆已經冷靜些了，但我很確定，在他腦裡協議已經無效了。只要他認為我們的部族或任何其他人類是真的處在危險中，他將不會先停下來問候你，你懂我的意思吧。不過，即便如此，他的優先順序會是拉布席。他們現在真的人手不足，無法在派出夠大、能造成損害的一群戰士的同時，還能做好全面的防守。我敢說他會讓防禦跟巡邏都靠近家門。」

卡萊爾深思著點點頭。

「所以，我想我會說，外出時集體行動，以防萬一。還有，也許你們該白天出去，因為我們會預期是夜裡，傳統的吸血鬼行徑。你們行動很快——翻過這些山到遠處去狩獵，他不可能派任何人離家那麼遠去追你們。」

「然後把貝拉留在這裡，無人保護？」

我哼了哼。「那我們是什麼？無用的廢物？」

卡萊爾大笑，接著他的神情又嚴肅起來。「雅各，你不可能對抗你的兄弟的。」

我雙眼繃緊。「我沒說那很容易，但是如果他們真的前來殺她——我一定會阻止他們。」

卡萊爾搖搖頭，很焦急。「不，我不是說你會……沒有能力。而是那將是大錯特錯，我的良心不能容許發生這樣的事。」

「那不會關乎你的良心，醫生。它關乎的是我的，而我可以承受。」

「不，雅各。我們會確定我們的行動不會使這事變成必要。」他皺眉沉思。「我們會一次出去三個人，」他在想了片刻後決定。「或許這是我們所能做到最好的了。」

「我不知道，醫生。從中分成兩半不是最好的策略。」

「我們有一些額外的能力能彌補它。如果愛德華是三人中的一人，他將能給我們幾哩的安全範圍。」

我們同時瞄向愛德華，他的表情讓卡萊爾迅速打消念頭。

「我也確定還有其他辦法。」卡萊爾說。很明顯的，現在沒有任何實質上的需要強到足以讓愛德華離開貝拉。「艾利絲，我會想像妳能看見哪條路是不能走的。」

「消失不見的那條。」艾利絲點頭說：「這很容易。」

因著卡萊爾的第一個計畫而全身緊繃的愛德華，放鬆下來。貝拉卻不快樂地盯著艾利絲，她眉間的那個小皺紋又出現了，她緊張有壓力時就會這樣。

「好吧，就這樣。」我說：「都解決了。我要走了。賽斯，我預期你會在黃昏時回來，所以找個地方睡一覺，好嗎？」

「當然，小各。我一吃完就會變身回去的。除非……」他遲疑著，看著貝拉。「妳還需要我嗎？」

「她有毯子。」我對他怒道。

「我沒事，賽斯，謝了。」貝拉連忙說。

接著，艾思蜜輕快地掠回廳裡，雙手端著一個有蓋的大盤子。她在卡萊爾手肘後方遲疑地停下來，大而深金色的雙眼望著我。她害羞地上前一步，遞出大盤子。

「雅各。」她小聲地說。她的聲音不像其他人那麼尖銳。「我知道在這裡吃東西的主意……不太合你的胃口，這裡的味道讓你覺得不太愉快。但是你走的時候若願意帶一點吃的東西走，我會覺得好過許多。我知道你不能回家，而那是因為我們的緣故。請你——讓我不要那麼自責，帶點東西去吃吧。」她把盤子遞過來給我，臉上盡是溫柔與懇求的神情。我不知道她是怎麼辦到的，因為她看起來絕不會大於二十五歲，而且她也白得像鬼一樣，但是她的神情裡有某種東西突然讓我想起了我媽。

老天爺。

「喔，好，好的。」我含糊的說：「我猜，說不定利雅還肚子餓或諸如此類的。」

我伸出一隻手接過食物，把它拿離我一臂的距離。我會把它拿去扔在一棵樹底下或什麼的。我不要讓她覺得難過。

我想起了愛德華。

你不准跟她講任何事！讓她以為我把食物都吃了。

我沒去看他是否表示同意。他**最好**給我同意。該死的吸血鬼欠我的。

「謝謝你，雅各。」艾思蜜對我微笑著說。一張石頭般的臉上怎麼會有酒窩？真是豈有此理。

「呃，謝謝妳。」我說。我覺得我的臉發熱——比平常還熱。

這就是老跟吸血鬼混在一起會產生的問題——你會習慣他們。他們開始搞亂你看世界的方式，他們開始讓你感覺像是朋友。

就在我打算奪門而出時，貝拉問：「小各，你稍後會回來嗎？」

「呃，我不知道。」

她的唇緊抵在一起，彷彿她努力不要露出微笑。「拜託？我可能會冷。」

我用鼻子深吸一口氣，突然醒覺這實在不是個好主意，可是已經太遲了。我畏縮了一下。「也許吧。」

「雅各？」艾思蜜問。我倒退著往門口走，她朝我上前了幾步，繼續說：「我在門廊上留了一籃衣服，是要給利雅的，都是剛洗乾淨的——我盡可能少摸到那些衣服。」她皺起眉頭：「可以麻煩你把它們拿去給她嗎？」

「這就去。」我含糊地說，然後在任何人能更加深我的罪惡感，讓我因而做任何事之前，頭也不回地衝出門去。

chapter 15

滴答滴答滴答

兩個禮拜濃縮到一天，時光飛逝啊。

她的生命正在急速飆向終點。

如果她要長到四十釐米，這樣算來她還有幾天？

四天？

我花了一分鐘的時間才吞下這訊息。

嗨小各，我以為你說黃昏時要我來換班。你怎麼沒在利雅累倒前讓她叫醒我？

因為我不需要你，我精神還很好。

他已經在跑北半圈。有什麼不尋常嗎？

沒。除了沒還是沒。

你做了些偵察？

他發現了我離開邊界的痕跡之一。他往新的小徑跑去。

對——我採輪輻的方式向外跑了幾條路線。你曉得，就是察看一下。如果庫倫家要開始狩獵旅行……

想得周到。

賽斯小跑步回到主要防線。

跟賽斯一起巡邏，比起跟利雅做同樣的事，要容易得多。雖然她很努力——非常努力——但她的思緒總是有著負面的情緒。她不想要在這裡，她不想要感覺對吸血鬼軟化下來，像我現在腦子裡一樣。她不想要處理賽斯對他們的親密友誼，而這友誼只越來越強。

不過這真有趣，我本來以為她最大的問題只是**我**。當我們在山姆的狼群裡時，我們總是惹得彼此發火。但現在她對我完全沒了敵意，只對庫倫和貝拉有。我好奇這是為什麼。也許她只是單純感激我沒有強迫她離開，也許是因為我現在比較瞭解她的敵意了。無論是哪個，跟利雅一起巡邏，並沒有我預期的那樣糟糕。

當然，她也沒放鬆得那麼多。艾思蜜送給她的食物跟衣服，現在都已經順水流到河的下游了吧。即使在我吃了我的那一份——不是因為在離開吸血鬼那股燒灼的臭味後，食物聞起來美味得令人難以抗拒，而是為利雅的拒絕豎立一個犧牲自我的容忍典範。她在中午時吃的那隻小麋鹿，一點也不能滿足她的胃口。

反而讓她的情緒變得更差。利雅討厭吃生食。

也許我們應該大面積巡邏一趟東邊？賽斯提議。**跑遠一點，看看他們是否等在那邊。**

我也正這麼想。我同意。**趁我們都還清醒時來這麼做吧。我不想放鬆我們的警戒。總之，我們應該要在庫倫家採取行動之前這麼做。他們很快就會採取行動的。**

對。

這讓我得好好想想。

如果庫倫家能夠安全地離開附近區域，他們應該要繼續前進。當我們前來警告他們的那一刻，他們說不定該立刻啟程。他們應該買得起其他住處。他們在北方還有朋友，對吧？帶著貝拉快點離開。這對他們的問題似乎是個顯而易見的答案。

我或許該這麼建議的，但我怕他們會聽我的。而我不想讓貝拉消失——永遠不知道她是否度過了這一劫。

不，這麼想太蠢了。我會告訴他們應該走。要他們留在這裡實在沒道理，而且這樣比較好。如果貝拉離去，對我不會比較不痛苦，但比較健康。

這話說的容易，現在貝拉不在這裡，沒用興奮的眼神看著我，同時她沒有命在旦夕……

噢，我已經問過愛德華這件事了。賽斯想。

什麼？

我問他為什麼他們還沒打算離開，往北去譚雅住的地方或其他別處。某個遠到山姆無法去追他們的地方。

我必須提醒自己，我才決定要給庫倫家這樣的建議。說這樣是最好的。所以我不該對賽斯火大，認為他搶了我要做的事。一點也不該生氣。

所以他們怎麼說？他們在等候撤離的機會嗎？

不，他們不打算離開。

這聽起來不該像個好消息。

為什麼不走？那實在太蠢了。

才不會，賽斯說，現在帶著防衛。**要建立起卡萊爾在這裡所擁有的醫療設施與資源，要花時間的。他已經取得所有他需要照顧貝拉的東西，還有資格取得更多。這是他們需要出去狩獵的理由之一。卡萊爾認為他們很快就需要為貝拉準備更多血液。她已經用完所有他們為她儲存的O型陰性血液了。他不喜歡庫存不足，他打算去買更多。你知道嗎？如果你是個醫生，你可以買血。**

我還沒打算要符合思考邏輯。**看起來還是很蠢。大部分東西他們都可以帶著走，對嗎？其餘東西他們可以到了當地再偷。當你是不會死的人，誰還管他合法不合法？**

愛德華不想冒險移動她。

她現在比之前好多了。

好太多了。賽斯同意。在他的腦海中，他把我記憶中渾身插著管子的貝拉的樣子，拿來跟他不久前離開那大屋時所見她的模樣相比。她對他微笑並揮手。**但是她沒辦法到處走動，你知道，那東西踢她踢得好厲害。**

我吞下湧到喉嚨的胃酸。**是，我知道。**

又弄斷了她另一根肋骨。他鬱悶地告訴我。

我的步伐踉蹌了一下，晃了一步，然後才重拾我原來奔跑的韻律。

卡萊爾再次幫她上好繃帶，只是另一個裂縫，他說。羅絲莉說了像是即使是人類寶寶也會弄斷肋骨，那是很稀鬆平常的之類的話。愛德華看起來像是要把她的頭摘掉一樣。

可惜他沒有。

賽斯現在完全進入報告的模式——知道這事極為引起我的興趣，雖然我從來沒說要聽。貝拉今天一直時不時地發著燒。只是稍微發燒——又流汗然後發冷。卡萊爾不知道那是什麼引起的——她有可能只是生病了。她的免疫系統這時候不可能處在高峰狀態。

對，我相信只是巧合。

不過，她的情緒很好。她跟查理又說又笑地聊天，還有——

什麼？查理！你是什麼意思？她跟查理談話嗎？

現在輪到賽斯的步伐不順了；我的憤怒嚇到他。我猜是他每天都打電話來跟她聊聊。有時候她媽媽也會打電話來。貝拉現在聽起來好太多了，所以她跟他保證，她正在康復中——

正在康復中？他們是見鬼的在想什麼啊？讓查理抱著希望，然後當她死時，他便能被徹底擊垮，甚至更糟？我以為他們已經逐步讓查理準備好接受壞消息了！試著讓他準備好！為什麼她要這樣重燃他的希望？

她可能不會死。賽斯靜靜地想。

我深吸口氣，試圖讓自己冷靜下來。賽斯，即使她度過這場危難，她也不會再是人類。她知道的，而且其他人也都知道。如果她沒死，小子，她就得扮個非常能令人信服的屍體模樣。若不如此，只有趕快消失。我以為他們會把這事弄得讓查理容易接受一點。為什麼……

我想是貝拉的主意。沒人說任何話，但愛德華臉上的神情跟你現在想的差不多。

又再次跟那個吸血鬼觀點一致。

我們安靜地跑了幾分鐘。我開始獨自跑一條新路線，探測南邊。

別跑太遠。

為什麼？

貝拉要我請你順便過去一下。

我的牙關咬緊。

艾利絲也要找你。她說她已經厭倦了住在閣樓裡，像吸血蝙蝠掛在鐘樓上一樣。賽斯吠笑一聲。**我之前跟愛德華換過班，試著要保持貝拉的體溫穩定。冷和熱，隨著需要替換。我猜，如果你不想做，我可以回去——**

不，我會去。我吼道。

那好。賽斯沒再多說什麼。他非常努力專心在空蕩蕩的森林中。

我保持往南方的路線，搜尋任何新的東西。當我接近頭一個住家跡象時便往回轉。其實還沒接近鎮上，但我不想再引起任何有關巨狼的八卦。我們已經乖乖沉寂不被人看見好長一段時間了。

回頭的路上，我直接穿過我們跑出的邊界線，朝大屋直奔。即使我明知這麼做很愚蠢，我還是無法阻止自己。我一定是某種被虐待狂。

你這麼做沒有什麼不對，小各。現在是非常時期啊。

拜託你閉嘴，賽斯。

閉了。

這次我在門口並未遲疑，直接就走進去，好像這地方是我的。我估計這會讓羅絲莉很感冒，但我白費力氣了。羅絲莉跟貝拉都不在場。我大大掃視一圈，希望剛才自己是沒看清楚錯過了，我的心臟以一種怪異、不舒服的方式壓迫我的肋骨。

「她沒事。」愛德華低語。「或者，我該說，跟之前一樣。」

愛德華坐在沙發上，臉埋在手裡；他沒有抬起頭說話。艾思蜜在他旁邊，她的手臂緊緊環著他肩膀。

「哈囉，雅各，」她說：「我真高興看見你回來。」

「我也是。」艾利絲深深一嘆說。她跳躍著下樓來，扮個鬼臉，彷彿我約會遲到了一樣。

「呃，嗨。」我說。試著保持禮貌的感覺真怪。

「貝拉在哪裡？」

「浴室，」艾利絲告訴我：「你知道，她吃的大部分是流體食物。再且，我聽說懷孕會讓人變得一直想上廁所。」

「啊。」

我笨拙地站在那裡，用腳跟前後搖晃著。

「嘔，好極了。」羅絲莉抱怨。我猛轉過頭，看見她從一個被樓梯遮住大半的走廊出來。她溫柔地把貝拉抱在懷裡，臉上給我一個嚴酷的冷笑。「我就說我聞到什麼臭得要命。」

然後，就跟之前一樣，貝拉的臉像小孩在聖誕節早晨一樣，整個亮起來。像是我給她帶來了有史以來最偉大的禮物。

這真是太不公平了。

「雅各，」她喘息一聲：「你來了。」

「嗨，貝拉。」

艾思蜜跟愛德華都站起來。我看著羅絲莉極其小心地把貝拉放到沙發上。我幾近絕望地看著貝拉臉色一下轉白，並屏住呼吸——彷彿無論這讓她有多痛，她都不打算發出聲音。

愛德華伸手撫過她的額頭，順著滑到她的頸項。他試著要讓這動作看起來像是把她的頭髮往後撥，但在我看來卻像是醫生的檢查。

「妳會冷嗎？」他喃喃說。

「我還好。」

「貝拉，妳知道卡萊爾告訴妳的。」羅絲莉說：「不要輕看任何事。這對我們要照顧你們倆一點也幫不上忙。」

「好吧，我是有點冷。愛德華，你可以把毯子遞給我嗎？」

我翻了翻白眼。「這不是叫我來這裡的目的嗎？」

「你才剛進來，」貝拉說：「我敢說你已經跑了一整天了。你先歇歇腳吧，我大概很快就會暖了。」

我沒理她，在她還在告訴我該如何如何時，走到沙發旁的地板上坐下。不過，在那個節骨眼上，我卻不確定該……她看起來易碎，而我不敢動她，即使是用手臂環住她都怕。所以，我只是小心地貼著她身側，讓我的手臂貼著她的手臂，並握住她的手，然後我用另一隻手貼著她的臉。我很難說她是否感覺比平常還冷。

「謝了，小各。」她說，我感覺到她抖了一下。

「嗯。」我說。

愛德華坐在貝拉的腳那一頭的沙發扶手上，雙眼始終在她臉上。

待在一群耳朵這麼尖的人的屋子裡，要大家沒聽到我的肚子咕嚕大叫，簡直是奢望。

「羅絲莉，妳何不到廚房去幫雅各拿點吃的東西？」艾利絲說。她這會兒靜靜坐在沙發背後，讓人看不見她。

羅絲莉瞪著艾利絲傳來聲音的地方，一臉難以置信的神情。

「真是謝啦，艾利絲，不過，我不想吃金髮妞可能會吐口水的任何東西。我的身體無福消受那些毒液啊。」

「羅絲莉絕不會用那麼缺乏好客精神的方式來令艾思蜜難堪的。」

「**當然**不會。」金髮妖女用甜似蜜糖的聲音說，讓我完全不信任她。她起身像陣微風飄出大廳。

愛德華嘆氣。

「如果她下毒，你會告訴我，是吧？」我問。

「是。」愛德華保證。

由於某種不知名的理由，我相信他。

廚房裡傳來許多乒乒乓乓的響聲，而且，怪的是，聽起來像是金屬在抗議受到了虐待。愛德華又嘆氣，但也稍微露出一點微笑。在我還無法多想之前，羅絲莉就回來了。她臉上帶著愉快的笑容，在我面前的地板上放下一個銀碗。

「好好享受，雜種狗。」

過去這大概是個混合東西用的大碗，但是她把碗邊緣往內拗，直到它的樣子看起來幾乎就像個狗食盆。我得對她又快又巧的手藝讚嘆一下，並且她還注意到細節。她在碗旁邊刮出「費多」（註10）這個名字，

註10 原文 Fido 原本是美國總統林肯愛犬的名字，源自拉丁文中的「忠誠」；後來延伸成泛指寵物犬的意思，相當於台灣人口中的小黃或小白。

字寫得漂亮極了。

由於食物看來好吃極了——少不得的牛排，一大個烤馬鈴薯和所有配料——我對她說：「謝啦，金髮妞。」

她嗤之以鼻。

「嘿，妳知道有腦子的金髮妞怎麼稱呼嗎？」我問，繼續用同樣的聲調說：「黃金獵犬。」

「這個我也聽過了。」她說，已經笑不出來了。

「我會繼續找新的。」我保證，然後開始大嚼。

她做個噁心的鬼臉並翻了翻白眼，然後坐到一張扶手椅上，開始給那臺大電視轉臺，速度快到她根本不可能真的選出什麼節目來看。

即使空氣中充滿吸血鬼的臭味，食物還是很好吃。我已經越來越習慣這一切了。哈。卻不是什麼我確實想做的事……

當我吃完——雖然我考慮把碗舔一舔，好讓羅絲莉有件事可抱怨——我感覺到貝拉冰冷的手指輕輕往下扯著我的頭髮，把它撫貼住我的頸背。

「該剪頭髮了，是嗎？」

「你有點蓬頭散髮了，」她說：「也許——」

「讓我猜猜，我們這裡有人習慣在巴黎的美容院裡剪頭髮？」

她輕笑。「大概吧。」

「不，謝了。」我在她真的提出來之前說：「我還可以再過幾個禮拜都沒事。」

這讓我懷疑**她**還能沒事多久。我試著想用個禮貌的方式來問。

「所以……呃……是什麼，呃，哪天？妳知道，那小怪物出生的日子。」

她一巴掌拍在我後腦，力氣大得像一根羽毛拂過，但沒回答。

「我是說真的，」我告訴她：「我要知道我得在這裡待多久。」然後在心裡加上一句，**而妳會在這裡待多久**。我轉頭看她，她的雙眼呈現深思；雙眉之間再次浮現那條有壓力的皺紋。

「我不知道，」她喃喃低語：「不確切知道。顯然，我們不會有正常的九個月模式，同時我們又無法照超音波，因此，卡萊爾是從我肚子有多大來猜測。當寶寶完全成長成熟的時候，」她的手指滑到她隆起的大肚子中央。「一般正常人在這位置的肚圍應該是四十釐米。也就是一週長大一釐米。我今天早上是三十釐米，而我一天會長大兩釐米，有時候甚至更多——」

兩個禮拜濃縮到一天，時光飛逝啊。她的生命正在急速飆向終點。如果她要長到四十釐米，這樣算來她還有幾天？四天？我花了一分鐘的時間才吞下這訊息。

「你還好吧？」她問。

我點頭，不敢確定開口的話，我聲音會是什麼樣子。

愛德華邊聆聽著我腦中的想法邊把臉轉開，但我可以從那面玻璃牆看見他的倒影。他又是那個被焚燒的人了。

可笑的是，知道最後期限竟讓離去變得更難，或說更難讓她離去。我很高興賽斯提起這件事，讓我知道他們會留在這裡。若一直想著他們是否要走，要拿走這四天中的一天、兩天或三天，簡直無法忍受。我的四天。

另外可笑的是，即使知道這事就快結束了，她對我的控制卻更難斷開。這幾乎像是跟她不斷增大的肚子連在一起——彷彿藉由越來越大，她獲得更大的地心引力一般。

有那麼片刻，我試著從一個距離外看她，將我自己跟那股拉力分開。我知道我對她的需要強過以往，不是我想像出來的。為什麼會這樣？是因為她快死了嗎？或是因為知道即使她沒死，她也還是——最好的推測——會變成某種我不認識或瞭解的東西？

她用手指撫過我的顴骨，而我的皮膚在她碰的地方是濕的。

「一定會沒事的。」她有點像在哼歌。這句話沒有意義也無妨，她說的方式就像人們對小孩哼唱那些無意義的童謠一樣。快快睡，我寶貝。

「是啊。」我喃喃說。

她蜷曲著貼緊我的手臂，把頭靠在我肩膀上。「我不認為你會來。賽斯說你會，愛德華也這樣說，但我不相信他們。」

「為什麼不相信？」我粗聲粗氣地問。

「你在這裡不快樂。但你還是來了。」

「妳要我在這裡。」

「我知道。但你可以不必來，因為我要你在這裡這點並不公平。我會瞭解的。」

廳裡安靜了一分鐘左右。愛德華已經控制住自己的神情。他看著電視，看羅絲莉拚命地轉臺。她已經轉到六百多臺了。我很好奇要花多久時間才會又從第一臺開始。

「謝謝你來。」貝拉低聲說。

「我可以問妳一件事嗎？」我問。

「當然。」

愛德華看起來像是完全沒注意我們，但他知道我要問什麼，所以他騙不了我。

「妳為什麼要我在這裡？賽斯就可以幫妳保暖，待在這裡對他大概也很容易，快樂的小笨蛋。但是當我走進門來，妳笑得像**我**是這世界上妳最喜歡的人一樣。」

「你是其中之一。」

「這說法真是爛透了，妳知道。」

「嗯。」她嘆氣。「對不起。」

「不過，到底為什麼？妳沒回答這點。」

愛德華又看著外面，像是他望著窗戶外的景象。玻璃上映出他一片空白的臉。

「雅各，當你在這裡時，那感覺像是……完整了。像是我的家人全都聚在一起。我是說，我猜那感覺就像這樣——在這之前我從來沒有過這麼多家人。這感覺真好。」她只笑了半秒鐘，「但除非你在這裡，不然感覺就不完整。」

「貝拉，我永遠也不會是妳的家人之一。」

我本來可以是的，我本來會對妳很有益的。但那是個在有機會存活之前，就已經死亡了的遙遠未來。

她不同意，說：「你始終都是我的家人之一。」

我咬緊的牙關發出摩擦的聲音。「這是什麼狗屁答案。」

「那什麼是好答案？」

「說『雅各，我對你的痛不欲生上癮。』怎麼樣？」

我察覺到她退縮了一下。

「你比較喜歡那樣嗎？」她低聲說。

「至少，那樣比較容易。我可以理解，我可以對付它。」

我轉過頭來往下看著她的臉，如此的接近我。她眼睛閉著，且皺著眉頭。「小各，我們偏離了軌道，失去了平衡。你應該要是我生命中的一部分的——我可以感覺到，因此你也可以。」她停了一下，卻沒張開眼睛——就像她在等我否認一樣。當我沒說任何話，她又繼續。「但不是像這樣。我們做錯了某件事，不，是我做錯了某件事，於是我們偏離了軌道……」

她的聲音變小，皺著的臉放鬆了，直到只剩嘴角還有一點皺紋。我等著她在我那些如紙割出來的傷口上倒些檸檬汁，沒想到，有個輕微的打呼聲從她喉嚨底部傳來。

「她累壞了，」愛德華低語：「好長的一天，也很艱難。我以為她會早一點睡的，但是她在等你。」

我沒看他。

「賽斯說它又弄斷她另一根肋骨。」

「對。它弄得她很難呼吸。」

「好極了。」

「當她覺得熱的時候，讓我知道。」

「好。」

她沒接觸到我手臂的另一隻手上仍然有雞皮疙瘩，當愛德華拉過一條披在沙發扶手上的毯子，抖開來蓋在她身上時，我幾乎沒抬起頭來看一眼。

偶爾，讀心術這件事還真省了不少時間。譬如，也許有關查理的事，我不必大聲嚷嚷說出我的指控，那根本是把事情搞得亂七八糟，愛德華就會聽見我實實在在有多火大——

「對，」他同意：「那實在不是個好主意。」

「那為什麼這麼做？」為什麼當事情只會讓查理變得更悲慘時，貝拉卻選擇要告訴她父親，她**正在康復**

中？

「她無法忍受他的焦慮。」

「所以，最好是——」

「不，那並不好。但現在我不打算強迫她去做任何令她不快樂的事。無論發生什麼事，這麼做都會讓她覺得好過許多。剩餘的事我會處理。」

這聽起來不怎麼對頭。貝拉不會把查理的痛苦推延到日後讓別人去面對。即使在垂死的狀況下，這也不是她。如果我算認識貝拉的話，她一定是有其他的計畫。

「她非常肯定自己會活下去。」愛德華說。

「但不是人類的形式。」我抗議說。

「不，不是人類的樣子。但是，反正她希望再見到查理。」

噢，這真是越來越精采了。

「看吧，查理。」我終於看著他，眼球突出。「在這事後。當她整個人白的發亮又帶著雙血紅的眼睛去見查理。我不是吸血鬼，因此我大概錯過了什麼，但是她的第一餐卻選擇**查理**，似乎有點奇怪。」

愛德華嘆氣。「她知道自己大概會有至少一年不能接近他，她認為自己能夠搪塞過去，告訴查理她得進一間特別的醫院，遠在世界的另一端，只靠電話連繫……」

「這真是瘋了。」

「對。」

「查理可不笨。即使她沒殺了他，他也會注意到有差異。」

「她有點寄望事情會這樣。」

我繼續瞪著他，等他解釋。

「即使查理接受她為改變提出的任何藉口，也還是會有個時間限度，因為她當然不會變老。」他淡淡一笑。「你還記得當你嘗試告訴她你的改變嗎？你是讓她怎麼猜想的？」

我空著的手握成了拳頭。「她跟你說了這件事？」

「對。她解釋了她的……想法。你看，她不能把真相告訴查理——那會使他落入險境。但他又是個聰明務實的人，她認為他會想出他自己的解釋。她假設他會想錯。」愛德華哼笑著說：「畢竟，我們幾乎沒遵守吸血鬼的規則。他會對我們做出錯誤的假設，就像她一開始時一樣，而我們會附和他的想法。她認為自己能夠偶爾見見他……」

「瘋了。」我重複道。

「對。」他再次同意。

他真是軟弱，讓她以她的方式得逞，只為了在這時候讓她快樂。最後一定不會有好結果的。

這也讓我想到，說不定他並未期望她能活下去，實行她瘋狂的計畫。所以使用懷柔政策安撫她，以便她能快樂的久一點。

比方說，再快樂四天。

「無論結果如何，我都會應付的。」他低語，同時低下頭轉開臉，以致於我無法看見他在玻璃上的倒影。「我不會在這時候讓她感到痛苦。」

「四天？」我問。

他沒抬起頭來。「大約。」

「然後呢？」

「你確切的意思是什麼？」

我想著貝拉說過的話。那東西被某種強而有力的，像是吸血鬼的皮膚的東西，裹得又好又緊。所以，事情要怎麼收尾？它要怎麼出來？

「從我們所能做到的一點研究調查裡得知，那種生物顯然會用牙齒咬穿子宮破腹而出。」他低聲說。

我得停下來把上湧的膽汁吞下去。

「研究？」我無力的問。

「這是為什麼你沒見到賈斯柏跟艾密特在家，那是卡萊爾正在做的事。試圖破解古老的故事與神話，盡可能弄清楚我們收集到這裡來的資料，找出任何可能幫助我們預知這東西的習性的資訊。」

故事？如果它們是神話，那麼……

「那麼，這東西不是史無前例的生物？」愛德華預測到我的問題，幫我問出來。「也許不是。整個記錄都很含糊。神話很容易是恐懼與想像的產物，不過……」他遲疑了一下。「你們的神話是真的，不是嗎？說不定這些也是。它們似乎具有地方色彩，連接著……」

「你們怎麼找到……的？」

「我們在南美的時候碰到一位當地的婦女，她是在她族人的傳統中長大的。她聽過有關這類生物的警告，一些流傳下來的古老故事。」

「什麼樣的警告？」我低聲說。

「要在這種生物獲得太大的力量之前，立即把它除掉。」

正如山姆所想的。難道他是對的？

「當然，他們的傳說中也對我們說同樣的事。我們必須要被摧毀，我們是沒有靈魂的謀殺者。」

真是半斤八兩。

愛德華苦笑一聲。

「他們的故事對於……母親，都提到什麼？」

痛苦撕扯他的臉，當我因為他的痛苦而退縮時，我知道他不會告訴我答案。我懷疑他能說得出來。

回答我的是羅絲莉──自從貝拉睡著後，她就變得毫無聲息與動靜，讓我幾乎忘了她的存在。

她從喉嚨深處發出一聲輕蔑的笑聲。「當然是沒有生還者。」她說。**沒有生還者**，坦率又毫不在乎。「在一個百病叢生的環境裡生產，還有個巫醫把噁心骯髒的口水吐在你臉上，好驅趕出附身的諸般邪靈，可從來不是最安全的生產方式。即便是一般的生產都有一半的死亡率。她們沒有一個人擁有這個寶寶所擁有的──知道這寶寶需要什麼的照顧者，並且還供應那些需要。有位擁有特殊知識，完全瞭解吸血鬼天性的醫生。一個已經訂定好的，盡可能安全地接生寶寶的計畫。還有修復發生任何差錯的毒液。這個寶寶會沒事的。那些媽媽若擁有這一切──如果當初真有那些媽媽的話，這點我實在不太相信──她們會活下來的。」她輕蔑地哼了哼。

這寶寶，這寶寶，好像除此之外都不重要。貝拉的生命對她而言微不足道──可以輕易一口氣吹走。

愛德華的臉變得雪白，他的手曲起如爪。完全自我中心和漠不關心的羅絲莉在椅子上轉個身，好讓自己背對他。他身體往前傾，變換成蹲伏撲躍的姿勢。

讓我來。我提議。

他停下來，揚起一邊眉毛。

靜靜地，我拿起地板上的狗碗，手腕迅速有力地一甩，把它用力扔在金髮妖女的後腦杓上──發出十分刺耳的哐啷聲──碗整個扁掉，彈飛過房間，猛撞在樓梯底階的欄杆圓形柱頭上。

貝拉扭動了一下但沒醒過來。

「蠢金髮妞。」我喃喃自語。

羅絲莉緩緩地轉過頭來，雙眼燃燒著火焰。

「你．把．食．物．弄．進．我．的．頭．髮．裡！」

忍耐到了極限。

我爆笑出聲。我離開貝拉，免得她被我震醒，我笑得太厲害，連眼淚都流下來了。從沙發背後，我聽見艾利絲銀鈴般的笑聲也加入。

我好奇羅絲莉怎麼沒跳起來。我可說是期待著。然後我才發覺我的大笑把貝拉驚醒了，雖然剛才吵雜聲更大她都睡得好好的。

「什麼事這麼好笑？」她含糊地問。

「我把食物弄進她的頭髮裡。」我告訴她，再度咯咯笑了起來。

「我不會忘記這件事的，臭狗。」羅絲莉氣呼呼的。

「要消除掉金髮妞的記憶不是什麼難事，」我挑釁：「只要吹吹她耳朵就行。」

「老掉牙的笑話，找些新的吧。」她怒道。

「算了，小各。別招惹羅絲——」貝拉說到一半停下來，尖銳地吸口氣。同一時刻，愛德華已經俯身在我上方，一把扯掉毯子。她似乎抽筋了，整個背拱離了沙發。

「他只是，」她喘氣說：「伸懶腰。」

她嘴唇都白了，牙齒緊咬在一起，彷彿試著不尖叫出聲。

愛德華用雙手捧住她的臉。

「卡萊爾？」他用繃緊的聲音低聲喚著。

「來了。」醫生說。我完全沒聽到他過來。

「沒事了。」貝拉說，依舊艱難粗淺地呼吸著。「我想過去了。可憐的孩子，空間不夠，只是這樣。他長得太大了。」

她用那種憐惜的語氣描述那個正在把她撕裂的東西，真是讓人難以接受。尤其是在羅絲莉的麻木不仁之後，讓我也很想對貝拉丟東西。

她沒發覺我情緒不佳。「你知道，小各，他讓我想到你。」她用充滿深情的語調說，還在喘個不停。

「別拿我跟那東西做比較。」我從牙縫中吐出話來。

「我的意思只是你長得飛快。」她說，看起來像是我傷害她的感情似的。好極了。「你直往上竄。我簡直是看著你每分鐘都在長高。他也像那樣，長得非常快。」

我咬住舌頭，免得說出我想要說的——用力到我在嘴裡嘗到了血腥味。當然，在我還沒吞下去之前它就痊癒了。那正是貝拉需要的，像我一樣強壯，能夠迅速痊癒……

她的呼吸比較緩和了，然後放鬆下來躺回沙發，整個身體癱軟無力。

「嗯。」卡萊爾喃喃自語。我抬起頭來，他的雙眼正看著我。

「怎樣？」我詰問。

愛德華的頭歪到一邊，他正在思考卡萊爾腦子裡想的不管是什麼事。

「雅各，你知道我很好奇胎兒的遺傳天性。就是有關他的染色體。」

「怎麼樣呢？」

「嗯，考慮到你們兩個的相似性——」

「相似性？」我吼道，一點也不感激這比較。

「加速的成長，還有艾利絲看不見你們兩個的事實。」

我覺得自己臉上一片空白。我竟忘了另外這點。

「嗯，我好奇這意思是否我們有了個答案。如果這相似性是深入到了基因的層面。」

「有二十四對。」愛德華屏氣低語。

「這點你不知道。」

「對，我不知道。但這樣推測很有意思。」卡萊爾用一種撫慰的聲調說。

「是啊，真**令人著迷**。」

貝拉又響起了輕微的打呼聲，令人滿意地強調了我的挖苦。

他們還是展開了討論，迅速把有關遺傳的對話帶到我只聽得懂**這個那個**以及**還有**的程度。當然，還有我的名字。艾利絲加入，她那清脆鳥兒般的聲音不時插入評論。

雖然他們是在談論我，我卻沒打算要弄懂他們得出的結論。我腦子裡想著別的事，幾件我試圖協調的事實。

事實一，貝拉說，這生物被某種像吸血鬼皮膚一樣強韌的東西，某種無法穿透讓超音波看見，針也刺不進去的東西保護著。事實二，羅絲莉說他們有個安全接生這生物的計畫。事實三，愛德華說——在神話裡——其他像這一隻的怪物，會咬穿它們的母親破腹而出。

我打了個寒顫。

這讓我的恐懼變得有理，因為，事實四，沒有太多東西能切開像吸血鬼皮膚一樣強韌的東西。而那半人生物長出來的牙齒——根據神話所言——卻夠厲害。我的牙齒夠厲害。

吸血鬼的牙齒也夠厲害。

要忽略這麼明顯的事還真難，但我真希望我能忽略。因為我很清楚羅絲莉有怎樣的讓那東西「安全地」出生的計畫。

chapter 16

資訊超載警報

那個你討厭到死的金髮吸血鬼——我完全理解她的想法。

有那麼片刻，我以為她是在講笑話，

而且是品味很差的那種。然後，我明白她是說真的，

突然竄過我全身的怒火幾乎難以控制。

我們分開來各自巡邏還真是好事，

如果她是在我**咬得到**的距離內……

我很早出發，離太陽升起還有很長一段時間。我只靠著沙發一側睡了有點不舒服的短短一覺，當貝拉的臉通紅時，愛德華把我搖醒，取代我的位置讓她涼快下來。我伸個懶腰，覺得自己睡夠了，該去找點事做做。

「謝謝你。」愛德華看見我的計畫，靜靜地說：「如果路上沒有障礙，他們會今天出發。」

「我會讓你知道。」

回復到動物的我感覺真好，坐太久令我感覺僵硬。我伸展我的步伐，扭動頸項。

早啊，雅各。利雅跟我打招呼。

好極了，妳已經起來了。賽斯睡多久了？

還沒睡，賽斯睏倦地想。**不過快了。你需要什麼嗎？**

你想你還可以再撐一小時嗎？

當然。沒問題。賽斯立刻站起來，抖動全身的毛。

讓我們跑深入一點，我告訴利雅。**賽斯，你跑邊界圈。**

好的。賽斯開始輕鬆的小跑步。

又是另一件吸血鬼的差事。利雅發牢騷。

妳對此有問題嗎？

當然沒有。我只是熱愛悉心照料那些親愛的血蛭。

很好。讓我們看看我們能跑多快。

好，這點我肯定有興趣！

利雅在邊界圈的最西邊。她寧可沿著邊界繞圓快跑，也不肯抄近路經過庫倫的家來跟我會面。我筆直地向東衝去，知道雖然我比她先朝東出發，但只要稍稍不留心，她很快就會追上我。

鼻子朝地，利雅。這不是競賽，這是執行偵察任務。

我可以同時做到兩者並痛宰你。

這點我相信她。**我知道**。

她大笑。

我們走一條蜿蜒穿過東邊群山的路，那是條熟悉的路。一年前當吸血鬼離開時，我們巡行過這些山嶺，把它變成我們巡邏路徑的一部分，好更周到地保護當地的居民。當庫倫家回來時，我們便撤回不巡邏這些路線了。這是協議中他們的土地。

但這項事實現在對山姆可能沒有意義。協議已經死亡。今天的問題在於，他願意把他的兵力分散到多稀薄的地步。他會不會找尋在這塊土地上落單的庫倫家人？賈德說的是真話，還是他趁我們無法得知彼此想法之便占我們便宜？

我們越來越深入這些山林，都沒有找到任何山姆狼群的蹤跡。到處都是褪淡的吸血鬼蹤跡，如今我對這些味道非常熟悉，我整天呼吸著他們的味道。

我在一條特定的路徑上，發現很濃的、約莫是最近集中往來過的味道——除了愛德華之外，其他所有的人都來來去去，走過這條路。當愛德華帶著他懷孕垂死的妻子返家時，為某種理由的聚會一定遭到遺忘。我咬緊牙關，無論是什麼事，都與我無關。

雖然利雅這時可以超過我，但她沒強迫自己那麼做。我把注意力都集中在每個新的氣味而不在速度競賽。她保持在我的右側，與我一同奔跑而非跟我賽跑。

我們已經來到很遠的地方了。她評論道。

對。如果山姆要獵殺離群者，我們這時也該遇上他的蹤跡了。

目前隱蔽在拉布席對他是比較合理的事，利雅想。他知道我們讓那群吸血鬼多了三對眼睛跟幾條腿。他將無法突襲他們。

這只是預防措施，真的。

不想要讓我們珍貴的寄生蟲們冒不必要的險。

沒錯。我同意，不理會她話中的譏諷。

你改變了好多，雅各。一百八十度的大轉變。

妳也不完全是我向來認識跟喜歡的同一個利雅了。

沒錯。現在我比保羅不惹人厭了嗎？

對……真是太驚人了。

哈，成功的甜美。

恭喜。

我們再次在沉默中奔跑。也許是該轉頭了，但我們誰也不想這麼做。能這樣一起奔跑的感覺很好。我們在同樣一個小圈圈跑太久了，能這樣伸展我們的肌肉並奔跑於崎嶇地帶，感覺真好。我們並不趕時間，因此我想或許該在回程時打個獵。利雅其實很餓。

美味，美味。她酸酸地想。

那全是妳腦子裡想出來的。我告訴她。狼本來就是這樣進食的。很自然，吃起來也不錯。如果妳不要從人類的角度來想——

別提那些鼓勵士氣的話吧，雅各。我會打獵的。但我不需要喜歡它。

是啊，是啊。我輕鬆地同意。如果她想讓事情變得對自己更困難，可不關我的事。

有好幾分鐘她沒多說什麼；我開始想著要掉頭往回走。

謝謝你。利雅突然用個非常不同的語調告訴我。

為了？

為了讓我作自己，為了讓我留下。我其實無權期待，但你真的比我想的好很多很多，雅各。

呃，沒問題。事實上，我是說真的。我不介意妳在這裡，我本來以為我會。

她嗤哼一聲，但那是好玩發出的。**多麼動人的讚賞啊！**

妳可別當真。

沒問題——如果你也別把以下的話當真。她停了一下。**我認為你是個很好的狼族首領。跟山姆的方式不同，但你有自己的風格。你是值得跟隨的，雅各。**

我因為驚訝而腦筋空白了一下，過了一秒才恢復過來得以反應。

呃，謝了。不過，無法百分之百確定我能不把這話當真。這想法是打哪來的啊？

她沒有立刻回答，而我跟隨著她無語的思緒的方向。她在想著未來——有關我那天早晨對賈德說的話。有關時間會很快就到，之後我將回到森林裡去。以及我如何保證她跟賽斯會在庫倫家走了之後，重回他們的狼群裡去……

我要跟你在一起。她告訴我。

這震驚竄過我的腿，鎖住我的關節。她從我旁邊風一般飄過，然後剎住步伐。她慢慢地走回我僵立的地方。

我發誓我絕不會是個麻煩。我不會緊跟在你旁邊，你可以去任何你想去的地方，而我會去我想去的地

方。你只需要在我們兩個都是狼的時候忍受我就行。她在我面前來回走動，緊張地嗖嗖甩動她灰色的長尾巴。**而我計畫著只要我一能控制情況，我會立刻停止變身……也許，變成狼不會是常有的事。**

我不知道該說什麼。

現在身為你狼群的一分子，我比過去多年來快樂多了。

我也想留下來，賽斯靜靜地想。我沒料到他在跑著邊界圈的時候，竟也費心注意我們的談話。**我喜歡這個狼群。**

嘿，聽著！賽斯，這個狼群不會持續很久的。我試著集中思緒，好讓它們能說服他。**我們現在有個目標，但是當……等那結束後，我將會去過狼的生活。賽斯，你需要一個目標。你是個好孩子，你是那種總是想要從事改革的人。而你現在絕不該離開拉布席。你應該要讀完高中，畢業後，在你的人生中找某件事情做。你得要照顧蘇。我的問題絕不能打亂你的未來。**

可是——

雅各說的對。利雅支持說。

妳竟然贊成我說的？

當然。但這兩者對我都不適用，我反正打算離開了。我會在遠離拉布席的地方找個工作，也許在某個社區大學選一些課上。去學瑜伽跟打坐冥想來克制我情緒的問題……並為了精神健康的緣故繼續做這狼群的一分子。雅各——你一定能明白這多麼合情合理，對嗎？我不會打擾你，你也不會打擾我，大家都很快樂的過活。

我轉身，開始慢慢朝西邊大步慢跑。

這有點難適應，利雅。讓我想想看，好嗎？

沒問題。你可以慢慢想。

回程花了我們更多時間。我一點也不想跑快，只試著要集中足夠的注意力，免得讓自己一頭撞到樹上去。賽斯在我腦裡發著牢騷，但我能夠不理他。他知道我說的對，他不能拋棄他母親。他會回去拉布席，按他所應該做的保護這部族。

但我無法想像利雅這麼做。而她不走的事實在太嚇人了。

一個只有我們兩人的狼群？不管實際的身體距離是多遠，我無法想像……在那種情況的**親密**程度。我猜她恐怕沒把事情整個想清楚，要不然就是為圖自由不擇手段。

當我在細想這件事時，利雅什麼也沒說。情況像是她在試著證明若只有我們兩人，會是多麼容易。

我們在途中遇上一群黑尾鹿，那時太陽剛升起，稍稍照亮我們身後的雲彩。利雅心裡嘆口氣但沒有遲疑。她的撲擊俐落而有效——甚至可說是優雅。她撲倒了最大的一隻公鹿，那頭震驚的動物甚至還沒完全明白過來，危險已經臨到。

我不想被勝過，立刻猛撲向第二大的鹿，迅速張嘴咬斷牠的頸項，所以牠不會感受不必要的痛苦。我可以感覺到利雅的嫌惡與她的飢餓交戰著，我想讓這事對她容易一點，於是讓狼的意識充滿我的腦袋。我曾經以狼的身分生活夠久，所以我知道如何完全做一頭動物，以動物的方式思考以及看事情。我讓務實的直覺接管一切，也讓她感覺到這一點。她遲疑了一下下，然後，她似乎試驗性地將她的思緒向外伸出，試著要明白我的方式。這感覺非常奇怪——我們的思緒比過往前所未有地連得更近，因為我們都**試著**要一同思考。

很奇怪，但這對她有幫助。她的牙齒切進她獵物的毛皮裡，咬下厚厚一大片淋漓的血肉。她放任自己狼的一面去直覺本能地反應，而不是像她人類思緒所想要的畏縮退開。這是件麻木、不必去思考的事。我讓她平靜地享用一餐。

對我而言，做同樣的事很容易，我很高興自己沒忘記這點。這將很快又會是我的生活了。

利雅會是那生活的一部分嗎？一個禮拜前，我會認為這想法遠非恐怖二字所能形容，我一定無法忍受的。但現在我比較認識她了，並且，從那持續不斷的痛苦中解脫出來，她不再是同樣的那匹狼，不再是同樣的那個女孩。

我們一起大嚼，直到我們都吃飽了。

謝了。稍後她告訴我，邊把她的口鼻跟爪子抵在濕濕的青草上清理。我懶得清；天空已經開始下起毛毛細雨，而我們在回程的路上還要游過河。到時候我會夠乾淨的。**感謝你的方法，那實在不壞。**

不客氣。

當我們抵達邊界圈時，賽斯的意識慢吞吞地拖拉著。我告訴他去好好睡一覺，利雅跟我會接手巡邏。不到幾秒，賽斯的意識就落入神智不清了。

你會直接回吸血鬼那裡去嗎？利雅問。

大概。

待在那裡對你很難，但要離開也很難。我知道那種感覺。

妳知道，利雅，也許妳該想一下關於未來的事，有關妳真的想要做什麼。我的腦袋絕不會是這地球上最快樂的地方。而妳將必須一直跟著我受苦。

她想著要怎麼回答我。**哇，這聽起來真是糟糕。但是，坦白說，應付你的痛苦比面對我自己的要容易多了。**

好吧。

雅各，我知道對你來說結果將會很糟。我瞭解那點——也許比你所想的還瞭解。我不喜歡她，但……她是你的山姆。弱水三千，唯獨她是你要的那一瓢，卻偏又是你無法擁有的那一瓢。

我無法回答。

我知道這對你糟透了，至少山姆很快樂，至少他活著且活得很好。我愛他夠深到我要他過得好，我要他擁有一切對他而言是最好的。她嘆口氣。**我只是不想逗留在那裡看著那一切。**

我們需要談這件事嗎？

我認為我們需要。因為我要你知道，我不會把事情弄得讓你更難過。該死，說不定我還能幫你忙。我不是個生來就沒心肝的潑婦。你知道嗎，我曾經是個很友善的人。

我不記得那麼久以前的事。

我們倆一起大笑。

對這事我真覺得很遺憾，雅各。我很遺憾你深受痛苦，我很遺憾情況沒變得較好而是更壞。

謝了，利雅。

她想著更壞的一些事，那些我腦海中黑色的圖畫，而我試圖不理她卻沒成功。她能夠從某些距離之外、從某些觀點來看它們，而我承認，這確實有幫助。我可以想像，在幾年之後，或許我也能用那樣的方式看待這件事。

她看到每天跟吸血鬼一起打混會產生多少惱火的事的滑稽面。她喜歡我對羅絲莉的惡作劇，她在心裡暗笑並且想了幾個有關金髮妞的笑話，讓我以後說不定可以派上用場。但接著她的思緒變認真起來，她以一種令我困惑的方式一直想著羅絲莉的臉。

你知道瘋狂的是什麼嗎？她問。

嗯，現在幾乎所有的事都很瘋狂。但妳是指什麼？

那個你討厭到死的金髮吸血鬼——我完全理解她的想法。

有那麼片刻，我以為她是在講笑話，而且是品味很差的那種。然後，我明白她是說真的，突然竄過我全身的怒火幾乎難以控制。我們分開來各自巡邏還真是好事，如果她是在我**咬得到**的距離內……

等等！讓我解釋！

我一點也不想聽，走人了。

等一下！等一下！她在我試著冷靜自己好變身回去時哀求著。**拜託，小各！**

利雅，這真的不是一個說服我，讓我想在將來花更多時間跟妳在一起的好方法。

老天！真是反應過度。你甚至不知道我是在說什麼。

所以妳到底是在說什麼？

突然間她又變成之前那個令人頭痛的利雅。**我是在說，傳宗接代的死路，雅各。**

她話中那股殘酷的味道，令我不由得掙扎。我並不期待要讓自己的怒火爆發出來。

我不懂。

如果你不像其餘所有的人那樣，你會懂的。如果我的「女性特質」——她用一種諷刺、苛刻的語調想這個詞——**沒有讓你像其他愚蠢的男性一樣嚇得跑去躲起來，你就真的能夠注意到它所有的意思。**

噢。

沒錯，我們沒有人喜歡去想有關她的這方面。誰會願意去想呢？我當然記得利雅加入狼群的頭一個月時，她的恐慌——我也記得自己跟所有人一樣，退縮躲避去想這件事。因為她不能夠**懷孕**——除非有什麼怪異的宗教儀式可以使人轉化什麼的，否則沒有可能。自山姆之後，她就沒跟任何人交往了。隨著時間的延長，從一個月沒有到每個月都沒有，她明白自己的身體不再照著正常狀態運行了。那股恐懼——那她現在是什麼呢？她的身體是因為她變成狼人，導致也起了變化？還是因為她的身體**有毛病**，所以她才會變成狼人？這是有史以來唯一的一個女狼人。這是因為她不像她應該有的那般女性化嗎？

我們沒有一個人想要去處理這樣的故障。很明顯的，我們都無法**體會**。

你知道，山姆對我們「命定」一事的看法。她想著，現在冷靜多了。

當然，為了傳宗接代。

對。好生出一堆新的小狼人。物種的生存，遺傳優先。你會被那位能給你最好的機會傳續狼人基因的人所吸引。

我等著聽她告訴我這話題要帶到哪裡去。

如果我有這方面的好處，山姆將會被我吸引。

她的痛苦實在很大，以致於我奔跑的腳步也遲緩下來。

但我沒有。我一定有什麼毛病。顯然，我沒有能力把基因傳下去，雖然我的血統顯而易見。於是我變成一個怪胎——一個女的狼人——對任何一方面都沒有好處。我是個遺傳的死路，我們都知道這件事。

我們並不知道。我跟她爭論。**那只是山姆的理論。命定就這麼發生了，但我們不知道原因何在。比利就有不同的看法。**

我知道，我知道。他認為命定是讓你能生出更強壯的狼人。因為你跟山姆是如此巨大的怪物——比我們的祖先還巨大。但無論是哪一種，我都不是候選人。我是……我是過了更年期的。我才二十歲，但我已經停經了。

呃。我一點都不想要有這場對話。**利雅，這點妳並不知道。有可能這是因為時間凝止這整件事造成**

的。當妳不再變成狼人，妳就又開始變老，我相信事情將會……呃……立刻又恢復正常。

我或許會這麼想——只除了沒有人「命定」我，儘管我是出身名門。你知道，她周到地加上，如果沒有你，賽斯大概會有機會成為首領，至少根據他的血統來說，但絕不會有人考慮我……

妳真的想要命定某人，還是被某人命定，還是都好？我詰問。利雅，出去跟正常人一樣談戀愛有什麼不對？命定只是讓妳的諸多選擇被拿走的另一種方法而已。

山姆、賈德、保羅、奎爾……他們似乎都不在意。

他們的腦子都不正常。

你不想要命定嗎？

媽的，當然不！

那是因為你已經愛上她了。那會過去的，你知道，若你命定了的話，你將不會再因她而受傷害了。

妳會想要忘記妳對山姆的感覺嗎？

她慎重地想了片刻。我想我願意。

我嘆氣。她還處在一個比我更健康的狀態。

回到我原先要談的，雅各。我瞭解為什麼你那個金髮吸血鬼會這麼冷酷——用比喻的方式來說，她現在是集中精力，她的眼睛盯上了大獎，對嗎？因為你永遠都會想要得到那個你最最無法得到的東西。

妳會像羅絲莉一樣？妳會謀殺某個人——因為那是她正在做的事，確保沒有人干預、妨礙貝拉的死亡——妳會為了要一個孩子而這麼做嗎？妳打從幾時開始想做媽了？

雅各，我只是想要那個我沒有的選擇。如果我都沒有毛病的話，我大概從來不會想到這件事。

妳會為此殺人嗎？我盤問，不讓她逃開我的問題。

那不是她所做的事。我想情況比較像她在過代理者的生活。而且……如果貝拉要求我幫她這個忙……

她暫停下來，思考著。**雖然我不是那麼喜歡她，我大概也會跟那個吸血鬼做同樣的事。**

從我咬緊的牙關中冒出大聲的咆哮。

因為，如果換個立場，我會要貝拉為我這麼做，同樣羅絲莉也會，我們兩個都會照她的方式做。

噁！妳跟他們一樣壞！

這就是當你得知你無法獲得某物時可笑的地方。它讓你絕望、不擇手段。

夠了……我的忍耐到此為止，談話結束。

好吧。

她同意停止不語還不夠，我要一個比這更強的終結。

我離拋下衣服的地方只有一哩遠了，於是我變身回人類，用走的。我不去想我們的談話。不是因為當中沒有什麼可想的，而是我受不了。我**不要**用那種方式看這件事——但是當利雅把那些想法跟情感直接塞進我腦袋之後，要保持不那麼看實在很難。

就這麼辦，當這件事結束後，我不會帶她一起離開。她可以繼續在拉布席過悲慘的日子。在我永遠離開之前，下個來自狼族首領的小命令，不會害死任何人的。

我到達大屋時，時間還很早，貝拉可能還在睡覺。我估計我只要把頭伸進去，看看情況如何，給他們准許通行去打獵的表示，然後找片夠柔軟的草地以人類身分去睡個覺。除非利雅去睡覺，我不會變身回去的。

但是屋子裡有許多低而含糊的說話聲，所以也許貝拉沒在睡覺。然後我聽見樓上又傳來機械的聲音——X光機嗎？好極了。看來倒數第四天是從碰的一聲開始。

艾利絲在我進門之前為我開門。

她點頭。「嗨，大野狼。」

「嗨，小不點。樓上發生什麼事？」大廳是空的——所有的喃喃聲都在二樓。

她聳了一下小小尖尖的肩膀。「大概是另一根斷骨。」她試著要把這話說得若無其事，但我可以看見她漆黑眼中的怒火。不是只有愛德華跟我為了這事深受其苦。艾利絲也愛貝拉。

「另一根肋骨？」我粗啞著聲音問。

「不，這次是骨盆。」

它竟能持續打擊我，真是可笑，就像每件新事都令我吃驚。我什麼時候才會停止不被驚嚇？事後來看，每個新災難似乎都滿顯而易見的。

艾利絲瞪著我的手，看著它們顫抖不停。

我們聽見樓上傳來羅絲莉的聲音。

「看吧，我**告訴**過你我沒聽見斷裂聲。你的耳朵該去檢查檢查了，愛德華。」

沒有回答。

艾利絲扮個鬼臉。「愛德華最後一定會動手把羅絲撕成碎片，我想。我很驚訝她到現在還沒看見這點。要不，就是她或許以為艾密特會阻止他。」

「我會對付艾密特。」我主動提出。「撕成碎片的部分，妳可以幫忙愛德華。」

艾利絲半露出微笑。

這時一行人到樓下來——這回是愛德華抱著貝拉。她雙手緊握著裝血的杯子，臉色慘白。我看得出來，雖然他盡可能抵消移動對她造成的震動，她還是很痛。

「小各。」她低聲說，在疼痛中露出微笑。

我瞪著她，說不出話來。

愛德華小心萬分地將貝拉放在她那張沙發上，然後在她頭旁邊的地板上坐下。我想了一下他們為什麼沒把她留在樓上，接著立刻決定那一定是貝拉的主意。她想要讓事情看來一切正常，避開醫院的設備。而他很自然地會遷就她。

卡萊爾是最後一個慢慢走下來的，他一臉擔憂。那讓他看起來終於老得足以像個醫生了。

「卡萊爾，」我說：「我們往西雅圖的方向走了約一半的路程，都沒有狼群的跡象。你們可以安全離開。」

「謝謝你，雅各。這時間很剛好，我們的需要很迫切。」他漆黑的眼睛瞄向貝拉緊握在手裡的杯子。

「坦白說，我認為你們可以走不止三個人。我非常肯定山姆把人力都集中在拉布席。」

卡萊爾點頭同意。他這麼願意採納我的建議，讓我很驚訝。「如果你這麼認為的話。艾利絲、艾思蜜、賈斯柏和我會去。艾利絲可以帶艾密特和羅絲——」

「門都沒有。」羅絲莉低聲嘶吼。「艾密特可以現在跟你們一起走。」

「妳該狩獵了。」卡萊爾用柔和的聲音說。

他的語調沒有軟化她。「當**他**去狩獵時，我也會去。」她咆哮道，把下巴朝愛德華一抬，然後把頭髮往後甩。

卡萊爾嘆氣。

賈斯柏和艾密特一瞬間從樓上下來，艾利絲在同一秒鐘閃到玻璃後門邊加入他們。艾思蜜輕快地掠到艾利絲身邊。

卡萊爾把手搭上我的手臂。那冰冷的觸感很不舒服，但我沒有閃開。我靜止不動，半是驚訝，半是因為我不想傷害他的感覺。

「謝謝你。」他再次說，然後他跟其餘四人一起衝出門。我的目光跟隨他們，見他們橫過草地，在我吸第二口氣之前就消失了。他們的需要一定比我想像的更迫切。

屋內安靜了約一分鐘。我可以感覺到某人正在瞪我，我也知道那是誰。我本來打算要離開去找個地方睡一覺，但是搞砸羅絲莉的早晨這點子太棒了，放過可惜。

於是我閒逛到羅絲莉旁邊的扶手椅，一屁股坐下，攤開四肢躺著，因此我的頭是偏向貝拉，我的左腳則靠近羅絲莉的臉。

「噁。誰把這隻狗趕出去。」她皺著鼻子喃喃抱怨。

「神經病，妳聽過這個笑話嗎？金髮妞的腦細胞是怎麼死的？」

她什麼也沒說。

「嗯？」我問：「妳懂不懂笑話啊？」

她定定看著電視不理我。

「她聽過了嗎？」

愛德華繃緊的臉上毫無幽默——他沒把雙眼轉離貝拉。但他說：「沒有。」

「太棒了。所以妳一定會喜歡這個笑話，吸血鬼——金髮妞的腦細胞是**單獨**死亡（註11）。」

羅絲莉仍然沒有看我。「你這令人作嘔的野獸，我獵殺的記錄遠勝你百倍。你最好記住這點。」

「選美冠軍，有一天妳一定會厭煩了只是威脅我。我真的很期盼那天早點來臨。」

註11　意指單細胞生物。

「夠了，雅各。」貝拉說。

我低下頭，見她正怒視著我。看來昨天的好情緒已經消失不見了。

好吧，我不想令她厭煩。「妳要我走嗎？」我自動提出。

在我能希望——或害怕——她終於厭倦我之前，她眨了眨眼，皺著的眉頭鬆開了。她似乎對我會想出這樣的結論給整個嚇呆了。「不！當然不是。」

我嘆氣，我聽見愛德華也非常小聲地嘆了口氣。我知道他希望她能結束對我的依戀。他從來不會要求她做任何可能會讓她不快樂的事這點，實在太糟糕了。

「你看起來很累。」貝拉評論說。

「累斃了。」我承認。

「我**樂於**把你擊斃。」羅絲莉輕聲嘀咕，聲音低到貝拉無法聽見。

我更深地倒入椅中，坐得更舒服一點。晃蕩的赤腳更靠近羅絲莉，她僵住。幾分鐘後，貝拉請羅絲莉再幫她加滿杯中液體。我感覺到羅絲莉像一陣風吹往樓上，去幫她裝更多的血。真的很安靜。我盤算，也許可以睡個回籠覺。

突然愛德華說：「妳說了什麼嗎？」口氣很困惑。奇怪了，因為沒有人說任何話，而且愛德華的聽力跟我一樣好，他應該知道沒人講話。

他瞪著貝拉，她回瞪他。兩人看起來都很困惑。

「我？」她過了兩秒後問。「我什麼也沒說啊。」

他挪動跪起身來，往前俯視她，臉上的神情突然間有一種完全不同的緊張。他漆黑的眼睛凝視著她的臉。

「妳現在在想什麼？」

她茫然地瞪著他。「什麼也沒想。怎麼了？」

「那一分鐘前妳在想什麼？」他問。

「只是……艾思蜜島，還有羽毛。」

在我聽來全是無意義的話，但接著她臉紅了，於是我估計最好還是別知道的好。

「說點別的什麼。」他低語。

「比如什麼呢？愛德華，怎麼回事？」

他的神情又變了，他做了件事，令我的下巴啵地一聲整個掉下來。我聽見背後傳來倒吸口氣的聲音，於是我知道羅絲莉回來了，並且跟我一樣大吃一驚。

愛德華非常輕地把他的雙手貼在她巨大、圓滾的肚子上。

「這胎──」他嚥了嚥。「它……這寶寶喜歡妳說話的聲音。」

一陣全然的死寂。我無法挪動一絲肌肉，甚至眨個眼都沒辦法。然後──

「**我的老天爺，你能聽見他的想法！**」貝拉大喊。下一秒，她痛得畏縮。

愛德華的手挪到她隆起肚子的最高點，溫柔地撫摸著一定是它踢她的地方。

「噓，」他喃喃說：「妳嚇到它……他了。」

她雙眼圓睜，充滿驚奇。她拍拍肚子的一側，說：「寶寶，對不起。」

愛德華的頭朝那隆起偏過去，很努力地傾聽著。

「他現在在想什麼？」她急切地盤問。

「它……他或她，很……」他停下來，抬起頭望進她眼底。他的眼中也充滿同樣的敬畏之情──唯一不同的是他的比較小心與勉強。「他很**快樂**。」愛德華用一種難以相信的聲音說。

她屏住呼吸，要不看見她眼中流露出來的狂熱是不可能的。充滿了愛慕與熱切投入之情。大而飽滿的淚珠從她雙眼中滿溢出來，靜靜地滑下她的臉，橫過她微笑的雙唇。

而他瞪著她，他臉上的神情不是恐懼或憤怒或極度痛苦或其他任何自從他們返家之後他所具有的神情。他與她一同感到驚奇。

「你當然很高興，漂亮的寶寶，你當然是啊。」她輕聲說著，撫著她的肚子，同時淚水不斷滑下她的臉頰。「你怎麼能不快樂，完全安全、溫暖又被愛。我好愛你，小ＥＪ，你當然快樂啊。」

「妳叫他什麼？」愛德華好奇地問。

她臉又紅了。「我可說是幫他命名了。我想你大概不要……嗯，你知道的。」

「ＥＪ？」

「你父親也叫愛德華啊。」

「對，他是。什麼——？」他停下來，然後說：「嗯哼。」

「什麼？」

「他也喜歡我的聲音。」

「他當然喜歡。」現在她的聲調幾乎是得意洋洋的。「你有全世界最美麗的聲音。誰會不愛啊？」

這時羅絲莉問：「妳有備用計畫嗎？」她趴在沙發背上，帶著同樣的驚奇，臉上有著跟貝拉一樣得意洋洋的神情。「萬一他是個她怎麼辦？」

貝拉用手背抹了抹淚濕的雙眼。「我想了幾個排列組合。玩著芮妮和艾思蜜的名字。我想的是……魯—妮絲—梅。」

「魯妮絲梅？」

「芮妮思蜜。太怪了？」

「不會，我喜歡。」羅絲莉向她保證。她們的頭緊靠在一起，金黃與紅褐。「真美，別具特色，獨一無二。所以，很合適。」

「我還是認為他是個愛德華。」

愛德華瞪著前方視而不見，專心聆聽的臉上神情一片空白。

「怎麼樣？」貝拉問，她一臉神情煥發。「他現在在想什麼？」

一開始他並未回答，然後——我們其餘三人再次嚇一跳，三聲完全不同並分開的抽氣聲——他溫柔地把耳朵貼在她肚子上。

「他愛妳，」愛德華低聲說，聽起來像神智不清。「他完完全全地**敬愛**妳。」

那一刻，我知道自己是孤獨的，全然孤獨。

當我明白我有多麼指望那可惡的吸血鬼時，我真想狠狠踢自己幾腳。真蠢——彷彿你真的可以信賴一條血蛭！到最後他當然會背叛你。

我一直指望他是站在我這邊的。我一直指望他受的苦比我受的更多。最重要的是，我一直指望他會比我更加痛恨那個謀殺貝拉的噁心東西。

我一直相信他會是這樣。

然而，現在他們是同一國的，他們兩個都俯視著那個隆起，雙眼煥發光采盯著那看不見的妖物，彷彿一個快樂的家庭。

而我全然孤獨，滿懷的厭恨與痛苦，壞到一個地步簡直像是遭受苦刑折磨。像是被慢慢拖過一張遍布刀鋒的刀床。痛到一個地步你會用微笑迎接死亡，只因它能讓你逃脫這痛苦。

那股熱氣鬆開我凍僵的肌肉，我立刻起身。

他們三人的頭馬上抬起來，我看見我的痛苦隨著愛德華再次侵入我腦海中，而在他的臉上擴散開來。

「啊。」他嗆住。

我不知道自己在做什麼；我站在那裡，渾身顫抖，已經預備好衝出去逃向我所能想到的第一個地方。動作快到像一條攻擊的蛇一般，愛德華飛奔到角落一張小桌前，從抽屜裡抓了什麼出來。他把東西拋向我，我反射性地抓住它。

「去吧，雅各。離開這裡。」他的語調並不嚴厲。他把這話拋向我，彷彿那是救生圈似的，他在幫我找尋我渴望至極的逃脫。

在我手裡的東西是一副車鑰匙。

chapter 17

我看起來像什麼？綠野仙蹤？你需要個大腦？你需要一顆心？去吧。拿我的去。拿走我一切所有的。

「在你得面對處理這麼多狀況時，我實在討厭做這件事，但顯然沒時間了。我必須跟你要一樣東西——如果你要我哀求，我會。」

「我已經一無所有了。」我嗆答道。

當我奔向庫倫家的車庫時，有了大約的計畫。計畫的後半部是在我回程的路上，把這吸血蟲的車完全撞毀。

在我按下遙控器的按鈕時，其實我的人還處在茫然狀態。發出嗶聲並對我閃燈的不是他那輛富豪車，是另一輛車——在那一長排每一輛都令人流口水的車中，最傑出的一輛。

他是確實**有意**給我 Aston Martin Vanquish（註12）的車鑰匙，還是不小心拿錯了？

我沒停下來細想，也不認為這會改變我計畫的後半部。我只把自己丟進絲般滑順的皮椅裡，並讓引擎加速，而我的膝蓋還在方向盤底下嘎吱作響，調整位置。這車低沉的轟隆聲在其他日子裡可能會讓我忍不住呻吟，但現在，我盡全力也只能做到專心駕駛它上路。

我找到座椅的調整把手，把自己猛推向後，同時腳猛踏下踏板。這車往前躍出去時，感覺簡直像在空中飛。

飛馳過狹窄、蜿蜒的車道只花了幾秒鐘。這車對我的回應，像我是在用思緒而不是雙手控制方向盤。當我呼嘯過綠色隧道衝上高速公路時，我瞥見飛逝而過利雅灰色的臉，正不安地從羊齒蕨叢中往外凝視。

有那麼半秒，我好奇她會怎麼想，然後我明白我根本不在乎。

我轉向南，因為我今天毫無耐心等候渡輪或塞車或任何其他可能會要我把腳挪開油門的事。

就某種病態程度而言，今天真是我的幸運日。如果你指的幸運的意思是，即使是在一個限速每小時三十哩的小鎮上，我在高速公路飆到兩百也沒看見一個警察。真是掃興。若能來一點動作片的追逐多有意思，更別提牌照的資料會讓那條血蛭被好好修理一頓。當然，他會有辦法脫困，但事情可能會給他帶來小小的不方便。

註12 Aston Martin Vanquish，英國頂級手工名車，台幣售價超過一千五百萬元。

我碰到唯一監視的徵兆是一團深棕色的毛掠過森林的蹤跡，在福克斯鎮南邊跟我平行奔跑了幾哩。看來好像是奎爾。他一定也看到我，因為他一會兒之後就消失了，也未發出警訊。再一次，我好奇他會怎麼講這件事，然後我想起來，我根本不在乎。

我奔馳過長長的U字型高速公路，朝我可能找到的最大的城市前進。那是我計畫的頭一部分。

我似乎永遠也到不了，也許是因為我還在刀鋒上，但實際上還不到兩小時，我就開進屬於西雅圖和塔可馬北邊那未界定的雜亂無序的拓展地區。於是我慢下來，因為我真的不打算害死任何無辜的路人。

這計畫真蠢。一定沒用的。但是，就在我搜尋腦袋要找個辦法擺脫原訂計畫時，利雅今天所說的話突然冒出來。

那會過去的，你知道，若你命定了的話，你將不會再因她而受傷害了。

看來似乎是，也許當你的選擇權被剝奪時，並不是世界上最糟糕的事。或許現在這種感覺才是世界上最糟糕的事。

但是我已經見過所有在拉布席、往上到馬卡保留區以及福克斯鎮所有女孩子了，我需要更大一點的狩獵區域。

那麼，你要如何在擁擠的人群中隨機遇見你靈魂的伴侶？嗯，首先，我需要擁擠的人群。因此，我四處繞，找尋可能的地點。我經過幾個購物中心，它們大概不會是找到我這年齡的女孩的好地方，但我無法讓自己停下來。難道我要跟某個成天泡在購物中心裡的女孩命定下來嗎？

我繼續往北走，人越來越多。最後，我找到一個很大的公園，充滿了小孩、家庭、滑板、單車、野餐等等之類的。直到這時我才注意到——今天天氣很好，陽光燦爛。大家都跑出戶外來慶祝有湛藍的天空。

我停在兩個殘障專用車位的中央——恨不得快點拿到罰單——然後加入人群。

我毫無目的的走了感覺上像是過了幾小時。久到日頭在天空從東偏到西。我凝視每個經過我身邊的女孩的面孔，逼自己認真去看，注意看誰漂亮、誰有藍眼睛、誰戴了牙套還好看，還有誰臉上塗了太多的妝。我試著在每張臉上找到有意思的地方，好讓自己知道我真的盡力嘗試了。比方說：這位有個真的很直的鼻子；那位該把遮住她眼睛的頭髮綁起來；這位可以去做唇膏廣告，如果她臉上其他部分跟她的嘴唇一樣完美的話……

有時候她們會瞪回來。有時候她們看起來很害怕——好像她們在想，**這個瞪著我看的大怪物是誰啊？**有時候我認為她們似乎對我有意思，但也許那只是我的自大在胡思亂想。

不管怎樣，結果什麼都沒有。就連當我對上那女孩的雙眼，那個毫無疑問是整個公園，說不定是整個城市中最火辣的女孩，並且她也立刻以一種饒有興味的神情看著我時，我也毫無感覺。只有同樣的絕望驅使我為痛苦找到一條出路。

隨著時間過去，我開始注意到所有不對的事。跟貝拉相關的事。這個的頭髮有一樣的顏色。那個的眼睛的輪廓跟她很像。這個的顴骨橫過臉頰的方式跟她一樣。那個在眉毛中間跟她一樣有小小的皺紋——那讓我忍不住好奇她在憂慮什麼……

我就在那時決定放棄了。因為我是如此絕望，以致於以為自己選了絕對正確的時間地點，並且我將會這樣走一走就碰上我靈魂的伴侶，這想法實在蠢到無以復加。

反正，會在這裡找到她是沒有道理的。如果山姆是對的，那麼最好找到在遺傳上跟我最相配的人的地方應該在拉布席。而很明顯的，那裡沒有人符合要求。如果比利是對的，那誰曉得會是怎樣？是什麼會產生出更強壯的狼人？

我漫步回到車子那裡，頹靠在引擎蓋上，玩著鑰匙。

也許我也是利雅所猜想她自己是的那種人。某種盡頭，不可能傳宗接代。或者也許我的人生就是一個殘酷的大笑話，並且無路可逃離這個笑話。

「嗨，你還好嗎？哈囉？你啊，偷車的人。」

過了幾秒我才明白那聲音是在對我說話，然後再過幾秒我才決定抬起頭來。

一個看來十分面善的女孩正望著我，臉上神情有點焦急。我知道我為什麼認得她的臉——我已經把這個登記分類過了。淺金紅色頭髮，白皙的皮膚，有幾點金色的雀斑撒落在她的兩頰跟鼻子上，眼睛是淺紅褐的肉桂顏色。

「如果你對偷車感到很後悔，」她微笑著說，以致於下巴上出現一個凹窩，「你總是可以去自首的。」

「這車是借的不是偷的。」我怒道。我的聲音聽起來真可怕——好像我曾經哭過之類的。好丟臉。

「當然，那在法庭會站得住腳。」

我怒目而視。「妳需要什麼嗎？」

「沒有啦。你知道，車子的事我只是開玩笑。只不過……你看起來真的為了某件事而心煩意亂。噢，嗨，我叫莉茲。」她伸出手。

我看著那隻手，直到她放棄垂下。

「好吧……」她笨拙地說：「我只是想說，如果我可以幫點忙。剛才你似乎是在找尋某個人。」她聳聳肩，朝公園比了比。

「是啊。」

她等著。

我嘆氣。「我不需要幫助。她不在這裡。」

「噢，很遺憾。」

「我也是。」我咕噥道。

我再次看著這女孩。莉茲。她滿漂亮，心腸夠好，試圖幫助一個看起來像是瘋子般神情抑鬱的陌生人。為什麼她不是那個對象？為什麼每件事要他媽的如此複雜？好心腸的女孩、漂亮，可說是有趣。為什麼不？

「這是輛很漂亮的車，」她說：「他們不再生產這個車款實在太可惜了。我是說，Vantage 的車身款式也十分華美，但是 Vanquish 的車款就是有某種……」

好心腸而且還**懂車**的女孩。哇。我更認真地凝視她的臉，真盼望我知道怎麼讓它生效。**拜託，小各——已經命定了吧**。

「開起來怎麼樣？」她問。

「令妳難以相信。」我告訴她。

她笑著露出那個凹窩，顯然很高興終於從我身上拽出一點文明的回應，而我勉強回她一笑。

但她的微笑對那在我身上來回割過的銳利刀鋒，絲毫不起作用。無論我有多麼想要，我的人生都不可能像那樣完整聚合在一起了。

我並不處在利雅所邁向的更健康的狀態。我無法像個正常人一樣再去戀愛，起碼在我的心為另一個人淌血的時候沒辦法。也許——從現在起十年之後，而且貝拉的心早已停止跳動，我或許能將自己拖拉過整個哀悼時期，並且再次以完整的姿態出現——也許那時我可以提供莉茲一趟跑車之旅，聊聊車輛的製造與款式，多認識她一點，看我是不是會喜歡她這個人。但現在這不可能發生。

魔法也救不了我。我必須像個男子漢一般承受這折磨，把它吞下去。

莉茲等著，也許在期望我會載她一程。也許沒有。

「我最好把這車開回去還給借我的人。」我低聲說。

她又笑了。「很高興聽到你要這麼做。」

「是啊，妳說服了我。」

她看著我上車，神情仍有點擔心。我大概看起來像是要把車開下懸崖的人。如果採取這種行動對狼人有效的話，我也許會這麼做。她立刻揮揮手，眼睛一直看著車子離去。

在回程的路上，一開始我開的比較穩健，我並不趕時間。我不想去我正在前往的地方。回到那大屋，回到森林裡。回到那我逃離的痛苦中。回到那絕對的孤獨的狀態裡。

好吧，那太誇張了。我不會**完全**孤獨的，但那也是件壞事。利雅跟賽斯得跟著我一起受苦。我很高興賽斯不必受很久的苦，那孩子平靜的思緒不應當受到破壞。利雅也不應該，但至少那是某種她瞭解的東西。對利雅來說，痛苦不是新鮮事。

一想到利雅對我的期待，我就忍不住大嘆口氣，因為現在我知道她將會得逞。我仍然對她很不爽，但我不能不理會自己能讓她的日子好過一點的事實。並且——現在我比較瞭解她了——我想如果我們的位置換過來，她也會為我這麼做。

有利雅做同伴，像個朋友一樣，這情況至少會很有趣，也會很怪。我們一定會常常惹毛對方，這點可以確定。她不是那個會讓我快活過日子的人，但我認為那是好事，我大概需要有人三不五時來踹我一腳。但是說句實在話，她是真正唯一有可能瞭解我正在經歷怎樣的過程的朋友。

我想到今天早晨的打獵，以及我們的思維在那一刻是何等接近。那感覺並不壞。是不同，有點嚇人，有點尷尬，但也怪異地好。

我不需要全然孤獨。

並且我知道利雅夠強，足以跟我一起面對接下來的幾個月。幾個月以及幾年。想到這點就讓我覺得好累。我感覺自己像往外凝視著大海，而在我能再次休息之前，我得從這一岸游泳到那一岸去。

未來的時間還有那麼多，但在這事開始之前，在我跳下大海之前，所剩的時間卻是那麼少。三天半多，而我還在這裡，浪費我僅有的一點點時間。

我再度開得太快。

當我急馳在通往福克斯的路上時，我看見山姆和賈德，像哨兵似的把守在路的兩邊。他們在濃密的灌木叢中藏得很好，但我期待會看到他們，也知道該怎麼看。當我呼嘯而過時對他們點了點頭，懶得去想他們會怎麼看我的一日遊。

當我轉上庫倫家的車道時，我也對利雅跟賽斯點點頭。天色開始暗下來了，雲層在海灣的這一邊很厚，但我看見他們的眼睛在車頭燈的照射下閃亮。我稍後會跟他們解釋，到時候有的是時間。

看見愛德華在車庫裡等我，讓我很驚訝。我已經多日不見他離開貝拉了。從他的神情我知道她沒有大礙。事實上，他看起來比之前平靜多了。當我想起那平靜是從哪來時，我的胃不由得一緊。

真是不幸，因為我沉思過頭，竟忘了要毀掉車子。唉，算了。反正我大概受不了去傷害這輛車。也許他也猜到了這點，所以從一開始就把它借給我。

我一關掉引擎，他立刻說：「有幾件事，雅各。」

我深吸一口氣，屏住片刻。然後，我緩緩下了車，把鑰匙拋給他。

「多謝借車。」我乖僻地說。顯然，借了車之後是要償還點什麼的。「**現在**你又要什麼？」

「首先……我知道你很反對對你的狼群施展權威，但是……」

我眨眨眼，十分吃驚他竟做得出這種事，挑這話題來講。「什麼？」

「如果你沒辦法或不想控制利雅，那麼我——」

「利雅？」我打斷他，咬著牙說：「發生什麼事？」

愛德華的臉很嚴厲。「她前來搞清楚為什麼你突然離開。我試著解釋，但大概說的方式不夠正確。」

「她幹了什麼事？」

「她變回人類並且——」

「真的嗎？」我再次打斷他，這次非常震驚。我沒法想像這件事。利雅在敵人的老巢門口放下她的警戒？

「她想要……跟貝拉**說話**。」

「跟**貝拉**？」

接著愛德華的怒火整個冒起來。「我不會再讓貝拉被人弄得那麼喪氣傷心。我才不管利雅認為她有多麼正當的理由！我沒傷害她——我當然不會這麼做——但是如果這事再發生，我一定會把她扔出屋子去。我會直接把她甩過河去——」

「**等等**。她說了什麼？」這整件事根本毫無道理。

愛德華深吸口氣，讓自己鎮定下來。「利雅毫不必要地苛刻。我不打算假裝自己明白為什麼貝拉無法對你放手，但我確實知道她這麼做不是為了要傷害你。她對自己要求你留下來，造成你與我的痛苦這件事，她自己也痛苦萬分。利雅講的那些話是毫無必要的。貝拉為此哭得很厲害——」

「等等——利雅為了**我**跑去痛罵貝拉？」

他猛點了下頭。「你還真是深得人心擁護。」

哇。「我沒叫她那麼做。」

「我知道。」

我翻了翻白眼。他當然知道，他什麼事都知道。

但那可真是利雅的壯舉。誰敢相信她會這麼做？利雅變成**人類**，大剌剌地走進吸血蟲的地盤去為我打抱不平。

「我不能保證控制利雅，」我告訴他。「我不會那麼做的。但我會跟她談談，好嗎？而且我想不會再有第二次。利雅不是那種有話不講清楚的人，所以她今天大概全講個痛快了。」

「我想是。」

「好吧，我會去跟貝拉談談這件事。她不需要為此難過，該難過的是我。」

「我已經跟她這麼說了。」

「那當然，你一定會。她還好嗎？」

「她現在睡著了。羅絲在陪她。」

這下那個神經病又是「羅絲」了。他已經完全投向黑暗原力那邊去了。

他不理會我的想法，繼續對我的問題給予一個更完整的答覆。「除了利雅激烈的言詞和所導致的罪惡感之外，就某些方面而言，她……好很多。」

好很多。因為愛德華聽得見那個小怪物，每件事現在都變得美好無比了。真是太好了。

「不只是如此，」他喃喃說：「現在既然我能明白那孩子的想法，顯然他或她在智力的發展上相當不尋常。最起碼，他能明白我們的意思。」

我的下巴掉下來。「你說**真的假的**？」

「真的。現在他似乎模模糊糊知道什麼會傷害貝拉。他在盡力避免，盡可能做到。他……已經非常**愛**她。」

我瞪著愛德華，覺得自己的眼珠子都快從眼眶裡掉出來了。在這難以置信的表層底下，我可以立刻看見，這是個決定性的因素。是這一點改變了愛德華——那個怪物用這種**愛**說服了他。他無法恨任何愛貝拉的人。這大概是為什麼他也無法恨我。雖然這當中有極大的不同。我可沒要害死她。

愛德華表現得好像他完全沒聽見我的念頭似的，繼續說：「我相信，懷孕的過程已經超過我們的判斷。當卡萊爾回來——」

我猛地打斷他：「他們還沒回來？」我想到山姆和賈德監視著道路。他們會不會好奇事情進展成什麼樣了？

「艾利絲跟賈斯柏回來了。卡萊爾派他們帶回所有他所能獲得的血液，但那還不夠他期望的量——貝拉的胃口變大了，這些補給兩天之內就會用盡。卡萊爾留下去試著找別的來源。我認為現在不需要了，但他希望盡可能把所有不可測的狀況都涵蓋進去。」

「如果她需要喝更多，為什麼會不需要了？」

我看得出來，當他解釋給我聽時，他非常小心地在觀察跟聆聽我的反應。「我正試圖說服卡萊爾，在他回來之後盡快接生孩子。」

「什麼？」

「那孩子似乎試圖避免粗暴的動作，但很困難。他長得實在太大了。他顯然已經長得遠超過卡萊爾所猜測的，繼續等下去太瘋狂，貝拉太脆弱，經不起拖延。」

我保持著不讓自己的腿軟倒。起初，我仰賴愛德華對那東西的深惡痛絕。現在，我明白我以為那四天是確實肯定的，我對它們寄予厚望。

那無盡悲傷的海洋，正等在我面前，向前無限延展開來。

我試著要屏住呼吸，喘口氣。

愛德華等著。在恢復的過程中，我凝視他的臉，突然發現他臉上有另一種改變。

「你認為她能度過這個難關。」我氣若游絲地說。

「是的。這是另一件我要跟你談的事。」

我說不出任何話來。過了一分鐘後，他繼續說。

「是的，」他又說一遍。「按照我們一直以來這樣等待孩子瓜熟蒂落，實在太瘋狂危險。任何時刻都可能演變成太遲。但如果我們先採取行動，如果我們行動夠快，我看不出事情有什麼理由會變糟。得知那孩子的想法是令人難以相信的有幫助。感謝老天，貝拉和羅絲都同意我的看法。現在既然我已經說服她們，我們接生孩子是安全的，那就沒有什麼理由使我們不採取行動。」

「卡萊爾什麼時候會回來？」我問，依舊氣若游絲。我還沒緩過氣來。

「明天中午。」

我的膝蓋一軟。我必須抓住車子不讓自己倒下去。愛德華伸出手彷彿要扶我，但他隨即還是改變了主意，讓手垂下去。

「我很抱歉。」他低聲說：「雅各，我真的為這對你所造成的痛苦深感抱歉。雖然你很恨我，但我必須承認，我對你並沒有同樣的感覺。在許多方面，我都把你當成一個……一個弟弟，或至少是個戰友。對你受到比你自己所知還深的痛苦，我真的很難過。但貝拉一定會活下去。」——當他說這句話時，他的聲音凶猛，甚至可說是粗暴——「而我知道那對你才是真正重要的。」

他說不定是對的，這真的很難釐清。我感到天旋地轉。

「在你得面對處理這麼多狀況時，我實在討厭做這件事，但顯然沒時間了。我必須跟你要一樣東西——如果你要我哀求，我會。」

「我已經一無所有了。」我嗆答道。

他再度抬起手來，彷彿要放在我肩上，但接著又像之前一樣垂落，並嘆口氣。

「我知道你已經付出了多少。」他靜靜地說，「但這東西你**確實**有，並且只有你有。雅各，我是在跟真正的狼族首領要這東西。我是在跟埃夫萊姆的繼承人要這東西。」

我已經沒有了回答的能力。

「我要你的許可，不同於我們跟埃夫萊姆所訂下的協議中，我們所同意的事。我要你答應給我們一個例外，我要你的許可來救她的命。你知道無論如何我都會這麼做的，但如果有辦法避免，我不願意毀棄跟你們的約定。我們從來不打算食言，我們現在也不會輕易這麼做。我要你的諒解，雅各，因為你確實知道我們為什麼要這麼做。當這件事情結束時，我要我們雙方家族的結盟依然存在。」

我試著吞嚥。**山姆**，我想著，**你要找的人是山姆**。

「不，山姆的權威是暫時性的，它是屬於你的。你絕不會從他那裡取回來，但我現在所要的東西，除了**你**，沒有人有正當的權力能同意。」

這不是我能決定的。

「這是，雅各，而且你很清楚。你對這事所下的決定能定我們的罪或赦免我們。只有你能給我這一點。」

我無法思考。**我不知道**。

「我們時間不多了。」他回頭望了一眼大屋。

不，沒時間了。我所剩的幾天變成了幾小時。

我不知道。讓我想想吧。給我幾分鐘，好嗎？

「好。」

我開始朝屋子走去，他跟上來。這真是瘋了，在黑暗中跟一個吸血鬼並肩同行竟然這麼容易。我沒有感到不安全，或甚至不舒服，真的。這感覺就像跟任何人並肩同行一樣。嗯，跟任何聞起來很臭的人。

在大草坪邊緣的樹叢裡，有個身影移動，然後是低低的哀鳴。賽斯聳著肩穿過羊齒蕨叢，朝我們大步跑來。

「嘿，小子。」我咕噥道。

他點了下頭，我拍拍他的肩膀。

「都沒事了。」我說謊。「稍後會告訴你們。很抱歉對你們不告而別。」

他對我露齒而笑。

「嘿，告訴你姊別多管閒事，好嗎？到此為止。」

賽斯立刻點頭。

這回我推他肩膀。「回去巡邏。待會我會跟你解釋一切。」

賽斯靠著我把我推回去，然後他飛奔回樹林中。

當賽斯脫離我們的視線後，愛德華喃喃說：「他有著我所曾聽過最純潔、最真誠與**最仁慈**的心思。你真幸運，有他的心思與你共事。」

「這我知道。」我哼聲說。

我們開步朝屋子走去，當我們聽到有人從吸管吸食的聲音時，同時猛抬起頭來。愛德華立刻匆忙前進，他衝上門廊的階梯，消失無蹤。

「貝拉，吾愛，我以為妳在睡覺。」我聽見他說。「真對不起，要不然我不會離開的。」

「別擔心，我只是很渴——口渴的感覺把我叫醒了。還好卡萊爾會帶更多回來，等這孩子脫離我之後，他一定會需要的。」

「是啊，妳說的對。」

「我很懷疑他會不會想吃別的東西。」她打趣地說著。

「我想我們會知道的。」

我走進門。

艾利絲說：「終於。」而貝拉的眼睛立刻掃向我。那個令人十分惱火、又不可抗拒的笑容，在她臉上綻放開來一秒鐘。然後那笑畏縮了，她的臉垮下去。她的雙唇抿緊，彷彿正試著不要哭出來。

我真想一拳打在利雅的笨嘴上。

「嘿，貝拉，」我很快地說：「妳好嗎？」

「還好。」她說。

「今天真是個大日子，是吧？一大堆新的事。」

「你不需要這麼做，雅各。」

「不知道妳在講什麼。」我說，走過去坐在她頭旁邊的沙發扶手上。愛德華已經坐在地板上了。

她給了我責備的一眼，開始說：「我真是對——」

我伸手用拇指跟食指揑住她的嘴唇。

「小各。」她含糊地喊，試圖要拉離開我的手。她的力氣是那麼弱，讓人無法相信她是認真在試。

我搖頭，說：「妳不說蠢話的時候，就可以開口。」

「好，我不說。」她嘰嘰咕咕地講。

我鬆開手。

「對不起！」她迅速講完，然後露出大大的笑容。

我翻了翻白眼，然後也對她微笑。

當我凝視她的眼睛，我看見自己在那公園中所尋找的一切。

明天，她將變成另一個人。但很有可能會活下去，而那才是重要的，對吧？她仍會用差不多相同的眼睛望著我，用幾乎相同的唇對我微笑。她仍會比任何無法完全接近我內心腦海的人更認識我。

利雅或許會是個有趣的同伴，或許甚至是個真正的朋友——一個會為我挺身而出的人。但她無法以貝拉的方式做我**最好的**朋友。除了我對貝拉那絕望的愛之外，我們之間還有別的、更深厚的連繫。

明天，她將成為我的敵人。或者，她會是我的盟友。這明顯的差別顯然取決於我。

我嘆口氣。

好吧！我想，將我所能給的最後一樣東西給出去。這讓我整個人感到空空洞洞。**你做吧，救她一命。身為埃夫萊姆的繼承人，你獲得我的許可，擁有我的承諾，這不破壞我們之間的協議。其他人要怪就怪我好了。你說的對——他們不能否定我有權同意這件事。**

「謝謝你。」愛德華小聲說，聲音低到貝拉聽不見。但他說得那樣熱切，以致於從眼角我看到其他吸血鬼都轉過身來瞪著他。

「所以，」貝拉盡量顯得輕鬆平常地問：「你今天還好嗎？」

「好極了。去飆了趟車，在公園裡晃蕩。」

「聽起來很不錯嘛。」

「是啊，是啊。」

突然間，她扮個鬼臉，問說：「羅絲？」

我聽到金髮妖女輕笑一聲：「又要？」

「我想我過去一小時起碼喝了兩大加侖啊。」貝拉解釋說。

愛德華跟我都讓開，羅絲莉過來把貝拉從沙發上抱起來，要抱她去廁所。

「我可以自己走嗎？」貝拉問：「我的腿好僵硬。」

「妳確定？」愛德華問。

「如果我絆到腳，羅絲會抓住我的。由於我看不見我的腳，所以大概很容易會絆到吧。」

羅絲莉小心地將貝拉放下來讓她站好，她的雙手仍扶著貝拉的雙肩。貝拉雙手往前伸展，神情畏縮了一下。

「能站起來的感覺真好。」她嘆口氣。「呃，我可真巨大啊。」

她真的很巨大。她的肚子簡直是另一個存在體。

「再一天。」她說，同時拍拍她的肚子。

我完全無法控制那股突如其來、貫穿全身、猛炸開來的銳利痛楚，但我試著不讓它在臉上顯露出來。

我可以再隱藏住一天，對吧？

「好吧，走。唉呀——噢，糟了！」

貝拉放在沙發上的杯子倒向一旁，暗紅色的血濺到白色的沙發布上。

雖然有其他三隻手比她更快自動伸過去，貝拉還是彎下腰，伸手要去抓杯子。

她身體的中心點發出一聲最奇怪的、被壓抑住的撕裂聲。

「噢！」她驚喘一聲。

接著她完全癱軟，整個朝地板跌下去。羅絲莉在同一時間抱住她，讓她沒跌下去。愛德華也到了她跟前，雙手伸出，沙發上那一團亂已經被忘記了。

「貝拉？」他問，接著他的雙眼失去焦距，恐慌貫穿了他整個人。

半秒之後，貝拉尖叫一聲。

只有一聲尖叫，一聲令人全身血液凍結的痛苦尖叫。那恐怖的聲音被一陣汩汩流動聲切斷，接著她的雙眼翻白，身體猛扭了一下，在羅絲莉的雙臂中拱起。然後，貝拉口中吐出大量鮮血來。

chapter 18

筆墨難以形容，言語無法描述

那謀殺犯的雙眼
越過羅絲莉的肩膀凝視著我，
它的凝視比任何新生生物的注視
都更清楚專注。

貝拉一片血紅的身體，開始在羅絲莉的臂彎裡抽搐，彷彿她身體正遭受電擊。這期間她面無表情——已經沒了意識，只剩下身體中央激烈的翻騰牽動她的身體。隨著她身體的顫動，每一次抽搐都傳來尖銳的劈啪斷裂聲。

羅絲莉跟愛德華僵了短短的半秒，接著行動。羅絲莉把貝拉的身體緊抱在懷中，同時大喊，速度快到根本聽不清每個字在講什麼，她跟愛德華如疾箭射向樓梯，奔上二樓。

我緊追在他們身後。

「嗎啡！」愛德華對羅絲莉大吼。

「艾利絲——馬上打電話給卡萊爾！」羅絲莉尖叫。

我跟著他們去到的房間，看起來像是坐落在圖書館中央的急診室。白色的燈光極其明亮。貝拉躺在一張上頭有強光照射的檯子上，在聚光燈下膚色白的像鬼。她的身體重重地在檯子上拍打，像一尾落在旱地的魚。羅絲莉壓住貝拉，快速扯掉她身上的衣服，愛德華則把一管注射針筒扎進她手臂。

我曾多少次想像過她的裸體？現在我卻不敢看，害怕這樣的記憶會烙在我的腦海裡。

「愛德華，到底**怎麼回事**？」

「他窒息了！」

「一定是胎盤剝離了！」

就在這團混亂中，貝拉醒了。她聽見他們的話，反應是發出刺破我耳鼓的尖叫。

「把他弄**出來**！」她嘶吼：「他不能**呼吸**了！**現在**就動手！」

她的尖叫爆破了她眼中的血管，我看見紅色的血點在她眼中浮現。

「嗎啡——」愛德華咆哮。

「**不！現在！**」另一大口血在她尖叫時又湧出來。他把她的頭扶起來，拚命地試著清乾淨她的口，好讓她能再次呼吸。

艾利絲衝進房間，把一個藍色小耳機塞到羅絲莉的頭髮底下。然後艾利絲立刻退出去，她金色的眼睛睜得好大，熾烈異常，同時羅絲莉瘋狂地對著電話急速說著。

在明亮的燈光下，貝拉的皮膚似乎變得黑紫，不再是白的。她那巨大、顫動的肚子表層皮膚底下，一股深紅正在瀰漫開來。羅絲莉揚起的手上握著一把解剖刀。

「讓嗎啡生效！」愛德華對她怒吼。

「沒時間了，」羅絲莉怒道：「他快死了！」

她的手落到貝拉肚子上，鮮紅的血從她切開的皮肉噴出。就像水桶被翻過來，水龍頭被扭開四溢。貝拉猛地抽搐，但沒有尖叫。她仍被嗆住。

接著，羅絲莉失去她的專注力。我看見她臉上的神情一變，看見她嘴唇向後拉開露出牙齒，她漆黑的雙眼閃爍著飢渴的光芒。

「不，羅絲！」愛德華怒吼，但是他的手正忙，正試著扶正貝拉好讓她能呼吸。

我猛撲向羅絲莉，直接躍過檯子甚至懶得變身。當我撞上她岩石般的身體，把她撞向門口時，我感覺到她手中的解剖刀深深刺入我的手臂。我的右手掌毫不留情擊在她臉上，扣上她下巴，堵住她的呼吸。

我利用抓住羅絲莉的臉將她的身體往外甩，因此我可以重重一腳踢在她肚子上；那感覺就像踢上一堵水泥牆。她撞上門框，把一邊整個撞歪了。塞在她耳朵的小耳機爆裂成無數碎片。接著艾利絲出現在門口，猛掐住她的咽喉把她拖進走廊去。

我不得不稱讚一下金髮妖女——她絲毫沒有反抗。她**要**我們贏。她讓我那樣痛揍她，好拯救貝拉。嗯哼，拯救那怪胎。

我把刀從手臂上拔下來。

「艾利絲，把她帶離開這裡！」愛德華大吼：「帶去給賈斯柏並把她**困在**那裡！雅各，我需要你！」

我沒等看艾利絲完成工作，立即旋身回到手術檯旁，檯子上貝拉已經臉色發青，眼睛張大直視著。

「CPR？」愛德華迅速咆哮著對我下令。

「是！」

我很快地評斷他臉上的神情，看他是否顯出任何一點像羅絲莉一樣的反應。除了專心一意的執念，沒有別的。

「讓她保持呼吸！我得把他弄出來，免得——」

她體內傳來另一聲粉碎的爆裂聲，至今最大的一聲，大到我們兩個都嚇呆住，等待她回應的尖叫。什麼也沒有。她本來痛到蜷曲起來的雙腿，現在以一種不自然的方式攤開。

「她的脊椎。」他驚恐地擠出聲音。

「把它從她身體裡**弄出來！**」我怒道，把解剖刀甩向他。「現在她什麼感覺都沒有了！」

我朝她的頭彎下身。她的口看起來很乾淨，沒有堵塞，於是我把口貼住她，吹一大口氣進去。我感覺到她扭曲的身體擴展，所以我知道沒有東西堵住她的喉嚨。

她的唇嘗起來都是血腥味。

我可以聽見她的心臟不規則地怦怦作響。**繼續跳動**，我強烈地對她想著，再吹一大口氣進她的身體。**妳答應過的，保持妳的心臟跳動**。

我聽見解剖刀切過她肚子的輕柔、濡濕的聲音。更多的血流淌到地上。

下一個聲音突如其來，非常恐怖，像金屬被撕開一般，嚇得我跳起來。那聲音帶我回到好幾個月前，在林中空地上那場戰鬥，那些吸血鬼新手被撕開扯裂的聲音。我朝肩後瞥一眼，見愛德華的臉貼著那隆起的肚子。吸血鬼的牙齒——一個一定能達到撕開吸血鬼肌膚之目的的工具。

我一邊打顫，一邊把更多空氣吹入貝拉的身體。

她對著我嗆咳，雙眼眨動，盲目地轉著。

「貝拉，不准死，看著**我**！」我對她吼道。「妳聽見我說的嗎？不准死！妳不准離開我。保持妳的心臟跳動！」

她的眼睛轉過來，看著我，或是他，卻又什麼也沒看見。

無論如何，我凝視著那雙眼睛，把我的視線鎖在那裡。

然後她的身體在我手底下突然靜止了，不過她開始粗聲呼吸，她的心臟也持續怦怦作響。我突然明白靜止是因為這事結束了。內部的撞擊結束了。它一定已經脫離她了。

它是脫離了。

愛德華輕聲說：「芮妮思蜜。」

所以貝拉從頭到尾都錯了。它不是她一直想像的男孩。這實在沒什麼好驚訝的，她有哪件事**沒有**搞錯過？

我的視線沒有轉離她血痕點點的雙眼，但我感覺到她的雙手微弱地舉起。

「讓我……」她粗啞破碎的聲音低低地說：「把她給我。」

我猜我應該知道他永遠都不會拒絕她想要的，無論她的要求有多麼愚蠢。但我沒想到他這時還會聽她的。所以我沒想到要阻止他。

某個溫暖的東西碰觸到我的手臂。在當時那就該抓住我的注意力，沒有任何東西會讓我感覺是暖的。

但我的眼睛離不開貝拉的臉。她眨眨眼，然後凝視，最後終於看見某個東西。她呻吟出奇怪、無力的一聲輕哼。

「芮妮思……蜜，真……美。」

然後她喘了一聲——痛苦的喘息。

當我低頭看時，已經太遲了。愛德華已經一把將那溫暖、血淋淋的東西攫離她癱軟的懷抱。我的雙眼掃視過她的肌膚。到處都是血紅一片——從她口裡吐出來的血，那生物渾身沾滿了汙跡斑斑的血，還有她左乳上方，從兩排新月般細小的牙痕咬穿處冒出來的鮮血。

「不行，芮妮思蜜。」愛德華喃喃說，好像他正在教導那小怪物要有禮貌一樣。

我沒去看他或小怪物。我只看著貝拉，她的眼睛又翻白到腦後去了。

隨著最後一聲鈍重的怦咚，她的心臟顫抖，然後完全靜止。

她只錯過大約半拍心跳，接著我雙手已經落在她胸口，開始往下壓，我在腦海裡數著，試著保持穩定的韻律。一、二、三、四。

暫停一秒，我再吹一大口氣進她身體裡。

我什麼都看不見，我的雙眼充滿淚水，一片模糊。但我高度注意到房間裡的動靜。她的心臟在我雙手的要求下不情願地咯噗、咯噗響著，我自己心臟怦怦地跳，還有另一個——鼓翼般快速拍著，太快、太輕。我無法確認分類。

我把更多空氣吹入貝拉的喉嚨。

「你還在等什麼？」我喘息著哽咽說，再度壓迫她的心臟。一、二、三、四。

「你來接手孩子。」愛德華急迫地說。

「把它從窗戶扔出去。」一、二、三、四。

「把她給我吧。」門邊一個低低悅耳的聲音說。

愛德華跟我同時發出咆哮。

一、二、三、四。

「我已經控制住自己了。」羅絲莉保證說：「愛德華，把寶寶給我。我會照顧她直到貝拉……」

他們在換手時，我再次為貝拉吹氣。那鼓翼般的**怦咚——怦咚——怦咚**，隨著距離遠去而消失。

「把你的手拿開，雅各。」

我從貝拉翻白的雙眼上抬起頭來，卻仍幫她按壓著她的心臟。愛德華手裡握著一根針筒——整支是銀色的，彷彿是用鋼鐵打造的。

「那是什麼？」

他岩石般的手狠狠地把我的手打開。喀嚓一聲細響，他那一拍打斷了我的小指頭。同一時間，他把針頭猛地直刺入她的心臟。

「我的毒液。」他回答的同時，將針筒的活塞直壓到底。

我聽見她的心臟震跳了一下，就像他拿電擊拍電她一樣。

「繼續保持它跳動。」他命令。他的聲音冰冷、死亡。兇狠、不思考，好像他是一具機器。

我不理會指頭痊癒過程的刺痛，再度按壓她的心臟。現在變得更吃力，好似她那裡的血液凝結了般——更濃稠與緩慢。我一邊壓迫著新的黏滯緩流的血液通向她的動脈，一邊看他在做什麼。

他好像在親吻她一樣，雙唇輕輕拂過她的咽喉、手腕，一直到她彎起的手臂內側。但我能聽見他牙齒咬穿她肌膚時血肉汁液的聲音，一次又一次，強迫毒液進入她的身體，越多地方越好。我看見他蒼白的舌頭舔過流血的傷口，但在我來得及感到噁心或憤怒之前，我明白了他在做什麼。他的舌頭將毒液抹過她的皮膚，封住傷口。把毒液跟血液都封在她體內。

我將更多空氣吹進她口中，但什麼也沒有。只有她的胸膛毫無生命地起伏反應。當他狂躁地在她身上咬舔，試圖讓她完整歸來時，我繼續壓迫她的心臟，數著數字。但願全天下所有的力量幫幫忙……

但什麼也沒出現，只有我，只有他。

拚命搶救一具屍體。

因為這具破裂、血流殆盡、損毀嚴重的屍體，是我們倆所深愛的那女孩唯一留下的。我們無法再讓貝拉恢復完整了。

我知道已經太遲了。我知道她已經死了。我知道是因為那股吸引我的力量已經消失了。我感覺不到任何留在她身邊的理由。**她**已經不在這裡，因此這具身體對我沒有吸引力。那股毫無道理需要她的感覺已經消失了。

或者，**轉移**是更恰當的描述。我感覺那股吸引力現在像是從反方向而來。從樓下、門外而來。一股想要離開這裡，永遠再也不要回來的渴望。

「那就滾。」他怒道，並再次把我的手打開，這次他取代了我的位置。感覺上我這次大概斷了三根手指。

我麻木地拉直它們，不在意那股抽痛。

他比我更快速地壓迫她那顆死了的心。

「她還沒死，」他咆哮。「她會沒事的。」

現在，我不確定他是在跟我說話。

將他留下陪他已死的妻子，我轉身慢慢朝門口走去。非常慢。我無法讓我的腳走快一點。

就這樣了。痛苦的汪洋。另一端的海岸是那麼遙遠，要橫越這一片沸騰的海水，連想像都是不可能的事，更遑論看見它。

現在，我失去了我的目的，我再次感到空虛。長久以來我一直在打一場拯救貝拉的仗。而她不願被救，她情願犧牲自己被那個怪物的妖種撕扯得四分五裂，所以這場仗我敗了。事情全都結束了。

當我沉重緩慢地走下樓梯時，背後傳來的聲音讓我忍不住打顫——那是一顆死亡的心被強迫跳動的聲音。不知怎地，我很想在我腦袋裡面傾倒漂白劑，讓它焚燒我的腦子。燒掉貝拉在世最後那幾分鐘留下的影像。我願意接受腦部受損，如果我可以除掉那些畫面——尖叫、鮮血泉湧，及當那新生的小怪物掙扎著要從她裡面破膛而出時，那令人難以忍受的斷裂與壓碎聲……

我想要奔逃，一次下十個階梯並逃出門去，但我的腳沉重如鐵，我的身體感到前所未有的疲憊。我拖著腳步走下樓梯，像個殘廢的老人。

我在最底一階停下來休息，聚集我的力氣好走出門。

羅絲莉坐在白沙發乾淨的那端，背對著我，溫柔輕聲地對她懷中那毯子裹起來的東西喃喃低語。她一定聽到我停下了腳步，但她正沉湎於這偷來的、扮演慈母的片刻時光裡，無暇理會我。也許她現在會很快樂。羅絲莉獲得了她想要的，貝拉永遠都不會來把那東西從她懷中搶走了。我懷疑這是否就是這惡毒的金髮妖女長久以來所盼望的。

她手裡握著某種深色的東西，有個貪婪的吸食聲從她抱著的小謀殺犯身上傳來。

空氣中瀰漫著血的味道。人類的血，羅絲莉在餵它。它當然會想要鮮血。你還會拿什麼餵這種殘忍地支解了自己母親的妖怪？也許它還曾經喝過貝拉的血。也許它確實喝了。

當我聽著這殺人小妖怪的吸食聲時，我的力量回來了。

力量、憎恨和怒火——火紅的憤怒沖刷過我整個頭腦，熊熊燃燒卻沒有燒掉任何事。我腦海中的影像是火上加油，築起陰間的烈火卻拒絕燒毀任何事物。我感覺到震顫從頭震動到腳，而我不打算停止它們。

羅絲莉全神貫注在那東西身上，根本不注意我。照她如此不在意我的情況，她將無法及時阻止我。

山姆說的沒錯。這東西是個妖物——它的存在完全違反了自然。一個黑暗、沒有靈魂的惡魔，一個無權存在的東西。

一個必須要被摧毀的東西。

畢竟，那股吸引力不是引導我走向大門。這時我可以感覺到它，鼓勵著我，用力拉著我往前。逼迫我去結束這件事，將這可憎的妖物從這世界上清除乾淨。

當那東西死的時候，羅絲莉一定會宰了我，而我會反擊。我不敢確定我有足夠的時間在其他人趕來幫忙之前了結她。也許有，也許沒有。無論哪個我都不在乎。

我也不在乎狼群，無論是哪一群，會不會為我復仇，或要庫倫家還以公道。那全都無關緊要。所有我在乎的，只是我自己的公道。**我的**復仇。那個殺害貝拉的東西不會再多活一分鐘。

如果貝拉活下來了，她一定會為此恨死我。她一定會想要親手殺了我。

但我不在乎。她並不在乎自己對我做了什麼事——讓她自己像頭動物般被屠宰。為什麼我得要把她的感覺考慮在內？

還有愛德華。他現在一定忙得分身乏術——早已陷在精神失常的否認中，試圖讓一具屍體還魂——無暇聆聽我的計畫。

所以，我不會有機會遵守我對他的承諾，除非——這不是一個我會把錢押下去的賭注——我設法打贏了羅絲莉、賈斯柏和艾利絲，三對一。但即使就算我贏了，我也不認為自己會想要殺了愛德華。

因為我沒有足夠的同情心去那麼做。為什麼我要讓他從自己犯下的惡行中脫身？讓他完全一無所有地活著，豈不是更公平——也更令人心滿意足？

即使我心中充滿了仇恨，想到這點卻幾乎讓我露出微笑。沒有了貝拉，沒有了殺害人的小妖怪，同時失去好幾位家人——看我有本事除掉幾位。當然，他有可能把他們拼湊回去讓他們活起來，因為我不可能在場去焚燒他們。不像貝拉，她將永遠再也不會完整了。

我好奇那東西能不能再被拼湊回去。我很懷疑。它也有一部分的貝拉——所以它一定繼承了她部分的脆弱。我可以從它那小小的、輕輕跳動的心臟聽出來。

它的心在跳。她的卻不跳了。

我做下這些簡單決定的時間不過一兩秒。

震顫變得更密集更快。我縮身伏低，預備撲向那金髮吸血鬼，用我的牙將那小謀殺犯從她懷中奪過來。

羅絲莉又對那東西溫柔地呢喃低語，把那空了的金屬罐放到一旁，把那東西舉起來，並用她的臉湊過去磨蹭親撫它的臉頰。

太完美了。這新姿勢對我要展開的攻擊可說完美無比。我身體朝前傾，感覺到那股熱力開始改變我，同時那股朝向殺人者的吸引力也增強——我過去從未感覺這麼強的吸引力，強到一個地步，讓我想起狼族首領的命令，彷彿我不遵守就會被壓碎。

這次，我**想要**遵守。

那謀殺犯的雙眼越過羅絲莉的肩膀凝視著我，它的凝視比任何新生生物的注視都更清楚專注。

溫暖的棕色眼眸，牛奶巧克力的顏色——跟貝拉眼睛的顏色完全一模一樣。

我的震顫猛地停下來；一股熱氣流過我全身，比之前的更強，但它是一種新的熱——不是燃燒的熱。而是神采煥發。

當我凝視著那如細瓷般的小臉，那半是吸血鬼、半是人類的嬰兒時，在我裡面所有構成我這個人的部分，全部瓦解。所有維繫住我整個人生的線繩都被飛快斬斷，就像喀嚓一下剪斷一把氣球的繩子。所有一切造成如今這個我的各樣要素——我對樓上那已死女孩的愛，對我父親的愛，對我新狼群的忠誠，對我其他兄弟的愛，對我的敵人、我的家、我的名字、我**自己**的恨——在這剎那間全都脫離了我——**喀嚓，喀嚓，喀嚓**——飄上了天空。

我沒有跟著飄上去，有一根新的繩子把我綁在我所站之處。

不只一根，而是千千萬萬根，不是繩子，而是鋼索。千千萬萬根鋼索把我綁向一個東西——這宇宙的中心。

現在我知道了——宇宙如何繞著這個中心點運轉。過去我從未見過宇宙的對稱與和諧，現在，它全然清楚明白。

不再是地心引力使我站在這裡。

使我現在站在這裡的，是那金髮吸血鬼手中的小女嬰。

芮妮思蜜。

從樓上傳來一個新的聲音。在這永無止盡的剎那中，唯一能觸動我的聲音。

一個發了狂的、奔馳著的劇烈跳動……

一顆改變了的心。

第二部 貝拉

第三部・目錄

個人的愛悅是個奢侈品，
唯獨當你所有敵人都被消滅了之後，你才能擁有。
在此之前，所有你所愛的人都是人質，
會削弱你的勇氣，腐蝕你的判斷。

歐森・史考特・卡德
（Orson Scott Card）
《帝國》（Empire）

preface

不再只是個惡夢，那一排黑衣人穿過他們步伐所攪動的冰冷迷霧，朝我們邁進。

我們都將死亡，我恐慌地想。我對自己所守護的摯愛的人感到絕望，但即使是這麼分心想一下，都是我在專心一意時承擔不起的小失誤。

他們鬼魅般又近了點，黑色的袍子隨著移動微微揚起。我看見他們的手曲起變成白骨般的爪子。他們飄散開來，從各個角度瞄準了要朝我們進擊。我們寡不敵眾，這就完結了。

接著，彷彿閃電的光芒劃破黑暗，整個景象完全不同了。但事情並未改變——佛杜里仍朝我們昂首闊步而來，神情泰然地準備好殺戮。整個情況真正改變的是，我看這幅景象的態度。突然間，我渴望這一戰。我**要**他們進攻。隨著我伏身傾向前，恐慌變成嗜血，我臉上露出微笑，一聲咆哮從我裸露出來的利齒間衝出。

chapter 19

燒灼

那火燒得更猛烈，
我想要尖叫，哀求某個人現在就殺了我吧，
在我還要在這痛苦中多活一秒之前殺了我。
但我無法挪動我的嘴唇。
那股重量還在，壓迫著我。

劇痛難當。

確切而言——痛到我神智昏亂。我不明白，搞不清楚到底發生什麼事。

我的身體試圖抵制這痛，我被一次又一次吸入到取代了幾秒或甚至幾分鐘劇痛的黑暗中，那讓我對現實世界保持清醒越發困難。

我試著要分開兩者。

現實世界不是黑的，也不會痛到這種程度。

現實是紅色的，感覺就像我同時遭遇到被鋸成兩半，被大巴士撞上，被得獎的拳擊手痛打，被一群野牛踐踏，並被浸入醋酸當中。

現實是當我痛到根本不能動時，還感覺到我的身體扭曲和彈跳。

現實是知道有某樣東西比所有這些折磨都更重要，卻無法記得那是什麼。

現實來得如此之快。

前一刻，一切都是它該有的樣子。被我所愛的人們圍繞，微笑。不知怎麼地，與以往不同的，情況看起來像是我將會獲得每樣我所極力爭取的事物。

然後，某個微小、不重要的事出了差錯。

我看見我的杯子傾斜，深色的血灑出來染髒了完美的白沙發，我反射性、蹣跚地朝意外傾身。我看見其他人動作更快的手，但我的身體依舊往前探，往前伸展拉緊……

在我裡面，有某個東西猛地往反方向拉扯。

撕扯。斷裂。疼痛。

黑暗接管了一切，接著將我沖向折磨的波濤。我無法呼吸——我曾經溺過一次水，但這次不同；我的喉嚨裡太燙了。

我好幾個部分粉碎、折斷、切開……

更多的黑暗。

這次，當疼痛回來時，許多聲音在呼喊。

「一定是胎盤剝離了！」

某種比刀更銳利的東西劈過我——在其他折磨中，我聽懂了這句話。**胎盤剝離**——我知道那是什麼意思。那是說我的寶寶正在我裡面逐漸死亡。

「把他弄出來！」我對愛德華嘶吼。他為什麼還不動手？「他不能呼吸了！現在就動手！」

「嗎啡——」

在我們的寶寶即將死亡之際，他竟要等，要給我止痛藥！

「不！現在！」我嗆住，無法講完。

黑點遮蔽了房間裡的光線，同時有個冰冷的東西刺入我的腹部，產生新的、冷冷的疼痛。那感覺太不對了——我立刻掙扎著要保護我的子宮，我的寶貝，我的小愛德華．雅各，但我太虛弱。我的肺好疼，氧氣耗盡。

疼痛再次褪去，但我現在抓緊它。我的寶貝，我的寶貝，死亡……

時間過了多久？幾秒還是幾分鐘？疼痛消失了。麻木。我沒有感覺。我也仍然看不見，但我聽得見。

我的肺裡又有了空氣，粗糙的泡泡勉強進出我的喉嚨。

「貝拉，不准死，看著**我**！妳聽見我說的嗎？不准死！妳不准離開我。保持妳的心臟跳動！」

雅各？雅各，還在這裡，還在嘗試救我。

當然，我想要告訴他，我當然會保持我的心臟跳動。我不是向他們兩人保證過了？

我試著去感覺我的心臟，去找到它，但我在自己的身體裡完全迷了路。我感覺不到我該感覺到的東西，並且感覺起來沒有一樣東西是在對的位置上。我眨眼，找回我的眼睛。我可以看見燈光，那不是我要找的，但總比什麼都沒有好。

我的眼睛掙扎著調整焦距，愛德華低聲說：「芮妮思蜜。」

芮妮思蜜？

不是我想像中的白皙完美的兒子？我呆了一會兒。接著，一陣溫暖湧遍全身。

芮妮思蜜。

我用意志力使我的肢體移動，用意志力讓空氣泡泡轉變成我舌頭上的低語。我強迫麻木的雙手伸出去。

「讓我……把她給我。」

光線舞動，從愛德華水晶般的雙手散碎下來。閃光染著紅，他的皮膚上沾滿血跡。他的手中更紅。某種小東西在掙扎著，滴著血。他把那溫暖的小身體放在我衰弱的手臂中，幾乎像是我在抱她。她濡濕的皮膚好燙——跟雅各的一樣燙。

我的雙眼聚焦；突然間一切變得好清晰。

芮妮思蜜沒有哭，但她的呼吸很快，像嚇到的驚喘。她的眼睛睜開，神情十分震驚，簡直到了好笑的地步。那小小的、完美的頭顱裹在一層厚厚的、糾結染血的鬈曲毛髮裡。她的眼瞳是很熟悉的——但驚人的——巧克力棕色。在表層的血液底下，她的皮膚很白，奶油般的象牙白，全身如此，只除了她的雙頰，紅通通的。

她的小臉是如此地完美，令我看呆了。她甚至比她父親更美麗。真令人難以置信，簡直不可能。

「芮妮思……蜜，」我低語：「真……美。」

那美極了的臉突然間笑了——一個大大的、刻意的笑容。在那粉紅的雙唇後面，是完整長齊的雪白乳牙。

她把頭趴下來，貼著我胸口，貼著暖意鑽著。她的皮膚溫暖絲滑，但不是我的皮膚給人的感覺。

又一陣痛——就一下子，溫暖切穿的痛。我驚喘一聲。

然後她就不見了。我天使般面孔的小寶貝就不見了。我看不見也感覺不到她。

不！我想要大喊。**把她還給我！**

但是衰弱得太厲害。我的雙臂有片刻感覺像空洞的橡膠管，然後就什麼感覺都沒有了。我感覺不到它們，感覺不到**自己**。

黑暗湧上我的雙眼，比之前更團結牢固。像是一條厚厚的矇眼布，又快又牢固地矇住我。用一種壓碎人的力量遮住不單是我的雙眼，還有我**整個人**。要抗拒推開它實在太累，我知道投降屈服會比較容易。讓黑暗把我推倒，往下掉，掉到一個沒有疼痛，沒有疲倦困乏，沒有擔憂也沒有恐懼的地方。

如果只有我自己，我不可能掙扎太久。我只是人類，有的僅是人類的力氣。我一直試著要跟超自然保持並肩齊步太久了，正如雅各說的。

但這不只關係到我而已。

如果我現在選擇方便的路走，讓黑暗的虛無將我抹去，我會傷害到他們的。

愛德華。愛德華。我的生命跟他的已經緊緊絞纏成單股的絲線。剪其一，兩者都會斷。如果他走了，我將無法活下去。如果我走了，他也無法獨活。而一個沒有愛德華的世界將是毫無意義的。愛德華**必須**存在。

雅各——他一而再、再而三地跟我說再見，但在我需要他時總是不斷回來。雅各，我傷他那麼多次，簡直到了犯罪的地步。我會用最糟糕的方式再傷他一次嗎？他不顧一切為我留下來。現在，他只要求我為他留下來，活著。

但這裡這麼黑，我看不見他們兩人的臉，沒有一樣是真實的。這要我不放棄實在很難。

不過，我繼續抗拒著那黑暗，幾乎是一種反射動作。我沒有嘗試排除它，我只是抗拒著，不容許它把我整個壓垮。我不是巨神阿特拉斯（註13），而黑暗卻重得像個星球，我扛不起來。我唯一能做到的是不讓它把我徹底壓毀。

它像我人生的一種模式——我從來就沒強壯到足以去對付在我控制之外的事，去攻擊敵人或超越他們。去避免痛苦。我一直是人類，並且很軟弱，我唯一能夠做到的事是繼續前進。忍耐。生存下去。

我一直堅忍著直到這步田地。今天也會堅持下去。我堅持到幫助來臨。

我知道愛德華會盡他所能。他不會放棄，我也不會。

我把那代表虛無的黑暗擋開吋許。

但這還不夠——決心不夠。隨著時間步步推進，黑暗一點一滴地蠶食我這數吋的距離，我需要有個東西讓我汲取力量。

我甚至無法在眼前凝聚出愛德華的臉，也看不到雅各，看不到艾利絲或羅絲莉或查理或芮妮或卡萊爾或艾思蜜的臉……什麼都沒有。這嚇壞了我，我懷疑是不是太遲了。

我覺得自己在滑落——沒有任何東西可以讓我抓住。

不！我得活下來。愛德華得靠我。雅各。查理艾利絲羅絲莉卡萊爾芮妮艾思蜜……

註13　阿特拉斯（Atlas），希臘神話中以肩扛天的巨神。

芮妮思蜜。

接著，雖然我還什麼都看不見，突然間我能**感覺**到什麼了。好像虛幻的肢體，我想像我又可以感覺到自己的雙臂，在我的臂彎裡，有某個很小很硬，又非常、非常溫暖的東西。

我的寶貝，我愛踢人的小東西。

我辦到了。抗拒厄運，堅強到足以讓芮妮思蜜活下來，抱緊她，直到她茁壯到能夠獨立生存不再需要我。

我虛幻的手臂所感受到熱燙的那個點是如此真實。我將它抓近一點，它正是我心臟該在的地方。抓緊那溫暖的、對我女兒的記憶，我知道我將能對抗那股黑暗，無論我需要對抗多久。

我心臟旁邊的那股溫暖越來越真實，越來越暖。更熱。那股熱是如此真實，讓人很難相信是我想像出來的。

更熱。

現在感覺不舒服了。太熱，太、太、太熱了。

就像抓住烙鐵錯誤的一端——我立即的反應是丟下我手臂上那灼燙的東西。但我手臂中沒有任何東西。我的手臂並未抱在胸前，我的手臂死死地攤在我身體兩側。那股熱燙是在我身體裡面。

那股燒灼增長——升高到了顛峰，又再上漲，直到它超過所曾感受過的任何事物。

我感覺到在烈火後面的脈動如今在我胸膛肆虐，接著明白過來，我又找到我的心臟了，卻只來得及希望我沒找到。希望我在剛才還有機會時，曾擁抱了黑暗。我想要舉起手臂，抓住、扯開我的胸膛，把我的心挖出來——做出任何能擺脫這折磨的事。但我感覺不到我的手臂，無法移動一根消失的指頭。

詹姆斯用腳踏斷我的腿，那根本不算什麼。那像是在羽毛床上的柔軟處休息。現在我願意接受它，接受一百次。被踩斷一百次。我會接受並且滿心感激。

我的寶寶，踢斷我的肋骨，一吋一吋撕裂我，想要掙脫出一條生路。那也不算什麼。那像在清涼的游泳池中漂浮。我願意接受一千次。接受並且滿心感激。

那火燒得更猛烈，我想要尖叫，哀求某個人現在就殺了我吧，在我還要在這痛苦中多活一秒之前殺了我。但我無法挪動我的嘴唇。那股重量還在，壓迫著我。

我明白過來，不是黑暗把我往下拉；是我的身體。好沉重。把我埋進火焰中，那股火焰現在正從我的心臟往外咬齧開來，以無法想像的痛苦擴散到我的肩膀和肚子，往上焚燒過我的咽喉，火舌舔噬著我的臉。

我為什麼不能動？不能尖叫？這不是他們告訴我的一部分啊。

我的頭腦清楚得令人受不了——因極度的疼痛而變敏銳——幾乎在我產生問題的同時，我看見了答案。是嗎啡。

似乎是幾百萬年前我們討論過這件事——愛德華、卡萊爾跟我。愛德華和卡萊爾都希望，分量足夠的止痛劑能幫我對抗毒液造成的疼痛。卡萊爾曾經在艾密特身上試過，但是毒液燒灼的速度快過止痛劑，封閉了他的血管，沒有足夠時間讓藥效擴散開來。

我保持臉上神色平靜，點頭，並感謝我那少見的幸運之星，就是愛德華無法閱讀我的想法。

因為之前我已經有過體內同時有嗎啡跟毒液的經驗，我已經知道真相。我知道被止痛藥麻木住，跟毒液在我血管中燒竄是完全不相干的。但我不可能對他們指出那項事實。不會有任何事讓他更不願意改變我。

我沒猜到嗎啡會有這樣的作用——會使我動彈不得，並無法開口說話。在我被烈火焚燒時讓我猶如癱瘓一般。

我知道所有的故事。我知道卡萊爾在渾身遭到燒灼之痛時，盡量保持安靜以免被人發現。根據羅絲莉告訴我的，我知道尖叫沒有好處。而我希望自己能像卡萊爾一樣，也就是我會相信羅絲莉的話，閉緊我的嘴。因為我知道我破口而出的每一聲呼喊都會折磨愛德華。

現在，我的願望成真，卻似乎成了個可怕的笑話。

如果我不能喊叫，**我要如何告訴他們殺了我吧？**

我只想死，希望自己從未被生下來。整個我存在的價值並未勝過這痛苦，都不值得再活一拍的心跳。

讓我死，讓我死，讓我死吧。

並且，那整個是在一個永無止盡的空間裡。只有燒灼的痛苦折磨，我無聲的尖叫，哀求死亡降臨。除此之外什麼都沒有，甚至時間也不存在。因此那成了無盡的永恆，沒有開始也沒有結束。一個永恆的劇痛時刻。

突然間，有了一項改變，簡直是不可能的，我的疼痛加倍了。我的下半身，在被注射嗎啡之前就已死的下半身，突然之間也著了火。某個斷裂的連接點被修復了——被燒灼的火舌繫結在一起。

永無止盡的焚燒猛烈地持續著。

有可能是幾秒鐘或幾天，幾週或幾年，但，到了最後，時間又開始有了意義。

有三件事同時發生，彼此相互成長，因此我不知道哪個先：時間重新開始、嗎啡的效力褪淡、我變得比較強壯。

我可以感覺到我對身體的控制回來了，且逐步增強，這些增強是我感到時間流逝的第一個標記。我知道，因為我能夠抽動我的腳趾，扭轉我的手指握拳。我知道，但我沒有採取行動。

雖然燒灼的火勢絲毫沒有稍減一點點——事實上，我開始發展一個體驗它的新能力，一個新的欣賞它、分開它的敏感度，每個火舌舔噬過我血管的猛烈度——我發現我能以它為中心來思考。

我能記得自己**為什麼**不該喊叫。我能記得我承諾要忍受這令人無法忍受之痛苦的理由。我能記得那些，雖然現在覺得不可能忍受，但這當中也許有某種東西值得我受這樣的折磨。

這發生的時間剛剛好，讓我可以在那重壓離開我身體時繼續控制住。若有任何人在觀看我，將看不出任何改變。但對我而言，我正掙扎著將尖叫與翻騰打滾鎖在我身體裡面，在那裡它們不能傷害任何人，那感覺就像我從被**綁在**木樁上焚燒的情況下鬆綁，卻反過來在烈焰中**緊抱住**木樁讓自己堅持下去。

在我被活活燒焦的過程中，我的力氣只夠我躺著不動。

我的聽力越來越清晰，我可以數算我心臟瘋狂跳動的拍數來計算時間。

我可以數算穿出我齒間的淺短喘息。

我可以數算從我身旁某處傳來的低沉、平緩的呼吸。那些是動得最緩慢的，所以我把注意力集中在那上面。它們意味著最平穩的時間流逝。比時鐘的鐘擺更平穩，那些呼吸拉著我度過燃燒的分分秒秒，朝終點前進。

我變得越來越強壯，我的思緒越來越清晰。當新的喧鬧傳來，我可以聆聽。

很輕的腳步聲，一扇打開的門攪動了空氣中的低語。腳步聲走近了，我感覺到手腕內側有個壓力。我感覺不到那些冰冷的手指。烈焰燒掉了所有冰冷的記憶。

「仍然沒有變化？」

「什麼也沒有。」

有個最輕的壓力，呼出的氣息吹在我燃燒的肌膚上。

「嗅不到還有任何嗎啡存在。」

「我知道。」

「貝拉，妳聽得見我嗎？」

毫無疑問，我知道如果我鬆開牙關，我就完了——我會尖叫哀號，痛苦翻滾扭動。如果我張開眼睛，如果我只要稍微彎一根指頭——任何一點改變，我的自我控制就會瓦解。

「貝拉？貝拉，吾愛？妳能張開眼睛嗎？妳能捏一下我的手嗎？」

有人捏我的手指。要不回答這聲音真難，但我保持麻痺狀態。我知道他目前聲音中的痛苦跟**得知真相**後的比起來，根本不算什麼。此刻，他只是**害怕**我在受苦。

「也許……卡萊爾，也許我太遲了。」他的聲音很壓抑；在說到**太遲**時哽咽住。

我的決心動搖了一下。

「聽聽她的心跳，愛德華，它甚至比艾密特的還強壯。我從來沒聽過這麼**強而有力**的聲音。她將會完美無比。」

沒錯，我保持安靜是對的。卡萊爾會消除他的恐懼和疑慮。他不需要與我一同受苦。

「那她——她的脊椎？」

「她受的傷不會比艾思蜜的重。毒液會治好她就像治好艾思蜜一樣。」

「但是她動也不動，我一**定**是做錯了什麼。」

「或做對了什麼，愛德華。兒子，你做了所有我能做的，而且更多。我不敢說我會像你那樣堅持不懈，是你的信心救了她。別再責怪你自己了，貝拉會好起來的。」

一聲哽咽的低語：「她一定在劇痛當中。」

「這點我們不知道。她體內有那麼多嗎啡，我們不知道那在她身上會造成什麼影響。」

有人輕捏我肘彎內側。另一聲低語：「貝拉，我愛妳。貝拉，我很抱歉。」

我好想要回答他，但我不要讓他的痛苦加劇。不要在我仍有力氣保持自己不動的情況下放棄。

在這整個過程中，那猛烈的火焰繼續燒灼著我。但我腦中這會兒有了許多空間。有空間思考他們的對話，有空間憶起發生過的事，有空間前瞻未來，並仍有無數空間留給要受的痛苦。

還有空間擔憂。

我的寶寶哪裡去了呢？她為什麼不在這裡？他們為什麼沒談到她呢？

「不，我要留在這裡。」愛德華低聲回答一個沒說出來的念頭。「那問題他們會解決的。」

「真是個有趣的情況。」卡萊爾回應說：「我還以為天底下所有的怪事我都見過了呢。」

「之後我會處理的。**我們**會處理的。」某個東西輕捏了下我燒得極痛的手掌。

「我敢說，在我們五個人當中，我們能保持這事不轉為血濺五步。」

愛德華嘆口氣。「我不知道要站在哪一邊。我很樂於把他們都打出去。唉，稍後再說吧。」

「我很好奇貝拉會怎麼想——她會站在哪一邊。」卡萊爾沉思自語著。

一聲低沉、壓抑的輕笑。「我相信她會讓我大吃一驚。她向來如此。」

卡萊爾的腳步聲再次遠去，沒人對此做進一步的解釋，令我很喪氣。他們講這種令人難以明白的話，是要令我懊惱嗎？

我回到數算愛德華的呼吸來計算時間。

稍後，在數到一萬零九百四十三個呼吸時，一雙不同的腳步聲悄悄走進房間。更輕，更……有韻律感。

好奇怪，我竟能區別腳步聲之間微小的差異，在今天之前，我根本完全聽不出來。

「還要多久？」愛德華問。

「不會很久了。」艾利絲告訴他：「你看她變得多清晰？我也能把她看得清楚多了。」她嘆口氣。

「還覺得有點怨氣嗎？」

「對，謝謝你提起這件事。」她抱怨說：「如果你發覺被自己天生的本領限制住，你也會很苦惱的。我看得最清楚的是吸血鬼，因為我自己也是；我看人類也算清楚，因為我過去是人。但我完全看不見這個奇怪的混血兒，因為他們完全不在我的經驗裡。哈！」

「集中精神，艾利絲。」

「好吧。貝拉現在幾乎是一看就看到了。」

室內寂靜了好長一陣子，然後愛德華嘆了口氣。這是個新的聲音，快樂多了。

「她真的會好起來。」他吐口氣說。

「她當然會。」

「兩天前妳可沒那麼樂觀。」

「兩天前我根本無法**看得**正確。但現在她已經脫離了所有的盲點，所以變得輕而易舉了。」

「妳可以幫我集中一下精神嗎？給我一個確切的估算時間。」

艾利絲嘆氣。「真沒耐心。好吧，給我點時間——」

安靜的呼吸聲。

「謝謝妳，艾利絲。」他的聲音愉快有生氣得多。

多久？他們至少能說出來給我聽一下吧？這樣要求算過分嗎？我還要被燒多少秒？一萬秒？兩萬秒？再燒一天——八萬六千四百秒？比這還要多？

「她將美得令人眩目。」

愛德華低聲咆哮說：「她一直都是。」

艾利絲用鼻子哼了一聲說：「你知道我的意思。看看她。」

愛德華沒回答，但艾利絲的話給了我希望，也許我不像自己所感覺的像是一堆焦炭。到了現在，好像我似乎該是一堆燒焦的枯骨，我身上的每個細胞都化成了灰。

我聽見艾利絲如輕風飄出房間。我聽見她移動時，衣服互相摩擦發出的沙沙聲響。我聽見天花板上的燈發出低低的嗡嗡聲。我聽見無力的風颳過屋外的聲音。我可以聽見所有的聲音。

樓下，有人在看球賽。水手隊得兩分暫時領先。

「輪到我看了。」我聽見羅絲莉對某人厲聲說，接著傳來一聲低沉的怒吼做回應。

「嘿，夠了。」艾密特提醒說。

有人發出忿忿之聲。

我注意要聽更多，但除了比賽沒有別的了。棒球沒那麼有意思，不足以令我從疼痛分心，因此我繼續聆聽愛德華的呼吸，數算秒數。

在過了兩萬一千九百十七秒半後，劇痛改變了。

先說當中的好消息，劇痛開始從我的指尖與腳趾消退。**非常緩慢**地消退，但至少有了新的變化。這一定就是了，疼痛正在逐步離開……

再來是壞消息。我喉嚨中的烈火跟之前不一樣了。我不只是被火燒，現在我也被烤乾了。乾枯如白骨，好渴，燃燒的烈火，燃燒的飢渴……

還有另一個壞消息。我心臟內的火更熾熱了。

這怎麼**可能**？

破曉

我的心跳已經太快，現在又加快——烈火驅使它的律動進入一個新的、瘋狂的速度。

「卡萊爾。」愛德華叫喚。他的聲音低沉但清晰。我知道卡萊爾若在屋裡或屋子四周，他一定聽得見。

烈火從我的手掌消退，留下令人暢快的無痛與清涼。但它退到了我的心臟，現在它熾熱如太陽，以新的速度狂暴地跳動。

卡萊爾進了房間，艾利絲在他旁邊。他們的腳步聲是如此截然不同，我甚至能聽出卡萊爾在右邊，領先艾利絲一步。

「你們聽。」愛德華對他們說。

房間裡最大的聲音是我狂亂的心跳，隨著烈火的韻律狠狠地敲擊著。

「啊，」卡萊爾說：「快要結束了。」

他的話帶給我的安慰，被我心臟所受極大的痛苦給減少了。

不過，我的手腕不痛了，還有我的腳踝也是。那邊的烈火完全熄滅了。

「很快了，」艾利絲熱切地附和：「我去叫其他人。我要叫羅絲莉……？」

「要——但讓寶寶離遠一點。」

什麼？不。**不！**讓我的寶寶離遠一點，他是什麼意思？他在想什麼？

我的手指抽動——惱怒突破了我完美的外觀假象。房間裡除了我那千斤重鎚般的心跳，一片寂靜，他們全停止呼吸片刻，等候回應。

一隻手捏了捏我不安定的手指。「貝拉？貝拉，吾愛？」

我能夠不發出尖叫地回答他嗎？我考慮了片刻，接著烈火更熾熱地猛竄過我的胸口，從我的手肘和膝蓋脫離。最好還是別改變現狀。

「我會直接帶他們上來。」艾利絲說，聲音中帶著某種急迫，然後我聽見她衝出去的沙沙聲。

接著——**噢！**

我的心跳起飛，跳得像直升機的螺旋槳，那聲音幾乎像單獨演奏的音符；感覺好像它會衝破我的肋骨。烈火在我胸口的中心突然加劇，將我身體其餘部分的火焰全吸過來，為還在燃燒得最劇烈的部分增添燃料。那股劇痛足以讓我昏過去，讓我粉碎緊抓的木樁。我的背拱起，弓得像是那股烈火藉由我的心臟將我往上拉。

當我的身體重重落回檯子上時，我不容許身體有另一部分的斷裂。

這成了我體內的戰鬥——我急速衝刺的心臟在跟攻擊的火焰賽跑。兩者都要輸了。烈火是注定要滅的，它已經燒盡所有一切可燃之物；我的心臟飛奔向它最後的跳動。

烈火壓縮，用最後、令人受不了的奔騰之勢，把力量集中在剩餘的最後一個人類器官上。回應那股奔騰的是一聲低沉、空洞的怦咚。我的心臟微微顫動了兩下，再靜靜地拍打了最後一聲。

沒有聲音。沒有呼吸。甚至連我都沒呼吸。

有那麼片刻，所有我能意識到與領會的，是疼痛消失了。

然後我張開眼睛，驚奇地凝視著我的上方。

chapter 20

新生

鏡中的那個陌生人無庸置疑地是個大美人，
每一分一毫都跟艾利絲或艾思蜜一樣美。
她即使在靜止不動的情況下，體態還是很優雅流暢，
她那毫無瑕疵的臉龐，在如雲般的深色頭髮烘托下，
皎白如明月。

一切是如此清晰。

輪廓鮮明，界定清楚。

頭頂上燦亮的燈光還是亮得令人眼盲，但我卻能清楚看見燈泡中白熱的燈絲。我可以看見亮白燈光中彩虹的每個顏色，以及，在這光譜的最邊緣，我不知道叫什麼名字的第八個顏色。

在燈光後方，我可以辨別出上方深色木頭天花板上每個穀粒大小的斑點。在它前面，我可以看見空氣中的塵埃，被光線接觸到的一面，以及黑暗的那面，截然不同，完全分開。它們旋轉如小行星，繞著彼此移動，在天空中舞蹈。

塵埃竟是如此美麗，我震驚地深吸一口氣；空氣咻地灌下我的喉嚨，塵埃打旋進入一個漩渦。這動作感覺不對勁。我思考，接著明白過來，問題在吸氣的動作之後沒有緊隨著舒緩下來的感覺。我不需要空氣，我的肺並未等候它們。肺部對大量湧入的空氣沒有反應。

我不需要空氣，但我**喜歡**它。從空氣裡，我可以品嘗到我所處的房間——嘗到令人歡喜的塵埃，停滯的空氣與從敞開的門吹進來稍涼的空氣混合在一起的味道。嘗到豐富的絲綢的氣味。嘗到一種淡淡的、暗示著某種溫暖又令人渴望的事物，某種應該是濕潤的，但卻不是……那味道讓我的喉嚨乾燒著，一種毒液燃燒的微弱回聲，雖然那氣味被氯和氨的啃食給汙染了。最特別的是，我可以嘗到一個幾乎是蜂蜜紫丁香和太陽味道的氣味，那是最強烈、最靠近我的東西。

我聽到其他人的聲音，現在我又開始呼吸。他們的呼吸混合的氣味並不完全是蜂蜜、紫丁香和陽光，還帶來了新的風味。肉桂、風信子、梨、海水、發酵膨脹的麵包、松樹、香草、皮革、蘋果、苔蘚、薰衣草、巧克力……我在腦海中想了十幾種不同的比較，但沒有一種是確切相符的。如此甜美悅人。

樓下的電視被降低了音量，我聽到有人——羅絲莉？——在一樓挪動著身體。

我也聽見一個模糊的、砰砰的韻律，還有個聲音對那跳動怒吼。饒舌音樂？我迷惑了片刻，然後那聲音遠去，像是有輛搖下車窗的車子經過。

我吃驚地明白，這恐怕一點也沒錯。難道我能一路聽到高速公路那麼遠的地方去？

我沒察覺有人握著我的手，直到那人輕輕捏了捏它。就像之前要隱藏痛苦，我的身體在驚訝中又凝住不動。這不是我預期的接觸，皮膚是完美光滑沒錯，但溫度不對，一點也不冰冷。

在過了呆滯的頭一秒後，我身體對不熟悉的接觸的反應方式，更是把我嚇一大跳。

空氣嘶嘶呼嘯衝上我喉嚨，像一大群帶著低沉威脅響聲的蜜蜂，冒出我咬緊的牙關。在那聲音衝口而出之前，我的肌肉賁高拱起，扭著甩開那未知的接觸。我猛一旋身，後背離開檯子，速度之快應該會讓整個房間在我眼前變得一花——但卻沒有。我看見每粒塵埃，牆上每一片木板的碎片，當我的眼睛掃過它們時看見每一絲鬆掉之處，像透過顯微鏡看見每個細節。

因此，當我發現自己背靠牆以防禦姿勢蹲伏著時——大約在十六分之一秒後——我已經知道是什麼嚇到我，並且我也反應過度了。

噢，當然。愛德華不會給我冰冷的感覺，如今我們有了相同的體溫。

我定住自己的姿勢有八分之一秒久，適應著我眼前的景象。

愛德華傾身跨越過那個我經歷火葬般的手術檯，他的手伸向我，一臉焦急憂慮的神情。

愛德華的臉是最重要的事物，但我的側視線將每件事一覽無遺，以防萬一。某種防禦的直覺已經被引發，我本能地立刻搜尋任何危險的跡象。

我的吸血鬼家人小心謹慎地等在最遠的、門旁的牆前，艾密特和賈斯柏在最前面。好像眼前有危險一般。我的鼻翼賁張，搜尋那威脅。我嗅不出任何不對勁之處。有某種淡淡的、十分可口的氣味——但被刺激的化學味道破壞了——再次令我的喉嚨發癢，讓它開始疼痛跟燒灼起來。

艾利絲從賈斯柏的手肘後方往外瞄，臉上帶著大大的笑容；明亮的光彩從她的牙齒上迸開，另一道八種顏色的彩虹。

那笑容讓我定下心來，接著我把各個片段拼湊起來。正如我假設的，賈斯柏和艾密特在最前方是在保護其他人。我沒有立即領悟過來的是，那個危險是**我**。

所有這些都是兼顧而已。我的感官與頭腦絕大部分仍專注在愛德華的臉上。

一直到此刻之前，我從未見過它。

我曾凝視過愛德華多少次，為他俊美的容顏感到驚奇不已？我人生中有多少小時——多少天，多少週——花在夢想著我所以為的完美？我以為我認識他的臉勝過認識我自己的。我以為這是我整個世界裡最確定具體的一件事：愛德華毫無瑕疵的臉龐。

我恐怕一直以來都是瞎子。

生平第一次，在我人類眼睛的黯淡陰影和受限的弱點被除去之後，我看見了他的臉。我驚喘一聲，接著努力要找出我所知的字彙，卻無法找到正確的字詞。我需要更好的詞彙。

在這節骨眼上，我另一部分的注意力已經弄清楚，在此除了我之外沒有別的危險，於是我立刻直起身來；從我躺在檯子上到這時候，過了幾乎整整一秒。

有那麼片刻，我身體移動的方式完全占據了我的注意力。我想到挺起身的剎那，我已經站直了。動作的發生絲毫不占用一點時間；改變是瞬間發生的，幾乎像是完全沒有挪動。

我繼續凝視愛德華的臉，再次動也不動。

他慢慢地繞過檯子——每一步花了將近半秒的時間，每一步流暢轉進，像河水流過光滑的石頭——他的手仍然伸向我。

我看著他優雅地前進，用我新的雙眼全神貫注在它上面。

「貝拉？」他用低沉、冷靜的語調問，但他聲音中的憂慮在叫我名字時又堆疊著緊張。

我無法立刻回答，整個人迷失在他天鵝絨般裹覆著的聲音裡。那是最完美的交響曲，一首單一樂器的交響曲，那樂器比任何人造的都更深奧……

「貝拉，吾愛？我很抱歉，我知道這會令人很昏亂。但妳很好，每件事都很好。」

每件事？我的思緒飛轉，急遽回到我身為人類的最後一小時。那段記憶似乎已經開始模糊，我好像是透過一層厚厚的、深暗的紗罩在觀看——因為我人類的眼睛是半盲的，每一樣東西都好模糊。

當他說每件事都很好，是包括芮妮思蜜嗎？她在哪裡？跟羅絲莉在一起嗎？我試著回想她的臉——我知道她很美麗——但試著要透過人類的記憶來觀看，真的很惱人。她的臉被遮蔽在黑暗中，光線不足……

雅各呢？**他**好嗎？我長久以來深受痛苦的最好的朋友，現在痛恨我嗎？他回到山姆的狼群裡去了嗎？賽斯和利雅也回去了嗎？

庫倫家的人都安全無事，還是我的轉變點燃了他們跟狼群之間的戰火？愛德華總括式的保證涵蓋所有這一切？還是他只是試圖要使我鎮定下來？

那查理呢？現在我要跟他說什麼？在我被焚燒時他一定打過電話來。他們告訴他什麼呢？他會認為我到底發生了什麼事？

當我在短短一秒鐘內深思所有這些問題，想該先問哪一個時，愛德華試探性地伸出手，用指尖輕撫過我的臉頰。光滑如絲，柔如羽毛，如今確切吻合我皮膚的溫度。

他的撫觸似乎直襲我表層皮膚之下，直接觸及我臉上的骨頭。那感覺很刺激、充滿電流——它直穿過我的骨頭，下竄我的脊椎，在我的腹中震顫。

等等，在那震顫開展成一股溫暖與渴望時，我思考著。我不是該失去這種感覺了嗎？放棄這種感覺難道不是這項交易的一部分嗎？

我是個新生的吸血鬼。我喉嚨中的乾渴、灼痛證明了這一點。而我知道身為吸血鬼新手所要承擔的。人類的感情與渴望會在稍後以某種形式回到我身上，但我已經接受了在一開始時我不會感覺到它們。唯獨飢渴。那是交易，是代價。我已經同意要支付。

但是當愛德華的手彎曲包住我的臉，像絲綢包覆鋼鐵，慾望奔騰過我乾涸的血管，從我的頭頂鳴振到我的腳趾。

他抬起一邊完美的眉毛，等候我開口說話。

我伸出雙臂抱住他。

再次，好像沒有挪移的動作。前一刻我還直直不動地站著，像一座雕像；接著在同一剎那，他已經在我懷裡。

溫暖——至少我的感覺是這樣。還有那甜美可口的氣息，那是我人類遲鈍的感官永遠無法真正體會到的，但這百分之百是愛德華。我把臉貼緊他光滑的胸膛。

接著，他不舒服地挪動身體，從我的擁抱中後退。我抬頭凝望他的臉，對這拒絕感到困惑與害怕。

「呃……小心點，貝拉。噢。」

我一明白過來，立刻把手臂猛地拉開，背到背後。

我太強壯了。

「糟糕。」我低語。

如果我的心還會跳的話，他露出的正是那種會令我心跳停止的笑容。

「別驚慌，吾愛。」他說，抬起手來觸摸我因驚恐而微張的雙唇。「妳此刻不過比我稍壯一點而已。」

我的眉頭皺在一起。這點我也知道，但在這終極的超現實時刻裡，它感覺起來比任何其他部分更超現實。我比愛德華還強壯，我讓他發出**噢**的一聲。

他的手再次撫摸我的臉頰，當另一股慾望的波濤竄過我靜止不動的身體時，我完全忘了我的苦惱。

這些情感比我過去習慣的更強烈，儘管我腦海中有額外的空間，它卻讓我很難保有一貫的思路，每一種新的感覺都將我淹沒。我記得愛德華曾經說過——跟我現在所聽見清澈、樂曲般明晰的聲音比起來，我腦海中他的聲音像個淡薄的影子——他的種族，**我們的**種族，很容易被分心。現在我明白為什麼了。

我費力地協調好集中注意力。有些事我需要說出來，最重要的事。

我非常小心，極為謹慎地從背後伸出右手，讓動作實際上可以辨識出來，然後抬起手來觸摸他的臉。我拒絕讓自己被手上的珍珠光澤，或被他光滑的皮膚，或被我指尖所感受到銳利觸感給分心。

我凝視他的雙眼，同時第一次聽到自己的聲音。

「我愛你。」我說，聽起來像在唱歌。我的聲音清亮如銀鈴一般。

他回應的笑容比我還是人類時更令我目眩神迷；現在我能真正看清楚了。

「如同我愛妳。」他告訴我。

他用雙手捧住我的臉，他的臉向我靠過來——動作慢到足以提醒我要小心。他吻我，一開始如耳語般輕柔，接著，突然強而有力、猛烈起來。我嘗試記得要對他溫柔一點，但在這感官的強烈猛攻下實在很難記得任何事情，實在很難有任何條理清晰的思想。

就好像他從來沒有親吻過我——好像這是我們的初吻。事實上他過去從來沒有**這樣**吻過我。

這幾乎令我有罪惡感。我肯定違反了約定，我不可能被允許有這樣的吻。

雖然我不需要氧氣，我的呼吸還是急促起來，奔騰得如同我在被焚燒時一樣快。這是另一種完全不同的火焰。

有人清了清喉嚨。艾密特。我馬上認出那深沉的聲音，同時感到好玩與惱火。

我忘了我們不是單獨相處。接著我領悟到我這時纏抱著愛德華的方式實在不宜有觀眾在旁。

困窘非常，我在另一個瞬間退開了半步。

愛德華輕笑著隨同我挪步，繼續讓他的雙臂緊抱著我的腰。他的臉閃爍生輝——彷彿有股白烈的火焰從他鑽石般的皮膚後燃燒出來。

我不必要地深吸口氣，讓自己穩定下來。

這個吻是多麼的不同啊！我邊察看他的表情，邊把朦朧的人類記憶拿來跟這清楚、強烈的感覺做比較。他看起來……有點洋洋得意。

「你一直對我有所保留。」我用我那歌唱般的聲音控訴，雙眼微微瞇起。

他大笑，散發出一股事情完全結束的輕鬆與寬慰——恐懼、痛苦、不確定、等待，如今全被拋在我們身後了。「在當時那是必要的啊。」他提醒我：「現在輪到妳要小心別把**我**壓碎了。」他又大笑。

我邊想邊皺著眉頭，接著，笑的人不只愛德華一個。

卡萊爾繞過艾密特迅速朝我走來；他的雙眼只稍微有點警戒，但賈斯柏緊隨在他身後。我過去也沒見過卡萊爾的臉，不是真的看見。我有種奇怪的、迫切要眨眼的感覺——好像我是瞪著太陽看。

「貝拉，妳感覺如何？」卡萊爾問。

我考慮了六十分之一秒。

「令人不知所措。實在是**太**……」我的聲音變小消失，再次因聆聽自己銀鈴般的聲音而忘了繼續說話。

「是，它是能讓人很困惑。」

我急速、抽筋似的點了下頭。「但我覺得像我自己，差不多像。我沒期望會是這樣。」

愛德華的手臂輕輕收緊了下我的腰。「我告訴過妳吧。」他低聲說。

「妳十分自制。」卡萊爾若有所思地說：「即使妳有時間為此在心理上做好預備，妳還是比**我**預期的更自制。」

我想到狂野擺盪的情緒，集中注意力的困難，不由得低聲說：「對此我不敢確定。」

他認真地點點頭，接著他寶石般的眼睛閃爍著充滿興趣的光芒。「看來我們這次用嗎啡的方式是對的。告訴我，妳對轉變過程還記得什麼？」

我遲疑了一下，熱烈地注意到愛德華的呼吸吹過我臉頰，使一股微弱的電流穿透我皮膚。

「之前的每件事……都很模糊。我記得寶寶不能呼吸了……」

我看著愛德華，有那麼片刻被那記憶所驚嚇。

「芮妮思蜜很健康，也很好。」他向我保證，眼中閃過一道我從沒見過的光芒。他說到她名字時，帶著一種未全盤托出的熱情。一種敬重。一種虔誠的人談到他們的神時所擁有的口氣。「在那之後妳還記得什麼？」

我集中精神讓自己面無表情。我從來不是個擅於說謊的人。「實在很難記得了。過去好昏暗。然後……我睜開雙眼，我看見了**所有的事物**。」

「真令人驚奇。」卡萊爾嘆息，雙眼閃閃發亮。

苦惱沖刷過我，我等著熱氣上湧燒紅我雙頰，出賣我。然後我想起來，我再也不會臉紅了。也許，那能保護愛德華永遠不知道真相。

不過，我得找個方法暗示卡萊爾，哪天他若需要再造另一個吸血鬼的話。那可能性似乎低到沒有可能，這也讓我對說謊感到好過一點。

「我要妳想一想——告訴我每件妳記得的事。」卡萊爾興奮地催促，我沒辦法不讓一副苦相從臉上閃過。我不想要繼續撒謊，因為我可能會說溜嘴。並且我也不想要去回想那焚燒的劇痛。不同於人類的記憶，那部分可說清楚得完美，我發現自己能夠非常精準、絲毫不差地記得它。

「噢，我很抱歉，貝拉。」卡萊爾立刻道歉。「當然妳的飢渴一定讓妳非常不舒服。這段對話可以等以後再說。」

直到他提起，實際上飢渴不是處理不了的。我腦中有許多空間，有個分開的部分持續標示著我喉嚨中的燒灼，幾乎像是反射動作。是過去我的舊腦子處理呼吸與眨眼的部分。

但卡萊爾的假設把那燒灼帶到我思維能力的最前線。突然間，我全部的思緒都被乾灼的疼痛占滿，我越想到它就越痛。我的手疾伸上來摀住咽喉，彷彿我能從外面悶熄那烈焰似的。我脖子的肌膚在手指的撫觸下感覺很奇怪。它好光滑，到了某種柔軟的地步，卻同時又堅硬如岩石。

愛德華垂下雙臂，牽起我另一隻手，溫柔地拉扯。「貝拉，我們去打獵吧。」

我雙眼圓睜，飢渴的痛苦退卻，震驚取代了它的位置。

我？打獵？跟愛德華？但……**怎麼做？**我不知道該做什麼。

他看見我神情中的驚恐，並給予鼓勵的微笑。「其實相當簡單，吾愛。就是本能反應。別擔心，我會示範給妳看。」當我絲毫不動，他露齒微笑，並抬起眉毛：「我有個印象，妳不是一直**很想要**看我打獵嗎？」

他的話提醒了我模糊的人類記憶中的對話，突如其來的幽默讓我大笑起來（部分的我驚奇地聽著轟隆作響的銀鈴聲）。接著我用整整一秒鐘的時間，在腦海中迅速想過最初那些與愛德華在一起的日子——我人生的真正開始——好讓我永遠也不會忘記它們。我從未預期要憶起它們會是如此不舒服，就像要瞇著眼睛看清泥濘水中的事物。從羅絲莉的經驗裡，我得知若我**用力多想**人類時候的記憶，我便不會隨著時間過去而忘記它們。我不想忘記我跟愛德華在一起的每一分鐘，即使是當永恆在我們面前直敞開來的現在。我會確定我那些人類的記憶，牢牢接合在我無誤的吸血鬼頭腦中。

「那我們走吧？」愛德華問。他伸手牽過我仍撫著頸項的手。他的手指沿著我咽喉輕滑而下。「我不想妳受苦。」他低聲喃喃說。這麼小的聲音，是我以前無法聽見的。

「我沒事。」我出於人類的習慣這麼說：「等一下，有件事優先。」

事情這麼多，我永遠無法問出我的問題。還有比這飢渴的痛苦更重要的事。

這會兒是卡萊爾問：「什麼事？」

「我想見她。芮妮思蜜。」

要說出她的名字還真困難得古怪。**我的女兒**，要想這些字眼甚至更難。那似乎距離好遙遠。我試著去憶起三天前我是如何感覺的，立刻，我雙手從愛德華手中抽回，落在我的肚子上。

平坦，空虛。我抓緊覆蓋著我肌膚的淡色絲綢，再度驚慌起來，雖然我腦中同時有個無關緊要的部分想到一定是艾利絲替我打扮過。

我知道自己體內沒有東西了，我也模糊記得那鮮血淋漓的剖腹景象，但實際上的證據仍然很難處理。所有我記得的，是疼愛那在我**身體裡面**愛踢人的小東西。離開我之後，她似乎是某種……一定是我想像出來的東西。一個正在褪淡的夢——一個半是惡夢的夢。

就當我在與我的困惑纏鬥時，我看見愛德華與卡萊爾交換了警戒的一瞥。

「什麼事？」我詰問。

「貝拉，」愛德華安撫地說：「那實在不是個好主意。吾愛，她是半個人類。她的心會跳，血液在她血管中流動。直到妳的飢渴能夠確實地控制住……妳不想要讓她落在危險當中，對嗎？」

我皺眉。我當然不要她有任何危險。

我會失控嗎？是，我困惑。對，很容易分心。但是危險？對她？對我女兒？

我不敢絕對說答案是不會。因此，我得有耐心一點。這聽起來好困難，因為直到我再見到她之前，她都不是真的。只是一個褪淡的夢……只是個陌生人……

「她在哪裡？」我用力聆聽，然後我可以聽見那跳動的心臟在我底下的一樓。我可以聽到不只一人在呼吸——非常安靜，好像他們也在聆聽我的動靜。樓下還有一個鼓翼的聲音，輕輕敲動聲，我無法辨認……

而心跳的聲音是如此濕潤又吸引人，我的嘴裡開始充滿唾液。

因此，我肯定得在見她——我陌生的寶寶——之前，學會打獵吃飽。

「羅絲莉跟她在一起嗎？」

「是的。」愛德華以簡短的口吻答道，我看得出來，他想到某件令他不高興的事。我以為他跟羅絲之間的歧異已經結束了。難道兩人之間的敵意又爆發了嗎？在我能發問之前，他拉起我放在扁平腹部上的雙手，再次輕柔地拉扯。

「等一下，」我再次抗議，試著集中精神。「那雅各呢？還有查理？告訴我每件我錯過的事。我失去意識……多久？」

愛德華似乎沒注意到我對意識一詞的遲疑。相反的，他又跟卡萊爾交換了警戒的一瞥。

「有什麼不對？」我低聲問。

「沒有什麼**不對**。」卡萊爾告訴我，以一種奇怪的方式強調最後的詞。「沒多大的改變，事實上——妳只不醒人事兩天而已，這些事情過得非常快。愛德華做得太好了，十分創新——直接把毒液注射到妳的心臟是他的主意。」他停下來對他兒子驕傲地一笑，然後嘆口氣。「雅各還在這裡，而查理依舊相信妳還病著。他認為妳目前正在亞特蘭大，正在接受疾病管制局的測試。我們給了他一個假電話號碼，他很沮喪。之前他跟艾思蜜談過話。」

「我該打電話給他……」我低聲自言自語，但是，聽著我自己的聲音，我明白了新的困難。他不會認出這新的聲音的，這樣無法保證他安心。接著，之前的驚訝闖進來。「等等——雅各**還在這裡**？」

兩人又交換了另一瞥。

「貝拉，」愛德華很快地說：「要討論的事還很多，但是我們得先照顧妳。妳一定感覺很痛苦……」

當他指出這點，我記起了喉嚨中的燒灼，痙攣性地嚥了嚥。「可是雅各——」

「吾愛，我們在這世上有無盡的時間可以用來解釋，不急於一時。」他溫柔地提醒我。

當然。對這答案我可以再等一會兒；當這猛烈如火燒的飢渴之痛不再分散我集中的注意力後，我能更容易聆聽。「好吧。」

「等等，等等。」艾利絲在門口激動地說。她舞蹈著走過房間，夢幻般優雅。正如對愛德華和卡萊爾的反應，我震驚於自己第一次真正看到她的臉。太可愛了。「你答應過第一次我可以在場！萬一你們兩個碰上某種會反射的東西呢？」

「艾利絲——」愛德華反對說。

「只花你一秒鐘而已！」說著，艾利絲衝出房間。

愛德華長嘆一聲。

「她在講什麼？」

但艾利絲已經回來了，從羅絲莉房間拿來一面巨大、鑲著金邊的鏡子，那鏡子將近她兩個人高，且有她好幾倍寬。

賈斯柏跟著卡萊爾過來後，便靜止不動站在他身後，讓我忘了他的存在。現在，他又動了，籠罩保護著艾利絲，他的雙眼鎖定我的神情。因為我是這房間裡的危險分子。

我知道他也會測試我周身的情緒，因此他一定感覺到我第一次這麼近地研究他的臉時，所感受到的強烈震驚。

他過去人生中在南方與吸血鬼新手大軍作戰所留下的疤痕，在我那可說是全盲的人類的眼睛裡，幾乎是看不見的。只有在強光照射下，疤痕稍微突起的輪廓才能讓我察覺到它們的存在。

現在，我能看見了，疤痕幾乎遍布賈斯柏整張臉。我的雙眼很難從他那傷痕累累的頸項與下巴挪開——即使是個吸血鬼，有那麼多副利牙穿透撕裂他的咽喉，他卻還能活下來，實在令人難以相信。

我憑直覺繃緊了要防衛自己。任何吸血鬼看到賈斯柏，都會有同樣的反應。那些疤痕就像個被明亮光線照射的告示板。它們大喊著**危險**。有多少吸血鬼試圖殺掉賈斯柏？數百？數千？同樣數目的吸血鬼在企圖殺他之前都看見也感受到我的看法，我的審慎，卻也都死在他手底下，他神情挖苦地笑了笑。

「為了沒在婚禮前讓妳照照鏡子一事，愛德華對我囉嗦了很久。」艾利絲說，把我的注意力從她嚇人的愛侶身上拉開。「我才不要再次讓他把我生吞活剝。」

「生吞活剝？」愛德華諷刺地說，挑起一邊眉毛。

「也許我說得誇張了點。」她邊心不在焉地低語，邊把鏡子轉向我。

「也許這單單是為了滿足妳自己的偷窺癖。」他反駁。

艾利絲對他眨眨眼。

我只有小部分注意力注意到他們的互動，大部分的注意力都盯住了鏡中那個人。

我的第一個反應是直覺式的愉快。鏡中的那個陌生人無庸置疑地是個大美人，每一分一毫都跟艾利絲或艾思蜜一樣美。她即使在靜止不動的情況下，體態還是很優雅流暢，她那毫無瑕疵的臉龐，在如雲般的深色頭髮烘托下，皎白如明月。她的四肢光滑又強壯，皮膚隱隱閃耀，散發著珍珠般的光芒。

我的第二個反應是恐懼。

她是誰？在第一瞥當中，我在她光滑、到達完美程度的臉上找不到絲毫我的臉。

還有她的眼睛！雖然我知道要對它們有所預備，她的雙眼仍然令我全身竄過一陣恐懼。

我一直研究跟反應，她的臉完美地沉著，像座女神的雕像，半點也沒顯示我裡面的混亂與翻攪的情緒。接著，她豐滿的雙唇移動了。

「那眼睛？」我低語，不願意說那是我的眼睛。「要多久？」

「它們再過幾個月就會暗下來了。」愛德華用溫柔、充滿安慰的聲音說。「飲用動物的血會比飲食人血更快稀釋它們的顏色。它們會先變成琥珀色，然後變為金黃。」

我的雙眼會閃爍著邪惡、狠毒的紅色光芒**好幾個月**？

「好幾個月？」我的聲音現在比較高一點，有點緊繃。鏡中，那完美的眉毛在她閃爍著深紅光芒的雙眼上方，表示懷疑地揚起；那血紅的雙眼比我之前所曾見過的任何一雙都要明亮。

賈斯柏往前跨了一步，因我突如其來的焦慮緊張而警覺。他太瞭解吸血鬼新手了；這情緒預示著我這一方即將出差錯嗎？

沒有人回答我的問題。我轉開臉，看向愛德華與艾利絲。他們兩人的眼睛都有點不太專注——對賈斯柏的不安有所反應。聆聽它的原因，瞻望眼前即將發生之事。

我又深吸了一口不必要的氣。

「不，我沒事。」我向他們保證。我的雙眼閃向鏡中的陌生人，再看回來。「事情只是……有太多要吸收了。」

賈斯柏的眉頭皺起來，更突顯了他左眼上方的兩個疤。

「我不知道。」愛德華喃喃說。

鏡中的女人皺起眉頭。「我錯過了什麼問題？」

愛德華笑了。「賈斯柏好奇妳是怎麼辦到的。」

「辦到什麼？」

「控制妳的情感，貝拉。」賈斯柏回答說：「我從未見過一名新手能夠辦到——當一種感情正在形成的時候，讓它停下來。妳很苦惱煩亂，但是當妳看到我們的憂慮，妳控制住它，重新控制好自己。我準備好了要幫忙，但妳並不需要。」

「那樣不對嗎？」我問。當我等候他的裁定時，我的身體自動凝止。

「沒有不對。」他說，但他的聲音不怎麼確定。

愛德華把手沿著我手臂撫下來，彷彿鼓勵我緩和下來。「真是令人印象深刻，貝拉，但我們不瞭解它，我們不知道它能被控制多久。」

對此我考慮了約一秒。我會在任何一刻突然發作嗎？轉變成一個怪物？

我無法感覺到那種情緒來臨……也許，那樣的事是無法預期的。

「可是，妳怎麼想呢？」艾利絲指著鏡子問，這會兒有點不耐煩了。

「我不確定。」我迴避著說，不願意承認我有多害怕。

我瞪著那個有可怕雙眼的美麗女人，找尋我的各個部分。她的唇形裡有某種東西——如果妳看穿那令人眩目的美貌，便可見到真相，她的上唇有一點不平衡，比下唇稍微豐滿了點。找到這熟悉的小瑕疵，讓我稍微感覺好一點。也許我其餘的部分也還在。

我試驗性地舉起手，鏡中的女人也仿效我的動作，觸摸她的臉。她深紅色的雙眼小心警惕地望著我。

愛德華嘆口氣。

我轉離她去看他，抬起一邊眉毛。

「很失望嗎？」我問，銀鈴般的聲音無動於衷。

他大笑，承認說：「是啊。」

我感到震驚突破了臉上鎮定的面具，緊隨而來的是受傷的感覺。

艾利絲怒吼。賈斯柏又朝前傾，等我爆發。

但愛德華不理他們，用他的雙臂緊緊抱住我剛剛凝止住的身體，把他的唇緊貼上我的臉頰。「現在妳變得跟我一樣之後，我有些期望能聽見妳腦中的想法。」他喃喃說：「而我在這裡，跟過去一樣挫敗，好奇著妳腦中究竟在想些什麼。」

我立刻覺得好多了。

「噢，這樣啊。」我輕快地說，對我仍保有自己的想法鬆一口氣。「我猜我的腦子永遠無法正常運作吧。至少，現在我很漂亮。」

我調整好、能夠直接思考，能做我自己後，變得比較容易跟他開玩笑了。

愛德華在我耳中咆哮：「貝拉，妳從來不僅僅是漂亮而已。」

接著，他的臉從我臉旁拉開，並且嘆口氣。「好，好。」他回答著某個人。

「什麼？」我問。

「隨著時間過去，妳讓賈斯柏越來越不安。等妳打獵之後，他可能會放鬆一點。」

我看著賈斯柏擔心的神情，點了點頭。如果那情緒真的會來的話，我可不想在這裡爆發。置身在樹林裡，好過置身在家人當中。

「好吧。讓我們去打獵。」我同意說，一股緊張與期待的興奮之情，讓我的胃顫抖。我鬆開愛德華環抱我的手臂，握著他一隻手，轉身背對鏡中那陌生又美麗的女人。

chapter 21

初次狩獵

牠的利牙無法切入我的肩膀或頸項，

牠的重量根本不算什麼。

我的牙齒準確地找到牠的咽喉，

牠本能的抗拒跟我的力量比起來，衰弱得可憐。

「從窗戶？」我問，瞪著兩層樓底下。

基本上來說，我並不怕高，但是能把所有細節看得這麼清楚，卻使得景色變得沒那麼宜人。下方岩石的角度比我所能想像得到的更銳利。

愛德華微笑說：「這是最方便的出口。如果妳害怕，我可以抱妳。」

「我們擁有了永恆，而你卻擔心走下樓從後門出去太花時間？」

他輕輕皺了皺眉頭。「芮妮思蜜跟雅各在樓下……」

「噢。」

對喔。這會兒我是怪物，我得遠離那些可能會引發我狂野一面的氣味。尤其是那些我所愛的人，即使那位我還未真正認識的人。

「芮妮思蜜……跟雅各在一起……沒事嗎？」我低聲問。遲至此刻才明白過來，我聽到樓下的那個心跳，一定是雅各的。我再次仔細聆聽，但我只能聽見一個穩定的脈動。「他不怎麼喜歡她啊。」

愛德華的唇以一種奇怪的方式抿緊。「相信我，她百分之百安全。我對雅各的想法一清二楚。」

「當然。」我喃喃說，再次看著地面。

「拖延？」他挑戰說。

「有一點。我不知道該怎麼……」

而且我十分清楚意識到在我背後的家人，正靜靜看著。大多數人靜靜看著。艾密特已經憋著氣輕笑過一次。只要犯一個錯，他就會笑倒在地上打滾。然後全世界最笨手笨腳的吸血鬼的笑話就會開始流傳了……

還有，這身洋裝——艾利絲一定是在我被燒得神智不清時幫我換上衣服的——絕不是我會為跳躍或打獵時選擇的衣服。貼身繃緊的冰藍色絲綢？她怎麼會想到我需要這種衣服？難道稍後有個雞尾酒宴會嗎？

「跟著我做。」愛德華說。他非常輕鬆隨意地踏出高而敞開的窗戶，往下落。

我仔細觀看，分析他屈膝以吸收落向地面的撞擊力的角度。他落地的聲音非常低——那緩和的砰一聲，可能是一扇門輕輕關上，或一本書被輕擺在桌上。

看起來一點也不難。

我集中精神時不由得咬緊了牙，我試著仿效他輕鬆地踏入空氣中。

哈！地面是如此緩慢地朝我挪近，以致於要讓我的雙腳——艾利絲幫我穿了雙什麼鞋？細跟高跟鞋嗎？她真的是瘋了——以及那雙愚蠢的鞋正確地穩穩落地，簡直不費吹灰之力，降落跟在平地上往前跨一步一樣，沒有不同。

我用腳掌吸收反作用力，不想折斷鞋子的細高跟。我的降落跟他一樣輕巧。我對他露出一笑。

「沒錯。很容易。」

他回我一笑。「貝拉？」

「什麼事？」

「即使是對一位吸血鬼來說，妳的動作也很優雅。」

我把這話想了片刻，然後露出燦爛的笑容。如果他之前講這話，艾密特一定會大笑。沒有人覺得他的話好笑，所以這話一定是真的。這是我生平第一次……或者說，我存在這世上第一次，有人用**優雅**一詞來形容我。

「謝謝你。」我告訴他。

接著，我勾起腳把兩只銀色緞面高跟鞋一一脫下，將它們一起從敞開的窗戶擲回去。也許丟得用力了點，但我聽到有人接住鞋子，沒讓它們砸壞牆上的木頭。

艾利絲發牢騷說：「她的時尚感進步的大大不如她的平衡感。」

愛德華牽起我的手——我無法停止對那光滑的觸感，他肌膚舒適的溫度，感到驚奇——疾穿過後院來到河邊。我毫不費力地跟隨他。

每件有關體能的事似乎都很簡單。

我們在水邊停下來時，我問他：「我們游泳過去嗎？」

「然後毀了妳漂亮的衣服？不。我們跳過去。」

我噘起嘴，考慮著。河面在這裡的寬度大約是五十碼。

「你先。」我說。

他輕觸了下我的臉頰，迅速往後退兩大步，然後往前跑過這兩步的距離，從一塊牢牢嵌在河岸上的扁平石塊上往前猛躍而出。我研究那閃電般的動作，見他拱身橫過水面，最後翻個筋斗，緊接著消失在河岸對面濃密的樹林中。

「愛現。」我咕噥著，並聽到他不見人影的笑聲。

我往後退了五步，以防萬一，然後深吸一口氣。

突然間，我又焦慮起來。不是害怕跌倒或受傷——我比較擔心森林會受到傷害。

它來的很慢，但我現在能感覺到它了——那股天然的、巨大的力量，在我的四肢當中顫動。突然間我很確定，若我想要從河底下鑽地洞過去，用抓的或鑿穿的方式開一條直穿過基岩的路，也不會花我太多時間。在我周遭的物體——樹木、灌木、岩石……那大房子——全都開始看起來十分脆弱。

希望艾思蜜沒有特別喜歡河對岸的哪棵樹，我開始邁開第一步。接著停下來，那件繃緊的絲綢洋裝在大腿的部分往上裂開了六吋。艾利絲！

好吧，艾利絲似乎總是把衣服當作只穿一次就可以拋棄的東西，所以，她應該不會對此在意。我彎身小心用手指捏住沒裂的右邊裙襬接縫，盡可能只出最小的力，我把裙襬撕開到大腿頂端。然後把另一邊也做了同樣的配合調整。

好多了。

我可以聽到大屋中傳來壓抑的笑聲，甚至某人咬緊她牙關的聲音。笑聲從樓上跟樓下傳來，我很容易就認出一樓所傳來非常不同的、粗聲、喉音很重的輕笑。

所以雅各也在看？我無法想像他現在是怎麼想，或他還在這裡做什麼。我曾經預想我們的重聚——如果他會原諒我的話——在遙遠的未來，當我比較穩定之後，並且時間癒合了我施加在他心上的傷害。

我沒在這時轉身去看他，對我搖擺的情緒最好小心點。最好不要讓任何情緒太強烈地控制我的心情。賈斯柏的恐懼也讓我非常緊張。在我面對處理任何事之前，我必須先去打獵。我試著忘記所有的事，因此我能**專心**。

「貝拉？」愛德華從森林裡叫我，他的聲音靠近了些。「妳還想要再看一次嗎？」

但我百分之百記得每個細節，當然啦，而且我不想給艾密特理由，在我的教育中找到更多的幽默處。這是體能上的——應當是天生的本能。因此，我深吸一口氣奔向河流。

不再受到裙子的約束，我只躍一長步就到了河邊。只費了八十四分之一秒，然而那已是很充裕的時間——我的眼睛與心智移動的極快，只一步就夠了。事情很簡單，只要把我的右腳踏上那塊扁平的石頭，運用足夠的壓力把我的身體拋旋上半空中。我把更多注意力放在瞄準而非用力，我必然在使力上犯了錯——但至少不是犯讓自己落得全身濕的錯。五十碼寬的距離實在有點太容易了……

那是個奇怪、令人頭暈又興奮的事，但很短暫。一秒鐘還沒過完，我已經越過河了。

我預期濃密生長的樹木會是個麻煩，但令人驚訝的是，它們很有幫助。當我再次往地面墜要深入森林時，很簡單，只需伸出一隻穩定的手，讓自己抓住一根便利的樹枝；那樹枝輕微地晃了一下，我腳尖穩落在一棵雲杉粗壯的樹枝上，仍舊離地有十五呎高。

真是太美妙了。

在我銀鈴般歡喜的笑聲之外，我聽見愛德華奔跑著來找我。我這一跳有他兩倍那麼遠。當他來到我落腳的樹下，他雙眼圓睜。我敏捷地從樹枝上躍下，落到他身邊，再次毫無聲息地以腳掌落地。

「跳得好嗎？」我好奇地問，呼吸因興奮而加快。

「非常好。」他微笑著讚許，但他輕描淡寫的聲調跟他眼中驚訝的神情並不相符。

「我們可以再跳一次嗎？」

「專心點，貝拉——我們是出來打獵的。」

「噢，好吧。」我點頭：「打獵。」

「若妳可以的話……跟著我。」他笑說，表情突然嘲弄起來，接著展開奔跑。

他比我快。我無法想像他如何以如此眩目的速度移動他的腿，遠超過我所能。不過，我比較強壯，每跨一步抵得上他三步的距離。因此，我與他一同飛穿過稠密的綠色森林，緊隨在他身旁，而不是跟隨在後。我一邊奔跑，一邊忍不住在心中為這令人興奮激動的感覺歡笑；這歡笑既未使我慢下來，也沒攪擾我的專注力。

我終於明白為什麼愛德華在奔跑時不會撞上樹木——我始終對這問題難以理解。這是個很奇怪的感覺，在速度與清晰度之間的平衡感。比方說，當我急速飛奔，竄上躍下，穿梭在這濃密的綠色迷宮中，快到一個程度，應該把我周圍的一切簡化成一條模糊的綠色帶子時，我可以清楚看見我所經過的每棵灌木上，每根細枝上的每片小葉子。

我飛快的速度所帶起的風，將我的頭髮與撕開的裙子吹得向後飛揚，還有，雖然我知道不該這樣，但那風吹著我肌膚卻給我溫暖的感覺。正如粗糙不平的森林地面不該在我的赤腳底下感覺起來像天鵝絨一樣，而抽打過我皮膚的樹枝不該感覺起來像輕拂的羽毛。

這森林比我所曾知道的更加生機盎然——我從來沒想過存在的小生物，充滿在我周遭枝葉上。牠們在我們經過時全部噤聲，牠們的呼吸因恐懼而加快。動物對我們的氣味似乎有著比人類更睿智的反應。那氣味對我的影響肯定是相反的。

我一直等著要感覺喘氣，但我的呼吸始終毫不費力。我等著身上的肌肉開始感覺酸痛，但我的力氣似乎只隨著越來越習慣的步伐而增加。我的跳躍距離似乎拉得更遠，很快地，他得試著跟上我。當我聽到他落後，我又笑了，非常地歡欣雀躍。現在我的赤腳很少觸及地面，讓我感覺起來更像在飛而不是奔跑。

「貝拉。」他乾澀地喊，他的聲音平穩、慢吞吞地。我沒聽見其他聲音；他停下來了。

有那麼片刻我考慮反抗他。

但是，嘆了口氣後，我轉身輕巧地往回跳了百來碼，來到他身邊。我期待地看著他。他露出微笑，一邊眉毛挑起。他是如此俊美，讓我只能凝望著他，說不出話來。

「妳想要留在美國嗎？」他好笑地問：「還是妳打算繼續跑，在今天下午抵達加拿大？」

「可以到這裡就好。」我同意，注意力比較少落在他說的話，比較多落在當他說話時，他的嘴唇令人著迷的移動方式。在我嶄新有力的雙眼中，每樣事情都是如此新鮮，要不分心實在很難。「我們要獵什麼？」

「麋鹿。妳第一次狩獵，我想的是些比較容易的獵物……」當我的雙眼因**容易**一詞瞇起來時，他說不下去停了。

但我沒打算跟他辯駁；我太渴了。我一開始想到喉嚨乾渴的燒灼，我的頭腦就再也無法想別的事。肯定變得更糟了。我的口乾得像在六月午後四點鐘置身在死亡谷（註14）裡。

「在哪裡？」我問，不耐煩地掃視著樹林。現在，既然我把注意力放到了飢渴上，它似乎汙染了我腦中所有其他的念頭，滲透入關於更愉快的奔跑的想法，愛德華的嘴唇與親吻，以及……燒灼的飢渴。我擺脫不了它。

「靜止別動一分鐘。」他說，輕輕把手放在我肩上。我飢渴的急迫在他的觸碰下暫時退卻。

「現在閉上眼睛。」他喃喃說。當我順從照做，他抬起手來，撫摸我的顴骨。我感覺自己的呼吸加速，等了一下下潮紅泛起，卻不會有了。

「注意聽。」愛德華指導著：「妳聽見什麼？」

萬物的聲音，我可以這樣說；他完美的聲音，他的呼吸，他說話時雙唇摩擦的響聲，鳥兒在樹梢上用嘴打理羽毛的輕聲，牠們顫動的心跳，楓樹葉互相摩擦，最近一棵樹的樹幹上一長列螞蟻一隻接一隻爬行的淡淡喀嚓聲。但我知道他是說某種特別的聲音，因此，我讓自己的耳朵向外開展，搜尋某種不同於周遭那些小生命所發出的忙碌的聲音。在離我們不遠處有一片空地——風吹過開闊的草地發出了不同的聲音——還有一條小溪，有著岩石溪床。就在那兒，接近喧譁的流水，有許多舌頭濺起水花的聲音，鈍重的心臟怦然作響，擠壓著濃濃的血流……

感覺像是我喉嚨整個縮緊了。

「在東北邊的小溪旁？」我問，眼睛仍然閉著。

註14　死亡谷（Death Valley），位於亞歷桑那州著名的沙漠奇景。

「對。」他的聲調贊同。「現在……等微風再度吹過……妳嗅到什麼？」

大部分是他——他奇特的蜂蜜丁香混合了太陽的香味。但也有豐富的大地的氣味：苔蘚與腐物，長青樹的松香，畏縮在樹根底下的齧齒小動物所發出溫暖的、幾乎是堅果的香氣。接著，再向外伸展，清新的水的味道，儘管我這麼渴，水的味道卻令人訝異地不吸引我。我把注意力朝水集中，發現那股味道必定是隨著重疊的響聲與心跳而消失。另一股溫暖的氣味，豐富又強烈撲鼻，比其他的味道更強。卻幾乎跟小溪一樣不吸引人。我皺皺鼻子。

他輕笑。「我知道——這要花點時間才會習慣。」

「三隻？」我猜。

「五隻。還有兩隻在牠們後面的樹林裡。」

「我現在要怎麼做？」

他的聲音聽起來像他在微笑。「妳覺得想做什麼呢？」

我想了想，我聆聽與呼吸著那股氣味時，眼睛仍是閉著的。另一股烤乾人的飢渴強行擠入我的意識，突然間，那溫暖、強烈撲鼻的氣味不再那麼討人厭了。至少對我乾燥異常的口而言，它是某種又熱又濕的東西。我的雙眼猛然張開。

「別去想它。」他抬手離開我的臉時提議道，並後退一步。「只要跟隨妳的本能直覺就好。」

我讓自己隨著氣味飄移，當我飄忽著往下朝小溪所流過的那片狹窄空曠的草地移動時，幾乎沒有意識到自己的行動。當我在樹林邊緣的羊齒蕨叢邊遲疑著時，我的身體立刻朝前轉變成蹲伏撲躍的狀態。我可以看見一隻大公鹿，頭上尖尖的鹿角有著十二對分岔，站在溪流的邊緣，林蔭中有另外四隻正以悠閒的步伐朝東進入森林裡。

我讓自己專注在公鹿的氣味裡，牠又長又粗的頸項上溫暖的脈搏跳動最強烈的那個熱點上。我們之間只隔三十碼——只需跳兩步或三步。我繃緊自己預備跳第一步。

但是，當我的肌肉賁起做準備時，吹來的風變了，這下吹得更猛烈，並且從南吹來。我並未停下思考，照我原來所計畫的九十度角路徑猛衝出樹林，把麋鹿都嚇進了森林中，不由自主跟在一股極吸引人、新的香味後疾奔，完全發自本能。

那氣味完全控制了我。我專心一意地追蹤它，只意識到自己的飢渴以及保證能止渴的那股味道。現在，飢渴變得更嚴重，讓人好痛苦，它搞亂了我所有其他的念頭，開始提醒我在我血管中燃燒的毒液。

現在只有一件事能有一點機會穿透我的注意力，一項更強而有力的本能，比需要熄滅那火焰更基本的需要——就是保護自己遠離危險的本能。自衛。

突然間，我警覺到自己被跟蹤的事實。那股無法抗拒之氣味的拉力，跟突如其來要轉身並防衛我的狩獵的衝動交戰著。一股氣泡般的聲音在我胸口堆疊，我的雙唇主動向後拉開，露出牙齒作為警告。我的腳步慢下來，保護我後背的需要跟熄滅我飢渴的慾望爭鬥拉扯著。

接著，我聽見我的追趕者趕上來，防禦心戰勝。當我旋身，那冒上來的聲音衝過我的喉嚨嘶吼而出。

從我口中冒出來的凶猛咆哮，完全在我意料之外，令我猛地停下來。它令我不安，也令我的頭腦清醒了片刻——那股由飢渴驅使的昏朦退卻，雖然飢渴依舊燒灼著我。

風又變了，將潮濕土地的氣味與來臨的雨吹過我的臉，進一步將我從另一股氣味的猛烈控制中解放出來——一股極美味可口，只可能是由人類散發出來的氣味。

愛德華在幾步之外遲疑著，他的雙臂舉起，彷彿要擁抱我——或抑制我。他的表情緊張又小心，我僵在當場，嚇壞了。

我明白過來，我本來是要攻擊他。我用力抽身，從我防禦的蹲伏姿勢猛站起身來。我屏住呼吸同時重新集中注意力，畏懼那股從南方盤旋而來的香味的力量。

他看見理性又回到我臉上，於是朝我跨近一步，並放下了他的雙臂。

「我得離開這裡。」我用僅存的氣咬著牙說。

震驚閃過他的臉。「妳能離開嗎？」

我沒時間問他這麼說是什麼意思。我知道能清楚思考的能力只會持續很短的時間，只要我開始想起……

我再次突然快跑，全速朝北筆直衝刺，把注意力單獨集中在不舒服的被剝奪的感覺上，那似乎是我身體對缺乏空氣唯一的反應。我唯一的目標是跑得夠遠，讓在我背後的那股氣味完全消失。即使我改變主意，也不可能找到……

再次，我又察覺到我被跟蹤，但這次我頭腦清醒。我抗拒著要呼吸的本能——想用空氣中的味道來確定那是愛德華。我不需要抗拒很久，雖然我跑得前所未有的快，像一顆流星直射過我在林間所能找到最筆直的路；短短一會兒之後，愛德華追上了我。

我突然想起一件事，立刻停下不動，雙腳定住。我確定到這裡必定安全，但我屏住呼吸，以防萬一。

愛德華疾風似地經過我，訝異於我突然的靜止。他轉身一秒之內來到我身旁。他把雙手放在我肩上，凝視著我雙眼，臉上的神情依舊被震驚所支配。

「妳是怎麼做到的？」他詰問。

「之前你讓我擊敗你，不是嗎？」我頂回去，不理會他的問題。我還以為自己做得好極了！

當我開口，我可以嘗到空氣——現在沒被汙染了，絲毫沒有強制性的香味來折磨我的飢渴。我小心地吸了口氣。

他聳肩搖了搖頭，拒絕被岔開話題。「貝拉，妳是怎麼做到的？」

「跑走嗎？我閉住呼吸。」

「但妳是怎麼停下獵殺的？」

「當你從我背後追上來……剛才的反應，我真的很對不起。」

「妳為什麼要跟我道歉？我才是那個粗心得可怕的人。我假設沒有人會從那些小徑深入到這麼遠的地方來，但我應該要先檢查過。真是個愚蠢的錯誤！**妳**沒有任何要道歉的。」

「可是我對你咆哮！」我仍對自己實際上有這樣冒犯褻瀆的能力嚇壞了。

「妳當然會這麼做，那是很自然的。但我無法理解妳怎麼能跑開。」

「要不然我還能做什麼？」我問。他的態度令我很困惑——他想要有什麼樣的事發生？「那說不定是某個我認識的人！」

他突然間爆發一串大笑，嚇了我一跳，他頭向後仰，讓聲音在樹林間迴蕩。

「你為什麼笑我？」

他立刻停下來，我可以看見他又謹慎起來。

控制好自己，我對自己想著。我得注意我的脾氣，就像我是個年輕的狼人而不是吸血鬼。

「我不是在笑妳，貝拉。我笑是因為我太震驚了，而我之所以震驚，是因為我感到太驚奇了。」

「為什麼？」

「妳應該做不到這些的。妳不應該這麼的……這麼的理性。妳不應該能夠站在這裡，如此鎮定與冷靜地跟我討論這件事。尤有甚者，妳**不**應該能夠在嗅到空氣中有人類血液的氣味時，中斷獵殺。即使是成熟老練的吸血鬼，這也很難——我們總是對自己去打獵的地方非常小心，好讓自己不身陷誘惑。貝拉，妳的行為像是妳已經好幾十歲而不是才幾天而已。」

「噢。」但我知道這事一定會很困難。那是為什麼我一直警惕防備著，我一直預期它會很困難。

他又用手捧住我的臉，眼中充滿驚奇。「我願意付出一切，讓我能在這一刻看見妳腦中在想什麼。」

這麼強烈的感情。我對飢渴的部分有所準備，對此卻沒有。我曾經非常確定，當他觸摸我時，感覺不會一樣。嗯，說真的，感覺是不一樣。

它變得更強烈。

我抬起手來緩慢地沿他臉部的輪廓輕撫著；我的手指流連在他的嘴唇上。

「我以為我會很久都不會有這樣的感覺？」我的不確定，讓這話聽起來像是問句。「但我還是**想要**你。」

他震驚地眨眨眼。「妳怎麼能集中精神想這件事？妳不是渴得難以忍受了嗎？」

當然，**現在**我是了，在他再度提起之後的這一刻！

我試著嚥口氣，接著嘆一聲，像之前一樣閉上眼睛，幫助自己集中精神。我讓感官的能力向外擴展到我周圍，這次繃緊自己，以防另一波可口的禁忌氣味襲來。

愛德華把手放下，甚至屏住呼吸，同時我向外越聽越遠進入這綠色生命織就的網絡中，在不同的氣味與聲音之間轉移，找尋某種不會讓我的飢渴感覺完全厭惡的東西。這當中有某種不同的跡象，一個向東而去的淡淡蹤跡……

我雙眼猛地睜開，但當我轉身沉默地朝東方疾射而去時，我的焦點仍在那更明顯的氣味上。地面隨即往上陡升，我以打獵的低伏姿勢奔跑著，貼近地面，或當從樹上走比較容易時，便躍上樹。我是感覺到而非聽見愛德華跟著我，靜靜地穿越過森林，讓我帶路。

隨著我們往高處去，草木變得稀疏起來；那氣味的強度與松香也跟著增強，我跟蹤的路徑的味道也是──那是個溫暖的氣味，比麋鹿的味道更銳利也更吸引人。幾秒鐘後，我可以聽見巨大腳步所踏出的輕柔聲，比隆隆作響的馬蹄聲要細微太多了。那聲音是在上面──在樹枝上而非地面上。我立刻也竄上樹枝，取得戰略上的制高點，爬到一棵高聳巨大的銀杉的半高處。

那輕軟的掌爪聲這時繼續穩定地在我下方響起；那濃郁的氣味非常接近了。我的眼睛準確地跟隨著聲音移動，看見那隻黃褐色皮毛的大貓獨自悄悄走在一棵雲杉的枝幹上，就在我落腳處的左下方。牠非常大──少說也有我的四倍之巨。牠的雙眼緊盯著下方地面；那隻大貓也在狩獵。我嗅到某種小一點的動物的味道，跟我的獵物的香氣比起來顯得平淡，正在大樹底下的樹叢中嚼食著。那頭山獅的尾巴持續性地抽動，牠在準備著要撲下去。

輕輕一躍，我滑翔過空中，落在山獅所在的樹枝上。牠感覺到樹枝的輕顫猛回過身來，驚訝又挑釁地尖叫。牠縮短我們倆之間的距離，雙眼因憤怒而發亮。在飢渴得半瘋狂的狀態下，我不理會牠那暴露的利牙與鉤狀的爪子，我向牠撲過去，撞擊力使我們雙雙跌到森林的地面上。

那實在稱不上一場戰鬥。

牠落在我肌膚上的利爪，影響力就如手指的愛撫一樣。牠的利牙無法切入我的肩膀或頸項，牠的重量根本不算什麼。我的牙齒準確地找到牠的咽喉，牠本能的抗拒跟我的力量比起來，衰弱得可憐。我的下顎輕易地鎖定了精確的一點，那股熱力集中流過之處。

就跟咬奶油一般毫不費力。我牙齒利如鋼刀；它們咬穿皮毛、脂肪與肌腱，彷彿這些都不存在似的。味道不對，但當我熱切地吸飲時，又熱又濕的鮮血舒緩了那粗糙又渴望的飢渴。那大貓的掙扎越來越虛弱，牠的尖叫以一個喀喀聲做終止。鮮血的溫暖輻射到我全身，甚至連我的手指跟腳趾都暖了起來。

破曉

在我結束之前，那隻山獅已經完了。當牠被吸乾，那股飢渴又冒了上來，我嫌惡地將牠的屍體甩開。在我痛飲了這麼大一隻山獅之後怎麼還會渴？

我一個動作迅速直起身。站好後，我發覺自己的模樣有點一塌糊塗。我用手臂抹過臉，試圖整理我的衣服。那些對我毫無作用的利爪，在對付薄薄的絲綢上可獲得不少成功。

「嗯。」愛德華說。我抬起頭來，看見他隨意靠在樹幹上，臉上帶著一種深思的神情看著我。

「我猜我可以做得好一點。」我渾身沾滿了泥土，頭髮糾結，被撕扯成布條的衣服上血跡斑斑。愛德華從狩獵之旅回家時，可不是這副模樣。

「妳做得好極了。」他跟我保證。「只不過……在一旁觀看比我所想的要難很多。」

我揚起眉毛，感到困惑。

「讓妳跟一隻山獅搏鬥，」他解釋：「違反了我的意願。從頭到尾我都有一種要加入戰局幫忙的焦慮。」

「真傻。」

「我知道，積習難改。不過，我喜歡妳衣服改進的狀態。」

如果我能臉紅，我臉一定紅了。我換了個話題。「為什麼我還覺得渴？」

「因為妳還年輕。」

我嘆氣。「我猜，這附近應該沒有別的山獅了。」

「不過有很多鹿啊。」

我扮個鬼臉。「牠們聞起來沒那麼香。」

「草食動物。肉食動物聞起來比較像人類。」他解釋說。

「不那麼像人類。」我不同意，試著不去記得人的味道。

「我們可以往回走。」他嚴肅地說，不過眼裡有一絲嘲弄的光芒。「無論在那裡的是誰，如果他們是男人，他們大概一點也不介意死亡，如果送他們上西天的是妳的話。」他的目光再次上下掃過我破爛的衣服。「事實上，他們見到妳的那一刻，會以為自己已經死了，而且還上了天堂。」

我翻翻白眼哼了哼。「讓我們去獵一些臭得要命的草食動物吧。」

當我們往回家的路上奔行時，遇見了一大群的黑尾鹿。現在，由於我已經掌握竅門了，因此這次他與我一同獵殺。我打倒了一頭大公鹿，幾乎跟對付山獅一樣把自己搞得一身髒亂。我還沒喝完一隻，他已經解決兩隻了，且頭髮一絲不亂，白襯衫上一點汙漬也沒有。我們追逐散亂驚駭的鹿群，但這次我沒加入痛飲，我小心地觀察他是如何能夠獵得這麼乾淨俐落。

一直以來，我都期望當愛德華出去狩獵時，能帶著我同行，這會兒我在背地裡有點鬆了口氣。因為我很確定，看見這情景實在嚇人。太恐怖了。看他獵殺，將使他終於在我眼裡看起來像個吸血鬼。

當然，現在我也是個吸血鬼了，從這角度看就有很大的不同。但我懷疑，即使是我人類的眼睛，也不會錯過此刻如此的美景。

觀看愛德華獵殺，竟有如此驚人的快感體驗。他流暢的撲擊像一條蛇蜿蜒地一擊；他的雙手是如此穩定、如此強壯、如此讓獵物完全無法逃脫；他飽滿的雙唇是如此完美，優雅地張開，露出閃亮的牙齒。他真是燦爛輝煌。我感到一股突如其來的驕傲及慾望。他是**我的**。現在，再也沒有什麼能使他與我分離。我強壯到不可能從他身邊被扯開。

他非常快。轉向我，好奇地望著我心滿意足的神情。

「不再渴了嗎？」他問。

我聳聳肩。「你令我分心，你做得比我好太多了。」

「幾百年的練習啊。」他微笑說。他的雙眼現在是令人心神迷亂的可愛蜜金色了。

「才一百。」我糾正他。

他大笑。「妳今天喝夠了嗎？還是妳仍想要繼續？」

「夠了，我想。」我感覺非常飽，甚至有點懶洋洋的。我不確定我的身體還能裝進多少液體。不過我喉嚨的燒灼只有稍微緩和了。接著，我再次明白我已經知道的，飢渴是這個生命無法逃避的一部分。卻是值得的。

我感覺到有自制力。也許我的安全感是假的，但我確實對今天不必再獵殺任何人感覺很好。如果我可以完全抗拒人類的陌生人，難道我不能應付狼人和我所愛的半吸血鬼孩子嗎？

「我想見芮妮思蜜。」我說。現在，既然我的飢渴變溫順了（如果還不到被抹除的話），我稍早的憂慮實在難以忘懷。我想要協調三天前所愛的那個小東西與身為我女兒的陌生人兩者之間。到現在，她不在我裡面的感覺還是很怪，很不對勁。突然，我感到一陣空虛與不安。

他對我伸出手。我握住，他的肌膚感覺起來比之前溫暖。他的臉頰有淡淡的紅暈，他眼睛下方的黑眼圈全消失了。

我無法抗拒再次撫摸他的臉，一次又一次。

當我凝視著他閃爍的金色雙眸時，我幾乎忘了我還等著他回答我的要求。

這幾乎跟之前要轉離人類鮮血的氣味一樣困難，但我多少把那需要謹慎穩固地保留在我腦中，我踮起腳尖伸出雙臂，很溫柔地環繞住他。

他的動作一點也沒遲疑；他的雙臂鎖緊我的腰，拉我緊緊抵住他的身體。他的唇猛壓向我的，但它們感覺很柔軟。我的雙唇不再貼合他的；它們有自己的做法。

就像之前，彷彿他的肌膚、他的唇、他手的觸摸，直接沉落下我光滑堅硬的肌膚，落到我新生的骨頭上，到達我身體的核心。我無法想像我竟能比我之前更加深愛他。

我舊的思緒無法掌握這麼多的愛，我舊的心也不夠強壯到足以承受。

也許這就是我注定要帶入新生命的那一部分，並讓它更強大。正如卡萊爾的憐憫與艾思蜜的奉獻。我也許永遠也無法做出任何有趣的事，或像愛德華、艾利絲和賈斯柏所能做的特別的事。也許我只能愛愛德華，比世界有史以來任何一個人所能愛另一個人的愛還要更多更深。

我可以為此滿足而活。

我記得這部分——用我的手指絞纏著他的頭髮，撫摸描繪著他平坦的胸膛——但還有另外一些部分是嶄新的。他是嶄新的。愛德華如此毫無懼意、如此強而有力地親吻我，著實是個全然不同的經驗。我回應他的張力，接著，突然我們都倒在地上。

「唉呀。」我說，他在我身子底下大笑。「我不是故意這樣撲倒你的。你沒事吧？」

他撫摸著我的臉。「比**沒事**稍好一些。」接著，一個困惑的神情閃過他的臉。「芮妮思蜜？」他不確定地問，試著要確定我此刻最想要的是什麼。這問題實在很難回答，因為我同時想要許多東西。

我看得出來，他並非真的反對延後我們返家的行程，但當他的肌膚貼著我時，我實在很難思考——我身上的衣服確實所剩無幾。但我對芮妮思蜜的記憶，在她出生之前與之後，對我來說變得越來越像夢境一般。越來越靠不住。所有我對她的記憶都是人類的記憶；一股不自然的氛圍緊抓著它們。以我現在這雙眼睛來看，以我現在這雙手來摸，似乎沒有一樣是真實的。

那小陌生人的事實，正隨著每一分鐘過去，越溜越遠。

「芮妮思蜜。」我悲傷地同意，匆匆站起身，拉著他跟我一起站起來。

chapter 22
承諾

「謝謝你。」

他說：「不管你是否承諾過，

我仍不知道你是否真的能不告訴她這件事。

通常，

你會給她任何她要的東西。」

想到芮妮思蜜，立刻把她帶到我那奇怪、嶄新、容量大但卻容易分心的頭腦的舞臺中心。有好多疑問啊。

「告訴我有關她的事。」他牽起我的手時我堅持。牽手同行幾乎沒讓我們慢下來。

「她是這世上獨一無二的。」他告訴我，聲音中再次有著一種幾乎是宗教性的虔誠。

我對這陌生人突然感到一股尖銳的嫉妒之痛。他認識她而我不。真是不公平。

「她有多像你？有多像我？或像之前的我？」

「可說是一半一半吧。」

「她的血是暖的。」我記得。

「對。她有心跳，不過跳得比一般人類稍微快一點，她的體溫也比一般人高一些，她也睡覺。」

「真的嗎？」

「對新生兒來說，睡得挺好。我們是唯一一對在這世上不需要睡覺的父母，而我們的小孩已經會睡整夜了。」他輕笑說。

我喜歡他說**我們的孩子**的方式。這句話讓她變得更真實。

「她眼睛的顏色跟妳一模一樣——所以，它畢竟是被保存下來了。」他對我微笑：「它們真美。」

「那吸血鬼的部分呢？」我問。

「她的皮膚似乎跟我們一樣，幾乎無法穿破。雖然沒有人會想嘗試那麼做。」

我對他眨了眨眼，有點嚇住。

「當然沒有人會那麼做。」他再次跟我保證。「她吃東西的口味……嗯，她偏好喝血。卡萊爾也持續嘗試說服她喝一些嬰兒奶粉，但她對那東西很不耐煩。我不能怪她——就人類的食物而言，它聞起來也很噁心。」

現在我對他吃驚地喘了一聲。他讓事情聽起來像是他們有對話似的。「說服她？」

「她非常聰明，驚人地聰明，並以極快的速度在進展著。雖然她不會講話——還不會——但她用非常有效的方式溝通。」

「還，不會，說話。」

他讓我們的速度放得更慢，讓我吸收這訊息。

「你是什麼意思，她能有效地溝通？」我盤問。

「我想妳自己看了之後……會比較容易懂。情況有點難以描述。」

我想了想他的話。我知道有許多事情我需要親眼見到之後，才會成為真實的。我不確定我準備好能面對多少事，所以我改變了話題。

「為什麼雅各還在這裡？」我問。「他怎麼能受得了？他為什麼要忍受？」我銀鈴般的聲音顫抖了一下。「為什麼他還要受更多的苦？」

「雅各沒受苦了。」他用一種新的、奇怪的聲調說：「不過我大概願意改變他的情況。」愛德華咬著牙加上這句。

「愛德華！」我嘶聲怒道，猛拉他停下來（並且對自己竟能做到這樣的事，有點飄飄然的得意。）「你怎麼能說這種話？雅各放棄了一**切所有**來保護我們！而我讓他經歷了——！」那模糊的羞恥與罪疚的記憶令我退縮。我曾經那麼需要他，現在看起來實在很怪。那股缺乏他的感覺幾乎全然消失了；那一定是一種人類的軟弱。

「妳會清楚知道我為什麼這麼說。」愛德華喃喃抱怨。「我答應他我會讓他解釋，但我懷疑妳會跟我有不一樣的看法。當然，我經常弄錯妳的想法，不是嗎？」他嘛著嘴瞄我。

「解釋什麼？」

愛德華搖搖頭，說：「我答應過了。雖然我不知道到這時候我是否還真的欠他任何東西……」他又咬牙切齒起來。

「愛德華，我不明白。」挫折和憤慨接管了我的腦海。

他撫摸我的臉，接著溫柔地微笑，我的臉舒緩下來作為回應，有那麼片刻，慾望凌駕了煩惱。「妳總是讓事情看起來比實際上還簡單，我知道。我記得。」

「我不喜歡困惑的感覺。」

「我知道。所以，讓我們回家吧，如此一來，妳可以自己看清全貌。」他邊說著回家，眼睛邊掃過我身上剩下的衣服，並皺起了眉頭。「嗯。」在想了半秒之後，他解開他白襯衫的釦子，把衣服脫下拿著要我把手伸進去。

「有這麼糟嗎？」

他露齒微笑。

我把手臂穿進他襯衫袖子，然後迅速扣好遮住我破爛的衣衫。當然，這麼一來就讓他沒衣服穿了，而那實在令人無法不分心。

「我們來賽跑。」我說，然後警告：「這次不准再讓我了！」

他放下我的手，笑說：「由妳來喊口令……」

找到路回我的新家，比走下查理的街到我舊家還簡單。我們的氣味留下一條清楚又容易追蹤的路徑，即使跑得像我這麼快，還是分辨得出。

愛德華一路領先，直到我們抵達河邊。我逮住機會讓自己先一步躍起，試圖用我額外的力量贏得比賽。當我聽見自己雙腳先落在草地上時，我吐氣：「哈！」

聆聽他的降落時，我聽見了某種我沒預期的東西。某種很接近又大聲的東西。一顆跳動的心臟。

同一時間，愛德華來到我身邊，他的雙手用力落在我雙臂的頂端。

「別呼吸。」他急切地警告我。

我呼吸到一半趕快停住，試著別驚慌。我的雙眼是唯一移動的東西，本能地轉動著尋找聲音的來源。

雅各站在森林跟庫倫家草坪接觸的邊緣上，雙臂抱在胸前，下巴緊繃著。在他背後看不見的森林中，我聽見兩顆更強大的心臟，以及在巨大蹠步的掌爪下，歐洲蕨被踏碎的微弱聲響。

「小心一點，雅各。」愛德華說。森林中傳來一聲咆哮回應著他聲音中的顧慮。「也許這不是最好的方式——」

雅各打斷他：「你認為讓她先接近寶寶會比較好嗎？最好先看看貝拉對我有什麼反應。我痊癒得很快。」

這是個測試？在我不會想要芮妮思蜜的小命前，看看我是否不會先要雅各的命？我感覺到最怪的一種噁心的感覺——跟我的胃無關，只跟我的頭腦有關。這是愛德華的主意嗎？

我焦慮地朝他看了一眼；愛德華似乎深思了片刻，然後他的神情從擔憂扭轉成別的東西。他聳聳肩，當他開口說話時，他聲音中潛伏著一股敵意：「反正脖子是你的，我猜。」

這次，森林中傳來的咆哮充滿狂怒；利雅，我毫不懷疑。

愛德華是怎麼了？在我們一同經歷過這麼多之後，他難道不該對我最好的朋友有點仁慈的感覺嗎？我還以為——也許很蠢——如今愛德華也可說跟雅各是朋友了。我一定誤解他們的關係了。

但雅各這是在幹麼？為什麼他要讓自己做為試驗品來保護芮妮思蜜？

這在我看來委實沒道理。即使我們的友誼存活下來了……

這時，當我的眼睛對上雅各的，我想我們的友誼可能還在。他看起來仍像是我最好的朋友。但他不是那個改變了的人。在他看來，我像什麼呢？

接著，他露出我所熟悉的笑容，那種溫暖人心的笑容，於是我確定我們的友誼是完整無缺的。正如過去一樣，當我們一起窩在他那家庭式修車廠，就兩個朋友一起殺時間。平凡，且毫不費力。

我再次注意到，在我改變之前我感覺到對他的那股奇怪的需要，完全消失了。他只是我的朋友，就像朋友所該是的那樣。

不過，這還是讓他現在做的事一點道理也沒有。難道他真的如此無私，願意試圖保護我——拿他自己的性命——避免做出某種在剎那間控制不住，而從此痛苦後悔一輩子的事嗎？那可遠超過忍受我所變成的模樣，或奇蹟式地達到繼續做我的朋友。雅各是我所知最好的人之一，但這對任何人而言似乎都有點好過頭了。

他咧嘴笑得更大，並且稍微打了個顫。「我得說，貝拉，妳真像場恐怖秀。」

我對他笑回去，好容易就落回我們舊有的模式裡。這一面的他是我所瞭解的。

愛德華咆哮說：「當心你講的話，雜種狗。」

一陣風從我後面吹來，我迅速讓肺部充滿安全的空氣，好讓自己能說話：「不，他說的對。這雙眼睛真是嚇人，不是嗎？」

「讓人超級毛骨悚然，但沒像我所想的那麼壞啦。」

「天，多謝你驚人的讚美！」

他翻翻白眼。「妳知道我的意思。妳看起來還是像妳——差不多像。也許不太是妳的模樣……妳是貝拉。我沒想到情況會是感覺到妳依舊在這裡。」他再次對我微笑，臉上完全找不到絲毫的悲苦或怨恨。接著，他輕笑著說：「反正，我猜我很快就會適應妳那雙眼睛了。」

「你會嗎？」我問，很困惑。我們依舊是朋友這點實在太好了，但情況顯然不太會是我們仍能常花時間在一起。

他臉上閃過一道最奇怪的神情，抹去了笑容。那幾乎是……罪惡感？接著，他的目光轉向愛德華。

「謝謝你。」他說：「不管你是否承諾過，我仍不知道你是否真的能不告訴她這件事。通常，你會給她任何她要的東西。」

「也許我是希望她會惱怒到把你的頭扭下來。」愛德華提議。

雅各嗤鼻而笑。

「怎麼回事？你們兩個有什麼祕密瞞著我？」我不相信地詰問。

「我稍後會解釋。」雅各神情很不自然地說——彷彿他原先沒這打算。接著，他改變話題。「首先，讓我們先讓這場表演上場吧。」他這時的笑容已轉變成挑戰，他邊說著邊慢慢朝前走來。

他背後傳來一聲抗議的哀鳴，接著利雅灰色的身影從他背後的森林中悄悄滑出來。比較高大、黃沙色的賽斯緊跟在她身後。

「冷靜點，大家。」雅各說：「別插手。」

我很高興他們沒聽從他，但跟在他後面的腳步稍微放慢了。

現在靜止無風；就算有風也吹不走他對我傳來的氣味。

他走近到足以讓我感覺到我們之間的空氣中充滿了他身體的熱氣。我的咽喉回應似的燒灼起來。

「來吧，貝拉。看妳能有多糟。」

利雅低低嘶吼。

我不想呼吸。占雅各這麼危險的便宜是不對的，不管是不是他自願提供機會。但我擺脫不掉那個邏輯。我要怎麼才能確定我不會傷害芮妮思蜜？

「我等得都老啦，貝拉。」雅各奚落道。「好吧，事實上這辦不到，但妳知道我的意思。來吧，吸口氣。」

「抓緊我。」我對愛德華說，退縮進他的懷抱。

他抓著我雙臂的手收緊。

我繃緊我的肌肉，希望自己能保持它們在凍結的狀態。我下決心，我至少能做得像在打獵時一樣好。情況最糟的情景，我會停止呼吸並拔腳就跑。緊張又害怕地，我從鼻子吸一小口，繃緊了等候任何事發生。有一點痛，不過反正我的喉嚨已經燒到有點遲鈍了。雅各聞起來不比山獅更像人類，他的血液中有種立刻使人反感的動物的氣味。雖然那響亮、濕潤的心跳聲很吸引人，但隨著它而來的氣味卻讓我皺起鼻子。那個氣味，比起他脈動的血液所散發的熱氣，**更容易**緩和我的反應。

我又吸了一口氣，放鬆下來。「哈。這下我終於知道大家是怎麼回事了。你臭死了，雅各。」

愛德華爆出大笑；他的手從我肩上滑下，環緊了我的腰。賽斯吠著低沉的笑聲，與愛德華的互相應和；他朝前走近了幾步，而利雅則往後退了好幾步。隨即，當我聽見艾密特那截然不同的狂笑，我知道又多了另一個觀眾，他的笑聲被隔在我們之間的玻璃牆蒙住了不少。

「看看這是誰在講話。」雅各說，誇張地堵住他的鼻子。當愛德華抱住我時，他的臉連皺都沒皺一下，就連當愛德華鎮定下來並在我耳邊低語「我愛妳」時，雅各也仍繼續保持笑容。這令我感到充滿了希望，亦即我們之間將會有正確的關係，它們已經消失好久了。既然在身體上他對我的厭惡讓他也不可能像過去那樣愛我，也許，現在我真的能夠做他的朋友。也許，整件事所需要的正是這樣。

「好，所以我通過測試了，對嗎？」我說：「現在你打算告訴我這個大祕密是什麼了嗎？」

雅各的神情變得很緊張。「此刻妳不需要擔心任何事……」

我聽到艾密特又笑了——一種很期待的聲音。

我本來要追問的，但隨著我聆聽艾密特的聲音，我也聽到了其他的聲音。好幾個人在呼吸，有一組肺收縮的比其他的更快速。只有一個心臟撲跳如鳥兒的翅膀，十分輕又快。

我完全轉向。我女兒就在那薄薄的玻璃牆的另一邊。我看不見她——那些窗戶反射光線，像一面鏡子。我只能看見我自己，看起來非常強壯——雪白又靜止——跟雅各比起來。或者，跟愛德華比，看起來完全相配。

「芮妮思蜜。」我低聲說。壓力使我又變得像座雕像。芮妮思蜜不會聞起來像動物，我會使她落入危險之中嗎？

「來看看吧。」愛德華喃喃說：「我知道妳能處理的。」

「你會幫我嗎？」我靜止不動的雙唇低聲喃問。

「我當然會。」

「還有艾密特跟賈斯柏——以防萬一？」

「我們會照顧妳的，貝拉。別擔心，我們會準備好的。我們沒有人會讓芮妮思蜜冒險。我想妳會對她已經全然把我們整個玩弄於她小小的股掌之中，感到大吃一驚。無論如何，她都將百分之百的安全。」

我渴望見她，去瞭解他聲音中的崇拜感。我打破靜止的姿勢，往前跨了一步。

接著，雅各就擋住我的去路，他的臉像戴上了擔憂的面具。

「吸血蟲，你**確定**？」他詰問愛德華，聲音卻幾乎是懇求。我從來沒聽他以這種方式跟愛德華講過話。

「我不喜歡這樣，也許她該等一等。」

「你已經做了你的測試了，雅各。」

這是雅各的測試？

「但是——」雅各開始說。

「沒有但是。」愛德華說，突然惱火起來。「貝拉需要見**我們的**女兒，別擋她的路。」

雅各對我投來奇怪、緊張的一瞥，接著轉身，幾乎是衝進屋子，只為趕在我們之前。

愛德華咆哮。

我完全搞不懂他們的對峙，我也無法專心在這件事上。我唯一能想的是那在我記憶中模糊的嬰孩，並掙扎抗拒著那模糊，試著要確切記起她的臉。

「我們走吧？」愛德華說，聲音又溫柔起來。

我緊張地點點頭。

他緊握住我的手，領我走進大屋中。

他們站成一彎弧線在等著我，既是歡迎也是防禦。羅絲莉比其餘的人要多後退幾步，接近前門。她本來是一個人，直到雅各加入她，站在她前面，距離近得超乎尋常。那貼近的距離並未給人舒適感；雙方似乎都對這接近感到退縮。

有個非常小的人在羅絲莉的懷中往前傾，從雅各背後往外瞄。立刻，她就抓住了我全部的注意力，我的每一絲意念，從我睜開眼睛的那一刻起，沒有任何東西能擁有它們。

「我才昏迷兩天？」我喘息道，難以相信。

在羅絲莉雙臂中的那個陌生小孩，若不是有幾個月大，起碼也有好幾週大。她也許有我模糊記憶中的那個嬰孩兩倍大，從她伸展向我的姿勢來看，她似乎能輕易地支撐自己的身體。她閃亮的紅銅色頭髮一捲一捲地落在她肩後。她那充滿興味打量著我的巧克力色眼睛，一點也不像孩子；那是成人的眼睛，有意識且十分聰明。她舉起一隻手，朝我的方向伸過來片刻，然後又回過去觸摸羅絲莉的咽喉。

若不是她的臉孔如此驚人地美麗與完美，我不會相信這是同一個孩子。我的小孩。

但愛德華的模樣確實在她臉上，她雙眼的顏色與臉頰也可以看出是我的模樣。就連查理都占了個位置——她那頭濃密的鬈髮，雖然頭髮的顏色像愛德華。她一定是我們的小孩。不可能，但絕對假不了。

然而，看見這個意料之外的小人兒，並未讓事情變得真實一點。這只讓她變得更奇異。

羅絲莉拍拍那貼著她的小手，喃喃說：「對，是她。」

芮妮思蜜的雙眼鎖住我的。接著，正如她在那充滿暴力的誕生之後的幾秒，她對我露出笑容。露出兩排閃亮、完美的雪白小牙齒。

在心神動搖中，我朝她遲疑地跨了一步。

每個人都快速移動。

艾密特跟賈斯柏立刻擋在我前方，肩並肩，兩雙手都準備好了。愛德華從背後抓住我，手指緊緊抓住我雙臂的頂端。就連卡萊爾跟艾思蜜都移到艾密特跟賈斯柏的兩側護著，而羅絲莉已經退到門口，她雙手緊緊抱著芮妮思蜜。雅各也移動了，在她們前方維持保護的站姿。

艾利絲是唯一一個站在原地的人。

「拜託，對她有點信心吧。」她責備他們。「她不會做任何事的。你們也會想要近一點看。」

艾利絲是對的。我把自己控制得很好。我本來繃緊了要應付任何情況——像在森林裡碰到的不可能抗拒的人類氣味，但在這裡的試探卻完全不能比。芮妮思蜜的香味完美地平衡於最美的香水與最可口的食物之間。這裡有夠多的甜美的吸血鬼味道，讓人類的部分完全被掩蓋住。

我可以處理的，我很確定。

「我沒事。」我保證，並拍拍愛德華在我臂上的手。然後，我遲疑地加上一句：「不過，保持在我身邊，以防萬一。」

賈斯柏的雙眼繃緊、全神貫注。我知道他在理解我的情緒思潮，我努力地讓自己妥當安置在穩定的冷靜上。我感覺到愛德華放開我雙臂，同時讀著賈斯柏的評定。但是，雖然賈斯柏得到的是第一手資料，他卻好像不是那麼肯定。

當那高度意識到整個情況的孩子聽見我的聲音，她開始在羅絲莉懷中掙扎起來，向我伸出手。她不知怎地竟能設法顯露出不耐煩的表情。

「賈斯、艾，讓我們過。貝拉控制得住的。」

「愛德華，冒這險──」賈斯柏說。

「非常小。聽著，賈斯柏──在狩獵過程中，她嗅到了一些登山客的味道，他們在錯誤的時間出現在錯誤的地點……」

我聽見卡萊爾震驚地猛吸口氣，艾思蜜的臉突然充滿混合了同情的擔憂。賈斯柏的雙眼大睜，但他只輕點了下頭，彷彿愛德華的話回答了他腦中的某些問題。雅各的嘴往上擰緊成一個厭惡作嘔的鬼臉。艾密特聳聳肩。羅絲莉甚至比艾密特更不在乎，她正試著要抱好在她懷中掙扎的孩子。

艾利絲的表情告訴我她沒被騙倒。她瞇上的眼睛帶著強烈的熱切專注在我借來的襯衫上，似乎擔心我對自己衣服做的手腳更勝過其他任何事情。

「愛德華！」卡萊爾教訓說：「你怎麼能這麼不負責任？」

「我知道，卡萊爾，我知道。我是十足愚蠢。在我放她開始獵殺之前，我應該花點時間確定我們是在安全的區域裡。」

「愛德華。」我咕噥說，被他們凝視我的方式看得很尷尬。情況好像他們試圖從我的雙眼看見更鮮亮的紅。

「他絕對有權利斥責我，貝拉。」愛德華露出笑容說：「我犯了個大錯。妳比我所曾認識的任何人都更強，並不改變這項事實。」

艾利絲翻翻白眼。「很高雅的笑話，愛德華。」

「我不是在說笑話。我在跟賈斯柏解釋，為什麼我知道貝拉可以處理這件事。大家馬上就跳到結論，實在不是我的錯。」

「等一下。」賈斯柏驚道：「她沒去追獵那些人類？」

「她一開始是這麼做，」愛德華說，顯然很享受他要講的。我咬緊了牙關。「她完全專心一意在獵殺上。」

「發生了什麼事？」卡萊爾插嘴。他的雙眼突然亮起來，臉上開始露出一個驚奇的笑容。這提醒了我之前他跟我要轉換經歷的細節的事。令人興奮激動的新資訊。

愛德華朝他傾過身，變得鼓舞起來。「她聽見我緊跟在她背後，立即的反應是防禦。一旦我的追趕突破了她的專注，她立時脫離了獵殺狀態。我從未見過任何能與她相較之事。她馬上明白過來發生了什麼事，然後……**她屏住呼吸並立刻逃走**。」

「哇！」艾密特喃喃說：「真的假的？」

「他講的方式不對啦。」我嘀咕著抱怨，比之前更困窘。「他沒說我對他咆哮的那段。」

「妳沒好好痛揍他幾拳嗎？」艾密特熱切地問。

「當然沒有！」

「沒有？真的？妳真的沒攻擊他？」

「艾密特！」我抗議道。

「唉，真是浪費了個好機會。」艾密特低吼。「這裡在場的大概只有妳能撂倒他——因為他沒辦法侵入妳腦中占便宜——而妳當時也有完美的藉口。」他嘆口氣。「我真**渴望到了極點**，想看他沒了優勢之後會怎麼辦。」

我憤怒地對他投以冷冷一瞥，說：「我永遠也不會那麼做。」

賈斯柏皺著的眉頭抓住了我的注意力；他似乎比之前更加心煩意亂。

愛德華用拳頭朝賈斯柏的肩膀嘲弄地打了一拳。「這下你知道我是什麼意思了吧？」

「這太不自然了。」賈斯柏咕噥說。

「她可能轉而攻擊你——她才幾個小時大而已！」艾思蜜斥責說，把手貼在她心口上。

「噢，我們應該跟你們去的。」

在愛德華說完他笑話中好笑的部分後，我就沒注意他們了。我凝視著門邊那個漂亮至極的小孩，而她也凝望著我。她那雙有著小凹窩的小手對我伸出來，好像她清楚知道我是誰似的。我的手也立刻舉起來模仿她的動作。

「愛德華。」我說，傾身側過賈斯柏想看她看得更清楚。「拜託？」

賈斯柏咬緊了牙，卻沒移動。

「賈斯，這不是任何你以前見過的事。」艾利絲輕聲說：「相信我。」

他們雙眼交會了短短的剎那，賈斯柏點了點頭。他挪開不擋我的路，但把一隻手搭在我肩上，當我緩步朝前走時跟著我移動。

我每踏一步都是深思熟慮過的，分析著我的情緒，我喉嚨的燒灼，圍繞在我身邊其他人的位置。我感覺自己有多強，對上他們能把我包容得多好。這是個緩慢的隊伍。

羅絲莉懷裡的孩子，一直掙扎並伸著手，臉上的神情越來越惱怒，就在這時候，她發出了一聲高亢、響亮的哭叫。每個人都立刻反應，彷彿——像我一樣——他們過去從來沒聽過她的聲音似的。

他們在剎那間全擁上去圍繞著她，留下我獨自一人僵立在原地。芮妮思蜜的哭喊聲直接刺穿我，把我釘在地上。我的眼睛以一種最奇怪的方式刺痛著，好像它們要流淚似的。

似乎每個人都把手伸過去拍她、安慰她。每個人，除了我以外。

「怎麼回事？她受傷了嗎？發生什麼事？」

雅各的聲音是最大的，焦急地蓋過了其他的人。我震驚地看見他伸手去抱芮妮思蜜，更恐怖的是羅絲莉二話不說就把孩子給了他。

「不，她沒事。」羅絲莉再次向他保證。

羅絲莉向雅各保證？

芮妮思蜜還算願意讓雅各抱她，但也用她的小手推著他的臉，蠕動著轉過身，再次朝我伸出手來。

「看到了嗎？」羅絲莉告訴他：「她要貝拉。」

「她要我？」我低聲說。

芮妮思蜜的眼睛——我的眼睛——焦急地凝視著我。

愛德華一個箭步回到我身邊。他把手輕放在我手臂上，敦促我向前。

「她已經等妳等了快三天了。」他告訴我。

現在我們只離她幾步了。爆炸性的熱力似乎從她身上震顫地發散出來直觸到我。

也許顫抖的人是雅各。隨著我走近，我看見他的手開始抖。然而，儘管他的焦慮如此明顯，他的臉卻是我長久以來所見最寧靜安詳的一刻。

「小各——我沒事。」我告訴他。看見芮妮思蜜在他顫抖的雙手中，令我驚慌，但我努力著讓自己保持在掌握之中。

他對我皺眉頭，雙眼緊繃，就像他對芮妮思蜜在我懷中的想法也很驚慌一樣。

芮妮思蜜急切地嗚咽著並挺直身子，她的小手一次又一次地握成拳頭。

我裡面有個什麼此時喀答一聲接上了。她的哭聲，她那熟悉的眼睛，對這次重聚，她似乎比我還急切的模樣——當她抓著我們之間的空氣時，所有這一切交織成一個最自然的模式。突然間，她變得絕對真實，並且，我**當然**認識她。我該毫不費力地跨出最後一步把手伸向她，把我的手放在絕對貼合與恰當的地方，把她溫柔地抱向我，這一切都再完美正常不過。

雅各讓他長長的手臂伸直過來，好讓我可以把她抱在懷裡，但他沒有放手。當我們的皮膚接觸時，他稍微打了個寒顫。過去，他那對我來說總是很暖的皮膚，如今像是熊熊火焰。它幾乎跟芮妮思蜜的體溫一樣高。也許有一兩度的差別。

芮妮思蜜對我冰涼的肌膚彷彿毫無所覺，或至少是很習慣了。

她抬起頭來，再次對我微笑，露出她整齊的小牙齒跟兩個酒窩。接著，非常刻意地，她把手伸向我的臉。

當她這麼做的剎那，所有在我身上的手都收緊，預期著我的反應。我幾乎沒察覺到。

我驚喘一聲，被充滿我腦海的那些奇怪、驚人的影像給驚呆、嚇壞了。它感覺起來像是一股很強的記憶——當我在腦海中觀看它時，我的雙眼依舊能視物——但卻完全不熟悉。我的凝視穿過那影像望見芮妮思蜜期待的表情，我試著理解到底是怎麼回事，拚命掙扎著要保持自己的平靜。

除了震驚和不熟悉感，那影像不知怎地也不太對——我在裡面幾乎認出我自己的臉，我舊的臉，但它消失，往回倒帶似的。我很快明白我看的是別人看見我的樣子，而不是彈跳的鏡中倒影。

我那記憶的臉是扭曲變形、布滿汗水和鮮血的臉。儘管如此，在那影像中，我的表情轉變成充滿愛慕的微笑；我的棕眼在凹陷的眼窩中發出光輝。影像放大了，我的臉拉近到那看不見的俯視位置，接著，突然地消失不見。

芮妮思蜜的手從我臉上滑下來。她露出大大的笑容，酒窩又出現了。

整個屋子裡除了心跳聲，靜得毫無聲息。除了雅各跟芮妮思蜜，也沒人呼吸。沉默延伸著；感覺好像他們在等我說些什麼。

「那……究竟……是什麼？」我設法擠出聲音。

「妳看見什麼？」羅絲莉側過雅各，探頭好奇地問，雅各這時在這裡非常擋路也很格格不入。「她給妳看了什麼？」

「**她**顯示給我看的？」我低語。

「我跟妳說了很難解釋的。」愛德華在我耳邊喃喃說：「但是個很有效的溝通方式。」

「是什麼內容？」雅各問。

我快速地眨了幾次眼睛。「嗯。我，我想，但我看起來可怕極了。」

「那是她對妳的唯一記憶。」愛德華解釋。很顯然他見過她顯示給我看的事，在她想到這件事的時候。

他仍對那事感到畏縮，重新回憶此事讓他的聲音不平穩起來。「她讓妳知道她做了這樣的連結，也就是她知道妳是誰。」

「但她是**怎麼**做到的？」

芮妮思蜜似乎不在意我令人驚悚的雙眼。她微微一笑，拉著我一縷頭髮。

「我是怎麼聽見別人的想法的？艾利絲怎麼看見未來的？」愛德華似問非答，然後聳聳肩。「她生來就有的天賦。」

「真是個有趣的轉變。」卡萊爾對愛德華說：「就像她在做跟你所能正好相反的事。」

「真有意思。」愛德華同意說：「我很好奇……」

我知道他們會一直推測，但我不在乎。我正凝視著這世界上最美的一張臉。她在我手臂中好熱，提醒了我那黑暗幾乎得勝的時刻，那時這世上似乎沒有什麼好留戀的。無一事物強到足以將我從那壓垮人的黑暗中拉回來。在那一刻，我想到了芮妮思蜜，找到了那樣我永遠不會放手的東西。

「我也記得妳。」我輕聲地告訴她。

我朝她靠過去把唇貼上她的額頭，這似乎是再自然不過的事。她聞起來香極了，她皮膚的香味令我的喉嚨焚燒，但很容易不去理會。那並不剝奪我此刻所感受到的喜樂。芮妮思蜜是真的，並且我認識她。她是那個我從一開始就奮鬥保護下來的小人兒。我愛踢人的小東西，也是在我腹中就愛著我的小人兒。有半個愛德華，完美又可愛。有半個我——令人驚訝的是，這讓她變得更好而不是有瑕疵。

我一直都是對的，她值得那場辛苦的奮鬥。

「她沒事。」艾利絲喃喃說，也許是對賈斯柏。我可以感覺到他們圍著我俯視著，不信任我。

「我們這一天經歷的已經夠了吧？」雅各問，他的聲音因為緊張而變得有點高亢。「好吧，貝拉做得好極了，但我們別再勉強下去了。」

我怒瞪著他，真的火大了。賈斯柏在我旁邊不安地動來動去，我們全擠在一起，一點點動作都會變得很明顯。

「雅各，你到底有什麼**毛病**？」我詰問。我從他抓著芮妮思蜜的雙手上稍做拉扯，他則跟著上前更靠近我。他簡直是緊靠著我了，芮妮思蜜觸碰我們兩人的胸口。

愛德華對他發出憤怒的嘶聲。「只因為我理解，不表示我不會把你扔出去，雅各。貝拉做得好得不得了，別毀了她這一刻。」

「我會幫他把你丟出去，小狗。」羅絲莉保證，她的聲音沸騰。「我還欠對你正中下懷的一記猛踢咧。」

顯然，他們之間的關係並未改變，除非，是變得更壞。

我怒視著雅各半是焦慮半是憤怒的神情，他的雙眼緊鎖在芮妮思蜜的臉上。由於大家靠得這麼近，他在這時至少得觸碰到六個不同的吸血鬼，而這似乎一點也不打擾到他。

他忍受所有這一切，難道真的只是要保護我不做憾事嗎？在我轉變的過程中——我整個變成了他所憎惡的東西——究竟發生什麼事？會讓他軟化到有需要這麼做的地步？

我苦苦思考整件事，看著他目不轉睛地看著我女兒。凝視著她像是……像他原本是個瞎子，生平第一次看見了太陽。

「**不！**」我驚喘一聲。

賈斯柏的牙齒緊咬在一起，愛德華的雙臂環抱在我胸前像兩條纏緊的蟒蛇。雅各在同一瞬間將芮妮思蜜抱離了我懷中，而我並未試著要抓緊她。因為我感覺到它來了——那個他們全在等待的崩斷點。

「羅絲。」我咬著牙，非常慢也非常精確地說：「妳抱芮妮思蜜。」

羅絲莉伸出手，雅各立刻把我女兒遞給她。他們兩個都立即從我面前後退。

「愛德華，我不想傷害你，所以請你放開我。」

他遲疑著。

「去站在芮妮思蜜前面吧。」我提議。

他深思了一下，然後放開我。

我伏身為獵殺的姿勢，緩慢朝雅各走了兩步。

「你沒有。」我對他咆哮。

他往後退，雙掌朝外舉起，試圖跟我講理。「妳知道這不是我能夠控制的事。」

「你這隻**蠢狗**！你**怎麼能夠**？**我的寶寶**？」

隨著我步伐逼近，他現在已經退到前門外，半跑著倒退下了階梯。「這不是我的主意，貝拉！」

「我才剛剛抱了她第一次，而你已經認為你有什麼白痴的狼權要求擁有她？她是**我的**。」

「我可以分享。」他邊後退過草坪，邊哀求著說。

「付錢來。」我聽見艾密特在我背後說。我腦中有一小部分好奇著誰會賭不是這樣的結果，但我沒浪費太多注意力在那上面，我快氣炸了。

「你是吃了熊心豹子膽，竟敢**命定我的寶貝**？你是腦子壞了嗎？」

「那不是我能控制的！」他堅持著，退進樹林裡。

然後，他不是獨自一人了。那兩頭巨狼重新出現，在他兩旁護衛著他。利雅對我怒吼。

一聲令人恐懼的咆哮衝出我的牙關朝她而去。那聲音令我不安，但還不足以阻止我前進。

「貝拉，妳可以試著聽我說，一下下就好嗎？拜託？」雅各乞求說。「利雅，後退。」他又補上一句。

利雅對我咧嘴露出利牙，並未退後。

「我幹麼要聽？」我怒道。憤怒主宰了我的頭腦，遮蔽了所有其他一切事物。

「因為妳是那個對我這麼說的人。妳還記得嗎？妳說我們在彼此的生命中占有一席之地，對吧？我們應該是家人。妳說那是妳跟我該有的關係。所以……現在我們是家人了，這正是妳要的啊。」

我凶猛的怒視著他。我確實模糊記得這些話，但我嶄新迅速的頭腦卻跑在他的蠢話之前。

「你認為你會成為我家人的一分子，當我的**女婿**！」我尖聲說。銀鈴般的聲音高了兩個八度怒吼，卻聽起來仍像美妙的音樂。

艾密特大笑。

「阻止她，愛德華。」艾思蜜喃喃說：「如果她傷了他，她會不高興的。」

但我沒感覺到後面有人追來。

「不！」雅各同時堅決道：「妳怎麼能從那個角度看事情？她才只是個嬰孩，真是豈有此理。」

「那正是我的意思！」我叫喊著說。

「妳知道我不是那樣看她的！我要是那麼想，妳以為愛德華會讓我活到現在嗎？我要的只是保護她安全並要她快樂──這有那麼糟嗎？會跟妳所要的差很多嗎？」他對著我吼回來。

想不出話來好講，我對他發出尖聲咆哮。

「她真是令人驚豔，對吧？」我聽見愛德華喃喃說。

「她甚至連一次都沒想要撲向他的咽喉。」卡萊爾同意說，聽起來震驚極了。

「好吧，這回合你贏了。」艾密特很不情願地說。

「你給我離她遠一點。」我對雅各嘶聲怒道。

「我辦不到！」

我咬著牙說：「那就**試**，從**現在**開始。」

「那是不可能的。妳還記得三天前妳多麼需要我在旁邊嗎？我們有多難跟彼此分開嗎？現在那種感覺從妳身上消失了，對嗎？」

我怒瞪著，不確定他在暗示什麼？

「那是她。」他告訴我。「從起初就是。從那時開始，我們就注定要在一起。」

我記得，接著我明白了；有一小部分的我對那股瘋狂有了解釋而感到鬆一口氣，但那舒緩不知怎地只讓我變得更生氣。難道他期待這樣對我來說就夠了嗎？小小地一項澄清就能讓我對此釋懷？

「趁你還有機會的時候快跑。」我威脅道。

「拜託，貝拉！妮思也喜歡我啊。」他堅持說。

我僵住，呼吸停止。我聽到周遭一片寂靜，那是他們焦慮起來的反應。

「你叫她……什麼？」

雅各又往後退了一大步，設法露出羞愧的神情。「嗯，」他咕噥著說：「妳取的那個名字實在有點拗口，所以——」

「你就給我女兒取個**尼斯湖水怪**的綽號？」我尖叫。

接著，我撲向他的咽喉。

chapter 23

記憶

立刻，她把她那熱燙的小手貼住我臉頰。

雖然我有所準備，

在我腦海中看見記憶的影像仍讓我驚喘了一聲。

那是如此明亮又鮮豔，

但同時又全然透明。

「我真抱歉，賽斯。我應該要靠近一點的。」

愛德華**還在**道歉，而我認為這既不公平也不適當。畢竟，**愛德華**沒讓他的脾氣完全地、無法辯駁地失去控制。**愛德華**沒有企圖把雅各的頭給咬下來——雅各甚至不肯變身來保護自己——結果意外地撞斷了賽斯的肩膀跟鎖骨，賽斯跳過來擋在我們之間。**愛德華**沒有差點害死了他最好的朋友。

雖然最好的朋友該對幾件事負責，但是，很顯然的，雅各不管做什麼都不能緩和我的行為。

所以，**我**豈不該才是那個該道歉的人嗎？我再試一次。

「賽斯，我——」

「別擔心，貝拉，我一點事都沒有。」賽斯說的同時，愛德華也說：「貝拉，吾愛，沒有人批評妳。妳做得很好。」

到現在他們還沒讓我有機會說完一句話。

愛德華一直很難把他臉上那抹笑容拿掉，只讓事情變得更糟糕。我知道雅各不該承受我的過度反應，但愛德華似乎從中得到某種滿足感。也許，他暗地裡希望自己能有身為新手的藉口，因此他也可以動手發洩一下他對雅各的惱怒。

我試圖把憤怒從我體內完全抹除，但實在很難，尤其是知道雅各這時正跟芮妮思蜜在一起，在外面。保護她的安全，遠離我這個瘋狂的新手。

卡萊爾把另一塊夾板固定在賽斯的手臂上，賽斯痛得畏縮。

「抱歉，抱歉！」我咕噥著，知道我永遠不會有機會說出完整的道歉詞。

「別大驚小怪，貝拉。」賽斯說，用他沒受傷的那隻手拍拍我膝蓋，同時愛德華在我另一邊揉揉我的手臂。

當卡萊爾治療坐在沙發上的他時，賽斯似乎對我坐在他旁邊並不覺得反感。「半小時後我就會恢復正常了。」他繼續說，仍然拍著我的膝蓋，彷彿沒察覺到它冰冷與堅硬的質地。「任何人都會這麼做的，發生在小各和妮思——」他講到一半馬上住嘴，迅速換了個話題。「我是說，至少妳沒有咬我什麼的，要不那就真的慘了。」

我把臉埋在雙手中，對那想法忍不住打顫，那真的太有可能了，它可以發生得很容易。狼人對吸血鬼毒液的反應跟人類不一樣，他們到現在才告訴我。那是會毒死他們的。

「我是個壞人。」

「妳當然不是。我應該要——」愛德華開始說。

「別說了。」我嘆氣。我不要他把這事怪到自己頭上，就像他過去總是把每件事攬到自己身上一樣。

「幸運的是，妮思——芮妮思蜜沒有毒液。」賽斯在尷尬的片刻寂靜後說：「因為她一直不斷咬小各。」

我的手垂下來。「她真這麼做？」

「是啊。無論何時，只要他和羅絲餵她餵得不夠快，她就咬下去。羅絲覺得那實在很滑稽。」

我瞪著他，十分震驚，並且還有罪惡感，因為我得承認，這消息以一種任性的方式稍微取悅了我。

當然，我早已知道芮妮思蜜沒有毒液，我是她第一個咬的人。我沒說出這項觀察，我假裝眼前這些讓我把過去都忘記了。

「好了，賽斯。」卡萊爾直起身子說，並從我們身邊退開。「我想我只能做到這樣。試著別動好幾……噢，幾小時，我想。」卡萊爾輕笑道：「我真希望對人類的治療也能這麼立即見效，讓人高興。」他把手放在賽斯的黑髮上片刻。「別亂動。」他吩咐，然後就消失到樓上去了。我聽見他辦公室的門關上，我想知道他們是不是已經把我曾待在裡面的證據都移除了。

「我大概可以設法坐著不動一會兒。」賽斯同意說，不過卡萊爾早走了，接著他打了個大大的呵欠。很小心地，確定不會動到自己的肩膀，賽斯往後把他的頭靠向沙發背，並閉上眼睛。片刻之後，他的嘴鬆開，睡著了。

我對著他平靜的臉皺了另一分鐘的眉頭。就像雅各，賽斯似乎也有隨時睡著的本事。知道我可能有一陣子無法道歉了，我起身；這動作沒讓沙發有一丁點的震動。每一樣身體、體能的事都好簡單，但其餘的……

愛德華跟著我走到後窗前，並牽起我的手。

利雅在河邊踱步，不時停下來看著這大屋。很容易就看得出來她什麼時候是在看她弟弟，什麼時候是在看我。她焦急的掃視跟想殺人的掃視交替著。

我可以聽見雅各和羅絲莉在前門階梯那兒，為了該輪到誰餵芮妮思蜜而小聲爭吵著。他們的關係簡直比之前更為敵對；他們此刻唯一有同樣看法的事是，我應該跟我的寶寶保持距離，直到我百分之百脫離憤怒的脾氣為止。愛德華曾對他們的決定爭論過，但我想算了。我也想百分之百確定。不過，我擔心的是，我的百分之百確定，跟他們的百分之百確定，說不定是非常不同的兩件事。

除了他們的吵嘴、賽斯緩慢的呼吸，以及利雅擾人的踱步之外，一切都非常安靜。艾密特、艾利絲和艾思蜜都去打獵了，賈斯柏留下來觀察我。他現在正毫不惹眼地站在樓梯底端的欄杆柱後面，試著不去惹人生厭。

我利用此時情緒平靜的優勢，把當卡萊爾在固定賽斯的手臂時，所有賽斯跟愛德華告訴我的事想一遍。當我在燃燒時，我錯過了許多的事，而這是第一次真的有機會趕上。

最主要的事件是，跟山姆的狼群的抗爭不和結束了——這是為什麼其他人覺得安全，只要他們高興都可以隨時來去。休戰協定是有史以來最穩固的，或者說，更有約束力，看你從哪個角度看事情，我想像著。

有約束力，因為所有的狼群的法令中，最具權威的是：絕不可以有狼殺害另一隻狼命定的對象。這種事情所造成的痛苦，整個狼群都將無法忍受。這樣的過失，無論是故意的還是意外，是不能被原諒的；涉及此事，狼會互相拚命到死為止——沒有別的路走。賽斯告訴我，很久以前曾經發生過這種事，但純為意外。絕對沒有哪匹狼會故意用這種方法來摧毀自己的兄弟。

因為雅各如今對芮妮思蜜的感覺，所以她是碰不得的。我試著把精神集中在這項事實所帶來的安慰而非懊惱，但那實在不容易。我的腦海有足夠的空間同時感受到這兩種強烈的情緒。

還有，山姆也不能對我的轉變發怒，因為雅各——身為合法的狼族首領——允許了這件事。這在當我想要對雅各發火時，令我一次又一次痛苦地明白，我欠他何其多。

為了要控制我的情緒，我故意改變思緒的方向。我思考著另一個有趣的現象；雖然分開的兩個狼群彼此間的沉寂仍然持續著，雅各和山姆卻發現狼族首領可以在狼形中彼此對話。但跟之前不一樣；他們無法像以前沒分開時那樣，聽見每一個思緒。賽斯說，現在的情況比較像說出聲音。山姆只能聽見雅各願意分享出來的，反之亦然。他們也發現他們能隔著遠距離溝通，現在，他們又肯跟彼此說話了。

他們一直沒發現這點，直到雅各單槍匹馬——不顧賽斯跟利雅的反對——去跟山姆解釋芮妮思蜜的事；那是他在看見芮妮思蜜第一眼後，唯一一次離開她。

一旦山姆瞭解到每件事是如何徹底改變了，他跟雅各一起回來，與卡萊爾商談。他們用人形與卡萊爾交談（愛德華拒絕離開我身邊去做翻譯），於是協議被更新了。然而，雙方之間那種友善的感覺，可能永遠也不會一樣了。

解決了一大麻煩。

但還有別的，雖然不像實際上有一個憤怒的狼群那般危險，但在我看卻更要緊。查理。

他今天早晨稍早跟艾思蜜講過電話，但那沒有讓他不再打來，而且還打了兩次，就在幾分鐘前，當卡萊爾在治療賽斯的時候，卡萊爾和愛德華只能讓電話持續響著。

什麼才是對的、能告訴他的事？庫倫家是對的嗎？最好、最仁慈的方式是告訴他我死了？當他和媽對著我痛哭時，我能夠躺在棺材裡靜止不動嗎？

在我看來這是不對的。但是把查理和芮妮暴露在佛杜里執著於保密的危險中，很清楚那是絕對不成的。

但也還有我的主意——當我準備好之後，讓查理見我，然後讓他做他自己的錯誤的假設。技術上而言，吸血鬼的規矩會繼續維持不被打破。讓查理知道我還活著——算是吧——而且很快樂，豈不是很好嗎？即使我看起來很奇怪又不一樣，說不定還會嚇到他？

現在，尤其是我的雙眼，實在太過於嚇人。要花多久的時間，我的眼睛跟我的自我控制才能準備好見查理？

「怎麼啦，貝拉？」賈斯柏察覺到我越來越緊張，不禁低聲問。「沒人對妳生氣，」——河邊傳來一聲低沉的咆哮，跟他說的正好相反，但他沒理會——「或甚至驚訝，真的。嗯，我想我們是滿驚訝的，驚訝妳能那麼快脫離該狀況。妳做得很好，比任何人對妳的期待都好。」

當他說話的時候，整個空間裡變得非常平靜。賽斯的呼吸不知不覺變成低低的打呼，我感到更加平靜，但我並未忘記我的焦慮。

「事實上，我是在想查理。」

前門外，爭吵停了。

「啊。」賈斯柏喃喃說。

「我們真的必須離開，對嗎？」我問：「至少離開一陣子，假裝我們是在亞特蘭大之類的。」

我可以感覺到愛德華盯著我的臉，但我看著賈斯柏。他才是那個用沉重的聲音回答我的人。

「對。那是唯一保護妳父親的方法。」

我沉思了片刻。「我一定會非常想念他，我會想念這裡的每個人。」

雅各，我放任自己想著。雖然那股渴望已經消失與界定清楚了——對此我大大鬆了口氣——但他仍是我的朋友。他是那個認識真正的我且接受我的人。即使我已成了怪物。

我想著雅各說的話，在我攻擊他之前對我的懇求。**妳說我們在彼此的生命中占有一席之地，對吧？我們應該是家人。妳說那是妳跟我該有的關係。所以……現在我們是家人了，這正是妳要的啊。**

但這感覺起來不像我所要它的方式，不完全是。我記得更久以前，那個模糊、微弱的我人類生活的記憶。回到記憶中最艱難的那個部分——沒有愛德華的日子，那段極為黑暗、我試著要深埋在腦海裡的日子。我無法確切把話記憶正確；我只記得希望雅各是我的兄弟，因此我們可以彼此相愛又沒有任何困擾或痛苦。家人。但我從來沒在這個方程式裡加入女兒這個因素啊。

我記得稍後——我跟雅各的許多次道別中的一次——再三想著他最後會跟誰在一起，在我對他做了這樣的事後，誰會讓他的人生回到正軌。我說過像是這樣的話，無論她是誰，她都不足以好到配得上他。

我嗤鼻哼聲，愛德華揚起一邊眉毛作為詢問，我只對他搖搖頭。

但無論我有多想念我的朋友，我知道還有個更大的問題存在。山姆或賈德或奎爾，有過離開一整天不見到他們命定的對象：艾蜜莉、金和克萊兒嗎？他們**能**嗎？把芮妮思蜜從雅各身邊帶走，會對他造成什麼影響？會給他帶來痛苦嗎？

我身體裡仍有夠多的憤怒讓我對此感到高興，不是為他的痛苦高興，而是為芮妮思蜜離開他這主意高興。在她看來都還不完全屬於我的時候，我要如何應付她屬於雅各這件事？

前廊發出的移動聲打斷我的思緒。我聽見他們起身，接著走進門來。於此同時，卡萊爾從樓梯上下來，手上拿了些奇怪的東西——一卷皮尺，一個磅秤。賈斯柏一個箭步來到我身邊，彷彿我錯過了什麼信號，就連利雅都在外面坐下，透過窗戶凝視屋裡，臉上的神情像她在期待某種既熟悉卻又毫無興趣的事。

「一定有六了。」愛德華說。

「所以呢？」我問，我的眼睛鎖定羅絲莉、雅各和芮妮思蜜。他們站在門口，芮妮思蜜在羅絲莉懷裡。羅絲莉一臉警戒，雅各看起來心情煩亂，而芮妮思蜜看起來既美麗又熱切。

「我要來量量妮思——呃，芮妮思蜜。」卡萊爾解釋說。

「噢。你每天都這麼做嗎？」

「一天四次。」卡萊爾一邊心不在焉地糾正，一邊示意其他人到沙發這邊來。我認為我看到芮妮思蜜嘆了口氣。

「四次？每天？**為什麼？**」

「她仍然長得很快。」愛德華對我喃喃說，他的聲音很小、很不自然。他捏了捏我的手，另一隻手臂繞過來穩穩抱著我的腰，幾乎像是他需要支持似的。

我無法將視線轉離芮妮思蜜去察看他的表情。

她看起來真完美，絕對健康。她的皮膚像是後面打光的雪花石膏般發出光輝；相較之下，她臉頰的顏色像玫瑰花瓣。如此容光煥發的美，不可能有任何毛病啊。她生命中肯定沒有什麼東西比她媽媽對她更危險的了。會有嗎？

我所生的那個孩子跟我一小時前再次見到的那個，兩者之間的差異，對任何人來講都是很明顯的。而一小時前的芮妮思蜜與現在的芮妮思蜜，之間的差別則很細微。人類的眼睛永遠無法察覺，但差別是在的。

她的身體稍微長了一點，苗條了一點點。她的臉沒那麼圓了，橢圓了點，一分的差距。她垂在肩後的鬈髮長長了十六分之一吋。當卡萊爾拉開皮尺量她的身長，然後再用尺量她的頭圍時，她在羅絲莉的懷中很幫忙的挺直身子。他記下筆記；完美的記錄。

我注意到雅各的雙臂緊緊交叉在胸前，正如愛德華的手臂緊緊環抱著我一樣。他粗濃的眉毛擠成一條線壓在他深凹的雙眼上。

才經過幾週，她就從一個單細胞成熟為一個正常的嬰兒大小。在她出生才幾天，她看起來就像個初學走路的孩子。如果這種增長繼續……

我的吸血鬼頭腦對數學毫無困難。

「我們該怎麼辦？」我驚恐地低語。

愛德華的雙臂收緊，他完全明白我在問什麼。「我不知道。」

「那狀況正在慢下來。」雅各咬著牙咕噥。

「我們需要再多幾天的測量來追蹤這趨勢，雅各。我不能下任何保證。」

「昨天她長了兩吋，今天少了一點。」

「少了三十分之一吋，如果我量得夠精確的話。」卡萊爾靜靜地說。

「一**定得**精確，醫生。」雅各說，讓那話聽起來差不多像威脅。羅絲莉僵住。

「你知道我會盡力而為。」卡萊爾向他保證。

雅各嘆氣。「我猜我只能要求到這樣了。」

我再次覺得惱火，好像雅各偷了我的臺詞——而且整個說錯。

芮妮思蜜似乎也很惱怒。她開始蠕動，然後把手專制地伸向羅絲莉。羅絲莉稍微傾身，好讓芮妮思蜜可以摸到她的臉。片刻之後，羅絲莉嘆口氣。

「她要什麼？」雅各詰問，再次搶了我的臺詞。

「當然是貝拉。」羅絲莉告訴他，她的話讓我心裡感覺暖一點。然後她看著我：「妳還好嗎？」

「擔心。」我承認說，而愛德華捏了捏我。

「我們都擔心，不過那不是我問妳的意思。」

「我在控制之下。」我保證。飢渴現在在單子上一長串項目的底部。再說，芮妮思蜜聞起來很香，卻不是食物的那種香。

雅各咬住了唇，但沒有阻止羅絲莉把芮妮思蜜遞給我。賈斯柏和愛德華挨在身邊但允許我。我可以看見羅絲莉有多緊繃，我忍不住好奇，對賈斯柏而言，現在大廳感覺是什麼樣子。或者，他極其努力集中精神在我身上，以致於感覺不到其他的人。

芮妮思蜜向我伸出手時我也伸向她，燦爛的笑容點亮她的臉。她在我的懷中是如此妥貼，彷彿這懷抱的形狀是為她專門打造的。立刻，她把她那熱燙的小手貼住我臉頰。

雖然我有所準備，在我腦海中看見記憶的影像仍讓我驚喘了一聲。那是如此明亮又鮮豔，但同時又全然透明。

她記得我橫過屋前草坪撲向雅各，記得賽斯跳起來擋在我們之間。她清晰完美地看見和聽見那一切。那看起來不像**我**，那個優雅的掠食者撲向她的獵物時，就像一支箭從弓上疾射而出。那一定是別人。看見雅各站在那裡雙手舉在身前毫無防衛，讓我的罪惡感稍微減少了一點點。他的雙手毫不顫抖。

愛德華輕笑著，跟我一同觀看芮妮思蜜的思緒。然後，當我們聽見賽斯骨骼斷裂的聲音時，我們都忍不住畏縮了一下。

芮妮思蜜露出她那燦爛的笑容，而她記憶中的雙眼在整個混亂的過程中都沒有離開雅各。當她看著雅各時，我在這記憶中嘗到一種新的味道——不全然是保護，比較像是占有。我得到一個清晰明白的印象，就是她**很高興**賽斯奮不顧身擋住我的一撲。她不想要雅各受傷。他是**她的**。

「噢，太妙了。」我呻吟說：「真完美。」

「那只是因為他嘗起來比我們其餘的人都可口。」愛德華跟我保證，聲音因為他自己的厭煩而僵硬。

「我告訴過妳她也喜歡我。」雅各從房間另一頭嘲弄說道，他的雙眼在芮妮思蜜身上。他的笑話並不真心；他繃緊的雙眉並未鬆緩下來。

芮妮思蜜不耐煩地拍著我的臉，要求我的注意。另一個記憶：羅絲莉用梳子溫柔地梳過她的鬈髮。那感覺很好。

卡萊爾和他的皮尺，知道她必須伸直不動，那對她來說很無趣。

「看來她是想給妳個概要，讓妳知道每件妳所錯過的事。」愛德華在我耳邊評論說。

當她把下一個記憶丟給我時，我鼻子忍不住皺起來。那股味道是來自一個奇怪的金屬杯——夠堅硬，不會輕易被咬穿——送來一股鮮烈的燒灼直穿我喉嚨。要命。

突然，芮妮思蜜離開了我的懷抱，我雙臂被壓制在背後。我沒跟賈斯柏掙扎，只看著愛德華害怕的臉。

「我做了什麼？」

愛德華看著在我背後的賈斯柏，然後再次看著我。

「但她記得自己很飢渴。」愛德華小聲抱怨，他的前額皺出一堆紋路。「她記得嘗過人類的血。」

賈斯柏的雙臂把我的更拉緊在一起。我腦中有一部分注意到這並未特別不舒服，當然更不會痛，但對人類肯定是另一回事。這只是有點討厭。我很確定我能掙開他的掌握，但我沒有抗拒。

「對。」我同意說：「然後呢？」

愛德華又對我多皺了下眉頭，然後他的神情放鬆下來。他笑了一下：「看來好像完全沒有然後，這次反應過度的人是我。賈斯，放開她吧。」

那束縛我的手消失。我一得到自由，立刻把手伸向芮妮思蜜。愛德華毫不遲疑地把她遞給我。

「我不懂。」賈斯柏說：「我受不了了。」

我驚訝地看著賈斯柏大步由後門走出去。利雅挪步讓給他寬敞的空間，他一路走到河邊，一躍跳過了河。

芮妮思蜜觸摸我的頸項，馬上重複離開的這一幕，就像是立即重播一樣。我可以感覺到她腦海中的疑問，與我的共鳴。

我已經克服對她這奇怪天賦的震驚。這是她的一部分似乎完全正常與自然不過，幾乎是你會預期她就是這樣。也許是現在我也是超自然的一部分了，我再也不會懷疑。

但賈斯柏到底哪裡不對勁？

「他會回來的。」愛德華說，究竟是對我還是對芮妮思蜜，我不確定。「他只是需要獨處片刻，調整一下他對生命的看法。」他的嘴角有個快要忍不住的笑容。

另一個人類的記憶——愛德華告訴我，如果我變成吸血鬼後「會有一段很難適應的時間」，賈斯柏會感覺好過一點。這是在討論到我在當新手的第一年裡會殺多少人的內容裡。

「他在生我的氣嗎？」我小聲的問。

愛德華睜大了眼睛。「不。他為什麼要生妳的氣？」

「那不然他是怎麼了？」

「他是對自己而不是對妳很心煩，貝拉。我想妳大概可以說，他在擔心……自我實現的預言。」

「怎麼說呢？」卡萊爾在我之前發問。

「他懷疑新手的瘋狂是不是真像我們一直以來所想的那麼困難，或如果有正確的焦點與態度，任何人都可以做得跟貝拉一樣好。即使是現在——也許他之所以有這樣的困難，是因為他相信那是自然且無法避免的。也許，他若對自己的期待更多，他就會達成這些期待。妳卻讓他質疑許多根深柢固的假設，貝拉。」

「但那不公平啊。」卡萊爾說：「每個人都不一樣；每個人都有他們自己的挑戰。也許貝拉所做的遠超過了自然，也許，這可以說是她的天賦。」

我驚訝得呆住了。芮妮思蜜感覺到了變化，並觸摸我。她記得最後那一剎那，好奇為什麼變了。

「這是個有趣的理論，很有可能是真的。」愛德華說。

有極小一部分的我非常失望。什麼？沒有魔法般的視覺，沒有令人畏懼的攻擊能力，比如，噢，從我眼睛射出閃電之類的？完全沒有有助益或很酷的東西？

接著，我明白過來那話可能有的含意，我的「超能力」只是獨特的自我控制。

首先，我至少有了一項天賦。我有可能什麼都沒有。

但，不僅如此，如果愛德華是對的，那麼我能直接跳過我最害怕的那個部分。

如果我不需要當個新手呢？至少，不是在當個瘋狂殺人機器這個層面。要是我從第一天開始就與庫倫家很合呢？要是我們不必在我「成長」的第一年跑去躲在什麼偏遠地區呢？要是我像卡萊爾一樣，永遠不會殺害任何一個人呢？要是我能馬上就做個好吸血鬼呢？

我可以見查理。

當現實層面過濾掉了希望，我立刻嘆了口氣。我還不能馬上見查理，這眼睛、聲音和完美的臉孔。我能對他說什麼？甚至，我要怎麼開始？我偷偷地高興自己有些藉口可以把事情延後一陣子；雖然我很想找個辦法讓查理留在我生命中，我對我們的第一次碰面卻十分恐懼。想到看見他的眼睛因看見我的新面孔、新皮膚而突出，知道他被嚇壞了，胡思亂想他腦子裡會產生什麼黑暗的解釋。

我膽小到想等上一年，等我的眼睛變色。我過去以為，當我變得強壯不可摧毀時，我會什麼都不怕。

「你曾見過等同於自我控制的才能嗎？」愛德華問卡萊爾：「你認為那真的是一種天賦，還是那只是她事前有所準備的結果？」

卡萊爾聳聳肩：「這有點類似西歐班向來所能做的，只不過她不稱它為天賦。」

「西歐班，你在愛爾蘭家族的朋友？」羅絲莉問：「我沒看出她能做什麼特別的事，我以為是瑪姬有那類的才能。」

「對，西歐班也這麼想。但她能夠決定她的目標然後幾乎是……用意志使它們實現。她認為那是因為有好的計畫，但我始終懷疑不僅止於此。譬如，她把瑪姬囊括進家族。利安的地域性很強，但西歐班希望這事能成功，而它就成功了。」

愛德華、卡萊爾和羅絲莉邊繼續討論邊找椅子坐好。雅各保護性地坐在賽斯旁邊，看起來很無聊。從他下垂的眼皮，我很確定他很快就會睡著了。

我聽著，但注意力被分成兩半。芮妮思蜜還在告訴我她的一天。我站在窗邊抱著她，當我們凝視著彼此的雙眼時，我的手臂自然而然地搖著她。

我瞭解其他人沒有理由坐下，因為我覺得站著舒服極了。舒服的程度就像躺在床上伸懶腰一樣。我知道自己能像這樣站著站一個禮拜不動，並且在第七天結束時感覺跟一開始站時一樣放鬆。

他們一定是因為習慣而坐下。要是有個人站了幾小時卻連把重量換隻腳支撐都沒有的話，人類一定會注意到。即使是現在，我看見羅絲莉用手指順了下她的頭髮，而卡萊爾翹起腳來。用一些小動作來讓自己不要靜止不動，太像吸血鬼。我必須注意他們都做些什麼，並開始練習才好。

我把全身重量挪到左腳，這感覺起來有點蠢。

也許他們只是想給我點時間跟我的寶寶相處——只要安全，多久都行。

芮妮思蜜告訴我那天每一分鐘所發生的事，而我從她那小故事的進程中得到的感覺是，她要我知道她的一點一滴，正如我所想要的一樣。我錯過許多事情這點令她擔憂——像是，當雅各抱著她，兩人動也不動地站在一棵大鐵杉樹旁時，麻雀會一點一點朝他們跳過來；鳥兒卻不會靠近羅絲莉。或是卡萊爾放進她杯子裡，那令人討厭到極點的白色物質——嬰兒奶粉；它聞起來像酸泥巴。或者愛德華對她輕哼的歌，那歌是如此完美，芮妮思蜜為我播放了兩次；我很驚訝自己在那記憶的背景裡，百分之百靜止不動，但看起來憔悴不已。我打了個寒顫，記得從我自己的角度看那段時間的感覺。那可怕極了的烈火……

幾乎過了一小時之後——其他人還深深沉浸在他們的討論中，賽斯和雅各在沙發上一致地打呼——芮妮思蜜的記憶故事開始慢下來。它們的邊緣開始有點模糊，然後在到達結論之前突然變得模糊失焦。我在驚慌中正要打斷愛德華——她有哪裡不對了嗎？卻看見她眼皮眨動並閉上。她打了個呵欠，圓嘟嘟的粉紅嘴唇張開成個O形，而她的眼睛再沒張開。

隨著進入夢鄉，她的手從我臉上滑落——她眼皮的後方是日出前天空薄雲的淺紫色。在很小心不驚擾到她的情況下，我舉起她的手貼住我的肌膚，好奇地把她的手擺著不動。一開始，什麼也沒有，接著，過了幾分鐘之後，一連串閃爍的顏色，像一群蝴蝶，從她的思緒中向外四散飛舞。

我入迷地看著她的夢。沒有任何道理可言。只是顏色、形狀與臉孔。我非常高興看見自己的臉——很醜的人類的臉與光輝的不朽的臉——經常出現在她沒有意識的思緒中。頭一次，我明白了愛德華怎麼能一個接一個無聊的夜晚觀看我睡覺，只為了聽我說夢話。我可以永遠看著芮妮思蜜作夢。

愛德華改變的聲調抓住了我的注意力，他說：「終於。」然後轉頭盯著窗外。外面是深沉的夜色，但我可以看得跟之前一樣遠。沒有東西能借由黑暗隱藏；每樣東西只是換了顏色。

仍在怒目而視的利雅起身，在艾利絲出現於河對岸時溜進樹叢裡。艾利絲抓著根樹枝，像個盪高空鞦韆的高手般前後擺盪，腳尖碰到手，然後將她的身體優雅地拋射過河。艾思蜜用的是傳統的跳躍，艾密特則直接衝進河裡，激起的水花大到噴濺到後窗上來。令我驚訝的是，賈斯柏緊隨在後，他有效率的跳躍在他人之後，看來似乎很保守，甚至很不起眼。

艾利絲臉上大大的、熟悉的笑容以一種隱約、奇怪的方式展現。大家突然都針對我而來——艾思蜜很甜美，艾密特很興奮，羅絲莉有一點莫測高深，卡萊爾一臉寵愛縱容，愛德華則充滿期待。

艾利絲領先其他人跳進屋裡，她的手伸在前面，熱切幾乎在她周身散發出可見的光輝。她手上是把每天常見的黃銅鑰匙，上頭綁了條超大的粉紅色絲帶。

她把鑰匙對我遞來，我立刻用右手抱緊芮妮思蜜，好讓左手空出來。艾利絲把鑰匙放進我手中。

「生日快樂！」她尖叫著說。

我翻了個白眼。「沒有人在出生那天開始算生日的。」我提醒她。「妳的第一個生日是要出生滿一年才算的，艾利絲。」

她的笑容轉為洋洋自得。「我們不是在慶祝妳的吸血鬼生日，那還不到。今天是九月十三號，貝拉。十九歲生日快樂！」

chapter 24
驚喜

「妳準備好要打開妳的禮物了嗎？」艾利絲唱歌般說。

「好幾件禮物。」愛德華更正，

然後他從口袋中拿出另一把鑰匙——

這把比較長，是銀色的，

綁著比較不俗豔的藍色絲帶。

「不，絕不！」我拚命的搖頭，然後對我那十七歲丈夫的臉射過去一瞥。「不，這不算。我從三天前開始不會變老，我永遠是十八歲。」

「隨便啦。」艾利絲說，迅速一聳肩拋開我的抗議。「反正我們就是要慶祝，接受吧。」

我嘆氣。跟艾利絲辯論通常沒結果的。

當她看見我眼中的默許，她臉上的笑容變得奇大無比。

「妳準備好要打開妳的禮物了嗎？」艾利絲唱歌般說。

「好幾件禮物。」愛德華更正，然後他從口袋中拿出另一把鑰匙——這把比較長，是銀色的，綁著比較不俗豔的藍色絲帶。

我掙扎著不要翻白眼。我馬上知道這把是什麼鑰匙——那輛「之後的車」。我想著我是不是該顯得興奮。轉變成吸血鬼，似乎沒有給我任何突然對跑車起的興趣。

「我的先。」艾利絲說，接著吐舌頭，因為預見了他的回答。

「我的比較近。」

「但是看看她穿的**衣服**。」艾利絲的話幾乎是句呻吟。「這一整天簡直要了我的命。這件事很顯然具有優先權。」

我邊想著為什麼一把鑰匙能讓我跟新衣服扯在一起，邊皺起了眉頭。難道她給我買了一卡車的衣服？

「我知道——我會跟你猜拳。」艾利絲提議：「剪刀、石頭、布。」

賈斯柏忍不住輕笑出聲，而愛德華嘆了口氣。

「為什麼妳不直接就告訴我誰贏了？」愛德華挖苦地說。

艾利絲粲然一笑。「我贏了。太棒了。」

「反正，也許我最好等到早上再說。」愛德華對我彎起嘴角一笑，朝雅各和賽斯點了下頭，看來他們會睡上一整夜，我好奇他們這次會睡上多久。「我想如果禮物揭曉時雅各是醒著的，會更好玩，妳同意嗎？因此才有人在場表達正確的狂熱程度？」

我回他一笑，他真瞭解我。

「對，」艾利絲歌唱般地說：「貝拉，把妮思——芮妮思蜜交給羅絲莉吧。」

「她通常睡在哪裡？」

艾利絲聳聳肩。「在羅絲的懷裡，或雅各的，或艾思蜜的。妳看得出來。她從出生到現在，從來沒被放下來過。她將會是這世界上最被寵壞的半吸血鬼。」

愛德華大笑，同時羅絲莉很老練地把芮妮思蜜抱進她懷裡。「她同時也是這世界上最沒被寵壞的半吸血鬼。」羅絲莉說：「這就是舉世無雙的美麗。」

羅絲莉對我一笑，我很高興看見我們之間新的友誼仍存在她的笑容中。我一直不敢完全確定，在芮妮思蜜的生命不再與我綁在一起之後，我們的友誼還會存在。但也許我們站在同一陣線奮鬥得夠久，如今我們將會永遠是朋友了。我終於做了如果她站在我的立場將會做的決定，那似乎沖走了她對我其他所有選擇的怨恨。

艾利絲把那綁了緞帶的鑰匙塞進我手中，然後抓著我手肘把我轉向後門。「我們走吧，我們走吧。」她興奮地說。

「東西在外面？」

「算是吧。」艾利絲說，推著我向前。

「好好享受妳的禮物。」羅絲莉說：「那是我們一起合送的，尤其是艾思蜜。」

「你們不一起來嗎？」我這才發現沒人移動。

「我們給妳機會獨自讚賞。」羅絲莉說：「妳可以……稍後再告訴我們妳的感想。」

艾密特捧腹大笑。他的笑中有某種東西讓我忍不住要臉紅，但我不確定為什麼。

我這才明白有關自己的許多事——像是真的很討厭驚喜，基本上對禮物更是不喜歡——竟一點也沒變。彷彿得到天啟一般，發覺有這麼多我核心本質的特色跟著我一起進入這個新身體，真令人感到安慰。

我並未期待仍然是我自己，為此，我露出大大的笑容。

艾利絲用力拉我的手肘，我隨著她進入紫色的夜幕中時仍止不住臉上的笑容。只有愛德華跟我們一起來。

「這才是我所期待的熱切。」艾利絲稱許地喃喃說。然後她放開我的手肘，柔軟地跳了兩步，接著躍過河去。

「快點，貝拉。」她從對岸喊我。

愛德華跟我同一時間跳起；這完全跟今天下午一樣好玩。也許更好玩一點，因為夜幕把所有東西都變了新的、豐富的顏色。

艾利絲腳跟著地，跟我們一起朝北方疾奔。跟隨她落在地上的細碎腳步聲，以及她味道所留下的清新路徑，比保持我的眼睛在濃密的植物中追隨她還要容易。

我看不到任何標記，她猛轉身衝回我暫停之處。

「別攻擊我。」她警告，然後對我撲來。

當她爬到我背上用雙手包住我的臉時，我侷促不安地問：「妳在幹什麼？」我感到要把她甩出去的衝動，但我控制住。

「確保妳不會看見。」

「我可以不用這些戲劇效果就辦到。」愛德華提出。

「你可能會讓她作弊。牽起她的手帶她往前走。」

「艾利絲，我——」

「沒用的，貝拉。我們照我的方式來。」

我感覺到愛德華的手指纏住我的。「再多片刻而已，貝拉。然後她就會去招惹別人了。」他拉著我向前。我輕易地跟上。我不害怕會撞上樹；在這種情況下唯一會受傷的將是樹。

「你應該要更感激一點。」艾利絲責罵他。「這不單是為她，也是為你做的。」

「此話不假。再次謝謝妳，艾利絲。」

「是啊，是啊，好。」艾利絲的聲音突然充滿興奮，大聲起來：「停在那裡。把她稍微轉向右。對，像那樣。好。妳準備好了嗎？」她短促尖聲地問。

「我準備好了。」這裡有一些新的氣味，激起了我的興趣，增加了我的好奇。這些氣味不屬於森林深處。忍冬花、煙味、玫瑰、鋸屑？還有某種金屬的味道。濃重的土地被挖開暴露的味道。我朝那神祕謎團傾過身去。

艾利絲鬆開她遮住我雙眼的手，從我背上跳下來。

我凝視著深紫羅蘭的夜色裡。在那邊，安置在森林中的小空地間，有一棟石頭小屋，在星光下看是薰衣草灰色。

它是如此全然屬於此地，以致於它看起來像是從石頭裡長出來的，一個天然的構造。忍冬花攀上一邊的牆，交織成格子窗似的，整個向上蜿蜒攀到了厚厚的木板屋頂上。夏末的玫瑰盛開在漆黑、深陷的窗戶底下一方小小的花園裡。地面上有一條石鋪的平板小路，在暗夜中看是紫色的，通往那古色古香的木拱門。

我的手握緊了拿著的鑰匙，完全呆住了。

「妳覺得怎麼樣？」艾利絲的聲音現在柔軟下來了；它吻合童話故事書完美安靜的場景。

我張開嘴，但說不出話來。

「艾思蜜想，我們這陣子可能會想要有個自己的地方，但她又不要我們住太遠。」愛德華喃喃道：「並且她喜愛任何整修的藉口。這個小地方已經崩塌荒廢了至少上百年了。」

我繼續瞪視著，張著嘴喘氣，像魚一樣。

「妳不喜歡它？」艾利絲的臉垮下來了。「我是說，如果妳要的話，我確定我們可以把它再改得不一樣。艾密特一直想再增加個幾千呎，蓋個二樓，添些圓柱，以及蓋座塔，但艾思蜜說妳會最喜歡它原本該有的樣子。」她的聲音開始徐徐上升，越講越快。「如果她弄錯了，我們可以回來重弄。不會花太久時間的——」

「噓！」我設法出了聲。

她緊閉上嘴等著。我花了幾秒鐘才恢復過來。「你們送我一棟房子做生日禮物？」我低聲說。

「送我們。」愛德華更正。「而且它不過是間小屋。我想**房子**一詞暗示更多的落腳空間。」

「不准批評我的房子。」我對他低聲說。

艾利絲粲然一笑。「妳喜歡它。」

我搖頭。

「愛它？」

我點頭。

「我等不及要告訴艾思蜜！」

「她為什麼不來？」

艾利絲的笑容消退了一些，扭成之前的模樣，彷彿我的問題很難回答。「噢，妳知道……他們全記得妳對禮物有什麼反應。他們不想給妳太多壓力去喜歡它。」

「但我當然喜愛它啊。我怎麼能夠不愛？」

「他們會很高興聽到的。」她拍拍我手臂。「不管怎樣，妳的衣櫥是滿的。花點心思好好使用它。還有……我猜全部就是這樣了。」

「妳不進去嗎？」

她若無其事地往回走了幾步。「愛德華對此地很清楚。我以後……再來拜訪。如果妳不知道該怎麼搭配衣服，打電話給我。」她投給我難以預測的一瞥，接著微笑說：「賈斯要去打獵。再見。」

她像一顆最優雅的子彈，疾射入樹林裡。

當她飛奔的聲音完全消失後，我說：「這真是奇怪。我真有**那麼**糟糕嗎？他們不需要缺席，現在害我覺得好有罪惡感喔。我甚至沒好好的謝謝她。我們應該回去，告訴艾思蜜——」

「貝拉，別傻氣了。沒有人認為妳那麼不講道理的。」

「那怎麼——」

「單獨相處是他們給的另一個禮物。艾利絲只是沒有明講出來。」

「噢。」

他那話令整個房子消失不見。我們可能是身在任何地方。我看不見樹木、石頭或星星，我眼裡只有愛德華。

「我帶妳去看他們做了什麼。」他拉著我的手說。難道他沒注意到電流竄過我身體，像腎上腺素流竄在血液中的事實嗎？

我再次感到怪異地失去平衡，等候著我的身體再也沒有能力的反應。我的心臟應該怦然跳動得像個快要撞上我們的蒸汽火車頭。震耳欲聾的。我的雙頰應該漲得通紅。

在那一刻，我應該要精疲力竭的。這是我人生中有史以來最長的一天。

當我明白這一天永遠不會結束時，我笑出聲——因震驚而小小安靜地一笑。

「我能聽聽那個笑話嗎？」

「不怎麼好笑的笑話。」我告訴他，他正領著我走到那扇小圓門前。「我只是在想——今天是永恆的第一天和最後一天。我只是很難想像這件事。即使我腦中有那麼多多出來的空間可以想。」我又笑了。

他跟著我一起笑。他伸手去握門把，等著，把開門的光榮讓給我。我把鑰匙插進鎖孔，轉動它。

「妳真是天生適合這麼做，貝拉；我都忘了所有這一切對妳是多麼的奇怪。我真希望我能聽見妳的想法。」他彎腰一把將我抱起來，動作快到我根本沒看見怎麼回事——這真是令人驚奇。

「嘿！」

「跨越門檻是我工作內容的一部分（註15）。」他提醒我：「但我很好奇。告訴我妳現在在想什麼。」

他打開門——它只發出輕輕喀嚓一聲便向內打開——跨過門檻進入小小的石砌客廳。

「所有一切。」我告訴他：「你知道，同時想到所有一切。好事、要擔心的事，還有嶄新的事。我要怎麼保持運用我腦中那許多最優秀的部分。而現在，我想著艾思蜜是個藝術家。這真是太完美了！」

這小屋真的是從童話世界裡出來的。地板是光滑、平坦的石頭拼貼出來的。低低的天花板有著長期暴

註15　傳統上新郎新娘剛結婚時，新郎要抱著新娘跨越門檻以示吉利。

露在外的樑，像雅各那麼高的人肯定會撞到頭。牆壁有些地方是溫暖的木頭，有些地方是石頭的馬賽克。在角落的蜂箱壁爐仍有小火在慢慢燃著。那裡面燒的是漂流木——低低的火苗因為鹽分而呈藍色與綠色。

各個家具的擺設是兼容並蓄，沒有一個跟另一個能配成對，但同樣十分協調。有把椅子似乎有點中古風，而火爐邊另一把矮軟墊椅子則比較現代，靠在房間另一端窗戶旁、擺滿了書的書架則提醒了我義大利電影裡的擺設。每樣家具跟其他的搭在一起都很合，像個大大的三度空間拼圖。牆上掛了幾幅畫是我認得的——大屋裡我最喜歡的幾幅。毫無疑問是無價的真品，但它們跟其餘東西一樣，好像也屬於這裡。

這是任何一個人都會相信魔法存在的地方。一個你會期待白雪公主走進來，手上還拿著蘋果，或有隻獨角獸停下來啃咬玫瑰花叢的地方。

愛德華總認為他屬於恐怖故事的世界。當然，我早就知道他錯得離譜。他明明就屬於**這裡**。在一個童話世界裡。

而我如今與他同在一個故事裡。

我才想利用他還沒找到地方放我下來，且他三心二意的美麗面孔只離我幾吋這點優勢，他便開口說：「我們很幸運，艾思蜜想到再增加一個房間。沒有人為妮思——芮妮思蜜做打算。」

我對他皺眉，我的思緒通向了一條比較不愉快的小徑。

「別連你也這麼叫她。」我抱怨。

「抱歉，吾愛。我天天在他們腦海中聽見這名字，妳知道。它已經黏在我腦子裡了。」

我嘆氣。我的寶貝，那水怪。也許根本無法挽回了。嗯，**我**不會屈服的。

「我相信妳一定迫不及待想看衣櫥。或者，我會**告訴**艾利絲妳很迫不及待，讓她感覺好一點。」

「我該害怕嗎？」

「怕死了。」

他抱著我走下一條狹窄的石砌走廊，上方天花板有著好幾個小拱頂，好像這是我們自己的迷你古堡。「那將是芮妮思蜜的房間。」他說，朝一個鋪著淺色木質地板的空房間點了下頭。「他們沒有足夠的時間多布置它，那些憤怒的狼人……」

我小聲笑了笑，驚訝於所有一切怎麼會變好得這麼快，一個禮拜前，一切看起來還像惡夢一樣。

詛咒雅各用這種方式讓一切如此完美。

「這是我們的房間。艾思蜜試著把她的島嶼風格帶來給我們。她猜到我們會對這種風格產生情感。」

那張床巨大又雪白，如雲般的薄紗從帳頂飄垂到地面。淺色的木頭地板跟另一個房間一樣，現在我終於看出來它正是清新純淨的沙灘顏色。牆壁幾乎是燦爛大晴天的白與藍，後方的牆上有兩扇大玻璃門，開向一個隱藏的小花園。有攀爬的玫瑰和一個圓形的小池塘，池面光滑如鏡，邊緣是閃亮的石頭。一個為我們而設的小巧、寧靜的海洋。

「噢。」是我唯一能說的話。

「我知道。」他輕聲低語。

我們在那裡站了一會兒，回憶著。雖然那些是人類的記憶而且不清楚了，它們卻完全占據了我的腦子。

他露出大而閃亮的笑容，然後大笑：「衣櫥在這些雙重門的後面。我應該要警告妳——它比這個房間還大。」

我甚至沒瞄那些門一眼。再次，這世界上除了他，別的都不存在——他的手臂正環抱著我，甜美的氣息吹在我臉上，他的唇只離我幾吋——現在沒有任何事物能使我分心，管他是不是吸血鬼新手。

「我們要告訴艾利絲，我直接衝進衣櫥裡。」我低語著，手指纏繞進他的頭髮，將自己的臉朝他拉近。

「我們要告訴她，我花了好幾小時玩穿新衣的遊戲。我們要**說謊**。」

他立刻掌握了我的情緒，或說，他已經準備好在等了，他只是試著讓我充分欣賞讚嘆完我的生日禮物，像個真正的紳士。他突然猛烈地將我的臉拉向他，喉嚨裡冒出一聲低沉的呻吟。那聲音將一股電流直送進我體內，使我的身體接近狂亂的狀態，就像我不夠快到更貼近他一樣。

我聽見衣服在我們手中撕裂的聲音，我很高興至少我的衣服是早已經毀了。但他的卻來不及挽回了。忽視那張美麗的白色大床簡直感覺太不禮貌了，但我們只是來不及走那麼遠。

這個二度蜜月跟我們的第一次不同。

我們在艾思蜜島上的時光，是我人類一生的縮影，最棒的一段時光。我完全準備好要拉長我的人類時光，好堅持我以人類身分跟他在一起的時刻能再久一點。因為生理部分的感受將會永遠不一樣了。

在經過像這樣的一天之後，我應該要猜到，它只會更棒。

現在我能夠真正地欣賞他了——我有力的、嶄新的眼睛可以恰當、正確地看見他完美面孔上的每一個美麗線條，他修長、毫無瑕疵的身體，他身上的每個角度與每個平坦之處。我的舌可以嘗到他純淨、鮮活的氣息，我敏感的手指下可以感覺到他堅實的皮膚是如此難以置信地光滑。

我的肌膚在他手底下也非常敏感。

他是全然嶄新的，一個完全不同的人，我們的身體優雅地交纏著躺到沙白的地板上。無須小心，無須抑制。尤其是——沒有恐懼。我們可以一**同**歡愛——如今雙方都是積極的參與者。終於旗鼓相當。

就像我們之前的親吻，每一個愛撫都比我習慣的更強烈。他竟把自己保留的那麼多。當時是必要的，但我簡直不敢相信自己竟錯過了那麼多。

我試著記住自己比他強壯，但在這麼強烈的感覺中——每一秒鐘我的注意力都散放到全身上百萬個地方——實在很難注意到別的事；如果我傷到他，他並未抱怨。

我腦中有非常、非常小一部分，在思考著在這情況下所呈現出來有趣的謎語。我將永遠不會覺得疲倦，他也是。我們不需要喘氣或休息或吃飯或甚至上廁所；我們再也沒有平凡的人類需要。他有著世界上最美麗、完美的身體，而我擁有他整個人，情況看來是，我將不會找到一個時刻想要說，**我這一天有這麼多就夠了**。我會永遠想要更多，而這一天將永無止盡。因此，在這樣的情況下，我們怎麼能夠**停下來**？

我沒有答案，這卻一點也不困擾我。

當天光漸亮時，我察覺到了。外面的小海洋從漆黑轉為灰色，有一隻雲雀在附近某處唱歌——也許牠在玫瑰花叢裡有個窩。

「你想念它嗎？」當鳥唱完時，我問他。

這不是我們第一次說話，但我們也沒真心在聊什麼。

「想念什麼？」他喃喃說。

「所有一切——溫暖、柔軟的肌膚、可口的味道……我完全沒有任何損失，我只是好奇你會不會對失去的那些傷感。」

他低沉又溫柔地笑了。「這時候要找到比我**更不**悲傷的人大概不容易。不可能的，我敢保證。沒有太多人能在同一天裡得到他們想要的每一樣東西，還加上所有他們沒有要求的東西。」

「你在躲避我的問題嗎？」

他把手緊貼住我的臉。「妳很溫暖。」他告訴我。

就某種程度而言，這話是真的。對我來說，他的手是暖的。它跟觸摸雅各那火燙的肌膚不同，但這更舒服，更自然。

然後，他把手指非常緩慢地滑下我的臉，輕輕地從我的下巴畫到我的咽喉，然後一路下到我的腰。我的眼睛微微翻到了腦後。

「妳**非常**柔軟。」

他的手指如同絲綢般貼著我的皮膚，因此我明白他的意思。

「至於味道，嗯，我無法說我**想念**它。妳還記得在我們打獵時那些登山客的氣味嗎？」

「我極力試著不要去記得。」

「想像去親吻的感覺。」

我的喉嚨瞬間著火，就像點燃熱氣球的核心一樣。

「**噢**。」

「正是如此。因此，答案是不。我純粹充滿了喜樂，因為我**沒有錯失任何東西**，如今沒有人比我擁有更多。」

我正要告訴他他的陳述中有項例外，但突然間我的嘴唇變得很忙。

當外面的小池塘隨著太陽升起轉變成珍珠的顏色，我想到了另一個問題問他。

「這會持續多久？我是說，卡萊爾和艾思蜜，艾密特和羅絲莉，艾利絲和賈斯柏——他們並未整天都鎖在自己的房間裡。他們整天都在大家面前，穿戴整齊。難道這……**渴望**不會減少嗎？」

我扭動著自己讓他更深入——老實說，還真是個成就——好讓我話裡的意思顯得更清楚明白。

「那很難說。每個人都不一樣，再說，嗯，迄今為止，妳是眾人之中最不同的一個。一般的年輕吸血鬼都會有一段時間太迷戀於飢渴，而無法注意到其他的事。那似乎對妳並不適用。不過，一般的吸血鬼在過了第一年之後，其他的需要會找上他們。無論是飢渴還是其他的慾望，都不會真正的**消褪**。簡單而言，就是得學著去平衡它們，學會區分優先順序並設法……」

「多久？」

他笑了，稍微皺了皺他的鼻子。「羅絲莉和艾密特是最糟糕的。整整十年，我都沒辦法忍受待在他們所在之處方圓五哩之內。就連卡萊爾跟艾思蜜也覺得吃不消。他們最後終於把那對快樂佳偶踢出去。艾思蜜也是幫他們蓋了棟房子。比這棟要大許多，不過，當然艾思蜜知道羅絲喜歡什麼，並知道妳喜歡什麼。」

「這樣啊，那等十年之後呢？」我很確定羅絲莉和艾密特一點也不能跟我們比，但如果我會遠超過十年，那聽起來似乎太狂妄了。「大家都恢復正常了？像他們現在這樣？」

愛德華又笑了。「嗯，我不確定妳說的正常是什麼意思。妳過去是以相當人類的方式看我的家人過生活，而且妳晚上都在睡覺。」他對我眨眨眼。「當妳不用睡覺時，多出來的時間簡直無法計數。它能讓妳很容易就去平衡妳的……興趣。我為什麼會是家裡最好的音樂家，為什麼——除了卡萊爾之外——我是讀最多書的人，幾乎讀了所有的科學，對大部分的語言都說得很流利……是有道理的。艾密特會要妳相信，我之所以知道那麼多是因為我會讀心術，但事實真相是，我有**許多**空閒。」

我們一起大笑，而這大笑的動作對我們仍結合在一起的身體做了有趣的事，有效地終止了這項交談。

chapter 25

幫大忙

雅各仍為愛德華的指責而苦惱萬分，

但我的問題似乎並不困擾他。

「放輕鬆，貝拉。我沒告訴他任何妳不打算告訴他的事。」

「但他要來這裡！」

過了好一陣子之後，愛德華才提醒我——我的優先順序。

他只說了一個名字。

「芮妮思蜜……」

我嘆氣。她很快就要醒了，一定快要早上七點了吧。她會找我嗎？突然地，某種近乎恐慌的感覺令我整個身體僵硬起來。她今天看起來會是什麼樣子？

愛德華完全感覺到我心煩意亂的壓力。「沒事的，吾愛。穿好衣服，我們兩秒鐘就回到大屋裡了。」

我看起來大概很像卡通片，先是跳了起來，然後回頭看他——他鑽石般的身體在射入的光線中散發著淡淡的閃光——再看向西方，芮妮思蜜等待之處，然後又轉回來看他，再轉過去看她，我的頭在半秒之內左右轉了五六次。愛德華露出微笑，但沒有大笑出聲；他是個堅強的人。

「這全關乎於取得平衡，吾愛。妳對這一切適應得這麼良好，我想不要多久妳就能把每件事看清楚並安排好。」

「我們有一整夜，對嗎？」

他的笑容變得更深。「如果不是這樣，妳以為我能受得了現在讓妳去穿衣服嗎？」

這句話足以讓我度過白天這幾個小時。我會平衡這排山倒海、具毀滅性的慾望，好讓自己能成為一個好的——要想到那個字還真難。雖然芮妮思蜜在我生命中非常真實且必不可少，我仍然很難想像自己是個**母親**。不過，我猜，任何人在沒有九個月來適應這概念的情況下，都會有同樣的感覺。而且這小孩每個小時都在改變。

想到芮妮思蜜速度飛快的生命，馬上再次讓我充滿壓力。直到我發現艾利絲做了什麼之前，我甚至沒有在那裝飾華麗的雙重門前停下來喘口氣。我一頭衝進去，打算穿我摸到的第一件衣服——早該料到事情不會這麼簡單的。

「哪一件是我的？」我嘶吼。正如愛德華所言，這房間比我們的臥室還大。它有可能比整個房子其餘所有的房間加起來還大，不過我得用步伐丈量過才能確定。我腦中短暫閃過艾利絲試著說服艾思蜜別理會古典、典雅的比例分配，並容許這樣的怪物存在的畫面。我很好奇艾利絲這次是怎麼贏的。

每一樣東西都包在嶄新、白色的保護衣物用的塑膠套裡，一排接一排接一排地掛著。

「就我所知，除了這一桿之外，」他碰觸門左邊延伸了半面牆的一根桿子，「其餘所有的都是妳的。」

「所有這全部？」

他聳聳肩。

「艾利絲。」我們一起說出口。他說她名字的口氣像是解釋；我說她名字的口氣則像是感嘆語。

「好吧。」我咕噥著，拉下最近的一個衣袋的拉鍊。在我看見裡面那長到拖地的絲質禮服——嬰兒的嫩粉紅色，我屏著氣低聲咆哮。

要找到某件正常的衣服來穿，可能要花上一整天！

「我來幫妳。」愛德華提出建議。他很小心地嗅聞空氣，跟隨某種氣味走到這長長房間的另一頭，那裡有個壁櫥。他再次嗅聞，然後打開一個抽屜，露出勝利的笑容，拿出一件雪洗處理的藍色牛仔褲。

我掠到他身邊。「你是怎麼做到的？」

「跟所有的東西一樣，牛仔布有它自己的味道。再來……彈性棉？」

他跟隨他的鼻子走到一個架子的一半，挖出一件長袖的白色T恤，然後扔過來給我。

「謝了。」我熱情地說。我對這兩件布料深深吸氣，記住這個氣味，好幫助我將來在這令人發瘋的房間裡搜尋衣服。我記得絲綢的味道，我會避開它們。

他才花了幾秒就找好他的衣服穿上——若不是我見過他沒穿衣服的樣子，我會發誓沒有任何人比穿著卡其褲與米色套衫的愛德華更俊美——然後他牽起我的手。我們一個箭步穿過隱藏的花園，輕巧躍過石牆，以致命的衝刺速度直奔進森林。我掙脫他的手，好讓我們可以賽跑回去。這次他贏了我。

芮妮思蜜已經醒了；她坐在地板上玩著一堆扭曲了的銀器，羅絲跟艾密特在看顧她。她右手上拿著一把歪七扭八的湯匙，當她一透過玻璃看見我，她立刻把湯匙拋在地上——在地板上留下一個凹痕——專制地指著我的方向。她的觀眾都笑起來；艾利絲、賈斯柏、艾思蜜和卡萊爾都坐在沙發上看著她，彷彿她是最使人全神貫注的電影。

他們的笑聲才起，我已經跨進門，跳過房間，同時伸手將她從地板上抱起來。我們對彼此露出大大的笑容。

她是有不同，但變化不大。又再長高了一點，她的比例從嬰兒逐漸挪往小孩的模樣。她的頭髮長了四分之一吋，鬈髮隨著每個動作像彈簧一樣跳動。回來的路上我讓自己的想像力越想越誇張，我想像的比這還糟。感謝我過度的恐懼，這些小改變簡直是個安慰。即使沒有卡萊爾的測量，我都可以確定改變比昨天更慢了。

芮妮思蜜拍拍我臉頰，我瑟縮了一下。她又餓了。

「她醒了多久？」我問，同時愛德華閃進往廚房的門。我確定他在跟我一樣清楚看見她剛才想的東西後，是去幫她準備早餐。我很好奇，如果他是唯一一個認識她的人，他有沒有可能注意到她的小怪癖。對他而言，這大概就像聽見任何人一樣。

「才幾分鐘。」羅絲莉說：「我們本來是要打電話找你們的。她一直問起妳——**要求傳喚**可能是個比較好的描述。艾思蜜犧牲了她第二好的銀餐具給這小怪物有東西好玩。」羅絲對著芮妮思蜜笑著，那股心滿意足的喜愛之情，讓話中的批評完全無足輕重。「我們不想要……呃，打擾你們。」

羅絲莉咬著唇把頭轉開，試著不要笑出來。我可以感覺到艾密特在我背後的悶笑，傳送出的震動穿透了這房子的地基。

我不肯低頭。「我們會馬上把妳的房間準備好。」我對芮妮思蜜說：「妳會喜歡那小屋的。它真是魔法。」我抬眼望向艾思蜜。「非常謝謝妳，艾思蜜。它真是太完美了。」

在艾思蜜能回答之前，艾密特又笑了——這次不是悶著無聲的。

「所以那房子還在啊？」他設法在竊笑之間說出話來。「我還以為你們兩個這時已經把它夷為平地了。那你們昨晚是在做什麼？討論國會的辯論嗎？」他的話語伴隨著大笑。

我咬緊牙關，提醒自己發脾氣會招來昨天的負面後果。當然，艾密特沒有賽斯那麼容易受傷……

想到賽斯讓我想起來。「今天狼人都到哪去了？」我瞥向玻璃牆外，跟我們之前進來時一樣，沒有利雅的蹤跡。

「雅各今天早上很早就走了。」羅絲莉告訴我，眉頭微微皺起。「賽斯跟著他走的。」

「什麼事讓他那麼苦惱？」愛德華邊走進客廳裡邊問，手上拿著芮妮思蜜的杯子。羅絲莉記憶中所呈現的，一定比我在她臉上神情中看見的多。

我閉住呼吸，把芮妮思蜜遞過去給羅絲莉。也許我有超強的自我控制力，但我絕不可能親自餵她。還不能。

「我不知道——也不在乎。」羅絲莉抱怨，不過她更完整地回答愛德華的問題：「他看著妮思睡覺，嘴巴就跟白痴一樣張開著，是說他本來就是白痴，然後他突然毫無緣故地跳起來——我反正注意到了——然後衝出去。**我**是很高興能擺脫他，他越常留在這裡，我們越不可能有機會把這股臭味去掉。」

「羅絲。」艾思蜜溫和地斥責著。

羅絲莉撥了下她的頭髮。「反正沒關係，我們不會在這裡待很久了。」

「我還是認為我們該直接去新罕普夏，把事情都安排好。」艾密特說，顯然在繼續稍早的話題。「貝拉已經在達特茅斯註冊了。情況看來她已經不需要花很多時間才能搞定學校的課業。」他轉過來面對我，臉上帶著戲弄的笑容。「我很確定妳會是全班第一……顯然夜裡除了讀書之外，沒有別的事會讓妳覺得有興趣。」

羅絲莉咯咯笑起來。

別失控發脾氣，別失控發脾氣。我默默催眠自己，對自己能保持頭腦清醒感到很驕傲。

所以當愛德華失控時，我非常驚訝。

他咆哮——很突然、驚人的一聲惱怒聲——臉上翻騰著一股猶如暴風雨的烏雲般最黑暗的狂怒。

在我們任何人能反應之前，艾利絲站了起來。

「他在**幹麼**？那隻**狗**做了什麼事，抹去了我對這一整天的計畫？我**所有的東西**都看不見了！不！」她對我瞥來痛苦的一眼。「看看妳！妳**需要**我好好教導妳該怎麼善用妳的衣櫥。」

有那麼一秒，我很感激雅各正在做的事，無論那是什麼事。

接著愛德華雙手緊握成拳，他咆哮道：「他跟查理談過了，他認為查理正跟著他。來這裡。今天。」

艾利絲以她那顫動、淑女般的聲音說了個字，聽起來真怪，接著她便快速行動，從後門飛奔出去。

「他告訴查理？」我驚叫。「但是——他難道不明白？他怎麼能這麼做？」查理**不能**知道我的情況！不能知道關於吸血鬼的事！那會讓他登上被暗殺的名單，即使是庫倫家也無法救他。「不！」

愛德華咬著牙說：「雅各現在快要進來了。」

東邊遠處一定又開始下雨了。雅各進門時像狗一樣猛甩著他濕淋淋的頭髮，水滴彈跳到白色的地毯和沙發上，顯出圓形的灰色小點。他的白牙對照著深色的唇閃閃發亮；他的雙眼光彩爍爍，充滿興奮。他一跳一跳地走著，好像他對摧毀我父親的生命感到很亢奮。

「嗨，大家好。」他問候我們，咧著嘴笑。

完全沉靜無聲。

利雅和賽斯跟在他後面悄悄進來，這時都是以人形姿態出現；他們的手都因為室內的緊張而開始顫抖。

「羅絲。」我說，把雙手伸出去。羅絲莉沉默地把芮妮思蜜遞給我。我把她貼緊自己毫無動靜的心臟，抱著她像個對抗衝動的護身符。我會把她抱在懷中，直到確定我要殺雅各的決定完全是根據理性的判斷而非狂怒。

她完全不動，觀看與聆聽。她懂多少？

「查理很快就會到了。」雅各輕鬆地對我說：「我只是領先一步。我想艾利絲已經幫妳準備了太陽眼鏡一類的東西？」

「你想得**太過頭**了。」我咬著牙說：「你．**幹了**．什麼．好事？」

雅各的笑容動搖了，但他仍舊太興奮而無法認真回答：「今天早上金髮妞跟艾密特把我吵醒，他們一直講著你們要搬到東岸去，好像我能讓你們走似的。查理是最大的原因，不是嗎？好，問題解決了。」

「你到底**明不明白**自己做了什麼？你讓他陷入什麼樣的危險裡？」

他嗤鼻說：「我沒讓他陷入危險裡，只除了那危險是妳。但妳擁有某種自我控制的超能力，不是嗎？說實話，要是妳問我，我會覺得那沒有讀心術那麼棒，沒那麼令人興奮。」

接著愛德華行動了，一個箭步穿過房間逼到雅各面前。雖然他比雅各矮了半個頭，雅各卻後退避開他驚人的憤怒，好像愛德華對他當頭罩下似的。

「那只是個**理論**，雜種狗。」他咆哮：「你認為我們應該拿**查理**來做實驗嗎？就算她能抗拒，你想過這會讓貝拉身陷何等的肉體痛苦中？或情感的痛苦，若她抗拒不了的話？我猜無論貝拉發生什麼事，你都不在乎了！」他吐出最後一句。

芮妮思蜜焦慮地把手指貼著我的臉頰，焦慮為她腦中的回想添上了色彩。

愛德華的話終於擠進雅各怪異興奮的情緒裡。他嘴巴張開，眉頭皺起：「貝拉會身陷痛苦中？」

「就像你把一根燒得白熱的鐵條直插進她喉嚨裡一樣！」

我瑟縮，想起了純人血的味道。

「我不知道這點。」雅各低聲說。

「那麼你應該要先問才對。」愛德華咬著牙咆哮。

「那你會阻止我。」

「你本來**就該**被阻止——」

「這不是關乎我。」我打斷他們。我動也不動，抱緊芮妮思蜜並保持理智。「這是關乎查理，雅各。你怎麼能用這種方式讓他陷進危險裡？你知不知道，現在他也面臨若不變成吸血鬼就是死路一條的命運？」我的聲音伴隨再也無法流下的眼淚顫抖著。

雅各仍為愛德華的指責而苦惱萬分，但我的問題似乎並不困擾他。「放輕鬆，貝拉。我沒告訴他任何妳不打算告訴他的事。」

「但他要來這裡！」

「對，我的用意就是這樣。妳不是打算過讓他自己去猜，然後有可能整個猜錯嗎？我想我提供了一個很好的轉移注意力的題材，至少我自認為是這樣。」

我的手指從芮妮思蜜身上鬆開，為了安全我又抓回去。「有話直說，雅各。我沒耐心跟你打啞謎。」

「我沒告訴他有關妳的任何事，貝拉，幾乎沒說。我告訴他有關**我自己**。嗯，**表演**或許是個比較好的動詞。」

「他在查理面前變身。」愛德華嘶聲說。

我低語：「你做了**什麼**？」

「他真勇敢，跟妳一樣勇敢，沒昏倒或嘔吐之類的。我得說，我真是印象深刻。不過，當我開始脫衣服的時候，妳真該看看他當時臉上的表情，真是無價。」雅各咯咯笑說。

「你這**大白痴**。你有可能害他爆發心臟病！」

「查理好的很，他很堅強的。如果妳肯給一分鐘讓我說明這事的話，妳會知道我幫了妳多大一個忙。」

「你可以有半分鐘，雅各。」我的聲音平板冷硬。「在我把芮妮思蜜交給羅絲莉，然後把你那顆倒楣的腦袋摘下來之前，你有三十秒的時間。這次賽斯一定無法阻止我。」

「老天！貝拉。妳以前不是這麼戲劇化的，這是吸血鬼才有的毛病嗎？」

「二十六秒。」

雅各翻了翻白眼，一屁股跌進最近的一張椅子裡。他的小狼群移動，站到他兩側護著他，一點也不像他看起來的那麼輕鬆；利雅的眼睛盯著我，牙齒微露。

「好，今天早上我去敲了查理的門，請他陪我散個步。他很困惑，但當我告訴他是有關妳的事，妳已經回到鎮上了，他便隨著我走進樹林裡。我告訴他妳的病已經好了，但事情變得有點怪，不過是往好的方向。他馬上就想要來見妳，但我告訴他我得先讓他看一樣東西。然後我就變身了。」雅各聳聳肩說。

我的牙齒感覺像是有支虎頭鉗把它們緊緊夾在一起。「你這怪物，我要每一句對話。」

「喂，是妳說我只有三十秒的啊——好，好。」我的表情一定說服了他，我現在沒心情開玩笑。「讓我想想……我變回來並穿上衣服，然後當他開始又能呼吸之後，我大概說了這樣的話：『查理，你不是活在你所認為的那個世界裡。好消息是，任何事都沒有改變——只除了現在你知道了。日子會照樣繼續過下去，你可以馬上假裝你不相信所有這一切。』

他花了一分鐘才釐清並恢復神智，他想知道妳究竟發生了什麼事，整件罕見疾病之類的事。我告訴他妳是真的生了病，但妳現在好了——只不過妳在康復的過程中發生了一點變化。他想要知道我說的『變化』是什麼意思，而我告訴他，現在妳看起來比較像艾思蜜而非芮妮。」

愛德華發出憤怒的嘶聲，而我驚恐地瞪著他；事情正朝危險的方向前進。

「過了幾分鐘，他問，非常小聲地問，妳是不是也變成動物了。而我說：『她只能希望她也變得這麼酷！』」雅各輕聲笑說。

羅絲莉發出一陣作嘔的聲音。

「我開始告訴他更多有關狼人的事，但我還沒把狼人二字說完——查理就打斷我，說他『寧可不知道細節。』然後他問，當妳嫁給愛德華的時候，曉不曉得自己是牽扯進怎樣的事情裡，而我說：『當然，她知道這一切已經很久了，打她一來到福克斯就曉得。』對於**那點**，他不是很高興。我讓他發火咆哮完所有他想講的，等他冷靜下來之後，他只想要兩件事。他想要見妳，而我說他最好讓我先走一步，前來解釋一下。」

我深吸一口氣。「另一件他想要的事是什麼？」

雅各露出微笑：「這妳一定喜歡。他主要的要求是，**所有**這一切他知道得越少越好，如果不是絕對重要到一定得讓他知道，那麼你們自己保密就可以。只讓他知道有必要知道的。」

自從雅各進門，我頭一次感到鬆了一口氣。「這部分我能處理。」

「在這之外，他只想假裝事情都很正常。」雅各的微笑轉變成得意洋洋；他一定猜測我現在應該開始感覺到淡淡的感激之情在翻攪了。

「對於芮妮思蜜，你又跟他說了什麼？」我努力維持自己如刀鋒般的尖銳語氣，抗拒著不情不願的感激。這一刻來得太早，這情況還有很多不適合之處。即使雅各的介入，在查理的事上帶來比我敢期望的還要好的回應……

「噢，對。我告訴他妳和愛德華多了一張嘴要餵。」他瞥了愛德華一眼。「妳是這孤兒的監護人——就像布魯斯．韋恩和迪克．葛理森（註16）一樣。」雅各嗤鼻笑說：「我想妳不介意我說謊。這是整個遊戲的一部分，對吧？」由於愛德華沒有反應，所以雅各繼續說：「這時候已經沒有什麼事能讓查理嚇到了，不過他的確問了你們是不是領養了她。他實際上說的是『像是女兒一樣？像是我已經當了祖父？』我告訴他是的。『恭喜你當了爺爺』之類的。他甚至還露出了一點微笑。」

那股刺痛又冒上我的雙眼，但這次不是出於恐懼或痛苦。查理為自己當了祖父這念頭露出笑容？查理會見到芮妮思蜜？

「但是她變得好快。」我低聲說。

「我告訴他，她比我們所有的人加在一起還特別。」雅各用柔和的聲音說。他站起來並直接走到我面前，同時在利雅跟賽斯起步跟上來時，揮手要他們退下。芮妮思蜜朝他伸出手，但我把她抱得更緊。「我告訴他：『相信我，你不會想知道細節。如果你能忽略所有奇怪的地方，你將會驚奇萬分。她是全世界最奇妙的一個人。』然後我告訴他，如果他可以應付這情況，你們大家都會繼續住上一陣子，他就會有機會多認識她。但如果這超過他所能承受的，你們會離開。他說只要沒有人強迫他知道太多訊息，他可以應付得來

註16　蝙蝠俠和羅賓。

的。」

雅各半笑不笑地凝視我，等著。

「我不打算跟你道謝。」我告訴他：「你仍然使查理陷入極大的危險。」

「我**真的**很抱歉那會傷害妳，我不知道情況會是那樣。貝拉，如今我們之間的情況不同了，但妳永遠都是我最好的朋友，我永遠都愛妳。現在我會以正確的方式愛妳了。所有一切終於有了個平衡。我們**雙方**都有了不能缺少而活的人了。」

他露出他那最雅各式的笑容：「還是朋友？」

雖然極力抗拒，我還是對他微笑以對。只是一個小小的笑。

他伸出手，表現誠意。

我深吸口氣並把芮妮思蜜的重量挪到一邊手上。我把左手放進他手中——他甚至沒有因為我肌膚冰冷的感覺而退縮。「如果我今晚沒殺了查理，我會考慮原諒你做了這件事。」

「**當**妳今晚沒殺了查理，妳可欠了我一個大人情。」

我翻了翻白眼。

他對芮妮思蜜伸出另一隻手，這次是要求：「我可以抱嗎？」

「事實上，我之所以抱著她，是讓自己的雙手無法空出來宰了你，雅各。也許等會再說吧。」

他嘆了一口氣，但是沒逼我。算他聰明。

這時艾利絲從後門衝進來，兩手拿滿東西，神情十分不善。

「你，你，還有妳。」她瞪著狼人怒道：「如果你們一定要留下來，去那邊角落待著，一陣子別亂跑。我需要**看得見**。貝拉，妳最好也把寶寶給他，反正妳需要雙手做事。」

雅各露出勝利的笑容。

當我明白該做的事將有多麼巨大時，純粹的恐懼撕扯過我的胃。我將要把我親生父親的命拿來像隻實驗天竺鼠似的和我可疑的自我控制能力相賭。愛德華稍早說的話再次湧進我耳裡。

就算她能抗拒，你想過這會讓貝拉身陷何等的肉體痛苦中？或情感的痛苦，若她抗拒不了的話？

我無法想像失敗的痛苦，我的呼吸開始急促起來。

「你抱她。」我低聲說，將芮妮思蜜滑進雅各臂彎裡。

他點頭，憂慮使他的眉頭全皺在一起。他朝其他人比了個手勢，他們全都走到房間最遠的角落去。賽斯和雅各都一屁股坐在地板上，但利雅搖了搖頭，噘起嘴。

「我可以離開嗎？」她發牢騷。她看起來對自己的人形感覺很不舒服，身上穿著跟她有一天對我尖叫時同樣的髒T恤跟棉短褲，她的短髮一撮一撮不規則地矗立著。她的手還在抖。

「當然可以。」雅各說。

「待在東邊，這樣妳才不會跟查理碰上。」艾利絲加上一句。

利雅沒看艾利絲；她巧妙地避開大家跑出後門，衝進樹叢裡去變身。

愛德華回到我身邊，撫摸我的臉。「妳辦得到的。我知道妳可以。我會幫助妳；我們都會。」

我迎上愛德華的視線，眼裡、臉上盡是驚慌。如果我做錯一步，他夠強壯到足以阻止我嗎？

「如果我不相信妳能應付，我們會今天就消失，此刻就走。但妳可以。並且，如果妳可以在妳人生中有查理參與，妳會比較快樂。」

我試著讓自己的呼吸慢下來。

艾利絲伸出手來。在她手掌中有個白色小盒子。「這些會讓妳的眼睛不舒服——它們不會傷害妳的眼睛，但會使妳的視線不清楚。很討厭的。它們也不符合妳眼珠以前的顏色，但總好過血紅色，對吧？」

她把隱形眼鏡盒拋過來，我伸手抓住。

「妳什麼時候——」

「在妳離開去度蜜月之前。我為幾個可能的將來情況做了準備。」

我點頭並打開盒子。我從來沒戴過隱形眼鏡，但那不難。我拿起那片二十五分錢大小的棕色鏡片，凹面朝內，塞進我眼睛裡。

我眨眨眼，一片薄膜擋住了我的視線。當然，我可以透過它視物，但我也可以看見這片薄膜的質地，我的眼睛一直盯著上頭的刮痕和弧彎的部分。

「我懂妳的意思了。」我邊喃喃說，邊把另一片戴上。這次我試著不眨眼睛，我的眼睛立刻想要把這障礙物驅逐出去。

「我看起來怎麼樣？」

「漂亮極了。當然——」

「是啊，是啊，她永遠看起來都很漂亮。」艾利絲不耐煩地幫他講完。「比紅色好得多，不過這是我所能給予的最高讚賞。泥巴棕。妳的棕色要比這漂亮多了。記住，這些眼鏡無法一直維持——妳眼睛中的毒液會在幾個小時內把它們融解掉。所以，如果查理待的時間比較長，妳得找個藉口去更換它們。反正這是個好主意，因為人類需要休息上廁所。」她搖搖頭。「艾思蜜，在我去給化妝室儲備隱形眼鏡時，妳給她一點表演當人類的忠告吧。」

「我有多少時間？」

「查理大概五分鐘後會到。簡單直接就好。」

艾思蜜點一下頭，過來拉起我的手。「最主要的一點，不要坐著靜止不動太久，或移動太快。」她告訴我。

「如果他坐下，妳也坐下。」艾密特插嘴說：「人類不喜歡一直站著。」

「讓妳的眼睛每三十秒左右左顧右盼一下。」賈斯柏補充說：「人類不會盯著一個東西看太久。」

「每五分鐘翹一下妳的腿，然後下個五分鐘換成交叉妳的腳踝。」羅絲莉說。

對每項建議我都點了下頭。我昨天就注意到他們會做某些這類動作。我想我可以模仿他們的動作。

「還有至少每分鐘眨眼三下。」艾密特說。他皺眉，然後一個箭步衝到放在桌邊的電視遙控器。他把電視轉到大學足球聯賽，然後對自己點了下頭。

「也要動動妳的手。朝腦後撥動妳的頭髮，或假裝伸懶腰什麼的。」賈斯柏說。

「我說只有艾思蜜。」艾利絲邊走回來邊抱怨：「你們會令她頭昏腦脹。」

「不，我想我都記下了。」我說：「坐下，左顧右盼，眨眼，動來動去。」

「對。」艾思蜜稱許，摟了摟我的肩膀。

賈斯柏皺眉說：「妳得盡可能屏住呼吸，但妳需要微微移動妳的肩膀，讓它**看起來**像妳在呼吸。」

我吸一口氣，然後再次點頭。

愛德華摟住我另一邊。「妳辦得到的。」他重複在我耳邊喃喃低語鼓勵的話。

「兩分鐘。」艾利絲說：「也許妳該從在沙發上坐好開始。畢竟，妳才生過病，這樣他就不會在一開始時看到妳移動正確與否。」

艾利絲把我拉到沙發。我試著移動得慢一點，讓自己的手腳笨拙一點。她翻翻白眼，所以，我一定表演得還不錯。

「雅各，我需要芮妮思蜜。」我說。

雅各皺眉頭，但沒動。

艾利絲搖搖頭。「貝拉，那對我的預見沒有幫助。」

「但我需要她，她能幫助我鎮定。」我聲音中的恐慌清楚可聞。

「好吧。」艾利絲咆哮。「抱著她盡量別讓她亂動，我會**嘗試**繞過她觀看。」她疲倦地嘆口氣，好像她被要求在假日加班工作似的。雅各也嘆口氣，但把芮妮思蜜抱來給我，然後在艾利絲的怒視下趕快退回去。

愛德華在我旁邊坐下，用雙手環抱住我和芮妮思蜜。他靠過身來，非常嚴肅地看著芮妮思蜜的雙眼。

「芮妮思蜜，有個很特別的人要來看妳和妳媽媽。」他用嚴肅的語調說，彷彿期待她聽懂他說的每個字。她懂嗎？她用清楚、嚴肅的雙眼回望著他。「但是他跟我們不一樣，甚至也不像雅各。我們跟他在一起的時候要很小心，妳不應該用告訴我們事情的方式告訴他。」

芮妮思蜜碰碰他的臉。

「一點也沒錯。」他說：「還有，他會讓妳口渴，但妳一定不能咬他，他不會像雅各一樣好很快。」

「她聽得懂你說的嗎？」我低聲問。

「她懂。芮妮思蜜，妳會很小心的，對不對？妳會幫助我們。」

芮妮思蜜再次碰觸他。

「不，我不在乎妳是不是咬雅各。那沒關係。」

雅各輕笑起來。

「也許你該離開，雅各。」愛德華冷冷地說，怒視著他的方向。愛德華沒有原諒雅各，因為他知道，無論現在發生什麼事，我都將會受到傷害。但我很高興地接受燒灼的痛苦，如果那是今晚所會發生最糟的事的話。

「我告訴查理我會在這裡。」雅各說：「他需要道德上的支持。」

「道德上的支持，」愛德華嘲弄道：「就查理所知，你是我們眾人當中最令人憎惡的怪物。」

「憎惡？」小各抗議，然後他悄悄地對自己笑起來。

我聽見車子轉離高速公路，進入庫倫家安靜、潮濕泥地的車道，我的呼吸又不穩起來。我的心應該要狂跳，我的身體沒有正確的反應，令我感到焦慮。

我專注在芮妮思蜜穩定輕敲的心跳上來鎮定自己。這很快就生效了。

「幹得好，貝拉。」賈斯柏稱許地說。

愛德華摟緊了我的肩膀。

「你確定？」我問他。

「非常肯定。妳能做到**任何事**。」他微笑說，並親吻我。

這不全然只是在唇上輕輕一啄，而我狂野的吸血鬼反應再次冷不防襲擊我。愛德華的唇像某種令人上癮的化學藥品，直貫入我的神經系統裡。我立刻渴望更多。我得全神貫注才能記得我手裡還有個寶寶。

賈斯柏感覺到我的情緒改變了。「呃，愛德華，這時候你最好不要用這種方式來讓她分心。她需要集中注意力。」

愛德華退開。「要命。」他說。

我笑了。打從最開始，從第一個吻開始，那就是**我**要講的。

「稍後再繼續。」我說，期待在我的胃裡糾結成一團。

「專心，貝拉。」賈斯柏提醒著。

「對。」我把那顫動的感覺推開。查理，才是此刻的主要大事。保護查理今天平安無事。我們會有一整晚的時間……

「貝拉。」

「對不起，賈斯柏。」

艾密特大笑。

查理的巡邏車聲音越來越近。輕率的時刻過去，大家都靜止下來。

我翹起腳，練習眨眼。

車子停在屋前，空轉了幾秒。我懷疑查理是不是跟我一樣緊張。接著引擎關上了，然後是門甩上的聲音。三步走過草坪，然後是踏上木階的八聲迴響，再四步走過前廊。接著一片寂靜。

查理深吸了兩口氣。

叩、叩、叩。

我深吸了也許是最後一口氣。芮妮思蜜更深地窩進我懷裡，把臉藏在我頭髮裡。

卡萊爾去應門，他緊張的神情像電視頻道換臺一樣，變成歡迎的表情。

「哈囉，查理。」他說，顯出恰當的不好意思的樣子。畢竟，我們人應該在亞特蘭大的疾病管制中心。

查理知道他被騙了。

「卡萊爾。」查理僵硬地跟他打招呼。「貝拉在哪兒？」

「我在這裡，爸。」

唉呀！我的聲音太不對頭了。還有，我用掉了肺中的一些空氣。我迅速地吸了一口，很高興查理的味道還沒浸透整個房間。

查理空白的表情告訴我，我的聲音有多不對勁。他的雙眼鎖定我，然後大睜。

我看著各種情緒滾過他的臉。

震驚、難以置信、痛苦、失落、恐懼、憤怒、懷疑、更多的痛苦。

我咬住嘴唇，感覺好怪。我的新牙齒咬在我花崗岩般的皮膚上，感覺比我人類的牙齒咬在我人類柔軟的嘴唇上還更銳利。

「這是妳嗎？貝拉。」他低語。

「是啊。」我那美妙的聲音令我畏縮。「嗨，爸。」

他深吸了口氣好穩定自己。

「嗨，查理。」雅各從角落裡向他打招呼。「事情都好吧？」

查理怒瞪了雅各一眼，對想起的記憶打了個冷顫，然後又回頭凝視我。

慢慢地，查理走過房間，直走到我前面幾步之處。他對愛德華射去指控的一眼，然後立刻閃回我身上。他體溫的暖度隨著他每一下心跳襲擊著我。

「貝拉？」他又問了一次。

我降低聲調說話，試著讓銀鈴聲別那麼明顯。「真的是我。」

他的下巴繃緊。

「我很抱歉，爸。」我說。

「妳還好嗎？」他問。

「好的不得了。」我保證：「健康得像匹馬。」

就這樣，我的氧氣用完了。

「小各告訴我這是……必要的，說妳快死了。」他說這話，像他一點也不信。

我挺住，集中精神在芮妮思蜜溫暖的重量上，靠向愛德華尋求支持，然後深吸了一口氣。

查理的氣味真是一股烈焰，直貫下我的喉嚨。但它遠不止是痛，它還是一股尖銳刺痛的欲望。查理比任何我曾想像過的東西都更美味可口。那些在打獵途中遇上的不知名的登山客十分吸引人，但查理是雙倍的誘人。而且他只在幾步遠，在乾燥的空氣中散發著令人滿口生津的潮濕熱氣。

但我現在不在打獵，並且這人是我父親。

愛德華同情地捏捏我肩膀，雅各從房間那頭對我投來抱歉萬分的一眼。

我試著整頓好自己，不理會那疼痛與飢渴的渴望。查理正等著我回答。

「雅各跟你說的是真的。」

「那至少還有一人說真話。」查理咆哮。

我希望查理能越過我新臉孔表面上的改變，看見底下的自責。

在我頭髮底下，芮妮思蜜嗅著她也發現的查理的味道。我抱緊了她。

查理看見我焦慮地往下一瞥，視線便也跟著。「噢。」他說，臉上所有的怒氣退去，露出震驚。「這就是她。雅各說的妳們領養的孤兒。」

「我姪女。」愛德華流暢地撒謊。他一定下了決心，因為芮妮思蜜跟他之間有太多相像之處，是旁人無法忽略的，最好從一開始就說他們之間有親戚關係。

「我以為你失去了所有的家人。」查理說，聲音裡又恢復了指責。

「我失去了父母。我哥哥跟我一樣，也被領養了。父母過世後我就再也沒見過他。但是當他跟他妻子死於車禍，留下舉目無親的獨生女，法院找到了我。」

愛德華對此真是在行啊。他的聲音平穩，帶著絲毫不差的一點無辜。我得多多練習，好讓自己能做到那樣。

芮妮思蜜從我頭髮底下往外瞄，再次嗅聞。她害羞地從她長長的睫毛底下偷瞄查理，然後再次躲起來。

「她很……她很，嗯，她很漂亮。」

「是的。」愛德華同意說。

「不過，這是很大的責任。你們兩人才剛開始一起生活。」

「要不然我們能怎麼辦？」愛德華的手指輕撫過她臉頰。我看見他碰了她嘴唇一下下——是個提醒。

「你會拒絕收養她嗎？」

「啊，喔。」他心不在焉地搖了搖頭。「小各說你們叫她妮思？」

「不，我們不這麼叫。」我說，聲音變得太尖銳。「我們叫她芮妮思蜜。」

查理重新注意我。「妳覺得這主意怎麼樣？也許卡萊爾和艾思蜜可以——」

「她是我的。」我打斷他：「我**要她**。」

查理皺眉。「妳要讓我這麼年輕就當外公？」

愛德華微笑說：「卡萊爾也當了祖父啊。」

查理懷疑地瞥了仍然站在門邊的卡萊爾一眼；他看起來像宙斯年輕貌美的弟弟。

查理嗤鼻哼了一聲，接著笑起來。「我猜這讓我感覺好多了。」他的雙眼又飄到芮妮思蜜身上。「她真的是個令人目不轉睛的小傢伙。」他溫暖的呼吸輕輕吹拂過我們之間的距離。

芮妮思蜜朝那味道靠過去，抖開我的頭髮，第一次抬起整張臉看著他。查理驚喘一聲。

我知道他在看什麼。我的眼睛——他的眼睛——絲毫不差地複製在她完美的臉上。

查理的呼吸急促起來，他的唇顫抖著，我可以看見他在數著月分。他在倒著數，試著要把九個月濃縮成一個月。不想把兩者合併，卻又無法強迫眼前的證據顯示出任何道理。

雅各起身走過來，拍拍查理的背。他靠過去在查理的耳邊說話；只有查理不知道我們全都能聽見。

「少知道為妙，查理。沒事沒事。我保證。」

查理嚥了嚥，點點頭。接著他雙眼冒火，又朝愛德華跨近了一步，雙手緊握成拳頭。

「我不想知道每件事，但我受夠了謊話！」

「我很抱歉，」愛德華冷靜地說：「但你需要知道對外公開的故事，那比你知道事實還更重要。如果你要當這祕密的一部分，對外公開的故事才是算數的。這是為了要保護貝拉和芮妮思蜜，同時也保護了我們所有人。你可以為了她們而撒謊嗎？」

整個房間裡全都是雕像。我交叉我的腳踝。

查理哼了一聲，把怒視的雙眼轉向我：「妳該先給我一點警告的，丫頭。」

「那會讓整件事變得比較容易嗎？」

他皺眉，然後在我面前蹲下來。我可以看見血液在他脖子的皮膚底下流動的情形，我可以感覺到它散發出來的溫暖震盪。

同樣的，芮妮思蜜也可以。她露出笑容，同時朝他伸出一隻粉紅的小手。我把她抱回來。她用另一隻手推頂著我的脖子，她腦海中是飢渴、好奇和查理的臉。這項訊息有個微妙的邊緣，讓我認為她完全明白愛德華的話；她承認飢渴，但在意識中對它不予理會。

「哇，」查理驚嘆一聲，他的雙眼看著她長齊的牙齒。「她多大了？」

「呃嗯……」

「三個月大。」愛德華說，然後很緩慢地加上：「應該這麼說，她有三個月大小孩的身量，或多或少。她在某方面還很小，但在其他方面卻成熟得多。」

芮妮思蜜故意朝他揮揮手。

查理不由自主地猛眨眼。

雅各用手肘頂了頂他，說：「告訴你她很特別，我說過的不是嗎？」

查理瑟縮躲開那接觸。

「噢，拜託，查理。」雅各抱怨：「我還是那個一直以來就是的雅各。只要假裝今天下午的事沒發生過就好了。」

這提醒讓查理的嘴唇開始發白，但他立刻點個頭。「在這整件事裡，你**到底**扮演什麼角色，小各？」他問：「比利知道多少？你為什麼在這裡？」他看著雅各的臉，那張臉因凝視著芮妮思蜜而神采奕奕。

「嗯，我可以告訴你所有的事——比利對所有的事都一清二楚——但這當中涉及許多有關狼人——」

「噢！」查理抗議，伸手摀住了耳朵。「算了算了。」

雅各露出大大的笑容。「事情會越來越棒的，查理。只要試著別相信你所看見的每件事就好。」

我爸念念有詞說了不知道什麼。

「嗚哇！」艾密特那雄厚的低音突然出聲說：「衝呀，鱷魚隊！」

雅各和查理都跳起來。我們其餘的人全僵住。

查理回過神來，然後越過艾密特的肩膀看著。「佛羅里達贏了？」

「剛獲得第一個觸地得分。」艾密特確認說。他對我的方向拋來一眼，像個輕歌舞劇中的壞人那樣抖動眉毛。「是該有人得分的時候了。」

我抗拒著不斷吼出聲。在查理面前這樣搞笑？有點過頭了吧。

但查理已經無心注意嘲弄了。他深吸了另一口氣，彷彿要把吸入的空氣直貫腳底。我嫉妒他。他蹣跚地站起來，繞過雅各，半跌進一張敞著的椅子裡。「好。」他嘆口氣說：「我猜我們可以看看他們有沒有辦法保持領先。」

chapter 26

閃閃發亮

太陽突然穿透了雲層，
射出長長的紅與金色的光芒，照在我們十個人身上，
我立刻迷失在夕陽照在我皮膚上
所散放出來的美麗光輝，
為之目眩神迷。

「對這件事，我不知道該告訴芮妮多少。」查理遲疑著說，一隻腳已跨出門外。他伸個懶腰，接著肚子咕嚕咕嚕叫起來。

我點頭。「我知道，我不想嚇死她，還是保護她比較好。這種事心臟不強的人恐怕吃不消。」

他的嘴扭到一邊，似笑不笑。「若我知道該怎麼做的話，我也會試著保護妳的。但我猜妳永遠也不符於心臟弱的那一群，對吧？」

我也回他一笑，咬著牙吸一口燒灼的氣息。

查理心不在焉地拍拍肚子。「我會想點什麼的。我們有時間討論這件事，對吧？」

「對。」我向他保證。

就某方面來說，今天可真長，就另一方面來說，可真短。查理該去的晚餐已經遲到了——蘇・克利爾沃特為他和比利做飯。**那**會是個非常彆扭的夜晚，但至少他會有真正的東西吃；我很高興在他毫無煮飯的能力下，有人能幫忙讓他不會餓死。

一整天，緊張讓每一分鐘都過得好慢；查理從未把他繃緊的肩膀放鬆下來。但他也不急著離開。他看了整整兩場比賽——感謝老天，他看得那麼入神，完全沒注意到艾密特所提的各個笑話，每一個都意有所指且越來越跟足球比賽或賽後評論不相干，然後又看了新聞，直到賽斯提醒他時間，他才起來。

「查理，你要讓比利跟我媽一直等嗎？拜託。貝拉跟妮思明天都還會在這兒。讓我們回家吃飯，好嗎？」

從查理的眼睛可以清楚看見他不信任賽斯的看法，但他讓賽斯帶著他往外走。當他這會兒停下來時，那懷疑還在。雲層變薄，雨已經停了。太陽可能在下山的時候正好可以出來露個臉。

「小各說你們為了我想要搬走。」這會兒他是對我喃喃低語。

「如果真有別的辦法可行，我不想那麼做。那是為什麼我們還在這裡。」

「他說你們會再待一陣子，但只有在我夠堅強，並且閉嘴不說出去的情況下。」

「對……但我不能保證我們永遠不離開，爸。這事有點複雜……」

「少知道為妙。」他提醒我。

「對喔。」

「若妳必須搬走的話，妳會回來看我？」

「我保證會，爸。現在既然你知道的夠多了，我想這沒問題的。我會盡可能照你所要的保持親近。」

他咬著唇半秒，接著很慢地朝我靠過來，雙手審慎地張開。我把芮妮思蜜——這會兒正在打盹——挪到我左手上，咬緊牙，閉住呼吸，然後伸出右手臂非常輕地抱住他溫暖、柔軟的腰。

「保持真正的親近，貝拉。」他咕噥道：「真正的親近。」

「我愛你，爸。」我咬著牙低語。

他打了個寒顫，退開。我放開手。

「我也愛妳，丫頭。所有一切都能改變，這點不變。」他伸出一根手指摸摸芮妮思蜜的粉紅小臉。「她看起來真像妳。」

我保持神情輕鬆，雖然我一點也不輕鬆。「我覺得更像愛德華。」我遲疑了一下，又加上一句：「她有你的鬈髮。」

查理吃了一驚，接著嗤鼻說：「哼，猜她是有。哼，外公。」他難以置信地搖搖頭。「我會有機會抱抱她嗎？」

我震驚地眨眼，接著趕快鎮定自己。考慮了半秒並評估芮妮思蜜的模樣——她看來是完全睡著了——我覺得既然今天每樣事情都很順利，我可以把自己的運氣推到極限……

「來吧。」我說，把她遞過去給他。他立刻笨拙地擺好臂彎，我把芮妮思蜜放進去。他的皮膚沒有她的那麼燙，但感覺到在那薄薄的表層下所流動的溫暖，令我的喉嚨忍不住發癢。而我雪白肌膚稍微碰觸到他的地方，則留下雞皮疙瘩。我不敢確定那反應純粹是因為我新的體溫，或完全是心理作用。

查理感覺到她的重量時，不覺悶哼了一聲。「她可真……結實。」

我皺起眉頭。她對我感覺起來像羽毛一樣輕。也許我衡量的感受也變了。

「結實很好。」查理看見我的表情後說。接著他喃喃自語說：「被圍繞在這堆瘋狂的事當中，她需要很堅強。」他輕柔地搖晃手臂，稍微地左右搖動。「我所見過的寶寶裡，對不起啊，ㄚ頭，包括妳在內，這是最漂亮的一個。一點不假。」

「我知道你說的是。」

「漂亮的小寶寶。」他又說了一遍，但這次比較接近溫柔地低語。

我可以在他臉上看見——我可以看見它在他臉上增加。查理跟我們所有其餘的人一樣，毫無指望地落進她的魔法裡。才被抱進他懷裡兩秒鐘，她已經贏得他的心了。

「我明天可以再來嗎？」

「當然可以，爸。我們會在這裡的。」

「你們最好是在。」他說得嚴厲，但臉上的神情很溫柔，雙眼仍盯著芮妮思蜜。「明天見，妮思。」

「別你也這麼說！」

「啊？」

「她的名字是**芮妮思蜜**。就像把芮妮跟艾思蜜合併在一起。沒有別的叫法。」這次我不靠深呼吸，奮力地鎮定自己。「你想聽聽她中間的名字嗎？」

「當然。」

「卡理。C開頭。像把卡萊爾跟查理合併在一起。」

查理笑彎了眼睛，神采煥發，令我不覺失神。「謝啦，貝拉。」

「**謝謝你**，爸。好多事情變得這麼快，我的頭還在暈呢。如果我現在沒了你，我真不知道要抓住什麼來保持——保持與現實的接觸。」我差點就要說**保持住真正的我**，那大概會超過他所需要知道的。

查理的肚子又叫了。

「去吃飯吧，爸。我們還會在這裡的。」我記得那感覺，第一次浸入幻想世界的不舒服感——那種每樣東西都會在太陽升起時消失不見的感覺。

查理點頭，不太情願地把芮妮思蜜還給我。他的視線越過我望進屋裡；當他環視著大又明亮的客廳時，他的雙眼在那片刻稍微變得狂亂。除了雅各之外，每個人都在裡面，我可以聽見雅各在廚房劫掠的聲音；艾利絲坐在樓梯的最底一階，賈斯柏的頭靠在她膝上；卡萊爾低頭看著膝蓋上一本厚厚的書；艾思蜜對自己哼著歌，一邊在筆記本上塗塗寫寫，而羅絲莉與艾密特在樓梯下方拼裝著紀念卡屋的地基；愛德華已經去玩他的鋼琴，正自顧自輕輕彈奏著曲子。毫無證據顯示一天即將結束，是時間該吃飯了或做點其他的事來準備夜晚的降臨。空氣中有某種難以捉摸的東西改變了。庫倫家的人不再像過去那麼費力——人類的偽裝有那麼一點點滑落，足以令查理感覺到不同。

他打個寒顫，甩了甩頭。「明天見，貝拉。」然後皺起眉頭又加了句：「我是說，不是妳看起來……不好。我會慢慢習慣的。」

「謝謝你，爸。」

查理點點頭，若有所思地朝他的車走去。我看著他開走；直到我聽見他的車子轉上高速公路，我才明白過來，我做到了。我真的度過了這一整天，沒有獵殺查理。完全靠我自己，我一**定**具有超能力！

這簡直好得令人不敢相信。我真的能既擁有我的新家庭又同時擁有某些舊的家人？我還想說昨天是完美的一天呢。

「哇。」我低聲說，眨眨眼，感覺到第三副隱形眼鏡溶解了。

鋼琴的聲音突然停下來，接著愛德華的雙臂便環住我的腰，下巴擱在我肩膀上。

「妳從我嘴裡搶走了那個字。」

「愛德華，我辦到了。」

「妳辦到了。妳真是令人不敢相信。所有做個新手要擔心的事，妳全都把它跳過了。」他靜靜地笑著。

「我甚至無法確定她真的是個吸血鬼，更何況是新手。」艾密特從樓梯底下說。「她太**溫馴**了。」

所有他在**我父親**面前所說那些令人尷尬的評語，再次在我耳邊響起，我正抱著芮妮思蜜大概是件好事，無法讓我徹底展開行動，我屏息咆哮。

「喔喔喔，好怕啊。」艾密特笑說。

我怒嘶，芮妮思蜜在我懷裡驚醒。她眨了幾次眼睛，接著四處看看，臉上神情很困惑。她嗅了嗅，然後把手伸向我的臉。

「查理明天還會再來的。」我跟她保證。

「好極了。」艾密特說。這次羅絲莉跟他一起笑。

「不聰明喔，艾密特。」愛德華輕蔑地說，伸出手要把芮妮思蜜從我懷裡抱走。當我遲疑時，他對我眨眨眼，於是，在微微困惑下，我把孩子給他。

「你這話什麼意思？」艾密特問。

「你不覺得跟這屋子裡最強壯的吸血鬼為敵，有點不智嗎？」

艾密特把頭轉回去，嗤聲說：「**拜託！**」

「貝拉，」愛德華對我喃喃低語，同時艾密特在專心聆聽。「妳還記得幾個月前，我請妳在變成不朽之後，幫我一個忙嗎？」

那讓我模糊想起什麼。我篩過模糊的人類對話記憶，片刻之後，我記起來了，同時驚叫一聲：「噢！」

艾利絲發出興奮的轟隆大笑。雅各的頭從角落探出來，嘴裡塞滿了食物。

「什麼事？」艾密特怒吼。

「真的嗎？」我問愛德華。

「相信我。」他說。

我深吸一口氣，說：「艾密特，我們打個小賭怎麼樣？」

他立刻站起來。「太棒了。說吧。」

我咬著唇想了一秒，他真的好**巨大**。

「除非妳太害怕？」艾密特又說。

我挺起肩膀。「你、我，比腕力，餐桌，現在。」

艾密特臉上綻開大大的笑容。

「呃，貝拉。」艾利絲很快說：「我想艾思蜜還滿喜歡那張桌子的，那是件古董。」

「謝謝妳。」艾思蜜以嘴形無聲地對她說。

「沒問題。」艾密特得意洋洋地微笑著。「走這邊，貝拉。」

我跟著他走出後門，朝車庫去；我可以聽到所有其他的人都跟在後面。在靠近河邊好些滾落的岩石中，有一塊相當大的花崗岩豎立著，顯然艾密特的目標是那裡。雖然那塊大岩石有點圓又不規則，但很適合用來角力。

艾密特把手肘擱在岩石上，朝我招手，要我走上前。

當我看見艾密特手臂厚實賁起的肌肉，我又緊張起來，但我保持臉上不動聲色。愛德華保證過，我會有一陣子比任何人都強壯。他似乎對此非常有信心，而且我也**感覺**自己很強壯。**但有那麼強壯嗎？**看著艾密特的二頭肌，我懷疑起來。不過，我甚至還沒兩天大，這應該具有某種指標性。除非，關於我是沒有一件事是正常的。也許我沒有正常的新手那麼強壯，也許那是何以自我控制對我來說是如此容易。

當我把手肘抵著岩石放下時，我試著看起來一點都不擔心。

「好，艾密特。我贏了的話，你就不准再對任何人說起有關我性生活的事，一個字都不准，就連對羅絲都不行。不准暗示，不准諷刺——什麼都不准。」

他的雙眼瞇起來。「好！我贏的話，事情會更糟上**許許多多**倍。」

他聽見我止住呼吸，不禁露出邪惡的笑容。他眼中沒有絲毫虛張聲勢的意味。

「小妹，妳那麼輕易就退縮了嗎？」艾密特嘲弄說：「**妳**一點也不狂野，是吧？我敢說那棟小屋裡連個刮痕都沒有。」他大笑。「愛德華沒告訴妳，我跟羅絲撞毀多少棟房子嗎？」

我咬緊牙關並抓住他的大手。「一、二——」

「三！」他大吼，並猛扳我的手。

什麼事也沒發生。

噢，我可以感覺到他施加的力量。我的新腦子好像對任何一種算數都非常在行，因此我知道他的手若沒有遇上阻力的話，將會毫無困難地把這塊岩石擊穿。壓力增加，我胡思亂想著一輛水泥車若以每小時四十哩的速度從一個陡坡往下衝，將會有類似的力量。每小時五十哩？六十？說不定更多。

這還不足以挪動我。他的手以壓碎巨石的力量扳動我的手，但我甚至沒有不舒服的感覺。反而以奇怪的方式給我一種很好的感覺。從我醒來之後，我就一直非常小心翼翼，盡心盡力試著不要打破弄壞東西。能使用我的肌肉給我帶來一陣奇怪的安慰感。讓力量湧流，而不是掙扎著去遏制它。

艾密特咆哮；他的眉頭深深皺起，整個身子朝我這絲毫不動之手的障礙拉成一條筆直的線。我讓他汗流浹背了片刻——比喻性地，同時享受著瘋狂的力量在自己手臂中流竄的感覺。

不過，過了幾秒鐘之後，我就覺得無聊了。我動了一下；艾密特歪了幾吋。

我笑起來，艾密特咬著牙粗厲地咆哮。

「閉上你的嘴。」我提醒他，把他的手猛壓進大石裡。震耳欲聾的碎裂聲迴蕩在樹林間。岩石一陣抖動，有一塊——約那大石的八分之一——裂開了一條看不見的縫，接著整塊掉到地面。它掉在艾密特的腳上，我竊笑不已。我可以聽見雅各和愛德華捂住嘴的笑聲。

艾密特一腳把那塊碎石踢到河對岸。它把一棵年輕的楓樹撞斷成兩截，砰地又撞上一棵大冷杉的樹根，那樹晃了晃，接著倒向另一棵樹。

「再比一次。明天。」

「我不會那麼快就變弱的。」我告訴他：「也許你該等一個月再說。」

艾密特咆哮，露出他閃亮的牙齒。「明天。」

「嘿，只要你高興就好，大哥。」

艾密特轉身大步走開，同時捶了下那塊花崗岩，令它雪崩般散落了一堆碎片和粉末。這還真是孩子氣的出氣方式。

我被自己比我所認識最強壯的吸血鬼還強、這無法否認的證據給迷住了，我把我的五指張開，平貼在岩石上，慢慢地把手指插入岩石裡，壓碎而不是挖掘；那個堅實度讓我想到硬乳酪。最後，我抓了一手的沙礫。

「酷啊。」我咕噥著。

隨著一個大大的笑容在我臉上綻開，我猛地轉了一圈，用空手道的手刀一掌劈向那塊岩石。那岩石發出尖叫與呻吟，接著——冒起一大蓬灰塵——裂成了兩半。

我開始咯咯笑。

在我又劈又踢把那塊大石剩餘的部分全變成碎片時，沒太去注意背後的那些輕笑聲。我玩得太開心了，從頭到尾都笑個不停，直到我聽見一個新的咯咯笑，高八度的小銀鈴聲，我才從我可笑的遊戲中轉過身。

「剛才是她在笑嗎？」

每個人都用目瞪口呆的神情瞪著芮妮思蜜，我臉上一定也是同樣的神情。

「是她。」愛德華說。

「誰**沒**在笑啊？」小各咕噥說，翻翻白眼。

「告訴我，小狗，在你第一次比賽比贏時，不會瘋狂一下。」愛德華嘲弄說，但他聲音裡絲毫沒有敵意。

「那不一樣。」雅各說，我驚訝地看著他嘲弄地對愛德華的肩膀打了一拳。「貝拉應該是個大人了。已婚，還當了媽媽等等的，難道她不該顯得更端莊一點嗎？」

芮妮思蜜皺皺眉頭，並碰觸愛德華的臉。

「她要什麼？」我問。

「別太端莊。」愛德華笑著說：「她看妳玩得那麼高興，她簡直跟妳一樣高興，我也是。」

「我很好笑嗎？」我問芮妮思蜜，然後一個箭步衝過去，對她伸出手的同時，她也對我伸出手。我將她從愛德華的懷裡抱過來，並給了她我手中的一塊碎石。「妳想試試看嗎？」

她露出燦爛的笑容，把石塊握在雙手中。她用力捏緊，隨著專注，雙眉間出現小小的凹痕。

她掌中傳來小小的碾磨聲，且落下一點灰塵。她皺眉，把石頭舉起來給我。

「我來弄。」我說，同時把石頭捏碎成了沙子。

她拍手笑了；那甜美的聲音讓我們都一起加入大笑。

太陽突然穿透了雲層，射出長長的紅與金色的光芒，照在我們十個人身上，我立刻迷失在夕陽照在我皮膚上所散放出來的美麗光輝，為之目眩神迷。

芮妮思蜜撫摸著那鑽石般閃亮的光滑平面，然後把她的手臂擺在我的旁邊。她的皮膚只有淡淡的光輝，很隱約又神祕。出太陽時，她不會像我閃閃發光，得躲在屋裡。她觸摸我的臉，想著我們之間的差異，並感到不高興。

「妳是最漂亮的。」我向她保證。

「我不確定我同意妳的話。」愛德華說，當我轉頭要回答他時，他臉上的陽光令我震懾無言。

雅各用手遮在自己的臉前，假裝擋住眼睛不被光閃到。「怪胎貝拉。」他評論道。

「她真是個奇異的生物啊。」愛德華喃喃道，幾乎是同意雅各的說法，好像他的評語意指稱讚。愛德華既令人目眩神迷，自己也在目眩神迷之中。

這真是個奇怪的感覺——我想，由於每件事現在都感覺起來很奇怪，所以那不是驚訝——這開始像是很自然的事。身為人類時，我從來沒對任何事很在行。在應付芮妮上我做得還可以，但說不定有一大堆人可以做得更好；費爾似乎能掌握他自己的辦法。我是個好學生，但從來不是班上數一數二的好。很明顯的，任何一種運動項目我都不合格。不是藝術家，也不是音樂家，沒有可以特別吹噓的才能。沒有人會頒給愛好閱讀的人一座獎盃。在當了十八年的平庸之才後，我已經非常習慣當個平凡人了。現在，我才明白，我早就放棄在任何事情上能表現傑出的志向與抱負。我只是盡力做到我能做的，從來沒有真正地融入我的世界。

所以，這是真的不一樣。現在我是令人驚奇的——令他們，也令我自己。這好像我生來就該當個吸血鬼。這念頭讓我想大笑，但這念頭也讓我想大聲唱歌。我終於在這世界上找到了我真正的位置，一個我所適合的位置，一個我能發光的位置。

chapter 27

旅行計畫

我希望能留在福克斯附近，直到過完年之後。
但更主要的是，
有另一趟不同的旅程我知道得先去——
優先順序很清楚。
還有它得是獨自旅行。

自從我變成吸血鬼之後，我對待神話認真嚴肅多了。

當我回頭看自己身為不朽族的頭三個月時，我常常想像，在命運女神的織布機上，我人生的織線看起來像什麼樣子——誰知道這些真的存在？我很確定我的織線一定換了顏色；我想它一開始說不定是米色的，某種輔助又不偏激的色系，某種在背景中也很好看的色系。現在，它感覺起來一定像鮮紅，或閃爍的金黃。

由家人和朋友在我周遭所組成的織錦，是個漂亮、發光的東西，充滿了他們明亮、互補的色彩。某些在我生命中與我交織的織線令我很驚訝。譬如狼人，跟他們深濃、森林的色彩，是我完全沒有預期的；當然有雅各，還有賽斯。但我的老朋友奎爾和安柏瑞，在他們加入雅各的狼群後，也變成這織物的一部分，就連山姆和艾蜜莉也變得熱情友好。我們雙方家族之間的緊張被弭平了，大多要歸功於芮妮思蜜。她很容易讓人喜愛。

蘇和利雅．克利爾沃特也交織進我們的生命中——又是兩個我未曾預期的人。

蘇似乎主動擔起了幫查理順利轉入假裝的世界的責任。大多數日子她會陪查理來庫倫家，雖然她在此從未像她兒子或大部分雅各的狼群那樣感到真正的舒服自在。她不常說話；她只是保護性地徘徊在查理身邊。當芮妮思蜜做了什麼使人不安的超齡事情時——這常發生——她總是他第一個尋求依靠的對象。作為答覆，蘇總會意味深長地看賽斯一眼，彷彿是在說，**對，告訴我怎麼回事**。

利雅甚至比蘇更不舒服，她是我們最近這大家庭中唯一對合併公開懷有敵意的人。不過，她跟雅各有了新的同袍情誼，那讓她跟我們保持接近。我曾問過雅各一次——頗遲疑地；我不想刺探，但他們之間的關係變得跟過去的模式大不相同，讓我忍不住好奇。他聳聳肩告訴我那是狼群的關係，現在她是他的副指揮官，他的「副手」，我記得很久以前這樣稱呼過那位置。

「我明白只要我真的想當好狼族首領這事一天，」雅各解釋：「我最好決定照正式規矩來。」

這新的責任讓利雅覺得需要常常來找他報到，而由於他總是跟芮妮思蜜在一起……利雅不樂意接近我們，但她是例外。幸福快樂是我如今人生最主要的成分，在這織錦中占優勢、支配地位的部分。甚至到達一種我跟賈斯柏的關係變得很親近的程度，那是我連作夢都不敢想的。

不過，在一開始時我真的很惱火。

有天晚上，在我們把芮妮思蜜放進她的鐵製雕花小床後，我向愛德華抱怨：「真要命！如果我到現在都還沒殺了查理跟蘇，那大概就不會有這樣的事了。我希望賈斯柏不要再一直對我跟前跟後的！」

「沒有人懷疑妳，貝拉，連一絲絲都沒有。」他向我保證。「妳也知道賈斯柏是怎麼回事——他無法抗拒美好的感覺與氣氛。妳一直這麼快樂，吾愛，他連想都沒想就被妳吸引過來。」

接著，愛德華緊緊抱住我，沒有什麼比我在這個新人生中充滿巨大的狂喜，更令他感到高興的了。

我對有無盡的時間也感到心滿意足。白晝不夠長到能讓我填滿我對女兒的喜愛；夜晚的時光也不足以滿足我對愛德華的需要。

不過，這喜樂也有反面。如果你把我們生命的織物翻個面，我想像背面的圖案會是交織著充滿懷疑和恐懼的陰鬱灰線。

芮妮思蜜滿一週大時，開口說了她的第一個詞。那詞是**媽媽**，那本來會使我那天高興的不得了，只除了我被她的進展嚇到一個程度，必須強迫自己僵硬的臉回她一個微笑。更嚇人的是，她從第一個詞繼續說出她第一個句子，連氣都沒換。「媽媽，外公在哪裡？」她用清晰、女高音的聲音問，之所以要開口大聲說話，是因為我在房間的另一頭。她已經用她正常的溝通方式（或嚴格來講，從另一個觀點看是異常的方式）問過羅絲莉了。羅絲莉不知道答案，所以芮妮思蜜得轉來問我。

約在那過了不到三個禮拜之後，她的第一次走路，情況也一樣。她先是單純凝視著艾利絲好長一陣子，非常專心地看她姑姑安排著把一束束的花插進分散在客廳各處的花瓶裡，舞蹈般來來回回橫過大廳，手上抱著滿滿的花。芮妮思蜜站起來，連晃都不晃一下，接著幾乎是一樣優雅地走過大廳。

雅各爆發出熱烈的掌聲，因為那顯然是芮妮思蜜想要的反應。他牽繫著她的方式，使他自己的反應變成次要的；他的第一個反應永遠都是給芮妮思蜜她想要的。但我們的目光交會時，我看見他的眼裡浮現與我眼中相同的驚恐。我讓自己的手緊握在一起，試著隱藏我的恐懼不讓她知道。愛德華在我旁邊靜靜地拍手，我們不需要把想法說出來就知道我們想的是一樣的。

愛德華和卡萊爾將自己投身於研究中，搜尋任何的答案，任何可預期的事。但能找到的東西非常少，且無一能證實。

通常，艾利絲和羅絲莉會用服裝秀來展開我們的一天。芮妮思蜜從未把同一件衣服穿兩次，部分原因是她長得讓衣服幾乎馬上就不能穿了，部分原因是艾利絲和羅絲莉試圖要在幾週之內做成一本原本要橫跨幾年才完成的嬰兒相簿。她們拍了成千上萬張相片，記錄她快速成長童年的每個片段。

到了芮妮思蜜三個月大時，她已經像個一歲的小孩，或個子稍微小一點的兩歲小孩。她的模樣不像個學步娃娃；她比較瘦，也更優雅，她的比例更均勻，像個大人。她紅銅色的鬈髮已經垂到腰；即使艾利絲同意，我也捨不得剪掉它們。芮妮思蜜可用毫無瑕疵的文法與清楚的音節說話，但她很懶得說，偏好簡單的**顯示**給大家看她要什麼。她不但能走路，還會跑會跳舞。她甚至能閱讀。

有一天晚上我讀丁尼生（註17）的詩給她聽，因為他詩中那抑揚頓挫的韻律給人很寧靜的感覺。（我得持

註17　丁尼生（Alfred Lord Tennyson），英國維多利亞時代最傑出的詩人之一，其詩開闊莊嚴、用詞確切、聲韻和諧，享有桂冠詩人的美譽達四十二年之久。

續不斷搜尋新的材料；芮妮思蜜跟其他小孩不同，她不喜歡在就寢時聽重複的故事，她對圖畫書也毫無耐性。）她舉起手來碰觸我的臉頰，她腦海中的圖案是我們兩人，但拿書的人卻是**她**。我微笑著把書給她。

「在此有甜美的音樂，」她毫不遲疑地讀著：「比盛開的玫瑰花瓣落在草地上更輕柔，或夜露落在陰暗的花崗岩石牆之間靜止的水面上，在閃爍的通道——」

我的手機械性地將書取回。

「如果由妳讀，妳要怎麼睡覺呢？」我勉強讓聲音不露出顫抖地問。

靠著卡萊爾的計算，她身體成長的速度是逐漸慢下來了；但她的心智繼續飛奔向前。即使減緩的速度維持穩定，她還是會在四年內長成成人。

四年，然後到十五歲時已是個老婦人。

只有十五年的生命。

然而她是如此**健康**。充滿活力、明朗、容光煥發，而且快樂。她明顯的健康讓我很容易在此刻與她一同快樂，把未來留給明天吧。

卡萊爾和愛德華用我試著不要聽見的、低低的聲音，從各個角度討論我們未來可能有的選項。他們從來不會在雅各在場時討論，因為要停止老化有個確實的辦法，而那不會是雅各所樂見的。我也不樂意。我的直覺對我尖叫：**太危險了！**雅各和芮妮思蜜似乎在某些方面很相像，都是一半一半的種族，同時擁有兩樣特質。而所有狼人的知識與傳說都堅持，吸血鬼的毒液是致命的，而非通往不朽之路……

卡萊爾和愛德華研究完了所有他們從遠方蒐集來的資料，現在，我們準備跟隨古老的傳說到它們的發源地去。我們要回巴西去，從那裡開始。提卡納印地安人有關於像芮妮思蜜這樣的小孩的傳說……如果其他像她這樣的小孩曾經存在過，也許某些這種半人類孩子的壽命的故事，還在流傳……

留下來唯一真正的問題是，我們什麼時候走。

我是那個還不肯動的人。有一小部分原因是為了查理的緣故，我希望能留在福克斯附近，直到過完年之後。但更主要的是，有另一趟不同的旅程我知道得先去——優先順序很清楚。還有它得是獨自旅行。

這是自從我變成吸血鬼後，唯一跟愛德華起爭執的事。爭執的要點在「獨自」這個部分。但事實就如它們所呈現的，而我的計畫是唯一看來合理的。我必須去見佛杜里，並且我一定得單獨去。

即使不再受到舊有的惡夢，或任何的夢境所困，仍舊不可能忘記佛杜里。他們也不會放著我們不予提醒。

直到厄洛的禮物出現那天，我才知道艾利絲寄了婚禮的喜帖給佛杜里的領導者；當我們在遙遠的艾思蜜島上時，她看見了佛杜里的戰士的意象——那對極具破壞力量的雙胞胎，珍和亞力克，在那當中。凱撒計畫派一支獵殺小隊來看我是否違反他們的法令，仍然身為人類（因為我知道吸血鬼的祕密世界，我若不加入它，就得永遠……保持沉默），因此，艾利絲寄了喜帖去，看那會不會在他們解讀喜帖背後意思的過程中，延後他們的行動。但他們終究會來的。這點非常肯定。

禮物本身並不具太大的威脅。不錯，是極為誇張，幾乎奢侈到了嚇人的地步。威脅是在厄洛賀卡的最後一行，他親筆用黑色墨水寫在一張簡單、厚重的正方形紙上：

我萬分期待親自見到這位新的庫倫太太。

禮物放在一個雕刻華麗、鑲嵌著黃金與珍珠母，又用七彩寶石裝飾著的古老木盒裡。艾利絲說，那木盒本身就是無價之寶，勝過除了裝在它裡面的任何一件珠寶。

「我一直好奇當英格蘭王約翰在十三世紀把王冠上的珠寶典當之後，它們到哪去了。」卡萊爾說：「我想我不該對佛杜里染指其中感到驚訝。」

項鍊的樣式很簡單——黃金打造的一條厚重鍊子，幾乎是鱗狀的，像一條光滑的蛇盤繞在咽喉上。鍊子上垂著一顆寶石；一粒有高爾夫球大小的白鑽。

厄洛賀卡上明白的提醒，讓我對它比對珠寶更有興趣。佛杜里需要看見我是否已成為不朽，看見庫倫家服從佛杜里的命令，他們需要**盡快**看見這點。不能容許他們靠近福克斯，只有一個辦法能確保我們的性命在此的安全。

「妳不能自己去。」愛德華咬著牙堅持，雙手緊握成拳。

「他們不會傷害我。」我設法盡量安撫性地說，強迫我的聲音聽起來很肯定。「他們毫無理由傷害我。我是吸血鬼。結案。」

「不，絕對不可以。」

「愛德華，這是保護她的唯一辦法。」

這是他無法辯駁之處。我的邏輯滴水不漏。

即使我認識厄洛的時間很短，我也能看出他是個收集者——而他最珍視的珍寶是他的**活**收藏品。他渴望、貪求自己的不朽跟隨者都具有美貌、才能並稀有罕見，更勝於任何他鎖在地下寶庫中的珠寶。非常不幸的是，他已經開始垂涎艾利絲跟愛德華的能力，我不會再給他任何嫉妒卡萊爾家族的理由。芮妮思蜜既美麗、有天賦，又獨特——她是獨一無二的。他絕不容許看見她，即使是透過某人的腦海也不行。

而我是唯一一個他無法窺知我腦海的人，當然我得自己去。

艾利絲沒在我的旅程中看見任何麻煩，但意象的模糊品質也令她擔心。她說，有時候，當有別的決定

可能跟尚未百分之百確定的事有衝突時，那些意象也會有類似的模糊。這種不確定讓原本已經很遲疑的愛德華，更加極端反對我得做的事。他想要陪著我至少到倫敦，但我不肯單獨留下芮妮思蜜，讓她沒有**雙親**在旁。同行者將由卡萊爾取代。知道卡萊爾只離我幾個小時的航程遠，這讓愛德華跟我都比較放鬆一點。

艾利絲持續搜索未來，但她發現的事都跟她搜尋的無關。股票市場有一股新趨勢；艾琳娜很可能會有一趟和解性的拜訪，不過她還沒完全下決定；有一場暴風雪大概會在六週之後來到；一通來自芮妮的電話（我正在練習「粗啞」的聲音，且每天都有進步——就芮妮所知，我病還沒好，但在逐漸痊癒中）。

在芮妮思蜜滿三個月大的隔天，我們買了去義大利的機票。我計畫它是趟很短的旅行，所以我沒告訴查理這件事。雅各知道，並且在許多事上採納愛德華的看法。不過，今天的爭論是有關巴西，雅各鐵了心要跟我們去。

我們三個：雅各、芮妮思蜜跟我，正一起外出打獵。飲用動物的血並不是芮妮思蜜最愛的事——這是為什麼雅各被允許一起跟來。雅各會跟她比賽，而這會讓她比做任何事都更願意。

在把好、壞這整個相對概念應用到獵殺人類時，芮妮思蜜有相當清楚的想法；她認為人類捐來的血是個很好的折衷辦法。人類的食物給她飽足感，似乎也與她的消化吸收系統相容，但她對各類固體食物的反應，都同樣是殉道者般的忍耐態度。我曾經餵她吃過花椰菜跟利馬豆，至少，動物的血比**那**好多了。她有一種好競爭的天性，而擊敗雅各的挑戰讓她對打獵感到很興奮。

「雅各，」當芮妮思蜜在我們之前跑跑跳跳進入一處長長的林間空地，搜尋她喜愛的氣味時，我說：「你在這邊有責任跟義務。賽斯、利雅——」

他嗤之以鼻說：「我不是我狼群的奶媽，反正他們在拉布席都具有自己的責任。」

「跟你差不多嗎？那麼，你已經正式放棄你高中的課業了？如果你想跟得上芮妮思蜜，你最好更加努力用功一點。」

「我只是休假。等到事情……慢下來以後，我會回學校去的。」

當他這麼說時，我失去了我這邊對意見不合的專注，我們立刻同時看向芮妮思蜜。她正凝視在她頭頂高處飄盪的雪花，我們站在一處狹長、箭頭形林間空地上，雪花在能碰到發黃的草地前就融了。她弄皺的象牙色洋裝只比雪的顏色稍暗一點，雖然太陽被埋在深厚的雲層後方，她紅棕色的鬈髮依舊閃閃發亮。

正當我們觀看時，她突然蹲低身子，接著躍起跳到十五呎高的空中。她的小手抓住一片雪花，然後雙腳輕巧落地。

她轉向我們，露出她那驚人的笑容——真的，那不是件你能習慣的事——並張開手在它融掉之前，向我們展示那完美的八角形冰星。

「真漂亮。」雅各讚賞地對她說：「但是，我認為妳在拖延時間，妮思。」

她蹦跳回雅各面前；他張開雙臂分秒不差地在她躍起那刻接住她。他們擁有完美的同步行動。當她有話要講時，她就會這麼做。她仍然偏好不開口說話。

芮妮思蜜觸摸他的臉，可愛極了的生氣皺眉，而我們全都聽見有一小群麋鹿正朝森林深處移動。

「當然，妳並不飢渴，妮思。」雅各有點諷刺地回答，但神情比任何人都更加寵溺。「妳只是害怕我會再次抓到最大的一隻！」

她往後一跳離開雅各的懷抱，雙腳輕巧地落地，然後翻了翻白眼——她這麼做時，真是像極了愛德華。接著她一個箭步往樹林裡衝。

當我傾身像要跟上去時，雅各說：「這就來。」他一把扯掉身上的T恤，跟在她後面衝進森林，並已開始顫抖變身。「如果妳作弊就不算。」他對著芮妮思蜜喊。

我對著他們背後紛紛飄落的葉子微笑，忍不住搖頭。有時候雅各比芮妮思蜜還像個孩子。

我暫停，給我的獵人同伴幾分鐘時間領先。要追蹤他們太容易了，而芮妮思蜜最愛用她獵獲動物的大小來叫我大吃一驚。我再次露出笑容。

這狹長的林間空地非常寂靜、空虛。在我上方飄動的雪花非常薄，幾乎快消失了。艾利絲已經看見，會有好幾個星期不會有大雪。

通常，愛德華和我會一起進行這些狩獵之旅。但愛德華今天跟卡萊爾在一起，趁雅各不在，談論、計畫去里約的行程……我皺起眉頭。當我回去時，我會站在雅各那一邊。他**應該**要跟我們一起去。在這件事上，他跟我們所有人有著一樣的利害關係——這事攸關他一生的存亡，跟我一樣。

當我的思緒迷失在不久的將來時，我的雙眼例行公事般掃視著山腰，搜尋獵物，搜尋危險。我並未想到它；但那股驅策是自動的、不假思索的。

或許，我的掃視是有理由的，在我有意識地察覺到它之前，我銳利的感官逮到了某種微小的觸發器。

正當我的雙眼輕快地掠過遠處聳立著的，對照墨綠色森林而顯得光禿禿的藍灰色懸崖的邊緣時，有一道銀光——或金光？——抓住了我的注意力。

我的凝視鎖定那不該在那裡的顏色，在朦朧的煙靄中，距離遠到就連老鷹都不可能看清楚那是什麼。我凝視著。

她瞪回來。

她很明顯是個吸血鬼。她的肌膚像大理石一樣白，質地比人類的皮膚要光滑千萬倍。即使在雲層的籠罩下，她仍微微閃著光。如果她的皮膚沒有洩漏她的祕密，她的靜止也會。只有吸血鬼和雕像可以如此完全地靜止不動。

她的髮色很淡，淡金色，幾乎像銀色的。是頭髮的閃光抓住了我的視線。那頭髮平均中分，如常地垂直到她下巴的長度。

她對我而言是個陌生人。我百分之百確定自己過去從未見過她，即使是在當人類的時候。在我模糊的記憶中，沒有一張臉孔跟這張是一樣的。但從她那雙暗金色的眼睛，我立刻知道了她是誰。

終究，艾琳娜還是決定來了。

有那麼片刻我瞪著她，她也瞪回來。我懷疑她會不會也立刻就猜到我是誰。我半舉起手，正打算揮動，但她的嘴角微微地一歪，令她的臉突然間充滿了敵意。

我聽見芮妮思蜜從林間傳來的勝利歡呼，聽見雅各回應的號叫，然後看見數秒後當回聲傳到她那裡時，艾琳娜的臉對那聲音反射性地抽搐。她的視線稍微切向右，我知道她看見什麼。一頭巨大無比的赤褐色野狼，也許正是牠殺害了她的羅倫特。她觀看我們多久了？久到足以看見我們之前彼此交流的柔情，我很確定。

她的臉孔在痛苦中抽搐。

直覺本能地，我把雙手向前張開，擺出道歉的姿勢。她回過頭看我，嘴唇向後拉開露出牙齒，她的下巴鬆開發出咆哮。

當微弱的聲音飄到我耳邊時，她已經轉身並消失在森林裡了。

「該死！」我呻吟。

我疾奔入森林，追趕芮妮思蜜和雅各，不願讓他們離開我的視線。我不知道艾琳娜走哪個方向，也不確定她此刻有多麼憤怒。復仇是吸血鬼間很常見的執念，很不容易壓抑的一種。

我全速奔跑，只花了兩秒就追上他們。

當我闖過濃密的棘叢進到他們所站立的一小塊開敞空地時，我聽見芮妮思蜜堅持說：「我的比較大隻。」

雅各一看見我的表情，雙耳立刻往後伏貼；他往前伏下身，露出他的牙齒——他的口鼻處留有他所殺獵物的一條條血跡。他的雙眼搜索著森林，我可以聽見咆哮在他喉間上漲。

芮妮思蜜跟雅各一樣警覺。她把那隻雄鹿拋在腳下，跳進我等候的雙臂中，把她好奇的雙手貼緊我的臉頰。

「我反應過度了。」我迅速向他們保證。「沒事了，我想。稍等一下。」

我拿出行動電話並按下快速撥號鍵。愛德華在鈴響第一聲就接電話。當我跟愛德華說話時，雅各和芮妮思蜜在我身邊專心聆聽。

「快來，帶卡萊爾來。」我顫著聲說得極快，我懷疑雅各可以跟得上。「我看見艾琳娜，她也看見我，但接著她看見了雅各，我想她非常生氣然後跑走了。她沒出現在這裡——反正還沒——但她看起來非常煩亂，所以她說不定會出現。如果她沒出現，你和卡萊爾得去追她並跟她談談。我的感覺非常不好。」

雅各發出隆隆的低吼。

「我們半分鐘內會到。」愛德華向我保證，我可以聽見他奔跑時帶起的嗚嗚風聲。

我們衝回那狹長的林間空地，靜默地等待，雅各和我留心聆聽著我們不熟悉的聲音接近。

不過，當那聲音出現時，卻是非常熟悉的。接著，愛德華就在我身邊，卡萊爾落後了幾秒。我很驚訝地聽見緊跟在卡萊爾身後的，沉重的腳掌擊地聲。我想我不該驚訝的，只要芮妮思蜜有一點危險的跡象，雅各當然會召喚增援部隊。

「她在那處山脊上。」我立刻告訴他們，指出地點。如果艾琳娜是逃走，她已經領先了相當一段距離。

她會停下來聆聽卡萊爾的說詞嗎？她之前的表情讓我認為她不會。「也許你該打給艾密特和賈斯柏，讓他們陪你一起去。她看起來……真的非常心煩意亂。她對我咆哮。」

「什麼？」愛德華生氣地說。

卡萊爾將手搭上他手臂。「她還在悲痛中。我會去追她。」

「我跟你一起去。」愛德華堅持說。

他們交換了深長的一瞥——也許卡萊爾正把愛德華對艾琳娜的惱怒跟他大有幫助的讀心術拿來做一個衡量。最後，卡萊爾點頭，接著他們開跑去找艾琳娜的蹤跡，沒打電話給賈斯柏或艾密特。

雅各焦急地噴著氣，用他的鼻子戳我的背。他一定是想要芮妮思蜜回到安全的大屋裡，以防萬一。這點我同意他，我們匆匆趕回家去，賽斯和利雅跑在我們兩側。

芮妮思蜜在我懷中十分得意，她一隻手還貼在我臉上。由於狩獵之旅中途夭折，她將得以拿捐血來湊合著用。她腦中的想法有點洋洋得意。

chapter 28

未來

賈斯柏再次搖晃艾利絲。

「究竟是什麼事？」

「他們針對我們而來，」艾利絲和愛德華異口同聲，同時一起低語：「全都來了。」

卡萊爾和愛德華沒能在艾琳娜的蹤跡消失於海口之前追上她。他們也游泳到對岸，想看能否以直線方式找到她的蹤跡，但在東邊岸上，無論左右兩方，連續好幾哩都沒有她的蹤影。

這都是我的錯。正如艾利絲所見的，她來了，要與庫倫家重修舊好，卻只被我跟雅各的情誼激得更生氣。我真希望自己早一點——在雅各變身之前——就注意到她。我真希望我們是去別的地方打獵。

能做的都做了。卡萊爾打了電話給譚雅，說了令人失望的消息。譚雅和凱特自從決定來參加我的婚禮後，就再也沒見過艾琳娜，她們對艾琳娜來到這麼近的地方卻仍沒返家，感到憂心忡忡；失去她們的姊妹讓她們很難過，無論這當中的分別有多麼短暫。我懷疑這是否讓她們想起好幾百年前，她們失去母親的事。

艾利絲可以預見幾眼艾琳娜的近況，但都不明確。就艾利絲所知，她沒有回德納利。影像很模糊，所有艾利絲能見到的，是艾琳娜清楚可見的煩亂；她在白雪覆蓋的荒野中遊蕩——朝北方？朝東方？——一臉自暴自棄。在她毫無方向的悲痛中，她沒決定要往哪去。

日子一天天過去，雖然我沒忘記任何事，但艾琳娜與她的痛苦被挪到我記憶的後方。目前有更重要的事要想。再過幾天我就要去義大利了，等我回來後，我們全體將出發去南美。

每項細節都已重複了上百次。我們會從提卡納族開始，盡我們所能在發源地追溯他們的傳說。現在，既然接受雅各跟我們同行，他將在計畫中占有重要位置——那些相信有吸血鬼的人，恐怕不會跟**我們**任何一個人述說他們的故事。如果我們跟提卡納族沒得談了，在那個區域還有許多相關的部落可做研究。卡萊爾在亞馬遜流域有幾個老朋友；如果我們可以找到她們，她們說不定也能給我們一些訊息。或至少一些我們該往哪去找答案的建議。那三位亞馬遜吸血鬼本身，恐怕跟吸血鬼混血兒的傳說不太有關，因為她們全是女性。我們無法估計這趟搜尋探查會花多久的時間。

我還沒告訴查理這趟長期旅行，當愛德華跟卡萊爾的討論持續進行時，我在憂慮要怎麼跟查理說。要怎麼跟他提這件事才對？

我邊凝視著芮妮思蜜，內心邊反覆辯論。她這時蜷縮在沙發上，呼吸很慢睡得很沉，她糾結的鬈髮四散在她的小臉旁。通常，愛德華跟我會帶她回我們的小屋，放她在自己的床上睡，但今晚我們跟家人逗留在一起，他跟卡萊爾正深深沉浸在他們的計畫討論裡。

與此同時，艾密特和賈斯柏在更興奮地計畫著狩獵的可能性。亞馬遜流域提供了一個跟我們平常的狩獵物不同的變化。譬如，美洲虎和黑豹。艾密特有個奇想，要跟巨蟒角力。艾思蜜和羅絲莉在計畫著她們該打包哪些東西。雅各離開去找山姆的狼群，為他的離開先把事情都安排好。

艾利絲在大廳中慢慢移動著——對她而言是慢，不必要地整理已經一塵不染的空間，扶正艾思蜜掛得完美無瑕的花環。這時她正在重新擺正放在落地櫃上艾思蜜的花瓶。從她臉部神情的起伏——有意識，變空白，又有意識——我知道她正在搜尋未來。我以為她正試著穿透雅各和芮妮思蜜給她的意象所帶來的盲點，好看清在南美洲等待我們的是什麼，直到賈斯柏說：「算了吧，艾利絲；她不是我們該擔心的。」一片無形且靜默的烏雲悄悄的溜過整個房間。艾利絲一定又在擔心艾琳娜了。

她對賈斯柏吐舌頭扮了個鬼臉，捧起那個插滿了紅白玫瑰的水晶花瓶轉身朝廚房走去。瓶裡的白玫瑰只有一朵稍稍有點凋萎的跡象，但艾利絲似乎決心要用徹底的完美來分散她今晚的缺乏意象。

我再次凝視著芮妮思蜜，因此當花瓶從艾利絲手中滑脫時我沒看見。我只聽見水晶花瓶劃過空氣時低低的唬的一聲，我抬起的眼睛及時看見花瓶砸在廚房門口的大理石地板上，碎成無數的小鑽石碎片。

我們徹底靜止，那些水晶碎片朝四面八方飛掠彈跳，發出嘈雜的叮噹聲，所有的眼睛都盯著艾利絲的背。

我第一個不合邏輯的想法是，艾利絲在跟我們開某種玩笑。因為艾利絲絕不可能**意外地**把花瓶給砸了。如果我不是假設她能接住花瓶的話，我早就衝過客廳自己去把花瓶接住了，時間絕對夠。然而，首先，它是怎麼從她手上掉下去的？她絕無差錯的手……

我從未見過有吸血鬼會碰巧或意外把東西掉在地上。從來沒有。

接著，艾利絲面向我們，她轉身轉得快到簡直像那動作不存在。

她的雙眼圓睜，瞪視著，目光一半在這兒，一半鎖定在未來，那大大的眼睛充滿了她單薄的小臉直到似乎要滿出來。望進她的雙眼彷彿是從墳墓裡往外望；我被埋在她凝視中的恐怖、絕望與痛苦裡。

我聽見愛德華驚喘一聲；那是一個破裂、半嗆到的聲音。

「**看見什麼？**」賈斯柏咆哮，令人眼花地猛一閃身跳到她身邊，踏碎了他腳底下的水晶碎片。他抓住她肩膀猛烈地搖她。她似乎在他手底下發出無聲地嘎嘎響。「**究竟是什麼，艾利絲？**」

艾密特閃進我視覺的邊緣，他的利牙露出，雙眼射向窗戶，預期著攻擊。

而艾思蜜、卡萊爾和羅絲都是一片寂靜，他們跟我一樣，全僵在當場。

賈斯柏再次搖晃艾利絲。「究竟是什麼事？」

「他們針對我們而來，」艾利絲和愛德華異口同聲，同時一起低語：「全都來了。」

寂靜。

頭一遭，我是最快會意過來的——因為他們話中的某種東西觸動了我自己見過的意象。那只是個遙遠的、夢的記憶——模糊、透明、朦朧，彷彿我是透過厚厚一層紗在窺視……在我腦海中，我看見一排黑衣人朝我邁進，我半遺忘的人類惡夢中的鬼魅。在那被籠罩著的影像中，我看不見他們血紅雙眼的閃光，或他們濕潤銳利牙齒的反光，但我知道那閃光該在哪裡……

比視覺記憶更強烈地湧現的，是感覺的記憶——那猛烈的，要保護在我背後那珍寶的需要。

我想要一把抓過芮妮思蜜抱進懷裡，把她藏在我皮膚裡、頭髮裡，讓她不被人看見。但我甚至無法轉頭去看她。我不是感覺自己像石頭，而是像冰。自從我重生成為吸血鬼以來，頭一次感覺到冷。

我勉強聽見自己的恐懼獲得確認。我不需要確認，我已經知道了。

「佛杜里。」艾利絲呻吟著說。

「他們全體。」愛德華也同時呻吟道。

「為什麼？」艾利絲對自己低語：「怎麼會？」

「幾時？」愛德華低語。

「為什麼？」艾思蜜附和。

「**幾時？**」賈斯柏重複，聲音像碎裂的冰。

艾利絲的眼睛眨也不眨，但卻像有一層面紗罩住了它們；它們變得完全空白。只剩下她的嘴持續著她恐怖的表情。

「不會很久。」她跟愛德華同時說。然後她獨自說：「森林中有雪，鎮上也有雪。一個月再多一點。」

「為什麼？」這次發問的是卡萊爾。

艾思蜜回答：「他們一定有個理由。也許是要看……」

「這跟貝拉無關。」艾利絲空洞地說：「他們全都來了——厄洛、凱撒、馬庫斯，每一個戰士，甚至那些夫人們。」

「夫人們從未離開那個塔樓。」賈斯柏用平板的聲音反駁她。「從來沒有。在南方叛亂的時候沒有。在羅馬尼亞那邊試圖推翻他們時也沒有。就連他們在獵殺那些不朽孩童時也沒有。從來沒有。」

「這次她們來了。」愛德華低語。

「但**為什麼**？」卡萊爾又問了一次。「我們什麼也沒做！就算我們有，那到底我們做了什麼才會給自己招來這樣的後果？」

「我們有許多人。」愛德華遲鈍地答道：「他們一定是要確定……」他沒說完。

「但這沒回答最重要的問題！為什麼？」

我覺得我知道卡萊爾的問題的答案，在同時我卻也不知道。芮妮思蜜是原因，我很確定。不知怎地，從一開始我就知道他們會為了她而來。我的潛意識在知道自己懷了她之前，就已經警告我。現在有一種怪異的期待成真的感覺。彷彿我始終都知道佛杜里會來從我手中奪走我的幸福快樂。

但這依舊沒有回答那個問題。

「往回看，艾利絲。」賈斯柏請求著：「看看觸發的是什麼。搜尋一下。」

艾利絲垮著肩膀，慢慢搖著頭，說：「它是突然冒出來的，賈斯。我沒在搜尋他們，甚至不是在看我們。我只是在找艾琳娜。她不在我所期望她在的地方……」艾利絲聲音變小，她的視線又飄開了。她視而不見地望了好一會兒。

接著，她的頭猛抬起來，雙眼硬如火石。我聽見愛德華猛屏住呼吸。「她決定去找他們。」艾利絲說：「艾琳娜決定去找佛杜里。然後他們會決定……就好像他們正在等她。好像他們的決定已經下了，只等著她來……」

又是一片沉寂，而我們消化著這訊息。艾琳娜告訴佛杜里什麼事，會導致艾利絲那駭人的意象？

「我們能阻止她嗎？」賈斯柏問。

「不可能。她差不多已經到了。」

「她在做什麼？」卡萊爾問，但現在我已經沒注意他們的討論了。我全部的注意力都放在那副煞費苦心聚集在我腦海中的圖像上。

我想像艾琳娜站在懸崖上，觀看。她看見什麼？一名吸血鬼跟一個狼人是好朋友。我本來焦點是放在這圖像上，一個很明顯可以解釋她的反應的畫面。但那不是所有她所看見的。

她同時還看見一個小孩。一個精美絕倫的小孩，在飄落的雪花中表演著，模樣明顯不只是人類的孩童……

艾琳娜……幾個失去母親的姊妹……卡萊爾說過，在佛杜里的審判下失去母親，讓譚雅、凱特和艾琳娜在論及法律時，變成了純化論者。

就在半分鐘之前，賈斯柏自己還說過這樣的話：**就連他們在獵殺那些不朽孩童時也沒有……**那些不朽孩童——那不可提的禍根，駭人的禁忌……

以艾琳娜的過去，那天在那狹長的林地裡，她對自己所見之事如何還能有其他的解釋？她的距離不夠近到能聽見芮妮思蜜的心跳，感覺從她身上散發出來的熱氣。而芮妮思蜜那粉紅的臉頰，就她所知，可能是我們用來唬人的。

畢竟，庫倫家跟狼人聯盟了。從艾琳娜的觀點來看，也許這意思是我們毫無顧忌，什麼都敢……

畢竟，在白雪茫茫的荒野裡絞扭著手的艾琳娜，不是為了哀悼羅倫特，而是知道去告發庫倫家是她的責任，知道如果她這麼做他們會發生什麼事。很顯然的，她的良心最後勝過了幾世紀以來的友誼。

而佛杜里對這類違法的反應是不假思索的，是都已經決定的。

我轉身，用自己覆蓋住芮妮思蜜熟睡的身體，用我的頭髮覆蓋她，把我的臉埋在她的鬈髮裡。

「想一想她那天下午看見什麼。」我低聲說，打斷艾密特正要說的。「對一個因為不朽孩童而失去母親的人，芮妮思蜜看起來像什麼？」

當其他人跟上我的思路時，一切再次陷入沉寂。

「像個不朽孩童。」卡萊爾低語。

我感覺到愛德華在我旁邊跪下，他用雙手抱住我們兩個。

「但是她錯了。」我繼續說：「芮妮思蜜不像其他那些孩子。他們是被凍結的，但她每天都成長那麼多。他們是無法控制的，但她從來沒有傷害查理或蘇，甚至沒有向他們顯示會令他們不舒服的事物。她能控制她自己，她已經比絕大多數成人還聰明。沒有理由……」

我含糊不清地說著時，一直等著某個人會鬆一口氣，等著當他們明白我說的是對的時，房間內冰冷的緊張會鬆緩下來。然而整個大廳似乎變得更冷。最後我微弱的聲音消失不見，落入一片沉寂。

許久，沒有人說一句話。

然後，愛德華在我耳邊低語：「吾愛，這不是他們會開庭審理的那種罪行。」他靜靜地說：「厄洛會在艾琳娜的腦海中看見證據。他們是前來摧毀，不是來講道理的。」

「但他們錯了。」我固執地說。

「他們不會等我們證明他們是錯的。」

他的聲音依舊平靜、溫和、如絲絨……但聲音中的痛苦與淒涼卻清晰可聞。

他的聲音就如之前艾利絲的眼神——像是在墳墓裡。

「那我們能做什麼?」我詰問。

芮妮思蜜在我懷中是如此溫暖與完美，夢幻般地祥和。我一直那麼擔心芮妮思蜜快速地成長——擔心她只會有十幾歲的生命……那恐懼現在看來似乎很諷刺。

一個多月後……

難道這就是極限了？這段時間我擁有著絕大部分的人從未享有的幸福快樂。難道這世上有某種自然律，要求享有同樣的幸福就要經歷同樣的悲慘？還是我的喜樂推翻了平衡？難道所有我所能擁有的只有四個月？

是艾密特回答了我不預期有人會回答的疑問。

「我們戰鬥。」他冷靜地說。

「我們贏不了的。」賈斯柏咆哮。我可以想像他的臉看起來會是什麼樣子，他的身體如何拱起保護著艾利絲的。

「嗯，我們逃不了，只要有狄米崔在就不可能。」艾密特發出作嘔的聲音，我憑直覺知道，他不是因為想到佛杜里的追蹤者而作嘔，而是為逃跑的想法不高興。「我不知道我們**不能**贏。」他說：「有好幾個選項可以考慮。我們不需要單獨對抗他們。」

聽到這話，我的頭猛抬起來。「艾密特，我們不必把奎魯特人也判處死刑！」

「冷靜，貝拉。」他的表情與他在深思和巨蟒大戰時並無不同。就連滅門的威脅都無法改變艾密特的觀點，以及他對挑戰感到興奮的能力。「我不是指狼群。不過，實際一點吧——妳以為雅各和山姆會忽視被入侵的事？就算事情跟妮思無關？更別提是有關的；要感謝艾琳娜，現在厄洛也知道我們跟狼群有聯盟關係了。不過，我想到的是我們其他的朋友。」

卡萊爾用耳語的聲音回應我剛才所言：「我們不必把其他朋友也判處死刑。」

「嘿，我們讓他們自己決定。」艾密特用安撫的聲音說：「我沒說他們必須跟我們一起並肩作戰。」我可以看見隨著他繼續往下說，計畫在他腦海中經過推敲琢磨。「如果他們肯站在我們旁邊，只要久到足以讓佛杜里遲疑就好。貝拉說的終究是對的，如果我們可以迫使他們停下來並聆聽的話。雖然這樣可能會剝奪了所有打起來的理由……」

艾密特的臉上這會兒有點要笑的樣子。我很驚訝竟然還沒有人去打他。我就很想。

「對。」艾思蜜熱切地說：「這話有道理，艾密特。所有我們需要的，是讓佛杜里暫停片刻。只要久到足夠**聽見**就行。」

「我們需要相當數量的證人。」羅絲莉嚴厲地說，她的聲音尖銳如玻璃。

艾思蜜點頭同意，彷彿沒聽見羅絲莉語氣中的諷刺。「我們可以跟我們的朋友要求這麼多。只要當見證人就好。」

「是我們就會為他們這麼做。」艾密特說。

「我們說的時候方式得要對。」艾利絲喃喃說。我看見她雙眼又是個黑暗的深淵。「向他們顯示的時候，得非常小心謹慎才行。」

「顯示？」賈斯柏問。

艾利絲跟愛德華都低頭望向芮妮思蜜。接著，艾利絲的雙眼又變呆滯。

「譚雅的家族。」她說：「西歐班的家族。阿穆的家族。還有一些流浪者——嘉瑞特和瑪麗一定要，也許還有艾利斯泰爾。」

「彼得和夏洛特呢？」賈斯柏半恐懼地問，彷彿他希望的答案是不，他過往的兄弟能夠逃過大屠殺這一劫。

「也許。」

「亞馬遜家族呢？」卡萊爾問：「卡琪瑞、莎菲娜和辛娜？」

一開始，艾利絲似乎太過於沉浸在她的意象中而沒回答；最後，她打個寒顫，眼睛一閃回到了眼前世界。她的目光只稍微接觸了卡萊爾的凝視一下，接著便望著地上。

「我看不見。」

「那是什麼？」愛德華耳語般的聲音是個詰問。「叢林裡那部分。我們要去找她們嗎？」

「我看不見。」艾利絲重複道，不看他的眼睛。一抹困惑閃過愛德華的臉。「我們必須分開並盡快——在地面積雪之前。我們必須去找所有我們能找的人，帶他們來此並向他們顯示。」她再次繞回原題：「詢問以利沙。這件事不只是有關不朽孩童而已。」

在艾利絲出神的時候，沉默又不祥地持續了很長一段時間。當它結束時她緩慢地眨眨眼，儘管事實清楚顯示她是在現在，她的雙眼卻古怪地像籠罩了什麼。

「有好多事，我們得趕快。」她低語。

「艾利絲？」愛德華問：「那實在太快了——我不明白。那是什麼？」

「我看不見！」她對他爆發喊道：「雅各快到了！」

羅絲莉朝前門跨了一步。「我可以對付——」

「不，讓他來。」艾利絲迅速說，她的聲音隨著每個字越拉越高。她抓住賈斯柏的手，開始拉他朝後門走。「離開妮思我也會看得比較清楚。我得離開，我需要真正專注，我需要看見所有我能看見的。我得走。來吧，賈斯柏，沒時間浪費了！」

我們都聽見雅各踏上前廊的階梯。艾利絲急切地拉扯賈斯柏的手。他迅速跟上，眼裡跟愛德華一樣困惑。他們衝出門進入銀色的夜幕中。

「要快！」她回頭對我們喊：「你們得找到他們所有的人！」

「找到什麼？」雅各問，把前門在他背後關上。「艾利絲要去哪裡？」

沒有人回答；我們全都只是瞪視著他。

雅各把雨水從頭髮上甩下來，把手臂穿進他T恤的袖子裡，他的雙眼在芮妮思蜜身上。「嗨，貝拉！我以為你們一家這時候已經回去了……」

他終於望向我，眨眼，接著瞪大眼睛。我觀看他的表情，大廳裡的氣氛終於觸及他了。他瞄向地上，眼睛大睜，看見地板上那灘水，四散的玫瑰，碎了一地的水晶花瓶。他的手指開始顫抖。

「什麼？」他單調地問：「發生什麼事？」

我想不出來要從哪開始。同樣也沒有人說得出話來。

雅各三大步橫過房間，在我和芮妮思蜜旁邊蹲下。我可以感覺到隨著震顫從他手臂傳到他顫抖的手指，那股熱氣也不斷從他身上散射出來。

「她還好嗎？」他詰問，輕觸她的額頭，微側過頭去聽她的心跳。「別跟我開玩笑，貝拉，拜託！」

「芮妮思蜜沒事。」我擠出聲音，句子在很奇怪的地方中斷。

「那麼是誰？」

「我們所有的人，雅各。」我喃喃低語。而那也在我的聲音裡——被埋在墳墓裡的聲音。「一切都結束了。我們都被判了死刑。」

chapter 29

背叛

「艾利絲決定離開我們了。」卡萊爾低聲說。

「什麼？」羅絲莉大叫。

卡萊爾把紙張翻個面，好讓我們都能看見。

我們坐了一夜，一群驚恐又悲傷的雕像，而艾利絲始終沒有回來。

我們全都到了自己的極限——瘋了般進入絕對的靜止。卡萊爾幾乎無法挪動嘴唇向雅各解釋整件事。重述一遍似乎讓事情變得更壞；就連艾密特都從那時開始站著不動也不言不語。

直到太陽升起，我知道在我手中的芮妮思蜜很快就會醒來，我這才頭一次想到會有什麼事讓艾利絲耽擱這麼久。我希望能在面對我女兒的好奇之前，多知道一點。能有些答案。能有很小、很小一點點的希望，好讓我能微笑，也讓她不必知道可怕的真相。

我覺得自己的臉已經永遠變成我戴了整夜的那個面具。我不確定自己還會有微笑的能力。

雅各在角落裡打呼，像一座在地板上的毛茸茸小山，在睡夢中不安地扭動著。山姆知道了所有的事——狼人們已經準備好自己面對即將來臨的事。但這準備其實是無用的，只會讓他們跟我其餘的家人一樣，全部被殺。

陽光照進了後窗，在愛德華的皮膚上閃爍。自從艾利絲離開後，我的眼睛就沒離開他的。我們凝望著對方一整夜，望著我們若失去都將無法獨活的另一半。當太陽照到我的皮膚時，我看見自己的倒影在他痛苦的眼中閃爍著。

他的眉毛抬了極微一點點，然後是他的唇。

「艾利絲。」他說。

他的聲音像冰溶解時的破裂聲。我們所有人都跟著裂了一點，軟了一點，再次移動。

「她去了好久。」羅絲莉喃喃說，十分驚訝。

「她會去哪裡？」艾密特疑惑地說，朝門口走了一步。

艾思蜜抬起一隻手擱在手臂上：「我們不想打擾……」

「她過去從來沒花過這麼久的時間。」愛德華說。擔憂使他臉上原本的面具碎散，他的五官再次活起來。他的雙眼突然間大睜，充滿了新的恐懼，額外的驚慌。「卡萊爾，你想該不會是——某種狙擊或先發制人？會不會艾利絲有時間看到他們是否派了人來抓她？」

厄洛那張皮膚半透明的臉充滿了我的腦海。厄洛曾看過艾利絲腦海中的每個角落，知道她有多大的本事——

艾密特咒罵了一聲，聲音大到雅各咆哮一聲蹣跚站起來。在院子裡，他的咆哮引來一陣他狼群的回應。我的家人已經迅捷閃動。

「陪著芮妮思蜜！」我對雅各尖叫，同時疾衝出門。

我仍舊比他們其餘的人都強壯，我用那力量催促自己向前。我幾個跳躍就超越了艾思蜜，再多跨個幾大步就越過了羅絲莉。我疾奔過濃密的森林，直到緊追在愛德華與卡萊爾身後。

「他們能夠出其不意逮到她嗎？」卡萊爾問，他的聲音平穩得像是站立不動，而非全速奔跑時說的。

「我看不出來有此可能。」愛德華回答：「但厄洛比任何人都瞭解她。比我還瞭解她。」

「這是個陷阱嗎？」艾密特在我們身後喊道。

「也許。」愛德華說：「除了艾利絲與賈斯柏，沒有別的氣味。他們是往哪裡去？」

艾利絲和賈斯柏的蹤跡轉了個大彎；它先是朝大屋的東邊直行，但過了河對岸後轉向北，再過了幾哩後又轉向西。我們重新過河，六個人在一秒內接連跳過河。愛德華領頭疾奔，他集中了全副精神。

在我們第二次越過河片刻後，艾思蜜從後面喊：「你有跟上味道嗎？」她是落在最後面的，在我們追獵隊伍的遠處左端。她朝東南邊比了比。

「保持在主要蹤跡上——我們快要到奎魯特人的邊界了。」愛德華簡潔地命令。「別散開，看他們是否轉向北或向南。」

我不像其餘的人那麼熟悉協議所立的界線，但我可以從東邊吹來的微風中隱隱約約嗅到狼的味道。愛德華和卡萊爾習慣性地慢下來一點，我可以看見他們的頭不停地向左右轉，等著看蹤跡是往哪轉。

接著，狼的味道突然間變強了，愛德華的頭猛地抬起來。他突然停下來。我們其餘的人也跟著停住。

「山姆？」愛德華用平板的聲音問：「這是怎麼回事？」

山姆從數百碼外的樹林間走出來，以他的人形迅速朝我們走來，由兩匹大狼——保羅和賈德，左右護著他。山姆花了點時間才走到我們面前；他的人類步伐讓我等得不耐煩。我不想要有時間去想發生了什麼事。我想要行動，想要做些什麼。我想要用我的雙臂環抱住艾利絲，確切無疑地知道她平安無事。

隨著愛德華閱讀山姆腦海裡所想的，他的臉變得一片煞白。山姆不理會愛德華，當他停下腳步開始說話時，他直視著卡萊爾。

「午夜剛過，艾利絲和賈斯柏就來到這裡，請求允許跨越我們的土地去到海邊。我允許他們，並親自護送他們到了海邊，他們立刻下海並且再沒回來。在我們行進的路上，艾利絲告訴我這件事極其重要無比，就是在我見到你跟你說話之前，不可以告訴雅各我見過她。她要我在這裡等你來找她，把這字條交給你。她叫我遵守她說的，彷彿我們所有人的性命就靠這點了。」

山姆神情嚴酷地遞上一張折起來的紙條，上面印滿了黑色小字。那是一本書的一頁；當卡萊爾打開那張紙看裡面的內容時，我銳利的眼睛閱讀著那些印刷文字。面對我的那頁是《威尼斯商人》一書的版權頁。在卡萊爾把紙抖平時，一絲我的氣味從紙上飄來。我明白過來，這是從我的一本書上撕下來的一頁。我從查理的家中搬了些東西到小屋去；幾套正常的衣服，所有我媽寫給我的信，以及我最喜歡的書。我破爛的平裝莎士比亞全集，昨天早晨是擺在小屋客廳的書架上……

「艾利絲決定離開我們了。」卡萊爾低聲說。

「什麼？」羅絲莉大叫。

卡萊爾把紙張翻個面，好讓我們都能看見。

> 別找我們，沒有時間浪費了。記住：譚雅、西歐班、阿穆、艾利斯泰爾，所有你們能找到的流浪者。我們會在路上找尋彼得和夏洛特。很抱歉以這樣的方式離開你們，沒有說再見或解釋。這是我們唯一的方式。我們愛你們。

我們再次僵在當場，除了狼人們的心跳、呼吸，完全寂靜無聲。他們的思緒也一定很大聲。愛德華是第一個又有動作的人，開口回應他在山姆腦海中聽見的。

「對，事情就是危險到了這種地步。」

「足以到達讓你拋棄你家人的地步？」山姆問出來，聲調中充滿譴責。很顯然在把紙條給卡萊爾之前，他沒讀內容。現在他很苦惱，看起來像是他很後悔聽了艾利絲的話。

愛德華一臉僵硬的神情——在山姆眼裡看來大概是生氣或高傲，但我可以看見在他堅硬的臉上痛苦的情形。

「我們不知道她看見什麼。」愛德華說：「艾利絲既不是無情的人也不是懦夫，她只是比我們擁有更多的資訊。」

「我們不會——」山姆說。

「你們受約束的狀況跟我們不同。」愛德華怒道：「**我們**每個人仍有自己的自由意志。」

山姆的下巴一抬，雙眼突然變得一片漆黑。

「但你們應當聽從這項警告。」愛德華繼續說：「這不是件你們會想要讓自己涉入的事。你們仍然可以避免艾利絲所看見的。」

山姆冷笑說：「我們不會逃跑。」在他背後，保羅嗤鼻噴氣。

「別為了驕傲的緣故，讓你的家人慘遭屠殺。」卡萊爾靜靜地插嘴。

山姆看著卡萊爾，神情柔和下來。「正如愛德華指出的，我們並沒有你們所具有的自由。如今，芮妮思蜜也是我們的家人，正如她是你們的家人一樣。雅各不能拋棄她，而我們不能拋棄雅各。」他的雙眼掃向艾利絲的紙條，嘴唇緊緊抿成一線。

「你不瞭解她。」愛德華說。

「你就瞭解嗎？」山姆率直地問。

卡萊爾伸手搭住愛德華的肩膀。「我兒，我們還有許多事要做。無論艾利絲的決定是什麼，我們現在若不聽從她的建議，就太愚蠢了。我們回家，然後開始工作吧。」

愛德華點頭，神情依舊因痛苦而僵硬。在我背後，我可以聽見艾思蜜靜靜地、沒有眼淚的啜泣。

在這個身體裡，我不知道該如何哭泣；除了瞪視，我什麼都無法做。感覺還沒有出現。每樣事情都好不真實，好像在經過這麼多個月之後，我又作起夢來，作了個惡夢。

「謝謝你，山姆。」卡萊爾說。

「我很抱歉。」山姆答道：「我們不該讓她過去的。」

「你做的對。」卡萊爾告訴他：「艾利絲有自由去做她想做的事。我不會否決她這樣的自由。」

我總是認為庫倫家族是個整體，一個不可分割的整體。突然間，我想起原來並不是這樣。卡萊爾創造了愛德華、艾思蜜、羅絲莉和艾密特；愛德華創造了我。我們靠著血與毒液有實際上的連結。我從未把艾利絲和賈斯柏跟其他人分開來想，他們是被認養進入這家庭的。但事實上，是艾利絲認養了庫倫家。她懷著自己跟庫倫家毫不相干的過去，帶著賈斯柏與他的過去，來到了庫倫家，讓自己進入適應這個已經存在的家庭。她跟賈斯柏都有過在庫倫家之外的另一個人生。當她看到自己與庫倫家在一起的人生結束之後，她真的選了另一個新的人生嗎？

那麼，我們注定在劫難逃了，是嗎？完全沒有希望了。沒有一絲一毫可以說服艾利絲，站在我們這邊她會有機會。

明亮的早晨空氣似乎突然變濃、變黑了，彷彿被我的絕望給實際染黑一樣。

「**我**絕對不會不戰而降。」艾密特屏息低聲怒吼。「艾利絲告訴了我們該做什麼。讓我們去把它做好吧。」

其他人帶著下了決心的神情點頭，我明白過來，他們把希望寄予在艾利絲所給我們的任何機會上。也就是，他們絕不會絕望地坐以待斃。

是的，我們會全體對抗，要不然還有什麼選擇？而且，很明顯的我們將會把其他人捲入其中，因為在艾利絲離開之前，她如此指示我們。我們怎麼能不遵從艾利絲最後的警告？為了芮妮思蜜，狼人們也會跟我們並肩作戰。

我們會對抗，他們也會對抗，然後我們全都會死亡。

我沒有感覺到跟其他人一樣的決心。艾利絲知道機會的大小。她給我們的是她看見唯一的機會，但這機會小到了她連賭都不賭。

當我轉身背對山姆批評的臉，跟隨卡萊爾回家時，我覺得自己已經被打敗了。

我們自動開始奔跑，跟之前驚慌的疾奔不同。當我們靠近河邊時，艾思蜜的頭抬了起來。

「還有另一條蹤跡，還很新鮮。」

她朝前點了點頭，朝之前來的時候她在這裡叫愛德華注意的地方。那時我們正急著趕去**救**艾利絲。

「那一定是當天稍早。只有艾利絲，沒有賈斯柏。」愛德華死氣沉沉地說。

艾思蜜的臉皺起，然後點點頭。

我移向右，稍微落後一些。我確定愛德華判斷的對，但與此同時……畢竟，艾利絲的字條怎麼最後會是來自我的一本書？

正當我遲疑著，愛德華聲音死板地問：「貝拉？」

「我想跟著蹤跡去看看。」我告訴他，嗅著艾利絲淡淡的氣味，是她稍早從奔逃路徑岔出去的，對此我是新手，但我覺得它跟剛才的味道是一樣的，只是少了賈斯柏的氣味而已。

愛德華金色的眼睛很空洞。「那很可能只是朝大屋回去。」

「那我在那邊跟你碰頭。」

一開始我以為他會讓我獨自前往，但接著，在我朝前挪了幾步後，他空洞的雙眼一閃，有了生命。

「我跟妳去。」他平靜地說：「卡萊爾，我們跟你在家裡碰頭。」

卡萊爾點頭，然後其他人離去。我等到他們都出了視線之外，這才充滿疑問地望著愛德華。

「我無法讓妳離開我。」他低聲解釋：「光是想像都覺得痛。」

無須再進一步解釋我就懂了。我想到現在若被迫與他分離，明白自己也會感覺到同樣的痛苦，無論那分離是多麼短暫。

剩下能在一起的時間是那麼少了。

我對他伸出手，他握住。

「我們快點吧，」他說：「芮妮思蜜快醒了。」

我點頭，我們再次疾奔。

這說不定是件蠢事，只因為好奇而浪費時間離開芮妮思蜜。但那字條很困擾我。艾利絲如果缺乏紙筆，她可以把話刻在石頭或樹幹上。她可以從高速公路旁的任何住家偷一張便利貼。為什麼是我的書？她是什麼時候去拿的？

很明顯的，那蹤跡是通往小屋，顯然是迂迴繞開庫倫家的大屋和附近森林裡的狼人。隨著蹤跡通往的地點變明確，愛德華的眉頭因困惑而皺起。

他試著要推理出結論：「她離開賈斯柏，叫他等她，然後跑到這裡來？」

這時我們幾乎快到小屋了，我覺得很不安。我很高興手裡牽著愛德華的手，但我同時也覺得，我似乎該獨自在這裡才對。撕下書中的一頁再帶回去找賈斯柏，艾利絲這麼做實在是太奇怪了。感覺像是她的這個行動包含了一則訊息——一則我完全不懂的訊息。但那是我的書，所以訊息一**定**是給我的。如果那是一件她要愛德華知道的事，她難道不會從他的書上撕一頁下來？

當我們來到門口時，我把手從他手中抽離，說：「給我一分鐘。」

他眉頭又皺起來。「貝拉？」

「拜託，三十秒？」

我沒等他回答，一個箭步衝進門，把門在背後關上。我直接到書架前，艾利絲的氣味很新鮮——還不到一天的時間。我沒點燃壁爐，但這時的火燃得雖低卻熾熱。我從書架上一把將《威尼斯商人》抽出來，翻到書名頁。

在被撕掉那頁的毛邊旁——《威尼斯商人》莎士比亞著——這幾個字底下，寫著短短幾句話。

毀掉這書。

底下是個人名與一個西雅圖的地址。

當愛德華在十三秒而非三十秒後跨進門時，我正看著書燒掉。

「怎麼回事，貝拉？」

「她來過這裡，從我的書上撕了一頁寫那張紙條。」

「為什麼？」

「我不知道為什麼。」

「妳為什麼把書燒掉？」

「我——我——」我皺眉，讓我所有的挫折和痛苦顯現在臉上。我不知道艾利絲試著要告訴我什麼，只知道她費了那麼大力氣繞那麼大圈避開所有的人，只要我知道。唯一一個愛德華無法閱讀其腦海的人，因此，她一定是不要他知道這件事，而且可能有很好的理由。「好像這麼做才恰當。」

「我們不知道她在做什麼。」他靜靜地說。

我瞪視著火焰。我是全世界唯一一個能對愛德華說謊的人。這是艾利絲向我要的嗎？她最後的請求？

「當我們在前往義大利的飛機上，」我低聲說——這不是謊言，或許只差背景不同——「在我們前去救你的路上……她騙了賈斯柏，好讓他不會跟著我們。她知道如果他面對佛杜里，他必死無疑，她寧可自己死也不要讓他置身險境。她也願意讓我去送死，願意讓你去送死。」

愛德華沒有說話。

「她有她的優先順序。」我說。這話讓我不跳的心一陣痛，明白過來，我的解釋從任何一方面看都不像是謊言。

「我不信。」愛德華說。他說的口氣不像是在跟我爭——而是像在跟自己爭。「也許只是因為賈斯柏有危險。她的計畫對我們其餘的人會有效，但如果他留下來的話，他會死。也許……」

「她可以告訴我們這點。把他送走。」

「但賈斯柏會走嗎？也許她再次說謊騙他。」

「也許。」我假裝同意。「我們該回家，沒時間了。」

愛德華牽起我們的手，我們開始奔跑。

艾利絲的留言並未讓我充滿希望。如果有任何辦法能避免即將來臨的屠殺，艾利絲會留下來的。我看不到其他的可能性，所以她給我的是別的東西，不是一條逃脫之路。但除了逃走，她想我還會要什麼？也許是個搶救**某種事物**的辦法？有什麼東西是我還能搶救的？

我們不在的時候，卡萊爾和其他人並未浪費時間。我們跟他們分開了整整五分鐘，而他們已經準備好要離開了。在角落裡，雅各又變回人類，芮妮思蜜坐在他膝上，兩人都張著大大的眼睛看著我們。

羅絲莉把一襲絲質洋裝換成一條堅固的牛仔褲，穿上球鞋及登山客為了長途旅行穿的耐磨襯衫。艾思蜜也穿上類似的服飾。茶几上有個地球儀，他們已經看完了，正在等我們。

屋裡的氣氛比之前積極正面多了；採取行動讓他們感覺好很多。他們的希望都寄託在艾利絲的指示上。

我望著地球儀，好奇我們要先去哪裡。

「我們要留在這裡？」愛德華看著卡萊爾問。他聽起來不怎麼高興。

「艾利絲說，我們得向大家展示芮妮思蜜，而且我們做的時候必須很謹慎。」卡萊爾說：「我們會把能找到的人都送回這裡給你們——愛德華，面對如此特別需要小心對付的局勢，你是最佳人選。」

愛德華猛點一下頭，仍然不太高興。「要去的地方實在太多了。」

「我們會分頭進行。」艾密特回答：「羅絲和我會去找流浪者。」

「你們在這裡會忙不過來的。」卡萊爾說：「譚雅的家族明天早上就會到，他們完全不知道原因。首先，你們得說服他們不要跟艾琳娜有同樣方式的反應。第二，你們必須找出艾利絲所說的『詢問以利沙』是什麼意思。然後，在這一切之後，他們願不願意留下來為我們作證？等其他人來到，又要再重複一遍──如果我們可以先說服他們前來的話。」卡萊爾嘆氣：「你們的工作會是最難的。我們會盡快趕回來幫忙的。」

卡萊爾把手放在愛德華的肩上片刻，然後吻了吻我的額頭。艾思蜜擁抱了我們兩個，而艾密特各打了我們兩人的手臂一拳。羅絲莉勉強對愛德華和我笑了笑，送給芮妮思蜜一個飛吻，然後對雅各做了個告別鬼臉。

「祝好運。」愛德華告訴他們。

「你們也是。」卡萊爾說：「我們都需要好運。」

我看著他們離開，希望自己能感覺到隨便什麼希望來鼓勵他們，並希望自己能有片刻去看一下電腦。我需要弄清楚這個J．甄克斯是何方神聖，還有為什麼艾利絲要繞那麼遠的路，費那麼大功夫把他的名字留給我，只給我。

芮妮思蜜在雅各的懷裡扭動著要去觸摸他的臉。

「我不知道卡萊爾的朋友會不會來。我希望會。目前聽起來我們有點寡不敵眾。」雅各對芮妮思蜜喃喃說。

所以，她知道。芮妮思蜜已經非常瞭解發生了什麼事。這整件遭命定的狼人會對他命定的對象知無不言、言無不盡的事，好像已經沒啥稀奇了。難道保護她不讓她知道，不比回答她問題來得重要嗎？

我小心的看著她的臉，她沒有很害怕的樣子，當她用她無聲的方式跟雅各交談時，只是一臉焦急和嚴肅。

「不，我們幫不上忙；我們得留在這裡。」他繼續說：「大家是來看**妳**，不是來看風景。」

芮妮思蜜對他皺眉頭。

「不，我不必去任何地方。」他對她說。接著他望向愛德華，神情因突然明白自己可能想錯了而有點呆住。「我得走嗎？」

愛德華遲疑了一下。

「有話快說。」雅各的聲音中有著赤裸裸的緊張。他跟我們其餘的人一樣，已經到了要崩潰的極限。

「那些前來幫助我們的吸血鬼跟我們不同。」愛德華說：「譚雅的家族是除了我們之外，唯一對人類的性命持尊敬態度的，即便是她們，也不重視狼人。我想比較安全的——」

「我能照顧自己。」雅各插嘴。

愛德華繼續說：「如果選擇相信我們所說有關她的故事，能不因為跟狼人有牽扯而變質，會對芮妮思蜜比較安全。」

「這算哪門子的朋友，他們會因為你現在跟誰在一起就跟你敵對嗎？」

「我想，在正常情況下他們大多會容忍。但你得明白——接受妮思對他們任何人都不是簡單的事。為什麼還要雪上加霜？」

卡萊爾昨晚已經向雅各解釋過不朽孩童的法則。「不朽孩童真有那麼糟糕啊？」他問。

「你無法想像他們在吸血鬼群體的心靈中留下多深的傷痕。」

「愛德華……」到現在，聽到雅各用不帶苦恨的聲音叫愛德華的名字，還是讓人覺得怪怪的。

「我知道，小各。我知道要離開她有多難。我們會見機行事——看他們對她有怎樣的反應。無論如何，妮思在接下來這幾週都得時隱時出。她需要待在小屋，直到我們有恰當的時刻介紹她。只要你能盡量跟這大屋保持安全的距離……」

「這我辦得到。有人會在早上抵達，是嗎？」

「對。我們最親近的朋友。在這個特別的個案裡，也許我們讓事情越快公開越好。你可以留在這裡，譚雅知道你，她甚至見過賽斯。」

「你該告訴山姆會發生什麼事，森林裡很快會有些陌生人。」

「說得好。雖然過了昨晚之後，我該讓他清靜一會兒。」

「聽從艾利絲通常是對的。」

雅各咬緊了牙關，我看得出來，對艾利絲跟賈斯柏所做的事，他跟山姆有同樣的感覺。

他們在談話的時候，我漫無目標地望向後窗，試著看起來像分心跟焦慮。這不是什麼難做的事。我把頭靠著牆，繞著彎從客廳朝飯廳走，直到在一張電腦桌旁站定。我的手指飛快地操作鍵盤，同時眼睛望著森林，試著看起來像心不在焉。吸血鬼會心不在焉地做事情嗎？我想沒有人特別注意我，但我也沒轉頭去確認。螢幕亮起來，我的手再次飛快按鍵，然後我靜靜地在木桌上敲打著手指，讓整體看起來像是很隨意。再敲一次鍵盤。

我用眼角的餘光掃視螢幕。

沒有J・甄克斯，但是有個傑森・甄克斯，一個律師。我撫過鍵盤，試著保持一個韻律，像是全神貫注地撫摸一隻你根本已經忘記了趴在你腿上的貓一樣。傑森・甄克斯的事務所有個很炫的網站，但首頁的地址卻是錯的。是在西雅圖，但是郵遞區號並不相同。我記下電話號碼然後有節奏地敲打鍵盤，這次我搜尋地址，但什麼也沒出現，彷彿那地址是不存在的。我想要去看地圖，但我決定最好別把運氣用完，於是再撫一次鍵盤，刪除剛才的所有記錄……

我繼續瞪著窗戶外頭，撫弄了幾次桌子。我聽見有個輕巧的腳步穿過房間朝我走來，我轉過身，臉上帶著我希望跟之前是一樣的表情。

芮妮思蜜朝我伸出手，我張開雙臂。她跳進我懷抱，全身聞起來都是狼人的味道，然後把她的頭窩靠著我的頸項。

我不知道自己能否受得了這點。雖然我為自己的、為愛德華的、為我其餘家人的性命感到害怕，但跟我為自己的女兒感覺到那股五臟六腑都糾結在一起的恐懼不同。一定要有個救她的辦法，即使那是我唯一能做到的事。

突然間，我知道這就是我全部所要的。必要的話，我會忍受其餘的，但我絕不會讓她喪失性命。絕不。

她是那件我一**定**要救的事物。

難道艾利絲已經知道我會有什麼感覺？

芮妮思蜜的手輕觸我的臉頰。

她向我顯示我的臉、愛德華的、雅各的、羅絲莉的、艾思蜜的、卡萊爾的、艾利絲的、賈斯柏的，一個接一個所有我家人的臉，越來越快。賽斯和利雅、查理、蘇，和比利。一次又一次。像我們其餘的人一樣，是擔憂。不過她只是擔憂。就我所知，雅各把最壞的部分瞞著她。有關我們如何沒有希望的部分，有關我們如何將在一個月內全部死亡的部分。

她在艾利絲的臉上停下來，停很久，而且很困惑。艾利絲在哪裡？

「我不知道。」我低聲說：「但她是艾利絲啊。她總會像以前一樣，做對的事。」

反正，對艾利絲自己是對的事。我討厭這樣想她，但除此之外，要怎麼理解這情形？

芮妮思蜜嘆了口氣，然後那股渴望增強了。

「我也很想念她。」

我感覺自己的臉在動，試著找個能配合內心悲傷的表情。我的眼睛感覺很怪很乾；它們眨動抗拒那不舒服的感覺。我咬著唇。當我吸下一口氣，空氣在我喉嚨中被阻住，好像我被它嗆住一樣。

芮妮思蜜退後看著我，我看見自己的臉映照在她的腦海和雙眼中。我看起來像艾思蜜今天早晨看起來的樣子。

所以，這就是哭的感覺。

芮妮思蜜看著我的臉，眼睛不由得閃著濕濕的淚光。她撫摸我的臉，沒向我顯示任何東西，只是試著要安慰我。

我從未想過母女的連結在我們之間會倒轉過來，像我跟芮妮之間一直以來一樣。但我對未來並沒有很清楚的見解。

一滴眼淚從芮妮思蜜的眼角冒上來，我用吻將它抹去。她充滿驚奇地摸摸眼睛，看著自己潮濕指尖上的證據。

「別哭。」我告訴她：「會沒事的。妳會沒事的。我會幫妳找到一條出路，度過這一切。」

如果我什麼都不能做，我仍能救我的芮妮思蜜。我前所未有的確定，這就是艾利絲要給我的。她知道，她會為我留一條出路。

chapter 30

無法抗拒

情況就像跟查理在一起，

而在那之前是對庫倫全家人。

芮妮思蜜令人無法抗拒，

到底她有什麼能吸引每個人來喜愛她，

甚至讓他們願意為了保護她而押上自己的性命？

要想的事太多了。

我要如何找到獨處的時間，去把這個J．甄克斯找出來？還有，為什麼艾利絲要我去認識這個人？如果艾利絲給的線索跟芮妮思蜜無關，我要做什麼才能救我女兒。

到了早上，愛德華跟我要怎麼向譚雅的家族解釋這些事？萬一他們的反應像艾琳娜怎麼辦？萬一轉變成打起來怎麼辦？

我不知道怎麼戰鬥。我要怎麼在一個月內學會？有沒有什麼辦法能讓我學得夠快，好讓我對任何一位佛杜里的成員都是個危險人物？還是我注定就是一點用都沒有？只是另一個很容易就被迅速了結的新手？

我需要好多答案，但我沒機會問我的問題。

為了要給芮妮思蜜一些正常的生活，我堅持到了上床睡覺的時間，就帶她回到我們的小屋。雅各這時覺得以狼形出現比較舒服；當他感覺準備好戰鬥時，壓力會比較容易處理。我希望自己也能有同樣的感覺，可以覺得準備好了。他在森林中奔跑，再次警戒防備。

當芮妮思蜜睡熟之後，我將她放進她的小床，然後到前廳去問愛德華我的問題。至少，問那些我能夠問的問題；這當中最困難的一點是，在他面前隱藏任何事情，即使我有讓他無法閱讀我心思的優勢。

他背對我站著，凝視著爐火。

「愛德華，我──」

他猛轉身，橫過房間，快到像是沒花任何時間，就連幾百幾千分之一秒都沒有。我只來得及看見他臉上凶猛的神情，他的唇已經猛壓上我的，他的雙臂鎖抱住我，猶如兩條鋼箍。

餘下的夜晚，我都沒再想到我的問題。我不需花太多時間就明白他情緒背後的原因，甚至更快便有完全相同的感覺。

我本來計畫，需要好幾年才能組織好自己生理上所感受到對他排山倒海的熱情。接著，再花個幾世紀來享受它。如果我們在一起的時間只剩下一個月……嗯，我不知道自己怎麼受得了讓這事結束。在這一刻，我無法不自私。在我被給予的有限時間裡，我只想盡我所能的去愛他。

當太陽升起時，我實在很難讓自己脫離他，但我們有工作要做，這工作可能比我們其餘家人所有的搜尋工作加起來，還要困難。我一旦讓自己去想即將要面對什麼，我立刻繃緊；那感覺好像我整個人的神經被架在拷問刑架上拉展，神經變得越來越細，越來越單薄。

「我希望能有辦法在我們告訴他們有關妮思的事情前，先從以利沙那裡取得我們需要的資訊。」我們在那個巨大的衣物間裡匆匆著裝時，愛德華咕噥著。這裡只更加提醒我在此刻更不願去想起的艾利絲。「以防萬一。」

「但如此一來，他不會瞭解我們的問題，更別說回答。」我同意說：「你認為他們會讓我們解釋嗎？」

「我不知道。」

我從芮妮思蜜的小床上抱起還在睡覺的她，將她抱緊，好讓她的鬈髮貼著我的臉；她甜美的氣息，如此貼近，蓋過了所有味道。

我不能浪費今天的任何一秒。有些答案是我需要的，而且不確定今天我跟愛德華能有多少獨處的時間。如果跟譚雅家族之間進行得很順利，那麼在接下來的時間裡，希望我們會有同伴。

「愛德華，你會教我怎麼戰鬥嗎？」我問他，緊張地等候他的反應，他正開著門等我。

正如我預期的，他僵住，接著他雙眼帶著深刻的意義掃過我，彷彿他是第一次或最後一次望著我。他的雙眼徘徊在我懷中我們熟睡的女兒身上。

「如果到了需要戰鬥的地步，我們大概已經無能為力了。」他避免直接答覆。

我保持聲音平穩：「你會任我毫無防衛自己的能力嗎？」

他痙攣性地嚥了嚥，隨著他的手握緊，那扇門顫抖起來，鉸鏈嘎吱作響。他點了點頭。「當妳用這個角度來解釋……我想我們應該盡快開始練習。」

我也點頭，然後我們開始朝大屋去。我們並不趕。

我一直想著我能做什麼，讓事情有點任何不同的希望。我有那麼一點特別，以我自己的方式——如果擁有個超自然的厚腦殼可以真被認為特別的話。我能拿它產生點什麼用處嗎？

「你覺得他們最大的優勢是什麼？他們有弱點嗎？」

愛德華不用問也知道我說的是佛杜里。

「亞力克和珍是他們最強的攻擊力。」他不帶感情地說，好像我們在談論一支棒球隊。「他們的防守人員很少讓人看見有任何真正的動作。」

「因為珍可以讓你在所站之處被焚燒——至少，精神上是如此。亞力克能做什麼？你是不是有一次說，他甚至比珍還要危險？」

「是的。就某方面而言，他是珍的解藥。她讓人感覺到所能想像最可怕的痛苦。相反的，亞力克讓人毫無感覺，完完全全沒有感覺。有時候，當佛杜里感到要仁慈時，他們會讓亞力克在某人要被處決前先麻痺他。如果那人投降，或從某方面取悅了他們的話。」

「麻痺？但這怎麼會比珍還危險？」

「因為他把你的感官整個全部切斷。沒有痛苦，但同時也沒有視覺或聽覺或嗅覺，所有感覺全都被剝奪了，你完全孤單地落在黑暗中。當他們焚燒你的時候，你甚至一點感覺都沒有。」

我打了個冷顫。這難道是我們最好的希望嗎？當死亡來臨時，看不見也感覺不到？

「那讓他跟珍同等危險。」愛德華繼續用同樣不帶情緒的聲音說：「他們都能以某種方式使你變得毫無能力，讓你變成一個沒有指望的靶子。他們之間的差別就像我跟厄洛之間的差別。厄洛一次只能聽見一個人腦海中的思想；珍只能傷害她專心對付的那個對象；我可以同時聽見每一個人的思緒。」

當我明白他接下來要講什麼，我感覺整個人都涼了。「而亞力克可以同時讓我們所有的人都變得毫無能力？」我用耳語般的聲音說。

「是的。」他說：「如果他用他的天賦對抗我們，我們會都眼盲耳聾地站在那裡，直到他們走上前來殺了我們——也許他們不會費事先把我們大卸八塊，而是直接燒死我們。噢，我們可以試著反抗，但我們比較可能傷害到自己人，而不是傷害到他們。」

我們在沉默中走了幾秒。我腦中主動浮現一個念頭。不是非常可靠，但比什麼都沒有好。

「你認為亞力克是個很厲害的戰士嗎？」我問：「我是說，除了他所能做的之外。如果他必須不靠自己的天賦來戰鬥，我懷疑他可能甚至從來沒試過……」

愛德華銳利地看我一眼。「妳在想什麼？」

我直視前方。「嗯，他說不定無法對我這麼做，對吧？如果他所做的，像厄洛和珍和你一樣。也許……如果他從來不需要真正的防禦自己……而我又學會了幾招——」

「他已經跟著佛杜里好幾百年了。」愛德華打斷我的話，他的聲音突然驚慌起來。也許他在自己的腦海中看見我所見同樣的景象：在屠殺的戰場上，庫倫家的人無助地站著，一群沒有感覺的石柱——除了我以外。我將會是唯一一個**能夠**戰鬥的人。「對，妳肯定對他的力量免疫，但妳仍然是個新手，貝拉。我沒有辦法在幾個禮拜當中使妳變成一個厲害的戰士。我很肯定他受過訓練。」

「也許有，也許沒有。這是一件除了我以外沒有人能做的事。即使我只能使他**分心**片刻——」我能夠撐著，久到足以給其他人機會嗎？

「求求妳，貝拉。」愛德華咬著牙說：「我們別談這樣的事了。」

「明理一點吧。」

「我會盡量教妳我所會的，但拜託妳，別逼我去想妳要犧牲自己去做個分散注意力的——」他噲住，沒能說完。

我點點頭。然而，我會在心裡計畫好。先是亞力克，如果我神蹟般幸運地贏了，下一個便是珍。如果我只能做到讓雙方勢均力敵——除掉佛杜里陣營具有排山倒海威力的攻擊優勢。也許，那時便有一絲機會……我的思緒往前飛轉著。若我**真的**能夠使他們分心或甚至除掉他們呢？老實說，珍或亞力克為什麼需要費事去學戰鬥技能？我無法想像壞脾氣、難以取悅的珍會放棄她的長處，放下身段來學習。

如果我能殺了他們，那將造成多大的不同。

「我得學每件事。所有你能在接下來這個月塞進我腦子裡的東西。」

他的反應像我沒開口說過話。

那麼，接下來是誰？我也可以按順序訂定好我的計畫，如此一來，若我真從亞力克的攻擊中活下來，我的下一擊就不會有任何遲疑。我試著想另一個我的厚腦殼會給我優勢的地方。我對另一方所知實在不足。很明顯的，像菲力克斯那樣大塊頭的戰士遠超過我所能應付。在此，我只能試著給艾密特有個公平的戰鬥。對於佛杜里其餘的護衛，我都不太清楚，除了狄米崔……

當我想到狄米崔時，我的臉一片平靜。毫無疑問，他會是個戰士。此外沒有別的辦法能讓他存活這麼久，永遠都處在任何攻擊的最尖端。並且他一定始終都是帶頭者，因為他是他們的追蹤者——毫無疑問，是全世界最棒的追蹤者。如果還有比他更好的，佛杜里一定會把他換掉。厄洛身邊絕不會留用次好的。

如果狄米崔不存在，那麼我們就**可以**逃。無論如何，只要我們當中留下來的就能逃。我的女兒，溫暖地在我懷中……有人可以跟她一起逃。雅各或羅絲莉，或任何留下的人。

而且……若狄米崔不存在，艾利絲跟賈斯柏就永遠安全了。難道那是艾利絲所看見的嗎？我們家人的那個部分會存續下去？至少，有他們兩人。

我會吝惜不把這給她嗎？

「狄米崔……」我說。

「狄米崔是我的。」愛德華用繃緊、冷酷的聲音說。我迅速看他一眼，見他神情變得很兇暴。

「為什麼？」我低聲問。

起初他沒回答。當我們來到河邊時，他終於喃喃說：「為了艾利絲。現在，這是我唯一能為過去的五十年而給她的感謝。」

所以，他的想法跟我是一致的。

我聽見雅各沉重的腳掌砰然撞擊著凍結地面的聲音。不到片刻，他便來到我身邊小跑著，漆黑的雙眼專注望著芮妮思蜜。我對他點了下頭，然後回到我的問題上。時間實在太少了。

「愛德華，你想艾利絲叫我們詢問以利沙有關佛杜里的事是為什麼？是因為他最近去過義大利之類的嗎？他能知道什麼？」

「當論及佛杜里時，以利沙知道每一件事。我忘了妳不曉得這件事，他以前是他們的一分子。」

我不由自主地發出嘶聲。雅各在我旁邊咆哮了一聲。

「什麼？」我質問，腦海裡描繪出在我們婚禮上出現的那個俊美的黑髮男子，身披長長的、灰黑色的斗篷。

愛德華的臉這時柔和了些──他露出一點笑容。「以利沙是個非常溫和的人。他跟佛杜里在一起並不是那麼全然的快樂，但他尊敬那些法則，也明白法則被遵守的必要。他覺得自己是在為達到更偉大的善而努力。他並不後悔自己與他們在一起的時光，但是當他遇見卡門，他在這世界找到了自己的位置。他們是非常相似的人，都是充滿同情與憐憫之心的吸血鬼。」他又露出微笑。「他們遇見了譚雅跟她的姊妹，從此他們再也沒回頭。他們對這種生活型態很適應，如果他們一直沒碰見譚雅，我想他們最後一定會靠自己發現一個不靠人血而活的方式。」

我腦海中的圖像無法協調，我無法把它們拼在一起。一個充滿同情與憐憫之心的佛杜里戰士？

愛德華瞥了雅各一眼，回答一個沒問出來的問題。「不，嚴格說來，他不是他們的戰士之一，他有一項他們認為很方便好用的天賦。」

雅各一定問了顯而易見的下一個問題。

「他有一種直覺知道他人天賦的能力──某些吸血鬼擁有的額外能力。」愛德華告訴他：「只要接近到某個範圍之內，他便能給厄洛一個基本概念，任何一位他們所遇見的吸血鬼有什麼樣的能力。當佛杜里進入戰鬥時，這點會很有幫助。如果某個敵對家族中有人會給他們帶來麻煩的話，他可以事先警告他們。但這種情形很少見，要花相當大的功夫才可能讓佛杜里覺得稍有不便。更常有的情況是，這些警告會給厄洛機會拯救某個可能對他有用的人。就某種程度而言，以利沙的天賦甚至對人類也有效。不過，對人類他得非常專注才有辦法，因為那潛在的能力非常模糊。厄洛會要他去測試那些想加入的人，看看他們有沒有任何天賦。他的離開讓厄洛很難過。」

「他們就這樣放他走了？」我問。

他的笑容變暗了，有一點扭曲。「佛杜里不應該是邪惡之徒，不是在妳眼裡的樣子。他們是我們的和平與文明的基礎，每位戰士都是自己選擇為他們服務。那是件受尊敬的差事；他們不是被迫待在那裡，而是為自己能身在其中感到驕傲。」

我怒視地面。

「只有犯罪的人才認為他們是可憎又邪惡的，貝拉。」

「我們不是犯罪的人。」

雅各氣呼呼地同意。

「他們不知道這點。」

「你認為我們真的可以讓他們停下來並聆聽嗎？」

愛德華只遲疑了一剎那，接著聳聳肩。「如果我們找到夠多的朋友站在我們這邊。也許吧。」

如果。我突然對今天將要面對的事感到一股急迫。愛德華跟我開始加快移動速度，展開疾奔。雅各迅速跟上。

「譚雅應該快到了。」愛德華說：「我們需要準備好。」

然而，怎麼樣才叫準備好？我們安排又安排，思考再思考。芮妮思蜜全程在場？還是一開始先隱藏？雅各在屋裡？還是在外面？他已經告訴他的狼群要待在附近，但不可被看見。他該跟他們一樣嗎？

到最後，芮妮思蜜、雅各——又以他的人形出現——和我在從前門無法看見的轉角餐廳裡等著，坐在大而光滑的餐桌旁。雅各讓我抱著芮妮思蜜；他需要空間，以防萬一他要迅速變身。

雖然我很高興有她在我懷裡，這卻讓我覺得自己一點用都沒有。這提醒我在跟成熟的吸血鬼戰鬥時，我將會是個容易得手的目標；我不需要空出雙手來。

我試著想起譚雅、凱特、卡門和以利沙在我婚禮上的模樣。他們的臉在我模糊的記憶中十分陰暗。我只記得他們很漂亮，兩位金髮和兩位深色髮膚之人。我不記得他們的雙眼中有沒有任何仁慈之情。

愛德華靜止地靠在後窗邊的牆上，瞪著前門。他看起來像是沒看見自己面前的客廳。

我們聆聽著汽車在高速公路上經過，由遠而近，由近而遠的聲音，沒有一輛慢下來。

芮妮思蜜窩在我頸窩裡，手貼著我臉頰，但我腦海中沒有影像。她這時候沒有圖像來形容她的感覺。

「如果他們不喜歡我怎麼辦？」她低聲地問，我們所有人的眼睛都移到她臉上。

「他們當然會——」雅各開始說，但我用一個眼神讓他住嘴。

「他們不瞭解妳，芮妮思蜜，因為他們從來沒碰過任何像妳一樣的人。」我告訴她，不想用可能不會成真的保證來騙她。「要讓他們瞭解是個大問題。」

她嘆口氣，在我腦海中突然迅速閃現一連串所有人的圖像。吸血鬼、人類、狼人。她不屬於任何一種。

「妳很特別，這並不是壞事。」

她搖頭表示不同意。她想著我們緊張的臉，然後說：「這是我的錯。」

「不。」雅各、愛德華跟我同時一致地說道，但在我們能更進一步說明時，我們聽見了一直等著的聲音：高速公路上有輛車的速度慢了下來，輪胎從柏油路轉到柔軟的泥土路。

愛德華從轉角一個箭步衝到門邊，等候著。芮妮思蜜躲進我的頭髮裡。雅各跟我隔著桌子凝視著對方，我們臉上盡是絕望。

車子很快駛過森林，比查理或蘇開的還快。我們聽見它開進草坪，在前廊前方停下來。四扇門打開後關上。他們朝門口走來時並未說話。愛德華在他們敲門之前就把門打開。

「愛德華！」一個女性的聲音熱情地說。

「哈囉，譚雅，凱特、以利沙、卡門。」

三聲喃喃的打招呼聲。

「卡萊爾說他需要馬上跟我們談談。」第一個聲音說，是譚雅。我可以聽出他們都還站在外面。我想像愛德華站在門口，擋住了他們進門。「是什麼問題？跟狼人有麻煩了嗎？」

雅各翻了翻白眼。

「不。」愛德華說：「我們跟狼人的協議是前所未有的鞏固。」

有個女人輕聲笑了。

「你不請我們進去嗎？」譚雅問，但她沒等回答就繼續說：「卡萊爾在哪？」

「卡萊爾必須出門去。」

短暫的沉默。

「發生了什麼事，愛德華？」譚雅詰問。

「如果你們給我幾分鐘時間先假定我無罪，」他回答：「有件很難解釋的事，我需要你們別有先入為主的想法，直到你們瞭解為止。」

「卡萊爾沒事吧？」一個男性的聲音焦急地問。是以利沙。

「我們所有人都有事，以利沙。」愛德華說，然後他拍了拍某個東西，也許是以利沙的肩膀。「但就身體方面而言，卡萊爾沒事。」

「就身體方面？」譚雅尖銳地問：「你這話是什麼意思？」

「我的意思是，我們全家正面臨致命的危機。但是，在我解釋之前，我要求你們答應我一件事。在你們採取行動之前，請先聽我說的每件事。我懇求你們讓我解釋清楚。」

長長的沉寂回應著他的要求。在這段緊張又勉強的寂靜中，雅各和我無言地瞪著對方。他紅棕色的唇變白了。

「我們會聽的。」譚雅終於說：「在我們下判斷之前，我們會聽你的陳述。」

「謝謝妳，譚雅。」愛德華說，聲音裡充滿了強烈的情感。「如果我們有別的選擇，我們一定不會把你們扯進這件事情的。」

愛德華挪動。我們聽見四雙腳步聲走進門來。

有人嗅了嗅。「我就知道那些狼人也牽扯在裡面。」譚雅咕噥抱怨。

「是的，而且他們這次仍然站在我們這一邊。」

這提醒讓譚雅閉了嘴。

「你的貝拉在哪兒？」另一個女生的聲音問：「她好嗎？」

「她馬上會來加入我們。謝謝妳，她很好。她加入我族的生活驚人地順利。」

「愛德華，告訴我們有關危險的事。」譚雅靜靜地說：「我們會聽，我們將會站在你們這一邊，那是我們所屬的一邊。」

愛德華深吸一口氣。「我要你們先為自己作見證。請注意聽——另一個房間。你們聽見什麼？」

屋裡非常安靜，接著，有人移動。

「拜託，請先用聽的。」愛德華說。

「有個狼人，我猜。我可以聽見他的心跳。」譚雅說。

「還有呢？」愛德華問。

一陣停頓。

「那個輕輕敲的聲音是什麼？」凱特或卡門問：「那是……某種小鳥嗎？」

「不是，但請記住你們聽見的。再來，除了狼人之外，你們還聞到什麼？」

「有個人類在這裡嗎？」以利沙低聲說。

「不，」譚雅不同意：「那不是人類……但……比這裡其餘所有的味道都更接近人類。那是什麼，愛德華？我想我過去從來沒聞過那種香味。」

「妳肯定從來沒聞過，譚雅。請你們，**拜託**你們，記住這對你們是某種全新的事物。請把你們先入為主的想法都拋開。」

「我答應你我會聽的，愛德華。」

「好吧。貝拉，請帶芮妮思蜜出來。」

我的兩條腿奇怪的僵硬，但我知道那種感覺都只是在我腦海裡。當我站起來走短短幾步路到轉角，我強迫自己不要退縮，不要行動遲緩。雅各緊跟在我背後，他身體的熱氣近距離灼烤著我。

我再跨一步走進客廳，接著僵住，無法再強迫自己往前走。芮妮思蜜深吸一口氣，然後從我頭髮底下往外瞄，她小小的肩膀緊繃著，預期會遭到粗暴的拒絕。

我以為我對他們的反應準備好了——會有指責、喝罵、壓力過大的靜止不動。

但譚雅往後掠退了四步，草莓光澤的金色鬈髮顫抖著，像人類碰到一條毒蛇一樣。凱特往後一躍直達前門口，緊緊抵靠著門邊的牆，咬緊的牙關冒出震驚的嘶聲。以利沙猛撲過去擋在卡門面前，擺出保護性的蹲伏姿勢。

「噢，**拜託**。」我聽見雅各屏息抱怨道。

愛德華伸手環住我和芮妮思蜜。「你們答應會聽我說明。」他提醒他們。

「有些事情是絕不能聽的！」譚雅大喊：「你怎能這麼做，愛德華？難道你不知道這是什麼意思？」

「我們必須快點離開這裡。」凱特焦急地說，手已經放在門把上。

「愛德華……」以利沙似乎不知該講什麼好。

「等一下。」愛德華說，他的聲音這時變冷酷了。「記住你們聽見的、聞到的。芮妮思蜜不是你們所想的那樣。」

「這項規定是毫無例外的，愛德華。」譚雅怒吼回來。

「譚雅，」愛德華尖銳地說：「妳可以聽見她的心跳！住口並想想那是什麼意思。」

「她的心跳？」卡門低語，從以利沙的肩膀後頭往外瞄。

「她不完全是個吸血鬼小孩。」愛德華回答，把他的注意力轉向卡門那比較沒有敵意的臉：「她是半個人類。」

四個吸血鬼瞪著他，好像他說的是他們聽不懂的語言。

「請聽我說。」愛德華的聲音轉變為平滑如天鵝絨的說服語調。「芮妮思蜜是獨一無二的。我是她父親，不是她的創造者——是她的親生父親。」

譚雅的頭搖了一下，很小的一下。她似乎沒意識到自己的動作。

「愛德華，你不能期望我們——」以利沙開始說。

「告訴我另一個適合的解釋，以利沙。你可以感覺到她的體溫散發在空氣中，血液在她的血管中流動，以利沙。你可以聞到它。」

「這怎麼可能？」凱特低不可聞地說。

「貝拉是她的親生母親。」愛德華告訴她：「當她還是人類的時候，她受孕，懷著孩子，並將芮妮思蜜生下來。那幾乎要了她的命，我用盡全力才將夠多的毒液壓進她心臟，救活她。」

「我從來沒聽說過這種事。」以利沙說。他的肩膀依舊僵硬，神情仍然冷酷。

「吸血鬼和人類之間有肉體關係並不常見。」愛德華回答，他的語調裡有種黑色幽默。「在這種幽會中活下來的人類更是少見。你們不同意嗎？表親。」

凱特和譚雅都對他怒目而視。

「來吧，以利沙。你肯定可以看見我們之間的相像處。」

結果對愛德華的話有回應的是卡門。她跨步繞過以利沙，不理會他半明確的警告，小心地走到我面前站定。她稍微彎下身，小心地看著芮妮思蜜的臉。

「看來妳有妳媽媽的眼睛。」她用低沉、平靜的聲音說：「但有妳爸爸的臉。」接著，她彷彿完全不由自主，對芮妮思蜜展開一個微笑。

芮妮思蜜回應的笑容令人眩目。她觸摸我的臉，雙眼卻沒離開卡門。她想要觸摸卡門的臉，想知道可不可以那麼做。

「妳介意讓芮妮思蜜自己告訴妳一些關於她的事嗎？」我問卡門。我還太緊張，聲音無法高過耳語：「她具有解釋事情的天賦。」

卡門仍對芮妮思蜜笑著。「小東西，妳會說話嗎？」

「會。」芮妮思蜜用她那顫顫的女高音回答。除了卡門，譚雅家族所有人聽到那聲音都退縮了一下。「但我可以顯示給妳看，那比我能說的還多。」

她把那有小凹窩的小手放到卡門臉頰上。

卡門一下僵住，像有電流竄過她全身似的。以利沙立刻來到她身邊，雙手搭在她肩上似乎要把她扯開。

「等等。」卡門喘著氣說，她眨也不眨的眼鎖定芮妮思蜜的雙眼。

芮妮思蜜用了好長一段時間向卡門「顯示」她的解釋。愛德華一臉專注，他隨著卡門一起觀看，我真盼望自己也能聽見他所聽見的。雅各在我旁邊不安地動來動去，我知道他也跟我一樣盼望。

「妮思顯示什麼給她看？」他低聲發著牢騷問道。

「所有的事。」愛德華喃喃說。

又過了一分鐘，芮妮思蜜把手從卡門臉上放下來。她帶著勝利的笑容看著那嚇呆了的吸血鬼。

「她真的是你的女兒，不是嗎？」卡門喘著氣說，將她大大的黃玉色眼睛轉過去望著愛德華的臉。「如此生動的天賦！這只可能來自一位充滿天賦的父親。」

「妳相信她所顯示給妳看的嗎？」愛德華問，他的神情很緊張。

「毫無疑問。」卡門簡單說。

以利沙的臉因為苦惱而僵硬。「卡門！」

卡門將他的雙手握在自己手中，輕輕捏一捏。「看起來似乎是不可能的，但愛德華說的句句實言。讓這孩子顯示給你看吧。」

卡門用手肘輕推著以利沙靠近我，然後對芮妮思蜜點點頭。「顯示給他看，**我親愛的**。」

芮妮思蜜露出大大的笑容，對卡門的接納明顯開心的不得了，然後輕觸以利沙的前額。

「我的天！」他叫道，猛地退離開她。

「她對你做了什麼？」譚雅詰問，充滿警戒地走近了點。凱特也慢慢地往前走了一些。

「她不過是試著要向你解釋她的故事。」卡門以安撫的聲音對他說。

芮妮思蜜焦急地皺著眉頭。「請看好。」她命令以利沙，對他伸出手，但在她的手指跟他的臉之間留下幾吋，等待著。

以利沙充滿懷疑地看她一眼，然後轉往卡門求助。她對他鼓勵地點頭。以利沙深吸口氣，往前靠近，直到他的前額再次碰觸她的手。當它開始時他忍不住打顫，但這次他沒動，閉上眼睛好專心。

「啊。」幾分鐘後，當他眼睛又睜開時，說：「原來如此。」

芮妮思蜜對他微笑。他遲疑一下，有點不情願地回以一笑。

「以利沙？」譚雅問。

「都是真的，譚雅。這不是不朽孩童，她是半個人類。來吧，妳自己來看。」

在寂靜中，譚雅先前來站在我面前，充滿警戒，然後是凱特，兩人都在芮妮思蜜碰觸她們向她們顯示第一幅圖像時嚇了一跳。但是，隨後她們都像卡門和以利沙一樣，在結束後都立刻相信了。

我望了愛德華平靜的臉一眼，好奇事情真能這麼容易。他金色的眼眸很清澈，毫無陰影。那麼，這當中沒有欺瞞或詭計了。

「謝謝你們的聆聽。」他靜靜地說。

「然而你所警告我們的致命的危機，」譚雅說：「我明白了不是直接來自這孩子，那麼，肯定是來自佛杜里了。他們是怎麼發現她的？他們是幾時來的？」

對她的迅速理解，我並不吃驚，畢竟，有什麼能威脅一個像我擁有的這麼強的家庭？只有佛杜里。

「當貝拉那天看見艾琳娜在山嶺間出現時，」愛德華解釋：「她身邊帶著芮妮思蜜。」

凱特發出嘶聲，雙眼瞇成一線，「**艾琳娜做了這種事？對你？對卡萊爾？艾琳娜**？」

「不，」譚雅低聲說：「是有別的人……」

「艾利絲看見她去找他們。」愛德華說。我懷疑其他人是否注意到當他提及艾利絲的名字時，稍微瑟縮了一下。

「她怎麼會做這種事？」以利沙說，但並不是要問任何一個人。

「想像你從一段距離之外看見芮妮思蜜。如果你沒有等我們解釋。」

譚雅的眼神繃緊。「無論她怎麼想……你們都是我們的家人。」

「對於艾琳娜的選擇，我們現在都無能為力，已經太遲了。艾利絲給我們一個月的時間。」

譚雅跟以利沙的頭都轉向一邊。凱特皺起眉頭。

「這麼久？」以利沙問。

「他們全體出動。那一定需要一些準備。」

以利沙吃了一驚。「全部的護衛隊？」

「不只護衛隊。」愛德華說，他的下顎繃得緊緊的。「厄洛、凱撒、馬庫斯，甚至連夫人們。」

震驚充滿了他們的雙眼。

「不可能的。」以利沙茫然地說。

「兩天之前，我也會說一樣的話。」愛德華說。

以利沙露出怒容，當他開口說話時，幾近怒吼：「但是那一點道理也沒有。他們為什麼要讓自己和夫人們置身險境？」

「從那個角度來看，是沒有道理。艾利絲說，這當中不只是他們認為我們做了什麼要懲罰我們而已。她認為你能幫助我們。」

「不只是懲罰？那不然還有什麼？」以利沙開始踱步，邁步走到大門前，再走回來，彷彿屋子裡只有他一人似的，他雙眼盯著地板，皺著眉頭。

「其他人呢，愛德華？卡萊爾和艾利絲和其餘的人呢？」譚雅問。

愛德華的遲疑幾乎無法察覺。他只回答了她部分的問題：「去找可能會幫助我們的朋友。」

譚雅朝他傾身，手伸到面前。「愛德華，無論你找來多少朋友，我們都無法幫你贏。我們只能跟你們一起死，你一定要知道這點。當然，我們四人或許是罪有應得，現在艾琳娜這麼做之後，且我們過去又沒支持你們——那次也是為了她的緣故。」

愛德華很快地搖頭。「我們不是要求你們跟我們一起作戰和死亡，譚雅，妳知道卡萊爾永遠不會這麼做的。」

「那不然是為什麼呢，愛德華？」

「我們只是在找尋證人。如果能讓他們停下來，只要片刻就好。如果他們肯讓我們解釋……」他摸了摸芮妮思蜜的臉頰；她抓住他的手，把它緊貼住自己的皮膚。「當親眼見識後，就很難懷疑我們的故事。」

譚雅緩緩點頭。「你們覺得她的過去對他們有那麼重要嗎？」

「只有當它預示了她的未來時。制約的目的在保護我們不曝光，不受到過多無法馴服孩童的故事的干擾。」

「我一點也不危險。」芮妮思蜜插嘴。我用我的新耳朵聽著她高亢、清亮的聲音，想像她在別人耳裡聽起來像什麼樣子。「我從來沒有傷害外公或蘇或比利，我喜愛人類，還有狼人，像我的雅各。」她放開愛德華的手，往後伸去拍雅各的手臂。

譚雅和凱特迅速交換了一瞥。

「如果艾琳娜不是這麼快就來，」愛德華沉思著說：「我們就能避免這一切。芮妮思蜜以史無前例的速度成長著。等這個月過去，她應該又成長了平常人的半年程度。」

「嗯，這肯定是我們能夠見證的事。」卡門用一種決定的口吻說：「我們能夠保證親眼看見她的成長。

佛杜里怎能忽視這樣的證明？」

以利沙含糊地說：「的確，怎麼能夠？」但他沒有抬頭，並且繼續踱步，彷彿他一點也沒注意我們。

「是的，我們可以為你們作證。」譚雅說：「這肯定辦得到。我們會考慮看我們還能多做些什麼。」

「譚雅，」愛德華抗議，聽見她腦海中有更多她沒說出來的。「我們並不期待你們與我們一起戰鬥。」

「如果佛杜里不肯停下來聽我們的見證，我們不可能眼睜睜站在那裡。」譚雅堅持說：「當然，我只為自己發言。」

凱特嗤鼻哼說：「姊姊，妳真的這麼不相信我嗎？」

譚雅對她露出大大的笑容：「畢竟，這是一項自殺任務啊。」

凱特回她一笑，滿不在乎地聳聳肩，說：「算我一份。」

「也算我一份，我也會盡我之力保護這孩子。」卡門同意說。接著，彷彿她再也不能抗拒，她朝芮妮思蜜伸出手。「我可以抱抱妳嗎？bebé linda（西班牙語：漂亮的小孩）。」

芮妮思蜜熱切地朝卡門伸出手，很高興自己又有了新朋友。卡門抱緊她，對她喃喃說著西班牙語。

情況就像跟查理在一起，而在那之前是對庫倫全家人。芮妮思蜜令人無法抗拒，到底她有什麼能吸引每個人來喜愛她，甚至讓他們願意為了保護她而押上自己的性命？

有那麼片刻，我想也許我們想嘗試做到的事是有可能的。也許芮妮思蜜能做到不可能的事，贏得我們敵人的心，正如她已經贏得我們朋友的心。

然後，我想起艾利絲離開了我們，我的希望消失得跟它出現時一樣快。

chapter 31

具有才能

我感到很迷惑。

我豈不是已經知道我的天賦？

我具有超強的自我控制能力，

讓我直接跳過了可怕的新手第一年。

吸血鬼最多只有一項額外的能力，不是嗎？

「在這件事情上，狼人的角色是什麼？」譚雅看著雅各接著問。

雅各在愛德華能回答之前開口：「如果佛杜里不肯停下來聽聽有關妮思，我是說，芮妮思蜜的事，」他更正自己的話，想起來譚雅不會懂他那愚蠢的暱稱，「**我們**會阻止他們。」

「非常勇敢，小子，但對比你更有經驗的戰士來說，那都是不可能的。」

「妳不知道我們的能耐。」

譚雅聳聳肩。「命是你們的，要怎麼死是你們的選擇。」

雅各的眼睛迅速掃向芮妮思蜜——仍在卡門的懷裡，凱特正俯身看著她們倆——很容易就看出他眼中的渴望。

「她很特別，那小娃娃。」譚雅沉思著說：「令人難以抗拒。」

「一個具有才能的家庭。」以利沙邊踱步邊喃喃地說。他的速度增加了，每秒鐘從門口掠到卡門身邊又掠回去。「父親是個讀心者，母親是個防護盾，還有這個非比尋常的小孩具有某種令我們所有人都迷上她的魔法。我很懷疑能找出個名稱來稱呼她所做的事，或這是吸血鬼混血兒會有的行為模式，彷彿這樣的事可以被考慮為常態！一個吸血鬼混血兒，一點也沒錯！」

「抱歉，」愛德華以震驚的聲音說。他伸出手在以利沙又要轉身走向門時，一把抓住他的肩膀。「你剛剛說我妻子是什麼？」

以利沙好奇地看著愛德華，暫時忘記他那狂躁的踱步。「是個防護盾，**我想**。她現在封鎖住我了，所以我無法確定。」

我瞪著以利沙，眉頭因困惑而皺成一團。防護盾？他說我封鎖住他是什麼意思？我這會兒就站在他旁邊，沒有用任何方式防衛啊。

「是個防護盾？」愛德華重複，一臉迷惑。

「拜託，愛德華！如果我無法摸透她，我懷疑你也沒辦法。你現在能聽見她的思緒嗎？」以利沙問。

「不能。」愛德華喃喃說：「但我從來都不能，即使當她還是人類的時候。」

「從來都不能？」以利沙眨眨眼。「真有意思，如果在轉變身分之前就這麼清楚明白的顯示出來，這可是暗示了一個極為強而有力的潛在才能。我找不到一個方法能穿透她的防護盾去感覺它的存在，完全沒辦法。但她一定還很生疏——她才幾個月大而已。」他現在看著愛德華的眼神簡直是氣急敗壞。「並且她顯然完全不知道自己在幹什麼。完全毫無意識。真諷刺啊。厄洛派我跑遍全世界找尋這樣奇特的人，而你竟然如此湊巧碰上了，卻還不明白自己擁有什麼。」以利沙難以置信地搖著頭。

我皺起眉頭。「你們在講什麼啊？我怎麼可能是個**盾牌**？那到底是什麼意思？」我腦海中所能想到的，是一整套可笑的中古世紀戰甲。

以利沙把頭歪向一邊，打量我。「我猜我們在護衛隊的習慣是過度正式了。事實上，把才能歸類是件主觀又隨意的事；每一種才能都是獨特的，從來不會有完全相同的兩件事。但是妳，貝拉，卻相當容易歸類。那些純粹是防禦，保護擁有者的某個面向的才能，始終都被稱為**防護盾**。妳曾經測試過妳的能力嗎？除了我和妳的配偶之外，妳封鎖過任何人嗎？」

儘管我的新頭腦運作十分迅速，我還是花了幾秒才組織出我的答案。

「它只對特定的事有效。」我告訴他：「我的頭腦可說是……私密的。但它不能阻止賈斯柏擾亂我的情緒，或艾利絲察看我的未來。」

「純粹是心智上的防禦。」以利沙對自己點頭。「有限，但很強大。」

「連厄洛都沒辦法聽見她。」愛德華插嘴：「當他們碰面時，她還是個人類。」

以利沙瞪大眼睛。

「珍試圖傷害我，但她辦不到。」我說：「愛德華認為狄米崔無法找到我，還有亞力克也不能干擾我。這算好嗎？」

以利沙依舊震驚喘息，點了點頭說：「很好。」

「是個防護盾！」愛德華說，語調中充滿了深深的滿足。「我從來沒這樣想過。我之前唯一碰過的人是瑞娜塔，而她所做的極為不同。」

以利沙稍微恢復了一些。「是的，沒有一項才能是以完全相同的方式顯示出來的，因為沒有人會以完全相同的方式**思想**。」

「誰是瑞娜塔？她會做什麼？」我問。芮妮思蜜對此也感興趣，她往外傾身離開卡門，好讓自己可以繞過凱特往外看。

「瑞娜塔是厄洛的貼身保鏢。」以利沙告訴我：「一個非常實用的防護盾，並且威力十分強大。」

我模糊記得在厄洛那駭人的高塔裡，有一小群吸血鬼環繞在他身邊，有男有女。在那不舒服、嚇人的記憶中，我不記得那些女人的臉。其中一定有一個是瑞娜塔。

「我懷疑……」以利沙沉思著。「妳知道，瑞娜塔在對付實體的攻擊上是個強大的防護盾。如果有人接近她──或厄洛，在有敵意的情況中，她總是在他身邊──他們會發現自己……注意力被轉開了。她周圍有一股力量會抵制人靠近，雖然幾乎無人察覺。妳只會發現自己走往跟之前計畫的不同方向，並且很困惑地想為什麼之前要往那邊去。她可以把防護盾拋射到離自己幾米之外。當凱撒和馬庫斯有需要的時候，她也可以保護他們，不過厄洛是她優先保護的對象。

不過，她所做的不是實際的行為。就像我們絕大多數人的天賦，它是在心智中操作的。如果她要把**妳**

擋回去，我很好奇誰會贏？」他搖搖頭。「我從未聽過厄洛或珍的本事遭到阻撓。」

「媽媽，妳很特別。」芮妮思蜜毫不驚訝地告訴我，好像她在評論我衣服的顏色一樣。

我感到很迷惑。我豈不是已經知道我的天賦？我具有超強的自我控制能力，讓我直接跳過了可怕的新手第一年。吸血鬼最多只有一項額外的能力，不是嗎？

或者，從一開始愛德華就是對的？在卡萊爾提議說我的自我控制可能是某種超過自然的能力，愛德華認為我的自制力只是事前有好的預備的結果——**專注與態度**，他曾這樣宣稱。

哪一樣是對的？我還能做**更多**嗎？像我這樣的人有個名稱跟分類嗎？

「妳可以投射嗎？」凱特充滿興趣地問。

「投射？」我問。

「把它推展到妳自身之外。」凱特解釋說：「保護在妳旁邊的某個人。」

「我不知道。我從來沒試過，不知道我該怎麼做。」

「噢，妳可能沒辦法做到。」凱特很快地說：「天曉得我努力了幾百年，而我最多只能做到讓電流遍布我的皮膚。」

我瞪著她，完全聽不懂。

「凱特有一種攻擊的技能。」愛德華說：「有點像珍。」

我立刻從凱特身邊退縮開，她大笑。

「我不會用它虐待人。」她向我保證。「它只是某種在戰鬥中很好用的武器。」

凱特的話開始被我吸收瞭解，開始跟我的思維連接上。**保護在妳旁邊的某個人**，她這麼說。彷彿有某種方法能讓我把另一個人包裹進我古怪、無聲的腦袋裡。

我想起愛德華痛苦地縮在佛杜里古堡角樓的古老石地上。雖然那是個人類的記憶更尖銳、更痛苦——好像它已經烙進我大腦的組織裡。

如果我可以阻止這種事再次發生呢？如果我能保護他？保護芮妮思蜜？即使只有最微渺的一絲可能，我也能保護他們？

「妳一定要教我怎麼做！」我堅持說，想也沒想就抓住凱特的手臂。「妳一定要顯示給我看怎麼做！」

凱特對我這一抓退縮了一下。「也許——只要妳停止壓碎我的臂骨。」

「唉呀！對不起！」

「好吧，妳防護住了自己。」凱特說：「剛才的動作應該能把妳的手臂給震開的。妳現在什麼感覺都沒有嗎？」

「這真的沒有必要，凱特，她沒有傷害妳的意思。」愛德華屏息咕噥著。我們誰也沒理他。

「不，我什麼感覺也沒有。妳正在做通電流的事嗎？」

「對，我正在做。嗯，我從來沒碰過任何感覺不到它的人，不管是不是不朽族類。」

「妳說妳把它投射到妳的皮膚上？」

凱特點頭，說：「它本來只在我的手掌上。有點像厄洛一樣。」

「或像芮妮思蜜。」愛德華插嘴。

「但在經過許多練習之後，我可以把電流遍布我全身，那是很好的防禦。任何人試圖碰觸我，會像人類遭到電擊棒電到一樣倒地。它只會把人電倒幾秒鐘，但那已經足夠了。」

我只有一半的意識在聽凱特說話，我的思緒繞著一個念頭飛轉，倘若我學得**夠快**，我可能可以保護我的小家庭。我熱切地希望我在這投射的事上也能很行，就像我令人難以理解地在所有做一個吸血鬼的各方面上都很行一樣。我人類的生活並未讓我認為事情都是自然而然就會到臨，我也無法讓自己相信這才能會經久耐用。

這感覺像是我過去從未如此想要這樣一種東西：要能夠保護我所愛的人。

因為我是如此全神貫注在想，所以沒注意到愛德華和以利沙之間沉默的交流，直到它變成說出來的對話。

「但你可以想到例外嗎？即使只有一個。」愛德華問。

我望過去，想要弄懂他的評論，這才明白所有人都已經瞪著這兩個男人看。他們專注地靠向彼此，愛德華的表情因懷疑而緊繃，以利沙的神情既不高興又不情願。

「我不想這樣想他們。」以利沙咬著牙說。這突然轉變的氣氛讓我非常驚訝。

「如果你是對的——」以利沙又開始說。

愛德華打斷他：「那想法是你的，不是我的。」

「如果**我是**對的……我甚至無法想像那是什麼意思。那會改變我們創造出來的整個世界。那會改變我生命的意義。我曾經置身其中的所作所為。」

「你的意圖始終都是最好的，以利沙。」

「那重要嗎？我竟做了這樣的事？有多少的性命……」

譚雅充滿安慰地把手放在以利沙的肩膀上。「吾友，我們錯過了什麼？我想知道，然後可以跟這些想法辯論。你從來沒做過任何值得你以這種方式懲罰自己的事。」

「噢，我沒有嗎？」以利沙咕噥著。然後他聳肩掙脫她的手，又開始踱步，甚至比之前更快。

譚雅望了他半秒，接著回來專注於愛德華。「解釋吧。」

愛德華點頭，他說話時繃緊的雙眼仍跟著以利沙。「他一直試著瞭解為什麼佛杜里有那麼多人要來懲罰我們，那不是他們做事的方式。當然，我們是他們對付過的最大一個成熟的家族，但過去也有其他家族彼此聯合來保護自己，然而除了人數眾多之外，他們從來沒有呈現足夠的挑戰力。我們是關係更緊密的家族，那是個因素，但我們不是最大的一個。

他想起其他幾次家族遭到懲罰的事，每次理由都不同，但他發現這當中出現一個模式。這模式是其餘的護衛絕不會注意到的，因為把中肯的情報私下傳報給厄洛的只有以利沙一人。這模式只有大約兩百年才出現一次。」

「這模式是什麼？」卡門問，跟愛德華一樣望著以利沙。

「厄洛不常親身參與懲罰的遠征。」愛德華說：「但在過去，當厄洛特別想要某個東西時，這個或那個家族總是沒多久就有證據顯示他們犯了某種不可饒恕的罪。長老們會決定一起去觀看護衛隊執行審判，然後，一旦那個家族幾近被摧毀時，厄洛會賜給某位成員大赦，他會宣稱該成員的內心特別有悔意。而結果總是證明，那位吸血鬼具有厄洛所欣賞的天賦，那個人也總是在護衛隊中被賜予一個位置，那位具有天賦的吸血鬼很快就會接受，總是非常感激獲得這樣的榮譽。此事從無例外。」

「被選上一定是件非常振奮人心的事。」凱特暗示地說。

「哈！」以利沙咆哮，仍在踱步。

「護衛隊當中有一個人，」愛德華說，解釋著以利沙憤怒的反應。「她的名字叫巧喜，她具有影響人情感的能力，能讓他們彼此緊繫在一起。她可以放鬆或收緊那些連繫，她可以讓人感覺自己與佛杜里緊緊相繫，想要屬於他們，想要取悅他們……」

以利沙突然停下來。「我們都明白為什麼巧喜很重要。在戰鬥當中，如果我們能夠離間結盟家族之間的忠誠度，就更加容易擊敗他們。如果我們能在情感上把家族中無辜的成員跟有罪的加以疏離，審判就可以避開不必要的殘忍來完成——有罪者可以不受干預地遭到懲罰，無辜者可以獲得饒恕。否則，根本沒有辦法讓家族不團結在一起戰鬥。因此，巧喜會破壞那使他們連繫在一起的約束力。那在我看來好像是極大的仁慈，是厄洛慈悲的證明。我也懷疑過是巧喜使我們更緊密地團結在一起，但，那也是件好事。它使我們更有效率，它幫助我們更容易一起共存。」

這為我澄清了一些舊的記憶。之前，護衛隊那種快樂地、幾乎像愛侶般熱愛順從他們主人的態度，一直讓我搞不懂。

「她的能力到底有多強？」譚雅問道，聲音中有一種迫切，她的目光迅速掃過她家中的每位成員。

以利沙聳聳肩：「我能夠跟卡門一起離開。」然後他搖頭，說：「任何比伴侶之間的結合力弱的關係，都會有危險。至少，在一般家族是這樣。不過那些是比我們家族弱的聚合。戒掉人血使我們變得比較文明、有教養——讓我們因為愛的緣故有真正的聚合。我很懷疑她能轉變我們的結盟，譚雅。」

譚雅點頭，似乎重新獲得了保證，以利沙繼續他的分析。

「我只能想到，厄洛決定要親自來，又帶那麼多人跟他一起來的原因，是因為他的目的不是懲罰，而是獲取。」以利沙說：「他需要在場控制情況。但在接觸這麼大又充滿天賦的一個家族時，他又需要整個護衛隊的保護。另一方面，那會留下其他長老們在沃爾苔拉無人保護。太冒險了——可能會有人想趁機占便宜。因此，他們全都一起來了。否則，他如何有辦法保存他想要的天賦？他一定想要得到它們想得要死。」

以利沙沉思著說。

愛德華的聲音低得像是呼吸：「今年春天，就我所見厄洛的思緒裡，他從來沒有想要任何一樣東西像想要艾利絲這麼厲害。」

我感覺自己的下巴掉下來，想起很久以前我想像過的那幅惡夢般的圖畫：愛德華和艾利絲披著黑色斗篷，有著血紅的眼睛，他們的神情冰冷又疏遠，正如他們像影子般站立著，厄洛的手牽著他們的……難道艾利絲最近看見這景象？難道她看見巧喜試圖剝奪她對我們的愛，將她跟厄洛、凱撒及馬庫斯綁在一起？

「這是為什麼艾利絲要離開嗎？」我問，我的聲音在說到她的名字時破碎了。

愛德華捧住我的臉。「我想一定是這樣的。不能讓厄洛得到他最想要的東西，讓她的力量不落入他手中。」

我聽見譚雅跟凱特以困擾的聲音喃喃低語，這才想起來她們不知道艾利絲的事。

「他也想要你。」我低聲說。

愛德華聳聳肩，他臉上的神情突然有點太鎮定。「跟艾利絲比還差得遠。我真正能給他的東西，他其實都已經有了。當然，那還要看他是不是能找到一個強迫我聽從他意願的辦法。他熟知我，因此他知道那有多麼不可能。」他諷刺地揚起一邊眉毛。

以利沙對愛德華的冷淡皺了皺眉頭。「他同時也知道你的弱點。」以利沙指出，然後他看著我。

「我們現在不需要討論這個。」愛德華很快地說。

以利沙不理會暗示，繼續說：「無論如何，他恐怕也想要你的配偶。他一定是被迷住了，居然有一種才能是還在人類的狀態時就能使他的探索落空的。」

愛德華對這議題感覺很不舒服，我也一樣不喜歡。如果厄洛要我做某件事──任何一件事──他只需要拿愛德華作為威脅，我就會完全聽命行事，反過來也一樣。

難道死亡是比較無須顧忌的嗎？難道被俘虜才是我們真正該害怕的？

愛德華改變話題：「我想佛杜里在等這件事──等待某種藉口。他們無法知道他們的藉口會以哪種形式出現，但計畫已經訂好了，就等藉口來到。那是為什麼艾利絲看見在艾琳娜引發事情前，他們就已經做下決定了。決定早就做好了，只等著假裝審判的正當性。」

「如果佛杜里濫用所有我族賦予他們的信任……」卡門喃喃說。

「那有關係嗎？」以利沙問：「誰會相信呢？即使其他人被說服相信佛杜里開拓了他們的權勢，事情能有什麼不同？沒有人能夠抵擋他們。」

「不過我們有些人顯然夠瘋狂到不惜一試。」凱特喃喃自語。

愛德華搖搖頭：「凱特，你們只是來這裡作證的。無論厄洛的目的是什麼，我不認為他已經準備好要讓佛杜里的名聲毀於一旦。如果我們可以拿走他反對我們的論證，他就會被迫離開不再打擾我們。」

「當然。」譚雅喃喃說。

看來沒有人相信這話。有好幾分鐘長的時間，沒有人說話。

然後我聽見汽車的車胎轉離高速公路的柏油路的聲音，接著進入庫倫家泥土路的車道上。

「噢，要命，查理。」我咕噥抱怨。「也許德納利家族可以先到二樓去，直到——」

「不。」愛德華用疏離的聲音說。他的眼神很遙遠，視而不見地瞪著大門。「那不是妳父親。」他的目光集中到我臉上。「終究，艾利絲派了彼得和夏洛特來。該準備好面對下一回合了。」

chapter 32

客人

庫倫家巨大的房子擠滿客人的情形，
到了沒有人認為會舒服的地步。
之所以能容納這麼多人，
是因為沒有一位客人需要睡覺。
不過，用餐時間可不確定。

庫倫家巨大的房子擠滿客人的情形，到了沒有人認為會舒服的地步。之所以能容納這麼多人，是因為沒有一位客人需要睡覺。不過，用餐時間可不確定。我們的客人盡他們最大的可能合作。他們遠離福克斯及拉布席，只到外地去狩獵；愛德華是個極其大方的主人，只要有需要就把他的車子借出，眉頭都不皺一下。這種妥協讓我很不舒服，雖然我試著告訴自己，不管怎樣，他們在世界其他地方也都在狩獵。

雅各甚至比我更不高興。狼人的存在是要防止人命的喪失，而這裡謀殺犯猖獗，竟就在狼群的邊界門口獲得饒恕。但在這類情況下，在芮妮思蜜有嚴重危險的情形下，他閉嘴不言，怒瞪著地板而不是那些吸血鬼。

我十分驚奇來訪的吸血鬼輕易接納雅各；愛德華預期的麻煩從來沒具體出現。雅各對他們來說，似乎或多或少像視而不見，既不是個人，但也不是食物。他們對待他，就像那種不喜歡動物的人對待自己朋友的寵物一樣。

利雅、賽斯、奎爾和安柏瑞，目前都被派去和山姆一起巡邏，雅各會很樂意加入他們，只除了他受不了離開芮妮思蜜，而芮妮思蜜則忙著使卡萊爾那些從各地而來、奇奇怪怪的朋友入迷。

我們重複上演介紹芮妮思蜜給德納利家族的情景有六、七次之多。先是對彼得和夏洛特，艾利絲和賈斯柏叫他們來這裡，但完全沒有給他們任何解釋；就像大部分認識艾利絲的人，儘管缺乏進一步的資訊，他們還是相信她的指示。艾利絲沒告訴他們她跟賈斯柏是朝哪個方向去，她甚至沒承諾將來會再見到他們。

彼得和夏洛特從來都沒見過不朽孩童，不過他們知道規矩，他們一開始的負面反應沒有像德納利的吸血鬼那麼強烈。好奇心驅使他們容許芮妮思蜜的「解釋」。就這樣解決了。現在，他們跟譚雅的家族一樣，承諾作證。

卡萊爾從愛爾蘭和埃及送了朋友來。

愛爾蘭的家族先到，他們很容易就被說服了，真令人驚訝。西歐班是領導人——一個極其壯碩的女人，看見那麼美麗的巨大身軀在行動時如此流暢地波動，委實迷人，但她和她那神情冷酷的伴侶利安，長久以來已經習慣他們家族中最新一位成員的判斷。小瑪姬有一頭紅色鬈髮，外表不像其他兩位那麼令人印象深刻，但她的天賦是知道別人對她說的是真話還是謊話，並且她的判斷從未被質疑。瑪姬宣布愛德華說的是真的，因此西歐班和利安甚至在碰觸芮妮思蜜之前，就完全接受了我們的故事。

阿穆和其他的埃及吸血鬼就是另一回事了。即使在他家族中兩位年輕成員，班傑明和提雅都被芮妮思蜜的解釋說服了之後，阿穆仍拒絕碰她，並命令自己的家族離開。班傑明——是個快樂到很古怪的吸血鬼，看起來只比個男孩大沒多少，似乎同時充滿了完全的自信，又完全不在乎——用隱約要跟阿穆散夥的威脅，說服阿穆留下來。阿穆留下來了，但依舊拒絕碰觸芮妮思蜜，也不准他的伴侶琪比摸她。這看起來像個很不搭的組合——雖然埃及人長得都很像，都有漆黑的頭髮和橄欖色調的蒼白，他們很容易就能被認為是真正的一家人。阿穆是資深成員以及發言的領導人。琪比從來沒離開阿穆身邊一步以上，我也從來沒聽見她開口講一個字。班傑明的配偶提雅也是個安靜的女人，不過當她開口說話時，所說的每一點都充滿了深刻的見解和重量。然而，情況看來是他們都繞著班傑明打轉，彷彿他具有某種看不見的磁力，其他人要靠他來維持自己的平衡。我看見以利沙對那男孩瞪大了眼睛，因此假設班傑明具有吸引他人歸向他的才能。

「不是那樣的。」當我們夜裡獨處時，愛德華告訴我：「他的天賦非常獨特，阿穆很怕失去他。情況很像我們之前計畫的，不要讓厄洛知道芮妮思蜜的存在，」他嘆氣，「阿穆一直保持不讓班傑明在厄洛面前曝光。阿穆創造了班傑明，知道他將會非常特別。」

「他能做什麼？」

「某種以利沙從未見過的事。某種我從未聽過的事。某種就連妳的防護盾都拿他沒辦法的事。」他對我露出那壞壞的笑容。「他能夠真正影響四大元素——風、火、土、水。真正實體的操縱，不是心智上的幻象。班傑明仍在試驗它，而阿穆試圖把他塑造成一個武器。但妳也看到班傑明有多麼獨立。他不會被利用的。」

「你喜歡他。」我從他的聲調中推測。

「他有非常清楚的對與錯的意識。我喜歡他的態度。」

阿穆的態度則是另一回事，他和琪比都不與人來往，不過班傑明和提雅卻很快就跟德納利及愛爾蘭兩個家族交起朋友來。我們希望卡萊爾回來後，能讓阿穆仍有的緊張放鬆下來。

艾密特和羅絲送了個別的人來——任何他們所能找到的，卡萊爾的流浪的朋友。

嘉瑞特最先到——一個高大、手長腳長的吸血鬼，有著熱切的深紅色眼睛與長長的棕黃色頭髮，他用一條皮繩把頭髮綁在腦後——且很明顯一眼就看出來他是個冒險者。我料想我們可以把任何挑戰擺在他面前，他都會接受，為的只是測試他自己。他很快就跟德納利的姊妹們打成一片，對她們不尋常的生活方式問個沒完。我好奇素食主義會是另一個他想嘗試的挑戰，只為了看他自己能不能辦到。

瑪麗和藍代爾也來了——雖然他們沒一起旅行，但已經是朋友。他們聆聽芮妮思蜜的故事，並跟其他人一樣留下來作證。如同德納利家族，他們思考著萬一佛杜里沒有停下來聽解釋，他們要怎麼做。三位流浪者都玩味著站在我們這邊的想法。

當然，隨著每個新證人的增加，雅各的脾氣就越來越壞。只要他能，他就保持距離，當他沒辦法的時候，他便向芮妮思蜜抱怨，如果有任何人期望他記得所有新吸血蟲的名字的話，應該要有人提供他一份索引（註18）。

卡萊爾和艾思蜜在離開一週後返家，艾密特和羅絲莉比他們稍晚幾天，當他們回來後，我們大家的感覺都好多了。卡萊爾又帶了個朋友跟他一起回來，不過朋友可能是個不對的詞。艾利斯泰爾是個不願與人來往的英國吸血鬼，他把卡萊爾算做是自己最親近的熟人，雖然他一百年難得來拜訪一次。艾利斯泰爾極喜愛獨來獨往，卡萊爾說盡好話才讓他來到這裡。他迴避所有同伴，並且很清楚的，在這些聚集的家族中，沒人喜歡他。

這位陰陽怪氣的黑髮吸血鬼聽進了卡萊爾所說有關芮妮思蜜的事，但卻跟阿穆一樣，拒絕觸摸她。愛德華告訴卡萊爾、艾思蜜跟我，艾利斯泰爾害怕待在這裡，卻又更怕不知道結果如何。他對任何權威都充滿深深的疑慮，因此，很自然地也懷疑佛杜里。而現在所發生的事，似乎更加確認了他的恐懼。

「當然，現在他們已經知道我在這裡了。」我們聽見他在閣樓裡對自己發牢騷——他喜歡獨自生悶氣的地點。「到了這地步，不可能躲過厄洛不讓他知道。要再逃個幾百年，就是聚集在此所代表的含意。過去十年來，每個卡萊爾談過話的人都會被他們列入黑名單。我真不敢相信竟然讓自己來蹚這趟渾水。這真是個對待朋友的好辦法啊。」

但如果他有關逃離佛杜里的想法是對的，至少他比我們其餘的人都更有希望。艾利斯泰爾是個追蹤者，雖然精準度和效率不及狄米崔。艾利斯泰爾只會感覺到一股難以捉摸的拉力，拉著他朝所要找的東西去。不過那股拉力足以告訴他奔跑的正確方向——跟狄米崔相反的方向。

接著，另一對意料之外的朋友抵達了——意料之外，是因為無論是卡萊爾或羅絲莉都無法聯絡到亞馬遜的朋友。

註18 請見書末附錄。

「卡萊爾。」當兩名像貓般瘦長的女人到達時，當中較高的那位跟他打招呼。她們兩個似乎都像被拉長了——長手臂、長腿、長手指、長辮子，還有長臉跟長鼻子。她們身上只穿著獸皮——皮背心和緊身褲，兩側用皮繩綁起。讓她們看起來充滿野性的不只是古怪的服飾而已，而是她們的一切，從她們焦躁的紅眼睛到她們剎那間的、如箭矢般的行動。我從未見過任何比她們更不文明的吸血鬼。

但她們是艾利絲送來的，說得宛轉一點，這真是個有趣的消息。艾利絲為什麼在南美洲？只因為她看到沒有人能聯絡上這兩個亞馬遜人嗎？

「莎菲娜和辛娜！可是，怎麼不見卡琪瑞？」卡萊爾問：「我從沒見妳們三人分開過。」

「艾利絲告訴我們，我們需要分開，」莎菲娜用很配她野性外表的深沉沙啞的聲音回答：「離開彼此讓我們很不舒服，但艾利絲跟我們保證，你在這裡需要我們，而她非常需要卡琪瑞陪她到別的地方去。她只肯告訴我們這麼多，還說這是十萬火急的事……？」莎菲娜的陳述轉變成一個問句，並且——無論我做過多少次，那股緊張的發抖從來沒離開過——我帶芮妮思蜜出來見她們。

且不管她們外表有多凶猛，她們非常鎮定地聆聽我們的故事，然後允許芮妮思蜜證明所言。她們跟其他吸血鬼一樣，深受芮妮思蜜所吸引，但當我看見她們在那麼靠近她的地方那麼快速地忽動忽停，實在忍不住擔心。辛娜總是跟在莎菲娜旁邊，從來不講話，但情況跟阿穆和琪比不同。琪比的態度似乎是順從；辛娜跟莎菲娜比較像是一個有機體的兩個部分——莎菲娜碰巧是那個嘴巴。

有關艾利絲的消息，奇怪地令人感到安慰。她顯然在進行某種費解的任務，只有她自己知道，正如她在避免無論厄洛對她定了什麼計畫一樣。

愛德華對有亞馬遜人跟我們在一起這事十分興奮，因為莎菲娜具有極大的才能；她的天賦可以變成非常危險的攻擊武器。愛德華並未要求莎菲娜跟我們一起並肩作戰，但如果佛杜里看到我們的見證人後仍不停下來，說不定他們會為不同類型的情景停下來。

「那是一種非常直接的幻象。」當我跟過去一樣，結果顯示我什麼都沒看到之後，愛德華向我解釋。我的免疫功能激起了莎菲娜的好奇心，讓她感到有趣——她過去從未碰過這樣的事——當愛德華向我描述我錯過了什麼時，她就在旁邊繞來繞去。當愛德華繼續往下說時，他的眼睛有點失焦。「她可以讓大多數人看見她所要他們看見的——只是看見，沒別的。譬如，現在我是獨自置身在雨林中。一切是那樣清楚，我有可能真的相信，只除了我還能感覺到我抱著妳的事實。」

莎菲娜的唇扭成她有力版本的微笑。片刻之後，愛德華的眼睛再次聚焦，他回她一個笑容。

「真精采。」他說。

芮妮思蜜對我們的對話聽得入迷，她毫不害怕地朝莎菲娜伸手。

「我可以看嗎？」她問。

「妳想要看什麼呢？」莎菲娜問。

「妳顯給爸爸看的。」

莎菲娜點點頭，我焦急地看著芮妮思蜜的雙眼茫然地瞪著前方，片刻之後，芮妮思蜜的臉上露出燦爛的笑容。

「還要。」她命令道。

之後，要把芮妮思蜜跟莎菲娜及她那**漂亮的圖畫**分開，非常困難。我很擔心，因為我十分確定莎菲娜能夠創造出一點也不美麗的影像。但透過芮妮思蜜的思緒，我可以親眼看見莎菲娜創造的影像——它們跟任何芮妮思蜜自己的記憶一樣清晰，好像它們是真的一樣——因此，我可以自己判斷它們是否合宜。

雖然我不想那麼容易放開她，但我得承認，莎菲娜能一直逗著芮妮思蜜玩，真是件好事。我需要空出我的雙手。我有好多東西要學，包括身體的和心理的，而時間是那麼的短。

首先，我試圖學習打鬥一事，進行的並不順利。

愛德華大約兩秒就把我制住。但他沒有讓我自己掙脫——這點我絕對辦得到——而是跳起來從我身邊走開。我立刻知道有什麼不對勁；他仍像個石頭，目光越過我們練習的草坪凝視著遠處。

「對不起，貝拉。」他說。

「不，我沒事。」我說：「我們再來一次。」

「我沒辦法。」

「你沒辦法？什麼意思？我們才剛開始耶。」

他沒回答。

「喂，我知道對此我很不在行，但如果你不幫我，我沒辦法進步啊。」他什麼也沒說。我開玩笑地一下跳到他身上。他一點也沒防衛，結果我們兩個全跌到地上。我把嘴唇貼上他咽喉時，他依舊動也不動。

「我贏了。」我宣布。

他瞇起眼睛，但什麼也沒說。

「愛德華？哪裡不對了？你為什麼不肯教我？」

過了整整一分鐘，他才再度開口說話。

「我只是……無法忍受。艾密特跟羅絲莉知道的跟我一樣多。譚雅跟以利沙說不定知道的更多。找別人教妳吧。」

「那真不公平！你明明就很**厲害**。你之前就幫賈斯柏——你跟他也跟其他人對打。為什麼我不行？我做錯了什麼？」

他嘆了口氣，很惱火。他雙眼的顏色極深，幾乎沒有一點金黃來使漆黑變明亮。

「以那種方式看妳，把妳當個靶子分析。看見所有我能殺了妳的方法……」他畏縮了一下。「這對我太真實了。我們沒有那麼多時間，所以妳的老師是誰並不會有真正的差別。任何人都可以教妳一些基礎。」

我滿臉不悅。

他觸摸我噘起來的下唇，微笑說：「再說，這也不必要。佛杜里會停下來的，他們會被迫明白的。」

「但如果他們沒停，我**需要**學會打鬥！」

「去找另外一個老師。」

這不是我們在這主題上的最後一次對話，但我始終沒能讓他從他的決定上動搖分毫。

艾密特十二萬分願意幫忙，雖然他的教導在我感覺很像是報復，因我贏了那場比腕力的競賽。如果我還會淤青的話，我一定早已從頭發紫到腳了。羅絲、譚雅和以利沙則非常有耐心，也很支持。他們的授課讓我想起六月時賈斯柏教其他人打鬥的指示。雖然那些記憶很模糊又不清楚。有些訪客覺得我的教學充滿娛樂性，有些甚至願意提供幫助。流浪者嘉瑞特教了我幾次——他真是個令人驚訝的好老師；基本上他跟別人毫不費力地互動，以致於我很好奇他為什麼從未找到一個家族。我甚至跟莎菲娜對打過一次，那次芮妮思蜜是在雅各的懷裡觀看。我學了幾招技巧，但我再也沒有向她討教。事實是，雖然我很喜歡莎菲娜，也知道她絕不會真的傷害我，但這個充滿野性的女人真是把我嚇得半死。

我從我的老師們學了許多東西，但我有一種感覺，就是我的知識還是非常的基礎。我不知道當我抵擋亞力克和珍的時候，我可以對抗幾秒。我祈禱只要能久到有所幫助就好。

一天當中，當我沒跟芮妮思蜜在一起，也沒學習打鬥的時候，我就在後院跟凱特一起練習，試著把我腦中的內在防護盾往外推展，好保護另外的人。在這項訓練上，愛德華十分鼓勵我。我知道他希望我能找到一個能貢獻一己之力的方法，讓我因此感到滿足，同時又讓我不要暴露在火線上。

這實在很難。因為完全不可捉摸，沒有一個真正的東西讓我使力。我只有激烈的欲望可以使用，想要能夠保持愛德華、芮妮思蜜，以及所有我的家人，盡可能安全地跟我在一起。我一次又一次嘗試把那模糊的防護盾推到我身外，卻只有微弱、偶爾的成功。那感覺像是我拚命要把一條看不見的橡皮圈拉大——那條橡皮圈會在任何一刻從可觸及的實體變成沒有實體的輕煙。

只有愛德華願意當我的實驗老鼠——一次又一次接受凱特的電擊，而我無能為力地拚命在腦中抓取。我們每次練習幾小時，我覺得自己應該努力得滿身大汗，但是我完美的身體當然不會用這種方式出賣我。我所有的疲憊都是心理上的。

最讓我吃不消的是受苦的人是愛德華，我的雙臂一點用都沒有地抱著他，與此同時，他一次又一次在凱特的「低」電流下畏縮。我拚盡全力要把我的防護盾推到能夠保護我們兩人；我不時會成功掌握住，然後它又再次溜走。

我痛恨這項練習，我希望換成是莎菲娜而不是凱特來幫忙。那麼，愛德華只需要看著莎菲娜的幻象，直到我能攔阻他不再看到它們為止。但凱特堅持我需要更好的動機——她的意思是，我對看見愛德華的痛苦的痛恨。我開始懷疑從我們第一天碰面開始她就有的堅持——亦即在使用她的天賦上，她不是虐待狂。在我看來，她似乎很享受自己的作為。

「嘿，」愛德華加油打氣地說，試著不讓聲音中顯露任何痛苦。只要我不去練習打鬥，他願意做任何事。「這次甚至不覺得刺痛。做得好，貝拉。」

我深吸一口氣，試著抓住我做對時的感覺，我測試一下有彈性的橡皮圈，當我再把它從我身上往外推時，掙扎著強迫它維持穩固。

「再來一次，凱特。」我咬緊牙關說。

凱特把手掌壓上愛德華的肩膀。

他鬆一口氣嘆道：「這次什麼也沒有。」

她揚起一邊眉毛，說：「這次的電流可不低。」

「好極了。」我噴著怒氣說。

「準備好。」她告訴我，再次對愛德華伸過手來。

這次他一陣戰慄，咬著牙低低嘶吼一聲。

「對不起！對不起！對不起！」我念著，咬住唇。為什麼我無法做對？

「妳做得夠驚人了，貝拉。」愛德華說，拉過我緊抱在他懷中。「妳這才練習了幾天而已，卻已經偶爾能投射成功。凱特，快告訴她她做得有多好。」

凱特噘著唇。「我不知道。她顯然有著極大的能力，而我們才剛剛開始接觸它而已。她可以做得更好，這點我很確定。她只是缺乏誘因。」

我難以置信地瞪著她，我的嘴唇自動咧開露出我的牙齒。她怎麼能認為我缺乏動機？我可是眼睜睜地看著她在我面前電擊愛德華啊。

隨著我練習，我聽見周圍觀眾的喃喃低語正在穩定增加——一開始只有以利沙、卡門和譚雅，接著是嘉瑞特晃蕩過來，然後有班傑明和提雅，西歐班和瑪姬，現在，就連艾利斯泰爾都從三樓的窗戶往下瞄。那些旁觀者都同意愛德華說的；他們認為我已經做得不錯了。

「凱特……」愛德華以警告的聲音說，她顯然想到某種新的主意，而且她已經採取行動。她沿著河灣一個箭步衝到莎菲娜、辛娜和芮妮思蜜正在慢慢散步的地方，芮妮思蜜的手在莎菲娜手裡，她們正在互相交換圖像。雅各在她們後方幾步之外跟著。

「妮思，」凱特說——這些新來者很快就用起這個惱人的小名，「妳願意來幫妳媽媽的忙嗎？」

「不。」我半咆哮說。

愛德華安慰性地抱住我。我在芮妮思蜜輕快地飛奔過後院朝我跑來時甩開他，凱特、莎菲娜和辛娜緊跟在她後面。

「絕對不准，凱特。」我嘶吼。

芮妮思蜜朝我伸出手，我立刻張臂抱住她。她窩進我懷裡，把頭靠在我肩膀下方的凹窩處。

「可是，媽媽，我**想要**幫忙。」她以堅決的聲音說，手貼在我脖子上，增強她渴望我們兩人在一起，成為一組的影像。

「不。」我說，迅速退後。凱特蓄意地朝我的方向跨了一步，她的手朝我們伸過來。

「離我們遠一點，凱特。」我警告她。

「不。」她開始朝前邁進，臉上的笑容像是獵人在打量她的獵物。

我挪動芮妮思蜜，好讓她變成緊抓著我的背，我仍然後退，步伐跟凱特的相當。現在我的手空下來了，如果凱特還想要讓**她的**雙手連在手腕上的話，她最好保持她的距離。

凱特從來沒當過母親，大概不明白做母親的對自己孩子的熱切保護之心。她一定不曉得要超過到什麼地步才叫做她已經**太超過**。我憤怒到一個程度，我看見的東西像是染上一層奇怪的紅色，我的舌頭嘗起來像是燃燒的金屬。通常我用來約束自己的力量這時湧往我的肌肉，我知道如果她再逼我的話，我會把她壓得像鑽石碎屑。

憤怒使我整個人變得高度專注。現在我甚至可以更確切地感覺到我的防護盾的彈力——感覺到它像是一層而不是一圈東西，一層把我從頭包覆到腳的薄膜。隨著怒氣在我身上爆發，我對它有了比較好的辨識，比較能夠抓緊它。我將它推展到我周圍，到自己身外，將芮妮思蜜完全包裹在裡面，以防凱特突破我的警戒。

凱特又故意地往前跨一步，一聲狠毒的咆哮衝破我喉嚨，從我咬緊的牙關中冒出。

「小心一點，凱特。」愛德華警告。

凱特又跨了一步，犯了個連我這麼外行的人都看得出的錯誤。她往後跳開一些，轉開頭，把她的注意力從我轉到愛德華身上。

芮妮思蜜穩穩地在我背上；我屈身準備躍起。

「你可以聽見妮思任何想法嗎？」凱特問他，她的聲音既鎮定又輕鬆。

愛德華一個箭步擋在我們之間，擋住我撲向凱特的路。

「不，完全聽不見。」他回答。「凱特，現在給貝拉一點空間冷靜下來。妳不該刺激她到這種地步。我知道她看起來不像她的年紀，但她畢竟才幾個月大而已。」

「我們沒時間慢慢地練習這件事，愛德華，我們必須逼她。我們只剩幾個禮拜的時間，而她具有這樣的潛力——」

「後退一下，凱特。」

凱特皺起眉頭，但對愛德華的警告顯然比對我的來得認真。

芮妮思蜜的手貼在我脖子上；她記得凱特的攻擊，向我顯示沒有造成任何傷害，爸爸過來插手了……

這並沒有安撫我。我見到的光譜依舊染著深紅。但我已經比較控制住自己了，同時也明白凱特話中的智慧。憤怒幫助了我，在壓力下我會學得比較快。

那不表示我喜歡它。

「凱特。」我怒吼，把手貼在愛德華背後的腰窩上。我仍能感覺到我的防護盾像個強壯、充滿彈性的薄片包裹著芮妮思蜜跟我。我將它更往外推，強迫它裹住愛德華。這伸展的織物並未顯示有瑕疵的跡象，一絲裂縫也無。我因費力而喘息，我開口說話時，聽起來像喘不過氣而不是生氣。「再來一次，」我對凱特說：「只有愛德華。」

她翻了翻白眼，但輕快地掠近，將手掌按在愛德華肩上。

「什麼也沒有。」愛德華說。我聽見他聲音中的微笑。

「現在呢？」凱特問。

「仍然沒感覺。」

「現在呢？」這次，她聲音中有股繃緊的感覺。

「什麼也沒有。」

凱特哼了哼，然後退開。

「你可以看見這個嗎？」莎菲娜用她那低沉、狂野的聲音問，專注地凝視著我們三人。她的英文有著奇怪的腔調，用字遣詞也很出人意料之外。

「我沒看見不該看的東西。」愛德華說。

「妳呢，芮妮思蜜？」莎菲娜問。

芮妮思蜜對莎菲娜笑笑，搖了搖頭。

我的怒氣幾乎全都平息了，而且我緊咬著牙，隨著將彈性的防護盾越往外推，喘得越厲害；感覺像是我拿著它，它變得更重更長。它往回拉，朝內拖。

「大家別驚慌。」莎菲娜警告著觀看我的一小群人。「我要看看她能夠伸展到多遠。」

在場每個人都發出一聲驚呼——以利沙、卡門、譚雅、嘉瑞特、班傑明、提雅、西歐班、瑪姬——每個人，除了辛娜之外，無論莎菲娜做什麼，她似乎都胸有成竹。其他人的雙眼都一片空白，臉上神情一片焦慮。

「當你恢復視力時，請舉手。」莎菲娜指示說：「現在，貝拉，看看妳能護住多少人。」

我呼地吐口氣。凱特是除了愛德華與芮妮思蜜之外，最靠近我的人，但即使是她，也在十呎之外。我咬緊牙關，往外推，試圖把那抗拒著的、彈回的防護盾往離我更遠的地方拋出去。一吋接一吋，我將它推向凱特，對抗著我所推進的每一小步都想彈回來的反應。當我努力的時候，我只盯著凱特焦慮的神情，當她眨動雙眼重新聚焦，我心裡吼了一聲。她舉起手來。

「真是太神奇了！」愛德華屏息喃喃說：「那就像單面透鏡。我可以讀到他們所想的每件事，但他們卻無法接觸到在它後面的我。而且我可以聽見芮妮思蜜，不過當我在外面時我就聽不見。我敢說現在凱特可以電到我了，因為她在這把大傘底下。我還是聽不見妳……嗯。這到底是怎麼回事？我懷疑若是……」

他繼續喃喃自語，但我沒辦法聽見他說的。我緊咬著牙，掙扎著逼迫防護盾去囊括嘉瑞特，他是最靠近凱特的人。他的手舉起來了。

「非常好。」莎菲娜稱讚我。「現在——」

但她說得太快了；隨著一聲尖銳的喘息，我感覺到我的防護盾像一個被拉過頭的橡皮圈，整個彈回來，猛彈回它原來的形狀。芮妮思蜜頭一次經歷到莎菲娜為其他人施展出來的視障能力，伏在我背上顫抖。我疲憊地再次將那彈性推回去，強迫防護盾將她包裹在裡面。

「我可以休息一下嗎？」我喘著氣說。自從我變成吸血鬼以來，在此之前從來沒感覺需要休息過，一次也沒有。同時感覺到像完全耗盡卻又強壯無比，真讓人身心交瘁。

「當然。」莎菲娜說，接著旁觀者放鬆下來，她又讓他們能看見了。

「凱特。」嘉瑞特喊，而其他人正喃喃低語著退開一些，因為片刻的眼盲而不安；吸血鬼不習慣感覺到脆弱。那位高大、棕黃色頭髮的嘉瑞特是唯一沒有天賦的不朽之人，似乎被我的練習課程吸引過來。我懷疑是冒險的心引他來的。

「我不會這麼做，嘉瑞特。」愛德華警告他。

嘉瑞特不理會警告，繼續朝凱特走來，他的嘴因沉思而噘著。「他們說妳可以把個吸血鬼擺平在地上。」

「是啊。」她同意說，帶著淘氣的笑，對他開玩笑地擺弄自己的手指。「好奇嗎？」

嘉瑞特聳聳肩，說：「我從來沒見過這種事。看來似乎有點誇大其詞的樣子……」

「也許。」凱特說，臉上神情突然嚴肅起來。「也許這只對比較弱或年紀小的人有效，我不確定。不過你看起來很強壯，也許你可以抵擋得住我的天賦。」她對他伸出手，掌心向上——一個清楚的邀請。她的嘴唇扭著，我相當確定她嚴肅的表情是故意要刺激他。

嘉瑞特對挑戰露出笑容。非常有自信地，他伸出食指接觸她的手掌。

接著，隨著一聲大聲驚呼，他的膝蓋彎曲，整個人仰天摔倒在地。他的頭撞到一塊花崗岩，石頭發出尖銳的碎裂聲。看見這景象真令人吃驚。我的本能反應抗拒著見到不朽之人竟會如此不堪一擊；這實在錯得離譜。

「我跟你說了吧。」愛德華咕噥著說。

嘉瑞特的眼皮顫動了幾秒鐘，然後他雙眼大睜。他往上瞪著笑得有點不自然的凱特，臉上浮現奇妙的微笑。

「哇。」他說。

「你很享受嗎？」她懷疑地問。

「我可沒發瘋。」他笑道，邊搖頭邊慢慢爬起來，「但這確實是了不起的事！」

「我是這麼聽說的。」

愛德華翻翻白眼。

就在此時，前院傳來低低的騷動聲。我聽見卡萊爾驚訝的聲音模糊不清地說著什麼。

「是艾利絲請你們來的嗎？」他問某人，他的聲音不太確定，有一點點不高興。

另一個意料之外的客人？

愛德華一個箭步衝進屋去，大部分的人都跟隨他趕過去。我比較慢跟在後面，芮妮思蜜仍然趴在我背上。我會給卡萊爾一點時間，讓他先跟新來的客人寒暄幾句，讓他或她或他們預備好將要面對的是什麼。

在我謹慎地繞過屋子從廚房門走進去的過程中，我把芮妮思蜜拉過來抱在懷裡，聆聽著我看不見的事情。

「沒有人請我們來。」一個低沉沙沙的聲音回答卡萊爾的問題。我立刻想起了厄洛和凱撒那古老的聲音，我僵在廚房裡。

我知道前廳裡擠滿了人——幾乎每個人都進去看新來的客人——但幾乎沒有任何雜聲。只有淺淺的呼吸，如此而已。

卡萊爾回答時，他的聲音十分小心。「那麼，這會兒是什麼風把你們吹來的呢？」

「話傳得很快。」一個不同的聲音回答，跟第一個聲音一樣輕軟。「我們聽到一些傳言，說佛杜里打算來對付你。還有一些竊竊私語說你不是孤軍奮戰。顯然，竊竊私語是真的。這可真是令人欽佩的聚集啊。」

「我們並不是要挑戰佛杜里。」卡萊爾以緊張的聲調回答。「這當中只是有個誤會，如此而已。一個非常嚴重的誤會，這是肯定的，但我們希望能澄清這誤會。你們所見的這些是見證人。我們只是需要佛杜里聽一聽。我們不是——」

「我們不在乎他們說你們做了什麼。」第一個聲音打斷說：「我們也不在乎你們是不是破壞法規。」

「無論是如何的異乎尋常。」第二個補充說。

「我們已經等了一千五百年要看到那群義大利人渣受到挑戰。」第一個說：「如果有任何令他們垮臺的機會，我們一定要在場親眼目睹。」

「或甚至是幫忙擊退他們。」第二個加上一句。他們以一種流暢的幫腔方式說話，他們的聲音是如此相似，若是耳朵稍微不靈敏的人，大概會假設從頭到尾都只有一個人在說話。「如果我們認為你有機會贏的話。」

「貝拉？」愛德華用冷硬的聲音叫我：「請帶芮妮思蜜到這裡來。也許我們該試試我們的羅馬尼亞客人說的話。」

如果這些羅馬尼亞人會因為芮妮思蜜而煩亂的話，知道前廳大概會有一半吸血鬼會為她出面、保護她，對我心理委實有幫助。我不喜歡他們的聲音聽起來的樣子，或者他們話中黑暗的脅迫意味。隨著我走進大廳，我看見在評估狀況的不只我一人。大部分動也不動的吸血鬼都以懷著敵意的目光怒視來者，而少數——卡門、譚雅、莎菲娜和辛娜——更是暗暗地挪動自己的位置，在新來者和芮妮思蜜之間擺好防衛的姿勢。

站在門口的兩個吸血鬼都很瘦小，一個深色頭髮，另一個的蒼白金髮已經到了看起來像蒼灰色的地步。他們跟佛杜里一樣，皮膚看起來像是粉狀的，雖然我認為它看起來沒那麼顯眼。我不太敢確定，因為除了以人類的眼睛之外，我並未見過佛杜里；我無法做百分之百的比較。他們銳利、窄窄的眼睛是深酒紅色的，沒有奶白的薄膜。他們穿著非常簡單的黑衣服，那可以看為是現代流行的顏色但又暗示著較古老的設計。

當我踏入眾人視線中時，黑髮的那個笑了。「嗯哼，卡萊爾。你這回可真淘氣啊，是不是？」

「她不是你所想的，斯提凡。」

「我們不管是哪樣都不在乎。」金髮的那個回答：「正如我們先前所說的。」

「那麼歡迎你們來觀察，弗拉德，但挑戰佛杜里絕對不是我們的計畫，正如**我們**之前所說的。」

「那麼，我們可以熱切祈禱，」斯提凡說了上半句。

「並希望我們能有好運氣。」弗拉德講完下半句。

最後，我們聚集到了十七名見證人——有愛爾蘭來的西歐班、利安和瑪姬；埃及來的阿穆、琪比、班傑明和提雅；亞馬遜來的莎菲娜和辛娜；羅馬尼亞來的弗拉德和斯提凡；還有流浪者：夏洛特和彼得，嘉瑞特、艾利斯泰爾、瑪麗和藍代爾——再加上我們家族的十一個人。譚雅、凱特、以利沙和卡門堅持要被算為我們家人的一分子。

除了佛杜里之外，這大概是不朽一類的歷史上，最大一次成熟的吸血鬼的友善聚集了。

我們都開始懷有一點希望。連我都沒辦法不這麼想。芮妮思蜜在這麼短的時間內贏得這麼多人的心。佛杜里只要用短短幾秒鐘來聽一下……

最後僅存的兩個羅馬尼亞人——只專注在他們對一千五百年前推翻他們帝國者的苦毒怨恨上——對其餘一切都以平常心看待。他們不肯接觸芮妮思蜜，但也不厭惡她。他們對我們與狼人的結盟似乎有種令人難以理解的高興。他們觀看我跟莎菲娜及凱特練習我的防護盾，觀看愛德華回答沒問出來的問題，觀看班傑明將河裡的水拉起來成為噴泉，或只用他的意念就使靜止的空氣形成強烈的陣風。他們的雙眼裡煥發出熱烈的希望，就是佛杜里這下可真正遇到對手了。

我們所希望的事並不相同，但我們全都懷著希望。

chapter 33

偽造文件

「文件。」我說，試著讓自己的聲音聽起來像我知道我在說什麼。

「當然。」J馬上同意。「我們是在談出生證明、死亡證明、駕照、護照、社會保險卡……嗎？」

「查理，我們仍然有客人在，絕對處於你少知道為妙的情況裡。我知道上回你看見芮妮思蜜已經是一個多禮拜前了，但在這節骨眼上，你要來訪真的不是個好主意。要不然我帶芮妮思蜜過去看你如何？」

查理安靜了好久，久到讓我懷疑他是不是聽出了我表象下的緊張。

但接著他咕噥說：「少知道為妙，**哼**。」於是我明白是他對超自然的小心謹慎，讓他反應變慢。

「好吧，丫頭。」查理說：「妳可以今天早上帶她過來嗎？蘇要給我送午餐來。她跟妳剛來時一樣，被我自己做的飯嚇死了。」

查理大笑，然後想起舊日時光，不覺嘆了口氣。

「沒問題，就早上過去。」越快越好。我已經把這事耽擱太久了。

「小各會跟妳們一起過來嗎？」

雖然查理不知道有關狼人命定的事，但人人都能察覺雅各和芮妮思蜜之間的那種依戀。

「大概吧。」雅各絕不可能自願錯過一個與芮妮思蜜作伴且沒有吸血蟲在場的下午。

「也許我該請比利也一起來。」查理沉思著：「不過……嗯。也許下次吧。」

我只有一半注意力在查理身上——足以注意到當他提及比利時，聲音中那奇怪的勉強，但不足以到達擔心的地步。查理跟比利是大人了，如果他們之間有什麼事，他們會自己設法處理的。我眼前有太多要事纏身。

「待會兒見。」我告訴他，然後掛斷。

這趟行程不只是要保護我爸遠離那二十七個古怪地合得來的吸血鬼而已——他們全都發誓絕不殺害方圓三百哩內的任何人，不過……很明顯的，人類還是不該接近任何他們聚集的地方。這是我給愛德華的藉口：我要帶芮妮思蜜去看查理，好讓他不決定跑到這裡來。這是個離開大屋子的好理由，但完全不是我真正的理由。

「為什麼我們不能開妳的法拉利？」當雅各在車庫跟我碰頭時，向我抱怨。我跟芮妮思蜜已經坐在愛德華的富豪車裡了。

愛德華已經找時間說服我接受我**之後**的車；正如他猜想的，我無法顯示恰當的熱衷之情。當然，它是輛又漂亮又快的車，但我比較喜歡**奔跑**。

「那太招搖了。」我回答：「我們可以靠雙腿過去，但那會把查理嚇死。」

雅各咕噥抱怨著，但爬進了前座。芮妮思蜜從我腿上爬到他腿上。

「你好嗎？」我邊問他邊把車開出車庫。

「妳覺得呢？」雅各帶刺地問。「那堆臭得要死的吸血蟲讓我想吐。」他看見我的表情，在我開口之前搶先回答：「對，我知道，我知道。他們是好人，他們是來幫忙的，他們會救我們所有人一命，諸如此類等等等等。隨便妳愛怎麼講，我還是認為德古拉一號跟德古拉二號是令人汗毛直豎的蠕蟲。」

我不得不微笑。那兩個羅馬尼亞人也不是我喜歡的客人。「這一點我無法辯駁。」

芮妮思蜜搖搖頭，但沒說話；跟我們所有人相反，她覺得羅馬尼亞人怪異地迷人極了。由於他們不讓她碰他們，她甚至努力開口跟他們說話。她的問題是關於他們少見的皮膚，雖然我很怕他們可能會覺得受到冒犯，我還是很高興她問了，因為我也很好奇。

他們似乎沒對她的感興趣不高興。也許有點悲傷。

「孩子，我們坐著不動好長一段時間。」弗拉德回答，斯提凡跟著點頭，但沒像往常一樣接續弗拉德的話。「沉思著我們的神性。那是我們力量的象徵，因為一切都自動送上門來。獵物、外交官，那些向我們尋求協助的人。我們坐在我們的寶座上，認為我們自己是神。有好長一段時間，我們不知道自己改變了——幾乎成了化石。我猜，當佛杜里燒了我們的古堡時，是對我們做了件好事。至少，斯提凡和我，沒有繼續石化。現在，佛杜里的眼睛被蒙上塵埃跟骯髒的渣滓，但我們的卻明亮了。我想，當我們能把那些渣滓從他們眼眶中挖出來時，明亮的眼睛會給我們不少優勢。」

從那以後，我盡量不讓芮妮思蜜靠近他們。

「我們有多少時間跟查理在一起？」雅各打斷我的思緒問。當我們駛離大屋跟所有它的居民，他明顯地放鬆下來。他不真把我當作吸血鬼這點讓我很高興，我仍舊只是貝拉。

「事實上，要待好一陣子。」

我聲音中的語氣引起了他的注意。

「除了去拜訪妳老爸，這當中還有什麼事嗎？」

「小各，當愛德華在場時，你知道你對控制自己的想法有多在行吧？」

他揚起一條粗粗的黑眉毛。「怎樣？」

我只點個頭，便把目光轉到芮妮思蜜。她正朝窗外看，我看不出來她對我們的談話有多感興趣，但我決定不冒險說得更多。

雅各等著我再說些什麼，接著，他把下唇往外嘟，邊想著我剛才短短的那句話。

隨著我們在沉默中開車，我瞇著眼睛從討厭的隱形眼鏡後頭望著外面的冷雨；天氣還不足以冷到下雪。我的雙眼已經不像一開始時那麼兇殘猙獰——肯定比較接近不鮮明的橘紅而不是明亮的深紅。它們很快就會變成琥珀色，讓我足以拋棄隱形眼鏡。我希望這樣的改變不會讓查理太難過。

當我們抵達查理家時，雅各還在仔細想著我們那段沒頭沒尾的對話。我們以人類的快步穿過雨中時，並未交談。我爸在等我們，我還沒敲門，他就把門打開了。

「嗨，孩子們！感覺像幾年沒見了似的！瞧瞧妳，妮思！來，爺爺抱抱！我敢說妳起碼又長高了半呎。而且妳看起來瘦巴巴的，小妮。」他怒瞪我一眼：「他們在那邊都不給妳飯吃嗎？」

「那只是抽長了的緣故。」我咕噥著。「嗨，蘇。」我越過他肩膀打招呼。廚房裡傳來雞肉、蕃茄、大蒜和乳酪的香味；大概其他人都覺得很香吧。我還可以嗅到清新的松香和堆積的灰塵。

芮妮思蜜露出她的酒窩。她從未在查理面前開口講話。

「嗯，進來吧孩子，別在門口吹冷風。我的女婿在哪兒？」

「正在招待朋友。」雅各說，然後嗤鼻哼道：「你能置身在圈子外真是**太**幸運了，查理。這是所有我能說的。」

查理聞言畏縮了一下，我同時輕捶了下雅各的後腰。

「噢！」雅各悶叫了一聲；唉呀，我**以為**我捶得很輕。

「事實上，查理，我有點事情得去辦。」

雅各瞥了我一眼，但沒說話。

「聖誕節的採購進度落後了嗎？貝拉。妳知道妳只剩沒幾天了。」

「是啊，聖誕節採購。」我差勁的撒謊。這解釋了堆積的灰塵味，查理一定是把那些舊裝飾拿出來擺了。

「別擔心，妮思。」他在她耳朵邊悄悄說：「如果妳媽沒把事情辦妥，我已經算上妳一份了。」

我對他翻了翻白眼，但說真的，我一點也沒想到過節的事。

「午餐準備好囉。」蘇在廚房裡喊：「大家進來吃飯吧。」

「待會兒見，爸。」我說，迅速跟雅各交換個眼神。即使他在接近愛德華時沒辦法不想這件事，至少他也沒什麼好多分享的。他完全不知道我要去幹麼。

當然，我邊上車時邊想，其實我自己也不知道是要去幹麼。路很滑很暗，但開車對我已經不再是可怕的事了。我的反射動作已經好到足以應付開車一事，而且我幾乎沒在注意路況。麻煩的是當我碰到有別的車子時，我得注意保持正常速度，別引人注意。我要辦好今天的任務，把這件神祕的事情理清楚，好讓我能回去進行重要的練習工作。學習保護一些人，學習殺掉另一些人。

我對我的防護盾越來越熟練。凱特已經不覺得需要激發我的動機了——既然現在我明白憤怒是關鍵，要找到發怒的理由並不難——因此，我大部分是跟莎菲娜一起練習。她對我的延展度很滿意；我已經能夠涵蓋大約十呎的範圍超過一分鐘以上，不過那令我精疲力竭。今天早上她試著想要知道我能不能一口氣把防護盾推離我的腦海。我不明白這有什麼用處，但莎菲娜認為那能幫我增強，就像鍛鍊腹肌而不只是鍛鍊臂肌而已。最後，當所有肌肉都變得更強壯時，你可以舉起更重的東西。

對此我不是太行。我只瞥見一眼她試著要顯示給我看的叢林中的河流。

對要來的事有許多準備的方法，然而只剩下兩個禮拜，我擔心我可能疏忽了最重要的事。今天，我會修正這項疏忽。

我已經背下了適當的地圖，對於找到那個網路上有關J．甄克斯的不存在的地址，一點問題也沒有。我的下一步是那個艾利絲沒給我的，另一個有關傑森．甄克斯的地址。

要說這周圍的環境不太好，這話還太客氣。所有庫倫家的車中最普通的一輛開到這條街上，都還誇張到過分。我的老雪佛蘭開到這裡來都會像新車。在我身為人類的那些年間，我會把車門上鎖並以我所敢的速度盡快開走。然而結果卻是，我現在有點著迷，我試著想像艾利絲為了任何理由置身於此的樣子，但想像不出來。

那些建築，全都是老舊的房子——三層樓，都很窄，有點傾斜，彷彿是被滂沱的雨打彎了腰，同時還被分割成好多間公寓。那些掉漆的牆很難判斷原來可能是什麼顏色的。所有的東西都褪成深淺不同的灰色。有幾棟建築的一樓做著生意：有間骯髒的酒吧，窗戶漆成黑的；有間算命器材的店，門上有著一閃一閃的一隻手跟塔羅牌的霓虹燈；有間刺青小店；還有間日托所，破了的前窗玻璃用膠帶黏貼在一起。即使是外面都黑到人類需要點燈才能看得見，任何一間屋子裡卻都沒有燈。我可以聽到遠處有著低沉的含糊說話聲；聽起來像是電視。

街上有幾個人，有兩個吊兒郎當地在雨中朝我的反方向走，有一個坐在用木板封上的破舊法律事務所的淺廊前，讀著一份濕報紙並吹著口哨。那聲音跟這周遭環境比起來太歡樂了點。

我對這毫無拘束的吹口哨人產生興趣；一開始，我沒發現這棟廢棄的建築正是我要找的，應該存在的正確地址所在。在那殘破的位置上沒有號碼，但是它隔壁的刺青店正好隔了兩號。

我在屋前的停車處停下來，觀察了一會兒。無論如何我都得進入那一棟廢墟，但要怎樣才能讓那個吹口哨的人不注意我？我可以到下一條街停車，然後從後門進去……說不定那邊會有更多人看見。說不定可以從屋頂？可是天色夠黑到那麼做嗎？

「嗨，小姐。」吹口哨的人叫我。

我把乘客座的車窗搖下來，彷彿我沒法聽見他似的。

那人把報紙擺到一旁，現在我可以看見他了，他身上的衣服令我吃了一驚。在他那件破舊滿是灰塵的外套底下，他的穿著有點太好了。街上沒有風可以讓我嗅到味道，但他身上那件暗紅色襯衫的光澤，看起來像是絲質的。他那鬈鬈的黑髮糾結而狂野，但是他的黑皮膚光滑完美，他的牙潔白整齊。跟這環境整個互相矛盾。

「小姐，也許妳不該把車停在這裡。」他說：「等妳回來時，它可能就不見了。」

「謝謝你的警告。」我說。

我熄了引擎，下了車。也許這位吹口哨的朋友可以給我一點我需要的答案，比我破門而入還快。我打開我的大灰傘保護身上穿的喀什米爾羊毛洋裝，雖然我其實一點也不在乎。但這是人類會做的事。

那人瞇著眼睛透過雨幕看著我的臉，接著他雙眼睜大。他嚥了嚥，我聽見他的心跳隨著我走近而加快。

「我正在找某個人。」我起個頭。

「我就是某人。」他微笑著說：「我能幫妳什麼忙嗎？美女。」

「你是J．甄克斯嗎？」我問。

「噢。」他的表情從期待轉變為瞭解。他站起身，瞇著眼睛打量我。「妳為什麼要找J？」

「那是我的事。」再說，我自己也不曉得。「你是J嗎？」

「不是。」

我們面對彼此好一會兒，而他銳利的眼睛上上下下打量我穿著的珍珠灰大衣。他的目光最後終於來到我臉上。「妳看起來不像一般尋常的顧客。」

「我大概是不尋常。」我承認：「但我需要見他，越快越好。」

「我不知道該怎麼辦。」他承認。

「你何不告訴我你的名字？」

他笑了：「麥克斯。」

「很高興認識你，麥克斯。好，你何不告訴我，對於一**般的**客人你都怎麼做？」

他的笑容變成皺眉。「嗯，J的一般客人看起來跟妳很不一樣。你們這種人是不會麻煩跑到他城裡的辦公室的。妳會直接去他在摩天大樓裡美輪美奐的公司。」

我說了一遍另外一個地址，念到地址上的號碼時用疑問的方式。

「對，就是那裡。」他說，再次起疑。「妳為什麼沒去那裡？」

「人家給我的是這個地址——是個很可靠的來源。」

「如果妳想辦理合法的事，妳不會來這裡的。」

我噘著唇。我從來都不擅於吹牛，但是艾利絲沒給我留下多少選擇。「也許我不是要辦什麼合法的事。」

麥克斯突然變得一臉抱歉。「妳瞧，小姐——」

「貝拉。」

「是。貝拉。妳瞧，我需要這份工作。J付我不錯的薪水，而我大部分時間就是整天待在這裡。我想幫助妳，我真的想，但是——當然我說這話是假設性的，對嗎？或者不予記錄，或隨便妳怎麼說都行——但是如果我讓某個人通過，卻給他帶來麻煩，我就失業了。妳知道問題在哪裡了嗎？」

我想了一分鐘，咬著唇。「你過去從來沒見過像我這樣的人出現在這裡嗎？嗯，大概像我這樣的人。我姊姊個子比我小很多，她有著黑色亂翹的頭髮。」

「J認識妳姊姊？」

「我想是。」

對此麥克斯考慮了一會兒。我對他微笑，他的呼吸不穩起來。「這樣吧，告訴妳我會怎麼做。我會打個電話給J，跟他形容一下妳的樣子。讓他做決定。」

J·甄克斯知道些什麼？對我的形容會對他有意義嗎？那想法真擾人。

「我姓庫倫。」我告訴麥克斯，懷疑這樣會不會給太多資訊了。我開始對艾利絲感到惱火。我真的得這樣一無所知嗎？她明明可以再跟我多說一兩個字的……

「知道了，庫倫。」

我看著他撥號，很容易就記下了號碼。嗯，如果在這裡行不通，我可以自己打電話給J．甄克斯。

「嗨，J，是麥克斯。我知道不該打這個號碼給你，除非是急事……」

所以有急事嗎？我模糊地聽見對方說。

「嗯，也不完全是。這裡有個女孩想見你……」

我看不出來這有什麼緊急，為什麼你不能按照正常程序來？

「我沒按照正常程序是因為她看起來一點也不像那些正常……」

她是個條子嗎？

「不是——」

這點你不確定吧。她看起來像不像某個俄國佬？

「不——讓我講完，好嗎？她說你認識她姊姊什麼的。」

恐怕沒這回事。她看起來像什麼樣子？

「她看起來像……」他讚賞地從我的臉看到我的鞋子。「嗯，她看起來像個美得驚人的超級模特兒，她長得就像那樣。」我露出微笑，他對我眨眨眼，繼續說：「火辣的身材，雪白的皮膚，深棕色頭髮幾乎及腰，需要好好睡上一覺——有哪一點聽起來讓你覺得很熟悉嗎？」

沒有，都不熟，我很不高興你讓自己喜歡美女的弱點干涉到——

「對對，我就是喜歡美女的爛人，這有什麼不對？我很抱歉打擾了你，老大。算了吧，當我沒提。」

「名字。」我低聲說。

「噢，對。等一下，」麥克斯說：「她說她的名字叫貝拉．庫倫。這點有用嗎？」

好一陣死寂，接著，電話那頭的聲音突然變成尖聲吼叫，語句中用了一大堆通常除了在卡車集貨站之外不會聽到的詞彙。麥克斯的整個神情都變了；所有開玩笑的神色都消失，連嘴唇都發白了。

「因為你沒問啊！」麥克斯吼回去，整個人驚慌失措。

又一陣停頓，顯然J在收拾自己的情緒。

美麗又蒼白？J問，稍微冷靜一點了。

「我是這樣說了，不是嗎？」

美麗又蒼白？這人知道什麼有關吸血鬼的事？難道他也是我們的一分子？我沒準備好要面對這樣的情況。我咬緊牙關。艾利絲到底把我捲入了什麼樣的混亂之中？

麥克斯又聽了一分鐘連珠砲般的侮辱怒吼以及指示，然後瞄我一眼，眼中神色幾乎是嚇得要命。「但你只在星期四才見城裡的客人——好，好！馬上辦。」他闔上手機。

「他要見我？」我愉快地問。

麥克斯怒目瞪我：「妳可以告訴我妳是個優先客戶。」

「我不知道我是啊。」

「我以為妳是個警察。」他承認說：「我是說，妳看起來不像警察。但是，美女，妳的行為很詭異。」

我聳聳肩。

「賣毒品的？」他猜測。

「誰？我嗎？」我問。

「對。或是妳的男朋友或什麼人。」

「都不是，抱歉。我不迷毒品，我丈夫也不是。**就是說不**（註19），懂吧。」

麥克斯悶聲罵了一句。「已婚，連個機會都沒有。」

我微笑。

「黑手黨？」

「不是。」

「鑽石走私商？」

「拜託！你平常面對的都是這種人嗎？麥克斯。也許你該換個新工作。」

我得承認，我覺得這實在很好玩。除了查理跟蘇，我很久沒跟人類互動了。看著他語無倫次實在很有趣。對於不用殺他是這麼容易辦到的事，我也很高興。

「妳一定涉及什麼大事，而且是很糟糕的。」他沉思著說。

「事情不是你想的那樣。」

「他們都會這麼講。但我得說，是誰需要文件啊？或是能付得起J對文件的索費。反正，都不關我的事。」他說，又咕噥了句**已婚**。

他給了我一個全新的地址以及基本的方向指示，然後看著我開走，眼中充滿了疑慮跟遺憾。

到了這個節骨眼上，我已經準備好面對幾乎是任何事——某種詹姆士・龐德電影裡歹徒的高科技老巢似乎很合適。所以我以為麥克斯一定給了我一個錯誤的地址好測試我。或者那個老巢是個祕密的地底巢穴，隱藏在這個坐落於居家環境良好的蒼翠山坡上普通簡易購物中心的底下。

我把車停在一個寬敞的地方，抬頭看著那個很有品味卻不明顯的標示，上面寫著**傑森・史考特，律師**。

註19　就是說不（Just say no），美國反毒品宣傳口號。

裡面辦公室色調是米色與西芹綠，平凡無害。這裡沒有吸血鬼的氣味，那讓我輕鬆不少。除了不認識的人類，沒別的。牆上鑲嵌了一個水族箱，接待桌後頭坐了個和藹又漂亮的金髮接待小姐。

「妳好，」她跟我打招呼：「請問有什麼可以效勞的嗎？」

「我來找史考特先生。」

「請問妳有事先預約好嗎？」

「不完全算有。」

她不自然地笑了笑。「那，可能要請妳等一下。妳何不先請坐一下，我——」

愛波！一個男人命令的聲音從她桌上的電話爆出來。**我正在等一位庫倫太太，馬上會到。**

我微笑並指指自己。

立刻請她進來，懂嗎？我不在乎這打擾或中斷了什麼事。

我可以聽出他的聲音在焦急之外，還有別的。緊張。神經質。

「她剛到。」愛波一能開口說話時，馬上說。

什麼？請她進來！妳還等什麼等？

「馬上來，史考特先生！」她站起來，緊張地擺著手，同時帶路朝一條短走廊走進去，並問我想要咖啡或茶或任何什麼的。

「這裡，請進。」她說，邊領我穿過一扇門進入一間很有威勢的辦公室，有著全套配好的沉重木桌椅和浮華的牆壁。

「出去時把門關上。」一個焦躁刺耳的男高音命令著。

愛波匆忙退出去時，我打量著桌子後方的那個男人。他個子很矮，是個禿頭，約五十五歲左右，有個大肚子。他穿著藍白條紋襯衫，打著紅色絲質領帶，他的海軍藍運動外套掛在椅背上。他同時也在發抖，臉色蒼白到像病態的麵糊顏色，額頭冒著豆大的汗珠；我想像著在他肚子的那一圈贅肉下有個潰瘍正在惡化。

J恢復過來，搖搖晃晃地從椅子上站起來。他把手伸過桌子。

「庫倫太太，見到妳真是太高興了。」

我走到他面前迅速握了一下他的手。他對我的冰冷肌膚畏縮了一下，但似乎沒有對此感到特別驚訝。

「甄克斯先生。或者，你比較喜歡史考特這個稱呼？」

他又畏縮了一下。「隨妳怎麼叫都行，當然。」

「那麼，你叫我貝拉，我稱呼你J，如何呢？」

「像老朋友一樣。」他同意說，用一條絲質手帕擦去額頭上的汗。他擺手請我坐，自己也落座。「我一定得問，我是不是終於見到賈斯柏先生可愛的妻子了？」

我衡量了一秒。所以，這人認識的是賈斯柏，不是艾利絲。認識他，而且似乎也很怕他。「事實上，我跟他是姻親關係。」

他噘著嘴，彷彿他跟我一樣迫切想要搞清楚這當中的意思。

「我相信賈斯柏先生一切安好？」他小心謹慎地問。

「我相信他健康的不得了。他正在度長假。」

這似乎澄清了J的某些困惑。他對自己點個頭，把指尖搭在一塊兒。「原來如此。妳應該要到我主要辦公室去的。我在那邊的助理會讓妳直接來見我——不需要經過如此招待不周的管道。」

我只是點頭。我不確定艾利絲為什麼要給我那個貧民區的地址。

「啊，嗯，現在妳在這裡了。我該如何為妳效勞？」

「文件。」我說，試著讓自己的聲音聽起來像我知道我在說什麼。

「當然。」J馬上同意。「我們是在談出生證明、死亡證明、駕照、護照、社會保險卡……嗎？」

我深吸一口氣露出微笑，我欠麥克斯一個大人情。

然後我的笑容消失了。艾利絲送我來這裡是有原因的，我很確定是為了要保護芮妮思蜜。她給我的最後一個禮物。她知道我會需要的一個東西。

芮妮思蜜會需要偽造文件的唯一一個理由，是如果她得逃亡。而芮妮思蜜需要逃亡的唯一一個原因是，如果我們輸了。

如果愛德華跟我帶著她一起逃，她不會馬上需要這些證件。我很確定身分證是某種愛德華有辦法弄到或自己製造的東西，我也確定他知道各種不用它們也能逃離的方法。我們可以帶著她奔逃幾千里遠。我們可以帶著她游泳渡過海洋。

如果我們能在她身邊救她的話。

還有這一切都要保密不讓愛德華知道。因為很有可能，他所知道的每件事，厄洛都會知道。如果我們輸了，厄洛肯定會在摧毀愛德華之前，得到他渴望獲得的資訊。

這正如我所懷疑的。我們無法贏，但我們一定大有機會在我們輸掉之前殺了狄米崔，給芮妮思蜜一個逃亡的機會。

我靜止的心在我胸口感覺像顆大石頭一樣——帶著壓碎的力量。我所有的希望像陽光下的迷霧般散去。我的雙眼刺痛。

我要把這事交託給誰？查理？但他是個毫無防禦能力的人類。並且我要如何把芮妮思蜜交給他？他可絕對不能接近戰場。這麼一來，只剩下一個人。從來也就沒有別人可以託付。

我想通這整件事的速度極快，J甚至沒注意到我遲疑了一下。

「兩份出生證明、兩本護照、一張駕照。」我說，聲調低沉、緊張。

如果他注意到了我改變的神情，他也假裝沒看見。

「名字？」

「雅各……狼伏，和……凡妮莎．狼伏。」妮思聽起來還滿像凡妮莎的小名。雅各會從狼伏這個名字裡得到樂趣的。

他的筆飛快橫過一本拍紙簿寫著。「中間名呢？」

「隨便放個普通名字進去就行。」

「妳喜歡就好。年齡？」

「男的二十七歲，女孩五歲。」雅各可以辦到，他是頭野獸。按照芮妮思蜜生長的速度，我估計她的身高應該沒錯。他可以是她的繼父……

「如果妳希望證件是準備好的，那麼我需要照片。」J打斷我的思緒說：「賈斯柏先生通常喜歡自己完成它們。」

喔，這解釋了為什麼J不知道艾利絲的樣子。

「等等。」我說。

運氣真好。我的皮夾裡擺了幾張家人的照片，最完美的那張——雅各抱著芮妮思蜜在前廊臺階上——是一個月前照的。艾利絲就在那天之前把它給了我……噢。也許，畢竟真的沒有那麼多的好運氣。艾利絲知道我有這張照片。也許她在把這張照片給我之前，已經有了一些模糊的影像，知道我會需要它。

「這張給你。」

J觀察了照片一會兒。「妳女兒長得很像妳。」

我繃緊。「她長得更像她爸爸。」

「他不是照片裡的人。」他碰碰雅各的臉。

我的眼睛瞇起，新的汗珠從J光亮的頭上冒出來。

「不是。他是我們家一位非常親近的朋友。」

「請原諒我。」他含糊地說，趕快拿筆又寫。「妳多快需要這些證件？」

「我可以一個禮拜後拿到嗎？」

「那是急件。會要雙倍的價錢——但請原諒我。我都忘了自己是在跟誰說話了。」

顯然他很瞭解賈斯柏。

「給我一個數字吧。」

他似乎遲疑著要不要說出來，不過我很確定，在跟賈斯柏打過交道後，他一定知道錢不是真正的問題。且不考慮吹噓庫倫家在全世界各地用各種名字所開的戶頭，光是在那間大屋子裡，各處所藏的現金就足夠一個小國花上十年；這讓我想到在查理家裡，隨便哪個抽屜裡面都有上百個魚鉤的事。我懷疑會有任何人注意到我為準備今天的事所挪用的一小疊鈔票。

J在拍紙簿底端寫下一個數字。

我鎮定地點頭。我身上帶了比那更多的錢。我再次打開皮包，數出正確的總額——我這些錢都是用紙紮好五千美元一疊，所以一點也不費事。

「拿去。」

「啊，貝拉，妳不需要現在把全部金額給我。習慣上妳應該要留一半，待確保交貨後再付。」我對這緊張的男人疲倦地笑笑。「但是我信任你，J。再說，我會給你一份紅利，當我拿到證件時，再付你同樣的金額。」

「這沒有必要，我可以跟妳保證。」

「沒關係。」我不會有機會帶走它們 。「所以，下週這時候我們在這裡碰頭？」

他給了我痛苦的一瞥。「事實上，我寧可讓這樣的交易在一處跟我幾個生意不相關的地方進行。」

「當然。我猜我沒按照你的正常程序來。」

「我已經習慣了在與庫倫家打交道時，不預期任何事。」他扮了個苦臉，很快讓自己的神情鎮定下來。「那我們從今晚算起，一週後晚上八點在太平洋餐廳碰面？地點在聯合湖旁，那裡的菜色很精緻。」

「好極了。」那可不表示我會陪他一起吃晚飯。如果我真這麼做，他大概會吃不下。

我起身並再次跟他握手。這回他沒退縮。但他腦子裡似乎有某種新的煩惱。他的嘴巴緊閉，背脊僵硬。

「你對交件期限有困難嗎？」我問。

「什麼？」他抬起頭來，我的問題讓他一時間沒提防。「交件日期？噢，不。一點也不用擔心。我一定會準時把妳要的證件準備好的。」

如果愛德華在這裡就好了，如此一來我就會知道J真正擔心的是什麼。我嘆口氣。要把事情瞞著愛德華就已經夠糟了；必須離開他更是讓人受不了。

「那麼，我們一個禮拜後見。」

chapter 34

公開宣告

「我們一定要在還有希望時，起身對抗他們。」

「即使我們只能重創他們，甚至，只是揭露他們……」

「那麼，總有一天，會有人完成這項工作。」

「而我族多年前所遭遇的血債，終將得償。」

我還沒下車就聽到了音樂。愛德華從艾利絲離開那夜起，就沒碰他的鋼琴了。現在，隨著我關上車門，我聽見那首歌經由一節變奏，轉變成了我的搖籃曲。愛德華在歡迎我回家。

我動作很慢地將沉睡的芮妮思蜜從車中抱出來；我們離開了一整天。我們把雅各留在查理家，他說他會搭蘇的便車回家去。我猜想他會把自己的腦袋用瑣事塞滿，好把我走進查理家門時顯露的神情擠出他腦海。

現在，隨著我慢慢朝庫倫家的大屋走去，我一下明白過來，那股環繞著這棟大白屋，幾乎像可見光環般的希望與振奮，我在今天早晨也擁有它。現在，我覺得它好陌生。

聽見愛德華為我演奏，我又好想哭，但我讓自己集中精神。我不想讓他起疑。如果我辦得到，我不會在他腦中留下任何線索給厄洛。

當我走進門，愛德華轉過頭來對我微笑，但繼續彈奏。

「歡迎回家。」他說，彷彿這只是任何平凡的一天。彷彿大廳裡沒有其他十二個吸血鬼在進行各種不同的消遣，並且還有另外十幾個四散在其他各處。「妳今天跟查理過得愉快嗎？」

「是啊。抱歉我去了那麼久。我出門去幫芮妮思蜜買了點過聖誕節的東西。我知道我們不會過節，但是……」我聳聳肩。

愛德華的嘴角垮下來。他停止彈奏，在椅子上一個旋身，讓自己整個人面對我。他將一隻手搭在我腰上拉我更靠近一點。「我竟沒想到它，如果妳**想要**過節……」

「不。」我打斷他。想到要試著裝出比最低限度還多的熱情的主意，我內心就畏縮。「我只是不想讓它就這樣過去而什麼都沒給她。」

「我可以看看嗎？」

「如果你想的話。只是個小東西。」

芮妮思蜜完全睡熟，貼著我的脖子細細地打呼。我嫉妒她，能逃脫現實真好，即使是只有幾小時。

我很小心地不把皮包打開太大，免得讓愛德華看見我攜帶的現金，然後把那個裝珠寶的天鵝絨小袋子摸出來。

「我開車經過一家古董店的時候，它引起我的注意。」

我把那個金的盒式墜鍊倒到他手中。墜子是圓形的，外緣環繞著一圈雕工細緻的藤蔓。愛德華打開細小的環扣看裡面。內裡一面有個小空間可以放照片，另一面雋刻著一句法文。

「妳知道這句話的意思嗎？」他以一種不同的，比之前更壓抑的聲音問。

「店主告訴我那句話的意思是『更勝於我的生命』，是這意思嗎？」

「對，他說的對。」

他抬頭看我，黃水晶般的雙眼探查著。我與他對望片刻，接著假裝被電視分了心。

「我希望她會喜歡。」我輕聲低語。

「她當然會喜歡。」他輕聲說，很隨意，在那一剎那，我很確定他知道我瞞著他些什麼，我也很確定他完全不知道確切內容。

「我們帶她回家吧。」他提議，起身，並伸手環住我肩膀。

我遲疑了一下。

「怎麼？」他盤問。

「我想跟艾密特練習一下……」我失去了整整一天都沒進行最重要的差事，那讓我覺得自己落後好多。

艾密特跟羅絲莉坐在沙發上，當然，手裡拿著遙控器——抬起頭來並露出期待的笑容。「太棒了。森林的樹木需要再少一些。」

愛德華對艾密特與我皺起眉頭。

「明天有的是時間。」他說。

「別荒謬了。」我抱怨說：「已經再也沒有**有的是時間**這種東西了。那概念並不存在。我有一堆東西要學，而且——」

他打斷我：「明天。」

他臉上的神情是連艾密特都不會跟他爭論的那種。

我很驚訝要回到舊日的作息竟然這麼困難，畢竟，那些日子還算新。但是那些我培養出來的最小一點希望被剝奪後，一切似乎都變得不可能。

我嘗試把焦點集中在正面。對即將來臨的事，我女兒有很大的機會可以存活下去，雅各也是。如果他們有未來，那就是一種勝利，不是嗎？如果雅各和芮妮思蜜能有機會逃走，那就代表了我們這一小群人一定堅守住了防線。是的，艾利絲的策略只有在我們有機會反抗，才有道理。所以，還是有某種的勝利，想想看，上千年來，佛杜里從來沒有面對過真正的挑戰。

這不會是世界末日。只是庫倫家的末日。愛德華的末日，我的末日。

我喜歡這樣看這件事——起碼喜歡最後一部分。我絕對不再沒有愛德華而獨活；如果他離開這世界，那麼我會緊隨他而去。

我不時胡思亂想著，會有另一個世界讓我們去嗎？我知道愛德華不相信有這回事，但卡萊爾相信，我自己則無法想像。另一方面，我無法想像愛德華不存在了，不以任何一種方式，不在任何一個地方。不管在哪裡，只要我們能相聚在一起，那就是快樂的結局。

因此，我每日生活的模式繼續上演，只不過比之前更為艱難。

聖誕節那天，我們去看查理，有愛德華、芮妮思蜜、雅各和我。雅各的狼群也全來了，還加上山姆、艾蜜莉和蘇。在查理那小小的家中，有他們在真是太好了，他們高大、溫暖的身體擠在那裝飾稀落的聖誕樹旁——你可以確切看出查理弄到哪裡覺得煩了，放棄了，將裝飾堆在一旁的角落以及各處家具上。你永遠都能指望狼人對即將來臨的戰鬥，不管多麼具有自殺性，都感到鬧烘烘的熱烈之情。他們的興奮熱情提供了一種很好的氣氛，掩飾了我欠缺的精神。愛德華則一如既往，是個比我好很多的演員。

芮妮思蜜在天亮時戴上了我給她的墜鍊，在她外套口袋裡有愛德華給她的ＭＰ３播放機——那個小東西可以裝五千首歌曲，裡面已經灌滿愛德華的最愛。她的手腕上戴了一個複雜的奎魯特象徵承諾的編織環。愛德華對那東西咬緊了牙關，但我不在意。

很快，太快了，我就要將她交給雅各保護。我怎麼可能被任何象徵一輩子的承諾的東西所困擾？我是如此需要依賴它啊。

愛德華藉由為查理訂購了一項禮物而成為英雄。東西在昨天送到——限時隔天送達的宅急便——而查理花了一整個早上在閱讀他新的釣魚聲納系統一本厚厚的說明書。

從狼人消耗食物的情形來看，蘇所擺開的午餐一定非常好吃。我很好奇這樣的聚會，在局外人看來會是什麼樣子。我們有將各自的角色扮演得夠好嗎？陌生人會認為我們是一群快樂的朋友，享受著假日的休閒歡樂時光？

到了該告別的時刻，我覺得愛德華跟雅各都像我一樣，鬆了一口氣。當有那麼多重要事情要做，卻又花力氣在假裝人類活動的瑣事上，感覺真不對勁。我一直很難專心。與此同時，這又可能是我最後一次見到查理。我因為太麻木而無法關注到這點，也許是件好事。

我從婚禮之後就沒見過我媽，但我發現我對從兩年前開始的這種逐步疏離，感到很高興。對於我的世界，她太脆弱了。我不想要她跟我的世界有任何牽扯。查理比較堅強。

也許甚至堅強到可以在這時道再見，但我沒那麼堅強。

車裡非常安靜；窗外，冷雨像一場薄霧，在液體與冰之間擺盪。芮妮思蜜坐在我腿上，玩著她的墜子，打開又關上。我看著她，想像著如果我不需要瞞著愛德華，這時我會對雅各說的話。

如果最後情況終於安全了，請帶她去見查理。找一天把所有的故事都告訴他，告訴他我有多麼愛他，告訴他即使當我人類的生命結束，要離開他也是多麼的難以忍受。告訴他，他是最棒的父親。告訴他請他幫我把愛轉達給芮妮，我希望她一生過得很好很快樂……

我會在事情還來得及之前把那些證件交給雅各。我也會寫張紙條請他轉交給查理。還有一封給芮妮思蜜的信。某種當我再也無法親自告訴她我愛她時，她可以自己閱讀的東西。

當我們開上草坪時，庫倫家大屋的外觀看起來毫無不同，但我可以聽見裡面有某種隱約的喧鬧。許多聲音在喃喃低語和低吼。聽起來很緊張，也很像是在爭論。我可以聽出卡萊爾和阿穆的聲音，比別人更多發言。

愛德華在大屋前停下來，而不是繞到後面的車庫去。我們在跨出車門前，先交換了一個警戒的眼神。

雅各的站姿改變了；他的神情變得嚴肅而小心。我猜他這時已經進入狼族首領的樣子。顯然有事發生了，他要獲得他跟山姆所需的資訊。

「艾利斯泰爾走了。」我們衝上階梯時愛德華喃喃說。

在大廳中，主要的衝突清楚可見。牆邊站著一排旁觀者，每個來加入我們的吸血鬼都在，只除了艾利斯泰爾以及三位在爭吵的人。艾思蜜、琪比和提雅是最靠近位在中間三位吸血鬼的人；在大廳中間，阿穆正在對卡萊爾及班傑明嘶吼。

愛德華下巴一緊，拉著我迅速掠到艾思蜜旁邊。我把芮妮思蜜緊抱在胸前。

「阿穆，如果你想走，沒有人強迫你留下來。」卡萊爾鎮定地說。

「你偷走了我半個家族，卡萊爾！」阿穆尖叫，用一根手指戳著班傑明：「這是你叫我來此的原因嗎？好偷走我的人？」

卡萊爾嘆氣，而班傑明翻了翻白眼。

「對，卡萊爾向佛杜里宣戰，把他全家人拖下水，為的是要把我騙來這裡送死。」班傑明諷刺地說：「講講理吧，阿穆。我承諾要留下來做正確的事——我沒有要加入任何其他家族。當然，正如卡萊爾所說的，你可以做任何你想做的事。」

「這不會有好結果的。」阿穆咆哮：「在這裡只有艾利斯泰爾是頭腦清楚的。我們都該趕快逃走。」

「想想你說頭腦清楚的是誰吧。」提雅安靜地在一旁低語著。

「我們全都會被屠殺的！」

「絕不會走到開戰的地步。」卡萊爾用堅定的聲音說。

「那是你說的！」

「如果真打起來，你還是可以選邊站，阿穆。我相信佛杜里一定會很感激你去幫忙的。」

阿穆嘲笑他，說：「說不定那正是答案。」

卡萊爾的回答溫和又誠懇：「我不會反對你那麼做的，阿穆。我們已經是那麼久的朋友了，我永遠不會叫你來為我送死的。」

阿穆的聲音也比較受控制了。「但你卻拖著我的班傑明跟你一起死。」

卡萊爾伸手去搭阿穆的肩膀，阿穆立刻甩開。

「卡萊爾，這可能對你傷害很大，但我醜話說在前頭。如果唯一的生存之路是加入他們，我**會**。你以為你可以公然反抗佛杜里，你是個笨蛋。」他怒目圓睜，然後，嘆了口氣，瞥了一眼芮妮思蜜跟我，接著氣沖沖的加了一句：「我會見證那個孩子長大了。這是個事實，每個人都看得見，沒話好說。」

「我們所要求的僅此而已。」

阿穆露出苦臉，「但看起來你得到的卻不僅如此而已。」他轉向班傑明。「我給了你生命，你卻把它白白浪費掉。」

班傑明的臉變得我前所未見的冷酷；那神情跟他男孩般的外表極不協調。「在那過程中，你不能用你的意志取代我的，真是可惜；也許那樣一來，你就會對我百分之百滿意了。」

阿穆瞇起了眼睛。他突然對琪比一擺手，接著兩人大步穿過我們，走出前門去了。

「他不會走的。」愛德華低聲對我說：「但從現在開始，他會跟我們更保持距離。當他說他會加入佛杜里時，這話不是騙人的。」

「艾利斯泰爾為什麼要走？」我用耳語的聲音問。

「沒人知道；他沒留下紙條。從他的咕噥抱怨中，很明顯的他認為戰鬥是避免不了的。且不管他的行為舉止，他實際上真的是因為太在乎卡萊爾，才不願站到佛杜里那邊去。我猜，他認為風險實在太大。」愛德華聳聳肩說。

雖然我們的對話只限於我們兩人之間，不過當然每個人都聽得見。以利沙回應了愛德華的評語，彷彿是替大家回應似的。

「從他嘀嘀咕咕的話中聽起來，情況好像不只如此。我們沒有談論太多佛杜里的私心計畫，但艾利斯泰爾擔心，無論我們有多斷然地證明你們的清白，佛杜里都不會聽。他認為他們一定會找出個藉口達到前來此地的目的。」

那些吸血鬼都不安地互相望來望去。佛杜里會操縱他們自己神聖的法則來達到一己之私的想法，不是個受人歡迎的念頭。只有羅馬尼亞人一副沉著鎮定的神情，他們臉上半笑不笑的樣子充滿了諷刺。對於其他人盡量把他們的世仇往好的一方面想這點，他們覺得非常有趣。

許多低聲的討論同時開始，但我只聽著羅馬尼亞人的。也許是因為淺色頭髮的弗拉德一直不斷朝我的方向望過來的緣故。

「關於這點，我很希望艾利斯泰爾是對的。」斯提凡對弗拉德喃喃低語：「無論結果如何，話一定會傳開。我們的世界是該看到佛杜里變成什麼樣子了。如果大家都相信他們在保護我們的生存方式的鬼話，他們永遠不會垮臺的。」

「當我們在統治的時候，至少，我們對自己是什麼樣子是很誠實的。」弗拉德回答。

斯提凡點點頭。「我們從來不會戴上高帽子，稱自己是道德崇高的聖人。」

「我想開戰的時刻終於到了。」弗拉德說：「你怎能想像我們還有機會找到如此龐大的勢力來幫助我們？還有比這更好的機會嗎？」

「沒有什麼不可能的。也許有一天——」

「斯提凡，我們已經等了一**千五百年**了。隨著時間過去，他們只變得越來越強。」弗拉德停下來，再次看我。當他看見我也正看著他時，並不驚訝。「如果佛杜里在這場衝突中獲勝，他們離開時將擁有比來之前更多的力量。每戰勝一次，他們的力量就增加幾分。光想想那個新手能給他們的，」他用下巴朝我比了比，

「她才剛剛發現她的天賦。還有那個會翻江倒海挪地的。」弗拉德朝班傑明點了點頭，那男孩僵住。現在幾乎每個人都跟我一樣，在偷聽羅馬尼亞人講話。「他們有那對邪惡的雙胞胎，他們將不需要製造幻象者跟電人者。」他的眼睛移到莎菲娜跟凱特身上。

斯提凡看著愛德華。「讀心者也不是非得有不可，不過我懂你的意思。一點也沒錯，如果他們贏了，他們將會獲得更多。」

「多得超過我們能容忍的程度，你同意嗎？」

斯提凡嘆氣：「我不得不同意。而那意思是……」

「我們一定要在還有希望時，起身對抗他們。」

「即使我們只能重創他們，甚至，只是揭露他們……」

「那麼，總有一天，會有人完成這項工作。」

「而我族多年前所遭遇的血債，終將得償。」

他們四目相望了好一會兒，接著開口同聲喃喃道：「這似乎是唯一的辦法了。」

「好，我們戰。」斯提凡說。

雖然我能看見他們的自保與復仇的心正在交戰，撕扯著他們，但他們交換的笑容卻充滿期待。

「我們戰。」弗拉德同意說。

我猜這是件好事；跟艾利斯泰爾一樣，我很確定戰鬥是無法避免的。在那種情況下，多兩個吸血鬼站在我們這邊，只會更有幫助。不過羅馬尼亞人的決定還是讓我打了個寒顫。

「我們也會加入一戰。」提雅說，她原本就嚴肅的聲音這時更加鄭重肅穆。「我們相信佛杜里一定會逾越他們的權威。我們一點也不想屬於他們。」她的眼神徘徊在她伴侶臉上。

班傑明笑了，頑皮地朝羅馬尼亞人瞥了一眼。「顯然，我是個搶手貨啊。很明顯的，我必須要贏得獲得自由的權利。」

「這將不是我第一次反抗讓自己不受君王的統治。」嘉瑞特用嘲弄的口氣說。他走過去拍了下班傑明的背。「這裡還有一個反抗受壓迫的愛好自由者。」

「我們與卡萊爾同一陣線。」譚雅說：「我們與他一同作戰。」

羅馬尼亞人的公開宣告，似乎讓其他人覺得自己也需要趕快表明立場。

「我們還沒決定。」彼得說。他低頭看他嬌小的同伴；夏洛特緊抿著唇，一臉不滿。看來她已經做好了她的決定，我很好奇她的決定是什麼。

「我也一樣。」藍代爾說。

「我也是。」瑪麗加上一句。

「狼群會與庫倫家一同作戰。」雅各突然說，又洋洋得意地加上一句：「我們不怕吸血鬼。」

「毛頭小娃。」彼得咕噥著。

「嬰兒。」藍代爾更正說。

雅各嘲弄地露齒而笑。

「嗯，我也加入作戰。」瑪姬說，聳肩脫開西歐班阻止她的手。「我知道真理是站在卡萊爾這邊的。我無法忽視這點。」

西歐班用擔憂的眼神望著她家族中這位年幼者。「卡萊爾，」她說，不顧這聚集突然之間出現的正式感，及突如其來爆發的宣告，彷佛在場只有他們兩人似的，「我不希望這件事變成大戰一場。」

「我也不希望，西歐班。妳很清楚那是我最不想要的事。」他勉強一笑，說：「也許，妳該專心想著這事能和平落幕。

「你知道光想是沒用的。」她說。

我想起羅絲跟卡萊爾有關這位愛爾蘭領導者的討論；卡萊爾相信西歐班擁有一種不明顯但很有威力的天賦，就是讓事情按照她的意思進行——但是西歐班不相信自己有此能力。

「但這麼想也沒有害處啊。」卡萊爾說。

西歐班翻了翻白眼，諷刺地問：「那我是不是該把我所渴望的結果具象化？」

這下卡萊爾露出了大大的笑容：「若妳不介意，那再好不過。」

「既然沒有打起來的可能，」她回嘴：「那我的家族就不需要宣告立場了，對吧？」她把手放回瑪姬的肩上，將她拉靠近自己一點。西歐班的伴侶利安，沉默地站在一旁，面無表情。

大廳中幾乎其餘每個人都看著卡萊爾與西歐班之間令人迷惑的玩笑，但他們並未解釋。

這晚戲劇化的言談就此結束。一群人慢慢散開，有些出去狩獵，有些去找卡萊爾的書或電視或電腦，打發時間。

愛德華、芮妮思蜜和我出門去打獵。雅各尾隨在後。

「一群笨蛋吸血蟲。」當我們走到門外後，他對自己咕噥著。「以為自己有多優秀多了不起。」他嗤聲說。

「當嬰兒救了他們優秀的性命時，他們一定會嚇一大跳，對吧？」愛德華說。

雅各笑著打了他肩膀一拳，說：「媽的一點也沒錯，他們一定會。」

這不是我們最後一次出門打獵。當時間接近預期佛杜里會到的日子時，我們會再出門打獵一次。由於最後期限的日子不是百分之百確定，我們計畫有幾個晚上要去待在艾利絲所看見的那個大棒球場上，以防萬一。我們只知道，他們會在大地積雪不融的那天到來。我們不要佛杜里太靠近城鎮，狄米崔會帶領他們到我們所在之地，無論我們是在哪裡。我好奇他會追蹤誰，並猜測他會追蹤愛德華，因為他無法追蹤我。

我在打獵時一直想著狄米崔，沒太注意我的獵物或終於飄下來的雪花，不過那些雪在碰到堅實的地面之前就融了，未能堆積。狄米崔知道他無法追蹤我嗎？對此他有什麼想法？厄洛又會怎麼想？或者，愛德華錯了？對於我能抵擋的事物，那些突破我防護盾周圍的辦法，總會有一些小例外。所有一切在我腦海之外的東西都很脆弱——對賈斯柏、艾利絲和班傑明所能做的事，毫無防禦能力。也許狄米崔的才能在運用時也有與眾不同之處。

接著，我有個想法突然打斷了我的動作。那頭被吸得半乾的麋鹿從我手上掉到堅硬的地面。雪花在離那溫暖的屍體幾吋處就蒸發了，發出細小的嘶嘶聲。我茫然地瞪著自己滿是鮮血的雙手。

愛德華看見我的反應，立刻丟下他尚未斷氣的獵物，趕到我身邊。

「有什麼不對？」他低聲問，雙眼掃視著我們周圍的森林，搜尋任何引發我這行為的東西。

「芮妮思蜜。」我擠出聲音。

「她才剛穿過那些樹。」他向我保證：「我可以聽見她跟雅各的想法。她沒事。」

「我不是那個意思。」我說：「我正在思考關於我的防護盾——你真的認為它有價值，它能幫上一些忙。我知道其他人會希望我能夠保護莎菲娜和班傑明，即使我每次只能維持幾秒鐘。但如果這想法是錯的呢？如果你對我的信任成了我們失敗的原因，那要怎麼辦？」

我的聲音朝歇斯底里的方向慢慢移動，雖然我能夠控制把音量放低，因為我不想讓芮妮思蜜心情煩亂。

「貝拉，這想法是哪來的？當然，妳能保護自己是非常好的事，但妳沒有責任拯救每個人。別讓自己不必要地苦惱。」

「但是，如果我不能保護任何東西呢？」我喘息著低語。「我的能力是有瑕疵又不穩定的！沒有條理與邏輯。也許它碰到亞力克時會一點用都沒有。」

「噓，」他安撫我。「別慌張，也別擔心亞力克。他做的跟珍或莎菲娜毫無不同，都只是幻象——他跟我一樣，都無法進入妳的腦海。」

「但芮妮思蜜可以！」我咬著牙瘋狂地嘶吼。「那一切是那麼自然，我從來沒質疑這一點，那始終是她的一部分。但是她把她的想法直接放進我的腦海裡，正如她對每個人所做的。我的防護盾有破洞，愛德華！」

我絕望地瞪著他，等著他承認我揭露的可怕事實。他噘起嘴，彷彿正嘗試著要怎麼措詞敘述才好。他的神情百分之百放鬆。

「你很久以前就想過這件事了，對嗎？」我詰問，對自己幾個月來都忽視這麼明顯的事，感覺像個大白痴。

他點點頭，一個淡淡的微笑勾起他一邊的嘴角。「她第一次觸摸妳的時候，我就想過了。」

我對自己的愚蠢嘆口氣，但他的鎮定使我成熟了點。「而這並不困擾你？你不覺得那是個問題？」

「我有兩個理論，其中一個可能性比另一個高。」

「先告訴我那個比較不可能的。」

「好，她是妳的女兒。」他指出：「就遺傳來看，她有一半的妳。我曾經取笑說妳大腦的頻率跟我們其餘人都不同。也許她的頻率跟妳一樣。」

這對我一點用也沒有。「但你對聽見她的思緒毫無問題。**每個人**都能聽見她的思緒。並且，如果亞力克也以不同的頻率在運作呢？如果——」

他伸出一根手指貼在我唇上。「我也想過這點了，這也是為什麼我認為再來這個理論比較有可能。」

我咬緊牙，等他說。

「就在她第一次向妳顯示她的記憶後，妳記得卡萊爾怎麼跟我說她的嗎？」

我當然記得。「他說，真是個有趣的轉變，好像她跟你所做的正好相反。」

「沒錯。所以我便一直想，也許，她取了妳的才能並且也把它轉了個面。」

我想著這話。

「妳把所有的人都擋在外面。」他進一步說。

「然而沒有人能把她擋在外面？」我遲疑著把話說完。

「這正是我的理論。」他說：「而且，如果她能進入妳的腦海，我很懷疑這世界上會有誰有個防護盾能把她擋在外面。這會有點幫助。就我們所見，一旦人們允許她向他們顯示，沒有人能夠懷疑她思緒的真實性。並且我認為，如果她跟他們的距離夠近，也沒有人能阻止她向他們顯示。如果厄洛允許她解釋……」

想到芮妮思蜜接近厄洛那貪婪、白濁的眼睛，我就忍不住打個寒顫。

「好了，」他邊說邊揉著我緊繃的肩膀：「至少那就沒有什麼能阻止他看見事實真相了。」

「但事實真相足以阻止他嗎？」我喃喃說。

對此，愛德華沒有答案。

chapter 35

最終期限

接著，愛德華渾身一僵，
從咬緊的牙關間發出低沉的嘶吼。
他的雙眼直射我們所立之處北邊的森林。
我們凝視著他所望之處，
等候最後這幾秒鐘過去。

「要出去？」愛德華問，他的語氣顯得無關緊要，表情有一種強迫出來的鎮定。他把芮妮思蜜稍微朝懷裡抱緊了點。

「對，有幾件要緊事……」我也同樣若無其事地回答。

他露出我最喜歡的那種笑容：「盡快回到我身邊來。」

「永遠都是。」

我再次開走他的富豪，同時想著他是否在我上次出門辦事後察看過里程表。他把這些事情拼湊出多少了？他肯定知道我有祕密。他會推論出我對他隱瞞的原因嗎？他猜到厄洛可能很快會知道他所知道的每件事嗎？我想愛德華會得到這結論，這解釋了他為什麼沒盤問我出門的理由。我猜他也試著不要做太多推測，試著不去想我的行為。他有把這件事跟艾利絲離開後，隔天早晨我把書扔在爐火中燒掉的怪異行徑聯想在一起嗎？我不知道他有沒有將兩件事連結在一起。

這是個陰沉的下午，天色已暗得像傍晚。我急馳過陰暗，雙眼看著沉重的烏雲。今晚會下雪嗎？會多到足以覆蓋地面，創造出艾利絲在意象中所見的情景嗎？愛德華估計我們大概還有兩天的時間。然後我們會到那片空地上等待，把佛杜里引到我們選擇的地方去。

當我急馳穿過黑暗的森林，我思考著上一趟去西雅圖的事。我以為我知道艾利絲送我去J．甄克斯為他較可疑的顧客準備的那間破爛辦公室的目的，如果我去的是他其他比較合法的辦公室，我會知道要問什麼嗎？如果我見到的是傑森．甄克斯或傑森．史考特，合法的律師，我會從那裡發掘出J．甄克斯，承辦違法文件的人嗎？我必須走那條路，明顯看出我要做的不是什麼好事。我所想到的就是這樣。

當我早到了幾分鐘，不理睬入口處熱心的代客泊車人員，直接停進餐廳的停車場時，天已經黑了。我戴上隱形眼鏡，然後進餐廳去等J。雖然我很急著辦好這件令人憂愁的必要之事，好回去與我家人團聚，但J似乎很小心不讓他檯面下的業務沾染到他；我有一種感覺，在黑暗的停車場交貨，會冒犯他敏感脆弱的心。

我在入口櫃臺說了**甄克斯**這個名字，奉承的接待員領我上樓到一個私人小房間，有座石頭壁爐，火燒得正旺。他幫我脫下長及小腿、象牙白的防水外套——是我穿來遮住身上所穿艾利絲認為理想的恰當裝束——對我裡面銀灰絲綢的正式短洋裝暗暗驚喘一聲。我忍不住有點得意；除了愛德華之外，對於別人覺得我很美這點，我仍不習慣。那接待員邊結結巴巴說著稱讚之詞，邊步履不穩地倒退著出了房間。

我站在火爐邊等候，伸出手靠近火苗讓它們暖一暖，預備待會兒避免不了的握手。即使J顯然意識到庫倫一家有古怪，練習一下也還是個好習慣。

有那麼半秒，我好奇著把自己的手放進火裡會是什麼感覺。當我被烈火焚燒時會有什麼感覺……

J的進門打斷我病態的念頭。那位接待員也取了他的大衣，看來，並不是只有我一個人為今晚的會面慎重打扮。

一旦房間裡只剩我們兩人，J說：「很抱歉我來晚了。」

「不，你很準時。」

他伸出手，我們握了握，我仍能感覺他的手指比我的暖上許多。但這似乎並不困擾他。

「容我大膽說，庫倫太太，妳真是美極了。」

「謝謝你，J，請叫我貝拉吧。」

「我得說，跟妳一起做事的經驗，與跟賈斯柏先生的不同。比較不那麼……令人不安。」他遲疑地笑了一下。

「真的嗎？我一直覺得賈斯柏給人一種心平氣和的感覺。」

他的眉毛皺到一塊兒。「是這樣嗎？」他客氣地喃喃說，同時也清楚表明他還是持不同意見。這真是太奇怪了，賈斯柏對這人做了什麼事？

「你認識賈斯柏很久了嗎？」

他嘆了口氣，看起來很不自在。「我已經跟賈斯柏先生合作超過二十年了。在此之前，我的合夥人認識他超過十五年……他從來沒變。」J微妙地瑟縮了一下。

「是啊，賈斯柏就是這一點有趣。」

J搖了搖頭，彷彿這樣就能甩開那些擾人的念頭。「妳不坐下來談嗎？貝拉。」

「事實上，我有點趕時間。我還得開很遠的路回家。」我邊說著，邊從我的皮包裡拿出一個厚厚的白色信封袋遞給他，裡面是他的紅利。

「噢。」他說，聲音中有稍微隱藏的失望。他把信封塞進西裝內袋，沒費心去察看裡面的金額。「我希望我們可以稍微多談一點。」

「哪方面？」我好奇地問。

「嗯，先讓我把妳的東西給妳，我要確定妳對東西感到滿意。」

他轉身，把手提箱放到桌上，扳開扣鎖，拿出一個大的牛皮紙信封袋。

雖然我不知道自己該看什麼，我還是打開信封袋，草草地看了裡面的東西一眼。J翻拍了雅各的照片並改變顏色，好讓人不會一下子就看出在他的護照跟駕照上是同一張照片。兩者看上去都非常好，但這意味著什麼？我飛快瞄了一眼凡妮莎．狼伏護照上的照片一眼，接著馬上轉開視線，有個硬塊在我喉間升起。

「謝謝你。」我告訴他。

他的眼睛稍微瞇了一下，我感覺到他對我沒有更詳細地察看這些東西頗為失望。「我可以跟妳保證，每一份都是完美的，全都能通過專家最縝密的細查。」

「我相信它們是。J，我真的非常感激你為我所做的。」

「這是我的榮幸，貝拉。將來，若庫倫家有任何需要，請隨時來找我。」他甚至沒暗示，但這聽起來就像邀請我取代賈斯柏跟他的往來。

「你還有什麼想跟我討論的嗎？」

「呃，是的，這有點微妙……」他朝那石砌的壁爐比了個探問的神情。我在石頭邊緣坐下，他在我旁邊坐下。汗又從他額頭上冒出來，他從口袋裡掏出一條藍色絲質手帕，開始擦汗。

「妳是賈斯柏太太的姊妹？或是嫁給了他兄弟？」他問。

「嫁給了他弟弟。」我澄清說，想著這話題要通往哪兒去。

「那麼，妳是愛德華先生的新娘囉？」

「是的。」

他抱歉地笑笑。「妳知道，所有的名字我都看過許多次了。我獻上遲來的祝賀。愛德華先生在經過這麼長一段時間後，找到這麼可愛的伴侶，真是太好了。」

「謝謝你。」

他停下來，擦掉額頭上的汗。「這麼多年來，妳可以想像我對賈斯柏先生及整個家庭發展出了相當程度的尊敬。」

我謹慎地點點頭。

他深吸一口氣，然後吐出來，並未說話。

「J，請有話直說吧。」

他深吸了另一口氣，然後含糊著把一整串話全說出來。

「如果妳能跟我保證，妳不是要把那小女孩從她爸爸身邊綁架走，我今晚會睡得安穩一點。」

「噢。」我有點呆住，花了一分鐘才明白他從這事上歸結到的錯誤結論。「噢，不是。完全不是你所想的那樣。」我無力地笑笑，試著再度向他保證：「我只是單純地要為她預備個安全的地方，以防萬一我跟我丈夫發生什麼意外。」

他瞇起了眼睛。「妳預期會有意外發生嗎？」他說完臉馬上紅了，接著便道歉：「當然這不關我的事。」

我看著那股紅潮在他薄薄的皮膚底下擴散開來，再次感到很高興——正如我常感覺到的——我不是一般的新手。且把不法的事放一邊，J似乎是個滿不錯的人，殺了他會是件很可惜的事。

「天有不測風雲啊。」我嘆口氣。

他皺眉：「那麼，我祝福妳一切好運。還有，親愛的，請別對我不高興，不過……如果賈斯柏先生來找我，問我這些文件上都寫了什麼名字……」

「你當然應該立刻告訴他。賈斯柏先生若能清清楚楚知道我們處理的整件事情，那是再好不過了。」

我顯而易見的誠懇，似乎讓他的緊張消除了一些。

「好極了。」他說：「我無法說服妳留下來吃晚餐嗎？」

「我真的很抱歉，J。我僅剩的時間有限。」

「那麼，我再次祝妳健康幸福。庫倫家有任何需要，請隨時打電話給我，貝拉。」

「謝謝你，J。」

我帶著我的違法物品離開，出門時回頭瞥了一眼，J還凝望著我，臉上的表情混合了焦慮與遺憾。

回程花了我較少的時間。夜很漆黑，因此我熄了車子頭燈，飛馳前進。當我抵達家門，絕大部分的車，包括艾利絲的保時捷和我的法拉利，都不在了。那些仍遵循傳統飲食的吸血鬼都盡量遠離此地去滿足他們的飢渴。我試著不去想他們在夜間的狩獵，對腦海中他們受害者的模樣感到畏縮。

大廳裡只有凱特和嘉瑞特，好玩地辯論著動物血液中的營養價值。我推斷嘉瑞特打算進行素食的打獵之旅，卻發現這事很困難。

愛德華一定已經帶著芮妮思蜜回家睡覺去了。毫無疑問地，雅各一定待在靠近小屋的森林中。我其餘的家人一定也都去打獵了。也許他們是跟德納利家人一起出去的。

如此一來，只剩我一個人在家，我迅速運用這項優勢。

我嗅得出來，這麼久以來我是第一個踏入艾利絲和賈斯柏房間的人，也許是自那晚他們離開後，第一個踏入此地的人。我靜靜地翻找他們巨大的衣櫥，直到我找到適當的包包。這一定是艾利絲的；一個小的黑色真皮背包，通常拿來當皮包用的那種，小到足以讓芮妮思蜜背著而不會顯得太奇怪。接著我打劫他們的零用錢，拿了平均一般美國家庭兩年收入的金額。我猜我的偷竊行為在這裡會比在屋中其他地方更不令人察覺，因為這房間讓大家感到悲傷，沒人會來。信封隨著假護照和身分證件一起放進背包，放在錢上頭。接著，我坐在艾利絲和賈斯柏的床沿，看著那個可憐的毫不起眼的背包，竟是所有我能給我女兒及我最好的朋友，用來救他們一命的東西。我癱靠在床柱上，感覺萬分無助。

然而，除此之外，我還能做什麼？

我垂著頭在那兒坐了好幾分鐘，直到靈光一閃，想到個好主意。

如果……

如果我假設雅各和芮妮思蜜將要逃亡，那麼，那是包含了狄米崔會死的假設。那給了任何生還者一點自由呼吸的空間，包括艾利絲跟賈斯柏在內。

所以，為什麼艾利絲跟賈斯柏不能幫助雅各和芮妮思蜜？如果他們重聚，芮妮思蜜將會有所能想像最好的保護。沒理由這樣的事不會發生，只除了一項事實，艾利絲看不見小各和芮妮思蜜，她會怎麼開始找尋他們呢？

我深思了片刻，然後離開房間，穿過走廊到卡萊爾和艾思蜜的套房。一如既往，艾思蜜的書桌上堆疊著平面圖與藍圖，每一疊都整齊地堆得高高的。桌子上，在工作檯的上方，有個旋轉的檔案分類架；其中一層是一盒文具。我拿了一張白紙和一支筆。

我瞪著那張象牙白的紙整整五分鐘，專注在我的決定上。艾利絲也許無法看見雅各和芮妮思蜜，但是她能看見我。我在腦海中想著這一刻，萬分迫切地希望她不會因為太忙而沒注意到我。

慢慢地，深思熟慮地，我大大的在紙上寫下**里約熱內盧**。

里約似乎是送他們去最好的地方：它離此地遙遠，最後一次得到有關艾利絲與賈斯柏的消息是他們在南美，同時，因為我們現在有了更大的麻煩，卻不表示我們之前的問題就不存在了。芮妮思蜜的未來，她可怕的成長速度，仍是個謎。我們本來就打算往南去的。現在，搜尋那些傳說將是雅各的，也希望會是艾利絲的工作。

我又垂下頭來，抗拒突然想哭的衝動，把牙關緊咬在一起。芮妮思蜜沒有我跟著一起去是比較好的。但我已經這麼想念她，我幾乎無法忍受分離的念頭。

我深吸了一口氣，把紙條塞進背包的底部，雅各很快就會發現它的。

我深深祈禱——由於小各就讀的高中不太可能有葡萄牙語課程——但願他在選修語言時，至少修過西班牙文。

現在，除了等待，沒有別的事了。

有兩天的時間，愛德華和卡萊爾都待在艾利絲所見佛杜里到來的那處空地。那也是之前夏天與維多利亞那群前來進攻的新手交戰的殺戮戰場。我好奇卡萊爾會不會有一種重複的感覺，像是似曾相識。對我，這會是全新的。這一次，愛德華跟我會與我們的家人站在一起。

我們只能猜想，佛杜里會追蹤愛德華或卡萊爾。我好奇他們會不會很驚訝他們的獵物竟然沒有逃走。那會讓他們謹慎一點嗎？我無法想像佛杜里會感到行事有小心的需要。

雖然狄米崔看不見我——希望如此，我仍待在愛德華身邊。當然，我們能在一起的時間不多了。

愛德華和我並沒有什麼最後的偉大告別場面，我也沒這打算。說出這樣的話，會使它一語成讖。那會跟在原稿的最後一頁打上**劇終**一詞一樣。因此，我們沒有說出我們的再見，並且我們盡量緊隨在對方身旁，總是觸摸著彼此。無論我們遭到怎樣的結局，我們都不會分開。

我們在幾碼外的森林保護之下給芮妮思蜜搭了個帳棚，然後，當我們發現自己在冰寒中再次與雅各一起紮營，又有了更多的似曾相識。從夏天到現在，真令人無法相信事情變化如此之多、之大。七個月前，我們的三角關係似乎毫無解決辦法，有的只是無法避免的三顆心以三種不同的方式碎裂。現在，一切達到了完美的平衡。這真是個可怕的諷刺，整副拼圖的每一片都及時拼好了，只為了要讓它們全部被摧毀。

在除夕的前一天夜裡，又開始下雪了。這次，細小的雪花落在空地上那堅硬的地表時，並未融化。當芮妮思蜜和雅各在睡覺時——雅各打呼打得好大聲，我很奇怪芮妮思蜜怎麼沒被吵醒——雪頭一次在地面結了一層薄薄的冰，接著累積更厚的積雪。等到太陽升起時分，艾利絲在意象中所見的情景完成了。愛德華和我手牽著手，凝視著這一片閃亮的白色原野，我們都沒說話。

整個早晨的時光，眾人一一聚集，他們的眼睛靜靜帶著他們已準備好的證據——有些是淡淡的金黃，有些是濃濃的深紅。就在我們聚集完沒多久，我們都聽見狼群們在森林中移動，雅各從帳棚中出來，離開還在睡覺的芮妮思蜜，前去加入他們。

愛德華和卡萊爾將其他人部署成鬆散的排列，讓我們的證人散在一旁當觀眾。

我從一段距離之外觀看他們，同時待在帳棚旁等芮妮思蜜醒來。當她醒來，我幫她穿上兩天前我仔細挑選的衣服。那是看上去有花邊很女性化，但實際上非常結實又耐磨的衣服——即使穿著它們的人要騎著一頭巨狼穿越好幾個州，這套衣服都耐得住。在她穿好外套後，我將那裝著文件、錢、線索，以及我寫給她、雅各、查理、芮妮表達我的愛的信的背包，給她背上。她夠壯，這包包對她不是負擔。

當她看見我臉上的痛苦，不禁睜大了眼睛。但她猜到的夠多，所以沒問我在做什麼。

「我愛妳，」我告訴她：「遠勝過一切。」

「我也愛妳，媽媽。」她回答。她摸摸掛在脖子上的盒式墜子，現在那裡面放了小小一張她跟愛德華及我的合照。「我們會永遠在一起。」

「在我們心裡，我們會永遠在一起。」我用輕到像呼吸般的聲音更正說。「但是，今天，一旦時候到了，妳必須離開我。」

她的雙眼圓睜，伸手觸摸我的臉頰。那靜靜的**不**，比她如果大喊出來還要大聲。

我抗拒著哽咽；我的喉嚨好像腫起來了。「妳會為我這麼做嗎？拜託妳？」

她的手指更用力壓著我的臉。**為什麼？**

「我無法告訴妳。」我低語：「但妳很快就會明白的，我保證。」

在我腦海中，我看見雅各的臉。

我點頭，然後拉開她的手。「別想這件事。」我悄悄在她耳邊說：「別告訴雅各，直到我叫妳跑，好嗎？」

這點她明白，她也點了點頭。

我從口袋中掏出最後一項細節。

當在打包芮妮思蜜的東西時，一團意外的閃光抓住我的視線。一道陽光正巧穿過天際，照在那個古老的珠寶盒上，那盒子塞在一個架子上方摸不到的角落裡。我考慮了片刻，然後聳聳肩。在將艾利絲給的線索拼湊起來後，我無法期望即將來臨的衝突會和平收場。但何不讓事情盡可能友善地開場呢？我自問。這能有什麼害處？因此，我猜我畢竟還是留有一點希望在——盲目的、無意識的希望——因為，我爬到那些架子上，把厄洛送給我的結婚禮物拿下來。

現在，我把那條粗大的金項鍊戴到脖子上，感覺到那巨大的鑽石垂在我咽喉凹窩處的重量。

「好漂亮。」芮妮思蜜低聲說。她張開雙臂像虎頭鉗一樣抱住我脖子。我將她緊緊抱住貼在我懷裡。就這樣緊抱著彼此，我帶她出了帳棚前往那片空地。

隨著我走近，愛德華揚起一邊眉毛，但除此之外，並未對我戴的或芮妮思蜜身上背的東西發出意見。他只是用雙臂緊緊環抱著我們好長一會兒，接著，深深嘆了口氣，放開我們。我在他眼中看不到任何道別。也許，他對於今生之後的世界，抱有比他所曾吐露更多的希望。

我們站好我們的位置，芮妮思蜜靈活地爬到我背上，讓我的雙手空出來。我站在由卡萊爾、愛德華、艾密特、羅絲莉、譚雅、凱特和以利沙所排開的最前線後方幾步。緊站在我後面的是班傑明和莎菲娜；我的工作是保護他們兩人，越久越好。他們是我們最好的攻擊武器。如果佛杜里是看不見的那一方，即使只有短暫片刻，也能使局勢整個改觀。

莎菲娜站得直挺而凶猛，在她旁邊的辛娜幾乎是她鏡中的倒影。班傑明坐在地上，雙掌貼在地上，低聲嘀咕著有關斷層線什麼的。昨晚，他在空地上散布了一些石塊，讓它們看起來像是自然形成的，現在大雪覆蓋了所有的石塊跟草地。那些石塊不足以傷害到吸血鬼，但希望足以令對方分心。

證人聚集在我們的左右，有些人比其他的更靠近——那些宣布會跟我們一同作戰的，最靠近。我注意到西歐班一直揉著她的太陽穴，她閉著雙眼集中精神；她是在迎合卡萊爾嗎？試著想像出一個圓滑的解決方案？

在我們背後的森林裡，那些看不見的狼群靜止不動，都準備好了；我們只能聽見他們粗重的呼吸，他們的心跳。

雲層開始增厚，遮暗了光線，讓天光看起來可能是早晨或下午。愛德華在詳細察看四周時雙眼繃緊，我很確定這是他第二次看見這幅確切的景象——第一次是在艾利絲的意象裡。當佛杜里到達時，情景會是一模一樣的。現在，我們大概還有幾分鐘或幾秒鐘。

所有我們的家人與盟友都鼓起勇氣防備好自己。

從森林中，那匹巨大的狼族首領走出來，上前來站在我身邊；當芮妮思蜜處在如此緊迫的危險中，要他保持距離不在她身邊，一定是太難了。

芮妮思蜜伸出手，抓住他那巨大肩膀上的毛，她的身體放鬆了一些。當雅各近在身旁時，她比較鎮定。我也覺得好一點。只要雅各跟芮妮思蜜在一起，她將會沒事的。

眼神保持注視著前方，愛德華把手朝後向我伸過來。我把手伸向前好緊抓住他的。他捏了捏我的手指。

又一分鐘過去，我發現自己盡力要聽見一些有人接近的聲音。

接著，愛德華渾身一僵，從咬緊的牙關間發出低沉的嘶吼。他的雙眼直射我們所立之處北邊的森林。我們凝視著他所望之處，等候最後這幾秒鐘過去。

chapter 36

嗜血慾望

我的憤怒達到了高峰，

比之前狼群們現身加入這場必敗的戰役時，

我所感覺到嗜血、殘暴的殺戮慾望還要高漲。

我可以在口中嘗到狂暴的味道——

我感覺到它氾濫過我，

如同純粹力量的海嘯。

他們以壯盛的軍容來到，帶著一種華美。

他們以嚴謹、正式的隊形前來。他們動作畫一，卻不是行軍；他們從樹林中以完美的同步性湧流而入——一團黑暗、完整的形體，似乎像漂浮在潔白積雪之上數吋，行進的如此流暢。

最外圍是灰色；顏色隨著整體的每一行向內推而加深，直到整個隊形的心臟地帶，是最深的黑色。每一張臉都罩在斗篷兜帽的陰影裡。他們的步伐擦過地面的細微聲響如此規律，聽起來好像音樂，複雜的節拍毫無一絲紊亂。

在某個我沒看見的訊號下——或也許根本沒有訊號，只有上千年的練習——整個隊形向外敞開。那動作太僵硬，太一致，而不像一朵花的綻放，雖然顏色的呈現有那樣的含意；它像展開一面扇子，非常優雅卻極具稜角。灰色斗篷的身影散開向兩翼伸展，而深色的身形精確地向中心蜂擁上前，每個動作都精確控制。

他們的前進緩慢而從容，沒有匆忙、緊張和焦慮。那是一種無敵的、無堅不摧的步伐。

這幾乎就是我舊有的惡夢。唯一缺乏的，是我在夢中所見那些面孔上得意洋洋的神情——為懷恨報仇的喜悅而露出的笑容。到現在為止，佛杜里因為太有紀律而未顯露任何情感，也沒有對聚集等候他們的一群吸血鬼顯露出驚訝或慌張——比較之下，這群聚集等候的吸血鬼突然顯得混亂又毫無準備。佛杜里甚至對那匹站在我們當中的巨狼也未露出驚訝之情。

我忍不住數算，他們一共有三十二個人。就算你不把那兩個飄在最後，罩在黑斗篷中的柔弱身影算進去——我想她們便是所謂的夫人，她們受保護的位置顯示她們將不會參與攻擊——我們仍是寡不敵眾。我們當中會參戰的只有十九人，還有七個人會觀看我們被摧毀。即使算上十匹狼，他們人數還是多過我們。

「紅衣軍來了，紅衣軍來了。」嘉瑞特詭祕地對自己咕噥著，接著咯咯笑了一聲。他悄悄滑了一步，更靠近凱特。

「他們真的來了。」弗拉德用耳語的聲音對斯提凡說。

「夫人們，」斯提凡嘶聲回話：「整個護衛隊。他們全都一起來了。還好我們沒嘗試去攻擊沃爾苔拉。」

接著，彷彿他們的人數還不夠多似的，就在佛杜里緩慢又威嚴地前進時，有更多吸血鬼在他們後面開始進入空地。

那群似乎無止盡湧流而入的吸血鬼的臉，跟佛杜里毫無表情的紀律，成了一個對照——他們的神情千變萬化。一開始，當他們看見未曾預期的武力在等待他們時，那些臉上有震驚，甚至還有些焦慮。但那樣的顧慮很快就過去；他們壓倒性的人數讓他們感到安全，他們位於擋不住的佛杜里武力後方，也讓他們感到安全。他們的模樣回復到在我們令其大吃一驚之前，臉上原有的神情。

要瞭解他們的心態真的很簡單——那些神情讓人一望即知。這是一群憤怒的暴徒，被撩撥到瘋狂的地步，垂涎著正義。在我看到這些臉之前，我並不真正明白吸血鬼的世界對不朽孩童的感受。

這群混雜、混亂的群體——總共超過了四十個以上的吸血鬼——顯然是佛杜里自己一方的證人。當我們喪命之後，他們會散布消息，罪犯已經被根除滅絕了，佛杜里的行動是不偏不倚，全然公正的。他們絕大多數看起來都不止是想作證而已——他們想要幫忙撕毀和焚燒。

我們完全沒有勝算。即使我們可以消磨佛杜里的優勢，這群人依舊可以仗著人數壓倒我們。即使我們殺了狄米崔，雅各也無法逃脫這麼一大群攻擊。

我可以感覺到，我周圍的人也理解了這一點。空氣中的絕望沉甸甸地壓下來，以前所未有的壓力要把我壓倒。

在對方的武力當中，似乎有一名吸血鬼不屬於整個群體；我認出艾琳娜，她在兩群人之間遲疑著，她的神情在眾人當中顯得獨特。艾琳娜嚇壞的凝視，鎖定在最前排譚雅的位置。愛德華非常低但非常激昂地咆哮了一聲。

「艾利斯泰爾是對的。」他對卡萊爾喃喃說。

我看見卡萊爾朝愛德華質疑地瞥了一眼。

「艾利斯泰爾是對的？」譚雅低問。

「他們——凱撒跟厄洛——是前來摧毀與掠奪所要之物的。」愛德華聲音幾近不聞地朝後面說，只有我方可以聽見。「他們已經設好許多層策略。萬一艾琳娜的指控被證明是錯的，他們已經確定好要找另一個理由來攻擊。但他們現在已經可以看見芮妮思蜜了，所以他們對自己要進行的方向與步驟十足樂觀。我們仍能試圖防衛，抵擋他們其他加罪於我們的計謀，但他們首先得停下來，聽聽有關芮妮思蜜的真相。」接著，甚至更小聲地，他說：「他們絲毫沒有停下來的打算。」

雅各發出了一聲奇怪的噴氣聲。

接著，出人意外地，兩秒之後，整個行進隊伍**確實**停下來了。那低沉完美的同步性移動的樂曲，轉為一片寂靜。那毫無瑕疵的紀律依舊完整無缺；佛杜里完全靜止到像是一體，他們站在離我們大約一百碼遠的地方。

在我背後兩旁，我聽見巨大心臟的跳動聲，比之前更靠近。我冒險從眼角往左右瞥了一下，看看是什麼阻止了佛杜里的前進。

是狼群加入了我們。

在我們這不平均的行列的兩側，狼群擴展出兩條長長的防禦界線。我在這轉瞬間只注意到總共超過了十匹狼，認出有些狼是我認識的，有些是我過去從未見過的。總共有十六匹狼間隔平均分布在我們周圍──算上雅各的話是十七匹。從他們的高度與特大的腳掌，皆清楚顯示這些新來者都非常、非常年輕。我猜我該事先想到這點的。隨著那麼多吸血鬼在他們附近出沒，狼群數量的暴增是無法避免的。

更多的孩子面臨死亡。我驚訝山姆怎麼會容許這樣的事，接著我明白他毫無選擇。只要有任何一匹狼站在我們這邊，佛杜里肯定會把其餘所有的全搜出來。他們把整個種族的存亡全押在這場戰役上了。

而我們將會輸掉。

突然間，我憤怒極了。遠不止憤怒，我嗜血、殘暴。我毫無指望的絕望消失無蹤。一股淡紅的光聚集在我前方黑色的身影上，此刻我一心只想有機會用我的牙齒咬住他們，將他們的四肢扯下，並將他們堆疊起來用烈火焚燒。我狂怒到一個地步，在他們被活活燒死時，我會在火葬堆四周跳舞慶祝；當他們的灰燼還在冒煙時，我會高興大笑。我的唇立刻向後拉開，一聲低沉、凶猛的咆哮從我腹腔深處直衝上我喉嚨冒出來。我突然發覺，我的嘴角往上翹成了一個微笑。

在我旁邊，莎菲娜與辛娜回應著我低沉的咆哮。愛德華捏了捏他仍握著的我的手，提醒我當心。

籠罩在陰影中的佛杜里的臉，絕大部分仍是毫無表情。只有兩雙眼睛顯得神色有異。在最中心，彼此手互觸的厄洛和凱撒停下來評估狀況，整個護衛隊跟他們一起停下來，等候大開殺戒的命令。他們兩人並未看對方，但很顯然他們正在互相溝通。馬庫斯雖然碰觸著厄洛的另一隻手，但似乎並未參與溝通。他的神情不像護衛隊那般彷彿沒有自己的頭腦思想，但也接近一片空白。就像我上次見到他時一樣，他神情顯得無聊到了極點。

那群佛杜里的證人朝我們靠近，他們的眼睛憤怒地盯在芮妮思蜜跟我身上，但他們待在森林的邊緣，在他們自己與佛杜里的護衛之間空出一大片地方。只有艾琳娜徘徊在佛杜里後方，只離那兩位古老的女性──兩人都有銀白的頭髮、白粉似的肌膚，和像有層薄膜的眼睛──以及她們高大的貼身保鏢幾步遠。

在厄洛背後，有個披著深灰色斗篷的女人。她看起來實在很像是搭著厄洛的背，但我不能確定。那就是另一個防護盾瑞娜塔嗎？我好奇地想著以利沙說過的，她會有能力抵制、擊退**我**嗎？

但我不會把我的性命浪費在試圖接近凱撒或厄洛身上。我還有更重要的目標。

現在我一行行地搜尋他們，毫無困難地就找到那兩個個子嬌小、深灰的斗篷，被安排在接近中心的位置。亞力克和珍，護衛隊中明顯是個子最小的兩個人，就站在馬庫斯旁邊，在他們另一側護著的是狄米崔。他們可愛的臉龐一片平靜，沒有露出絲毫訊息；除了穿著純黑的長老們之外，他們身上斗篷的顏色是最深的。那對巫術的邪惡雙胞胎，弗拉德這樣稱呼他們。他們的力量是佛杜里攻擊武力的基石，是厄洛收藏品中的珍寶。

我的肌肉收縮著，毒液在我口中泉湧。

厄洛和凱撒的陰沉紅眼掃過我們的陣線。我看見當厄洛的目光一次又一次掃過我們的臉，找尋不見了的那一個時，他臉上所流露出的失望。苦惱令他抿緊了嘴唇。

在那一刻，我只能萬分慶幸艾利絲逃走了。

隨著停止的時間延長，我聽見愛德華的呼吸加快。

「愛德華？」卡萊爾低聲且焦急地問。

「他們不確定要怎麼進行。他們在衡量所有的選擇，選擇主要目標──我，那是當然，還有你、以利沙、譚雅。馬庫斯在判讀我們彼此之間緊繫的力量有多大，找尋弱點。羅馬尼亞人在場令他們發怒，他們擔心那些他們不認得的臉孔──尤其是莎菲娜和辛娜──還有，很自然地，擔心狼群。他們過去從未在人數上處於劣勢。是這原因讓他們停了下來。」

「人數處於劣勢？」譚雅難以置信地低聲說。

「他們不把他們的證人算在內。」愛德華如呼吸般輕聲道：「他們對護衛隊來說是不存在的，毫無意義。厄洛只是很享受有觀眾圍觀。」

「我該發言嗎？」卡萊爾問。

愛德華遲疑了一下，然後點頭。「這是你唯一能有的機會了。」

卡萊爾挺起胸膛，踏出我們的防線往前走了幾步。我討厭看到他獨自一人，沒有保護。

他張開雙臂，掌心向外舉起，如同問候的姿勢。「厄洛，我的老朋友。數百年未見了。」

雪白的空地死寂了好長一會兒。我可以感覺到愛德華在聆聽厄洛對卡萊爾的話的評估時，從他身上滾滾湧出的緊張。緊張隨著時間一秒秒過去而堆高。

厄洛從佛杜里隊形的中央朝前走出來。防護盾瑞娜塔隨著他移動，她的指尖彷彿縫在他的斗篷上似的。佛杜里的列隊頭一次有了反應。一陣低語隆隆地傳過行列，眉毛壓低成為怒容，嘴唇向後拉開露出牙齒。有幾名護衛朝前傾身成攻擊的蹲伏姿勢。

厄洛對他們舉起一隻手。「安靜。」

他只再往前走了幾步，把頭轉向一邊，白濁的雙眼閃爍著好奇。

「說得漂亮啊，卡萊爾。」他用他那單薄、纖細的聲音如吹氣般說：「從這些你聚集起來想殺我與我親愛之人的軍隊看來，和你嘴裡說的似乎格格不入啊。」

卡萊爾搖搖頭，並將右手往前伸出去，彷彿他們之間並無一百碼的距離存在。「你只要一接觸我的手，就知道我從無這樣的意圖。」

厄洛精明的眼睛瞇起。「親愛的卡萊爾，跟你犯下的罪惡相比，你的意圖恐怕已經無關緊要了吧？」他皺起眉頭，一股悲傷的陰影橫過了他的臉——那到底是真是假，我看不出來。

「我沒有犯下你前來要懲罰我的罪狀。」

「那麼站到一旁去，讓我們懲罰那些要負起責任之人。說真的，沒有什麼能比在今天保你一命更令我高興的了。」

「沒有人破壞法規，厄洛。請容我解釋。」卡萊爾再次伸出他的手。

厄洛還沒回答，凱撒已往前迅速飄到厄洛身邊。

「卡萊爾，你給自己立了太多不得要領的規矩，太多不必要的法規。」那位白髮長老嘶吼：「你怎麼可能為真正要緊的那條法規遭到破壞而辯護？」

「那條法規並未遭到破壞。如果你肯聆聽——」

「我們看到那小孩了，卡萊爾。」凱撒咆哮：「別把我們當成傻子。」

「她不是個不朽孩童。她不是吸血鬼。只要幾分鐘，我就能輕易證明此事——」

凱撒打斷他：「如果她不是禁忌的孩童，那你為什麼要聚集一營的人來保護她？」

「做證人，凱撒，正如你所帶來的。」卡萊爾朝那群聚集在森林邊緣的憤怒群眾比道；有些人以咆哮回應。「這些朋友中的任何一個人都能告訴你有關這孩子的真相。或者，凱撒，你可以自己看看她，看看她臉頰上人類血液的緋紅。」

「那是假造的！」凱撒怒道：「通報者在哪裡？叫她上前來！」他伸長脖子四處張望，直到看見艾琳娜徘徊在兩位夫人的身後。「妳！過來！」

艾琳娜一臉不明白地瞪著他，她臉上的神情像一個還沒從惡夢中完全清醒過來的人一樣。凱撒不耐煩地彈了一下手指。有位夫人的高大保鏢走到艾琳娜旁邊，粗魯地推她後背。艾琳娜眨了兩下眼睛，茫然地朝凱撒慢慢走過來。她在離他們幾碼處停下來，雙眼仍看著她的姊妹們。

凱撒兩三步走到她面前，猛地打了她一個耳光。

那其實不會痛，但那動作裡含有可怕的羞辱意味，就像看著某人踢一條狗。譚雅跟凱特同時發出嘶吼。

艾琳娜的身體僵直，她的雙眼終於聚焦在凱撒臉上。他伸出一根如枯爪的手指指著芮妮思蜜，她正爬在我背上，手指仍纏著雅各的毛。在我憤怒的視線中，凱撒看起來整個變得通紅。雅各的胸膛傳出一陣隆隆的咆哮。

「那是妳看到的小孩嗎？」凱撒詰問：「那個看起來不像人類的小孩？」

艾琳娜凝視著我們，打從進入空地以來第一次檢視芮妮思蜜。她的頭歪向一邊，臉上神情十分困惑。

「怎麼樣？」凱撒咆哮。

「我……我不確定。」她說，語氣顯得不知所措。

凱撒的手扭動，彷彿想要再次摑她耳光。「妳這話是什麼意思？」他冷硬如鋼鐵般地低語。

「她不太一樣了，但我想是同一個孩子。我的意思是說，她變了。這個孩子比我之前看見的大，但是——」

凱撒憤怒的喘氣從他突然露出的牙齒間爆出來，艾琳娜沒講完就住了嘴。厄洛輕快地掠到凱撒身邊，將手搭上他肩膀約束住他。

「鎮靜一點，兄弟。我們有時間把這事弄清楚。無須匆忙。」

凱撒臉上神情一沉，轉過身背對著艾琳娜。

「現在，甜蜜的人兒，」厄洛用溫暖、甜蜜的聲音喃喃說：「告訴我妳試著想說的。」他對那困惑的吸血鬼伸出手。

艾琳娜不甚確定地握住他的手。他只握住她五秒鐘。

「看到了嗎？凱撒。」他說：「要獲得我們需要的訊息是很簡單的事。」

凱撒沒回答他。厄洛從他的眼角瞄了一下他的觀眾，他的暴民，然後轉回來面對卡萊爾。

「看來，我們手上有一團難解的謎。這孩子似乎像是長大了。但艾琳娜之前的記憶明明是個不朽孩童。真令人好奇。」

「這正是我試著要解釋的。」卡萊爾說，從他改變的聲音，我可以猜到這是鬆了一口氣。這正是我們押上全部的朦朧希望所要的停頓。

我一點也沒感覺到放鬆。幾乎被憤怒所麻木的我，等著愛德華保證過的層層策略。

卡萊爾再次伸出他的手。

厄洛遲疑了片刻。「吾友，我寧可要那位比較處於這故事核心位置的人來解釋。若我假設這項破壞不是你製造的，我該沒猜錯吧？」

「根本沒有所謂的破壞。」

「即便如此，我**仍會**知道真相的每一面。」厄洛那輕飄飄的聲音變硬了。「而獲取真相最好的辦法，是直接從你那充滿天分的兒子取得證據。」他朝愛德華的方向點了下頭。「既然那孩子緊抓著他新生的伴侶，我認為愛德華在這事上也有參與。」

他當然要愛德華。一旦他看進愛德華的腦海，他會知道我們**全部**的想法，除了我的之外。

愛德華轉身迅速吻了下我的額頭與芮妮思蜜的，沒看我的眼睛。然後他大步走過白雪覆蓋的原野，在經過卡萊爾時搭了下他的肩膀。我聽見身後傳來一聲低低的呻吟——艾思蜜的懼怕終於壓抑不住了。

我所見包圍著佛杜里大軍的紅色煙霧，燃燒得比之前更亮，我無法忍受看著愛德華獨自走過空曠的白色平原——但我也同樣無法忍受讓芮妮思蜜接近一步我們的敵手。兩股相反的需要撕扯著我；我繃得這麼緊，感覺像是我的骨頭會在壓力之下崩解粉碎。

當愛德華走過我們雙方之間的中心點，變得比較接近他們而非我們時，我看見珍露出笑容。

那小小得意的笑容把我引爆了。我的憤怒達到了高峰，比之前狼群們現身加入這場必敗的戰役時，我所感覺到嗜血、殘暴的殺戮慾望還要高漲。我可以在口中嘗到狂暴的味道——我感覺到它氾濫過我，如同純粹力量的海嘯。我的肌肉繃緊，也立刻反應。我在腦海中使盡全力將防護盾拋出去，將它拋向不可能伸展到的原野——比我練習時最遠的距離還多十倍以上——像一支標槍。這樣的使力讓我呼氣喝了一聲。

防護盾像個十足由能量構成的氣球從我身上吹出去，一股液態鋼所構成的蕈狀雲。它像個有生命物一樣搏動——我可以**感覺**到它，從最頂端到最邊緣。

那彈性的構造現在沒有退縮了；在那股生猛力量激射的瞬間，我看見過去我感覺到的那股反撞回來的後座力，是我自己造成的——在自我防衛中，我一直緊抓著自己看不見的那個部分，在潛意識裡不願放手。現在，我放它自由了，只需要集中我一點點注意力，我的防護盾輕輕鬆鬆就爆發到離我五十碼之外那麼遠。我可以感覺到它如同我另一股肌肉，順從我的意志，伸縮自如。我推動它，將它塑造成一個兩頭尖的長橢圓形。任何被罩在這充滿彈性的鐵盾底下的東西，剎那間都成為我的一部分——我可以感覺到它所覆蓋物體的生命力，就像熾烈光芒的尖端，令人眩目的閃光環繞著我。我將防護盾朝前推過空地的距離，當我感覺到愛德華燦爛的光芒進入我的保護之下時，我大大鬆了一口氣。我支持住，專心在這新生的肌肉上，好讓它緊緊地包圍住愛德華，在他的身體跟我們的敵人之間有一層堅不可摧的薄膜在保護他。

這只是剎那間的事，愛德華仍朝著厄洛走去。一切都完全改變了，但除了我之外，沒有人察覺到這股爆炸。一聲驚奇的大笑衝出我的口。我感覺到其他人瞥了我一眼，並看見雅各大大的黑眼珠朝下轉過來瞪著我，好像我瘋了似的。

愛德華在離厄洛幾步遠處停下來，我一下明白過來，並且苦惱，雖然我絕對可以，但我不該阻止這項訊息的交流。這是所有我們所做準備的目的：讓厄洛聽見我們這一方的故事。要這麼做簡直令我感覺到實際的痛楚，但我還是勉強收回我的防護盾，再次讓愛德華暴露在外。那股暢快的情緒消失了，我全神貫注在愛德華身上，已經準備好，只要一有任何差池，我會立刻把他籠罩在我的防護盾中。

愛德華高傲地抬起下巴，把手伸向厄洛，彷彿他授與對方一個極大的榮譽。對他的態度，厄洛似乎只有更高興，但他的好心情並未引起共鳴。瑞娜塔在厄洛的陰影中神經緊張地動來動去。凱撒的怒容深到一個地步，好像他那如紙張般半透明的皮膚，會永遠皺成一團舒展不開來。矮小的珍露出她的利牙，在她旁邊，亞力克在專注中瞇起了眼睛。我猜他跟我一樣，也準備好了，會在獲得指示的剎那發動攻擊。

厄洛一步未停地拉近這段距離——說真的，他有什麼好怕的？那團由較淺的灰披風組成的笨重陰影——像菲力克斯那樣肌肉結實的打手——不過離他幾碼遠而已，珍和她那焚燒人的天賦可以將愛德華扳倒在地，痛得打滾。亞力克可以讓他在朝厄洛逼近一步之前，使他眼盲而擊敗他。沒有人知道我有力量阻止他們，連愛德華都不知道。

厄洛帶著毫無顧忌的笑容，握住愛德華的手。他的眼睛立即閉上，接著，蜂擁而來的訊息讓他不覺駝了肩背。

所有祕密的思緒、所有的策略、所有的洞悉——所有在過去一個月中愛德華所聽見他周遭的每個念頭——現在全是厄洛的了。再更往前推——所有艾利絲的意象，所有與我們家人相處的獨特時刻，所有在芮妮思蜜腦海中的圖像，所有愛德華與我之間的愛撫……現在也全都是厄洛的了。

我發出挫敗的嘶吼，防護盾因為我的惱火而動搖，變換了它的形狀，縮回我們這邊。

「放輕鬆，貝拉。」莎菲娜用耳語的聲音對我說。

我咬緊牙關。

厄洛繼續專注在愛德華的記憶上。愛德華也垂著頭，他頸項上的肌肉繃緊，因為每一樣厄洛從他腦中取去的東西他都再讀回來，並且還加上所有厄洛對資訊的反應。

這雙向但不平等的交談持續了許久，久到連護衛隊都不安起來。低低的喃喃聲開始在行列間傳開，直到凱撒怒喝一聲「安靜」才靜下來。珍緩步朝前移動，彷彿不由自主，而瑞娜塔的神情因為苦惱而僵硬。有那麼片刻，我察看這位大有能力的防護盾，她似乎十分慌張又軟弱；雖然她對厄洛很有用，我卻看得出來，她不是戰士。她的工作是保護而非戰鬥，在她身上沒有殺戮慾望。雖然我如此沒經驗，我也知道，如果是我跟她打起來，我會生吞活剝了她。

隨著厄洛挺起身，我重新集中注意力，他睜開眼睛，他們的神情敬畏又謹慎。他並未放開愛德華的手。

愛德華的肌肉稍微放鬆了一點點。

「你明白了吧？」愛德華問，他那天鵝絨般的聲音很鎮定。

「是的，我確實明白了。」厄洛同意，令人驚訝的是，他的聲音聽起來幾乎是充滿了驚奇。「我懷疑無論是神明或人類兩者之間，有任何一位能夠把事情看得如此清楚。」

護衛隊那充滿紀律的臉孔，也流露出我感受到的難以置信。

「年輕的朋友，你給了我許多可以思考的訊息。」厄洛繼續說：「比我預期的更多了許多。」他還是沒放開愛德華的手，而愛德華繃緊的站姿是聆聽者常見的姿勢。

愛德華沒回答。

「我可以見見她嗎？」厄洛帶著突然熱切起來的興趣問道——語氣幾乎是懇求。「我活了這許多世紀，從來沒有夢想過有這樣的人存在。這在我們的歷史上是多麼有趣的新記錄啊！」

「這是怎麼回事，厄洛？」凱撒在愛德華回答之前怒問道。正是這問題令我把芮妮思蜜拉過來抱在懷中，保護性地將她緊抱在我的胸前。

「我講求實際的朋友，這是件你作夢都想不到的事。花點時間思考一下吧，我們打算在此伸張的正義已經不適用了。」

凱撒聽到這話，驚訝地嘶吼一聲。

「冷靜，兄弟。」厄洛安慰性地提醒他。

這應該是個好消息——這些話是我們原本寄望的，我們從來不敢真正去想的緩刑。厄洛聽進真相，厄洛承認法規沒有遭到破壞。

但我雙眼注視著愛德華，我看見他背上的肌肉繃緊了。我在腦海中重想厄洛指示凱撒**花點時間思考一下**，並聽出了他話中有話。

「你會介紹我認識你女兒嗎？」厄洛再次詢問愛德華。

對這項被揭露出來的新聞，不只凱撒一人發出嘶吼。

愛德華勉強點了下頭。芮妮思蜜贏得了這麼多人的心，厄洛似乎又總是長老們的意見領袖，如果他站在她這一邊，其他人能反對我們嗎？

厄洛仍舊抓著愛德華的手，他這會兒回答了一個我們其餘人都沒聽見的問題。

「我想在這個節骨眼上，在這種情況下，折衷方法肯定是可以接受的。我們在中間會面。」

厄洛放開他的手。愛德華轉身朝我們走來，厄洛跟他一起走，伸出一隻手臂隨意搭在愛德華的肩膀上，好像他們是最要好的朋友——從頭到尾都維持著接觸愛德華的皮膚。他們開始越過原野朝我方走來。

整個護衛隊都開步走在他們後面。厄洛沒回頭看他們，只隨意地舉起一隻手。

「留在原地，我親愛的。若我們保持和平之意，他們無意傷害我們，這是真的。」

護衛隊對此的反應比之前更公開，他們發出抗議的咆哮和嘶吼，但停在原地。瑞娜塔焦慮地呻吟了一聲，前所未有地挨緊了厄洛。

「主人。」她低聲喚道。

「別煩躁，吾愛。」他回應道：「一切安好。」

「也許你該帶幾位你的護衛跟著我們。」愛德華提議：「那會讓他們感覺舒服自在一些。」

厄洛點點頭，彷彿這是個他自己該想到的明智見解。他彈了兩下手指，說：「菲力克斯，狄米崔。」

那兩名吸血鬼瞬間來到他身邊，跟我上次見到他們時完全一模一樣。兩人都很高大，黑髮，狄米崔堅硬瘦高，像一把劍的劍刃，菲力克斯龐大又充滿了威脅，像一根鐵刺狼牙棒。

他們五個人在白雪覆蓋的平原中央停下來。

「貝拉。」愛德華叫道：「帶芮妮思蜜……跟幾個朋友過來。」

我深吸一口氣。我的身體因為反對而緊繃。要把芮妮思蜜帶到衝突的中心的主意……但我信任愛德華。如果厄洛在這個節骨眼上想要任何花招，他會知道的。

在這場高峰會中，厄洛那方有三個保護者，因此我會帶兩個人跟我一起去。我只花了一秒就決定。

「雅各？艾密特？」我低聲問。要艾密特，是因為他一定想去想得要死。雅各，是因為他一定不能忍受被留下來。

兩人都點頭，艾密特露出大大的笑容。

我邁步走向場中，他們在兩側護著我。當護衛隊看見我的選擇，我聽見又一陣隆隆低語——很明顯的，他們不信任狼人。厄洛舉起手，再次揮手阻止他們的抗議。

「你的夥伴真有意思。」狄米崔對愛德華喃喃說。

愛德華沒有回應，但一聲低聲的咆哮從雅各的牙齒間冒出來。

我們在離厄洛幾碼處停住腳步。愛德華身子一矮，避開厄洛的手臂，迅速加入我們，牽起我的手。

有那麼片刻，我們沉默地面對彼此。接著，菲力克斯從旁低聲問候我。

「再說一次哈囉，貝拉。」他趾高氣揚地笑笑，同時仍用眼角餘光追蹤雅各的每一個動靜。

我神情冷淡地對那大山般的吸血鬼笑了笑。「嗨，菲力克斯。」

菲力克斯輕笑著說：「妳看起來好極了。永生不朽很適合妳。」

「非常感謝。」

「不客氣。唉，真是不幸……」

他沒說完他的評論，讓它落入寂靜，但我不需要愛德華的天賦來想像其餘的話。**真是不幸，我們等會兒就會殺了妳**。

「是啊，真是不幸，不是嗎？」我喃喃說。

菲力克斯眨眨眼。

厄洛對我們的交換問候毫不注意。他把頭歪向一邊，著迷萬分。「我聽見她奇異的心跳。」他喃喃說，語句中幾乎帶著一種音樂的歡快節奏。「我嗅到她奇異的味道。」他朦朧的雙眼轉到我身上。「年幼的貝拉，此話一點不假，永生不朽格外地適合妳。」他說：「彷彿妳正是為擁有這生命而誕生的。」

我點了一下頭，對他的阿諛表示感謝。

「妳喜歡我送的禮物？」他問，望向我戴的項鍊。

「這真是漂亮，而你非常、非常的慷慨。謝謝你，我也許該寄張謝卡的。」

厄洛高興地大笑。「那只是個我擺在家裡的小東西。我認為它能跟妳的新面孔互相輝映，果真如此。」

我聽見佛杜里中間的行列傳來一個小小的嘶聲。我越過厄洛的肩膀瞄了一眼。

嗯哼。看來珍對厄洛送我禮物這件事不是很開心。

厄洛清了清喉嚨要求我注意。「可愛的貝拉，我可以問候一下妳的女兒嗎？」

我提醒自己，這正是我們期望的。抗拒著帶芮妮思蜜轉身逃跑的衝動，我緩慢地朝前走了兩步。我的防護盾在我背後泛起陣陣漣漪，像一面斗篷，保護我其餘的家人，同時暴露出芮妮思蜜。這讓我感覺大錯特錯，可怕極了。

厄洛上前靠近我們，滿臉笑容。

「她真是精緻細膩啊。」他喃喃說：「長得真像妳跟愛德華。」接著，他大聲一點說：「哈囉，芮妮思蜜。」

芮妮思蜜很快地看看我。我點頭。

「哈囉，厄洛。」她用她那高亢、銀鈴般的聲音正式回答。

厄洛的眼中充滿著迷。

「怎麼回事？」凱撒從後方嘶吼問道。他似乎對需要發問感到大怒。

「一半凡人，一半永生族類。」厄洛對他及其餘整個護衛隊宣告，沒有轉開他被芮妮思蜜迷惑住的凝視。「是這位新生者在她還是人類時，受孕懷胎生下來的。」

「不可能。」凱撒嘲笑說。

「那麼，兄弟，你認為他們騙倒了我嗎？」厄洛的神情像這話給他帶來了極大的娛樂，但凱撒畏縮了一下。「你聽見的心跳難道也是個騙人的花招嗎？」

凱撒滿面怒容，彷彿厄洛溫和的問題是一拳拳的攻擊。

「冷靜和謹慎一點，兄弟。」厄洛提醒著，仍舊對芮妮思蜜微笑。「我很清楚你有多麼喜愛你的公平正義，但這個獨一無二的小東西的身世已無需要伸張正義之處。並且，有這麼多要學習，有這麼多要知道！我知道你沒有我這種收集歷史的熱情，但請容忍我吧，兄弟，讓我為這令我大吃一驚的不可思議之事添上新的一章。我們來的時候只期望正義得以伸張，並為我們不忠實的朋友感到悲傷，但相反的，看看我們獲得什麼！一個我們對自己嶄新的、光明的知識，我們的可能性。」

他向芮妮思蜜邀請性地伸出手。但這不是她想要的。她從我懷裡向外傾身，向上伸出手，用手指觸碰厄洛的臉。

對於芮妮思蜜的這項表現，厄洛的反應不像一般人，沒有震驚；他對別人湧流的思緒和記憶已經早就習慣了，跟愛德華一樣。

他的笑容變大，滿足地嘆口氣。「太精采了。」他低聲說。

芮妮思蜜放鬆回到我懷裡，她的小臉非常嚴肅。

「拜託？」她問他。

他的微笑變溫柔了。「當然，我完全不想傷害妳所愛的人，寶貴的芮妮思蜜。」

厄洛的聲音充滿安慰與溫柔親切，讓我相信了他一秒鐘。接著，我聽見愛德華咬牙切齒的聲音，還有，在我們背後，瑪姬對謊言憤慨的嘶吼。

「我很好奇。」厄洛若有所思地說，似乎對他之前的話帶來的反應毫無所覺。他的雙眼出人意料之外地轉向雅各，並且，不同於佛杜里其他人觀看這匹巨狼時所流露出的嫌惡，厄洛的眼中充滿我無法領會的渴望。

「事情不是這樣的。」愛德華說，小心保持的平淡在他突然嚴厲的聲調中消失。

「只是突發奇想。」厄洛說，公然打量評估著雅各，他的眼睛慢慢掠過在我們背後的兩排狼人。無論芮妮思蜜向他顯示了什麼，都讓他突然間對狼群起了興趣。

「他們**不屬於**我們，厄洛。他們不以那樣的方式聽從我們的命令。他們會在此是因為他們想要參與。」

雅各充滿威脅地咆哮。

「不過，他們的關係似乎與你非常密切。」厄洛說：「還有你年幼的伴侶及你的……家人。**忠誠**。」他的聲音溫柔地愛撫著那個詞。

「他們承諾要保護人類的性命，厄洛。那使得他們能夠與我們和平共存，但跟你恐怕很難。除非，你重新思考你的生活方式。」

厄洛快樂地呵呵笑。「只是突發奇想。」他重複說：「你很清楚那是怎麼回事。我們沒有人能夠百分之百控制好自己潛意識裡的慾望。」

愛德華露出厭惡扭曲的神情。「我很清楚那是怎麼回事。我也很清楚那類想法與在背後懷有目的的想法之間的差別。那是絕不可能的，厄洛。」

雅各巨大的頭轉往愛德華的方向，從他口中溜出一聲低低的嗚嗚抱怨。

「他對……警犬這個念頭突然很有興趣。」愛德華喃喃回答。

有一秒鐘的死寂，接著，整個狼群發出暴怒的咆哮，充滿這片巨大的空曠之地。

有一聲高亢的吠叫下達命令——雖然我沒回頭看，但我猜是山姆——所有的抱怨中斷成一片不祥的寂靜。

「我猜這是對我問題的回答。」厄洛說，又笑了。「這一群已選擇了他們要站的一邊。」

愛德華發出嘶聲傾身向前。我緊抓住他手臂，好奇想著厄洛腦子裡到底在想什麼，會讓他起了這麼激烈的反應，與此同時，菲力克斯與狄米崔同步滑入蹲伏的姿勢。厄洛再次擺手要他們退開，他們都回到自己先前的姿勢，包括愛德華在內。

「有太多要討論了。」厄洛說，他的語氣突然充滿了生意人的調調。「有太多要決定。我親愛的庫倫一家，請你們與你們滿身是毛的保護者容我先行告退，我一定得跟我的兄弟們商談商談。」

chapter 37

手段

他再次開口，仍看著他自己的證人：

「唯有已知是安全的。

唯有已知是可容忍的。

而未知……是個弱點、漏洞。」

凱撒露出勝利的大笑容。

厄洛沒有走回他焦急等候在空地北邊的護衛隊；相反的，他揮手要他們上前來。

愛德華立刻拉住我跟艾密特的手臂開始往後退。我們匆忙地往後倒退，雙眼盯著一步步上前來的威脅。雅各是退得最慢的，他肩膀上的毛全部豎起，同時對厄洛咧嘴露出尖牙。芮妮思蜜在我們撤退時抓住他尾巴的尾端；她抓著它像抓住拴在狗頸的皮帶，強迫他跟我們待在一起。我們退到家人身邊的同時，那片黑斗篷也再次包圍了厄洛。

現在，他們跟我們之間只有五十碼的距離了——我們當中任何人都能在轉瞬間越過這距離。

凱撒立刻跟厄洛爭論起來。

「你怎麼能夠容忍這樣的醜事？面對如此無恥，用如此荒謬的詭計來掩飾的罪行，我們為什麼要站在這裡不採取有效行動？」他雙臂僵直地伸在身體兩側，手指彎曲如爪。我懷疑他為什麼不單單觸摸厄洛以分享自己的想法。難道我們已經在他們的陣營中看見分裂了嗎？我們會那麼幸運嗎？

「因為那全是真的。」厄洛鎮靜地告訴他：「句句實言。看看有多少證人站在那裡，準備提出證明他們在認識她這段短短的時間裡，那奇蹟般的孩子長大了多少。他們也都感覺到溫暖的血液在她的血管中流動。」厄洛的手勢從站在一端的阿穆揮到站在另一端的西歐班。

凱撒對厄洛安撫的話在提到證人時稍微起了個奇怪的反應。憤怒從他整個人身上退去，取代的是冷酷的算計。他瞥了一眼佛杜里的證人，臉上的神情有某種模糊的……緊張。

我也瞥了一眼那群憤怒的暴民，並立刻看見暴民一詞已經不再適用。要採取行動的狂亂已經轉為困惑。隨著他們想要弄清楚究竟發生什麼事，竊竊私語的交談在群眾中越演越烈。

凱撒皺起眉頭，沉思著。他那思索的表情在令我擔憂的同時，也在我悶燒的憤怒之火上加油。萬一護衛隊像他們在行進時一樣，以某種看不見的暗號下令再度行動，怎麼辦？我焦慮地檢查我的防護盾；它跟之前一樣堅不可摧。現在我將它伸縮成一個低矮寬敞的圓頂，籠罩住我們的同伴。

我可以感覺我家人與朋友立在其中，像一根根輪廓鮮明的光亮羽毛——每個人都有獨特的風味，我想，只要多訓練幾次，我將能認出每一個人。我已經認得愛德華的——他是所有人當中最明亮的一個。那些在閃亮光點周圍多出來的空曠空間，令我不安；防護盾擋不住實體的障礙，如果佛杜里當中有任何具有天賦的人**闖進**來，除了我，它保護不了任何人。我感到自己將這具有彈性的護甲小心翼翼地收進，眉頭越皺越緊。卡萊爾是站在最前面的一個；我一吋吋慢慢地將防護盾吸回來，試著想要盡可能用防護盾包裹他全身。

我的防護盾似乎想要合作。它包住他的身軀；當卡萊爾挪動到一旁，站得更靠近譚雅，那彈性隨著他延展，跟著他的光走。

這真是太妙，太令人興奮了，我將這織物的更多絲繩拉得更近，拉它包裹住每個朋友或盟友的閃爍形體。防護盾十分配合地緊附著他們，且隨著他們移動。

這才過了一秒；凱撒還在深思。

「那些狼人。」他終於喃喃道。

隨著突如其來的恐慌，我醒悟到絕大部分狼人都沒受到保護。正當我想伸展出去保護他們，我突然察覺，很奇怪，我能感覺到他們的光點。出於好奇，我將防護盾往回收緊，直到位在我們這群人最遠處的阿穆與琪比，和狼群一樣都在防護盾之外。一旦他們置身防護盾的另一邊，他們的光芒便消失了。在這新的景象中，他們已經不存在了。但狼群們還是燦燦生輝——或者說，他們有一半是。嗯……我再次向外推展，一旦山姆在我的籠罩下，整個狼群便再度燦爛閃爍。

他們的腦海一定比我想像的有更緊密的連繫。如果狼族首領在我的防護盾內，他們其餘人的腦海，都將跟他一樣受到嚴密保護。

「啊，兄弟……」厄洛帶著痛苦的神情回答凱撒的聲明。

「厄洛，難道你也要幫那個聯盟辯護嗎？」凱撒詰問。「月亮之子從開天闢地以來就是我們最大的敵人。在歐洲跟亞洲，我們幾乎已經把他們獵殺殆盡了。然而卡萊爾竟助長，與這麼巨大一群建立熟絡的關係——毫無疑問是企圖要推翻我們，更佳地保護他那扭曲的生活方式。」

愛德華大聲地清清喉嚨，令凱撒怒瞪了他一眼。厄洛抬起一隻瘦而細緻的手蒙住自己的臉，彷彿為身旁這名長老感到很困窘。

「凱撒，現在是大白天，正中午。」愛德華指出。他比了比雅各，說：「他們很明顯的不是月亮之子，他們跟你們在世界另一邊的敵人毫無關係。」

「你在這裡養的是突變種。」凱撒口沫橫飛地對他吼回來。

愛德華的下巴咬緊又鬆開，然後他平穩地回答：「他們甚至不是狼人。如果你不相信我，厄洛可以告訴你所有相關的事。」

不是狼人？我迷惑難解地看了雅各一眼。他聳起巨大的肩膀，然後放下——一個聳肩的動作。他也不知道愛德華在講什麼。

「親愛的凱撒，如果你事先告訴我你的想法，我一定會警告你不要追究這一點。」厄洛喃喃說：「雖然這些生物認為自己是狼人，但他們不是。對於他們，更精確的稱呼是變形者。會選擇狼形純粹是偶然。他們也有可能變成熊或老鷹或黑豹，端賴事情第一次發生時所做的改變。這些生物真的跟月亮之子沒有關係。他們純粹是從他們的父祖輩遺傳這項技能。那是遺傳來的——他們不會像真正的狼人那樣，藉由感染他人來傳續他們的種族。」

凱撒怒視厄洛，非常火大，還有別的什麼——也許，是指責他背叛。

「他們知道我們的祕密。」他斷然地說。

愛德華看來像要回應這項指控，但厄洛更快開口說：「兄弟，他們是我們超自然世界裡的生物。說不定比我們更需要保守祕密；他們根本不可能暴露我們。留心些，凱撒。似是而非的指控是毫無用處的。」

凱撒深呼吸了一口氣，並點了下頭。他們交換了意味深長的長長一瞥。

我想我明白厄洛這小心說詞背後的指示。錯誤的指控是不能說服兩方正在觀看的證人的；厄洛在提醒凱撒要走下一步棋了。我懷疑這兩位長老之間表面上關係緊繃——凱撒不願意用接觸來讓厄洛知道他的想法——背後的理由是凱撒不像厄洛那麼在乎怎麼演這齣戲。對凱撒而言，如果即將來臨的屠殺比毫無瑕疵的名譽來得重要，他便會不在乎。

「我要跟通報者說話。」凱撒突然宣布，然後將他的怒目轉向艾琳娜。

艾琳娜沒注意凱撒和厄洛的交談；她的臉因痛苦而扭曲，她的雙眼定定地望著她的姊妹，排在那裡等著送死。從她的表情可以清楚看出，她現在知道自己的指控完全錯了。

「艾琳娜。」凱撒吼道，對自己要指名她很不高興。

她嚇了一跳抬起眼，感到十分害怕。

凱撒彈了一下手指。

她躊躇著從佛杜里隊伍的邊緣往前挪動，再次站在凱撒面前。

「所以，妳指控的事顯然有著極大的錯誤。」凱撒說。

譚雅和凱特焦急地傾身向前。

「我很抱歉。」艾琳娜低聲說：「我當時應該要確認我所看見的才對。但我怎麼會知道……」她無助地比了比我們的方向。

「親愛的凱撒，你會期待她在那一瞬間猜到這麼奇怪又不可能的一件事嗎？」厄洛問：「我們任何一個人都會做出同樣的假設。」

凱撒對厄洛輕彈了下手指，要他別說話。

「我們都知道妳犯了個錯。」他粗率地說：「我的意思是指妳的動機。」

艾琳娜緊張地等著他繼續說，然後重複道：「我的動機？」

「對，當初跑來暗中監視他們的動機。」

聽見**暗中監視**一詞，艾琳娜畏縮了一下。

「妳對庫倫家有所不滿，對不對？」

她將痛苦的雙眼轉向卡萊爾的臉。「我是。」她承認。

「因為……」凱撒慫恿道。

「因為狼人殺了我的朋友。」她低聲說：「而庫倫家不肯站到一邊讓我為他報仇。」

「是變形者。」厄洛靜靜地糾正。

「所以庫倫家支持變形者對抗我們這一族——甚至對抗朋友的朋友。」凱撒做個總結。

我聽見愛德華低聲發出嫌惡的一聲。凱撒正在他的清單上做標記，找尋一條可以成立的指控。

艾琳娜的肩膀一僵。「就我所認知的是如此。」

凱撒又等了一會兒，然後提示道：「如果妳想要正式提出反對變形者的申訴——以及庫倫一家對變形者行動的支持——現在正是時候。」他露出一個小而殘酷的笑容，等候艾琳娜給他下一個藉口。

也許凱撒不懂何謂真正的家人——這關係是建立在愛上面，而不是喜愛權力上面。也許他高估了復仇的力量。

艾琳娜下巴一抬，挺起了肩膀。

「不，我對狼群或庫倫家都沒有反對的怨言。你們今天來這裡是要摧毀不朽孩童的。沒有不朽孩童，這是我的錯，我願為此負起完全的責任。但庫倫家是無辜的，你們沒有理由還待在這裡。我真是萬分抱歉。」她對我們說，然後她轉過臉去面對佛杜里的證人：「這裡沒有罪案，沒有正當的理由讓你們繼續待在這裡。」

當她說話時，凱撒舉起手，他手中拿著一個奇怪的、有著雕刻並裝飾華麗的金屬物品。

那是一個信號。反應極為迅速，以致於事情發生時，我們所有人都目瞪口呆難以置信。在我們能有所反應之前，事情已經結束了。

三名佛杜里的護衛跳向前，艾琳娜完全被他們灰色的斗篷遮住。與此同時，一陣可怕尖銳的金屬撕裂聲傳遍整個空地。凱撒滑進灰色混戰的中心，而那可怕的尖叫聲爆發成一股驚人、往上衝的火花與烈焰。護衛從那突然顯現的人間地獄跳回去，立刻重新站好他們原來在護衛隊完美行列中的位置。

凱撒獨自站在艾琳娜燃燒的殘骸旁，他手中的金屬物品仍對那個火葬堆噴出大團火焰。

隨著喀嗒一聲輕響，從凱撒手中射出的火焰消失了。一陣驚喘漣漪般在佛杜里背後的證人群中散開。

我們則太過驚駭而完全發不出任何聲音。知道死亡會以迅雷不及掩耳的速度來到是一回事，親眼看它發生是另一回事。

凱撒冷酷地微笑說：「現在，她為自己的行為負起完全的責任了。」

他的雙眼閃過我們的最前排，迅速落在譚雅和凱特僵呆的身體上。

那一剎那，我明白了凱撒從未低估真正的家人之間的連繫。這才是他們的計謀。他並不要艾琳娜的申訴，他要的是她的違抗。他要一個摧毀她的藉口，好點燃這充滿在空氣中，像是一股易燃濃霧的暴力。他剛才丟了一根火柴進去。

這場高峰會勉強維繫的和平已經搖晃得比一頭走在鋼索上的大象還要劇烈，還要不牢靠。一旦開打，將沒有方法能夠停止。戰事只會越演越烈，直到一方完全被消滅為止。我們這一方。凱撒知道得很清楚。

而愛德華也知道。

「阻止她們！」愛德華大喊，跳過去抓住譚雅的手臂，而她帶著憤怒至極的狂吼，正踉蹌地朝滿臉笑容的凱撒衝過去。她無法擺脫愛德華，接著卡萊爾的雙臂已經緊緊鎖抱住她的腰。

「現在要救她已經太遲了。」卡萊爾在她掙扎時急迫地跟她講理。「千萬別遂了他的心願！」

凱特更加控制不住。她像譚雅一樣不成句地狂喊，衝出會導致我們全軍覆沒的攻擊的第一步。羅絲莉是最靠近她的人，但在羅絲莉能抓緊她、制止她行動之前，凱特已經發出極劇烈的電流將羅絲莉震倒在地。艾密特抓住凱特的手臂將她扳倒，接著卻鬆手蹣跚後退，膝蓋一軟跪倒。凱特一翻身站起來，看來沒有人能夠阻止她了。

嘉瑞特整個人對她撲過去，再次將她撲倒在地。他用雙臂束緊她，雙手鎖扣住自己的雙腕。我看見他的身體被她電得痙攣抽搐不已，他的雙眼翻白，但他的束縛沒被掙開。

「莎菲娜。」愛德華大喊。

凱特的雙眼變得一片茫然，她的叫喊也轉為呻吟。譚雅停止了掙扎。

「把我的視線還給我。」譚雅嘶聲說。

我不顧一切但盡我所能達到的細緻程度，把防護盾收得更緊貼住我朋友們的光點，小心地將它從凱特身上剝下來，但在同時仍使它包裹住嘉瑞特，讓它變成隔在他們之間的一層薄膜。

接著，嘉瑞特又恢復神智能夠自主，他把凱特緊壓在雪地上。

「如果我放開讓妳起來，妳會再度把我擊倒嗎？**凱蒂**？」他低聲說。

她咆哮作答，仍舊盲目地扭動著。

「譚雅，凱特，請聽我說。」卡萊爾以低沉但繃緊的聲音低語：「現在復仇也幫不了她了。艾琳娜不會希望妳們以這種方式浪費掉妳們的生命。想想妳們所要做的。如果妳們攻擊他們，我們全都是死路一條。」

譚雅的肩膀因為悲傷而垮下來，她倒進卡萊爾的懷裡尋求扶持。凱特也終於靜止下來。卡萊爾和嘉瑞特繼續安慰這對姊妹，但那些話因為太急迫了而聽不出安慰之情。

我的注意力轉回那些在我方一陣混亂的片刻，那些逼迫著我們的沉重瞪視。從我的眼角，我可以看見除了卡萊爾與嘉瑞特之外，愛德華及其餘每個人都已經再次提高警戒。

最沉重的怒視來自凱撒，他暴怒、難以相信地瞪著雪地中的凱特與嘉瑞特。厄洛也同樣看著他們二人，在他臉上最強烈的情緒是懷疑不信。他知道凱特能做什麼，他透過愛德華的記憶感受到她的威力。

他明白這時候發生了什麼事嗎？他看得出我防護盾的力量增長且變得更巧妙，遠超過愛德華所知我能夠做到的？或者他認為嘉瑞特學會了他個人的免疫辦法？

佛杜里的衛隊已經不再以紀律的專注隊形站好——他們朝前蹲伏，只等我們攻擊的剎那要躍起對抗。

在他們背後，四十三名觀看的證人表情跟他們剛踏進這空地時非常不同。困惑轉為猜疑。對艾琳娜閃電般的處決震撼了他們所有的人。她又犯了什麼罪？

沒有凱撒算計好的，在他衝動行事之後分散眾人注意力的立刻攻擊，佛杜里的證人對這時究竟發生什麼事充滿確切的疑問。就在我觀看時，厄洛迅速回頭瞥了一眼，他的臉洩漏出一絲憂慮之情。他帶來這群觀眾的原意已失去，目前嚴重地造成反效果。

我聽見斯提凡與弗拉德互相喃喃低語，對厄洛的不安感到竊喜不已。

厄洛顯然關心著要繼續保持他清高的形象——正如羅馬尼亞人的用詞。但我不相信佛杜里會為了挽救自己的名譽而不再打擾我們。等他們解決了我們之後，他們肯定會為了保持名聲而屠殺他們所有的證人。對這一大群佛杜里帶來觀看我們死亡的陌生人，我突然湧起一股奇怪的憐憫之情。狄米崔會獵殺他們，直到他們也完全被消滅為止。

為了雅各和芮妮思蜜，為了艾利絲和賈斯柏，為了艾利斯泰爾，並且為了這些不知道參與今天的事他們得付上什麼代價的陌生人，狄米崔非死不可。

厄洛輕輕碰了下凱撒的肩膀。「艾琳娜已經為作假見證反對這孩子而受到懲罰了。」所以這成了他們的藉口。他繼續說：「也許我們該回到手邊的事？」

凱撒挺起胸膛，他的表情變得更冷酷，更莫測高深。他瞪著前方，並未視物。怪的是，他的表情讓我想到一個剛得知自己被降職的人的樣子。

厄洛往前飄移，瑞娜塔、菲力克斯和狄米崔立刻跟著他移動。

「只是為了仔細、徹底，」他說：「我想跟幾個你們這邊的證人談談。你知道，必要的程序。」他心不在焉地揮了揮手。

有兩件事同時發生。凱撒的雙眼定在厄洛身上，那小而殘酷的笑容回來了。愛德華嘶吼了一聲，雙手緊握成拳，緊到指關節的骨頭像會穿破他鑽石般堅硬的肌膚而突出來。

我拚命地想要問他究竟怎麼回事，但厄洛已經近到就連最輕微的呼吸他都能聽見的地步。我看見卡萊爾焦急地瞥了愛德華的臉一眼，接著，他的臉也跟著冷硬起來。

在凱撒馬虎又莽撞的無用指控與企圖引發大戰失算之後，厄洛一定想出了更有效的策略。

厄洛鬼魅般橫過雪地，到了我們戰線的最西端，在離阿穆和琪比十碼處停下來。在那附近的狼群全都怒髮衝冠，但也都保持原位。

「啊，阿穆，我的南方鄰居！」厄洛熱心地說：「你已經好久沒來看我了。」

阿穆帶著焦慮動也不動，琪比在他旁邊像座雕像。「時間毫無意義；我從來不注意它的流逝。」阿穆嘴唇沒動地說。

「說得好。」厄洛同意說：「但或許你有別的理由讓你保持距離？」

阿穆什麼也沒說。

「要安排好一個新成員進入家族，是很花時間的事。對此我很清楚！我很感激在沉悶冗長的時間中我有其他的事要處理。我很高興你的新成員適應得這麼好。我會很樂意有認識他們的機會。我相信你有意很快就來探望我。」

「當然。」阿穆說，他的語氣是如此不帶感情，讓人很難判斷在他同意的說詞裡，究竟有沒有恐懼或挖苦。

「噢，很好，我們現在全在一起了！這豈不是美妙極了？」

阿穆點頭，臉上神情一片空白。

「不過不幸的是，你在這裡出現的理由讓人不太愉快。卡萊爾請求你來作見證嗎？」

「對。」

「你要幫他作什麼見證？」

阿穆用同樣缺乏感情的冰冷態度說：「我觀察那個眾人所談論的孩子。事情幾乎立刻顯明，她不是不朽孩童——」

「也許我們該定義一下我們的專用詞彙。」厄洛打斷他說：「現在似乎有了新的分類。論到不朽孩童，你的意思當然是指人類的孩子因為被咬，於是轉變成了吸血鬼。」

「是的，那正是我的意思。」

「對那孩子，你還觀察到什麼？」

「一些同樣的事，你肯定已經都在愛德華的腦海裡看過了。就是他是那孩子的親生父親。她成長。她學習。」

「對，對。」厄洛說，在他原本和藹的語氣中有一絲不耐的暗示。「但是具體而言，在你在這裡的幾個禮拜當中，你看到什麼？」

阿穆的眉頭皺在一起。「她長得……很快。」

厄洛笑了。「你認為她該被允許活下去嗎？」

一聲嘶吼溜出了我的口，而我不是唯一一個出聲的人。在我方有一半吸血鬼附和了我的抗議。那聲音是一股低沉憤怒的嘶嘶響，懸浮在空氣中。在草地的另一端，有幾名佛杜里的證人也發出同樣的聲音。愛德華後退一步，伸出手約束地握住我的手腕。

對這些聲響，厄洛沒回頭，但阿穆十分不安地瞥了周圍一眼。

「我不是來做判斷的。」他含糊地說。

厄洛輕笑了一聲。「這只是你的看法。」

阿穆的下巴抬起來。「我看不出這孩子有什麼危險，她學的甚至比她長的還快。」

厄洛點點頭，思考著。片刻之後，他轉身走開。

「厄洛？」阿穆叫道。

厄洛飛快轉身。「是，吾友？」

「我已陳述了我的見證，這裡已經不關我的事了。我跟我的伴侶現在想先一步告退。」

厄洛和藹地微笑說：「當然。我很高興我們能有機會聊聊，我相信我們很快就會再見面的。」

阿穆的唇緊緊抿成一線，微微鞠了個躬，辨認出那近乎毫不隱藏的威脅。他碰了下琪比的手臂，兩人迅速奔向草地的南邊，消失進樹林裡。我知道他們會在奔跑許久之後，才考慮停下來。

厄洛沿著我們的戰線滑行到了最東邊，他的護衛緊張地尾隨著。當他來到西歐班巨大的身形前時，他停了下來。

「哈囉，親愛的西歐班。妳向來都是這麼動人可愛。」

西歐班微微頷首，等著。

「妳呢？」他問：「妳會以跟阿穆一樣的方式回答我的問題嗎？」

「我會。」西歐班說：「但我會再多加上一點。芮妮思蜜知道界線在哪裡，她對人類毫無危險——她比我們更加融入人群，她不構成威脅的風險。」

「妳連一個風險都想不出來嗎？」厄洛冷靜地問。

愛德華從喉嚨深處發出一聲撕裂的低沉咆哮。

凱撒不清晰的深紅眼睛，剎時亮起來。

瑞娜塔保護性地朝她主人伸出手。

嘉瑞特放開凱特往前踏了一步，不理會這次是凱特伸出手拉他要他小心。

西歐班慢慢地答道：「我不懂你這話的意思。」

厄洛若無其事，輕快地朝其餘整個護衛隊飄回去。瑞娜塔、菲力克斯和狄米崔都緊跟著他的影子走。

「沒有法規遭到破壞。」厄洛用一種安撫和解的聲音說，但我們每個人都聽得出來，他接著要講限定的條件了。我拚命抗拒那股試圖爬上我咽喉的憤怒與我挑釁的咆哮。我將那股怒氣猛擲入我的防護盾，將它加厚，確定每一個人都受到保護。

「沒有破壞法規。」厄洛重複。「但是，隨之而來的，真的沒有危險嗎？不。」他柔和地搖搖頭。「這是兩回事。」

唯一的回應是已經拉緊的神經全都繃得更緊，站在我方戰士行列最邊緣的瑪姬，帶著緩緩升起的怒氣搖頭。

厄洛若有所思地踱步，他看起來像是飄來飄去而不是以足點地。我注意到每飄一次，他就更靠近護衛隊的保護。

「她很獨特……完全、無法想像地獨特。要毀掉這麼可愛的東西，真是太浪費了。尤其是當我們能學習的有那麼多……」他嘆氣，彷彿不願意繼續說下去。「但這裡面**確實**有危險，這危險是不能被輕易忽視的。」

沒有人回答他強硬的陳述。當他繼續往下獨白時，全場一片死寂，他聽起來好像是在跟自己說話。

「這真是諷刺啊，隨著人類的進步，隨著他們對科學的信心增長並控制他們的世界，我們也從他們的發現中獲得更多自由。我們藉由他們的不相信超自然而變得更不受抑制，然而，他們在科技上變得夠強的話，他們確實可以對我們構成威脅，甚至摧毀我們一些人。

數千年來，保持祕密對我們的用處是方便、安逸大於實際的安全。眼前最後這個不成熟的、憤怒的世紀，誕生了威力強大的武器，它們甚至危及了不朽。現在我們僅以神話方式存在的狀況，實際上是保護了我們不受那些我們所獵殺的軟弱生物的危害。

這個令人驚奇的小孩，」他舉起的手，手掌朝下，彷彿是把手放到芮妮思蜜身上，雖然他現在離她有四十碼遠，幾乎又進入佛杜里隊形中。「如果我們可以得知她的潛力——**百分之百的確定**，知道她可以永遠維持隱藏在保護我們的隱匿之中。但我們完全不知道她會變成什麼樣子！她的親生父母對於她的未來都深懷恐懼。我們**無法**知道她會長成什麼東西。」他停下來，先注視著我們的證人，接著，滿懷意圖地轉過去注視他自己的證人。他的聲音跟他說的話搭配得天衣無縫。

他再次開口，仍看著他自己的證人：「唯有已知是安全的。唯有已知是可容忍的。而未知……是個弱點、漏洞。」

凱撒露出勝利的大笑容。

「你在強詞奪理，厄洛。」卡萊爾用陰冷的聲音說。

「冷靜，朋友。」厄洛微笑著，他的臉前所未有的仁慈，他的聲音前所未有的溫和。「我們別草率，讓我們從各方面來看這件事。」

「我可以提供其中一面想法嗎？」嘉瑞特用平穩的聲音請願，又朝前跨了一步。

「流浪者。」厄洛說，點頭表示許可。

嘉瑞特抬起下巴。他的雙眼凝望著聚集在草地盡頭那群擠在一起的人，直接對佛杜里的證人開口。

「我在卡萊爾的請求下來到這裡，跟別人一樣，來作見證。」他說：「但關於替這孩子作見證的理由，很明顯的已非必要。我們都已經看到她是什麼。

我是留下來見證另一件事。你們。」他伸手指著那群小心翼翼的吸血鬼。「有兩個是我認識的——瑪肯娜，查爾斯——我還可以看出來，你們許多其他人也是流浪者，像我一樣四處流浪，不聽從任何人的支使。現在留心聽我要對你們說的。

這些長老不是來這裡伸張正義，如同他們所告訴你們的。我們早就這麼猜疑，現在也都得到證實了。

他們雖是在被誤導的情況下前來，但卻只是為他們的行動掛上個正當的理由。看看他們現在如何編織不足採信的藉口，好繼續他們真正的任務。看看他們在努力為自己真正的目的——摧毀在這裡的這個家族——找個正當的理由。」他朝卡萊爾和譚雅比了比。

「佛杜里前來消滅他們認為會是競爭對手的家族。也許，你們會像我一樣，看到這個家族的金色眼睛而感到驚奇。他們很難讓人理解，這是實話。但是長老們觀察並看見某種在他們奇怪選擇之外的東西。他們看見了**力量**。

我已經見證了這家人的緊密關係——我說的是**家人**，不是因聚集而成的**家族**。這群奇怪有著金色眼睛的人，否認了自己的天性，但獲得的回報是，他們找到了某種也許是比單單獲得慾望的滿足還要更有價值的東西。我在這裡的這段時間，我對他們做了一點研究，在我看來，使這家人緊密相繫的本質——那使他們有可能如此緊密——是這種犧牲的生活所產生的和平的個性。他們沒有侵略性，不像我們所見那些大型的南方家族，因長期瘋狂的仇恨而迅速壯大與衰微。這家人沒有任何統治支配他人的想法。厄洛對此知道得比我更清楚。」

我觀看厄洛的臉，聽著嘉瑞特責備他的話，緊張地等著某種反應。但厄洛的臉上只有客氣又想笑的神情，彷彿等著一個突然耍脾氣的小孩發現根本沒有人要理會他的無理取鬧。

「卡萊爾向我們眾人保證，當他告訴我們即將面臨的危機時，他並不是召喚我們來參戰。這些見證人，」嘉瑞特指向西歐班和利安，「同意作見證，讓佛杜里因著他們的在場而慢下腳步，好讓卡萊爾有機會陳明他的案情。

但我們有些人懷疑，」他的眼睛望向以利沙的臉，「即使卡萊爾證明真理是站在他這一邊，結果是否足以讓所謂的伸張正義得以停下來？佛杜里來此是為了保護我們的祕密？還是為了保護他們自己的勢力？他們是來摧毀一個違法的創造，還是一種生活方式？當危險變成不過是一場誤會時，他們會滿足於獲得的真相嗎？還是他們會在缺乏正義的藉口下，繼續逼迫這件事？

所有這些疑問，我們都有了答案。我們在厄洛的謊言中聽見答案——我們當中有一位具有知道事情是真是假的天賦——而現在我們也在凱撒猴急的笑容中看見它。他們的護衛隊只是一個沒有自我意志的武器，是他們主人追求統治管轄他人的工具。

所以，現在有了更多的問題，一些**你們**必須回答的問題。流浪者，誰統治你們？你們除了自己之外，還聽從誰的支使？你們有自由選擇自己的路嗎？還是由佛杜里決定你們該如何生活？

我前來作見證。我留下來戰鬥。佛杜里才不關心那孩子的死活。他們要扼殺的是我們的自由意志。」

接著，他轉身面對那些長老，說：「所以，我說，來吧！我們不想再聽一堆合理化的謊言。誠實面對你們的意圖，正如我們誠實面對我們的。我們會保衛我們的自由。你們願意或不願意攻擊它，現在做選擇，讓這些見證人在此親眼看見真正的問題所在。」

他再次望向佛杜里的證人，他的眼睛探查每一張臉孔。他所講那些話的力量顯明在他們的神情裡。「你們可以考慮加入我們。如果你們認為佛杜里會讓你們活著去傳講**這個故事**，你們就是大錯特錯。我們可能會全都被摧毀，」他聳聳肩，「但話說回來，也有可能不會。也許我們比他們所知的更與他們旗鼓相當。也許佛杜里終於遇到他們的對手了。總之，我跟你們保證這件事——如果我們失敗了，你們也一樣完了。」

他藉由走回凱特的身邊，結束了他慷慨激昂的演說，接著往前滑步做出半蹲伏的姿勢，為即將來到的猛烈攻擊做好預備。

厄洛微笑，說：「非常漂亮的演說，我具革命情操的朋友。」

嘉瑞特維持攻擊的姿勢。「革命情操？」他咆哮：「那我可以問我是革誰的命？你是我的君王嗎？你希望我像你那些阿諛奉承的走狗護衛，也跟著口口聲聲叫你主人嗎？」

「冷靜，嘉瑞特。」厄洛寬容地說：「我只不過是指你出生的那個年代罷了。看來，你依舊是個愛國主義者。」

嘉瑞特火冒三丈地瞪著他。

「讓我們來問問我們的證人吧。」厄洛提議：「讓我們下決定之前，先聽聽他們的想法。朋友們，請告訴我們，」他毫不在意地轉身背對我們，朝他那群緊張的觀察者走近了幾碼，他們現在比之前更接近徘徊在森林的邊緣。「你們對這一切有什麼想法？我可以向你們保證，我們怕的不是那個孩子。我們要冒這個險讓那孩子活下去嗎？我們要為了保持他們家庭的完整而置我們的世界於危險中嗎？或者，誠摯的嘉瑞特說的對？你們會加入他們一起戰鬥，對抗我們突如其來的對統治支配的追求？」

那些證人帶著小心翼翼的神情看著他。有一位嬌小的黑髮女人，短暫地看了她身邊那個深金色頭髮的男性一眼。

「這些是我們唯一的選擇嗎？」她突然開口問，視線移回厄洛身上。「同意你，或參戰對抗你？」

「當然不是，我最迷人的瑪肯娜。」厄洛說，對有人竟然得出這樣的結論顯出一副嚇壞了的樣子。「就算你們不同意我們委員會的決定，你們當然還是可以平平安安地離開，就跟阿穆一樣。」

瑪肯娜又望了她伴侶的臉一眼，他微微點了下頭。

「我們不是來這裡參與戰鬥的。」她停了一下，呼出一口氣後說：「我們是來作見證的。而我們的證詞是，這個被定為有罪的家庭是無辜的。嘉瑞特所說的每一句都是真話。」

「哈，」厄洛悲傷地說：「我很遺憾妳是這樣看我們。但我們所做的本來就是件吃力不討好的事。」

「我說的不是我所見的，而是我所感覺到的。」瑪肯娜那位玉米黃髮色的伴侶以高亢、緊張的聲音說。

他瞥了嘉瑞特一眼。「嘉瑞特說他們有辦法察覺謊言。而我，也有，我知道什麼時候我聽見的是真話，什麼時候不是。」他帶著害怕不已的眼神更貼近他的伴侶，等候厄洛的反應。

「別怕我們，吾友查爾斯。毫無疑問地，那位愛國者是真心相信他所說的話。」厄洛輕笑了一聲，而查爾斯瞇起了眼睛。

「這就是我們的見證。」瑪肯娜說：「現在我們要走了。」

她跟查爾斯慢慢倒退，在他們被樹林遮蔽看不見之前，都沒有轉過身去。另外一位陌生人也以同樣的方式撤退，接著有另外三個也在他之後一個箭步離開。

我評估留下來的三十七名吸血鬼。有幾名顯然是太困惑而無法做決定，但絕大多數似乎都很清楚這場對峙所走的方向。我猜他們都為了想知道到底是誰會來追他們，而放棄了搶先一步離開的機會。

我很確定厄洛和我的看法一致。他轉離他們，從容不迫地走回他的護衛隊。他在護衛隊前方停下來，以清楚的聲音對他們說話。

「我最親愛的各位，我們的人數處於劣勢。」他說：「我們無法期望有外界的幫助。我們應當為了挽救自己，留下這問題不做決定嗎？」

「不，主人。」他們齊聲低語。

「保護我們世界一事，值得我們冒險喪失我們的某些成員嗎？」

「是的。」他們如吹氣般輕聲說：「我們並不懼怕。」

厄洛露出微笑，轉向他披著黑斗篷的同伴。

「兄弟們，」厄洛憂鬱地說：「在此有許多事要考慮。」

「讓我們商議吧。」凱撒熱切地說。

「讓我們商議。」馬庫斯以一種毫無興趣的語氣重複。

厄洛再次轉身背對我們，面對其他兩位長老。他們互相握著手，形成黑色覆罩的三角形。

當厄洛的注意力一轉到沉默的商議，他們的證人中又有兩個靜靜地消失在森林中。為了他們好，我希望他們跑得夠快。

時候到了。我小心地鬆開芮妮思蜜纏住我脖子的手臂。

「妳記得我告訴妳的話嗎？」

眼淚湧進她的雙眼，但她點點頭。「我愛妳。」她低聲說。

現在，愛德華看著我們，他黃玉般的雙眼睜大。雅各從他黑色大眼睛的眼角瞪著我們。

「我也愛妳。」我說，摸摸她的墜鍊盒。「遠勝過我自己的生命。」我親吻她的額頭。

雅各不安地哀哼。

我踮起腳尖，對著他的耳朵耳語道：「等到他們的注意力全被分散之後，帶著她逃跑。盡你所能遠離此地。當你盡力跑到你所能抵達最遠的地方後，她身上有你所需要的讓你們消失的東西。」

愛德華和雅各的臉，儘管他們當中有一個是動物姿態，卻顯現了幾乎同樣充滿驚駭的神情。

芮妮思蜜把手伸向愛德華，他將她抱進懷裡。他們緊緊擁抱彼此。

「這就是妳瞞住我的事？」他從她頭上朝我低語。

「瞞住厄洛。」我輕聲說。

「艾利絲？」

我點頭。

他的臉因為瞭解與痛苦而扭曲。當我終於把艾利絲的線索全拼在一起時，我臉上豈不也是這種神情嗎？

雅各悶聲咆哮，那低低的呼喝聲平穩完整如呼嚕低鳴。他頸背的毛僵直，牙齒全暴露在外。

愛德華親吻芮妮思蜜的前額及雙頰，然後，他把她舉起來放到雅各肩上。她靈活地攀到他背上，雙手抓住他的毛，挪動著找對位置，不費力地在他肩胛之間的凹處妥當地坐穩。

雅各轉向我，他那表情達意的雙眼充滿悲痛，隆隆的咆哮仍在他胸膛中滾動。

「你是我們唯一能全然相信託付她的人。」我對他喃喃說：「若你不是那麼愛她的話，我一定無法承受將她交給你。我知道你會保護她的，雅各。」

他再次哀鳴，低下頭來用他的大頭抵著我肩膀。

「我知道。」我低語：「我也愛你，小各。你永遠是我的男儐相。」

一顆像棒球那麼大的淚水滾落到他眼睛下方赤褐色的毛髮裡。

愛德華將頭貼住他放芮妮思蜜上去的那個肩膀。「再見，雅各，我的兄弟……我的兒子。」

其他人並非沒有察覺這告別的場景。他們的雙眼鎖定在那靜默的黑三角上，但我知道他們都在聆聽。

「那麼，沒有希望了嗎？」卡萊爾低聲問。他的聲音中沒有恐懼，只有決心跟接受。

「絕對有希望。」我喃喃回答。**這可能是真的**，我告訴自己。「我已知道我自己的命運。」

愛德華握住我的手。他知道我這話將他包括在內。當我說**我的命運**，我絕對是指我們二人。我們是一體的兩面。

在我背後，艾思蜜的呼吸不穩起來。她穿過我們，經過時撫摸了我們的臉，然後走到卡萊爾身邊，牽住他的手。

突然間，我們被許多喃喃道出的「再見」與「我愛你」所包圍。

「如果我們活過這一劫，」嘉瑞特對凱特耳語說：「女人，我會跟隨妳到天涯海角。」

「這會兒他可對我告白了。」她咕噥抱怨。

羅絲莉和艾密特迅速但充滿激情地接吻。

提雅愛撫班傑明的臉。他歡樂地對她微笑，抓住她的手貼著自己的臉。

我並未看見所有愛與痛苦的神情。一股突如其來的壓力襲擊震動了我防護盾的表面，令我分了心。我不知道它是從哪來的，但感覺上它是針對我們這群人的邊緣，尤其是西歐班和利安。那股壓力並未造成破壞，接著它就消失了。

長老們那靜默、商議的隊形仍未改變。但也許我錯過了某種信號。

「準備好。」我對其他人低聲說：「攻擊開始了。」

chapter 38

力量

我知道我可以辦得到。

很明顯的，

我將會是他們第一優先要除掉的人，

但我撐得越久，

我們跟佛杜里將不只是勢均力敵而已。

「巧喜試圖破壞我們的聯盟。」愛德華低語：「但她找不到縫隙。她感覺不到我們在這裡……」他雙眼轉向我：「那是妳做的嗎？」

我對他冷酷地笑笑：「我正全力以赴。」

愛德華突然從我身邊踉蹌跨出去，手直伸向卡萊爾。與此同時，我感覺防護盾在包裹保護卡萊爾光芒的位置，受到更尖銳地一戳。那感覺並不痛，但也不怎麼愉快。

「卡萊爾？你還好嗎？」愛德華狂亂地驚喘著問。

「還好啊，為什麼問？」

「珍。」愛德華回答。

他說到她名字的那一刻，一秒鐘之內有一打尖刺攻擊過來，瞄準了十二個不同的明亮光點，刺遍整個充滿彈性的護盾。我伸縮了一下，確定防護盾沒有受損。看來珍也沒有能力穿透它。我迅速環顧了一眼；每個人都很好。

「太不可思議了。」愛德華說。

「他們為什麼沒等候決定？」譚雅怒聲說。

「標準程序。」愛德華直率地回答：「他們通常先讓那些受審判者失去能力，無法逃跑。」

我朝珍望去，她氣急敗壞、難以相信地瞪著我們這群人。我非常確定，除了我以外，她從未見過任何人能在她猛烈攻擊下還站得住的。

這麼做也許有點不成熟。但我估計厄洛要花半秒鐘去猜——如果他還沒猜中的話——才會猜到我防護盾的威力比愛德華所知的更為強大；我的額頭上已經被貼了一個圓形標靶，實在沒必要再去保留我能做到什麼地步的祕密。所以，我對珍露出一個大大的、得意洋洋的笑容。

她瞇起了眼睛，我感覺到另一股猛刺的壓力，這次是針對我而來。

我咧嘴笑得更大，露出我的牙齒。

珍發出了一聲極尖銳的咆哮尖叫。每個人都跳起來，就連訓練有素的護衛隊也是。每個人，除了那些長老，他們連頭都沒抬繼續商議。當她蹲伏想要躍撲過來時，她的雙胞胎兄弟抓住了她手臂。

羅馬尼亞人懷著黑暗的期盼開始輕聲低笑。

「我告訴你，我們的時候終於到了。」弗拉德對斯提凡說。

「看看那巫婆的臉。」斯提凡咯咯笑說。

亞力克安慰地拍拍他姊妹的肩膀，然後將她攬在懷中。他轉過臉來面對我們，完美地平靜，完全是天使般的容顏。

我等著某種壓力，某種他攻擊的記號，但我什麼也沒感覺到。他繼續朝我們的方向凝視，美麗的臉龐十分鎮定。他正在攻擊嗎？他已經攻進我的防護盾裡嗎？我是唯一一個還能看見他的人嗎？我抓緊了愛德華的手。

「你還好嗎？」我擠出聲音。

「是的。」他低聲說。

「亞力克在攻擊嗎？」

愛德華點頭。「他的天賦的速度比珍慢。它是緩緩延伸而來的，將在幾秒鐘之後接觸到我們。」

於是，當我明白要期待什麼時，我看到它了。

一股奇怪又清楚的煙霧緩緩地淌過雪地，在白雪的對照下幾乎看不見。它讓我想到海市蜃樓的幻景——在視覺上有點扭曲變形，有點細微的閃光。我將我的防護盾從卡萊爾與所有位在前線者的身上推出去，害怕那悄悄溜過來的迷霧在擊中防護盾時會太靠近他們。萬一它直接溜過我這無形的保護怎麼辦？我們該逃跑嗎？

一陣低沉的隆隆聲，喃喃穿過我們腳下的大地，一陣風吹起地上的積雪，瞬間在我們與佛杜里之間捲成漫天的雪花。班傑明也看見了那爬行蔓延過來的威脅，他這時正試著要把那團薄霧吹離我們。雪花讓我們很容易看見他把風丟往哪裡，但那團薄霧沒有任何反應。情況看起來就像空氣無害地穿過一個影子；影子毫不受影響。

當隨著一陣扭曲撕裂的呻吟，地表裂開一條深而狹長的鋸齒形裂縫橫過整個空地中央時，那三名長老組成的三角形終於分開來。大地在我腳底下震動了片刻。翻飛的雪花驟然直落進裂縫裡，但那團薄霧直接跳過它，地心引力跟風一樣拿它沒辦法。

厄洛跟凱撒瞪大了眼睛看著地表的那個開口，馬庫斯看著同樣的方向卻毫無感覺。

他們沒有說話；隨著那股薄霧接近我們，他們也在等。風呼嘯得更大聲，但沒有改變薄霧的路徑。珍這時露出了微笑。

接著，薄霧撞到了一堵牆。

它一碰到我的防護盾時，我就嚐到了——它有一種濃稠、甜得發膩的味道，讓我想起我的舌頭遭到局部麻醉時，那種鈍鈍的感覺。

那團薄霧繚繞著往上爬，找尋缺口跟弱點。它什麼也沒找到。那些煙霧狀的搜索手指扭曲著往四面八方爬行，嘗試找到一條路進來，在這過程中描繪出了這防護屏幕的驚人尺寸。

在班傑明製造出來的峽谷兩邊，不斷傳出驚喘與驚嘆聲。

「幹得好，貝拉！」班傑明低聲歡呼。

我的笑容回來了。

我可以看見亞力克瞇著的眼睛，隨著他的薄霧在我防護盾的周圍邊緣無害地打旋，他臉上第一次出現了疑惑的神情。

於是我知道我可以辦得到。很明顯的，我將會是他們第一優先要除掉的人，但我撐得越久，我們跟佛杜里將不只是勢均力敵而已。我們仍有班傑明和莎菲娜；他們卻完全沒有超自然的幫助。只要我撐得夠久。

「我必須集中精神，」我對愛德華低聲說：「當面臨肉搏戰時，要保持防護盾保護著正確的人會更困難。」

「我會讓他們無法靠近妳。」

「不。你**必須**去解決掉狄米崔，莎菲娜會讓他們無法靠近我。」

莎菲娜嚴肅地點頭，向愛德華保證說：「沒有一根手指會碰到這新生的。」

「我很想親手痛宰珍和亞力克，但我在這裡會比較有用。」

「珍是我的。」凱特怒道：「她需要親自嘗嘗她自己的苦果。」

「亞力克欠我許多條人命，不過我有他的命就滿足了。」弗拉德從另一邊咆哮說：「他是我的。」

「我只要凱撒。」譚雅平靜地說。

其他人也開始分配認領對手，但他們很快就被打斷了。

厄洛冷靜地瞪著亞力克毫無作用的薄霧，最後終於開口了。

「在我們投票之前。」他開始說。

我憤怒地搖頭。我已經厭煩了他的虛假，我體內再度燃起殺戮的慾望，我很遺憾自己必須站著不動才能對其他人更有幫助。我想要戰鬥。

「容我提醒你們，」厄洛繼續說：「無論委員會的決定是什麼，在此都不需要暴力。」

愛德華咆哮著發出一聲陰沉的笑。

厄洛難過地望著他。「對我們的種族而言，失去你們會是極可惜的浪費。尤其是你，年輕的愛德華，以及你新生的伴侶。佛杜里會萬分高興地歡迎你們加入我們的行列。貝拉、班傑明、莎菲娜、凱特，在你們面前有許多選擇。請考慮吧。」

巧喜企圖影響我們的攻擊，無用地撞在我的防護盾上。厄洛的視線橫掃過我們堅定的眼睛，找尋任何遲疑的跡象。從他的表情看來，他一個也沒找到。

我知道他不顧一切想要保有愛德華跟我，以他想要奴役艾利絲的希望來囚禁我們。但這場仗太大了。如果我活著他就不可能贏。我極其高興自己的力量如此強大，到了一個他**非**殺了我不可的地步。

「那麼，讓我們投票吧。」他顯得很不情願地說。

凱撒迫不急待地搶先開口：「那孩子是個未知數。沒有理由容許這樣的風險存在。這風險及所有保護它的人都一定要被摧毀。」他充滿期待的微笑。

我拚命壓制要對他殘忍的笑容發出的尖叫抗議。

馬庫斯抬起他不在乎的眼睛，在投票時雙眼似乎穿透我們往前望。

「我看不出有立即的危險。那孩子目前夠安全。我們日後隨時都可以重新評估。讓我們和平地離開吧。」他的聲音甚至比他兄弟輕如羽毛的嘆息還要微弱。

護衛隊中沒有一個人因他否決的話而放鬆他們預備好的姿勢。凱撒預期性的笑容並未動搖，那樣子好像馬庫斯從未開口講話似的。

「看來，我得投決定性的一票了。」厄洛沉思道。

突然間，我旁邊的愛德華一僵。「太好了！」他嘶聲說。

我冒險瞥了他一眼。他的神情煥發著我不明白的勝利光彩——那是個當世界陷入一片火海時，毀滅天使臉上可能會有的表情。美麗又恐怖。

護衛隊產生了一陣緩慢的反應，一陣不安的喃喃低語。

「厄洛？」愛德華叫道，幾乎是大喊，毫不掩飾他聲音中的勝利。

厄洛遲疑了一秒，在回答之前先小心評估了一下這股新情緒。「是，愛德華？你有什麼進一步的……？」

「也許。」愛德華愉快地說，控制著他未解釋的興奮。「首先，我能澄清一件事嗎？」

「當然，」厄洛抬起眉毛說，現在他的語氣中充滿了有禮的興趣。我咬緊了牙關；當厄洛一派和藹可親時，最是危險不過。

「你由我女兒身上所預見的危險——是來自於我們完全無能猜測她會如何發展嗎？那是這件事的關鍵嗎？」

「是的，吾友愛德華。」厄洛同意說：「如果我們能夠肯定……能確定，就是她在成長後，能夠繼續不被人類的世界察覺——不危及我們隱世的安全……」他聳聳肩，未再繼續說下去。

「所以，如果我們有辦法確認，」愛德華以提議的口吻說：「她最後會變成什麼樣子……那麼，就再也沒有召開委員會的必要了吧？」

「如果可以有**百分之百**確定的方法的話。」厄洛同意說，他那輕如羽毛般的聲音稍微尖了一點。他無法猜出愛德華這話會把他引導到哪裡去。我也不能。「那麼，是的，再也沒有任何問題需要質疑了。」

「然後我們會和平的分開，再次做好朋友？」愛德華帶著諷刺的暗示問。

聲音甚至更尖銳高亢了。「當然，我年輕的朋友。沒有什麼能比這更讓我高興的了。」

愛德華歡欣鼓舞地輕笑，說：「那麼，我確實可以提供更有利的證據。」

厄洛瞇起了眼睛，說：「她是百分之百的獨特。她的未來只能加以猜測。」

「不是百分之百的獨特。」愛德華反對道：「肯定稀少，但不是獨一無二。」

我對抗著震驚，突如其來的希望重新燃起，威脅著要分散我的注意力。那模樣詭異的薄霧仍在我防護盾的四周旋轉，並且，就在我掙扎著要集中注意力時，我再次感覺到一股尖銳、猛刺的壓力猛撞我保護性的掌握。

「厄洛，你可以請珍停止攻擊我妻子嗎？」愛德華彬彬有禮地問。「我們還在討論證據啊。」

厄洛舉起一隻手。「親愛的各位，冷靜。讓我們聽他說完。」

壓力消失了。珍對我露出了牙齒；我忍不住回她一個大大的笑臉。

「妳何不加入我們呢？艾利絲。」愛德華大聲喚道。

「艾利絲。」艾思蜜震驚地低語。

艾利絲！

艾利絲，艾利絲，艾利絲！

「艾利絲！」、「艾利絲！」其他聲音在我周圍喃喃道。

「艾利絲。」厄洛屏息說。

寬慰與激烈的喜樂洶湧奔騰過我整個人。我費盡全部意志力才將防護盾保持在原位。亞力克的薄霧仍在探測，搜尋著弱點——若我露出任何破綻，珍一定會看見。

接著，我聽見他們奔跑著穿過森林，飛馳，盡可能迅速縮短我們之間的距離，也不放慢速度以保持安靜。

雙方都在期待中靜止不動。佛杜里的證人在新的困惑中皺起眉頭。

艾利絲跳舞般從空地的南邊進來，而我感覺到再次看見她臉孔的那股狂喜快要把我擊倒。賈斯柏緊跟在她背後，他銳利的雙眼十分凶猛。在他們背後緊接著出現三位陌生人；第一位是個高大、肌肉強壯、有一頭狂野黑髮的女性——顯然她就是卡琪瑞。她跟其他亞馬遜人一樣有著很長的四肢與面貌，這種特色在她身上甚至更明顯。

下一個是嬌小、有著橄欖膚色的女吸血鬼，長長的黑辮子在她奔跑時在背後上下跳動。她深紅色的雙眼緊張地環視在她面前的對峙。

最後一位是個年輕男子……他的奔跑沒那麼快也沒那麼流暢。他的膚色是極為深濃的棕色，謹慎的雙眼掠過聚集的人，那雙眼睛是溫暖的柚木色。他的頭髮也是黑的，跟那女人一樣也綁成辮子，不過沒那麼長。他長得很俊美。

當他接近我們，一個新的聲音送出一陣震驚的波浪穿透觀眾——另一個心跳的聲音，因費力而加快。

艾利絲越過輕輕拍打著我的防護盾，正在消散的薄霧邊緣，轉個彎來到愛德華身邊停下來。我伸出手去觸及她的手臂，愛德華、艾思蜜、卡萊爾也是。沒有時間做任何其他的歡迎。賈斯柏和其他人跟著她穿過防護盾進來。

整個護衛隊都在觀看，隨著這些後到者毫無困難地越過看不見的界線，他們眼中閃爍著推敲與猜測。那些大塊頭，菲力克斯和其他類似他的人，突然間把他們充滿希望的眼睛都集中在我身上。他們之前不確定我的防護盾能擋住什麼，但現在很清楚了，它不會阻擋實體的攻擊。只要厄洛一聲令下，閃電攻擊會接著發生，而我會是唯一的目標。我好奇想著莎菲娜能使多少人眼盲，並且這能讓他們慢下來多少。足以讓凱特和弗拉德擊倒珍和亞力克，扭轉旗鼓相當的局勢嗎？我只能要求這麼多。

儘管愛德華專注在他所引導的奇襲計畫當中，但他仍突然僵住，對他們的想法火冒三丈。他控制住自己，再次開口跟厄洛說話。

「過去這幾週，艾利絲一直在找尋她自己的證人。」他對厄洛說：「她並未空手而返。艾利絲。妳何不介紹一下妳帶來的證人呢？」

凱撒咆哮說：「詢問證人的時間已經過了！投下你的一票，厄洛！」

厄洛舉起一根手指要他兄弟安靜，他的眼睛緊黏在艾利絲的臉上。

艾利絲輕巧地上前一步，介紹陌生人：「這位是胡蘭和她的外甥納胡爾。」

聽著她的聲音……好像她從未離開過。

聽見艾利絲說明新來者之間的關係，凱撒的雙眼繃緊。佛杜里的證人當中發出一片嘶嘶聲。大家都可以感覺到，吸血鬼的世界改變了。

「胡蘭，妳說。」厄洛命令道：「告訴我們妳帶來的證詞。」

那弱小的女人緊張地看著艾利絲。艾利絲點頭鼓勵她，卡琪瑞也伸出長長的手放在那嬌小的吸血鬼肩上。

「我叫胡蘭。」那女人用清楚但口音奇怪的英語宣布。隨著她繼續往下說，很顯然她對講述這故事是有所準備的，她練習過。它流暢得如同一首眾所周知的童謠。「一百五十年前，我跟我的族人，馬普其人，住在一起。我妹妹叫派兒，我父母是以山頂上的積雪為她命名，因為她的膚色很白，並且她長得很漂亮——太漂亮了。有一天，她偷偷跑來找我，告訴我在森林中有一位天使找到她，並在夜裡拜訪她。我警告她。」胡蘭悲哀地搖搖頭。「好像她皮膚上的淤青還不足以讓她警戒。我知道那是我們傳說中的洛比蘇曼，但她聽不進去。她被蠱惑了。

當她確定她那位黑暗天使的孩子在她裡面成長時，她告訴了我。我並未勸她打消逃走的計畫——我知道即使是我父母都會同意要毀掉那孩子，連同派兒一起。我跟著她一同進入森林最深處。她找尋她那惡魔般的天使，卻什麼都沒找到，我照顧她，當她體力衰退時為她打獵。她生吃那些獵來的動物，喝牠們的血。我再也不需要證據來證明她肚子裡懷的是什麼。我希望自己能在殺了那妖怪之前保住她一命。

但她愛她腹中的孩子，她叫他納胡爾，以叢林中的山貓命名，當他長得強壯到弄斷她的骨頭時，她還是深愛他。

我無法救她。那孩子自己撕扯出一條路脫離她，她很快就死了，整個過程中都一直懇求我照顧養育她的納胡爾。那是她的遺願——而我同意了。

不過，當我把他從她身上抱起來時，他咬了我。我爬進叢林中等死，我沒爬多遠——疼痛實在太劇烈了。但他找到了我；那剛出生的小孩努力爬過灌木叢來到我旁邊，等著我。當劇痛結束，他蜷縮靠在我身邊，睡覺。

我照顧養育他，直到他能夠自己打獵。我們在圍繞著我們森林四周的村落中打獵，獨自居住。我們從未遠離我們的家，但納胡爾希望能見見在這裡的那個孩子。」

當胡蘭說完時，她鞠個躬，退回去，因此她是半躲在卡琪瑞後面。

厄洛的唇嘶著。他凝視著那個深色皮膚的年輕人。

「納胡爾，你是一百五十歲嗎？」他質問。

「加減個十年吧。」他以清晰、優美、溫暖的聲音回答。他的口音幾乎聽不出來。「我們沒在計算時間。」

「你在幾歲的時候到達成熟的階段？」

「大約在我出生七年之後，我或多或少算是完全長大了。」

「從那之後你就沒改變過？」

納胡爾聳聳肩。「就算有我也沒察覺。」

我感覺到一陣戰慄抖過雅各全身。我還不能去想這件事，我會一直等到危險過去，我能集中心力時。

「你的飲食呢？」厄洛追問，似乎忍不住感興趣。

「大部分是血液，但也吃一些人類的食物。靠其中之一我都能生存。」

「你有能力創造不朽族類？」當厄洛比著胡蘭時，他的聲音突然緊繃起來。我重新聚焦在我的防護盾上；也許他又在找新的藉口。

「對，但其餘的人都沒辦法。」

一股震驚的喃喃聲傳遍了三組人馬。

厄洛的眉毛抬得高高的。「其餘的人？」

「我的姊妹們。」納胡爾再次聳聳肩。

厄洛瞪大了眼睛片刻，然後才趕快讓自己的神情鎮定下來。

「也許你會告訴我們你剩餘的故事，因為似乎還有好些沒說。」

納胡爾皺起眉頭。

「在我母親死了幾年之後，我父親前來找我。」他英俊的臉龐有點扭曲。「他對找到我很高興。」納胡爾的口氣聽起來似乎不是雙方都有同樣的感覺。「他有兩個女兒，但是沒有兒子。他期望我能跟我的姊妹一樣，加入他。

他很驚訝我不是孤單一人。我的姊妹們都沒有毒，但這究竟是由於性別還是隨機的……誰知道？我已經有了跟胡蘭在一起的家，我對改變毫無**興趣**。」他扭曲那個詞。「我不時會見到他。我有了一個新妹妹；她在差不多十年前達到成熟。」

「你父親的名字是？」凱撒咬著牙問。

「約翰。」納胡爾回答說：「他認為自己是個科學家。他認為自己正在創造一個新的超人種族。」他完全無意隱藏自己語氣中的那股厭惡。

凱撒看著我，說：「妳女兒，她有毒嗎？」他刺耳地詰問。

「沒有。」我回答。納胡爾在聽見凱撒問的問題時，猛地抬起頭來，他那柚木色的雙眼轉過來瞪著我的臉。

凱撒望向厄洛尋求證實，但厄洛正沉浸在他自己的思緒裡。他噘著嘴凝望卡萊爾，然後是愛德華，最後，他的雙眼落在我身上。

凱撒咆哮。「我們先解決掉這裡的異常，跟著去南美。」他催促厄洛。

厄洛凝視著我的雙眼很長一陣子，很認真。我完全不知道他在搜尋什麼，或他找到了什麼，但在他衡量了我一陣時間後，他臉上有某種東西改變了，在他嘴角與眼中的堅決有了些微的轉變。於是我知道厄洛做了他的決定。

「兄弟，」他溫和地對凱撒說：「事情顯然沒有危險性。這是個出乎意料的發展，但我看不出有威脅性。這些半吸血鬼孩子顯然比較像我們。」

「這是你投的票嗎？」凱撒詰問。

「是的。」

凱撒滿臉怒容。「那個約翰呢？那個做實驗做得很高興的不朽族類呢？」

「也許我們**應該**跟他談談。」厄洛同意說。

「如果你們願意，阻止約翰。」納胡爾冷漠地說：「但放過我的姊妹們。她們是無辜的。」

厄洛點點頭，他的神情很嚴肅。然後他帶著溫暖的笑容轉身面對他的護衛隊。

「親愛的各位，」他說：「我們今天不打了。」

護衛隊一致點頭，並從他們預備好的姿勢挺起身來。那團薄霧迅速消散，但我把防護盾守在原地。也許這是**另一個**詭計。

在厄洛轉回來面對我們時，我分析著他們的神情。他的臉一如既往的善良溫和，但不同於之前，我感覺到在這表象的背後有一種奇怪的空白。彷彿他的密謀已經結束了。凱撒明顯怒氣衝天，但他的怒氣這會兒已經轉向內；他順從了。馬庫斯看起來……很無聊；我真的找不出別的話來形容他。護衛隊再度面無表情又充滿紀律；在他們當中沒有個人，只有一個整體。他們列好隊形，準備離開。佛杜里的證人仍小心翼翼；他們一個接一個離開，散入森林中。隨著他們的人數減少，剩餘的人加快腳步。很快地他們就全都走光了。

厄洛對我們伸出手來，幾乎是道歉的模樣。在他背後，護衛隊的大部分，伴隨著凱撒、馬庫斯，以及安靜又神祕的夫人們，已經迅速飄離，他們的隊形再次精準無比。只剩下三名像是他的個人護衛在他身邊徘徊。

「我真高興這事沒有動用暴力就解決了。」他甜甜地說：「吾友卡萊爾——我多麼高興能再次稱你為朋友啊！我希望你別記仇。我知道你明白我們的責任將何等嚴厲的重擔放在我們肩上。」

「平平安安地離開吧，厄洛。」卡萊爾僵硬地說：「請記住，我們仍然需要維護我們的隱匿生活，請你的護衛隊遵守，別在這區域獵殺。」

「當然，卡萊爾。」厄洛向他保證。「我很遺憾造成你的反感，我親愛的朋友，也許，最後你會原諒我。」

「也許，隨著時間過去，如果你再次證明你是個朋友的話。」

厄洛鞠個躬，充滿自責的畫面，然後倒退著往後飄了一陣子之後才轉過身去。我們在沉默中看著最後四名佛杜里消失進森林裡。

四周非常寂靜。我並未放下我的防護盾。

「真的結束了嗎？」我低聲問愛德華。

他露出大大的笑容。「是的。他們放棄了。就像所有惡霸一樣，他們在神氣活現的大話底下，全是懦夫。」他輕聲笑著說。

艾利絲跟他一起笑。「真的，各位。他們不會回來了。大家現在可以放鬆下來了。」

又是另一陣寂靜。

「真他媽的狗屎運。」斯提凡咕噥地抱怨。

一語中的。

歡呼猛地爆發。震耳欲聾的號叫充滿了這整片空地。瑪姬跳上西歐班的背。羅絲莉和艾密特再次接吻——比之前更久更熱烈。班傑明和提雅緊緊擁抱著彼此，卡門與以利沙也是。艾思蜜用力抱住了艾利絲與賈斯柏。卡萊爾熱烈地感謝著南美洲新來的客人，他們救了我們所有的人，卡琪瑞緊靠在莎菲娜和辛娜身邊，她們的指尖交纏在一起。嘉瑞特把凱特抱起來不停地轉圈圈。

斯提凡朝積雪啐了一口。弗拉德用力咬緊了牙關，臉上帶著憤憤不平的表情。

我半爬上那匹赤褐色的巨狼，把我女兒從他背上迅速抱下來，用力將她緊抱在我懷裡。愛德華的雙臂在同一秒鐘用力抱住我們。

「妮思，妮思，妮思。」我低聲輕吟。

雅各大聲吠笑，用他的鼻子推頂我的後腦杓。

「閉嘴。」我咕噥說。

「我可以跟妳在一起了？」妮思問。

「永遠。」我對她保證。

我們擁有永遠。而妮思將會很好很健康很強壯。像半人類的納胡爾，在一百五十歲時她還依舊很年輕。我們將會永遠在一起。

幸福快樂像個大爆炸般在我裡面延展開來——到了極致，強烈到我不確定自己倖存下來。

「永遠。」愛德華在我耳邊回應。

我再也說不出話來。我抬起頭，帶著可能會使整個森林都燒起來的熱情親吻他。

就算燒起來我也不會注意到。

chapter 39

永遠過著幸福快樂的生活

當他急切的吻再次打斷我的努力，我喘不過氣地笑起來。

「該死。」他咆哮，飢渴地沿著我下巴往下吻。

「我們有充裕的時間可以練習。」我提醒他。

「永遠到永遠到永遠。」他喃喃說。

「我聽起來完全正確。」

「雖說最後是由好幾樣事情組合在一起，但最終的關鍵是……貝拉。」愛德華正在解釋。我們的家人和最後留下來的兩名客人坐在大廳裡，而高高的窗戶外，森林已經轉黑了。

弗拉德和斯提凡在我們停止慶祝之前就消失了。他們對事情的結果大失所望，但愛德華說他們享受佛杜里怯懦的程度，幾乎足以彌補他們的挫折了。

班傑明和提雅很快就離開去追阿穆和琪比，急著要讓他們知道衝突的結果；我很確定我們會再見到他們——至少是班傑明和提雅。流浪者沒一個逗留的，彼得和夏洛特跟賈斯柏有段簡短的交談，然後他們也離開了。

團圓的亞馬遜人也一樣急著回家——離開她們所愛的雨林，令她們感到日子很難過——不過她們比其他一些人更捨不得離開。

「妳一定要帶這孩子來看我們。」莎菲娜堅持：「答應我，年輕人。」

妮思也把她的手貼著我脖子，跟著一起請求。

「當然，莎菲娜。」我同意說。

「我的小妮思，我們一定會成為好朋友的。」那狂野的女人在跟她的姊妹們離開前宣布。

愛爾蘭家族繼續他們的流浪。

「幹得好，西歐班。」卡萊爾在他們道別時恭維她。

「啊，心想事成的力量。」她挖苦地回答，翻了翻白眼。然後她嚴肅地說：「這事當然還沒結束。佛杜里不會忘記在這裡發生過什麼事。」

愛德華回答了這句話。「他們這次受到的打擊很大，信心被粉碎了。不過，妳說的對，他們總有一天會從打擊中恢復過來的。然後……」他的雙眼緊繃。「我想他們會個別將我們一一擊破。」

「當他們企圖攻擊時，艾利絲會警告我們的。」西歐班以肯定的口吻說。「我們會再團結起來。也許到時候，我們的世界已經準備好要完全擺脫佛杜里了。」

「也許會有那麼一天。」卡萊爾回答：「當它到來時，我們會團結在一起。」

「是的，吾友，我們會的。」西歐班同意。「而且，當我下定決心要有不同局面時，我們怎麼可能輸？」她發出極其響亮的大笑。

「一點也沒錯。」卡萊爾說。他跟西歐班互相擁抱，然後跟利安握手。「請試著找到艾利斯泰爾並告訴他發生了什麼事。我實在不忍心想到，接下來十年他都會躲在某塊石頭底下。」

西歐班再次大笑。瑪姬擁抱我和妮思，然後愛爾蘭家族就走了。

德納利家族是最後離開的，嘉瑞特跟著他們——從此以後都會如此了，這點我很肯定。慶祝的氣氛對譚雅和凱特而言有點難以承受，她們需要時間來哀悼她們失去的姊妹。

留下來的兩個人是胡蘭和納胡爾，我本以為這兩人會跟著亞馬遜人一起離開。卡萊爾和胡蘭持續著令他驚奇不已的談話；納胡爾坐在她旁邊，聆聽愛德華告訴我們其餘的人只有他知道的衝突的故事。

「艾利絲給了厄洛他所需要脫離這場打鬥的藉口。如果他不是那麼害怕貝拉的話，他大概會繼續執行他們原訂的計畫。」

「害怕？」我懷疑地說：「怕**我**？」

他對我微笑，臉上帶著一種我不完全認識的神情——很溫柔，但也有敬畏，甚至有惱火。「妳什麼時候才會看清楚自己？」他溫和地說。接著他大聲了些，是對其他人也是對我說：「佛杜里已經有兩千五百年沒打過一場公平的仗了。並且，他們從來沒有任何一次在戰鬥中是處於劣勢。尤其是在他們得到了珍和亞力克之後，他們只打過沒有對手的大屠殺。

妳應該看看我們在他們眼裡是什麼樣子！通常，亞力克會在他們進行故弄玄虛的商議過程中，切斷他們的受害者所有的感官與感覺。如此一來，當宣布裁決時，沒有人能跑得掉。但今天我們站在那裡，預備好了，等待著，人比他們多，擁有我們自己的天賦，而貝拉卻使他們的天賦毫無用武之地。厄洛知道，有莎菲娜在我們這邊，當這場仗正式開打時，他們會是瞎眼的一方。我很確定我們會死傷慘重，但是他們很確定他們也會，甚至很有可能會全軍覆沒。他們過去從來沒有面臨這樣的狀況，他們今天處理的並不好。」

雅各對他露齒一笑。

「當你被一群像馬那麼大的狼群包圍時，是很難感到有自信的。」艾密特笑說，戳戳雅各的手臂。

「最初是狼群讓他們停下來。」我說。

「那當然。」雅各同意。

「毫無疑問。」愛德華同意說：「那是另一副他們從未見過的景象。真正的月亮之子很少成群結隊出現，他們也從來不太能控制自己。十六匹巨大又有嚴格編制隊伍的狼群，是個他們沒有預期的大意外。事實上，凱撒怕死了狼人。幾千年前，他在與一名狼人對戰中差點喪命，他始終沒從那次驚嚇中恢復過來。」

「所以，有**真正的**狼人？」我問：「還有滿月跟銀子彈等等的傳說？」

雅各嗤鼻哼說：「**真正的**。那意思是我是想像的囉？」

「你知道我的意思。」

「滿月，對。」愛德華說：「銀子彈，錯——那又是另一個讓人類感覺他們有勝算的神話。他們已經為數不多了。凱撒後來獵殺他們到了幾近滅絕的地步。」

「而你從來沒提過這點是因為……」

「從來沒有機會。」

我翻了翻白眼，艾利絲笑了，靠上前來——她正窩在愛德華的另一邊手臂底下——對我眨了眨眼。我怒瞪回去。

當然，我愛死她了。但現在我既然有機會明白她真的在家，而她的叛逃只是個詭計，因為愛德華一定得真的相信她拋棄了我們，我開始感覺對她十分惱火。艾利絲也做了些解釋。

艾利絲嘆氣，說：「有話就直說吧，貝拉。」

「妳怎麼能對我做出這種事，艾利絲？」

「這是必要的。」

「必要！」我爆炸了。「妳完全讓我相信我們全都會死！我悲慘了好幾個禮拜。」

「事情有可能那樣發展。」她冷靜地說：「在那種情況下，妳需要準備好能救妮思。」

本能地，我將在我腿上沉睡的妮思緊抱進懷裡。

「但妳也知道還有別的路。」我指控說：「妳知道還有希望。難道妳從沒想到過，妳可以把所有的事都告訴我？我知道為了厄洛的緣故，愛德華得以為我們已經無路可走了，但妳可以告訴**我**啊。」

她看著我思索了片刻。「我不這麼認為。」她說：「妳實在不是個好演員。」

「所以這跟我的**演技**有關？」

「噢，把聲音降低八度吧，貝拉。妳知道要鋪陳好這件事有多複雜嗎？我甚至無法確定像納胡爾這樣的人是存在的——我只知道我要找一個我看不見的東西！嘗試想像找尋一個盲點吧——那可不是我做過最容易的事。再加上我們得把關鍵證人送回來，好像我們的時間還不夠趕似的。然後還要全時間睜大眼睛，以防你們決定要丟給我更多指示。等有時間，妳一定要告訴我里約究竟是怎麼回事。在那之前，我得試著看見佛杜里可能用上的每個詭計，並給你們幾個我所能給的線索，因此你們可以對他們的策略有所準備，而我只有幾個小時的時間去勾畫出所有的可能性。最重要的是，我得確定你們都相信我拋棄你們，因為厄洛必須確定你們已經變不出把戲了，否則他絕不會堅信要使出他的絕招的。而如果你們認為我不覺得自己是個呆子——」

「好啦，好啦！」我打岔：「對不起嘛！我知道這事對妳也很煎熬。只不過……嗯，我想妳想瘋了，艾利絲。別再這樣對我。」

艾利絲顫動的笑聲響遍了整個大廳，我們對再次聽見這音樂般的聲音都露出了笑容。「我也很想念妳，貝拉。所以，請原諒我，並且試著對妳是今天的超級英雄感到滿足吧。」

現在，所有其他人都笑起來，而我把臉埋進妮思的頭髮裡，害臊起來。

愛德華開始倒敘分析著今天在草地上所發生的每個意圖的轉變與控制，宣稱是我的防護盾讓佛杜里夾著尾巴逃走。大家看著我的樣子讓我很不自在。包括愛德華在內。好比在經過一早的折騰，我的身高長高了一百呎。我試著不去注意那些佩服的表情，大部分時候把眼睛盯著妮思熟睡的臉和雅各毫不改變的神情。對他，我將永遠只是貝拉而已，而那真令人欣慰。

最難去忽略的凝視，也是最令人困惑的一個。

並不是說這個半人半吸血鬼的納胡爾曾習慣用某個角度來看待我。他可能認為我每天都在四處攻擊吸血鬼，而在草地上發生的那副景象完全沒什麼不尋常。但那男孩從來沒把雙眼轉離開我。或者，也許他是在看妮思。但那也讓我覺得不自在。

他不可能沒注意到這件事：妮思是他的族類中，唯一一個不是他姊妹的女性。

我認為雅各還沒想到這件事。我有點希望他不會很快想到。我受夠了戰鬥，短時間內不想再來一次。

最後，其他人要問愛德華的問題都問完了，討論分散成三三兩兩的談話。

我感到異常疲累。當然，不是睏，只是像這一天好漫長。我想要一些平靜、一些尋常。我想要妮思睡在她的小床上；我想要被我自己小屋的四面牆所包圍。

我看著愛德華，有片刻覺得自己好像能讀到**他的**想法。我可以看見他跟我有完全一樣的感覺。預備好要一些平靜。

「我們是否該帶妮思……」

「那大概是個好主意。」他迅速同意說：「我很確定她昨晚睡的不好，身邊有那麼大的打呼聲。」

他對雅各笑了笑。

雅各翻了翻白眼，接著打個呵欠。「我好像也很久沒躺在床上睡個好覺了。我敢賭我爸對於我又能重回他屋簷下一事興奮極了。」

我摸了摸他的臉頰。「謝謝你，雅各。」

「永遠都別客氣，貝拉。不過這點妳已經知道了。」

他站起來，伸個懶腰，吻了吻妮思的頭頂，然後是我的頭頂。最後，他捶了愛德華肩膀一拳。「大家明天見。我猜，從現在起事情會無聊好一陣子了，對吧？」

「我熱切希望是如此。」愛德華說。

當他走了之後，我們起身；我小心地移動我的重心，好讓妮思不受到震動干擾。看見她睡得這麼熟，我真是滿心感激。有那麼多重擔壓在她小小的肩頭上。該是她繼續當個小孩子的時候了——受到保護並有安全感，有再多幾年的童年生活。

平靜與安全的念頭提醒了我，有個人長期以來都沒有這樣的感覺。

「噢，賈斯柏？」當我們正轉身要朝門口走的時候，我問。

賈斯柏被緊夾在艾利絲和艾思蜜的中間，看起來比以往更成為這個家的圖像的中心。「是，貝拉？」

「我很好奇——為什麼J．甄克斯光是聽到你的名字就嚇得僵住？」

賈斯柏輕笑說：「那只是我的經驗，某些種類的工作關係，由恐懼引發動機會比藉由金錢的誘因好得多。」

我皺眉，跟自己保證從現在開始我會接手這工作關係，饒過J肯定會發的心臟病。

我們跟家人擁抱、親吻並道了晚安。唯一在狀況外的又是納胡爾，他的目光熱切地跟著我們，彷彿希望他能跟來似的。

一旦過了河，我們走得只比人類稍微快一點，一點也不急，手牽著手。我受夠了處在截止期限當中，現在我只想慢慢來。愛德華一定也有同樣的感覺。

「我得說，現在我對雅各的印象完全改觀。」愛德華告訴我。

「狼群造成了很大的影響，不是嗎？」

「那不是我的意思。按照納胡爾所言，妮思只要再過六年半就完全長大成人了。而雅各今天連一次都沒想到這項事實。」

對此我考慮了一分鐘。「他不是以那種方式看她。他一點也不急著要她長大，他只想要她快樂。」

「我知道。正如我說的，完全改觀。雖然我不願意承認，但她有可能會遇上更糟糕的人。」

我皺眉。「在未來六年半裡，我一點也不想去想這件事。」

愛德華大笑，然後嘆了口氣。「當然，看來到時候他會有些競爭對手得擔心。」

我眉頭皺得更深。「我注意到了。今天的事我很感激納胡爾，但他一直瞪著人看實在很怪。我才不管她是否是唯一一個跟他沒親戚關係的半吸血鬼。」

「噢，他不是在看她——他是在看妳。」

情況似乎確實是這樣……但這一點道理也沒有。「他為什麼要盯著我看？」

「因為妳活下來了。」他靜靜地說。

「我沒聽懂。」

「他這一輩子，」他解釋說：「他還比我大了五十歲——」

「比你衰老。」我打岔。

他沒理我。「他始終認為自己是個邪惡的人，天生的謀殺犯。他的姊妹們也都殺害了自己的母親，但她們一點也不在乎。約翰撫養她們長大，讓她們認為人類就像動物，而他們是神。但納胡爾是胡蘭養大的，而胡蘭愛她妹妹勝過一切。這造就了他的整個觀念與思想，並且，在某些方面來說，他真的十分痛恨自己。」

「這好悲傷喔。」我喃喃說。

「然後他看見我們三人——生平第一次明白過來，即使他是半個不朽族類，並不意味他生來就是邪惡的。他看著我，看見……他父親本來該有的樣子。」

「你在各方面都是完美、理想的典範。」我同意說。

他嗤鼻哼笑，然後又嚴肅起來。「他看著妳，看見了他母親本來該有的人生。」

「可憐的納胡爾。」我喃喃道，接著我嘆口氣，因為我知道從此以後我沒辦法對他有厭惡感，無論他瞪著我的樣子讓人有多不舒服。

「別為他難過。現在他很快樂。今天，他終於開始原諒自己了。」

我為納胡爾的快樂露出笑容，然後想到今天是屬於快樂的日子。雖然艾琳娜的犧牲給這明亮的光芒添上一筆陰影，使這時刻變得不完美，但這當中的喜樂是不容否認的。我努力爭取的人生再次安全了。我的家人又團聚了。我女兒有個美好的未來，在她面前延展無盡。明天，我會去看我父親；他將看到我眼中的恐懼被喜樂所取代，而他也會跟著快樂起來。突然間，我很確定我不會發現他是獨自一人在家，過去這幾個禮拜，我的觀察力從未那般敏銳，但在這一刻，好像我始終都知道一樣。蘇會跟查理在一起——狼人的媽媽跟吸血鬼的爸爸——他將永遠不會再孤單一人。對這新的洞悉，我露出大大的笑容。

但在這海嘯般席捲而來的快樂中，在所有確信的事實中，最重要的是：我跟愛德華在一起。永遠。

雖然我不想重複過去那幾個禮拜的生活，但我得承認，它們使我前所未有地，更加感激與珍惜我所擁有的。

在銀藍色的夜晚裡，小屋是個完美的和平之所。我們將妮思抱到她的小床上，溫柔地為她蓋好被子。她在睡夢中露出了微笑。

我把厄洛的禮物從脖子上拿下來，將它隨意丟進她房間的角落裡。如果她想，她可以拿去隨便玩；她喜歡亮晶晶的東西。

愛德華跟我慢慢走向我們的房間，擺動著我們牽著的手臂。

「一個慶祝的夜晚。」他喃喃說，伸手托住我下巴，抬起我的唇好讓他貼上。

「等等。」我遲疑著說，退開。

他困惑地看著我。在一般情況下我是不會退開的。好吧。不只是一般情況下。這是第一次。

「我想要嘗試一件事。」我告訴他，對他迷惑的神情露出一點微笑。

我將雙手貼住他兩邊臉頰，閉上眼睛集中注意力。

之前當莎菲娜試著教我時，我做的不是很好，但現在我比較認識我的防護盾了。我明白了抗拒著跟我分開的那個部分，保護自我的本能遠超過了一切。

它還是非常不容易，跟我用防護盾保護其他人跟自己的容易度完全不能比。我感覺到那股彈力縮回來，我的防護盾在抗拒我的行動，為了要保護我。我必須使盡全力將它整個推離我；這用上我全部的專注力。

「貝拉！」愛德華震驚地低語。

於是我知道有效了，因此我更費力專心，挖掘我為這一刻所保留下來的特殊記憶，讓它們充滿我的腦海，並希望也充滿他的。

有些記憶並不是很清楚——模糊的人類記憶，是用有缺陷的眼睛看見的，用有缺陷的耳朵聽見的：我第一次看見他的臉時……當他在草地上抱著我時的感覺……當他救我脫離詹姆斯時，透過我黑暗蹣跚的意識所聽見的他的聲音……當他等在那個花棚底下與我結婚時他的臉……在那小島上的每個珍貴時刻……他冰冷的手透過我的肌膚觸碰著我們的寶寶……

然後是鮮明的記憶，完美地回想起：當我張開我的雙眼迎接我的新生命時所看見的他的臉，所看見的無盡的永生不朽的破曉……第一個吻……第一夜……

他的唇突然熱烈地抵住我的，破壞了我的專心。

隨著一聲喘息，我沒抓住我推離自己的那股費力的重量。它像個橡皮筋般反彈回來，再次保護住我的思想。

「唉呀，讓它跑了！」我嘆口氣說。

「我**聽見**妳了。」他喘息。「怎麼辦到的？妳是怎麼辦到的？」

「莎菲娜的主意。我們練習過幾次。」

他很茫然，眨了兩次眼睛，搖了一下頭。

「現在你知道了。」我輕快地說，聳了聳肩。「從來沒有人愛另一個人像我愛你這麼多。」

「妳差不多是對的。」他微笑，眼睛仍睜得比平常大一點。「我正好知道有個例外。」

「騙人。」

他再次開始親吻我，接著突然停下來。

「妳可以再做一遍嗎？」他好奇地問。

我扮個鬼臉。「這很難耶。」

他等著，一臉渴望之情。

「只要有一點點分心，我就沒辦法維持。」我警告他。

「我會乖乖的。」他保證說。

我噘著嘴，瞇起眼睛。然後我笑了。

我再次抬手貼住他的臉，將防護盾舉離我的腦海，從剛才中斷的地方開始想——以水晶般清晰的記憶想著我新生命的第一個晚上……徘徊於所有細節。

當他急切的吻再次打斷我的努力，我喘不過氣地笑起來。

「該死。」他咆哮，飢渴地沿著我下巴往下吻。

「我們有充裕的時間可以練習。」我提醒他。

「永遠到永遠到永遠。」他喃喃說。

「我聽起來完全正確。」

於是，我們繼續充滿喜悅地進入我們的永恆中這個小而完美的片段。

acknowledgments

謝詞

一如過往，有深如海洋的感謝要獻給：

我棒極了的家人，感謝他們全體無比的愛與支持。

我充滿才能與傑出的公關，伊莉莎白．尤柏格，從原本只是個默默無聞如生黏土的史蒂芬裡創造出了史蒂芬妮．梅爾。

Little, Brown Books 青少年讀物部門的整組工作人員，五年來的熱心、信心、支持與令人難以置信的辛苦工作。

所有令人驚奇的網站創造者與《暮光之城》系列小說的粉絲網站的行政工作人員；你們的酷真是令我大吃一驚。

我光輝美麗的讀者們，你們對書、音樂、電影的品味好得無比，那持續對我的愛實在超過我配得的。

那些熱烈推薦這系列書的書店；所有作者都因你們對文學的愛與熱情而欠你們的債。

許多保持我創作動機的樂團與音樂家；我提過繆思了嗎？我提了？真不巧。繆思，繆思，繆思……

新的感謝是給：

有史以來最棒的樂團是：Nic 與 Jens，Shelly C. 跨刀合作（尼可拉斯．佳哥斯，珍妮佛．漢考克，珍妮佛．龍門，以及雪莉．考文）。各位，謝謝你們將我納入你們聚集的羽翼之下。若沒有你們，我將會被困住。

我遠距離的精神夥伴與泉源，很酷的梅格漢．西比特和金柏莉．「宅女」．沙齊。

我同輩人的支持，莎儂．黑爾，她瞭解每件事，並且提供我對殭屍幽默的愛。

瑪肯娜．潔維爾．路易斯讓我使用她的名字，還有她的母親希瑟，感謝她支持亞歷桑那州的芭蕾舞團。

在我「寫作靈感」的播放清單上的新朋友：Interpol、Motion City 原聲帶和 Spoon。

Vampire Index
吸血鬼索引（按家族字母排列）

* 擁有超自然才能的吸血鬼
— 夫妻（年長的在先）
~~刪除線~~ 在本書開始之前已故

亞馬遜家族 (The Amazon Coven)
卡琪瑞 (Kachiri)
辛娜 (Senna)
莎菲娜 *(Zafrina)

德納利家族 (The Denali Coven)
以利沙 *(Eleazar)—卡門 (Carmen)
艾琳娜 (Irina)~~—羅倫特 (Laurent)~~
凱特 *(Kate)
~~莎夏 (Sasha)~~
譚雅 (Tanya)
~~瓦希莉 (Vasilii)~~

埃及家族 (The Egyptian Coven)
阿穆 (Amun)—琪比 (Kebi)
班傑明 *(Benjamin)—提雅 (Tia)

愛爾蘭家族 (The Irish Coven)
瑪姬 *(Maggie)
西歐班 *(Siobhan)—利安 (Liam)

奧林匹克家族 (The Olympic Coven)
卡萊爾 (Carlisle)—艾思蜜 (Esme)
愛德華 *(Edward)—貝拉 *(Bella)
賈斯柏 *(Jasper)—艾利絲 *(Alice)
芮妮思蜜 *(Renesmee)
羅絲莉 (Rosalie)—艾密特 (Emmett)

羅馬尼亞家族 (The Romanian Coven)
斯提凡 (Stefan)
弗拉德 (Vladimir)

佛杜里家族 (The Volturi Coven)
厄洛 *(Aro)—索皮希雅 (Sulpicia)
凱撒 (Caius)—亞西諾朵菈 (Athenodora)
馬庫斯 *(Marcus)~~—狄黛米 *(Didyme)~~

佛杜里的護衛隊（部分）(The Volturi Guard)
亞力克 *(Alec)
巧喜 *(Chelsea)—阿夫同 *(Afton)
柯林 *(Corin)
狄米崔 *(Demetri)
菲力克斯 (Felix)
海蒂 *(Heidi)
珍 *(Jane)
瑞娜塔 *(Renata)
山帝亞哥 (Santiago)

美洲的流浪者（部分）(The American nomads)
嘉瑞特 (Garrett)
~~詹姆斯 *(James)—維多利亞 *(Victoria)~~
瑪麗 (Mary)
彼得 (Peter)—夏洛特 (Charlotte)
藍代爾 (Randall)

歐洲的流浪者（部分）(The European nomads)
艾利斯泰爾 *(Alistair)
查爾斯 *(Charles)—瑪肯娜 (Makenna)

奇炫館

暮光之城：破曉

（原名：Breaking Dawn）

作者／史蒂芬妮．梅爾（Stephenie Meyer）
譯者／安麗姬
執行長／陳君平　榮譽發行人／黃鎮隆
協理／洪琇菁　國際版權／黃令歡、梁名儀
美術編輯／李政儀　企劃宣傳／陳品萱
審校／Sabrina Liao　文字校對／施亞蒨

出版／城邦文化事業股份有限公司　尖端出版
台北市中山區民生東路二段一四一號十樓
電話：（〇二）二五〇〇—七六〇〇
傳真：（〇二）二五〇〇—二六八三
E-mail：7novels@mail2. spp. com. tw

發行／英屬蓋曼群島商家庭傳媒股份有限公司城邦分公司　尖端出版
台北市中山區民生東路二段一四一號十樓
電話：（〇二）二五〇〇—七六〇〇（代表號）
傳真：（〇二）二五〇〇—一九七九

中彰投以北經銷／楨彥有限公司
（含宜花東）電話：（〇二）八九一九—三三六九
傳真：（〇二）八九一四—五五二四

雲嘉經銷／威信圖書有限公司　嘉義公司
電話：（〇五）二三三—三八五二
傳真：（〇五）二三三—三八六三

南部經銷／威信圖書有限公司　高雄公司
電話：（〇七）三七三—〇〇七九
傳真：（〇七）三七三—〇〇八七

香港經銷／一代匯集
香港九龍旺角塘尾道六十四號龍駒企業大廈十樓B&D室
電話：（八五二）二七八三—八一〇二
傳真：（八五二）二七八二—一五二九

新馬經銷／城邦（馬新）出版集團Cite (M) Sdn. Bhd.
E-mail：cite@cite.com.my

法律顧問／王子文律師　元禾法律事務所
台北市羅斯福路三段三十七號十五樓

二〇〇九年七月一版一刷
二〇二三年七月一版四十四刷

■中文版■

郵購注意事項：
1. 填妥劃撥單資料：帳號：50003021戶名：英屬蓋曼群島商家庭傳媒(股)公司城邦分公司。2. 通信欄內註明訂購書名與冊數。3. 劃撥金額低於500元，請加附掛號郵資50元。如劃撥日起 10～14日，仍未收到書時，請洽劃撥組。劃撥專線TEL：(03) 312-4212 ・ FAX：(03) 322-4621。E-mail：marketing@spp. com. tw

國家圖書館出版品預行編目資料

暮光之城：破曉 / 史蒂芬妮．梅爾（Stephenie Meyer）
著；安麗姬 譯.
一1版.一臺北市：尖端出版，2009.07
面；公分.一(奇炫館)
譯自:Breaking Dawn
ISBN 978-957-10-4101-8(平裝)

874.57 98009717